"十四五"国家重点出版物出版规划项目

国家社科基金重大项目（21&ZD269）阶段成果

新中国少数民族文学史料整理与研究（1949—1979）

学术委员会

主　任：朝戈金

委　员：（按姓氏笔画排序）

丁　帆　丁克毅　王宪昭　文日焕　包和平

刘　宾　刘大先　刘亚虎　汤晓青　李　瑛

李晓峰　吴　刚　邹　赞　汪立珍　张福贵

哈正利　钟进文　贾瑞光　徐新建　梁庭望

韩春燕

国家出版基金项目
NATIONAL PUBLICATION FOUNDATION

新中国少数民族文学史料整理与研究

文学理论卷

（1949—1979）

李晓峰　王莉　王潇 ◎ 编著

辽宁师范大学出版社
· 大连 ·

© 李晓峰 王 莉 王 潇 2024

图书在版编目 (CIP) 数据

新中国少数民族文学史料整理与研究：1949—1979.
文学理论卷 / 李晓峰，王莉，王潇编著. -- 大连 : 辽
宁师范大学出版社，2024.11. -- ISBN 978-7-5652
-4510-7

Ⅰ. I207.9

中国国家版本馆CIP数据核字第2024LZ5748号

XINZHONGGUO SHAOSHU MINZU WENXUE SHILIAO ZHENGLI YU YANJIU（1949—1979）·WENXUE LILUN JUAN

新中国少数民族文学史料整理与研究（1949—1979）·文学理论卷

策划编辑：王　星
责任编辑：王　星　韩福娜
责任校对：杨焯理
装帧设计：宇雯静

出 版 者：辽宁师范大学出版社
地　　址：大连市黄河路850 号
网　　址：http://www.lnnup.net
　　　　　http://www.press.lnnu.edu.cn
邮　　编：116029
营销电话：0411 - 82159915
印 刷 者：大连图腾彩色印刷有限公司
发 行 者：辽宁师范大学出版社

幅面尺寸：170 mm × 230 mm
印　　张：36
字　　数：588千字

出版时间：2024年11月第1版
印刷时间：2024年11月第1次印刷
书　　号：ISBN 978-7-5652-4510-7

定　　价：210.00 元

出版说明

本书所收均为少数民族文学研究领域的珍稀史料,其写作时间跨越数十年,不同学者的语言风格不同,不同年代的刊印标准、语法习惯及汉字用法也略有差异,个别文字亦有前后不一、相互抵牾之处,编者在选编过程中,为了尽量展现史料原貌,尊重作者当年发表时的遣词立意,除了明显的误植之外,一般不做改动。对个别民族的旧称、影响阅读的标点符号用法及明显错讹之处进行了勘定。

同时,为了保证本书内容质量,在选编过程中,根据国家出版有关规定,作者和编辑在不影响史料内容价值的前提下,对部分段落或文字做了删除处理,对个别不规范的提法采用"编者注"的方式进行了说明,对于此种方式给读者带来的阅读困扰,敬请谅解。

目　录

全书总论

"三交"史料体系中的新中国少数民族文学史料

　　各民族文学史料是中华民族共同体史料体系的重要组成部分,文学史料的整理和研究,在中华民族共同体研究的话语体系、理论体系建设中,具有不可替代的作用。习近平总书记在 2023 年 10 月 27 日中共中央政治局第九次集体学习时提出"加快形成中国自主的中华民族共同体史料体系、话语体系、理论体系",这对民族文学史料科学建设具有重大历史意义。

　　在"三大体系"中,史料体系是基础。犹如一栋大厦,根基的深度、厚度和坚实程度,决定着大厦的高度和质量。而中华民族共同体史料体系的完整性、系统性、科学性,在"三大体系"建设中至关重要。对现代学科而言,完整的史料体系,包括政治、经济、社会、法律、文化各个方面,缺一不可,否则,就难言史料体系的完整性、系统性、科学性。正是从这一意义上,将各民族文学史料纳入中华民族共同体史料体系之中,就显得尤为必要。

一、民族文学史料在"三交"史料体系中的地位和价值

　　各民族文学交往交流交融史料,在中华民族共同体史料体系中具有举足轻重的地位,在中华民族共同体话语体系、理论体系建设中,具有不可替代的作用。这是由文学自身的特点,以及文学史料在还原中华民族多元一体格局形成的历史,全面总结和评价新中国成立以来,少数民族文学以文学的方式,在宣传党的民族

政策、促进各民族团结、培养各民族国家认同中发挥的不可替代的作用决定的。

首先，文学是人类最广泛、最丰富的活动，是人类情感与精神最多样、最全面、最生动、最直接的表达方式，是人类历史最生动、最形象、最全面、最深刻的呈现形式，所以文学经常被认为是人类的心灵史、民族的命运史、国家的成长史。

文学诞生于人类最早的生产活动和精神活动。《吕氏春秋·古乐》云："昔葛天氏之乐，三人操牛尾，投足以歌八阕：一曰载民，二曰玄鸟，三曰遂草木，四曰奋五谷，五曰敬天常，六曰达帝功，七曰依地德，八曰总万物之极。"在学界，一般认为这是对中国原始诗歌和舞蹈起源的史料记载，对人们了解原始诗、歌、舞三位一体的形态和内容具有重要的史料价值，同时也是文学起源于劳动学说的最好例证。鲁迅先生在《门外文谈》中也说："我们的祖先的原始人，原是连话也不会说的，为了共同劳作，必需发表意见，才渐渐的练出复杂的声音来，假如那时大家抬木头，都觉得吃力了，却想不到发表，其中有一个叫道'杭育杭育'，那么，这就是创作；大家也要佩服，应用的，这就等于出版；倘若用什么记号留存了下来，这就是文学；他当然就是作家，也是文学家，是'杭育杭育派'。"这里谈的也是文学起源、作家与作品的关系、文学流派的产生，其观点与《吕氏春秋·古乐》一脉相承。

从文学发展历史来看，文学是人类对外部客观世界、人类的生产生活实践和人的内在精神世界的直接反映。口头文学是早期人类文学生产、传播的主要形式。口头文学的口头性、集体性、变异性、传承性，一方面使大量的文学经典一直代代相传地活在人们的口头上，同时，在传承中出现了诸多的变异和增殖；另一方面，人类口耳相传的口头文学具有综合性，不仅与劳动生活融为一体，而且和其他艺术门类综合在一起，所谓诗、歌、舞、乐一体即是对其综合性的概括。中国活态史诗《格萨（斯）尔》《江格尔》《玛纳斯》便是经典例证。

文字产生以后，有了书面文学。但口头文学与书面文学并行不悖且同步向前发展，二者之间的关系复杂多样。

从史料的角度来说，文字的产生，使人类早期口头文学得到记录、保存和流传。可以确定的是，文字产生之后相当长的时期，文字一方面成为文学创作的直接手段,即时性地记录了人们的文学创作活动,另一方面也成为口耳相传的口头文学向书面文学转换和固化的唯一媒介和符号。在早期被转化的文学,就包括人类代代相传的关于人类起源、迁徙、战争等重大题材和主题的神话传说。历史学已经证实,人类早期的神话传说包含着丰富的历史信息、文化信号和精神密码。例如,殷商时期的甲骨文,记录了商人的生活情形,使后人约略获取一些商朝历史发展的信息。而后来《尚书》《周礼》中关于夏、商、周及其之前的碎片化的记载,以及后来知识化的"三皇""五帝"的"本纪",其源头无一不是口头神话传说。

也正是口头文学的口头性、集体性、变异性、传承性,使这些口头神话传说在不同的典籍中有了不同样态,五帝不同的谱系就是一个例证。司马迁在《五帝本纪》中对五帝的记叙,仅仅是其中的一个谱系。即便是目前文献记载最早的中华民族创世神话三皇之一的伏羲也是如此。吕振羽在《史前期中国社会研究》中,认为伏羲神话是对渔猎经济的反映,具有史前社会某一个时期的确定性特征。刘渊临在《甲骨文中的"蚰"字与后世神话中的伏羲女娲》中,骆宾基在《人首龙尾的伏羲氏夏禹考——〈金文新考·外集·神话篇〉之一》中,都将目光投向早期文字记载中的伏羲,是因为,这是最早的关于伏羲的文献史料。有意味的是,芮逸夫在《苗族的洪水故事与伏羲女娲的传说》中,认为伏羲女娲神话的形成可追溯到夏、商;杨和森在《图腾层次论》一书中,又认为伏羲是彝族的虎图腾及葫芦崇拜。他们的依据之一便是这些民族代代相传的神话传说的口头史料和文献史料。这些讨论,一是说明早期文献典籍对人类口头文学的记载,既多样,又模糊;二是说明对中国早期文明形态、文明进程的研究,离不开人类口头文学;三是说明对中国早期文明的研究应该有中华文明起源"满天星斗"的视野;四是说明同一神话传说在不同民族传播的表象下呈现出来的各民族文化交流交融是一个值得从中华民族共同体角度研究的历史现象。

从文献史料征用的角度来说,作为人类口头文学的神话传说,后来被收进了各种典籍,作为历史文献被征用。此后,又被文学史家因其文学的本质属性从历史文献中剥离出来，纳入文学史的知识体系。文学独立门户自班固《汉书》首著《艺文志》始，在无所不包的宏大史学体系中，文学有了独立的归类和身份，但仍在"史"的框架之中。至《四库全书》以"集部"命名文学，将其与经、史、子并列，文学身份地位进一步确定和提升。但子部所收除诸子百家之著述外，艺术、谱录、小说家等无不与文学关涉，这又说明历史与文学的关系是盘根错节、难以分割的。这种特性，也造就了中国古代历史和古代文学史的"文史不分"——没有"文学"的历史与没有"历史"的文学，都是不可想象的，这也充分说明文学史料在整个史料中的地位、价值和意义。文学描写的是人类活动，表达的是人类情感和思想，传递的是人们对美好生活的向往，是人类诗意栖居的共有家园。这是历史学其他分支学科所无法做到的。而人是活在具体的历史之中的，正如"永王之乱"之于李白，《永王东巡歌》作为李白被卷入"永王之乱"的一个文字证据而被使用。因此，历史学的专门史，是文学史的基本定位。如此，文学史料在史料体系中的地位和价值就是不容忽视的存在。

其次，在马克思主义理论中，文学艺术与哲学、政治、法律、道德、宗教一起，构成了马克思主义社会意识形态的主体要素。文学被视为意识形态的原因在于，它是社会意识形态的一种表现形式，并且具有意识形态的属性。

我们知道，意识形态是人对于事物的理解和认知，是人的观点、观念、概念、价值观等的总和。意识形态也是一定的政治共同体或社会共同体主张的精神思想形式，是社会意识诸形式中构成思想上层建筑的组成部分。文学作为人类一种精神活动及其产品，是由人们对人类社会发展的历史和社会现实的认知所决定的。就文学与历史、文学与生活的关系而言，文学以不同的形式，表现或传达人们对历史和现实生活的认知和内心情感。一是"文以载道""兴观群怨"，说明文学并不是社会生活在人们头脑中的简单重现，而是包含着创作者的世界观、人生观、价值观等意识形态元素，这些元素通过作品的人物塑造、情节安排等方式，向读者传达出来。二是文学是审美的意识形态，它既是一种创造美和欣赏美的社会活动，同时也是一种以美为创造对象和欣赏对象的意识层面的活动，这种活动伴随着什么是美和美是什么的追问，也伴随着人类情感、精神和思想境界的升华。因此，习近平总书记在《在文艺工作座谈会上的讲话》中指出：文艺事业是党和人民的重要事业，文艺战线是党和人民的重要战线。文艺是时代前进的号角，最能代表一个时代的风貌，最能引领一个时代的风气。这说明，党和国家对文学的意识形态属性高度重视。而事实上，在意识形态之中，文学正是以对历史的重构、现实的观照，人类对美的追求的表达，承担着其他意识形态无法替代的社会功能，这也决定了文学史料在整个史料体系中的特殊价值。

再次，文学上的交往交流交融，对推动中华民族从多元走向一体的历史进程，推动中华民族凝聚力的形成和中华文化认同，影响深远而巨大。这是由文学的巨大历史载量、巨大思想力量、巨大情感力量、巨大审美力量所决定的。没有什么是文学所不能承载的，所以文学在各民族交往交流交融中，既是显性的交往（如文化层面的交流互动、文学作品的跨民族、跨文化传播），又是精神、情感和心灵层面的属于文学接受和影响范畴的隐性的深度渗透。作为文化的直接载体和表现符号，文学具有先天优势。正因如此，在中华民族交往交流交融历史上，留下了浩如烟海的文学史料。例如，根据历史文献的记载，文成公主入藏时，所携带的书籍中不仅有佛经、史书、农书、医典、历法，还有大量诗文作品。藏区最早的汉文化传播，就是从先秦儒家经典和《诗经》《楚辞》开始的。再如，辽代契丹人不但实行南面官北面官制，还学汉语习汉俗，更是对《诗经》、《楚辞》、汉赋、唐诗、宋词照单全收。辽圣宗耶律隆绪对白居易崇拜有加，自称"乐天诗集是吾师"。耶律楚材在西域征战中习得契丹语，将寺公大师的契丹文《醉义歌》翻译成汉语，不仅使之成为留存下来的契丹最长诗歌作品，也使我们从中领略到契丹人思想领域中的多元状态——既有陶渊明皈依自然的思想，又有老庄思想与佛教的思想观念。而这种多元的思想是契丹基本的思想格局，它不仅反映了契丹社会的开放性和包容性，更显示了契丹文化与其他民族文化的交融，特别是对汉族文化的吸收。这些生动丰富的文学史料，从生活出发，经由文学，抵达人的思想和精神层面，共鸣并升华为中华民族的向心力和凝聚力，极大地促进了各民族交往交流交融，成为中华民族从多元走向一体的文学记录。

也正因如此，党和国家对各民族文学史料高度重视。早在1958年，党和国家在全国各民族社会历史调查和语言调查取得丰硕成果的基础上，决定由中华人民共和国国家民族事务委员会主持编写《中国少数民族》《中国少数民族简史丛书》《中国少数民族语言简志丛书》《中国少数民族自治地方概况丛书》《中国少数民族社会历史调查资料丛刊》（简称"民族问题五种丛书"），这一系统而浩大的国家历史工程历经艰辛，于 2009 年修订完成，填补了中国历史研究的空白，成为研究中华民族从多元走向一体的基础文献。

而同年，由中共中央宣传部直接领导，各省区党委负责，中国科学院文学所主持的中国少数民族文学史（概况）编写工程启动。

中国少数民族文学史（概况）编写与"民族问题五种丛书"作为社会主义意识形态重大工程和国家重大历史文化工程的同时启动，说明党和国家对少数民族文学的重视，也说明各民族文学史料之浩繁、历史之悠久、形态之特殊，是"民族问题五种丛书"无法完全容纳的，须独立进行。例如，《蒙古族简史》在"清代蒙古族的文化"一章中，专设"文学作品"一节，但这一节仅介绍了蒙古族部分作家作品，没有全面总结蒙古族文学与汉族、满族等民族文学交流融合的历史进程。其他民族的"简史"存在同样的问题。

事实证明，正是新中国成立后对各民族文学的有组织的全面调查、搜集、整理、研究，使我们掌握了各民族文学的第一手史料，摸清了各民族文学的"家底"，尤其是在搜集、整理过程中发掘出来的各民族文学关系史料，为揭示中华民族从多元走向一体的思想、情感、文化动因，提供了重要的支撑。1983 年中国社会科学院毛星主编的三卷本《中国少数民族文学》第一次呈现了中国少数民族文学发展的历史，绘制了中国少数民族文学版图。此后，马学良、梁庭望等也陆续推出通史性质的中国少数民族文学史。而这些通史性的少数民族文学史，正是以各民族文学史料的整理、各民族文学史（概况）的编写为基础的。

特别需要说明的是，20 世纪 90 年代，梁庭望、潘春见的《少数民族文学》，立足于各民族交往交流交融的理念，拓展和深化了少数民族文学研究，也为中国特色的比较文学学科体系、学术体系、话语体系建设做出了积极努力。2005 年，郎樱、扎拉嘎等人的国家社科基金重大项目"中国各民族文学关系研究"立足

"关系"研究,通过对始自秦汉,止于近代的各民族关系研究,得出了"你中有我,我中有你"的历史结论,成为中华各民族交往交流交融关系研究最早、最系统、最宏观的成果。而这一成果也是作者们历时数年,对各民族文学交往交流交融史料进行的最全面的梳理和展示。

事实上,自少数民族文学学科建立以来,对各民族文学交往交流交融研究就是重点领域,特别是20世纪90年代以来,各民族文学关系研究成为少数民族文学研究的分支学科。相应地,对各民族文学交往交流交融的史料整理也自然成为研究的基础。《中国各民族文学关系研究》《20世纪中华各民族文学关系研究》《元代蒙汉文学关系研究》等都是具有代表性的成果。这些成果,不仅重新梳理、发掘了一大批各民族文学交往交流交融关系的史料,同时也进一步揭示了中国各民族自古以来的交往交流交融的历史发展规律。

因此,在"三交史料"体系中,各民族文学交往交流交融史料的重要地位是不能忽视和不可替代的。剥离了文学史料,各民族交往交流交融史料体系是不完整的。

二、新中国少数民族文学史料的性质和价值

少数民族文学史料,既是少数民族文学发展、学科建设历史的足迹,也是少数民族文学史知识生产的基础材料。

新中国少数民族文学史料是新中国文学史料体系中重要而独特的组成部分,是各少数民族文学史料的集成。这是新中国少数民族文学的性质决定的。

新中国成立后,少数民族文学被纳入社会主义新文学的整体之中,被赋予了社会主义新文学的性质。同时,少数民族文学还被党和国家赋予了宣传党的民族政策,维护国家统一,促进民族团结,促进各民族之间的了解和文化交流,反映各民族人民社会主义新生活、新面貌、新形象、新精神、新情感、新思想的社会功能和政治使命,受到党和国家的高度重视。少数民族文学因此成为国家话语的组成部分,从而与党的民族政策、各民族经济和社会发展保持密切关系。因此,无论从社会主义意识形态角度观之,从统一的多民族国家的角度观之,还

是从新中国社会主义文学的角度观之，少数民族文学的性质、功能、使命和作用都决定了少数民族文学史料国家性的特殊属性。

例如，1949 年 7 月 14 日中国第一次文代会通过的《中华全国文学艺术界联合会章程（草案）》，首次提出在即将成立的中华人民共和国的文学艺术事业中，要"开展国内各少数民族的文学艺术运动，使新民主主义的内容与各少数民族固有的文学艺术形式相结合。各民族间互相交换经验，以促进新中国文学艺术的多方面的发展"。这里的"各少数民族文学艺术"概念以及对少数民族文学的定位和发展规划，虽然与 1934 年《苏联作家协会章程》有一定联系，但重要的是，为什么在规划新中国文学时，就已经充分考虑到各少数民族文学艺术。显然，这与即将建立的新中国是一个不同于苏联的统一的多民族国家的国家性质直接相关。这样，"促进新中国文学艺术的多方面的发展"，显然超越了《苏联作家协会章程》中对各苏维埃联邦共和国中不同民族文学翻译的重视和发展各兄弟民族的文学——《苏联作家协会章程》在第四项任务中称："实行相互帮助，交换各兄弟共和国作家和批评家的创作经验，有组织地将艺术作品从一个民族的语言翻译成其他民族的语言——借此尽量地发展各兄弟民族的文学。"也就是说，《中华全国文学艺术界联合会章程（草案）》中统一的多民族国家的立场和对少数民族文学发展目标的确定明显不同于《苏联作家协会章程》。这一点在《人民文学》发刊词中得到了更直接的体现。在发刊词中，少数民族文学的国家文学、国家学科、国家学术的国家性被正式确定，各民族文学共同发展的国家意识，也都指向了统一的多民族国家，指向了统一的多民族国家中各民族一律平等，指向了反对大民族主义和地方民族主义的国家意识，指向了在统一的多民族国家的社会主义新文学的整体格局中定位少数民族文学的性质，指向了在国家文学和国家学科中通过推动少数民族文学的发展，落实党和国家的民族政策，指向了党对少数民族文学在统一的多民族国家建设中的作用的重视、规范和期待。

所以，国家在启动"民族问题五种丛书"编写的同时，也启动了少数民族文学史编写以及"三选一史"的国家工程。1979 年，少数民族文学史编写工程再次启动,《光明日报》发表述评《重视少数民族文学》,再一次发出国家声音。故而,在对少数民族文学发展和对少数民族文学史编写的重视方面,只有从建构统一的多民族国家历史知识的角度,从中华民族共同体历史知识生产的角度,才能理解和认识党和国家的良苦用心。而少数民族文学史料所呈现的历史现场也是如此。老舍在《关于兄弟民族文学工作的报告》和《关于少数民族文学工作的报告》中,从统一的多民族国家的高度,提出少数民族作家的文学创作要达到汉族作家的水平,清楚地表明了以平等为核心,共同发展为目标的民族政策在少数民族文学事业上的国家顶层设计。

历史地看,新中国少数民族文学以积极主动的姿态实现了国家对少数民族文学性质、功能、作用的定位和期待。例如,玛拉沁夫的《科尔沁草原上的人们》在《人民日报》的短评中斩获了五个"新",从作家角度说,是因为其对少数民族文学性质、功能、作用的实践;从国家层面说,是因为党和国家对少数民族文学所承担的责任和使命得到了很好践行的充分肯定。再如,冰心的《〈没有织完的统裙〉读后》也是一个典型案例。冰心从"云南边地自然风光和民族风情""新人新事""毛主席伟大民族政策在云南的落地生根"三个观察点进行分析,这三个观察点同样也来自国家赋予少数民族文学的功能和使命。与《科尔沁草原上的人们》不同的是,在冰心这里,少数民族文学在促进各民族之间的了解和文化交流方面的功能得到强调。冰心说,"那些迷人的、西南边疆浓郁绚丽的景色香味的描写,看了那些句子,至少让我们多学些'草木鸟兽之名',至少让我们这些没有到过美丽的西南边疆的人,也走入这醉人的画图里面"。而且,民风民俗同样吸引了冰心,特别是作为民族智慧结晶的民族谚语,更引起她的注意:"还有许多十分生动的民族谚语,如:'树叶当不了烟草','老年人的话,抵得刀子砍下的刻刻','树老心空,人老颠东','盐多了要苦,话多了不甜','树林子里没有鸟,蝉娘子叫也是好听的'……等等,都是我们兄弟民族人民从日常生活中所汲取出来的智慧。"所以,冰心"兴奋得如同看了描写兄弟民族生活的电影一样"[①]。

---

① 冰心:《〈没有织完的统裙〉读后》,《民族团结》1962 年第 8 期。

冰心的评价既表现了国家对少数民族文学的期待和规范，同时也呈现了少数民族文学在增进各民族了解和文化交流方面的作用和少数民族文学独特的美学特质。正如老舍 1960 年在《兄弟民族的诗风歌雨》中所说："各民族的文学交流大有助于民族间的互相了解与团结一致。"①

少数民族文学史料的国家性，使之成为新中国文学史料体系中具有独特价值的不可或缺的组成部分。

首先，少数民族文学史料真实客观地记录了党和国家从统一的多民族国家和中华民族共同体建设的高度，发展少数民族文学的国家立场和实际举措。

其次，少数民族文学史料真实客观地呈现了少数民族文学对党和国家赋予的功能、使命的践行，真实客观地反映了各民族社会生活的历史性巨变。

再次，少数民族文学史料忠实记录了少数民族文学自身的发展历程，记录了不同历史时期政治文化语境的变化对少数民族文学创作、文学批评和理论研究的深刻影响。

最后，少数民族文学史料真实客观地反映了少数民族文学对中国文学做出的巨大贡献。各民族民间文学的搜集整理，少数民族古代作家作品的研究，当代各民族文学发展研究，不仅渗透到中国语言文学的各个学科，而且高度体现了中国文学史的多民族共同创造的属性。各民族文学史料对中国文学史料的丰富、完善，不仅为少数民族文学史研究，也为新中国文学史研究提供了基础材料。

所以，少数民族文学史料的性质和政治价值、社会价值、历史价值、文化价值、文学价值都是值得重视和研究的重要课题。

三、新中国少数民族文学史料形态

"形态"一词通常指事物的形式和样态、状态。在这里，笔者更倾向于从研究生物形式的本质的形态学角度来认识新中国少数民族文学史料，借鉴形态学

---

① 舒舍予：《兄弟民族的诗风歌雨》，《新华半月刊》1960 年第 9 期。

注重把生物形式当作有机的系统来看待的方法,不仅关注部分的微观分析,也注重总体上的联系。

史料基本形态无外乎文献史料、口述史料、实物史料、图片史料、数字(电子)史料五种。专门研究史料形态及其演变规律的史料形态学,关注的重点是史料的形态、结构、特征以及它们在不同历史时期和文化背景下的变化,史料形态与社会、政治、文化等因素的相互关系,以及这些因素如何影响史料的形成、传播和保存等。通过深入研究史料形态学,我们可以更好地理解史料的本质、来源、传播和保存方式,从而更准确地解读历史信息,揭示历史事件的真相。这样,史料形态学的研究就要从史料的形态入手。新中国少数民族文学史料也是如此。

从有机的系统性角度来看,无论是对新中国少数民族文学整体评价的文献史料,还是微观形态的作品评论史料,乃至一则书讯、新闻报道,都指涉着特定历史语境中的意识形态、社会思潮、社会生活、文学创作、文学评价所构成的彼此关联和指涉的有机系统的整体性和内部的丰富性、复杂性。这些要素各有特定的内涵和不同话语形态,但其内在价值取向的指向性却具有一致性和共同性的特点。至于对社会生活反映的话语的不同,对不同问题的阐发的不同,学术观点的争论甚至某一人观点前后的矛盾,也都是一体化的政治文化语境下,不同的文学观念与社会价值观念的对话、冲突、调适,并且受控于国家意识形态规范的结果。因此,对史料系统的有机性的重视,对史料系统完整性程度的评估,对不同史料关系的梳理,对具体史料生成原因的挖掘,直接关系到真实、客观、全面还原少数民族文学的历史现场。

从史料留存的基本情况看,1949—1979年少数民族文学史料形态涵盖了前述五种形态,但各形态史料的数量、完整性极不平衡。其中,文献史料最多且散佚也最多,口述史料较少且近年来也未系统开展收集工作,图片史料少而分散,故更难寻觅,实物史料则少而又少。因此,以文献史料特别是学术史料为主体的史料形态是本书史料的主要特征和重点内容,这也是由目前所见少数民族文学史料的主体形态和客观情况所决定的。

　　文献史料在史料形态中的地位自不必言，而文献史料存世之情形对研究的影响一直作为无法破解的问题，存在于史料学和各学科研究之中。孔子在《论语·八佾篇》中言：夏礼，吾能言之，杞不足征也；殷礼，吾能言之，宋不足征也。文献不足故也，足，则吾能征之矣。在这里，孔子十分遗憾地感叹关于杞、宋两国典籍和后人传礼之不足，十分清楚地说明了史料与传承的重要性。孔子尚感复原夏殷之礼受史料不足的局限，后人研究夏殷之礼的难度就可想而知了。正如梁启超所说："时代愈远，则史料遗失愈多而可征信者愈少，此常识所同认也。"同时，他还说："虽然，不能谓近代便多史料，不能谓愈近代之史料即愈近真。"①这也是梁启超在研究中国历史时，对晚近史料之不足与史料之真伪情形的有感而发。他的感想，也成为所有治史料之学人的共识。傅斯年所说的"有一分材料说一分话"，指出了远古史料、近世史料的基本状况、形态以及使用史料的基本规范和原则，但从中也不难体察出治史者对史料不足的无奈。

　　少数民族文学史料也是如此。本书搜集整理的是 1949 年至 1979 年间的少数民族文学史料。其起点距今不过 70 多年，终点不过 40 多年。按理说，这30 年间，国家建立了期刊、报纸、图书出版发行体系，建立了国家、省、市、县、乡镇的体系化图书馆。早在 20 世纪 50 年代，许多工厂、机关、学校、街道在极其艰难的条件下，陆续建立了图书阅览室。另外，从国家到地方，也有健全的档案体系，文献史料保存的系统是较为完备的。但是，史料的保存现状却极不乐观。以期刊为例，即便国家图书馆，也未存留 20 世纪 50 年代出版的少数民族文学的全部期刊。已有的部分期刊，断刊情况也非常严重。特别是 20 世纪 80 年代后期，因为种种原因，许多地区和基层图书馆期刊、报纸文献遭到大面积破坏，20 世纪 50 年代至 60 年代的许多珍贵史料，被当作废纸按"斤"处理掉。对本地区期刊、报纸文献保存最完整的各省级图书馆，也因搬迁、改造、馆藏容积等使馆藏文献被"处理"的情况极为普遍。因此，许多文献已经很难寻找，文献史料的散佚使这一时期文献史料的珍稀性特点十分突出。

---

① 　梁启超：《中国历史研究法》，上海人民出版社，2014 年版，第 39 页。

例如,在公开发行的史料中,《新疆文艺》1951年创刊号上柯仲平、王震撰写的创刊词,我们费尽周折仍无缘得见。再如,关于滕树嵩的《侗家人》的讨论,是以《云南日报》为主要阵地展开的,但是,《边疆文艺》《山花》也参与其中,最终的平反始末的史料集中在《山花》。其中还有《云南日报》的"编者按"以及同版刊发的批判周谷城的文章,其所呈现出来的一体化的时代政治文化语境中,边疆与中心的同频共振给我们深入分析这些史料的价值提供了第一手材料,也还原了特定的历史语境。是不是将这些史料"一网打尽"后,关于《侗家人》发表、争鸣、批判、平反的史料就完整了呢? 当然不是。因为,这些仅仅是公开发表的,或者在社会公共空间生产和传播的史料,还有另一类未在社会公共空间公开生产和传播的珍稀史料存世。例如,云南省委宣传部的《思想动态》上刊发的《小说〈侗家人〉讨论情况》《作协昆明分会同志对讨论〈侗家人〉的反映》《部分大学师生对批判〈侗家人〉很抵触》《〈侗家人〉作者滕树嵩的一些情况》,这些未公布于世的内部资料,与公开发表的史料汇集,才能真实地还原《侗家人》由讨论到批判的现场。因此,未正式刊行史料中的这类史料的价值是难以估量的。

未正式刊行的珍稀史料除了内部资料外(如各种资料集),还有各种文件、批示、作家手稿、书信、日记、稿件审读意见、会议记录、发言稿等。这类史料散佚更多,搜集整理更难,珍稀程度更高。

例如,1958年首次启动,至1979年第二次启动,其间有大量史料产生的少数民族文学史史料编撰,目前我们所见的成果仅有中国社会科学院1984年选编的《中国少数民族文学史编写参考资料》这一内部刊行资料。其中收录了中共中央宣传部关于少数民族文学史编写工作座谈会纪要,关于少数民族文学编写原则、分期等讨论稿,以及李维汉、翦伯赞、马学良等人的信件等。事实上,在1961年关于少数民族文学史编写座谈会召开及对已经编写的少数民族文学史进行讨论时,中国科学院文学研究所曾编印了《一九六一年少数民族文学史讨论资料》和少数民族文学史编写、审读、讨论的"简报"等第一手资料,但这些珍贵史料已经不知去向。我们只能从《中国少数民族文学史编写参考资料》的断简残章中去捕捉当时的宝贵信息,还原历史现场。

　　再如，1955 年玛拉沁夫为繁荣和发展多民族国家的少数民族文学"上书"中国作协。中国作协领导班子经过讨论给玛拉沁夫的回复和玛拉沁夫的"上书"，一并发表在中国作家协会的《作家通讯》上。但是，"上书"的手稿，中国作协领导层如何讨论，如何根据反映的情况制定了对少数民族文学发展起到重大影响的"八个措施"的会议纪要等，已湮没在历史之中。

　　再如，少数民族文学概念的提出是一个"元问题"。目前有人追溯到公开发表的第一次文代会通过的《中华全国文学艺术界联合会章程（草案）》。但是，本来是有记录的《中华全国文学艺术界联合会章程（草案）》的起草过程，各代表团、各小组对大会报告和《中华全国文学艺术界联合会章程（草案）》的讨论情况的第一手材料，已经无处可觅。近年来，王秀涛、斯炎伟、黄发有等人对第一次文代会史料的钩沉虽然有了不小的收获，其艰难程度却渗透在字里行间，仅第一次文代会代表是如何产生的这样重大问题，"目前学界的研究却仍然是笼统和模糊的"①。至于是谁建议将少数民族文学艺术纳入《中华全国文学艺术界联合会章程（草案）》，是谁修改了《苏联作家协会章程》中的"各兄弟民族文学"的表述，却没有一点记录留存。因为，从《苏联作家协会章程》中的"实行相互帮助，交换各兄弟共和国作家和批评家的创作经验，有组织地将艺术作品从一个民族的语言翻译成其他民族的语言——借此尽量地发展各兄弟民族的文学"，到《中华全国文学艺术界联合会章程（草案）》中的"使新民主主义的内容与各少数民族固有的文学艺术形式相结合。各民族间互相交换经验，以促进新中国文学艺术的多方面的发展"，显然进行了本土化创造。这种本土化创造的立足点是中国共产党和尚未正式宣布成立的新中国的文学发展的国家构想。那么，是哪些人参与了讨论并提出修改意见？特别是，两个月后《人民文学》发刊词中，才对少数民族文学概念有了真正意义上的命名，而且确定了少数民族文学的社会主义新文学和国家学术、国家学科的性质和地位。在这短短两个月中，少数民族文学发生变化的历史信息，都成为消逝在历史时空中的电波。而消逝在历

---

① 　王秀涛：《第一次文代会代表的产生》，《扬子江评论》2018 年第 2 期。

史时空中的电波,又何止于此。这一时期的作家手稿、书信,作品的编辑出版过程,期刊创办的动意、刊名的确定、批文等,或尘封在某一角落,或早已消失。而这一点,也是我们在寻找一些民族地区期刊创办史料、作品出版史料、作家访谈时得出的结论。

再如,已有的史料整理,也存在着缺失或差错的问题。例如,20 世纪 80 年代初,吴重阳、赵桂芳、陶立璠三位先生编辑整理并用蜡纸刻印过《当代少数民族作家作品研究资料索引》,该索引于 1983 年由中国社会科学院民族文学研究所作为内部资料印刷。这是目前所见最为全面的 1949 年至 20 世纪 80 年代初少数民族文学创作与研究文献目录索引。但是,其中仍有无法避免的诸多疏漏和差错。例如包玉堂的《侗寨情思》(组诗),该索引仅收录了《广西日报》刊登的第二首,而未收《南宁晚报》刊登的一首,包玉堂发表在《山花》上的《侗寨情思》(五首)不仅对原作进行了修改,而且具体篇目也作了取舍和调整。这些在《当代少数民族作家作品研究资料索引》中都没有呈现。而追寻这一源流,呈现《侗寨情思》从单篇、"二首"到"组诗"的扩大、修改、更换的历史现场,本身就是一件非常有价值和意义的史料甄别和研究工作。

至于少数民族文学的其他史料形态,如图片史料,我们所见更多的是一些文献史料的"插图",而第一手的图片更难搜寻。第一手的实物史料、数字(电子)史料就更加稀缺。所以,本书的史料形态只能是文献史料以及部分文献史料中的部分图片。从这一意义上说,本书用十年时间从各种渠道搜集整理出来的这些文献史料,虽然不是这一时期少数民族文学史料的全部,但这些史料的珍稀性是确定的,它以这样的方式呈现的这一时期的少数民族文学史料形态上的残缺,提示我们应该加强这方面的工作和研究。

四、少数民族文学史料的结构体系

少数民族文学史料有文学史料的共性特征,也有少数民族文学史料的独特性,这一独特性,主要体现在史料的内容体系、空间结构和学科体系、学术体系、话语体系的特征上。

在内容体系上，少数民族文学史料分宏观性史料、中观性史料、微观性史料三个层次。

宏观性少数民族文学史料是指 1949—1979 年间少数民族文学宏观性、全局性的史料，包括新中国少数民族文学政策、制度，少数民族文学发展的宏观性、全局性总结，宏观性的文艺评论与理论概括等。如费孝通、马寿康、严立等人的《发展为少数民族服务的文艺工作》《开展少数民族的艺术工作》《论研究少数民族文艺的方向》等关于少数民族文学功能、性质和发展方向的论述，1959 年黄秋耕等人对新中国成立十年来少数民族文学发展的整体性评价的《突飞猛进中的兄弟民族文学》，华中师范学院、中国社会科学院、山东大学等高校和科研机构在中国当代文学格局中对少数民族文学发展的宏观总结，老舍关于少数民族文学发展的两个报告，中宣部关于少数民族文学史编写工作座谈会纪要，《光明日报》关于《重视少数民族文学》的述评，还有对民族形式、特点等少数民族文学重大理论问题的讨论等。这类史料的数量不多，但代表着特定历史时期国家对少数民族文学发展的规划、设计，对少数民族文学的社会功能、使命、作用的定位，对少数民族文学发展方向的指导和规范，对少数民族文学发展的总体评价，对少数民族文学发展中存在问题的分析及解决办法和具体措施。

在宏观性史料产生的时间上，1956 年老舍《关于兄弟民族文学工作的报告》是第一篇关于少数民族文学全局性、整体性情况介绍、评价和改进措施的报告。1959 年至 60 年代初，是宏观性史料产生最多的时期。其间，三部当代文学史对少数民族文学的宏观评价，标志着少数民族文学第一次进入中国文学史知识生产，意味着中国多民族文学的整体架构初步建立。

中观性少数民族文学史料是指 1949—1979 年间，以单一民族文学为单位形成的文学史料，包括某一民族文学史的编写、某一民族文学发展的整体评价、某一民族文学期刊创办等史料。

在这三十年中，伴随着党和国家民族政策的落实，中国各民族文学有了较快发展，特别是各民族民间文学资源的系统发掘，为全面评价各民族对中国文化的历史贡献提供了强大支撑，其意义远远超过文学本身。因此，这部分史料的价值不言而喻。

中观性少数民族文学史料有三个基本特征。

其一,各民族民间文学搜集整理、文学史编写、作家培养和作家文学的发展,党的民族政策、文化政策、文学政策的落实情况。

例如,国家对各民族社会历史情况调查和"三选一史"的编写,作为国家历史知识、民族文学谱系的"摸底"工作,覆盖了每一个民族。这种覆盖是有组织、有计划进行的。客观地说,各地方党委、政府的重视程度是高度一致的,这是一体化的意识形态规约和特定的政治文化语境中,国家、地方、个人意志、行动高度契合的生动表现。在民族平等政策的制度设计中,国家把各民族文学的发展纳入各民族经济、社会、文化教育发展的整体格局之中,并将其视为重要标志。这种无差别的顶层设计,具有文学共同体建设的鲜明指向。

其二,各民族民间文学史料多于作家文学史料,且其分布呈现出与该民族人口不对等的不平衡状态,这种不平衡是各民族民间文学发展历史的不平衡、文学积累的不平衡的真实样貌的客观反映。

例如,《纳西族文学史》《白族文学史》最早问世,是由云南各民族民间文学的丰厚积累和大规模的集中搜集整理决定的。云南各民族民间文学宝藏的惊人程度,可以用汪洋大海来形容。1958 年、1962 年、1963 年、1981 年、1983 年云南进行了五次大规模的民族民间文学调查。特别是前三次调查,为云南各民族文学史提供了第一手丰富而珍贵的史料。1956 年云南人民出版社就出版了《云南民族文学资料》。1959—1963 年,中国作家协会昆明分会民间文学工作部以内部资料的形式,编辑出版了《云南民族文学资料》18 集。这还不包括云南大学1958—1983 年民间文学调查搜集整理的 18 个民族的 2000 多件稀见的作品文本、手稿、油印稿、档案卡片和照片。其文类包括神话、传说、民间故事、歌谣、史诗等。而楚雄对彝族文学史料搜集整理后稍加梳理,就编写出《楚雄彝族文学史》。相比之下,满族、蒙古族、藏族、维吾尔族这些人口较多的民族,民间文学搜集整理的状况就远不及云南各个民族。当然,这些民族一些经典的民间文学作品首先被"打捞"上来。如在科尔沁草原广为流传的《嘎达梅林》,维吾尔族的

《阿凡提故事》等。

此外，各民族民间文学史料的搜集整理也不平衡，以三大史诗为例，青海最早发现和相对系统地整理了《格萨尔》。1962 年，分为五部二十五万行的《玛纳斯》已经完成整理十二万行。1950 年，商务印书馆已经出版了边垣自 1935 年赴新疆后整理的 291 节、1600 多行的《洪古尔》《江格尔》，但《江格尔》大规模的整理并未能及时跟进。

其三，各民族民间文学与作家文学发展状况复杂多样。民间文学发达的民族，在新中国成立后，作家文学并不一定发达；书面文学发达的民族，在进入新中国后，民间文学并不一定同步发展。这种复杂多样的文学格局也决定了史料的格局和形态。

以文字与文学发展关系为例。我国现在通行蒙古族、满族、维吾尔族、哈萨克族、朝鲜族、彝族、傣族、纳西族、壮族等 19 种民族文字，不再使用的民族文字有 17 种。有文字的民族书面文学发展相对较早，但新中国成立后，文学发展差异较大。如蒙古族涌现出一大批汉语、双语、母语作家，各文类作家作品保持了较高的水平。同时，民间文学也保持着旺盛的生命力。以玛拉沁夫、纳·赛音朝克图、巴·布林贝赫、安柯钦夫、敖德斯尔、扎拉嘎胡为代表的蒙古族作家群，游走在汉语与母语之间，为把蒙古族文学推向新中国社会主义文学共同体做出了杰出贡献。而傣族虽然有自己的民族文字，且产生过《论傣族诗歌》这样的古代诗歌史、诗歌理论兼备的著作，但是，新中国成立后，作家文学却并不发达，民间歌手"赞哈"仍是创作主体。当然，许多民间歌手在这一时期是具有双重身份的——傣族的康朗英、康朗甩、温玉波，蒙古族的毛依汗、琶杰等，他们创作的口头诗歌被广泛传颂，同时也被翻译成汉语并发表，实现了从口头到书面的转换。

然而，另一种情形是，诞生了伟大史诗《格萨尔》和发达的纪传文学、诗歌、戏剧的藏族，在新中国成立后，除了云南的饶阶巴桑的汉语诗歌创作外，无论藏语创作还是汉语创作都鲜有重要作家和作品产出。而维吾尔族、哈萨克族、朝鲜族，则以母语文学创作为主，民族文字文学史料类别、数量远远超过汉语文学创作及其史料。

微观性少数民族文学史料，是指 1949—1979 年间少数民族作家作品史料。这部分史料占比较大，既反映了少数民族民间文学、书面文学的发展状况，也反映了少数民族文学批评、研究的基本格局。特别是，我们在介绍少数民族文学史料形态时所强调的有机系统性、宏观史料与微观史料的关联性，在微观性史料中得到了更加具体的体现。例如，前文所列举的《科尔沁草原上的人们》在《人民文学》发表后斩获的"五个新"的高度评价，表明该小说很好地实践了国家赋予少数民族文学的功能、使命、作用。同时，这种评价也对少数民族文学创作方向产生了巨大的引领作用。因此，正如史料显示的那样，这一代少数民族作家的心是与祖国同频共振的，他们的作品成为新中国少数民族翻天覆地的深刻变化的忠实记录，关于这些作品的评论，也规范、引导了各民族作家的创作。

值得一提的是，在微观性史料中，还有一类容易被忽视的简讯、消息或者快讯类的文献史料。这类史料文字不多，信息量却很大。例如，《新疆日报》1963年 4 月 12 日发表的《自治区歌舞话剧一团演出维吾尔语话剧〈火焰山的怒吼〉》一则简讯不足 300 字，但该文却涵盖四个方面的信息：一是《火焰山的怒吼》是维吾尔族作家包尔汉创编的维吾尔族革命历史题材的汉语话剧；二是该话剧由中央实验话剧院在北京演出后，又由新疆歌舞话剧院话剧二团在乌鲁木齐演出；三是包尔汉对汉语剧本进行了修改并转换成维吾尔语；四是新疆歌舞话剧院话剧一团排演了维吾尔语的《火焰山的怒吼》并在新疆各地巡回演出，受到了各族群众的热烈欢迎。那么，这些信息背后的信息又有哪些呢？其一，这部原创汉语话剧反映了辛亥革命后维吾尔族、汉族共同反抗阶级压迫的革命斗争，揭示了"汉族人民同维吾尔族人民自古以来的兄弟般的情谊"，在革命斗争中，新疆各族人民的命运同汉族人民的命运紧密地连接在一起，在今天看来，这里蕴含的正是共同体意识。那么，包尔汉为什么选择这个题材？而中央实验话剧院又为什么选择这部话剧？其二，新疆话剧团是一个多语种的话剧演出团体，这种体制设置和演出机制的背后，传达出什么信息？其三，维吾尔语革命历史题材话剧的演出，对宣传民族团结，增强维吾尔族人民对中国共产党革命历史的认识起到了重要作用。那么，包尔汉的选材，是自我选择还是组织安排？其四,由汉语转译为维吾尔语的《火焰山的怒吼》的排演,说明当时话剧团的领导和创编人员有高度的政治觉悟。那么,这种觉悟在 1963 年的政治文化语境中,究竟是自觉意识还是体制机制规约? 因此,这则微型文献史料让我们回到 20 世纪 60 年代的新疆政治文化语境,看到了各民族作家的可贵的国家情怀和共同体意识。

在空间分布上,本时期少数民族文学史料空间广阔性和区域性特征十分鲜明。如《促进云南文学艺术的发展和革新》《云南民族文学资料》《内蒙古文学史》《积极发展内蒙古民族的文化艺术》《关于内蒙古自治区民间音乐、舞蹈、戏剧会演的几个问题》《十五个民族优秀歌手欢聚一堂 昆明举行庆丰收民歌演唱会》《新疆戏剧工作的一些新气象》《西南少数民族艺术有了新发展》《少数民族艺术的新发展——在西南区民族文化工作会议期间观剧有感》等,这些史料,大都是对某一区域性少数民族文学历史、现状和文学艺术发展的评价、分析和总结,在空间上呈现出了中国多民族文学丰富多彩的文学版图,是少数民族文学史料体系最为独特的体系性特征。

在少数民族文学史料的学科体系、学术体系和话语体系上,1949 至 1979 年的少数民族文学史料的体系性特征十分突出。

首先,已有的史料形成了文学理论、民间文学、古代书面(作家文学)、现当代文学、戏剧电影文学的学科体系,尽管各学科的史料数量不等,但学科体系的确立已经被史料证明。

其次,从学术体系而言,少数民族文学在各学科的框架中同样以大量的、丰富的史料为基座,初步形成了各个学科的学术体系。例如,在少数民族当代文学学科中,形成了包含诗歌、小说、散文等文类和相关文类作家作品批评和研究的史料体系。在民间文学学科中,形成了以各民族史诗、叙事诗、神话、传说、故事、谚语搜集、整理、研究为主体的学术体系。而且,因研究对象的不同,各民族文学形成了特色鲜明、丰富多样的学术体系。

最后,从话语体系而言,新中国少数民族文学史料话语体系的国家性、时代性、民族性相融合的特征十分鲜明。

在国家性上,少数民族文学史料是新中国社会主义文学话语体系的重要组成部分,也是最具中国特色的文学话语体系。这表现在,统一的多民族国家、中国共产党的领导、民族平等政策、民族团结是少数民族文学史料最核心、最关键的共同性和标识性的话语。在所有宏观性、全局性的史料中,统一的多民族国家、民族平等、民族团结、社会主义是少数民族文学话语生成和发声的国家语境,少数民族文学总是在这一语境中被强调、阐释和评价。

在时代性上,"兄弟民族文学""兄弟民族文艺""新生活""新人""新面貌""新精神""对党的热爱""突飞猛进"等话语,无不与"团结友爱互助""民族大家庭"这一对中华民族的全新定义高度关联,无不与新中国成立后的各民族生活发生的历史性巨变高度关联,因此,各民族之间的关系,各民族文学中的新生活、新气象、新面貌成为具有鲜明时代辨识度的评价少数民族文学的关键词。特别是,在共同性上,社会主义新文学、社会主义新生活、社会主义新人,各民族文化遗产,以及作为国家遗产的各民族民间口头文学、书面文学、文学史的编写原则等,是少数民族文学各学术体系共同的标准和话语形态。

在民族性上,社会主义内容与各民族传统艺术形式的结合,使少数民族民间文学、作家文学的民族形式和民族特点的表现,成为少数民族文学的标志性的合法话语被提倡。各民族丰富多彩的民间文学文类和样式,如蒙古族的祝赞辞、好来宝,哈萨克族的阿肯弹唱,藏族的藏戏、拉鲁,维吾尔族的十二木卡姆,白族的吹吹腔等各民族丰富而独特的艺术形式被发掘并重视。前述冰心在评价杨苏小说《没有织完的统裙》时称赞的边疆风光、民族风情作为少数民族文学的民族文化和地域文化特征,在统一的多民族国家的中华民族文化多样性和国家文化集体性的高度上被认同。如何正确反映民族生活,如何正确评价少数民族文学的民族特点等理论问题,也在新中国社会主义文学的框架下被提出、讨论并得到规范。取其精华,去其糟粕不仅广泛运用于民族民间文学整理,也用于民族风情的描述和展示。可以说,这一时期少数民族文学民族性话语范式和评价标准基本确立。

尤其要说明的是,少数民族文学史料话语的国家性、时代性、民族性是融合在一起的。这一点在各类文学批评史料中都得到充分体现。而且，这些史料也清楚地表明，1949—1979年间，是少数民族文学全面发展的第一个黄金期，因此，这一时期少数民族文学史料的历史价值、社会价值、文化价值、文学价值都弥足珍贵。

五、问题与展望

如前所述，史料是学科大厦的基座。这个基座的广度、厚度、深度，决定学科大厦的高度和生命长度。

应该看到，与中国文学其他学科相比，中国少数民族文学学科的历史并不长，史料学建设还相当薄弱。少数民族文学史料整理从20世纪50年代各地民间文学大规模的搜集整理时就已经起步，"三选一史"和"三套集成"都是标志性成果。1979年中央民族大学整理编辑过《中国少数民族作家作者文学作品目录索引》《中国少数民族民间文学作品目录索引》。20世纪80年代中国社科院民族文学研究所成立后，于1981年、1984年将吴重阳、赵桂芳、陶立璠合作辑录的《当代少数民族文学作家作品研究资料索引》纳入《中国少数民族当代文学研究资料丛书》，还有《中国少数民族文学史编写参考资料》等以内部资料方式刊行的文学史料。全国各地在少数民族文学史料方面也做了大量工作，如云南多种版本、公开与非公开刊行的《民间文学资料》，广西的《广西少数民族当代作家作品目录索引》，玛拉沁夫、吉狄马加主编的《中国少数民族文学经典文库》，中国作家协会编辑的多种少数民族文学作品选（集），以及纳入"中国当代文学研究资料"丛书中的少数民族作家专集，等等，成果是显而易见的。特别是近年来，各民族学者依托各类项目对少数民族文学专题性史料的系统整理，形成了点多面广的清晰格局。

尽管如此，史料学意义上的少数民族文学史料系统整理和研究尚没有真正展开。本文所述的少数民族文学史料形态中，文献史料占据主体地位。这也意味着，除中国社会科学院民族文学研究所积几代学人之功建立的口头文学数字史料库外，其他形态史料整理还尚未起步。

本书选择 1949—1979 年少数民族文献史料作为整理对象，一是基于文献史料在所有史料形态中的主体地位；二是基于目前文献史料散佚程度日益加剧的现状，本书带有抢救性整理的用意；三是这一时期的史料在少数民族文学发展史上具有重要价值，特别是在少数民族文学学科发展处于转型升级阶段的今天，这些史料不仅还原了这一时期少数民族文学的历史现场，同时对少数民族文学发展也具有重要的历史参考价值；四是在少数民族文学研究中，面向少数民族文学历史的研究，必须以史料为支撑，面向未来的研究，同样要以史料为原点。

本书对文献史料特别是以文学批评和文学研究文献为主体的史料的整理与研究，仅仅是少数民族文学史料学建设的一个开始，本书所选也非这一时期史料之全部。只有当其他形态的史料也受到重视并得到系统发掘、整理和研究，当少数民族文学史料学体系真正建立起来，各形态史料构成的有机系统所蕴含的历史、社会、文化、文学等丰富的思想信息被有效激活时，我们才能在多元史料互证中走进少数民族文学发展的真实的历史空间。在此，笔者想起洪子诚先生在《问题与方法——中国当代文学史研究讲稿》的封面上写的一句话："对 50—70 年代，我们总有寻找'异端'声音的冲动，来支持我们关于这段文学并不单一，苍白的想象。"那么，这个寻找和支持来自哪里？——史料。

本卷导论

从史料看 1949—1979 年少数民族文学理论与批评

1949 年以后,少数民族主体身份与平等地位的确立,是中国统一的多民族的社会主义国家的重要标志,正因如此,中国少数民族文学也必然地成为 1949 年以后民族国家话语的重要组成部分。在国家层面,发展少数民族文学,是意识形态以及民族政策的一部分,也是观察、检验国家政策、意识形态实践的"舆情"来源。因此,在 20 世纪五六十年代中国一体化的历史、政治文化语境中,少数民族文学承担着多重使命。然而,传统思维的巨大惯性、现实选择的无穷变数,就像一只看不见的手,操控着民族国家的走向,自然也包括少数民族文学创作及其研究的定位、选择、兴盛、反复与挫折。其中,几个重要文学事件和文学史料,反映了这一时期少数民族文学研究的整体样貌。

一、问题与立场:一部"论集"与"一封信"

发现、定位、推动、规范、总结,是 1949—1966 年少数民族文学及其研究的主要脉络。虽然少数民族文学承担着多重使命,但其"文学"的特定身份,使其首先在"新中国""社会主义文学"的格局中被发现和定位。

新中国成立后,长期处于离散状态的少数民族文学被国家重视以及自身的发展都是有目共睹的。《塔里木》(维吾尔文,1951)、《延边文学》(朝鲜文,1951)、《曙光》(哈萨克文,1953)等少数民族语言文字的文学期刊创刊,《人民文学》(1949)、《内蒙古文艺》(1950)、《新疆文艺》(1951)①等文学刊物或地方报纸的"文艺副刊"，发表了相当数量的少数民族文学作品。

1953年9月，在中国文学艺术工作者第二次代表大会上，周扬在《为创造更多的优秀的文学艺术作品而奋斗》的报告中，将少数民族文学称为"文学领域中的值得特别注意的现象"，将当代少数民族文学概括为"新的少数民族的作者……以国内各民族兄弟友爱的精神，创造了少数民族人民中先进分子的形象，真实地描写了少数民族人民生活的新旧光景"，"他们的作品标志了国内各少数民族文学的新的发展"②。这是国家第一次对少数民族文学进行的整体性的宏观评价。从少数民族文学发展史的角度看，这标志着少数民族文学已经完成由"旧"向"新"的转型，进入了新中国文学的整体格局。

但是，客观地说，从国家政治、文化权力，至普通读者，对各少数民族文学历史及现状并不十分了解，或者了解得并不全面。在如何发展少数民族文学的理论与实践中，也存在诸多问题。这一情况引起了费孝通、张寿康、严立等学者的注意。

1951年，费孝通在《发展为少数民族服务的文艺工作》一文中指出，"中华人民共和国是一个多民族所组成的大家庭"，少数民族是这个大家族中的"兄弟民族"，"我们应该欢迎每一个少数民族，蓬蓬勃勃地发展其民族文艺，这样才使我们这个多民族的大家庭的文化内容更为丰富，更为结实"③。几乎同时，严立在《人民日报》上发表《开展少数民族的艺术工作》，指出少数民族专职文艺人才（包括管理干部）的短缺，制约了少数民族文艺的发展④。

1951年，语言学家张寿康编辑出版了新中国成立后第一部少数民族文艺研究论文集《少数民族文艺论集》，他在"代序"《论研究少数民族文艺的方向》中，就如何正确评价少数民族文学，如何推动少数民族文艺发展等关键性问题，发

---

① 该刊汉文版出版3期后停刊。
② 周扬：《为创造更多的优秀的文学艺术作品而奋斗》，《人民文学》1953年第11期。
③ 费孝通：《发展为少数民族服务的文艺工作》，《新建设》1951年第3期。
④ 严立：《开展少数民族的艺术工作》，《人民日报》1951年5月6日。

表了具有前瞻性的观点。

首先,张寿康从多民族国家的高度强调了少数民族文艺的地位。他指出:"少数民族的文艺,是中国文艺中不可少的一部份。因为,我们是一个多民族的国家,谁要是把少数民族的文艺推在中国文艺的大门之外,那他就是否认祖国伟大现实的人。"这就将如何对待少数民族文艺的问题提升到是否认同中国多民族国家的政治高度,这在学术史上还是第一次。

其次,张寿康指出了中国文学史中少数民族文学严重缺失的重大问题。他以高尔基关于苏联多民族文学的论述为依据,指出"中国文学不仅仅是汉文的文学——这是全中华的文学"。张寿康的这些观点,无论对推动少数民族文学史编写工作,还是提高人们对少数民族文学的重视,都具有实质性影响。

最后,张寿康指出,汉族文学与少数民族文学在中国文学整体结构中,是主流与支流的关系。但以汉族为主并不等于没有汉族以外的其他民族,以汉族文学为主流并不等于不要其他民族的文学。

这说明,张寿康是较早地比较正确、全面地认识少数民族文学的价值,厘清少数民族文学与汉族文学的关系,发现并指出少数民族文学在中国文学史中缺席的学者。这些问题,都是少数民族文学理论研究和体系建构中的根本性问题。

1955年1月,玛拉沁夫就同一问题,给中国作家协会写信,从发展多民族国家的多民族文学的角度,建议中国作家协会扶持少数民族文学的发展。这就是后来评论者们所说的玛拉沁夫的第一次"上书"。

在信中,玛拉沁夫明确指出:"中国作家协会对我国各民族的文学工作和作家负有不可推脱的积极领导、帮助和培育的责任。如果作家协会忽视了、放弃了、忘掉了这一重大而有意义的工作,那么就可以说,作家协会没有完全完成自己的任务。"玛拉沁夫在信中提出四个具体问题,涉及对少数民族古代文学的清理和研究、各民族文学发展的整体规划和具体措施等,属于文学政策范畴,同样是少数民族文学理论范畴研究的重点问题。

玛拉沁夫的这封信,是新中国成立后,少数民族作家第一次对中国少数民

族文学发展被整体性忽视直接提出的尖锐批评。玛拉沁夫之所以有如此的
"勇气"直接发出质问，是因为他与费孝通、张寿康一样，有我国多民族国家的法
理依据和苏联多民族文学成功经验作为支撑，这就使"多民族国家文学必然是
各民族的文学"的理论观点无懈可击。而在此之前，无论是 1953 年第二次文代
会的大会报告，还是 1953 年《中国作家协会章程》，都没有从多民族国家的角
度，提出要发展以"汉族文学为主体"的"各民族文学"。因此，费孝通、张寿康、
玛拉沁夫的多民族国家意识和所提出的问题的学术史价值不言而喻。

二、纠错与措施：少数民族文学的第一个"报告"

客观地说，玛拉沁夫的信直接推动了繁荣少数民族文学的具体措施的制定
和落实，因此成为促进少数民族文学发展的重要关捩。

1955 年 3 月，中国作家协会及时对玛拉沁夫的来信作了回复，指出玛拉沁
夫"对我国多民族的文学工作的意见，是正确的"。回信初步提出了扶持少数民
族文学发展的四个具体措施：一是召开座谈会，了解少数民族文学的情况，并向
中国作协第二次理事会会议提出关于如何开展少数民族文学工作的报告；二是
发展少数民族会员；三是希望各民族推荐本民族的作品，并商讨翻译作品等问
题；四是商定中国作协与各民族自治区文学团体的联系方法[①]。

1956 年，在中国作家协会第二次理事会会议（扩大）上，老舍作了《关于兄弟
民族文学工作的报告》。这个报告是中国历史上第一个全面介绍和评价少数民
族文学的报告。报告从"民族文学遗产和新文学兴起""开展搜集、整理、研究工
作""翻译问题""克服大汉族主义和地方民族主义"四个方面，介绍了少数民族
文学发展的基本情况和存在的问题。针对过去对少数民族文学重视不够和发
展中存在的问题，报告提出了一些解决措施，如推动各文艺团体的各级领导重
视兄弟民族文学工作，加强领导，鼓励搜集、整理、翻译与创作，大力培养搜集整
理兄弟民族文学遗产的干部，培养翻译人才与作家等。

---

①　参见中国作家协会内部刊物《作家通讯》，1955 年第 2 期。

这个报告中的八项具体措施,是对中国作协在给玛拉沁夫的回信中所承诺的"措施"的具体化。所以说,如果没有费孝通、张寿康等人的呼吁,没有玛拉沁夫给中国作协的信,就没有关于兄弟民族文学的第一个报告,也就不会有繁荣发展少数民族文学的八项措施。事实证明,20世纪50年代中期以后少数民族文学的快速发展(包括作家培养、文学组织、文学期刊),都与之密切相关。

三、总结与规范:第一次研究高潮与第二个"报告"

1959年,"建国十周年庆典"是关键词。各行各业对中华人民共和国成立十周年取得的辉煌成就的"展览"热潮,催生了少数民族文学研究的第一次高潮,涌现出郭光的《建国十年来的兄弟民族文学》、昌仪的《兄弟民族文学的巨大成就》、《文艺报》的《突飞猛进的兄弟民族文学》等成果。这些成果将少数民族新文学的发展,看成党的正确领导的结果。"统一的多民族国家中""少数民族文学作家的生长和劳动人民出身的作家的出现",是"我国文学发展中值得特别注意的大事,是我国文学在社会主义时代崭新发展"①。此外,邵荃麟也将少数民族文学投放在多民族国家社会主义新文学以及中国文学发展历程之中,特别提出中国各民族"在文学上也第一次出现多民族文学的共同发展与繁荣"的表述。这些评价都指认了一个基本事实——没有国家的推动,没有少数民族文学被纳入一体化的社会主义"新文学"体系,就不可能有少数民族文学的发展。

值得一提的是,《文学评论》1959年第6期开设"兄弟民族文学研究专号",是这次研究高潮的标志性事件。专号发表的十篇论文,涉及对新中国成立以来少数民族文学发展的全面概括,少数民族民间文学、古代文学、近现代文学、当代文学各个学科领域和作家作品的评论。从学术史的角度看,所发文章反映了本时期少数民族文学研究的基本格局和重点领域,少数民族文学研究学术体系雏形已经显现。

然而,"建国十周年庆典"语境下"展览"的话语范式,并不意味着少数民族

---

① 　昌仪:《兄弟民族文学的巨大成就》,《文学评论》1959年第6期。

文学发展和研究不存在问题。实际上，无论是创作还是少数民族民间文学搜集整理、文学史编写和文学研究，都出现了一些新问题，这些都需要统一的规范。从中国作协的角度看，也有必要对 1955 年以来发展少数民族文学的措施的落实情况进行评估。于是，便有了 1960 年老舍在中国作家协会第三次理事（扩大）会议上所作的《关于少数民族文学工作的报告》（以下简称《报告》）。

《报告》对少数民族文学的性质、功能、指导思想、少数民族文学与中国文学的关系、少数民族文学发展的原因、特点，都做了进一步明确：第一，我国是一个统一的多民族的社会主义国家，每个少数民族文学事业都不是孤立的，而是祖国整个文学事业的一部分。任何一个民族的文学都不能离开祖国的文学事业而孤立地发展，我们必须互相学习。第二，我国各少数民族中都出现了崭新的社会主义文学，少数民族文学丰富着祖国文学，在加强民族团结上，在提高人民政治觉悟与共产主义道德品质上，在促进各民族文化的繁荣上，这些新文学都产生了不容忽视的作用。第三，少数民族文学一开始就是在毛泽东文艺思想的指导下，遵循为工农兵服务的方针进行创作的。许多优秀作者一开始拿笔，就是以社会主义文学的建设者自期的。这些青年花朵是在党的雨露滋养下开花结果的。第四，少数民族文学的发展，充分地证明了党和毛主席的民族政策与文艺政策的正确性。

从学术史的角度看，1956 年的《关于兄弟民族文学工作的报告》表明，国家虽然将少数民族文学纳入新中国文学的整体格局，但对少数民族文学发展缺少系统化的具体措施，二者之间存在着一定矛盾。1960 年的《报告》表明，国家在统一的多民族社会主义国家的高度上，重视少数民族文学的国家意识更加强烈和坚定，少数民族文学国家话语的属性更加突出。而且，1960 年的《报告》对少数民族文学的总结，与此时期学术界的总结和评价标准高度一致，由此形成了本时期少数民族文学研究的基本范式。

四、知识与范式：四部中国当代文学史

文学史具有国家知识的属性。统一的多民族国家必然需要统一的多民

文学史来佐证。前者催生了作为"当代史"的中国文学史,后者使少数民族文学在中国历史上第一次以国家文学的合法主体身份入史。而在此之前,少数民族文学要么以"异族"的身份进入,要么"去民族"身份后进入,这便是 1960 年的《中国当代文学史(1949—1959)》(以下简称《文学史》)、1962 年的《中国当代文学史稿》(以下简称《史稿》)和 1963 年的《十年来的新中国文学》(以下简称《新中国文学》)以及 1978 年林曼叔等人的《中国当代文学史稿》。

《文学史》和《史稿》是作为高等学校中国当代文学知识教材编写的。二者分别在"绪论"和"导读"中,对少数民族文学的地位、价值、意义和取得的成绩进行了高度概括。这些概括综合、借鉴了《报告》《兄弟民族文学的巨大成就》《突飞猛进的兄弟民族文学》的观点,或直接引用了《报告》中的有关概括,体现了编写者对少数民族文学的一致性认识。在结构上,二者都将"兄弟民族文学"与小说、诗歌、散文、戏剧电影、儿童文学等文类并置,从而在知识架构的逻辑层面出现错误,因为"兄弟民族文学"并不是"文类"。但由此形成的"1+55"的中国当代文学结构模式,不但为后人广为采用,也深受后人诟病。

此外,虽然《文学史》《史稿》在谈论少数民族文学时,都以"多民族国家"作为叙事合法性的前提,甚至《史稿》还使用了"多民族的文学"概念,但在具体叙述时却都使用了"兄弟民族文学",由此产生的歧义在于:多民族文学等于少数民族文学,或者多民族文学只有在谈论少数民族文学时才被使用,反映了编者对少数民族文学与中国文学的关系存在着模糊的结构性认知。

与《文学史》和《史稿》不同的是,《新中国文学》在"绪言"中并未言及少数民族文学,却将少数民族新民间文学和小说、诗歌等置入民间文学、小说、诗歌、散文等相关文类。而后,在每一文类中,按民族进行逐一叙述。这种融入式的结构方式,显然优于《文学史》和《史稿》"1+55"并置或文类与民族混杂的结构方式,客观上呈现了少数民族文学与主流文学思潮相互响应、共同发展的总体特征。当然,这也与何其芳、贾芝等人对相关问题的思考深度有关。

之所以将这三部当代文学史视为本时期少数民族文学研究的重要关捩,是因为 1958 年由国家推动并相继完成的《白族文学史》《纳西族文学》等,仅仅标志着这些民族终于有了本民族文学史——本来这些民族就有自己的文学历史，那么，《史稿》《新中国文学》《文学史》中少数民族文学的"登堂入室"，打破了中国文学史原有知识体系和话语范式，初步奠定了少数民族文学在中国文学史知识体系和格局中的地位，这在少数民族文学发展历史上，无疑是一个重大的事件。

五、本卷的设想和内容架构

史料是历史的进路，也是历史的足迹。对于处于民族正在识别、民族历史正在调查、民族文学学科正在起步的 1950—1970 年，少数民族文学史料显得格外珍贵。故此，本卷的总体设想是：还原历史现场，呈现本时期对少数民族文学发展走向有重大影响的关键史料，从而以点带面，用史料回答少数民族文学何以快速发展的问题。

在具体内容架构上，主体内容分"少数民族文学总论""少数民族文学史编撰""关于少数民族文学民族形式和特点的讨论""文学史对少数民族文学的整体评价"四个专题。这些专题，都是本时期少数民族文学发展的关键点，相关史料也是本时期少数民族文学史料的精华。在史料类型上，有意识地选择了书信、序跋、讨论会纪要、文件、发言、讲话稿、编后记、评论和研究论文九类，以呈现少数民族文学史料类型的多样性。

当然，史料的发现永远在路上。我们希望读者从这些吉光片羽中，体察到国家对少数民族文学的重视，从而对少数民族文学发展的不平凡历程有进一步的了解。

第一辑

少数民族文学总论

本辑概述

本专题一共 21 篇史料，主要探讨少数民族文学宏观性问题。史料类型有会议报告、信件及复信、会议发言全文或摘录、文集的序言、专家学者的评论、刊物的发刊词、编读往来等，这些史料分别发表在《人民文学》《光明日报》《作家通讯》《文艺报》《新建设》《草原》《天山》《内蒙古文艺》《文学评论》等报刊上。

张寿康在《论研究少数民族文艺的方向（代序）》中提出少数民族的文艺是中国文艺中不可缺少的一部分，中国新文学史中应当有中国各民族的文学的观点。茅盾在《〈人民文学〉发刊词》中对新中国文学的性质、新任务、新目标，以及理论资源、批评范式等都做出了具体规定，提出"开展国内各少数民族的文学运动，使新民主主义的内容与各少数民族的文学形式相结合，各民族间互相交换经验，以促进新中国文学的多方面的发展"的观点。玛拉沁夫就张寿康提出的问题，给中国作家协会写信，信中从发展多民族国家的多民族文学的角度，建议中国作家协会要扶持少数民族文学的发展，对作家协会忽视各民族文学和作家提出了切实的意见和建议。中国作家协会及时对玛拉沁夫的来信做了回复，承认对少数民族文学"是重视不够的"，也提出了相应的解决措施。老舍在《关于兄弟民族文学工作的报告——在中国作家协会第二次理事会会议（扩大）上的报告》里对少数民族文学发展的基本情况进行了分析，指出了少数民族文学在思想内容和艺术形式上的不足，这对今后培养和发展各民族文学具有重要的意义和价值。费孝通在《发展为少数民族服务的文艺工作》中对如何进一步落实为少数民族服务的文艺工作进行了讨论分析。严立在《开展少数民族的艺术工作》一文中和张寿康一样秉持着重视少数民族文艺的原则,提出了要培养各民族自己的艺术干部这一观点,以使少数民族的文艺运动得到进一步的发展。布赫的《文艺必须为社会主义服务——在巴彦淖尔盟第一次文代会上的讲话》、昌仪的《兄弟民族文学的巨大成就》从党对少数民族文学的重视,少数民族作家文学创作,民间文学的搜集、整理和文学史编撰等方面进行了总结。昌仪的评介更为详尽,对具体作家,如傣族诗人康朗甩、藏族诗人饶阶巴桑、侗族诗人苗延秀以及仫佬族包玉堂等进行了细致的分析和评价。在《日益繁荣的新疆社会主义文学事业》一文里,帕他尔江、伊尔阿里着重论述了文学队伍涌现出的新生力量在文学的各个方面取得的成就。奎曾在布赫的《文艺必须更好地为农牧业服务》的基础上就文艺批评如何为农牧民服务进行讨论。陈清漳的《为发展内蒙古的文学艺术事业而努力——在内蒙古自治区文学艺术工作者第一次代表大会上的报告》和亚生·胡大拜尔地的《把社会主义文学艺术的发展推向新的高峰——新疆维吾尔自治区六年来文学艺术工作总结》分别对内蒙古文学艺术和新疆文学艺术的发展进行了客观评析。郭光的《建国十年来的兄弟民族文学》分别对维吾尔族、哈萨克族、蒙古族、朝鲜族当代文学进行了全面总结和评价。

综合来看,这些史料反映了20世纪50年代少数民族文学研究的整体样貌,展示了国家对少数民族文学不断重视的过程。少数民族文学的使命、功能和在中国文学史上的地位的确定,对今后少数民族文学发展产生了重要的推动作用。

《中华全国文学艺术界联合会章程》
中关于少数民族文学艺术的规定

史料解读

　　史料原载《光明日报》1949 年 7 月 19 日第 1 版。1949 年 7 月 7 日至 7 月 19 日召开的中华全国文学艺术工作者代表大会（简称"第一次文代会"）被认为是中国作家的大会师，是中国当代文学的开端。在筹备委员会讨论代表人选时，就提出有成就的民间艺人也应在被邀请之列。在周文谈、刘芝明、沙可夫等人对晋绥、东北、山东等地文艺情况的介绍中，均谈到全国各少数民族的文艺问题。大会秘书长沙可夫在主持《中华全国文学艺术界联合会章程（草案）》（简称《章程》）的讨论时，郑振铎、钟敬文、舒群等人提议将开展少数民族文学艺术运动和少数民族文学艺术的功能等写进章程，得到代表们的广泛赞同。"各少数民族的文学艺术"第一次出现。章程对各少数民族文学艺术的内容与形式、功能以及发展目标都做了具体规定。中国多民族文学共同发展和繁荣的新图景就此勾勒出来。因此，该则史料在少数民族文学发展史上具有极其重要的地位。

　　需要指出的是，《章程》在框架结构上采用和借鉴了《苏联作家协会章程》的模板，但具体内容有诸多不同，是马克思文艺理论中国化的一个缩影。

原文

......

四、开展国内各少数民族的文学艺术运动,使新民主主义的内容与各少数民族固有的文学艺术形式相结合。各民族间互相交换经验,以促进新中国文学艺术的多方面的发展。

......

《人民文学》发刊词

茅　盾

史料解读

　　史料原载《人民文学》创刊号（1949 年 9 月）。该文是 1949 年 9 月茅盾撰写的《人民文学》发刊词，是第一次文代会精神在实践层面的具体规划和落实。发刊词对新中国文学的性质、新任务、新目标以及理论资源、批评范式等都做出了具体规定，同时还提出了《人民文学》的六项任务和四个要求，延续并进一步完善了《中华全国文学艺术界联合会章程》对少数民族文学艺术的规定。将"开展国内各少数民族的文学运动"和"国内少数民族文学"研究列入其中。故此，学者们普遍认为，《人民文学》发刊词最早提出了"少数民族文学"的概念[①]，因为尽管在 20 世纪 30—40 年代在介绍苏联及其他国家少数民族情况时，就已经出现过"少数民族之经济文化""少数民族教育"的概念，如《苏联少数民族地方经济文化的向上》，但并没有出现"少数民族文学"的提法。

　　《人民文学》发刊词在少数民族文学学术史上的意义，绝不仅仅是对少数民族文学的命名。发刊词第四项任务是"开展国内各少数民族的文学运动，使新民主主义的内容与各少数民族的文学形式相结合，各民族间互相交

[①]　李鸿然在《中国当代少数民族文学史论》中，也指出"少数民族文学"一词起始于该发刊词。而实际上，这一概念应该提前到《中华全国文学艺术界联合会章程》。

换经验,以促进新中国文学的多方面的发展"。

在其向文艺界同人提出的要求的第三条——"要求给我们专门性的研究或介绍的论文"则提出:举类而言,就有中国古代和近代文学,外国文学,中国国内少数民族文学,民间文学,儿童文学等等;对象不论是一派别,一作家,或一作品;民间文学不妨是采辑吴歌或粤讴,儿童文学很可以论述苏联马尔夏克诸家的理论;或博采群言,综合分析而加论断,或述而不作;——总之,都欢迎来罢。

上述"任务"和"要求",实际上涉及少数民族文学的创作范式、社会功能、目标任务、学科地位四个方面的内容。

第一,"使新民主主义的内容与各少数民族的文学形式相结合",是对少数民族文学创作范式的规定。"新民主主义的内容"包括文学创作指导思想和作品表现内容两个方面。即要用新民主主义的思想,去反映新民主主义生活;"各少数民族的文学形式",指的是各少数民族自己的传统文学形式。也就是说,新中国少数民族文学的基本创作范式,是以新民主主义思想为指导,用少数民族自己的文学形式,去反映少数民族新民主主义生活。这也是有史以来,第一次从国家文学的高度,对各少数民族文学创作做出的统一规范。

从历史发展看,新中国成立后,随着新民主主义革命转型为社会主义革命,这一创作规范转换为各民族文学形式与社会主义内容的结合。而且这一规范与"政治方向的一致性与艺术形式的多样性"的文学总规范相一致,因此成为少数民族文学的核心评论标准。

第二,"各民族间互相交换经验,以促进新中国文学的多方面的发展",是对少数民族文学功能、目标任务的规范。强调了各民族之间的文学交流与少数民族文学发展、少数民族文学发展与新中国文学发展的关系,具有明确的导向性。不但确立了少数民族文学在新中国文学中的地位,而且赋予了少数民族文学发展的更高目标和更重要任务。这些规范,在后来的《关于兄弟民族文学工作的报告》《关于少数民族文学工作的报告》以及少数民族文学批评中，都得到了非常具体的体现。

第三，发刊词将"中国国内少数民族文学"与"中国古代和近代文学""民间文学""外国文学""儿童文学"等分支学科并列，在建构了"新中国文学"学科基本体系的同时，也赋予了少数民族文学学科与其他学科的平等地位。从中国文学学科史的角度，这是自晚清借鉴西方人文社会科学学科分类原则、标准和体系后，进行的又一次本土化创造。

第四，发刊词还对少数民族文学学科层次和知识等级进行了划分。"中国国内少数民族文学"在发刊词中出现一次，"国内各少数民族文学"出现两次，二者无论是学科意义还是知识等级，都不相同。其中，"少数民族文学"作为各民族文学的集合体成为"新中国文学"下属二级学科；而"各少数民族文学"指的是国内每一个具体民族的文学，如蒙古族文学、藏族文学、朝鲜族文学等。也就是说，"少数民族文学"是高一层级的学科概念；而每一个民族的文学，是"少数民族文学"的次级概念，即通常所称的三级学科。这种划分，对少数民族文学学科定位、规划、布局以及少数民族文学研究及理论建设，产生了重要影响。

原文

作为全国文协的机关刊物，本刊的编辑方针当然要遵循全国文协章程中所规定的我们的集团的任务。这任务就是这样的：

一、积极参加人民解放斗争和新民主主义国家建设，通过各种文学形式，反映新中国的成长，表现和赞扬人民大众在革命斗争和生产建设中的伟大业绩，创造富有思想内容和艺术价值，为人民大众所喜闻乐见的人民文学，以发挥其教育人民的伟大效能。

二、肃清为帝国主义者、封建阶级、官僚资产阶级服务的反动的文学及其在新文学中的影响，改革在人民中间流行的旧文学，使之为新民主主义国家服务，批判地接受中国的和世界的文学遗产，特别要继承与发展中国人民的优良的文学传统。

三、积极帮助并指导全国各地区群众文学活动,使新的文学在工厂、农村、部队中更普遍更深入的开展,并培养群众中新的文学力量。

四、开展国内各少数民族的文学运动,使新民主主义的内容与各少数民族的文学形式相结合,各民族间互相交换经验,以促进新中国文学的多方面的发展。

五、加强革命理论的学习,组织有关文学问题的研究与讨论,建设科学的文学理论与文学批评。

六、加强中国与世界各国人民的文学的交流,发扬革命的爱国主义与国际主义的精神,参加以苏联为首的世界人民争取持久和平与人民民主的运动。

任务是很明确的。如何使它具体化,——或者借用我们常用的术语"形象化",那就是本刊的责任。更确切地说,实在就是全国文协的会员以及"全国文联"系统下各兄弟团体乃至国内所有的进步的文学艺术工作者共同的责任。因此,本刊也就有理由,向我文艺界同人提出具体的要求:

一、要求给我们创作。诗歌、小说、剧本、报道、散文、杂文,长篇短章,反帝反封建反官僚资本主义的,为工农兵的;写部队、写农村、写城市生活、写工厂的,写解放战争,写生产建设,写小资产阶级知识分子的改造,……凡是表现了人民的坚强英烈,反映了新民主主义中国的成长和发展的,都欢迎来罢。

二、要求给我们一般理论的和批评的论文。阐扬或论述革命的现实主义的基本美学原则的,批判欧美近代文艺的派别与倾向而指出它在中国曾经发生并且今天也还存在着的有害的影响的;讨论过去和现在争论未决的关于理论思想和创作实践的一些问题的;指导文艺各部门的组织活动和创作活动的;批评文艺书籍(作品、论文集及其他)和刊物,帮助了作者和读者的;……不论是谨严的论著也好,轻松的随感也好,都欢迎来罢。

三、要求给我们专门性的研究或介绍的论文。在这一项目之下,举类而言,就有中国古代和近代文学,外国文学,中国国内少数民族文学,民间文学,儿童文学等等;对象不论是一派别,一作家,或一作品;民间文学不妨是采辑吴歌或粤讴，儿童文学很可以论述苏联马尔夏克诸家的理论；或博采群言，综合分析而加论断，或述而不作；——总之，都欢迎来罢。

四、要求给我们译文。在这一项，我们的最大的要求是苏联和新民主主义国家的文艺理论，群众性文艺运动的宝贵经验，以及卓越的短篇作品；其次是资本主义国家的革命的进步的作品和文艺批评以及欧美古典文学的批判的现实主义的作品，——当然，为了篇幅关系，不论是资本主义国家的革命的进步的作品或者批判的现实主义的作品都希望是短篇。

最后，本刊编辑部有一点意见也要乘这机会奉告文艺界同人。我们觉得编一本杂志，实在也就是一种组织工作。一要善于组织来稿，使杂志内容不单纯，不偏枯；二要善于有计划地邀约作家们写稿，使每期的杂志既能把握我们的文艺工作的中心环节，而又富于机动性。我们希望用了这样的方法，尽可能地把本刊编得活泼、多方面，而又不至于漫无重心。

但是我们对于这项工作，还是缺少经验，不敢自信；那又要请大家时时给我们提意见，让我们随时改进，把这工作做好。

再重说一遍：作为全国文协的机关刊物，本刊的编辑方针当然要遵循全国文协章程中所规定的我们的集团的任务；而要完成这任务，乃是全国进步的文艺工作者共同的责任。

站在毛泽东旗帜下的全国文艺界的朋友们！请一齐来负起这个庄严的责任，使本刊一期比一期更精采。

让我们团结得更坚固，为建设新民主主义的文艺而奋斗！

一九四九年九月

发展为少数民族服务的文艺工作

费孝通

史料解读

　　史料原载《新建设》1951 年第 4 卷第 3 期。这是一篇调查感想式评论。费孝通在总结访问西南各少数民族的工作经验基础上，提出文艺工作是宣传民族政策最有效的方法，但存在文艺工作者为少数民族服务不到位的问题。他深入分析了其中的原因，主要在于文艺工作者为人民服务的立场确立时间短、为少数民族服务的意识不鲜明，导致忽视民族区别。费孝通阐述了为少数民族服务的文艺的内容和形式。内容主要是团结各民族，尤其是消除少数民族在过去历史中所遗留下来的对汉族的仇恨；其次是要启发少数民族的觉悟，在自觉自愿的基础上进行有利于各民族团结和发展的社会改革。为少数民族服务的文艺形式必须是民族性的，就是必须通过少数民族自己所熟悉的形式去表现，要以"从少数民族中来回到少数民族中去"的原则来帮助少数民族发展他们自己的文艺活动。他在深入调查和阐述的基础上提出，为少数民族服务的文艺工作者，必须能掌握民族政策，熟悉所要服务的少数民族的社会情况，在马列主义理论的指导之下进行工作。该文的亮点在于西南少数民族访问工作增进了对苗族等少数民族的切实了解，加深了民族感情，在此基础上提出通过文艺工作宣传党的民族政策，并对怎样开展好为少数民族服务的文艺工作有深入的思考，立论扎实，分析入理，阐述层层深入，提出的观点针对性强且具有实践意义。

原文

在访问西南各少数民族的工作中，我们深切体会到文艺工作是宣传民族政策最有效的方法。少数民族和我们语言不同，很多还没有自己的文字，所以讲话和文字宣传都有困难，而文艺工作却可以从形象和感情上把我们的政策交代给少数民族的群众。而且少数民族大多是极爱好文艺活动的，尤其歌舞是他们日常生活中不可缺少的一部分，所以通过他们熟悉的形式很容易接受我们的意思。

但是，我们也必须承认各地文艺工作者对于这项工作做得是不够的，为了民族工作必须很快地展开，所以我想向文艺工作者发出呼吁，并根据半年来在贵州少数民族中工作的体会，对于怎样发展为少数民族服务的文艺工作这个问题提出几点来讨论讨论，虽则我自己对于文艺工作是个外行。

如果我们承认各地文艺工作者对于为少数民族服务的工作做得是不够的话，我们首先得分析一下造成这个情况的原因何在。基本上说，这是因为我们各地文艺工作者面向人民大众，决心以文艺来为他们服务，大部还没有太长的历史。过去在顽固的封建势力之下，文艺工作者服务的对象并不是人民大众，而是封建地主和官僚资产阶级。在那个时代自然谈不到为少数民族的人民大众去服务了。少数民族中绝大多数是农民，即使有小量的地主，他们也养不起一辈汉族的文艺工作者去为他们服务。过去这种文艺工作者如果注意到少数民族，也只是想搜集一些怪癖的题材去满足封建地主和少数资产阶级的好奇心，或者甚至用作宣传大民族主义的材料，绝不是为少数民族服务的。这就说明了：只有把立场问题搞清楚之后，文艺工作者确立了为人民服务的观点之后，才能谈得到发展为少数民族服务的文艺工作。

但是当我们一般的文艺工作者已经接受了文艺是应当为人民服务的思想之后，服务于少数民族的文艺工作是不是就会很顺利地发展起来呢？我觉得其间还有困难需要我们克服。有些文艺工作者可能认为我们不必特别提出为少数民族服务的口号,只要我们的文艺的确是为劳动人民服务,自然可以推行到少数民族中去的。为什么我认为这种思想是可能存在的呢?那是因为我们在其他民族工作上已经发现这种忽视民族区别的作风,而且这种作风也已经成了民族工作的障碍。在发展为少数民族服务的文艺工作时,因之也可能会碰着这种障碍的。具体地说:就是可能有人认为汉族人民所接受的文艺,加以必要的翻译,必然能为少数民族所接受,而且必然会发生同样的效果,因之,不必特别提出为少数民族服务的文艺。我们所需要的只是把我们已有的文艺作品,推到少数民族地区去,就可以为少数民族服务了。

这种不承认民族区别的思想是不正确的。民族的区别是客观存在的事实,不但语言文字不相同,而且经济基础、社会形态以及民族感情都有区别。这些区别是由于不同的历史条件所造成的。所以主观上抹杀这种区别是不正确的。

客观存在着的民族区别为什么会有人不承认它呢?为什么我们主观上会不能反映这个客观存在的事实呢?歪曲和遮盖一个事实必然有其社会的原因。让我们在这方面分析一下。我们所谓不承认民族区别,并不是真的认为在人类中没有不同语言文字、经济基础、社会形态及民族感情所构成的不同集团,而是不肯承认其他民族的平等存在,不肯承认民族区别的合法性罢了。只承认自己的民族是唯一合法的,从而认为是高尚的、优秀的,凡是不同于自己的民族就成了非法的,下等的,不应当存在的了。这种思想就是大民族主义。

这种思想怎么会发生的呢?几千年来的封建统治者对于我们境内各少数民族一直是进行侵害的。过去的一部历史充满着大民族侵害小民族、小民族反抗大民族的记载。封建统治者侵害小民族是为了要扩大他们剥削的范围,使更多的劳动人民为他们所奴役。大民族主义是用来支持他们侵害小民族行为的思想,它的作用就在于离间各民族的劳动人民,使他们可以利用大民族的人民去为他们的目的服务。

蒋介石继承了历代封建帝王及军阀的反动统治,在他的《中国之命运》中就公开地宣传大民族主义,否认中国是一个多民族的国家,提出中华民族是一个的口号。这就是要剥夺中国境内各少数民族合法的存在和平等的权利,使他可以进行对少数民族残酷的剥削。

不承认民族区别的合法性，引起的不是民族的团结，不是加强各民族友爱合作，相反的，是引起民族之间的仇恨和隔阂。小民族受到了大民族的侵害和压迫必然要发生反抗，反抗遭到更大的压迫和屠杀，小民族虽则一时可以被屈服，但是仇恨是永久的。以贵州说，少数民族的反抗在历史上没有断过："三十年一次小反，六十年一次大反。"在少数民族地区现在还遗留着无数英雄故事和反抗的故迹。同时，我们和少数民族同胞稍一接触，就可以明白，对汉族的隔阂是历史性的，对汉族的怀疑和不信任，至今还是存在着，于是在少数民族中发生了狭隘民族主义。这种狭隘民族主义是小民族反抗大民族主义的产物，所以基本上是由大民族主义所引起的。不承认民族区别的合法性，结果就是这部惨痛的民族冲突的历史。所以，这种思想不但不正确，而且是有害的。因之，我们要为少数民族服务，首先要承认民族区别，绝不应当忽视民族特点。

我已经说过所谓不承认民族区别其实只是不承认民族区别的合法性罢了。歧视小民族，认为小民族是不文明的，是野蛮的。这些自然不值得我们去向他们学习了。在发展为少数民族服务的文艺工作时，因之也可能碰着第二个困难，就是把少数民族看成是没有文艺的。我们要以文艺去服务于他们，只有把我们这一套搬去。因之发生了有如西洋传教士那一种作风。自己高高在上，用着教训的口吻、恩赐的态度来"服务"于少数民族。口口声声是教育他们，拯救他们；凡是遇到群众不接受"教育"或"拯救"时，就会发生"不识好人心"、"不受抬举"的心理。进而"为了他们好"强制要人接受，犯了我们切忌的命令主义。当然，在文艺工作中不致像在其他工作中一般产生严重的结果，但是我们可以预料，就是这样做法，也永远不可能达到为少数民族服务的目的。

我们怎样以文艺工作去服务于少数民族呢？这就是为少数民族服务的文艺的内容和形式问题。让我们先谈一谈内容问题。为少数民族服务的文艺工作者的任务首先是通过文艺工作来宣传我们的民族政策。主要是团结各民族，尤其是消除少数民族在过去历史中所遗留下来的对汉族的仇恨。其次是要启发少数民族的觉悟，在自觉自愿的基础上进行有利于各民族的团结和发展的社会改革。

民族团结工作有两方面：一方面是向汉族群众进行反对大民族主义的宣传，另一方面是向少数民族宣传我们新民主主义各民族平等、友爱、互助的政策。这样也就会逐渐地消灭存在于少数民族中的狭隘民族主义。向大民族主义作斗争，也就是向狭隘民族主义作斗争，因为狭隘民族主义的根源就是大民族主义。

过去为封建统治服务的文艺工作者曾经通过他们的文艺活动，把少数民族描写成不文明的野蛮人。现在我们必须消灭这种坏影响。把少数民族的许多美德，实事求是地介绍给各民族的群众。少数民族是具有许多美德的。比如苗族同胞的爱劳动和爱民族就给我极深的印象。除了极少数已经汉化了的地主外，苗族同胞普遍地从事劳动，不脱离生产，都是做"活路"的。

有一天傍晚，我在黄平郊外眺望：对面山坡底下出现了一个妇女和一个孩子挑柴回家。远远望去，那矫健的阔步，轻捷的动作，好像毫不费劲地依着曲折的山径，那么快地越过了山顶。我好像听得她很骄傲地向我说："在你是高山，在我是平地。"是的，我领会了，如果没有这爱劳动的美德，我们的苗胞哪里还会在这样长、这样重的压迫下屹立至今呢？他们民族小，抵抗不住残暴的侵略者，他们只有上山，就是这个妇女这个孩子所表现的阔步，保存了他们的民族。在山上，一片荒坡，他们又靠了一双手，把这贫瘠的石山开成良田。我们听到可泣可歌的故事太多了。有一个被汉人地主苛刻剥削的苗胞，偷偷地每天晚上，在黑暗里爬上山开荒。他沉痛地为我叙述了怎样因为过分的疲乏半夜里昏倒在田里；但是他很骄傲地说：最后还是开出了一片良田。后来地主又逼他"投庄"，他想走，可舍不得这块田。他哭了。这样能劳动、爱劳动的人民永远是值得我们尊敬的。

他们热爱自己的民族。他们虽则弱小，但是永远不肯投降。在炉山县的凯里，一次座谈会上，有一位 60 多岁的苗胞，因为太激动了，站起来唱了一节《反歌》。这《反歌》是叙述咸丰、同治年间 18 年的反抗民族侵略战争的故事：苗族的领袖被清朝的军队捉住了，用酷刑逼他屈服，把头盖骨削去，加油点了灯。问他："要不要反了？"他很从容地答复："压迫我们一天，我们就反抗一天。"这《反歌》过去只在隆重的仪式里歌唱，是一种民族教育。那天晚上，在洋溢着民族团结的空气中，他引声高歌，表示民族压迫已经结束，从此是一家人了。他的歌声还没有完，在座的许多苗族老年人，低头哭了起来。全场肃静，我深刻体会到热爱民族的高贵感情。

发扬少数民族的美德，使我们能在感情上确立平等的观念。在这基础上才能更痛彻地觉悟到过去压迫弱小民族的大民族主义的丑恶和罪过。大民族主义者的手段是先歪曲事实，把小民族说成了禽兽，使大民族里的人民丧失对其他民族中被压迫人民的阶级感情。因之，我们也得从恢复对兄弟民族亲切的友爱，才能揭破大民族主义的阴谋。

少数民族仇视和怀疑汉族有着极长的历史根源，绝不是一番话、一夕谈可以改变过来的。少数民族同胞告诉我们，他们从小父母就用"客家来了"来唬吓孩子。"石头不能做枕头，汉人不能做朋友。"这种历史的教训在过去是有事实做基础的。我们做民族工作的人，必须深切地体会这种感情，而且应当同情他们。也就是因为有着这种感情上的隔阂，所以我们要在民族团结上做工作。破除民族间感情上的隔阂是一切民族工作的前提。在这个工作上，文艺工作者有很多服务的机会。通过文艺的活动，我们可以把新的亲切的感情传达给少数民族，其效果比讲话和说理可以更大。这是我们这次访问的经验。当我们访问团的同志化装成苗族妇女上台唱苗歌和跳苗舞时，苗族的观众立刻表示了无限的兴奋。在民族团结舞中，我们有各民族的舞蹈。有一次台下一位苗胞看见台上跳苗舞的同志没有戴项圈，她立刻摘下自己的银链，要我们送上台去加在那位同志的项上。她这样做，是因为她感觉到台上的同志代表着自己，一定要以自己最美的装束出现在民族的行列里。每次我们向苗族妇女借衣服来化装时，她们一定要亲自来替我们的同志装扮。还有一次，在湾水，苗胞送了一顶凤冠给我们，我们由一位穿了苗服的同志去接受，当众把凤冠戴在头上，台下的苗胞乐得直鼓掌。后来向我们表示，我们真是一家人，平等了。这许多事实给我们很大的启发，就是通过文艺来表示民族平等的感情，比我们在台上喊一千遍口号，效果大得多。这不但说明了文艺工作是宣传民族政策的有效工具，而且也说明了我们为少数民族服务的文艺工作必须要受政策的指导。我们对于文艺工作者的要求，不但要通过文艺工作去破除民族仇恨和隔阂，促进团结，建立友爱合作的感情，而且还希望能启发少数民族的觉悟，使他们能自觉自愿地进行社会改革。但是要做这件工作时，必须有充分的理论武装，不然，就不但不能收效，而且可以引起相反的结果。

我们的中华人民共和国是一个多民族所组成的大家庭。这大家庭中的兄弟民族，由于过去历史上大民族残酷的压迫和剥削小民族的结果，在政治、经济、文化、教育各方面造下了极不平衡的情况。我们这个大家庭要好好的建设起来，要从农业国变为工业国，要从半封建半殖民地的社会，经过新民主主义的阶段，进入社会主义的社会，绝不能坐视我们少数民族的兄弟们长期地滞留在半原始性的社会阶段上。局部的建设、局部的发展是不应当，也是不可能的。所以，少数民族的社会必须在汉族人民的帮助下很快地发展起来。我们要帮助少数民族的，也就在帮他们创造使他们可以很快发展的条件。要社会发展必须进行适当的社会改革，这是肯定的。但是怎样去帮助他们，却不是个简单的问题。我们在访问工作中一路上遇到许多干部同志和少数民族中的积极分子问我们：为什么中央所颁布的许多有关社会改革法令，总是拖着一条"本法不适用于少数民族地区"的规定。我们也遇到不少少数民族同胞要求我们请中央人民政府下令禁止这样，禁止那样。当我们说有关少数民族社会制度及风俗习惯的事我们不能干涉时，也有质问我们这是不是要少数民族永远这样落后？我们怎样答复呢？谈到为少数民族服务的文艺工作，这问题也存在的。既然负有帮助少数民族发展其社会的任务，在文艺的内容里，对于社会改革应当取什么态度呢？

在帮助少数民族进行社会改革的工作上，我们很容易遇到两种不正确的思想，第一种是发生在汉族的干部里的包办代替的思想，第二种是发生在少数民族积极分子中的急于改革的思想。少数民族的社会各方面的落后是事实。在少数民族地区工作的干部，如果带着大民族主义思想的残余，就很可能不考虑民族区别，把适合于汉族社会所进行的改革，不加区别地搬到少数民族地区中去。"提他们一把"，"良药苦口"，"等他们觉悟不知道要什么时候哩"——他们觉得只要自己的动机好，为少数民族人民大众谋利益，就可以了。于是想借政府的权力，包办代替地进行社会改革。少数民族中的积极分子看到自己民族的落后，心里很难过，也很焦急，"恨不得一天之内就追上汉人"。有一次我们向一位在政府里工作的少数民族同胞问他自己民族的情况，他半吞半吐地很不好意思启口，"太落后了。"接着，是要求政府帮助少数民族把那些难于出口的"坏风俗"下令禁止。他很不满意我们主张宗教信仰的自由，因为"一自由，少数民族的迷信就没法取消了"。

这两种思想是和我们的民族政策相抵触的。我们认为少数民族的社会改革一定要在自觉自愿的基础上由本民族自己来进行。所以，在共同纲领中规定了各少数民族均有"保持或改革其风俗习惯及宗教信仰的自由"。为什么呢？是不是要少数民族停止在落后的水平上呢？当然不是的。相反的，这才是帮助少数民族发展的必要条件。首先我们要明白，少数民族并不是一个，而是有许多。各个少数民族的社会性质并不是一样的。因之，各民族在同一时间，所需要的社会改革是不相同的。如果我们不从具体情况出发，一律根据我们自己的需要用政治权力推行一致的改革，就容易与少数民族的群众脱离，使群众和执行改革的政府对立起来，引起民族隔阂，反而阻碍了少数民族社会的发展。所以，包办代替的命令主义在民族工作中引起的错误，可以比在其他工作中更为严重。

但是，我们是不是袖手旁观，等待少数民族社会自己发展起来呢？又不然。我们是要加以帮助的，帮助他们觉悟起来。我们必须根据他们已有觉悟的程度，启发他们提高和巩固。比如，他们的人民大众受着封建的压迫，我们就得善于启发他们的阶级觉悟；他们实行着早婚制度的地区，我们就要善于向他们传播生理发育的常识。通过文艺工作，我们是有很多事情可做的。

在一定的少数民族中进行一定的启发工作，必须根据具体情况出发，依该少数民族社会发展的阶段，并且在加强民族团结的总方针下进行。这并不是件简单的工作,因为,如果我们犯了教条主义,不顾情况,生硬地依我们主观的愿望强制少数民族"吃药",必然会违反民族团结的总方针的。比如说:我们到一个尚是神权统治的少数民族中去,一开始就宣传无神论,那必然会犯错误的。当然,马列主义者是不承认有神的。无神论本身是科学的。我们也相信社会继续发展下去,有神论是会消灭的。但是,在这个时候,在那种少数民族中,以汉族的文艺工作者的身份,去宣传无神论,所得到的结果,不是帮助他们社会的发展,而是引起民族纠纷,反而阻碍了他们社会的发展,也就是对该少数民族人民大众有损害的行为。但是,我们对此是不是袖手旁观呢? 不然,我们应当在他们自愿接受的条件下,输入科学,如医药卫生,帮助他们解决疾病的痛苦;输入生产技术,帮助他们发展经济;这样才能创造改革神权社会性质的条件。社会改革是性急不得的,但是又必须依具体情况加以启发和酝酿的。文艺工作的任务就在进行适合于一定社会条件的启发和酝酿工作,只有这样才能真正有效地服务于少数民族。

因之,一个要为少数民族服务的文艺工作者,必须能掌握民族政策,熟悉所要服务的少数民族的社会情况,在马列主义理论的指导之下进行工作,所以必须克服轻视政治学习的错误思想。

为少数民族服务的文艺形式必须是民族性的,就是必须通过少数民族自己所熟悉的形式去表现的。我们不应当停留在"我们表演给你们看"的阶段上,而是要以"从少数民族中来回到少数民族中去"的原则来帮助少数民族发展他们自己的文艺活动。因之,为少数民族服务的文艺,基本上,必须是少数民族形式的。我们汉族的文艺工作者要能帮助少数民族发展这种文艺,首先必须向少数民族学习,这是"从少数民族中来"的一部分,然后经过加工和提高,重又"回到少数民族中去"。

一个民族的文艺形式,基本上决定于它的经济基础和社会形态。因之,各个少数民族所有的文艺是不一定相同的。以贵州说,苗族和仲家(布依)族的文艺形式就有区别。在仲家族里我看到了玩龙灯、踩高跷、跳狮子、地戏等活动,他们的乐器和歌曲也有很多是吸收汉族的。但是在苗族里,主要的却不是这些。

苗族主要的文艺活动是人人皆唱、人人皆跳的歌和舞。他们的文艺活动也更密切地结合着他们的生活。一个不会唱歌、不会跳舞的人，在他们社会里有如我们不会说话的哑巴和不会走路的跛子，是不可能在社会里得到健全生活的。唱歌和跳舞是男女讲恋爱时必需的工具。他们的青年们以歌舞来认识异性，选择配偶，这种活动就叫"摇马郎"。所以如果不会唱歌，不会跳舞，就不容易得到满意的爱人。他们在社交的场合中也不能没有歌舞。欢迎和欢送客人就得唱歌，喝酒又得唱歌。凡在节日的群众集会上，各村男女盛装歌舞，互相竞赛。在田间劳动，在路上挑担，到处有歌可唱。因之，很多人一提到苗族，就很容易联想起他们的歌舞来。

这种文艺是配合着他们爱好劳动的生活。人人劳动，人人歌舞。男女都劳动，男女也比较平等，保持着男女社交自由和婚姻自由，和我们封建性极强的旧社会刚好相对照。在我们的封建社会中，男女受着礼教的束缚，授受不亲，自然不可能发生以歌舞来接触异性的方式。在一部分封建势力比较强的仲家族中，一方面发生了媒妁之言的早婚制度，另一方面却还没有放弃一定限度内的自由社交，以歌唱来结识异性的"赶表"；结果引起了种种纠纷、抢亲及械斗等破坏社会团结的行为。这是一个很好的例子，说明了社会形态和文艺形式是密切结合着的。

苗族那种群众性的文艺活动，缺乏固定的形式。因为人人皆唱，人人皆舞，同一调子，各人可以各唱，形式上很难标准化。他们的歌唱又是富于语言性，要唱什么就可以唱什么。真是"即景生情，即情生词"，歌词大多是临时编的。比如，在一次招待会上，一位苗族妇女，举起酒且要我喝酒，毫不思索地唱："团长你翻山越岭来此地，不为金来不为银，为的是我们苗家要翻身，山高来水长比不得你的恩。"（译意）我是不能喝酒的，只是端在嘴上"意思意思"，可是她却不放松，接着就唱："满满斟了一杯酒，端给团长表心情，团长样样都很好，就是喝酒不像个团长。"（译意）她们就是这样可以一直依着情况的发展往下唱，唱起马郎歌来可以唱一天。调子是一个，内容却一直在发展。

从形式上去看苗族的歌舞是很简单的,因为它还保持着原始性,配合于用简单工具劳动的农业经济阶段。原始的形式虽则简单,但是因为密切地配合着生活,其内容是丰富和生动的,正如毛主席所说的:"人民生活中本来存在着文学艺术的矿藏,这是自然形态的东西,是粗糙的东西,但也是最生动、最丰富、最基本的东西,它们使一切加工形态的文学艺术相形见绌,它们是一切加工形态的文学艺术的取之不尽、用之不竭的唯一的源泉。"

苗族的文艺还接近于自然形态,只是粗糙加工的原始形态。他们还没有发生演员和观众的区别,大家是演员,大家是观众。在一个广场上,可以围上许多小圈子,跳舞的人停下来就站着看别人跳,看一忽,有兴致,加入队伍就可以跳。我们看见过他们的"跳场",此起彼伏,一群群,一团团,无始无终,要停就停,要跳就跳。这和我们舞台上有组织的表演完全不同。因之,要把苗族歌舞搬上舞台就很困难。他们的歌舞,一旦脱离了活生生的现实生活,留下来的只剩了很简单的形式,观众也就难于体会到他们文艺的特点了。

这里发生了一个问题,我们是否要通过这种简单的文艺形式去服务于少数民族呢?有一种意见认为原有的形式过于简单,要发展为少数民族服务的文艺,必须介绍比较复杂的形式。比如,在这种群众性的歌舞中,主要是抒情的,很少表现情节的能力,所以苗族至今还没有发生戏剧。他们没有文字,所以也没有小说。他们虽则有史诗,好像我上面提到的《反歌》,但是并不普遍。这样简单的形式是不容易表现比较复杂的生活内容的,所以必须把新形式介绍进去。这个意见是有理由的。但是要提高他们的文艺形式却并不是搬运我们这一套进去就可以为他们所接受的。现在大部分少数民族的人民还是经营着自给自足的农业经济,但是剥削和压迫他们的反动统治一旦打倒,靠他们的劳动,生活必然会富足起来。生活随即复杂,那些原始性的文艺形式也就会满足不了他们的要求了。我们帮助他们在这方面发展起来是很应当的。但是新的形式却必须从他们原有的基础上提高起来,从他们原有基础中优良的一面发展起来。而不是放弃旧的,全盘接受新的。我们必须承认他们原有基础中有着很可宝贵的成分。比如苗族文艺的普及及群众性,那正是我们自己文艺所缺乏的。

苗族不必经过我们汉族过去所走的那段弯路，就可以从原有基础上提高起来。从原有基础上去提高也许比我们自己文艺的改造更容易见效。这正和他们的经济发展一样。他们曾长期被汉族封建势力所统治，大部分人民成了汉族地主的佃户，但也因之本民族中封建势力不易壮大，在民族性格上保持了爱好劳动、合作互助、男女平等、婚姻自由等美德。汉族封建势力打垮之后，他们这些美德也正是他们经济迅速向前发展的优良基础。

因之，我们要帮助少数民族发展他们的文艺，必然先得向他们原有的文艺学习，也就是说，要"回到少数民族中去"，必先"从少数民族中来"。

我们可以相信，少数民族的经济发展了，必然会不满足于他们原来文艺的形式，必然会要求提高的。我们必须根据他们自身的要求，把他们所需要的介绍给他们，以减少他们发展上的困难。这才是"帮助"而不是"给人药吃"。我们并不是要他们汉化了才算是"提高"。我们也可以相信，从他们原有基础上提高起来的文艺，绝不会完全相同于我们汉族的文艺。他们要在他们的文艺里表现他们的民族性格。我们应该欢迎每一个少数民族，蓬蓬勃勃地发展其民族文艺，这样才使我们这个多民族的大家庭的文化内容更为丰富，更为结实。

1951 年 4 月 8 日改写

开展少数民族的艺术工作

严 立

史料解读

史料原载《人民日报》1951 年 5 月 6 日。该文肯定了 1950 年以来少数民族艺术工作的良好开展,各地区少数民族用自己民族形式的歌和舞,歌颂新的生活,歌颂毛主席与共产党,充分表现了高度的政治觉悟与兄弟友情。严立提出,发展少数民族文艺的关键在于真正尊重他们的艺术传统与人民的爱好,并指出正确把握"新民主主义的内容与民族的形式"这一指导原则是必要的。一方面必须防止各少数民族轻视本民族传统的文艺形式的偏向,另一方面又必须防止故步自封、不求吸取其他民族文艺优良传统的偏向。针对缺少艺术工作干部的现实,严立认为除了必须派遣一些文艺工作者去少数民族地区帮助工作外,更重要的是采取各种方式培养各民族自己的艺术干部,这样才能使少数民族的文艺运动得到进一步的发展。严立提出的观点具有现实针对性,对做好少数民族的艺术工作很有价值。

原文

一年来少数民族的艺术工作有了很大的开展。各地区少数民族在解放后用自己民族形式的歌和舞,歌颂新的生活,歌颂毛主席与共产党,充分表现了高度的政治觉悟与兄弟友情。新疆维吾尔族及哈萨克族的职业剧团并已开始新歌剧的创作与演出。去年国庆节,内蒙①文工团、延边文工团、新疆文工团、西南各民族文工团在北京演出二十余次,受到观众很大的欢迎。这些演出的节目充分说明了中国各民族艺术宝藏的丰富,也显示了各民族人民在艺术上的创造才能。

去年,中央文化部组织了文工队及京剧队随中央访问团分赴西南及西北各少数民族地区进行巡回演出。这对于促进民族艺术的交流,帮助各少数民族开展文艺工作是有作用的。同时,许多部队及地方文工团也在少数民族中进行演出活动。这些演出对于教育各民族广大人民,加强民族友谊与团结,也都起了很好的效果。

发展少数民族文艺的重要关键是在于真正尊重他们的艺术传统与人民的爱好。一年来,对于少数民族艺术的搜集、整理、研究与学习等工作,已为各地文艺工作者所重视。西北曾派专门小组远赴新疆青海学习各民族舞蹈及歌曲。他们把濒于失传的新疆维族②的古典乐曲十二大套,录音保存。内蒙古及西南地区的搜集研究工作,也有不少收获。许多汉族文艺工作者在与各少数民族的优秀艺术接近的过程中,受到了教育,开始对这些民族艺术树立起正确的看法。

在开展少数民族的文艺运动时,正确地把握"新民主主义的内容与民族的形式"这一指导原则是必要的。一方面必须防止各少数民族轻视本民族传统的文艺形式的偏向,另一方面又必须防止故步自封、不求吸取其他民族文艺优良传统的偏向。而在发展民族形式这一问题上,又必须防止机械地从表面上解释民族形式(如仅以服装为民族形式的特征),而不从民族生活习惯、语言文字特征,以及本民族的文艺传统等等出发,这样才能使民族形式走向更高阶段的发展。

事实证明各地少数民族人民对新文艺都是十分喜爱的。但是大多数的民族没有职业艺人,更没有艺术工作干部。因此除了必须派遣一些文艺工作者去

---

① 编者注:"内蒙"应为"内蒙古",后同。
② 编者注:"维族"应为"维吾尔族",后同。

少数民族地区帮助工作外,更重要的是采取各种方式培养各民族自己的艺术干部,这样才能使少数民族的文艺运动得到进一步的发展。关于这一方面的工作,西北艺术学院已设立了少数民族艺术系,以培养西北少数民族的艺术人才。西南区更从少数民族中吸收大批具有艺术才能的劳动人民组织了文工团,一面进行工作,一面培养干部。内蒙则采取民间艺人代表会议及训练班的方式,帮助内蒙的民间艺人提高政治认识,加强艺术学习,推动与帮助他们参加新文艺活动。我们希望,全国各重要艺术学院与艺术团体都来注意研究少数民族艺术与培养少数民族艺术干部的工作。

建设民族的新文化

布 赫

史料解读

　　史料原载《内蒙古文艺》1954 年 8 月。该文指出，内蒙古自治区几年来在民族文化艺术工作上之所以能取得显著的成就，是因为中国共产党的领导以及各族人民的帮助、关怀。在肯定文艺上取得的成绩的同时，也指出收获还是很有限的，文艺工作还远远落后于国家建设的需要，还远未能满足内蒙古人民日益增长的文化要求，并且有非常明显的缺点和错误：民族的文化艺术工作没有做出更大的成绩；生产的成品少而且质量低；文化艺术的团体常常处于停工待料的状态。针对这些问题，布赫分析了其原因，也给出了相应的解决措施：为了使文化艺术工作达到预期的目的，就必须选择一个民族最为喜爱的、愿意的形式去进行；对于先进民族的文化与自己较落后的文化如何融合的问题，必须积极发展民族传统优秀的文化艺术，使其符合形势的需要，也必须吸取先进的文化艺术，并使其生根在内蒙古人民中间。发展民族文化是比较困难的工作，这条新的路径需要有人去开拓、探索。发展民族的文化艺术，必须努力创作实践，积极培植新的文化艺术的成长。该文对于深入了解内蒙古民族文化艺术的情况，促进内蒙古人民新文化艺术的发展有着积极意义。

原文

内蒙自治区几年来在民族文化艺术工作上,也和各种工作一样,由于共产党、毛主席及内蒙党政的领导与关怀,各兄弟民族,尤其是汉族的帮助,获得了很大的成绩。我们对此成绩应该作何估计呢?我认为这是从无到有的巨大转变,也就是说为比较落后的民族,文化上被摧残殆尽的民族,创建了新的文化生活,使内蒙古人民的面貌为之一新。这样一个根本性的变化,我们必须感谢毛主席、共产党。

内蒙古人民解放前长期被贫困与疾病所折磨,很少谈得上文化生活。解放以来,内蒙古人民生活改善了,疾病减少了。随着经济上的繁荣,文化艺术事业也蓬勃地发展起来,建成了自己新型的文艺团体,产生了一批新的作家、艺术家、诗人、画家等。虽然,这个队伍还是非常年青的,但是,为今后内蒙人民新文化艺术的发展却奠定了一个良好的基础。这是值得我们庆贺的。

尤其是近一、二年来,由于内蒙古党政的重视与领导,创作人员下厂下乡下牧区参加了实际工作,深入了生活;经过了文艺整风,学习了社会主义现实主义的创作方法,因此,出现了一批优秀的作品。这些作品在不同的程度上,反映了内蒙古人民生活与斗争的面貌,因而受到了群众热烈的欢迎和好评。其中有些作品不仅在内蒙古人民中留下了深刻的印象,鼓舞了内蒙古人民劳动与斗争的热情,而且也得到全国广大人民的热爱和称赞。

几年来,我们工作中所获得的成绩,是应肯定的,但是,和内蒙古自治区几年来政治、经济上所获得的成绩比较起来,还很不相称。我们的文化艺术工作,还远远落后于国家建设的需要,还远未能满足内蒙古人民日益增长的文化要求。

回顾以往的工作,我们深深感到,过去的工作虽然有成绩,但存在的缺点仍然不少。其中表现最突出的问题,是民族文化艺术工作的成绩还不显著,生产的成品少,质量低,几个文艺团体,常常处于停工待料的状态,不能发挥其应有的作用。

　　造成这种情况，主要是由于我们工作抓得不力，认识水平低，对发展民族文化的重要意义理解不深，没有真正懂得：只有发展各民族的经济和文化，逐步消除历史上遗留下的民族间事实上不平等的现象，才能不断增进民族团结，共同建设内蒙古，建设祖国。

　　文艺是思想战线上的工作，它主要是通过文艺手段根据实际生活塑造各种各样的人物和艺术形象，启发与教育人民起来为改造自己及社会而斗争。因此，人们受文化艺术的教育，不能是被迫的，而是自愿接受的。我们为了使文化艺术工作达到预期的目的，就必须选择其为一个民族所喜爱的、愿意的形式去进行，也就是为一个民族最容易接受、最容易理解的形式去进行。否则，愿望多么好，也不会有好效果的。

　　内蒙古解放初期，马列主义与先进民族（汉民族）的文化艺术的传播，在推动内蒙古人民参加革命斗争中起了巨大作用。有不少青年接近革命，走上革命道路是因为受先进思想和先进文化的影响，而靠近共产党的、参加共产党的。由于内蒙古人民原有的文化艺术比较落后，不适应新形势的要求，因此在内蒙古人民新文化运动中就产生了如何批判地继承民族传统和吸收先进民族文化的问题，也即是如何正确解决以下两方面的问题：一方面必须继承和发展民族优秀的文化艺术，使其充实新的内容，另一方面也必须吸取先进民族的文化艺术，并使其生根在内蒙古人民中间。这两方面的问题，实际是一个问题，一个目的，即解决继承民族优秀的文化遗产及吸取先进民族文化思想的基础上建立与发展内蒙古人民新的文化艺术的问题。

　　在这项工作中，我们应该说是有些成绩的。但严格说起来，这些成绩是远不能令人满意的。我们在发展民族文化的工作上，还缺乏自觉性，未予足够的重视，没有认识到："每一个民族——像斯大林同志所说的，都有他自己的根本特性，都有那种只能为他所有而为其他民族所无的特色。这些特性乃是每一个民族带到共同的世界文化宝库中使之充实丰富起来的贡献。"过去在实际工作中，往往忽视了对本民族文化传统的继承和发扬，这是不对的。新的民族文化，应该吸收和改造历代人民在思想和文化发展中创造的一切有价值的东西，不然的话,新的文化艺术,就会因脱离内蒙古实际,脱离人民,而不能很好发挥文艺团结人民、教育人民的作用。

新的文化艺术,如果不向原有民族文化传统学习,吸取其精华,发扬光大,想凭空建立新文化是不可能的。当然,我们向传统学习,目的是为了建成新文化,绝不是守旧与仿古。毛主席所提出的推陈出新的方针,在一切文化艺术领域中都是适合的,"推陈"是方法,"出新"则是目的。

在内蒙地区来说,向优秀传统学习,主要是向民间艺术学习。内蒙古人民在文化上有丰富的遗产,有无数的诗歌、口头文学及舞蹈。内蒙古人民几百年来用文艺形式反映他们的生活、愿望与斗争,创造了不少美丽的诗篇,一代传给一代,一直传到今天。这些作品,都经过了长期的考验,无数人无数次的充实,所以很多作品都具备很高的艺术性与民主性。这是我们遗产中最宝贵的一部分。毫无疑义,我们必须向其学习,取其精华,丰富我们新的文化。但是因为过去人民由于受历史和认识上的限制,他们的创作必然存在着很大的局限性。今天的人民却不同了,他们经过新的生活,政治上解放了,知识丰富了,智慧也发展了,所以在这一时期产生的作品,就具有新的特点。我们向民间学习,还必须特别重视向今天人民的创作学习,防止厚古薄今。

为了发展民族的新文化,我们一定要重视民族语文的学习和使用。现在有些文艺干部不去努力学习民族语文,认为与其学蒙古文不如学一门技术或外种文字有用。也有一些搞创作的同志不经常用本民族语文写作,认为蒙古文对象少,影响小,也不易得到别人的重视。因为有这些现象存在,内蒙古地区几年来文艺作品中,尤其是文学戏剧作品中,用蒙古文写成的作品不仅数量少而且质量也差。这是必须认真改进的。

如上所说,这种忽视民族文化的现象的存在,当然对民族文化的发展是不利的。其结果不仅对发展民族文化,对落实民族政策不利,对国家、对社会主义文化也是不利的。列宁同志曾写道:"在每个民族文化里面,都有,那怕是不发展的,民主的和社会主义的成分,因为在每个民族里有劳动的和被剥削的群众,他的生活条件必不可免地要产生着民主的社会主义的意识形态。"内蒙古民族的文化也同样具有了民主的和社会主义文化的成分，如果民族文化得不到发展，那末，社会主义文化中也即减少一份力量。中共内蒙分局几年来一直在领导与督促干部学习民族语文，这是非常必要的。我们文化艺术界到现在还未给以足够的重视，这种现象应尽快改变。

所谓民族形式，其极重要的因素，乃是他的语言，因为语言是一个民族中人与人之间思想连系、感情交流的全民性的交际手段。我们是文化艺术工作者，我们使用的基本工具，就是语言文字。只有我们掌握了本民族的语言文字，才能更好地为民族的文化的发展做出贡献。

发展民族文化是比较艰巨的工作。正如王再天副主席在最近文化工作会议上所谈到的，发展民族文化是一项比较新的工作，是需要有人去开辟道路的，是需要有最大的毅力去劈棘斩荆的。有困难也是事实，但困难一定要克服。在民族文化发展上做不出成绩，那就等于我们没有很好完成任务。

文化上的民族形式，绝不是暂时的现象，在社会主义时代它是表现社会主义内容的形式。我们今天提高各个民族，其目的是为了变非社会主义民族为社会主义民族，决不是消灭民族。在文化上也一样，为的是发展各民族的文化，表现社会主义内容，不是消灭民族文化的形式。所以说，我们没有任何理由可以不重视民族文化的发展。

发展民族的文化艺术，必须努力繁荣创作，积极培植新的文化艺术干部的成长。每一个搞创作的同志必须首先关心政治，把自己投身于群众的生活与斗争中去。只有这样我们才能同群众共同生活，共同斗争，共同感受，共同思考；也只有这样，才有可能使我们的感受、思想、希望和群众的思想、感受、希望一致。在这种基础上产生的作品，（作者思想的表现）才能有群众基础，才能为群众所了解、接受。

一个人写作品本来是想告诉别人什么，如果自己脑子里空洞得可怕，那还能交给别人什么呢？所以说，要写出好作品来，必须首先要丰富自己的思想。其最基本的道路是深入生活，别的捷径是没有的。

现在我们的作品中所反映的生活普遍存在着不深不广的毛病。往往写蒙古人就是草地、沙漠、大风、大雪，好像内蒙古唯一的特点就是这些了。这一问题很值得我们注意的。写蒙古人为什么不可以写蒙古的农民、工人呢？为什么不可以写写城市和乡村呢？事实上在内蒙古务农的当工人的蒙古人也有的是，这说明我们有些创作还不是从生活中来，不是真正从观察生活、研究生活而来，而往往是来自印象，甚至是来自别人的作品。

新的文化艺术的发展与壮大，没有人培植与保护是不可能的。尤其在我们地区，由于民族文化基础尚差，新的文化幼苗刚刚冲出地面，这就更需要我们爱护它，培植它。以往，我们对新的东西要求过严过苛，也过急；结果，颇像拔苗助长一样，对新生的文化不但没有帮助，反而妨碍了它的成长。

其实任何年青的东西，都不可能是成熟的。但是它有发展的前途，未来是属于它的，我们一定要爱护它，耐心帮助它成长。如果我们对它不保护，对新生的事物不爱护，实质上是不爱社会主义新文艺。

对文艺的幼苗保护，并不是不批评，相反是非常需要批评的；但这种批评必须从爱护出发，批评的目的必须是帮助它改正缺点，帮助它勇敢地前进。

以上是我的几点意见，望同志们指正。

论研究少数民族文艺的方向(代序)

张寿康

史料解读

　　史料为著名语言学家张寿康为其主编的《少数民族文艺论集》写的序言。《少数民族文艺论集》是新中国成立后的第一部少数民族文艺评论和研究选集,1951 年由北京建业书局出版。该文也是新中国第一篇从理论上全面完整地阐释少数民族文艺与统一多民族国家关系,以及少数民族文艺的艺术价值和社会价值的文章。文中,张寿康从中国是统一的多民族国家的高度和立场,指出中国文学史书写中缺少少数民族文学内容带来的负面影响。反驳了少数民族文学只是民间文学的错误观点,肯定了少数民族文艺内容和形式的丰富性,提出中国新文学史中应当有"中国各民族的文学",该观点的提出源自他对少数民族文学的重视以及对少数民族文艺历史和现实的了解。他认为少数民族的文艺是中国文艺中不可缺少的一部分,并且文艺内容也是相当丰富的。同时,他还全面介绍了少数民族文艺工作蓬勃发展的情况,倡导文艺工作者向苏联的作家学习,到各民族地区去,多创作反映民族生活、推进各民族前进的作品;倡导翻译工作者要大量翻译各少数民族的优秀作品,以促进中国多民族文学的繁荣和发展。

原文

国内少数民族的文艺，和汉民族一样：民间文艺是非常丰富、生动的。在各兄弟民族中间，有着大量的表现劳动人民智慧的文学——民间故事（彝族叫讲根根）；有着像《奥德赛》那样的史诗《反歌》，和极幽美的民间诗歌（像阿斯玛）；有着多种多样的具有极高艺术价值的民间舞蹈。

这些，就正是毛主席所说的"人民生活中本来存在着文学艺术的矿藏，这是自然形态的东西，是粗糙的东西，但也是最生动，最丰富，最基本的东西。它们使一切加工形态的文学艺术相形见绌，它们是一切加工形态的文学艺术的取之不尽，用之不竭的唯一的源泉。"

或许有人认为：少数民族的文艺，除去民间文学之外，就一无所有了。但这是不是合乎实际的说法呢？

不是的。在少数民族中间，尤其是维吾尔、哈萨克、锡伯族，有许多优秀的作家（像茄龙里卡得利、孜牙萨买提等）并创作了许多优秀的作品（详新疆各民族的文艺）。在国民党反动派统治时期，许多少数民族的文学青年，在共产党的领导下，曾经和反动统治做过英勇的斗争，诗人力·塔力夫、哈林沙达利等为民族的解放斗争而贡献出了生命。在兄弟民族地区解放之后，民族的民间诗人和作家们，在原有的民间艺术的土地上，产生了歌唱人民翻身，歌颂伟大领袖毛主席，歌颂共产党的各种文艺形式的文学作品。

这些，已经足够证明各兄弟民族不是没有文艺的，相反的，文艺内容是相当丰富的。

少数民族的文艺，是中国文艺中不可少的一部分。因为，我们是一个多民族的国家。谁要是把少数民族的文艺推在中国文艺的大门之外，那他就是否认祖国伟大现实的人。

高尔基在苏联作家第一次代表大会（一九三四年，会中总数六百名代表中有一半是代表非俄罗斯各民族的文学家的）上说过："苏维埃文学不仅仅是俄文的文学——这是全联邦的文学。"这句话的意义，在我国也是完全适用的——

"中国文学不仅仅是汉文的文学。"

在今年五月二十日人民日报《人民文艺副刊》读者来信栏曾经刊出两封《希望出版界、文艺刊物注意介绍少数民族的文艺》的来信，由这看出广大群众迫切的需要知道各兄弟民族的文艺情状。

在去年六月间，民族事务委员会在北京曾经举办过一次"少数民族文物展览会"。徐特立老人在题词册上写着："我们是一个多民族的国家，如果大多数人读的历史只是汉族史与今天的现实很不适合。"

那么，我们的新文学史中，是不是应当有"中国各民族的文学"这一部分呢？我想是应当的。

可是，我们的文学史家们，没有看见群众的要求，没有认识到少数民族的文学是中国文学中不可分的一部分。

譬如，最近出版的研究新文学史的东西，就没有少数民族文学这一部分。

或许有人认为：中国的民族究竟是以汉族为主（人数多），所以中国文学也是以汉族文学为主流。这是对的。但以汉族为主并不等于没有汉族以外的其他民族，以汉族文学为主流并不等于不要其他民族的文学。

或许还有人认为：我们对少数民族的文艺是不熟悉的，一无所知的，所以我们写新文学史可以把少数民族文艺这一部分略去。这话我想任何人都不会原谅。因为，介绍少数民族文艺的文章尽管少，但总是可以找到一些的。

我们不能否认介绍少数民族文艺的工作是做得不够的。过去和现在，介绍少数民族的文章不多。据我知道的，一九二七年商务印书馆出版的《中国文学研究》中有钟敬文先生写的一篇《中国疍民文学一脔》，一九三〇年世界书局印了一本《西藏民间故事》（远生编译），一九三五年中华书局出版的《两广猺山调查》（庞新民著）和新亚细亚月刊社出版的《西康札记》（任乃强）。其中有少量记录的民间故事（这两本书中的观点是应当批判的）。其后，庄学本写有《康藏民间故事》（一九五〇年上海现代书局），岭光电写有《彝族民间故事》（一九五〇年上海现代书局），关德栋编有《新疆民歌民谭集》（北新书局版），少数民族语文研究专家马学良先生也曾写过一些少数民族民间传说（只见报纸上发表，未见成书)。这些书和文章中所记录的民间故事中,有许多是歌唱劳动的,表现向大民族主义做斗争的故事。

再有,就是最近在各报章杂志上零星发表的一些介绍少数民族文艺的文章。

最近,介绍少数民族文艺的工作,有了发展:《人民文学》、《北京文艺》、《甘肃文学》、《广西文艺》等文艺刊物已经开始刊载了少数民族的文学作品。无疑的,这工作,还要继续蓬勃的展开。

在苏联,有许多极有声望的作家像马尔夏克他们,有计划的改写各民族的童话。这些童话就作为苏联初级国语教科书的课本。

在苏联,有许多极优秀的作家,到别的民族地区去,写表现别的民族的文学作品。像乔治亚作家洛尔德基派尼节写过关于白俄罗斯的短篇小说,乌克兰作家伊凡·列写过关于乌兹别克斯坦的长篇《山间地》……等。

在苏联,翻译工作不限于翻译中文、英文……的工作,各民族语言的翻译工作是发展的很广泛的。因为这是巩固各民族团结的、文学上得以相互渗透、影响的工作。

我希望:我们的文艺工作者们向苏联的作家学习。我们的作家,也来改写各民族的童话;我们的作家,也到各民族地区去,写出反映民族生活,推进各民族前进的作品;我们的翻译工作者,也要大量的翻译各少数民族的优秀作品(各少数民族已把许多汉文学作品翻译成各兄弟民族语书了)。

在苏联,各民族都有各民族的"作家协会"(我国各兄弟民族已经有了类似组织),有极优秀的诗人、作家(像:卡赫斯坦民族诗人张布耳、闸巴叶夫、白俄罗斯的人民诗人杨卡·库派拉等)。

我们有优越的新民主主义制度。我相信:中国的少数民族,在中国共产党的领导下,在共同纲领民族政策的光芒照耀下,各兄弟民族的文艺,不久就会开出光彩夺目、极其灿烂的花儿来。

一九五一年八月

玛拉沁夫给中国作家协会领导的信

史料解读

　　史料原载《作家通讯》1955 年第 4 期。该文是 1955 年 1 月 20 日玛拉沁夫写给中国作家协会三位领导茅盾、周扬、丁玲的信。信中对中国作家协会忽视各民族文学和作家的情况提出了切实的意见和建议。作者认为，我国是一个多民族的国家，我国的文学也应当是、一定是中国各民族的文学。中国作家协会是中国各民族作家的统一组织，对各民族的文学工作和作家负有不可推脱的积极领导、帮助和培育的责任。但中国作家协会忽视着这样一个重大问题，即中国文学的发展是中国各民族文学的发展。信中提出蒙古族优秀诗人纳·赛音朝克图至今未能入会的具体问题，并认为他成为作协一员当之无愧。借此提出两个建议，一是希望把对各民族文学情况的了解，纳入作协的日常工作议程之中；二是作协在吸收会员的条件上，不应当死守一个尺度。希望中国作家协会更多地关注各民族文学工作，更多地关注各民族作家。这封信观点明确，立论有据，思路清晰，逻辑性强，又饱含感情，指出了具体问题，也提出了对中国作家协会工作的建议和希望，恳请中国作家协会更多地关注各民族文学工作和各民族作家。这封信对中国作家协会重视和做好各民族文学工作起到了重要的推动作用。老舍在《关于兄弟民族文学工作的报告》中提出的具体措施，与此有关。

原文

中国作家协会尊敬的茅盾、周扬、丁玲三位领导同志：

几年以来，我对中国作家协会（以及原文协）的工作有些意见，但是由于种种不必要的顾虑，一直没有提出来，现在我越来越觉得这些意见，不能再放在肚里了，不管它正确与否，提出来供领导上考虑。

我国是一个以汉族为主的多民族的国家，在旧社会——大汉族主义统治中国的时代，国内各民族是不平等的，那时统治阶级不但使少数民族人民在经济生活上，陷入饥寒交迫的境地，同时对各少数民族的文化进行了毁灭性摧残。解放前我们内蒙古连一位真正的作家都没有，从这一点上就可以看出一般了。解放后，情况完全变了，九年来①，在党的培养教育下我们内蒙古出现了一批青年作者——如果您是了解各少数民族过去的命运的话——这是多么可喜可贺的事情啊！

茅盾同志在第二次文协代表大会上说"还值得特别指出的，是我国第一次出现了以少数民族生活为题材、以少数民族劳动人民的先进人物为主人公的文学作品"，是的，只有在党和毛主席领导的时代，我们各少数民族人民的生活才有机会在文学艺术中得到反映，从少数民族当中出现作家。

高尔基说："苏维埃文学，不仅是俄罗斯文学，它是苏联各民族的文学。"

我国和苏联一样，也是一个多民族的国家。我国的文学也应当是、一定是中国各民族的文学（在这里必须说明的，是我国各民族的文学情况，不论过去和现在都与苏联各民族文学情况是不相同的）。

我国是以汉族为主体的国家，作家协会也应当是以汉族作家为主的；然而，又因为我国是一个多民族的国家，所以作家协会必然是我国各民族作家的统一组织。中国作家协会对我国各民族的文学工作和作家负有不可推脱的积极领导、帮助和培育的责任。如果作家协会忽视了、放弃了、忘掉了这一重大而有意

---

① 九年来是指1947年内蒙古自治区人民政府成立至1955年。

义的工作,那么就可以说,作家协会没有完全完成自己的任务,就像一个女人长得很美,只缺了一只眼睛一样。

在文学艺术的发展上,各个民族是不大相同的。我国的汉民族是一个先进的民族,有五千年悠久而丰富的文化传统,在现代文学中,又出现了以鲁迅为代表的许多伟大作家。可是我国有些少数民族不久以前还是"文盲民族",更谈不上文学艺术成就了。在这样各不相同的具体历史条件上发展起来的我国各民族的新文学,其形式与发展的进程与水平,肯定也是不同的。基于这种情况,为了发展我国各民族的文学,应当从实际出发,以实事求是的态度来要求和对待不同民族的作品与作者。其中最主要的,是在扶助各少数民族发展文学方面,多做些具体的事情。

中国作家协会忽视着这样一个重大问题,即:中国文学的发展是中国各民族文学的发展。我们从来没有听见过在中国作家协会主席团会议上有一条讨论国内各民族文学状况的议程;我们也从来没有看见过作家协会(以及原文协)对解放前或解放后国内各民族文学情况做过比较系统而全面的介绍和写过指导性的文字。我们不应当只在某些大会上才说:"……并发展国内各民族文学……",而是应当多做具体工作。比如目前各民族文学工作中存在一些什么问题,应当怎样解决? 各民族中有哪些古典作品可以列入我国古典文学宝库中? 过去产生过哪些杰出作家,现在有哪些具有发展潜质的作家和青年作者,他们都创作过哪些作品,等等情况,作家协会是否完全或大体上了解呢? 当然,在这里我们必须赞扬作家协会直属刊物《人民文学》,他们发表过一些少数民族作者的作品,也发表过许多反映少数民族人民生活的优秀作品;但是作为一个全国性作家组织(我再说一遍组织二字),中国作家协会在这方面没有做出令人满意的成绩来。当然这里有诸多主、客观方面的困难和原因,特别是缺少组织领导少数民族文学创作方面的经验,我们对此没有苛求之意,表示完全理解。为了改变目前的情况,我们可以向有这方面工作经验的国家和地区进行借鉴和学习,在不久之前召开的全苏第二次作家代表大会上苏尔科夫做的报告中,苏维埃各民族文学的问题,成为主要内容之一,我们不妨看一看,从他们那里能够得到哪些可供我们借鉴的东西。

与文学创作或文学活动紧紧相连的是文学干部（作家与文学新人）的发现、培养、提高的问题。据我了解，作家协会是通过会员开展工作的。中国作协中有无少数民族会员，我不清楚，可我知道在我工作的内蒙古，没有一个少数民族作家是中国作家协会的会员（不确，当时我本人已是中国作协会员），我们不明白为什么蒙古族著名诗人纳·赛音朝克图至今未能入会，他从事诗歌创作已二十多年，他的诗流传在整个内蒙古，许多牧民都会背诵他的诗篇，他曾在蒙古人民共和国侨居数年，在那里写的诗，得到中蒙两国蒙古族读者的喜爱。一九四七年回国。他是一位优秀的、有才华、有成就的诗人（暂且不谈他曲折的创作道路），他成为作协一员是当之无愧的。我举此例想说明两个问题，一是希望把对各民族文学情况的了解，纳入作协的日常工作议程之中，二是作协在吸收会员的条件上，不应当死守一个尺度。至于如何做到一方面不降低作协入会的标准和条件，另一方面又照顾到不同民族的不同情况，有所区别对待，这可能是一个两难的问题，但，也肯定是一个发展不同民族的文学工作时需要妥善解决的一个问题。我们希望处理好。

作家协会更多地关注各民族文学工作吧！

作家协会更多地关注各民族作家吧！

以上是我——我们的意见。老实说，我在写这封信的时候，多是考虑怎样把自己的意见提出来，而对意见的正确与否，却考虑得很少；因为是给三位领导同志写信，在前边我所说的写这封信曾有些顾虑，作为一个党员都是不应当有的。当我把它克服了，并且写完了这封信的时候，心中是非常高兴的。

信中如有原则错误，尚希训教！

玛拉沁夫

一九五五年一月二十日

中国作家协会给玛拉沁夫的复信

史料解读

　　史料是中国作家协会 1955 年 3 月 20 日给玛拉沁夫的回信。这封回信
连同玛拉沁夫的来信，载于《作家通讯》1955 年第 4 期。信中介绍了收到玛
拉沁夫的来信后，中国作家协会第九次主席常务办公会进行了专门讨论。
主席团认为玛拉沁夫对中国多民族的文学工作的意见是正确的。中国作家
协会在帮助发展各兄弟民族的文学工作方面重视不够。为改变这种状况，
中国作家协会拟采取四项措施：拟在四月间，召开一小型座谈会，通过座谈
会做四个具体的工作，一是向五月间举行的中国作协第二次理事会会议，提
出关于如何开展各民族文学工作的报告；二是中国作家协会拟根据各民族
不同的实际情况，有计划地发展一些少数民族会员；三是希望各民族能推荐
自己的作品，同时商讨有关翻译作品及发表作品等项问题；四是通过座谈会
及第二次理事会议，商定中国作家协会与各民族自治区文学团体的联系方
法。并希望玛拉沁夫将信中提到诗人纳·赛音朝克图的情况和作品向中国
作家协会作一个介绍。这封回信表明，中国作家协会高度重视玛拉沁夫提
出的意见，同时也表明了中国作家协会将帮助发展各民族文学和关注兄弟
民族作家。这对于各民族文学的发展、各民族作家的培养有重要的意义。

原文

玛拉沁夫同志：

你一九五五年一月二十日的来信，已在中国作家协会第九次主席常务办公会上进行了讨论。主席团认为，你对我国多民族的文学工作的意见，是正确的。

新中国成立以来少数民族文学有了很大的发展，一方面各民族中蕴藏着珍贵的史诗，如《嘎达梅林》《阿诗玛》等，及丰富的民歌和各种民间艺术，已经成为全国读者所喜爱的读物；各兄弟民族中已出现了新的文学工作者，他们创作了像《科尔沁草原的人们》《哈森与加米拉》《金色的兴安岭》等出色的作品。但是，如你来信所指出，中国作家协会帮助发展各兄弟民族的文学工作做得很差，这说明，我们对这个问题是重视不够的。为改变这种状况，我们拟采取如下措施：

一

为了了解各兄弟民族的文学情况，拟在四月间，召开一小型座谈会，交换情况，提出问题，并由座谈会进行准备，向五月间举行的中国作协第二次理事会会议，提出关于如何开展各民族文学工作的报告。

二

通过座谈会，作家协会拟根据各民族不同的实际情况，有计划地发展一些少数民族会员。

三

通过座谈会，希望各民族能提出推荐自己的作品，同时商讨有关翻译作品及发表作品等项问题。

四

通过座谈会及第二次理事会议,商定中国作家协会与各民族自治区文学团体的联系方法。

此外,你来信中提到诗人纳·赛音朝克图,希望你将他的情况和作品向我们作一个介绍。此致

敬礼!

中国作家协会

一九五五年三月二十日

加强团结为发展文学艺术的创作而努力

史料解读

　　史料原载《内蒙古文艺》1955 年第 9 期。内蒙古文学艺术工作者第一次代表大会的召开,在肯定了文艺工作成绩的同时也指出了相应的不足,并提出改正措施。该文指出,内蒙古文艺工作者在文学、戏剧、美术、音乐、舞蹈各方面成就颇丰,在发掘与整理民族的、民间的文学艺术遗产方面也做了一定的贡献。同时也指出,内蒙古的文学艺术工作还远远落后于祖国和自治区各方面建设的需要,还不能满足群众的要求。针对以上问题,须加强文艺工作者的团结;改善文艺团体及有关部门对于文学、艺术的领导。该文写到,伟大的时代向人民文艺工作者提出更大的任务,要求更多更好地描写、反映内蒙古人民新风貌的作品,这对于每一个文艺工作者来说义不容辞,要把社会主义现实主义与民族形式结合起来,克服公式化概念化,使创作富有思想性和感染力,更好地为社会主义工业化和社会主义改造事业服务。该文总结成就,检查不足,确定今后的发展方针,对内蒙古自治区文学艺术事业的发展具有重要作用。

原文

　　内蒙古文学艺术工作者第一次代表大会的召开,对于今后内蒙古自治区文学艺术的发展将有重要的作用。

我们的文学艺术工作过去是有成绩的。从内蒙古自治区成立以来的七年中，在文学、戏剧、美术、音乐、舞蹈各方面都产生了一些比较优秀的作品，这些作品真实地表现了内蒙古人民的生活和斗争，帮助人民提高了思想觉悟，鼓舞了劳动人民的生产热情，推动了群众中间的新文艺活动，所以受到了广大人民的欢迎。同时，在发掘与整理民族的、民间的文学艺术遗产方面，也作了一定的贡献。这些都是应该肯定的。但是，我们没有任何理由可以满足于现有的成绩，我们必须看到另一面，这就是内蒙古的文学艺术工作，还远远地落后于祖国和自治区各方面建设的需要，还不能满足群众的要求。虽然，我们的文学艺术队伍随着形势的发展是扩大了，但我们的创作数量还不够多，而且质量也不高。这种情况是必须加以改变的。要改变这种情况，我们的文学艺术工作者，必须努力发展文学艺术的创作。

为了发展今后的文学艺术创作，首先必须加强文艺工作者的团结。应该承认，现在我们内蒙古自治区的文学艺术事业还是很年轻的，是极需要我们文学艺术工作者之间亲密团结，采长补短、互相学习来求得进步的。但是，在我们文艺队伍中还或多或少地存在着不团结的现象，"文人相轻"的旧习气还在某些角落里，甚至是在少数领导干部之间严重存在着。我们有的同志在工作当中，有了点小小的成就，就自以为"了不起"。也有的同志，认为自己搞文艺工作时间较长，可以摆摆"资格"，于是就放松了创作劳动，并且还居功自满，看不起旁人。另外，也有的同志在各方面的修养都还很不够，却自视很高，或者明明知道自己各方面的修养还很不够，却又不肯学习。产生这种不团结的现象的根源何在呢？主要是由于资产阶级个人主义和骄傲情绪的发展所致。为了我区文学艺术界的进步，为了我区文学艺术事业的繁荣，我们必须克服资产阶级个人主义和骄傲情绪，以便根本扭转我区文学艺术界存在的一些不团结的现象。

加强团结，克服资产阶级个人主义和骄傲情绪，必须大力开展批评和自我批评。应该认识：文艺批评的开展是保证我们文学艺术发展和前进的动力，是实现文艺工作中党的领导的重要工具。今天，我们的文学艺术工作必须有党的领导，必须以工人阶级的思想为指导思想，才能按照正确的方向发展。在文学艺术界不开展批评或批评开展的不够好,都会削弱党对文学艺术工作的领导。应该指出,目前我区文学艺术界的批评与自我批评还是很不发展的。有的同志不顾正视自己的缺点,也不开心其他同志的进步,从而对自己和对别人都不认真严肃地进行批评,对批评与自我批评采取自由主义的态度;有的同志极力掩盖自己的缺点,在别人批评自己的时候,不是"闻过则喜",而是以各种借口来加以搪塞,对批评与自我批评采取不欢迎甚至抗拒的态度;有的同志对别人的作品进行批评,不从文学艺术的本质很好地进行分析,而是抓住几个枝节问题来否定一切,对批评与自我批评采取轻率甚至粗暴的态度。此外还有一些对待批评与自我批评的不正确的态度。由于对待批评与自我批评有这样一些不正确的态度,我区文学艺术界的批评与自我批评,在过去很长的时期内,就一直没有积极地正确地开展起来,这样就使某些同志的缺点不能得到及时的克服。今后我们必须在文学艺术界大力开展批评与自我批评,不这样对于发展是很不利的;但在开展批评与自我批评中,还应注意贯彻毛主席的指示:"从团结出发,经过批评或斗争达到团结的目的",批评不是从团结出发,就不能达到团结的目的,这对于发展创作也是不利的,在开展批评与自我批评的同时,我们还应当注意对好的作品进行表扬,以鼓励优秀作品的创作,过去在一个作品出来以后无人过问听其自生自灭的现象,必须加以纠正。

要发展今后的文学艺术创作,还必须在加强团结的基础上,改善文艺团体及有关部门对于文学、艺术的领导。过去,内蒙古文联机构很不健全,长期处在筹备阶段,对文学、艺术创作领导和组织做得很不够,有的领导同志放弃领导,对文艺活动采取了不过问的态度,对于新生的力量也不是热心的关怀和培养,这也是使我们文艺创作不旺盛的原因之一。为了使我们的创作事业更好地前进,动员更多的文艺工作者参加到这一行列里来,发挥他们的积极性和创造性,创作出新的艺术作品,这就必须改善和加强今后的领导工作。文艺团体应该开展当地的文艺活动,组织文艺工作者深入实际、深入生活,进行政治和业务学习,努力艺术实践,提高艺术修养。对于青年作家应给予必要的帮助。

人民的文学艺术事业是整个革命事业的一部分。几年来创作上的成就,是党的正确领导和文艺工作者执行毛泽东文艺方针辛勤努力的结果。现在，伟大的时代又向人民文艺工作者提出更大的任务，要求更多更好地描写、反映内蒙古人民新风貌的作品。这是每个文艺工作者的光荣任务！为了勇敢地接受这个任务，更好地完成这个任务，需要的是老老实实、勤勤恳恳，防止一切虚夸和骄傲的态度、要加强对人民的责任心，把社会主义现实主义与民族形式结合起来，克服公式化概念化，使我们的创作富有思想性和感染力，更好地为社会主义工业化和社会主义改造事业服务。

总结成就，检查缺点，确定今后的工作方针，并正式成立内蒙古文学艺术工作者联合会和选举新的领导人员，这是这次会议的主要任务。我们相信，通过这次会议，一定会把内蒙古自治区的文学艺术事业推进一步和祖国的建设事业齐头并进。

为发展内蒙古的文学艺术事业而努力

——在内蒙古自治区文学艺术工作者第一次代表大会上的报告

陈清漳

史料解读

史料原载《内蒙古文艺》1955 年第 9 期。该文指出,内蒙古新的人民的文学艺术队伍虽然年轻且青涩,但是充满了干劲和活力,因为这是在中国共产党的领导下,在内蒙古自治区政治和经济的建设基础上建立与发展起来的,在各民族的帮助下不断成长起来的。虽然内蒙古的文学艺术在小说、诗歌、剧本创作、舞蹈、剧团演出方面都是有成绩的,但也必须正视另外一面的事实:我们的文学艺术工作还严重落后于人民需要。这要求文艺工作者必须深入生活并在实际斗争中彻底改造思想。此外,该文还指出,内蒙古文联当前的任务应当是组织创作、辅导群众文艺活动、组织会员学习。呼吁内蒙古文学艺术工作者团结起来,为发展内蒙古的文学艺术事业而努力。该文对内蒙古的文学艺术给予了客观的分析和评价,指出了内蒙古文学艺术发展的问题,提出了具体的应对措施,对发展内蒙古文学艺术工作具有重要的意义和价值。

原文

一

内蒙古自治区文学艺术工作者代表大会是第一次召开。这次会议，标志着我们全区文艺工作队伍的空前壮大与团结。通过这次会议，将使我们全区各民族文艺工作者的阵容更加巩固和严整，它将会促使我们内蒙古的文学艺术进一步发展和繁荣。

内蒙古新的人民的文学艺术队伍是年青幼稚的，但是它充满着强烈旺盛的生命力。因为它是在中国共产党的领导下，在内蒙古自治区政治和经济的建设基础上建立与发展起来的。它的成长，从始至今就一直是受着党和毛主席正确的文艺思想和方针的指导和培育。我们的党从来就是重视文学艺术工作的。几年来，党对文艺工作深切的爱护、培植和全区文艺工作者的团结努力，发展了内蒙古的文学艺术，在实行民族区域自治和建设自治区的过程中，经受了锻炼和考验，积极地帮助与推动了党和人民的革命事业。

内蒙古文学艺术事业的发展，是与国内各兄弟民族，特别是汉民族的帮助分不开的。内蒙古民族在历史上曾经是个受过压迫的民族，文化比较落后。但并不是说内蒙古人民没有自己的文化传统和遗产，有的，而且从历史上内蒙古民族的文化和国内各兄弟民族的文化就是相互影响相互吸收着。但在帝国主义、封建势力和国民党大汉族主义的反动统治下，少数民族的文化是得不到发展的。一九四五年日本投降后，内蒙古人民在中国共产党和毛主席伟大的正确的民族政策照耀下，沿着全国人民革命的总轨道，逐步推行了民族区域自治，实现了人民当家做主的权力。内蒙古人民的文学艺术也得到了迅速发展。党在文学艺术事业上派了大批干部来内蒙古工作，汉族的文艺干部和内蒙古喜爱文艺的知识青年相结合，就成为内蒙古新的文学艺术事业发展的基本队伍和骨干。绥远省划归内蒙古自治区以后，这支文学艺术队伍就更加扩大了。在我们内蒙古文学艺术战线上，也具体地体现着祖国各民族间团结互助的新关系。这种团结是可贵的，内蒙古全体文艺工作者应当珍视这种兄弟般的团结，并在工作中继续发扬和巩固这种团结。

内蒙古新的文学艺术是从无到有、从小到大，这个过程并不是一帆风顺的，而是遵循着党的文艺路线，经常用批评与自我批评的武器克服缺点、纠正错误而发展起来的。为了使我们的文艺工作更深地扎根在内蒙古人民的土壤中，更健康的生长，内蒙古文艺工作者进行了几次整风运动。在思想上明确了——一方面要虚心的学习国内各兄弟民族、特别是汉民族的先进的文学艺术经验，以这种先进经验和内蒙古传统的文艺相结（合）；另方面要重视内蒙古人民自己的文学艺术遗产，以正确的历史观点积极地发掘、整理、研究和学习，在此基础上创造与发展新的文学艺术事业。这种思想的树立，是经过了不断地思想斗争的；即在文艺战线上既反对脱离内蒙古实际、忽视民族形式的生搬硬套；又反对狭隘保守的故步自封等两种错误倾向。当然，这个任务对我们说来并未完成，这还是一个长期的艰巨的任务。

几年来，内蒙古的文学艺术工作，在党和政府的领导下，在全国文艺先辈们的关切和各兄弟地区的先进经验指导下，由于内蒙古全体文艺工作者的积极努力，取得了一定成绩。这些成绩表现在各个方面。

在小说、诗歌和剧本创作方面，小说有玛拉沁夫的《科尔沁草原的人们》，朋司格的《金色的兴安岭》，敖德斯尔的《草原之子》（蒙文[①]小说），索依尔的《不可屈服的牧人》（蒙文小说），李泉林的《王跛子卖车》等。这些作品都比较真实的反映了人民的生活斗争，创造了一些内蒙古青年及其先进人物形象。诗歌有那·赛音朝克图的《沙漠的故乡》（蒙文诗），布仁比和的《心之歌》（蒙文诗），美丽其格的《举杯祝福毛主席》，安谧的《小巴特进北京》，呼市一中学生张志的《沙漠里奇怪的事情》等。作者从不同角度描写了内蒙古人民热爱祖国、热爱领袖的心情，反映了人民日益增长的爱国主义思想。剧本如周戈的《血案》（歌剧、刘佩欣配曲），敖德斯尔的《草原民兵》（蒙文话剧），薛焰的《路》（话剧），布赫、达木林的《慰问袋》（歌舞剧，美丽其格、德米德作曲）和玛拉沁夫、海默、达木林合作

———————————

① 编者注："蒙文"应为"蒙古文"，后同。

写的电影剧本《草原上的人们》等。这些剧本在内蒙古人民中都有一定的影响。

较优秀的舞蹈创作有贾作光的《鄂伦春舞》（汪焰、刘炽作曲），《哈库麦》（明太作曲），《马刀舞》（那达慕作曲），宝音巴图的《嬉戏舞》（明太作曲），骑五师的《摔跤舞》等。这些舞蹈都有着浓厚的民族色彩和健康的民族情感。受到了广大群众欢迎。

在音乐创作方面，许多青年作者发挥集体力量创作了一些为群众欢迎的歌曲。如美丽其格的《草原上升起不落的太阳》，伊德新、道尔吉拥容的《剪羊毛》，图布新、德米德的《消灭共同敌人》，齐格木德、却金扎布的《我的牛》，通福的《牧人之歌》，公安部队浩斯布仁的《草原战士》，门德巴雅尔、永如布道尔吉的《边防战士》等。

内蒙古的美术工作发展是很快的。几年来，内蒙古画报一直积极地配合了党的各项政策和中心工作，正确地反映了内蒙古人民的生活面貌，鼓舞与提高了群众的生产热情和文化生活。在专业作者和业余作者密切合作下创作了各种年画、招贴画和连环画，并出现了不少优秀作品。如尹瘦石的《暴风雪》（水墨画），乌恩、官布的《抱上娃娃感谢毛主席》（年画），桑吉雅的《牛羊兴旺》（年画），金高、官布的《兄弟民族之间》（年画），邢琏的《金宝娘》（连环画，根据马烽的小说改编）等。

内蒙古人民的生活在电影上亦得到了反映。我们的作者、翻译工作者、音乐工作者、演员和民间艺人都积极地参加了国家影片的翻译和摄制工作，如《内蒙古人民的胜利》、《草原上的人们》、《金银滩》及其他翻译片和反映内蒙古建设的纪录片等。在这些工作中锻炼了一些年青的演员，如恩克森、珠岚、乌尔娜和其他许多同志，都有了很大进步。

在剧团演出水平上，几年来无论在戏剧、舞蹈和歌唱等方面都有很大提高。如内蒙古话剧团演出的《尤利斯、伏契克》和《红旗》，内蒙古歌舞剧团演出的《慰问袋》和许多舞蹈、独唱、合唱等节目，内蒙古东部区文工团演出的《春风吹到诺敏河》等都有一定的创造性。这些成绩是由于导演、演员和舞台工作各部门的同志发挥了集体主义精神得来的。我们全区的晋剧团、京、评剧团和二人台剧团在演出上也有不少进步。几年来随着戏曲艺人思想的提高,在节目及表演艺术等方面都有很大改进,庸俗与低级趣味大为减少。有许多节目,如《白蛇传》、《梁山伯与祝英台》、《红娘》、《打金枝》、《打金钱》、《走西口》等,都受到群众热烈欢迎。

在发掘和整理民族的民间的艺术遗产方面也做了不少工作。我们许多优秀的舞蹈和音乐就是在原有民间音乐舞蹈的基础上,进行加工和创作而成的。在国内其他地区研究民间文艺的同志参与帮助下,曾搜集出版了《内蒙古民歌选集》、《东蒙民歌选集》、叙事长诗《嘎达梅林》、《爬山歌选》、《剪纸窗花集》,正在出版中的尚有《内蒙古民间故事选集》、《爬山歌选》(第二集)、《内蒙古民歌》(锡盟部份)等。一九五三年曾搜集了二人台、晋剧、秦腔等剧本二百二十二种,其中整理了晋剧《梵王宫》和二人台《打金钱》、《打秋千》、《走西口》等十五种。在发掘和整理民族艺术遗产的过程中,特别应当提出的是我们许多职业的业余的民间艺人也参加了这一工作,他们热情的把自己所保存的民间最宝贵的艺术贡献给了人民的文艺事业。

文学翻译工作在我们内蒙古文艺事业中占有重要的地位。许多同志都是在业余时间从事这个工作,这些同志的劳绩对内蒙古文艺事业的发展是有贡献的。几年来,翻译介绍的四十余种作品中有《谁是最可爱的人》、《传家宝》、《党的好女儿赵桂兰》、《海上风暴》、《民间故事》等。介绍翻印的有苏联名著《钢铁是怎样炼成的》,蒙古人民共和国的《阿忧喜》、《文艺选集》等,这些作品不仅受到内蒙古人民的热烈欢迎,同时也影响与帮助了内蒙古新的文学艺术的成长。

对群众艺术活动的辅导也做了一些工作,一九五一年内蒙古文联筹委会出刊了《内蒙文艺》,短期间曾团结了一批业余作者;一九五一年举行了全区文艺评奖,全部作品一千五百余篇中,业余作者的作品占百分之六十以上,业余作者得奖作品占全部得奖作品的五分之一。一九五三年又召集了全区业余文艺创作会议,这就有力地鼓舞了业余创作的开展。现在这支包括蒙汉各族工、农、牧、兵及学生、干部的业余写作队伍有了很大发展,这是可喜的现象。几年来编印蒙汉文群众文艺宣传材料和演唱材料一百七十余种,印发四十余万册,这些材料对配合党的中心工作,对群众业余剧团活动的推动上起了一定作用。其中如《三女子劝夫》、《长工与地主》、《自由花儿结了果》等作品在群众中得到了广泛流行。文联曾协助政府文化部门创办了群众艺术学校,训练了广大民间艺人的队伍,过去各盟的文工团队的活动也是紧密的结合了群众业余艺术活动,这些工作,对群众艺术活动的推动上,都起了很大作用。

从以上几个主要方面,可以看到内蒙古的文学艺术活动是在随着内蒙古人民事业的前进而一同前进着。在这个前进的过程中,最主要的是我们的队伍空前壮大了,内蒙古民族的文学艺术干部逐步成长起来了。在我们队伍中,一批优秀的青年作者、美术工作者、音乐工作者、舞蹈工作者、导演和演员正像泉水一样地日益表现出他们的才华来。这就是内蒙古人民文学艺术最宝贵的成绩和财产。

二

几年来,内蒙古的文学艺术在各方面都是有成绩的,但我们也必须正视另外一面事实:我们的文学艺术工作还严重的落后于人民需要,这是大家都深深感觉到的。每个文艺工作者都可以听到,群众对我们的批评愈来愈多愈尖锐了,许多工人向我们提出:"我们很希望作家和艺术家常来工厂参观,和我们交朋友,指导我们的艺术活动,但作家和艺术家们却很少来过。"许多牧民向我们提出:"我们很久连个新歌也没有唱了,难道音乐家们真的以为我们搞生产忙的连唱歌的时间都没有了吗?"许多农村业余剧团向我们提出:"专业作家难道不应当为我们写点可演可唱的材料吗?"广大群众和干部对我们的批评既尖锐又中肯,他们没有一个人想抹杀内蒙古几年来文艺工作的成绩,这恰恰反映了我们文学艺术工作在组织领导及其他各方面存在的缺点是严重的。

几年来,内蒙古各族人民在党的领导下,在与全国各兄弟民族共同建设祖国大家庭的革命斗争中做了伟大的贡献,表现了高度的爱国主义和新的品质,出现了许多优秀人物。在祖国解放战争中,有蒙族①妇女白音玛,她用爱支援了

---

① 　编者注:"蒙族"应为"蒙古族",后同。

人民的军队,在敌人面前坚贞不屈,用生命维护了内蒙人民的尊严;有不顾生命危险掩护我军伤员的母亲鄂伦那老太太;有奈曼山以乌恩巴图为首的为打击国民党匪军侵犯而牺牲的英雄;有老乌尔图邴僧的骑兵队和海别而加的十三勇士;有舍身炸敌堡的徐汉林烈士和女战斗英雄郭俊卿等。人们永远记着他们,人们到处歌颂着他们那神话般的英勇事迹。在工业、农业、牧业、林业、贸易合作等各种经济建设事业里,在防疫、驱梅和学校教育等文教卫生工作中,都涌现出大批的英雄先进人物,显示着内蒙古各族人民无穷尽的智慧和力量。几年来,内蒙古的民族关系已经起了根本变化,各兄弟民族特别是蒙汉民族之间,已由过去统治阶级所造成的民族间压迫歧视的旧民族关系,改变为民族平等、团结互助、共同发展的新的民族关系。这种牢不可破的民族团结,不仅在政治上而且在生产上也表现出来,并日益巩固和加强着。但这些新的变化,在文学艺术作品中却很少得到反映。我们的职业剧团长期地缺乏反映内蒙古人民生活斗争的戏剧节目,也很少供给过群众业余剧团一些比较像样的演唱材料,这都表明了我们的文学艺术创作是异常贫弱的。我们深深体会到人民日报社论曾指出过的:"文学艺术的创作是一切文学艺术活动的主体。缺乏作品或缺乏好作品的文学艺术战线,就如同缺乏武器或缺乏好武装的军队一样。"面对着这些事实,就必须认真的严肃的检查和对待我们工作中存在的许多缺点。

改变文艺创作的贫乏和落后状况,必须提高文艺工作者的政治修养和艺术修养。十二年前,毛主席在延安文艺座谈会上的讲话中就向我们指出了学习马克思列宁主义的重要意义,今年七月人民日报以"提高文艺干部的政治修养和艺术修养"为题发表了社论,又适时的向我们敲起了学习的警钟。这在内蒙古文艺工作者中已引起了很大重视,但并未使每个文艺工作者都清醒过来。如有的文艺团体在总路线学习测验中百分之八十以上不及格,当受到批评时有些同志还满不在乎的说:"咱们创作上见。"有的文艺领导干部口口声声说:"再不学习就变成瞎子了。"但当总路线学习告一段落时,他竟"忙"得连中央批准的总路线学习和宣传提纲还未读过。有些文艺创作干部一学习政治就不耐烦的说:"咱们的政治太多了吧?!"不少文艺干部认为工业化和社会主义改造是工业部、农牧部和商业部的事，而"与文艺无关"，甚至把政治学习和业务学习对立起来，认为"总路线学习影响工作"。创作干部在农村、牧区的互助组和生产合作社生活了较长期间，经过总路线学习不是首先感到对自己受到教育和鼓舞，更能使自己深刻地去认识生活，相反，有些同志一听总路线就摇头说："又要赶总路线的任务了。"从总路线的学习中，暴露了一些文艺干部的政治修养和政治热情低到了惊人程度。勿怪有人批评我们说："不少文艺干部是屋子里的社会主义者。"许多同志对马克思列宁主义有关文艺方面的理论很少学习或一知半解。读书的空气很稀薄，有些在机关干部和学生中都熟知的作品，而许多文艺工作者还未读过。甚至在各种专门业务的基本训练方面，我们还是缺乏认真刻苦的努力，文艺工作者不懂得什么是政治，什么是文艺的现象并不是个别的。这种情况就不能不引起我们严重警惕。党号召我们要成为"有先进思想的人"，要成为"以马克思列宁主义思想和人类文化的最高成果把自己的头脑武装起来的人"，要成为"精通自己的业务并因而在业务上富有创造性的人"。因此，必须加强我们文艺工作者的政治学习和业务学习。必须认识，政治和业务的提高是没有"抄道"可走的，谁能够自觉的勤勤恳恳的努力学习，谁就会在事业上做出较大的成就和贡献，谁要是天天做梦等待着"命运之神"的降临，谁就会变成被历史所遗弃的"可怜人"。

在我们文艺工作岗位上，许多同志都是有才能有成绩的。但我们也深深感到，在我们文艺队伍中对待才能和成绩的看法是存在着两种不同的观点。多数同志认为才能和成绩是不断劳动——艺术实践的结果，因此这些同志愈有成绩就愈是谦虚。如果说其中有些人在艺术上表现了一定的特殊才能的话，他们也能正确地把这种果实看做是集体底劳动成绩之集中和反映。这些同志具有忘我的劳动热忱，因而也能珍视和尊重别人的劳动。这些同志所以对艺术事业充满着信心，因为他们相信并热爱着党和集体。集体需要他们，他们也离不开集体。这些同志从不夸大自己的才能，但他们的创造性的劳动却受着人们的尊敬。正由于这些同志对集体、对国家和对人民事业的无限忠诚，才使他们在艺术上不断的喷射出生命的火花。

但也有些抱另外一种观点的人，其中有的在艺术上也显示了一定才能和成绩，但他们实际上并不相信这种才能和成绩是和集体（当然也包括个人）的智慧分不开的，当有了点成绩就骄傲得昏头昏脑，吹嘘和夸大个人才能，不能把以往成绩当成鼓舞自己前进的力量，往往变做沉重的"包袱"，以此拒绝来自各方面的批评；当在艺术上搞不出成绩时就仰天长叹，怨东怨西，妄想不经过辛勤劳动而"一鸣惊人"。这些人不爱劳动，也不可能尊重别人的劳动。这种人对集体事业漠不关心，因为他所看到所想到的一切，都是如何有利于个人。

以上说明了在我们文艺队伍中，资产阶级个人主义思想还是严重的存在着。它表现在我们文艺队伍中较普遍的滋长了一种骄傲自满情绪。在检查我们的缺点时，必须认识到这种情绪正在腐蚀着我们艺术事业的发展。不克服这种情绪，许多文艺工作者的政治和业务学习会继续松懈荒疏下去，艺术创作仍会振作不起来。

文艺批评的开展是推动文艺事业不断前进的有力武器。过去在文艺批评上虽有了一些收获，但总的说，我们的文艺批评还未很好开展起来。同时在我们文艺批评工作中还存在着一些偏差，需要纠正。较普遍的一种文艺批评，是在要求艺术作品的时候，往往忽视了艺术必须通过形象来表达思想这一根本特点，这种批评把艺术看成是技术经验介绍的"活广告"和政策的"传声筒"；我们还缺乏一种同志式的文艺批评，这种批评不尊重作者的劳动，不能从爱护作者出发，不能从作品总的倾向性着眼帮助作者提高作品质量，而是枝节的挑剔毛病多，系统的分析研究少，甚至把作品"晒起干来"置之不理。这就不仅无助于文艺创作，反而阻碍了创作积极性。在文艺批评上还存在着脱离实际的倾向，如过去《内蒙文艺》展开的关于民族形式问题的讨论，这个讨论是必要的。因为研究民族的文学艺术，文艺批评的重要任务之一就是研究民族形式问题。当时很多同志都积极热情参加了这个讨论，但从《内蒙文艺》编辑部的领导思想上看，就没有引导这个讨论与内蒙古文学艺术具体实践结合的更紧密，以致使许多文艺工作者感到：这也不是民族形式，那也不是民族形式，究竟怎样才算是呢？无所适从。后来在分局宣传部具体领导下，才及时地做了纠正。近来我们的文艺批评工作更消沉了，有些人并错误地认为："总路线公布了，思想工作可以取消了"，也有些文艺干部认为："文艺批评不是我的事，是党和政府的事"或"文艺批评还不是站在高坡说说风凉话"等。应当指出，这不是正常现象。内蒙古的文学艺术是年青的，文艺批评工作也是如此。爱护培养与发展文艺批评是我们每个文艺工作者的事情，因为任何一种工作，如果没有批评与自我批评的开展，就会像一洼死水似的腐臭和干枯下去。

以上缺点和错误的存在是和我们文艺战线的组织领导状况分不开的。比如我们内蒙古文联筹委会（包括原内蒙古文联和绥远省文联两个筹委会）从一九四九年即开始了筹备工作，但做的很不好。文联筹委会没有专职干部负责，许多委员开过一两次会后长期的无联系、无工作。许多人批评文联的工作说"文联是既无文又不联"，这是对我们很严厉的指责，过去虽然由于一定的历史和客观原因未把文联成立起来，但我们只要积极主动的去努力，是可以把工作做得更多更好的，因为我们许多委员都是直接做着并领导着文艺工作。文联筹委会未发挥它应有的作用，工作松懈无力，就削弱了对文艺创作和文艺批评的领导。文学艺术创作（特别是戏剧创作）是我们最弱的一环，这是我们老早就感觉到的，但我们并没有集中力量解决这一问题，党经常的督促我们，甚至有许多工作都直接替我们安排，但由于我们直接负文艺领导责任的同志缺乏强烈的责任感，致使许多应当做的工作也未抓起来。

正由于以上缺点和错误的存在，就使得我们整个文艺工作缺乏生气，文艺思想的混乱不能及时澄清，骄傲自满情绪不能及时受到批判。在我们文艺队伍中，"文人相轻""同行是冤家"的旧习气还在某些角落严重的存在着。特别是绥远划归内蒙古自治区以后，团结问题就更为重要。我们的队伍是团结的，但我们应当警惕一切危害我们文艺队伍的统一和团结的言论和行动。应当认识，资产阶级个人主义思想在我们文艺队伍中的存在并不是奇怪的，它说明了过渡时期复杂的阶级斗争事实从思想上在我们文艺队伍中的必然反映。总路线给文艺工作更明确的指出了前进道路，同时给文艺工作的组织领导方面也指出了一个任务，这个任务就是：必须用社会主义思想教育文艺队伍中每个成员，以社会主义思想做为衡量我们一切工作的标尺。这就必须展开对资产阶级个人主义思想的经常批判与斗争。内蒙古文联应该成为组织文学艺术创作的领导核心，这个核心必须是团结的，强有力的。只有如此，才能把全区广大的文艺工作者团结起来，正像党的七届四中全会所通过的《关于增强党的团结的决议》中给我们指出的："党的团结，工人阶级的团结，劳动人民的团结，全国人民的团结，是革命胜利的基本保证。这是马克思列宁主义的最基本原理之一。"我们的团结当然不是无原则的团结，而是统一在为贯彻实现国家过渡时期的总路线和总任务这一旗帜下的大团结，我们的团结也不是无斗争无批评的一团和气，而是经常地开展批评与自我批评，使我们不仅在政治上、思想上是一致的，而且在艺术思想上也应该是一致的。我们学习了总路线和党的四中全会文件，也学习了我们祖国所公布的第一个人民宪法——中华人民共和国宪法。这些学习使我们的头脑更清醒了，只要我们在党的统一领导下，依靠全区文艺工作者的团结一致，兢兢业业，各尽所能，共同努力，就一定会迅速的克服我们文艺工作中的缺点和错误，改变文艺创作的落后状况。

三

我们全国各族人民在中国共产党的领导下，正以坚韧不拔的毅力和信心，进行着社会主义工业化及国家对农业、对手工业和资本主义工商业的社会主义改造的伟大事业。在这个新的历史时期，文艺工作者的重大责任，就是为经济建设服务，为国家在过渡时期的总路线和总任务服务。当前首先是为贯彻实现第一个五年建设计划而斗争。总路线是照耀一切工作的灯塔，文学艺术工作如果离开了这个灯塔，都必然会迷失方向，就不可能产生出真实的艺术作品。

内蒙古自治区是我们伟大祖国不可分割的一部分。绥远省划归内蒙古自治区以后，内蒙古自治区走上了进一步建设的新时期。内蒙古各族人民的任务正如人民日报社论：《中国历史上解决民族问题的重大措施》中所指出的，就是："与全国各兄弟民族共同建设祖国大家庭；在祖国共同事业的发展中，遵循着国家过渡时期的总路线和总任务，进一步发展自治区的政治、经济与文化事业，逐步提高各族人民的物质与文化水平；继续消除境内各少数民族历史上遗留下来的事实上的不平等，提高到先进民族水平，与祖国各族人民共同过渡到社会主义。"随着国家经济建设的高涨，内蒙古人民物质生活一天天在提高，文化需要一天天在增长，以最大限度满足这种需要，创作更多更优秀的文学艺术作品，通过广泛的文学艺术活动，以人民在祖国伟大社会主义建设中所表现出来的高贵品质和英雄事迹，教育和提高人民的政治觉悟和劳动热忱，以爱国主义和社会主义的崇高思想，鼓舞人民更勇敢地向社会主义前进。这就是我们内蒙古文艺工作者的光荣任务和使命。

发展与繁荣创作，是我们文学艺术工作在创作方面和组织领导方面的共同任务，也是我们这次会议所要讨论的主要内容和目的。

我们的文艺创作不能令人满意。首先应当指出的是我们从领导方面没有更好地帮助作者提高其思想艺术水平，这从我们文艺批评的不开展可以说明这一点。文艺批评是文艺工作者进行思想艺术教育的主要手段，但我们没有根据内蒙文艺创作落后的实际状况，吸引大家用实事求是的分析和讨论来支持作者的创作积极性，批判一切离开马克思列宁主义原则和党在过渡时期总路线的思想倾向。对文艺干部的学习缺乏认真地经常的关心，更缺乏具体地帮助作者在生活实践和创作实践中提高其观察能力和表现能力。这种领导状况是必须改善的。

也必须指出，内蒙文艺创作的落后现象，是和我们许多作者在对待生活和对待艺术劳动的态度上存在的缺点和错误认识分不开的。因为，如果没有作者们坚持不懈的努力，没有作者们高度的政治热情和责任心，没有作者们的对生活的热爱和深刻的认识，那么"发展创作"就会变成不可思议的事情。

生活是文学艺术唯一的源泉。我们都承认这个真理，但在我们中间并不是一切人都愿意无条件的投身到这个源泉中去。有的同志也到群众中去了，但并没有无条件地全身心地投入到群众火热的斗争中，而是去"做客"，去找"材料"，不是满腔热忱的去关心群众生活的各个方面，帮助群众解决生活中遇到的实际困难，甘心当群众的小学生，而是觉得为群众办事太麻烦，太耽搁自己的时间，对群众的日常生活无兴趣,甚至为找"典型"而幸灾乐祸的想使工作缺点更严重些才好。这种把自己置身于生活之外,置身于群众行列之外的人,就永远也不可能理解生活。反映在创作上就是用自己主观的概念和公式去套生活,如写工农联盟就来个"一对工农好夫妻";写中农因有顾虑不参加生产合作社,就人为的摆下许多"难关",当过不去"关"时这个农民即恍然大悟,给自己扣几个"落后帽子"就入社了,就积极了;写一个人闹情绪,谁也解决不了,结果区委书记来讲了几句大道理,这个人就低头哈腰连忙说:"书记的话太打动我的心了,我算彻底搞通思想了……"等。这种不从生活出发的主观主义,在创作上必然是歪曲现实生活。从许多作品看,公式化概念化的倾向还是相当严重的存在着。

有的作者自认为生活很丰富了,满足于以往的一点生活经验(当然这一点也是宝贵的)而不愿意到生活中,总是婆婆妈妈的"拖不开身",即便下去也不愿深入到生活的最低层,认为"生活也不过如此"。这些同志认为生活是永远静止不变的,他也可能承认生活是创作的源泉,但不承认是唯一的源泉。长期地脱离生活就使得有些作者(有的是很有才能的作者)很久写不出像样的作品,变得死气沉沉。陷于停滞状态。

作者中也有一种说法,认为:我们经过解放战争,搞过土地改革,又是本乡本土长大的,难道还缺乏生活吗?为什么写不出作品来呢?我们不是缺乏生活而是缺乏技巧的问题。是的,应当承认我们非常缺乏描写的技巧,而且"技巧是没有止境的"。轻视或否认技巧的看法都是错误的。但也必须了解,文学技巧和生活并不是矛盾的,技巧是为内容服务的,因为作品的语言、结构和人物的描写本身就是思想的具体表现。"真正的技巧——法捷耶夫同志说,就是要理解这个艺术的任务。技巧——这就是掌握那不驯服的新的生活材料,并善于以自己的艺术手段去征服它。艺术的任务是描写人的性格,他们的关系与冲突。但是不能把性格和它所借以表现的东西对立起来。"因此说,我们要求用最大的力量去研究生活,去深刻地理解生活正是提高文学技巧的根本问题。

文艺工作者深入生活并在实际斗争中彻底改造思想,是文学艺术真正与工农兵相结合与群众的阶级斗争相结合的关键。实践中,我们可以体会到这确实是一个长期的痛苦的过程。我们不能认为自己下过乡了，和群众共同生活过了，也参加过一些群众斗争，可以满足了。毛主席在《实践论》中早已向我们指出："我们的实践证明：感觉到了的东西，我们不能立刻理解它，只有理解了的东西才更深刻地感觉它。感觉只解决现象问题，理论才解决本质问题。"一个作者参加群众斗争，和群众一起生活是开始认识生活的第一步，不亲身经历地去熟悉生活，不去斗争中丰富自己的生活知识，不去大量占有生活的原料，就不可能达到对生活本质的理解。满足于第一步不再前进，思想必然落于生活发展之后，就"不能站在社会车轮的前头充任向导的工作"，就只能"跟在车子后面怨恨车子走的太快了"。一个作者，思想离开了生活实践，就不可能真正理解生活斗争中的人们——他们的内心世界，他们在斗争中思想情感的变化。也就不可能创作出真实的、有血有肉能打动人心灵的作品来。

端正对待生活的错误态度，就只有按着党和毛主席所教导我们的："必须长期地无条件地全身心地到工农兵群众中去，到火热的斗争中去，到唯一的最广大丰富的源泉中去，观察、体验、研究、分析一切人，一切阶级，一切群众，一切生动的生活形式和斗争形式，一切自然形态的文学和艺术，然后才有可能进入加工过程即创作过程，这样地把原料与生产，把研究过程与创作过程统一起来。"做为一个革命的为人民服务的文艺工作者，就应当全面的深入的研究和体会党的这一伟大号召。

创作过程是艰苦的劳动过程，它不同其他劳动，有它的特殊性，忽视其特殊性"机械的平均、划一，少数服从多数"或规定题目、格式和限期交卷等，是错误的。但并不是说对艺术创作不能提出要求，反之，艺术创作如果离开了人民的根本需要，离开了党对文学艺术的指示和要求，就注定走上错误道路。认为"党不应该对创作提出要求，提出要求就限制了创作自由"，"作者根本不能提出创作计划，提计划就只能粗制滥造交任务"或把"计划"无限期的拖下去而认为"心安理得"等情绪，实质上就是想脱离党的领导，想不受任何纪律约束的资产阶级个人主义思想反映。必须批判。

作者要努力提高作品质量，这种提高必须建筑在认真地学习，严肃对待自己的创作和经常刻苦的锻炼——艺术实践——这一可靠的基础上。应当指出，我们对创作的组织领导方面，存在着一种有害的指导思想，这种思想不是根据内蒙古许多青年都是初学写作这一具体情况，正确的、具体的、细致的给以领导，支持他们每一步新的进展，耐心帮助他们克服前进中的缺点和困难，而是用自己主观的"合乎标准""够上水平"一套格式来恐吓和削弱青年作者的创作热情。这种思想不能鼓励青年作者去努力艺术实践，而是助长停下笔来幻想"一举成名"。内蒙古文艺工作的提高如果脱离内蒙古实际就是空谈，正如一个初学写作者不可能做一个梦就写出好作品一样。一个作家不仅应当是思想家、革命家，而且首先应当成为劳动的模范。我们需要各种艺术形式的作品，我们提倡各种不同艺术形式的自由竞赛。我们的创作既需要多，又需要好，从大量发展创作当中发现有利于社会主义的作品。

在发展创作中，应特别注意培养与鼓励蒙文创作。蒙文作品的缺乏，是和许多文艺干部轻视自己民族语言文字的倾向分不开的。民族形式是一个民族的政治、经济和文化的表现形式，而民族形式的首要因素是语言文字问题。在蒙古民族新的文化事业发展中，蒙古语文的文学艺术创作有着特殊的意义。从内蒙古文学艺术工作来说，也是直接影响着我们的文艺工作能否在蒙古民族群众扎根的根本问题。

文艺工作者必须遵照社会主义现实主义创作方法去进行工作，这就首先要求我们认真的学习社会主义现实主义。全国文学艺术工作者第二次代表大会以后，各地文艺工作者对社会主义现实主义的学习已经形成了高潮，在我们内蒙还未广泛的展开学习，这是很不好的现象。周扬同志在中国文学艺术工作者第二次代表大会上的报告中指出："我们把社会主义现实主义方法做为我们整个文学艺术创作和批评的准则。""社会主义现实主义应当成为指导和鼓舞作家、艺术家前进的力量。"同时也指出："各个作家、艺术家都是按着他们个人不同的生活经历和创作道路来达到社会主义现实主义的。一个作家使自己变为一个真正的成熟的社会主义现实主义者，需要有一个极大的努力过程。"内蒙古文艺工作者也应当积极努力，为创造社会主义现实主义的文学艺术而斗争。

社会主义现实主义要求文学艺术必须是"从现实底革命发展中真实地、历史地和具体地去描写现实。同时艺术描写的真实性和历史具体性必须与用社会主义精神从思想上改造和教育劳动人民的任务结合起来。"我们可以理解到，这正是要求政治与艺术的高度统一，也就是文学艺术创作的思想性与艺术性的高度统一。这一点毛主席早已明确的指出过，他说："我们的要求则是政治与艺术的统一，内容与形式的统一，革命的政治内容与尽可能高度的艺术形式的统一。缺乏艺术性的艺术品，无论政治上怎样进步，也是没有力量的。"不承认思想性，就是不承认革命的文艺需要有革命的政治内容，就是不承认文艺的阶级性和党性原则，就是拒绝文艺是为劳动人民服务的真理；不承认艺术性，就是不承认革命的文艺需要有艺术形式，也就是否认文艺的存在。学习社会主义现实主义，必须反对这两种违背党的文艺路线的倾向。

社会主义现实主义文学艺术的任务，首先是表现人民中的光辉灿烂的先进人物，以此来培养人民的新的品质，鼓舞人民为社会主义奋斗的勇气的热情。完成这个任务必须做极大的努力。首先要求文艺工作者要深入到群众中去，深入到火热的斗争中去，去观察、体验、研究、分析、去熟悉人民新的生活；要求文艺工作者要有高度的政治热情和敏感，要爱憎分明，要在复杂尖锐的现实斗争中，把自己锻炼成一个具有先进思想的社会主义者。只有这样，我们才能用最大的爱来歌颂和拥护那些新生的、进步的、光明的东西，也才能无情地反对和揭露那些腐朽的、反动的、落后的东西。

我们必须学习自己民族的文学艺术遗产和民间文艺。经过这种学习，才能使我们新的文艺事业和自己民族优秀的传统艺术衔接起来，才能创作更富有民族特色的文艺作品。我们国家的文学艺术遗产是极丰富的，就以内蒙古来说，在民间流行着的地方戏曲就有：晋剧、京剧、评剧、秦腔、二人台、二人转、土落子、影戏等多种，并蕴藏着大量的民间故事、神话、传说、歌谣、好来宝等口头文学和舞蹈素材。蒙古民族不仅有自己丰富的口头文学遗产，而从很早也就创造了自己的古代文学。而这种整理和研究工作，是内蒙古文学艺术工作中重要任务之一。过去，我们对内蒙古地区所流行的戏曲和民间文艺的发掘和整理上，曾做了一些工作,许多艺人也积极的参加,这是很好的。但这个工作进行的很不系统不深入,还没有形成有组织有领导有计划的来做。特别应当指出,我们有些文艺干部(包括不少的民族文艺干部)还存在着轻视自己民族遗产,认为蒙古民族"落后",没有什么遗产,学不到什么东西等错误观点。我们还没有懂得尊重自己民族的艺术遗产并给予一定的科学地位,正是为了更好的去创造和建设新的文学艺术。

对民族的文学艺术遗产的整理和研究工作,是一件艰巨而细致的工作,必须组织各方面的力量,特别是专业文艺工作者应和民间的许多艺人合作,向他们学习。这个工作只是靠几个人的兴趣或业余时间断断继续的做是不够,我们应当考虑设立机构,抽出专人(那怕开始只有一两人也可)进行这一工作。

内蒙古文艺队伍是年青的,需要多方面的学习来充实自己。我们应当学习国内许多有成就的作家的创作经验,多读苏联的以及其他人民民主国家的社会主义现实主义作品,多读中国的和外国的古曲作品。当然这种学习不能是抄袭和模仿,像毛主席告诉我们的:"仅仅是借鉴而不是代替,这是决不能代替的。"

我们的文学艺术事业是要靠集体主义的创作活动来丰富它和发展它的。这就需要我们的文学工作者、戏剧工作者、舞蹈工作者、戏曲工作者、音乐工作者、美术工作者、民间艺术家们,更好的团结努力,在生活实践和创作实践中,把我们的文艺武器磨练得更锋利,充分利用各种形式,创作各种形式的文艺作品。在这一切创作中,我们更迫切需要更多更好供给演出的戏剧创作和其他形式的演唱材料,我们全区近三十个职业剧团和两千余个群众业余剧团都在盼望着适合他们演出的剧本,许多民间艺人也希望我们供给他们的演唱材料。这一支广大的文艺队伍和它的作用,作者是不能够忽视的。

我们有许多有创作能力的业余作者分散在各个工作岗位上,文联必须重视与组织这些力量,帮助他们解决写作上的困难,鼓励他们进行创作。专业和业余的作者和剧团之间应密切合作,使创作成为一种群众性的活动。只有这样,才能使我们内蒙古的文学艺术创作逐步发展和繁荣起来,才能使我们的文学艺术工作在祖国建设社会主义的伟大斗争中,发挥更大的积极作用。

四

根据中国文学艺术工作者第二次代表大会的精神和内蒙古文学艺术工作的实际情况，目前，我们最迫切的任务，就是要更广泛的动员与组织全区文艺工作者的力量，在总路线的照耀下，高度地发挥创作积极性，使内蒙古的文学艺术创作逐步繁荣起来！因为，只有创作繁荣起来了，然后其他一切艺术活动才能跟着繁荣起来。为适应这个任务，首先应把文学艺术团体的工作建立与加强起来。因此，我们这次会议的任务，就是在检查总结过去的工作和讨论当前文学艺术工作在创作方面的任务同时，并选举内蒙古文学艺术工作者联合会（简称内蒙古文联）新的领导机构，通过内蒙古文联章程和决议，正式成立内蒙古文联。

关于省（市）文联的性质和工作方针，周扬同志在中国第二次文代大会上的报告中，已有了明确指示。同时，各省（市）文联代表在大会上对省（市）文联工作也曾作了详尽的研究和座谈。周扬同志的报告和《中国文学艺术工作者第二次代表大会各省（市）文联代表座谈会座谈纪要》的精神，是完全适合于内蒙古地区情况的。我们应当以此规定内蒙古文联的工作任务和方针。

周扬同志在报告中谈到省（市）文联工作时说："今后应当规定，它们的性质不是团体联合会，而是当地文学艺术工作者综合性的、自愿的组织；它的成员应当包括文学、戏剧、音乐、美术等各方面的文艺工作者。这样，在省、市，另外就不需要分设各种协会了。为了使省、市文联成为真正组织当地文艺工作者从事文艺活动的团体，它的会员也需要有一定的标准，而不应当漫无限制地滥收。"

根据这个精神，我们的文联应当定名为——内蒙古文学艺术工作者联合会（简称内蒙古文联）。根据内蒙古地区情况，这个组织的成员应包括文学、戏剧、音乐、美术、舞蹈、文学翻译、民间艺术、文艺批评等各方面的文艺工作者。这些成员，可根据内蒙古文联章程所规定的会员标准加入内蒙古文联。文联可根据会员情况，按不同业务分别编成文学、戏剧、音乐、美术、舞蹈、文学翻译、民间艺术、文艺批评等组。文联直接联系与领导会员的活动是一件细致而繁重的工作,由于内蒙古文联人力所限,特别是没有经验,所以在吸收会员上,应常考虑需要与可能,实事求是的进行这一工作。

内蒙古文联的筹备工作,是在原内蒙古和绥远省两个文联筹委会筹备的基础上建立起来的。原绥远文联筹委会下面曾设有文学、戏剧、音乐、美术等协会。原内蒙古文联筹委会领导下,成立过内蒙古民间艺人协会,根据今后文职的工作性质,这些协会应当结束。内蒙古文联应当吸收优秀的民间艺人作为文联会员。

根据中国第二次文代大会的精神,内蒙古文联的任务应当是:

(一)组织创作。

周扬同志在报告中说:"省、市文联既然是以个人为会员的当地文艺工作者的组织,它的主要任务就必须是组织自己的会员从事文艺创作以开展当地的文艺活动。"《中国第二次文代大会省(市)文联代表座谈会纪要》认为:"在省(市)文化局设有美术工作室和音乐工作组的地方,省(市)文联组织创作的重点可放在文学方面,组织美术和音乐创作的工作,可由美术工作室和音乐工作组去做;为加强对于创作的统一领导,在文联内可设立创作委员会,吸收美术工作室和音乐工作组的负责同志参加。"内蒙古文联应当在党的领导下,成为领导创作的有力核心。应该协助政府文化部门领导创作活动。创作委员会的委员应当由有条件领导文艺创作的同志组成,可吸收美术工作室和歌舞剧团(因歌舞剧团负有音乐工作组的任务)的负责同志参加。

(二)辅导群众文艺活动。

根据中国第二次文代大会的精神,"这种辅导应当侧重于供应群众业余艺术活动的材料和指导群众的创作这两方面。""至于群众演出活动的辅导工作,则由政府文化部门去做,以免互相重复而收互相配合之效。"根据目前我们特别缺乏剧本的实际情况,内蒙古文联首先应当在剧本的创作和供应方面引起更大的注意,帮助与鼓励专业的和业余的作者进行戏剧创作。

(三)组织会员学习。

内蒙古文联有责任帮助文艺工作者提高其政治水平和艺术水平,因此,应经常地组织自己的会员进行政治学习和业务学习。如经常组织各种内容的专题报告,各种有关业务的座谈会和有准备的举行各种作品、演出的讨论会等等。

内蒙古文联应加强对《内蒙古文艺》的领导,逐步改进提高其质量。《内蒙古文艺》应当成为文联在团结与培养作者,辅导群众写作,供给群众通俗文艺读物和业余艺术演唱材料等方面的有效工具。内蒙古自治区是个多民族的地区,有它的地区特点和民族特点。《内蒙古文艺》应当努力从文艺创作方面,表现出内蒙古自治区在党的民族政策照耀下,在祖国建设社会主义的伟大过程中,欣欣向荣的变化。应当多方面地并采用各种适当的形式反映国家和内蒙古人民在建设祖国大家庭的斗争中,所表现出来的新人新事和新的思想品质,避免内容狭窄和形式单调的缺点,同时应经常刊载指导写作的文章。为了能及时供应群众以文艺宣传材料,根据主客观条件可考虑出版与编辑不定期的文艺宣传材料或文艺丛书,这个工作应与内蒙古政府文化局共同研究。

根据中国第二次文代大会精神,内蒙古自治区内各盟、行政区和市均不另设文联。组织和辅导群众文艺活动的工作,均由政府文化部门担负。关于内蒙古东部区文联问题,我们建议由中共内蒙古东部区党委根据该地文艺工作发展的情况和文艺干部条件具体研究决定。

代表同志们,内蒙古文学艺术工作者代表大会是在中共中央内蒙古分局的指示和领导下,在政府文化部门的具体帮助和全体文艺工作者关心和努力下召开的。这个会议,显示着我们内蒙古文学艺术工作有了新的进展,我们相信,经过这次大会之后,我们的工作会有更大的发展和成就。

内蒙古文学艺术工作者团结起来,在总路线的灯塔照耀下,为发展内蒙古的文学艺术事业而努力!

以上就是内蒙古文联筹委会决定我向大会做的报告,希望同志们加以审查和研究。

发展各民族的文化，丰富各族人民的精神生活

—— 在内蒙古自治区第一届民族民间音乐、舞蹈剧观摩演出大会上的报告

布　赫

史料解读

　　史料原载《内蒙古文艺》1955 年 12 期。该文从何谓民族文化，如何看待各民族的文化传统，大力发展各民族的文化、丰富各族人民的精神生活三方面进行了论述。布赫提出，谈论民族文化时首先考虑何为民族，再谈文化，中华人民共和国成立之后，民族文化也成了社会主义文化的组成部分，社会主义文化通过各民族文化的形式才能存在。在如何看待各民族文化传统上，布赫认为，任何民族都有自己优良的文化传统，劳动人民不但创造了物质财富，也创造了精神财富，要想发扬好本民族文化，要学会向其他民族的优秀艺术学习，互相交流，兼收并蓄。通过各族文艺交流的实例指出，各民族文化艺术上的互相吸收和交流反映了各族人民要求在思想上情感上互相沟通和了解的愿望，同样也是文化艺术发展的必然规律。该文提出，在发展各民族社会主义经济的基础上，从五个方面大力发展各民族文化：第一，要积极扩展工人阶级的思想阵地；第二，要充分发展各民族的语言；第三，发展和整理各民族的文化遗产；第四，发展民族文化必须努力创作实践；第五，展开各民族文化艺术之间的友谊竞赛。该文观点明确，立论有据，思路清晰，逻辑性强，提出了具体问题，也给出了对各民族文化工作者的建议和希望，对今后民族文化的发展有着积极的促进意义。

原文

　　同志们：今天我准备讲一下发展各民族文化的问题，为了便于叙述，我打算分成三方面来谈。第一、何谓民族文化；第二、如何看待各民族的文化传统；第三、大力发展各民族的文化，丰富各族人民的精神生活。

一

　　现在谈第一个问题，何谓民族文化？在未谈民族文化之前先谈一下什么是民族。大家都知道，民族——正像斯大林同志所说的，是一个历史上形成的稳定的人们共同体，它具有四个基本特征：共同的语言、共同的地域、共同的经济生活与经济联系，以及表现在共同文化上的共同心理状态。民族并且是一定历史时期的产物，它是在封建社会衰亡、资本主义上升时代发展起来的。民族形成时的领导者是资产阶级。在社会上商品生产不断的发达，结果才把封建领域融合成一个经济上有联系的整体，民族内部才有了真正的联系。这种民族联系的建立，实际上正是资产阶级联系的建立，所以民族的命运就和资产阶级的命运密切地联系在一起。这种民族，由于资产阶级占着统治地位，所谓民族利益，实质上是民族内部资产阶级利益的表现形式。民族文化实质上也是资产阶级的文化。因此，把这种民族我们称为资产阶级民族，这种民族的文化称为资产阶级的民族文化。在这一时期，民族问题是属于资本主义的范畴，民族文化是资产阶级的反动口号。列宁同志就曾这样正确地指出过："我们有两种文化，资产阶级文化和无产阶级文化，而民族文化的口号乃是资产阶级的反动口号，企图用民族主义的毒剂来麻醉劳动大众的头脑。企图反对揭开和说明民族中的阶级存在，而散播超阶级的民族文化。"

　　既然民族是资本主义上升时期的产物，和资产阶级有着深厚的联系，随着资本主义的灭亡，民族也势必衰亡下去。当然，这种民族的灭亡，并不是世界上不再存在民族了，不再存在民族文化了；而仅仅是资产阶级民族不存在了，资产阶级的民族文化不存在了。

苏联社会主义革命成功后，推翻了资本主义统治，确立了苏维埃制度，旧式的民族，即资产阶级民族，也随之退出了历史舞台，而让位于新型的、社会主义的民族。从此，民族利益与社会主义革命的利益，密切地联系在一起，"民族"这个概念变成了新的阶级内容。民族问题成了整个无产阶级革命专业的组成部分之一。民族文化也成了社会主义文化的组成部分。因此，把这种民族我们称为社会主义民族，把这种民族文化称为社会主义民族文化。

我们在谈民族文化问题时，必须把旧的资产阶级民族和新的社会主义民族及资产阶级民族文化与社会主义民族文化，这些本质上根本不同的问题严格地区别开来，否则我们不仅会犯错误，并且也不能理解民族问题的实质和民族文化的内容。

这就是所谓"现代"民族的产生与发展以及如何随着资本主义的灭亡而让位于社会主义民族的大概情形。

现在再说一下我们国家境内民族形成的情况。我国境内的各民族，在民主革命以前，内受封建统治者的压迫，外受资本主义国家的侵略与剥削，因而各民族的经济文化长期得不到发展，使自己民族一直处在贫困和落后的状态，民族资产阶级的形成遇到了内外敌人的阻挡，民族的形成遭到了莫大困难。因此，一直到中华人民共和国建国以前，中国境内许多民族严格说来还未形成为现代民族。有的少数民族甚至只具备了一些民族的要素——语言地域文化共同性等，而尚未形成一个经济上有联系的民族。如果以斯大林同志所指出的民族的四个基本特征，来衡量我国各个民族，那恐怕有不少民族是很不够条件的。其原因正像前面所说的：是因为我国过去是个半封建半殖民地的国家，民族资产阶级没有得到充分的发展。各族人民长期受着帝国主义与封建主义的压迫，各民族的经济与文化得不到提高，所以民族的发展受到了限制，民族的形成也即遭到了破坏。中国新民主主义革命胜利以后，中国各族人民的敌人——帝国主义和封建主义被打倒了。由于我们党——中国共产党，对民族问题采取了正确的措施，推行着民族区域自治及保障各民族人民在一切权利方面平等的政策，这才给各民族以发展的机会,给各民族人民在祖国的大家庭内,积极参加祖国的建设,发展自己民族的经济与文化开辟了宽广的道路;使各族人民在团结互助的原则下,有了共同迈入先进民族行列的可能。

我们的国家是由工人阶级领导的。所以我们各个民族的发展方向不是走资本主义的路,而是走社会主义的路。也就是要中国境内各个落后的民族越过痛苦的资本主义发展阶段,直接向社会主义过渡。目前,我们国家社会主义建设和社会主义改造时期的民族工作上主要的任务也即是:变非社会主义民族为社会主义民族。在文化上就是变各民族非社会主义的文化为社会主义的文化。

在资产阶级民族废墟上形成的社会主义民族与资产阶级民族的根本差别在于:原来资产阶级民族是资本主义上升时期的产物,它们的领导者是资产阶级;而社会主义民族是随着社会主义革命的胜利逐渐形成的,它的领导者是无产阶级。表现在文化上也如此。资产阶级的民族文化是由民族内部的资产阶级所领导,并为资产阶级服务;而社会主义的文化则是由无产阶级领导,为广大劳动人民服务。

那么,什么是社会主义民族文化呢? 由于保证社会主义建设的基本力量是工人阶级所领导的工农联盟;因此,社会主义民族文化就是为工农劳动人民服务的文化,就是社会主义革命的内容加民族形式的文化。社会主义各民族的文化是多彩多样的,是依据各民族不同的语言习惯采取不同的方式方法表现出来的。社会主义内容并不排斥民族形式,而是给以革命的内容;民族形式并不排斥社会主义内容,而是给以丰富多样的形式。社会主义内容和民族形式是相互依存的,没有社会主义内容,就不可能形成社会主义文化;没有民族形式,社会主义内容就没有存在的条件。

社会主义文化是通过各民族的形式才能存在,也就是通过各民族的语言——民族文化的形式,才能存在。试想,没有民族语言,社会主义内容如何表达呢? 社会主义文化又如何存在呢? 难道还有没有形式的内容吗? 当然不会有的,因为社会上从来就没有过这样的事。

就到这里,我想应该明白这样一个问题:为了发展各民族社会主义的文化,就必须进一步巩固与加强工人阶级对文化艺术的领导;就必须充分发展各民族的语言和艺术形式。只有工人阶级思想阵地一天天地扩大和巩固,社会主义文化才能有正确的内容和方向;只有各落后民族的语言大大地发展起来,社会主义文化才能在各民族人民中生了根,才能丰富各族人民的文化生活,才能真正不但从政治上、经济上,而且从文化上消灭各民族间历史上遗留下来的事实上不平等的现象。

继承和发展各民族的文化,就必须联系到如何发扬各民族的优良文化艺术传统的问题,现在我就讲第二个问题:如何对待各民族的文化传统?

二

任何民族都有自己优良的文化传统,因为文化是劳动人民创造的;历来劳动人民不但创造了物质财富而且也创造了精神财富。他们用自己的心血,制出了他们所喜欢的、表现他们思想情感和意志的文化艺术。这些作品都经过了长期的加工和考验,具备了极高的艺术价值和强烈的人民性,成了我们遗产中最可贵的东西。我们说继承民族优秀文化传统主要的是指劳动人民和与劳动人民有联系的知识分子所创造的并为他们所喜爱的文化艺术遗产。

历史上各族人民创造的文化艺术,由于受到各种反动统治阶级的摧残、篡改并受到其反动思想之影响,所以在各民族的文化遗产中或多或少地保留了一些粗糙的、不健康的甚至反动的东西。因此我们在继承民族文化遗产时必须贯彻毛主席所指示的"剔除其封建性的糟粕,吸收其民主性的精华"的精神。

继承民族文化遗产的目的,在于从原有的基础上建立与发展新的文化艺术。向传统学习绝不是仿古。社会主义文化的建立也绝不是脱离原有传统。为此,我们在对待遗产问题上必须经常和以下两种倾向展开斗争:其一粗暴,其二保守。粗暴和保守是孪生兄弟,他们的母亲是唯心主义;共同特点是不承认艺术发展的客观规律,以自己的感想代替群众的爱好,代替党的政策。有这种思想的人,对待遗产的态度常常是二者并存的,既保守也粗暴。有保守思想的人,就是看不见当前人民的需要,不懂得艺术并不是消极地反映生活而是指导生活前进的一种社会力量。它既是人民所创造，当人民的政治经济生活起了变化的时候，文化艺术就必须跟上来，并必须指导人民继续前进。想拉住人民并阻止其进步，实际上是满足于已获得的成就，而作前人的"顺民"和"奴隶"。有粗暴态度的人就是不了解艺术发展的规律，不懂得艺术是人民的创造又是和人民共同成长起来的。想离开广大人民群众的支持而从事对民族遗产的改革工作，其结果必然要遭到失败。人民对他们创作和改革的东西就会有这样的意见：不看。想一想文化艺术如果到了这样悲惨的地步，各民族的文化难道还能形成吗？当然是不可能的。

发展民族文化不但要继承自己民族的文化传统，而且要向其他民族的优秀艺术学习。尤其是文化上较落后的民族，后一条更有其重要意义。

任何一个民族由于所处的环境及生活条件之不同，都有其不同于别个民族的精神状态。这种不同的精神面貌当然是表现在各个民族的共同的文化上（因为如果不是这样那么一个民族的心理状态就成了不可理解的和不可捉摸的东西了）。由于各个民族有不同的文化并各自具有着不同的优点与特点，这就给我们各个民族互相学习造成了广阔的天地。把每个民族的优秀文化传统应该认为是我们各民族共同的财富，要互相吸收和学习，从而丰富自己民族的文化。当然互相吸收和学习绝不能理解成互相搬套和替代。因为各民族在文化上都有其独到之处，各民族（那怕是最落后的民族）亦都有权利和义务把自己最精美的文化艺术成品带入全人类的文化宝库。将来全人类的文化财富是各民族优秀文化的结晶和汇合，绝不是由几个民族的文化而代替了大多数民族的文化。

我们内蒙古自治区各个民族都有其美丽的文化艺术遗产，各族人民灿烂的艺术花朵都不断发放出自己独特的光彩。就拿蒙古民族来说吧，人们常常把蒙古民族誉称为音乐的民族并不是没有根据的。现在蒙古人民中间保存着极丰富的歌曲（可惜这个数目字，目前还不能统计出来）。这些歌子都是几百年来蒙古人民在生产和斗争中创造出来的。他们通过这些诗歌，道出了蒙古人民的苦难、胜利和希望。他们代代相传，并逐渐充实和精练，使民间的歌谣在人民的心灵中扎下了深厚的根蒂，成为劳动人民最喜爱的艺术形式之一。许多蒙古民间艺人,他们不仅是歌唱家而且是诗人,他们往往用诗歌作战斗的动员,用歌声唤起自己民族对生活与战斗的勇气。广大劳动人民也用歌曲来表达自己炽烈的希望和爱情,他们常把歌子跟他们的命运结合在一起,表现自己民族性格的手段之一。同志们试听听雄壮有力的《红旗歌》,听听沉着坚定、并颇有自信的《嘎达梅林》。这些歌曲中,你们一定会感受到这个勇敢的民族的心声,及为了自由宁愿付出任何牺牲的精神。如果我们再听些像《可爱的海马》、《绿缎子似的草原》等歌曲,那么就会把我们带到另一个不同的天地:那里一望无际的草原,广阔的天空,浩瀚的大地上,牧人骑着马儿,哟着羊群,高声在歌唱;这悠扬的歌声,不受任何阻挡,微风把每一丝嫩弱的声音都传到远远的地方。这一幅美丽的情景,我们从这几首歌曲的旋律中即可深深的感受到。

蒙古人民热爱自己的家乡,所以编了最好的曲子来歌颂它。在这些歌曲中,我们不仅可以理解他们的情感和爱好,而且可以了解他们所处的生活条件和地理环境。

又如鄂伦春民族的舞蹈,也是丰富多彩的。他们把舞蹈当成生活的一部分,每逢节日或狩猎获胜的时候,男男女女集聚在一起尽情舞蹈,把他们激奋、欢乐的心情借舞蹈动作而传达出来。他们的舞蹈非常纯朴、豪放而且有力。这些不同于别民族的艺术特性,是由鄂伦春民族处于不同的生活条件和环境,从事不同的劳动和生产所形成的。

再如达斡尔族舞蹈,也同样有其不同的特点,他们表现一般生活的舞蹈都具矫健、娴雅、优美的风格。而表现劳动生活的舞蹈则又非常朴实、紧张、愉快。这两种类型的舞蹈都以不同的方式方法表现了达斡尔人民勤劳乐观的优良质量。

在内蒙古地区还有许多民族,如索伦、朝鲜、雅库特、回族、满族等,他们也都有自己文化上的优点和特性,都是值得我们重视和学习的。

汉族是我们祖国大家庭中的领导民族,也是我国最先进的民族,在全国人口中,汉族人民又占了绝大多数。因此汉族无论从那一方面说,都是我们各民族的老大哥。我们应当把汉族人民最丰富、最多样的文化遗产看成为各族人民共同的财产。各族人民必须在继承和发扬本民族优良艺术传统的基础上,积极努力吸取与学习汉族人民文化艺术上的先进经验和先进思想,从而提高并丰富自己民族的文化。

各民族文化艺术上的互相吸收和交流正反映了社会上各族劳动人民要求在思想上情感上互相沟通和了解的愿望,同样也是文化艺术发展的必然规律。这种思想上和文化上的交流,在历史上早已是事实,任何力量也未曾阻挡得住。因为各民族人民间思想上文化上的交流,不但对本民族及本民族文化的发展上没有害处,相反可以加速自己民族的进步和文化上的发展。

内蒙古地区的蒙汉人民已多年来生活在一块土地上,蒙汉劳动人民一方面在思想情感上互相沟通并逐渐了解,另方面在文化上也自然而然的形成了互相吸收和交流,并且不但蒙古民族吸收了汉族的文化,而且汉族也吸收了蒙古民族的文化。如“二人台”这一剧种,原来是蒙古民族的演唱形式,但现在已被汉族人民所吸收,并经过加工、改进,使这种艺术形式更趋完善。就因为它吸收了两个民族音乐上的优点,所以“二人台”成了音乐上最优美的剧种之一。

发展民族文化不继承自己民族遗产,不立基于本民族优良的文化传统上;或不重视别民族的文化传统,不努力向先进民族文化学习,这两种倾向都是错误的。实际上这是政治上资产阶级的民族自卑和民族主义的反映,我们必须彻底根除之。否则,各民族的文化就不能健康的发展起来。

关于如何对待各民族的文化传统的问题,就说到这儿为止。最后谈第三个问题:大力发展各民族的文化,丰富各民族的文化生活。

三

现在我们国家正处在社会主义建设和社会主义改造时期,不论经济或文化都向着社会主义过渡。在这个过渡时期,我们党和政府在民族问题方面的任务必须是:巩固祖国的统一和民族的团结,共同来建设伟大祖国的大家庭;在统一的祖国大家庭内,保障各民族在一切权利方面的平等,实行民族区域自治,在祖国的共同事业的发展中,与祖国的建设密切配合起来,逐步的发展各民族的政治、经济、文化(其中包括稳步的和必要的社会改革在内),消灭历史上遗留下来的各民族间事实上的不平等,使落后的民族得以跻于先进民族的行列,过渡到社会主义社会。在我们自治区内,过渡时期民族工作的中心问题是社会主义建设和社会主义改造的问题,我们的目的是要把一个经济文化落后的民族发展成为一个社会主义的民族。当然要达到此目的,必须有:民族地区社会主义工业的发展,民族工人阶级的成长;必须对分散的农牧业及手工业经济以及资本主义工商业进行社会主义改造,必须继续巩固工农联盟;也必须在社会主义建设与改造的过程中,在社会主义经济基础上积极发展具有民族形式与社会主义内容的民族文化。总之,不但要改变民族的经济面貌,而且要改变民族的文化面貌。只有这样才能以民族经济和文化发展方面的平等补充他们在一切权利方面和政治方面的事实上的平等。也只有这样各民族才能更加团结一致,共同向社会主义社会过渡。

中华人民共和国建国的第一天起,就宣布了在祖国统一的大家庭内保障各民族人民在一切权利方面的平等。但并不是民族问题已不再存在了,而是作为社会主义革命的重要问题之一继续存在着。当然,这一时期解决民族问题必须是新的一套方法了。这一新的方法就是通过推行民族区域自治的政策及实行各民族一切权利方面的平等、团结互助的政策,充分发展各民族的政治、经济、文化,尤其是落后民族的政治、经济、文化;从而逐步改变各民族的经济、文化性质,共同走向社会主义的道路。

以上情况看来,为使各民族都改变成为社会主义的民族,发展各民族的文化是极其重要的条件之一。当然,发展各民族社会主义文化必建立在发展各民族社会主义经济的基础上。因为没有社会主义的经济,就不会有社会主义的文化。社会主义建设和社会主义改造不能实现,社会主义文化的发展就会是纸上空谈。要发展各民族的文化绝不能孤立的进行。各民族的文化只有好好的为社会主义工业建设及社会主义改造服务,才能给社会主义文化发展创造条件,奠定巩固的经济基础。

怎样才能发展各民族的文化呢? 我认为除了以上这一带有根本性的问题

外，尚必须从以下五方面着手进行工作。

第一，要积极扩展工人阶级的思想阵地，逐步消除资产阶级思想对民族文化的侵蚀。文化艺术既然为政治服务，为阶级斗争服务，那么在过渡时期就必须为工人阶级意识形态的形成和巩固而服务，为逐步消灭资产阶级意识形态、缩小资产阶级思想阵地而服务。社会主义文化的建成，是战胜资产阶级文化的结果，文化艺术工作中不展开反对资产阶级思想的斗争，各民族社会主义文化就不能建立起来。

民族文化工作是整个社会主义革命专业的组成部分，它发展的步调必须与整个革命的步调一致。只有把各民族的文化工作确确实实放在党的领导下，才能发挥文化工作革命专业的重要作用，才能发挥文化艺术教育人民的作用，也才能给各民族文化的发展开辟广阔的道路。

发展民族文化绝不仅仅是民族形式的问题（虽然形式亦是极重要的），因为只有工人阶级的思想在各民族的文化领域中占据了实际上的领导地位，各民族文化的发展才有了保证，才有了正确的发展方向。

第二，要充分地发展各民族的语言，这是发展民族文化极重要的条件。因为语言是一个民族中人与人之间思想联系、感情交流的全民性的交际手段，也是我们文学艺术藉以表现的基本工具。如果民族的语言不能得到发展，试想，民族文化又如何发展呢？社会主义内容又以什么形式去表现呢？民族内部的人民又如何享受到文化生活、提高政治觉悟、获得文化知识呢？这一系列问题不能解决，这种民族无论如何亦变不成先进民族、社会主义民族。语言是发展民族文化的基本条件，若忽略这一点，实质就是否认在社会主义社会民族文化有存在的必要。

既然语言——像斯大林同志所说的，是民族文化的形式，因而发展民族语言正是为了发展民族文化。只有把各落后的民族，不但从经济上而且从文化上真正提高，才能彻底消除各族人民之间历史上由反动统治阶级所造成的互相不信任，才能更加巩固的团结起来建设祖国。

第三，发展和整理各民族的文化遗产是发展各民族文化艺术中极重要的工作之一。内蒙古地区各民族的文化遗产,其中只有少量东西保留在文字材料上,尚有绝大部分文学艺术遗产仍流传在广大人民群众中,也保存在许多专业和业余的艺人中。这些艺人们不但保存了祖先创造的文化,而且在这些文化的成品上加入了自己的精心劳动,使文化遗产变得更加辉煌、灿烂,更加精美华丽。他们是有功之臣,我想,不但现在的人们,就是将来的人们也一定会抱着非常感激的心情来谈起他们的。

在整理和发掘民族遗产上,这几年来我们虽然作了一些工作但还很不能令人满意,对许多艺术种类的整理还刚刚开始,甚至还没有开始。这就需要我们继续改进和加强这方面的工作。我们不但要整理而且要研究遗产,这样才能便于我们从遗产中学习朴素的人民性及现实主义的创作精神,从而吸取前人经验,并学到技术,使我们能更好的反映当前人民的生活与斗争,使社会主义文化更加繁荣起来。

从事整理和发掘工作也是创作性的工作之一,绝不是简单的"古董搜集者"。既然人民需要这种工作,我们就应该当成终身专业去作,轻视这种工作就是没有群众观点的表现。此外,要作好这一项工作,提高老艺人是重要的条件。我们许多天才的艺人,他们是诗人,是剧作家,是作曲家,是文学家;但可惜的是旧社会给他们造成了不识字的缺点,所以大大地限制了他们。如果,一旦有了文化,他们的才能就不但表现在嘴上或手上,而且可以书诸书本上了。到那时候我们整理遗产的人就不缺少了,老练的文学艺术家——艺人,也将投入这种工作,经过整理的作品也将不断问世。这对我们的后一代是多大的造福啊! 为此我们是多么殷切地盼望各民族的老艺人们很快地掌握文化知识啊! 所以我希望年老的艺人们回去以后能积极参加各地的夜校或识字班,努力学习自己民族的文字。

第四,发展民族文化必须努力创作实践。创作是推动文化前进的动力。那里没有创作,那里的文化工作就没有生气;一个民族大家都不进行创作,这个民族的文化就不会存在。当然,事实上任何一个民族也不会懒到这种程度,把自己的文化都"懒掉"了。因为每个民族的劳动人民不但是物质财富的创造者,而且也必然是精神财富的创造者。但是如果大家都互相依赖，都不积极进行精神财富(文化)的生产，那么民族文化的发展仍然是不堪设想的。

历代各民族人民创造了优秀的文化艺术，我们这一代就不能在继承文化传统的基础上进行更多的创作？绝不是的。我们今天是处在一个新的时代，伟大的社会主义革命的时代，各族人民的身体和智慧都获得了解放的时代。在这种条件下，我们的创造应该是最丰富的和最多彩的。

可惜，目前在我们的创造工作中，仍有勇气不足的毛病，前怕狼后怕虎，往往还满足于搬运别地区或别民族的东西(当然采用别民族、别地区的作品也是应该的，必要的)，这种情形不很快改变，必然使自己民族的文化不但不能发展，而且会逐渐衰亡下去。

今后无论专业或业余的文化艺术工作者，都要努力进行创作，因为这是发展各民族的文化、丰富各族人民文化生活的关键问题。

第五，展开各民族文化艺术之间的友谊竞赛，达到互相学习、互相鼓励并推动各民族文化艺术共同进步的目的。这种有领导的自由竞赛，其结果是各民族的艺术花朵普遍开放，绝不是相互轻视和排挤；是较先进的民族扶助较落后的民族提高与发展，绝不是互相限制和替代；是鼓励文化艺术更好的深入各族劳动人民，绝不是鼓励脱离群众。这种竞赛的"评委"是各族劳动人民，所以其竞赛结果必然是文化艺术更加接近人民更为人民所爱戴。

此外各民族社会主义的文化艺术只有在和各种艺术自由竞赛的过程中，才能形成和壮大。文化艺术上的自由竞赛，在我国过渡时期不但可以使各种艺术种类互相鼓励、共同进步，而且可以通过竞赛逐步缩小和夺取资产阶级的文化阵地，并形成无产阶级的文化。各民族社会主义文化，是在与资产阶级文化不断斗争中和竞赛中成长起来的。正因为它经过了斗争的锻炼，才使自己成为强大的无产阶级的文化。因此说，社会主义文化形成的过程也就是无产阶级文化战胜资产阶级文化的过程，也就是社会主义文化逐渐代替资产阶级文化的过程。那种单纯依靠禁止资产阶级文化的作法，实质上是不愿意理解社会主义文化形成的规律。早在一九二九年，斯大林同志就曾这样指出过："当然'批评'和要求禁止非无产阶级的作品是容易的。但是最容易的不能认为是最好的。问题不在于禁止,而在于通过竞赛,创作真正的、有意思的、富有艺术性质的剧本,来代替旧的和新的非无产阶级的低级作品,逐步地把它们从舞台上排挤出去,而竞赛是一件重大的事情,因为只有在竞赛的情况下才能使我们无产阶级的文艺形成和定形。"

以上是我报告的全部内容,我想由于我的知识所限,马克思列宁主义学习不够,报告中一定有许多错误。我衷心地希望同志们给以批评、指正。

关于兄弟民族文学工作的报告

——在中国作家协会第二次理事会会议(扩大)上的报告

老　舍

史料解读

　　史料原载 1956 年 3 月 25 日《人民日报》。该文是新中国成立后关于少数民族文学的第一个正式报告。1955 年 3 月，蒙古族作家玛拉沁夫给中国作家协会三位领导茅盾、周扬、丁玲写信，反映少数民族文学未受到重视等问题，引起重视。同年 5 月召开的兄弟民族文学情况座谈会根据少数民族文学发展情况起草了该报告，并在中国作家协会第二次理事会会议(扩大)上由老舍作了报告。老舍在报告中指出，各兄弟民族写下来的和口头流传下来的文学遗产非常丰富，进行搜集、整理、研究是我们不可推卸的责任。可喜的是有的民族已经有了新时代的现实主义文学，各民族的作家表示要加强马克思列宁主义理论的学习，写出富有党性、为工农兵服务的作品。报告指出，在开展民族文学工作的过程中，要克服大汉族主义思想和地方民族主义思想，号召汉族作家到民族地区去体验生活、写作，去帮助兄弟民族的作家，提出急待解决、必须解决的是怎样培养干部的问题，使干部队伍成为发展业务和培养新生力量的主干。最后，报告还提出了鼓励、保护和发展各民族文学的一些具体措施和方法。该文报告对各兄弟民族文学给予了客观的分析和评价，指出了当前民族文学发展的重要问题，提出了具体的应对措施，对培养和发展各民族文学具有重要的意义和价值。

原文

一九五五年"五一"劳动节后,中国作家协会邀集了八个兄弟民族——彝、侗、僮^①、东乡、维吾尔、蒙、苗、朝鲜(延边)的十一位同志,和两位熟悉兄弟民族文学的汉族同志,到北京来座谈兄弟民族的文学工作情况。哈萨克族的一位作家也接受了邀请,但因事没有能够出席。大家座谈了一个多星期。

来参加这次座谈的同志们之中,有的是作家协会会员,有的是由各地方文联推荐来的作家。有的民族还没有作家协会的会员,有的地区虽屡经联系而没能及时推荐出人来。因此,这仅能是个小型的座谈会,而不是兄弟民族的文学会议。

中央民族事务委员会、中央民族学院、《人民日报》、人民文学出版社、民族出版社、《文艺报》、《人民文学》和其他有关的机关也都派人来列席,相互交换了意见。

这次座谈会上所谈到的情况与意见供给了这个报告以宝贵的材料。作家协会知道兄弟民族文学工作的如何重要,可是不了解情况,也就无从晓得其中的困难与问题。这次的座谈是必要的、及时的。

这次座谈会的规模虽然不大,可是还不易找到相同的前例——为什么应邀来参加座谈的同志们是那么兴奋地不避跋涉,远道而来,不但带来了可贵的资料,而且热情地发表意见,使座谈会得以始终在团结友好的气氛中进行,原因就在这里。参加座谈的同志们一致地感激伟大毛主席的民族政策!没有这个英明政策的施行,就连召开这样的一个小型座谈会也没有可能!

现在让我们把兄弟民族文学工作的情况与问题分项来说:

甲　民族文学遗产和新文学的兴起:

这是值得我们兴奋的事:各兄弟民族的文学遗产是许多座丰富文化宝库!

---

① 　编者注:"僮"应为"壮",后同。

在有文字的民族里，像蒙古族、维吾尔族与藏族，都有久远的文学传统。以蒙古族说，远在成吉思汗的蒙古帝国建立的两世纪前，就已经开始记录民间的口头文学，或在民间口头文学的基础上加工创造文学作品——有传说、神话、故事和叙事诗，不但艺术地描绘了大自然、社会生活与劳动生产，而且塑造了英雄人物的形象。这些作品是一向以艺术形象的完整得到赞扬的。

蒙古民族光辉的长篇史诗《格斯尔的故事》的产生，经苏联与蒙古学者的研究证明，的确要比成吉思汗的出现于历史舞台还早两个世纪！苏联的格·米哈伊洛夫认为这是优美的富有神奇性的人民文学著作，应当列入世界文化宝库和伟大的现实主义作品的范例里边。留里科夫在全苏第二次作家代表大会上也指出：“‘格斯尔’史诗的特色是对人民的信仰，高度的乐观主义，艺术上的鲜明和完整。”

这篇史诗于一七一六年在北京用蒙文刻版印出。这套木板，现在已经遗失了。史诗的全篇是十三卷，但在各国流传的都只有上七卷。下六卷的手抄本，感谢内蒙古语文研究会的努力搜罗，已被发现，并且在最近出版全文。

与《格斯尔的故事》交映生辉的史诗是《江格尔》。它也是人民口传的巨著，至今还广泛地流传在蒙古人民中间。根据研究者的意见，这是十五世纪初期的作品，比《格斯尔》还更多地表现了蒙古人民的艺术天才和语言创造能力。

《江格尔》是由十二首长歌集成的。一九〇〇年俄国科学院出版了俄文译本。今年，内蒙古人民出版社将把它译成现代通行的蒙语出版。

在这两大史诗之外，流传在民间的还有许多著作，像据说是十三世纪写成的《成吉思汗的两匹马》、一二四〇年写成的《蒙古秘史》，和被研究者们予以一定评价的著作——十七世纪初的《黄金史》、十八世纪的《蒙古源流》、《水晶鉴》，和十九世纪的《青史》这些著作能否算作文学作品，和含有多少人民性等等问题，尚待进一步的研究鉴定。

随着蒙古帝国的崩溃与喇嘛教的传入，蒙古文学发生了根本的变化——歌颂英雄人物，表现英勇事迹的民族史诗传统，被翻译佛教书籍所代替。清政府采取了野蛮的愚民政策，任意焚毁、窜改一切思想上不利于统治者的蒙古民族古代著作。同时，蒙古也翻译了不少汉族文学，如《水浒传》和《红楼梦》等。这是印度、西藏的佛教文学和汉族文学流入蒙古的时期，而蒙古民族的古典文学遭受了歧视与破坏。

今天，在毛泽东的时代，这些埋没已久的古籍可以翻身了！同时，新的文学也生长起来。近几年来，描写革命斗争的、对自然灾害作斗争的，和歌颂内蒙人民的新生活的小说、话剧与诗歌相继出现。纳·赛音朝克图与巴·布仁贝赫的诗歌，朋斯克、敖德斯尔、玛拉沁夫和超克图纳仁等的小说与剧本都受到读者的欢迎与称许。

新疆的维吾尔、哈萨克与乌兹别克等民族，在文学遗产上是可与蒙古民族媲美的。苏联刊印的第三、四世纪的《托瓦杜瓦》和第六、七世纪的《气斯塔尼伊利克别克》都是伊斯兰教传入以前就有了的宝贵遗产。十二世纪的《库他提·扣贝里克》是维吾尔族的重要的史诗。此外，像代表维吾尔与乌兹别克文学伟大历史时期的那瓦伊的长诗，和哈萨克文学之父阿拜依的著作都是新疆的，同样也是构成祖国的文化历史的宝贵财产。

十月革命与"五四"运动影响所及，使新疆各民族开始追求民主文学，涌现出不少的作家与诗人。亲苏、反法西斯、反抗民族压迫等，就是这些新文学作品的主要主题。革命诗人利·木塔利甫和他的战友们，因歌颂人民反抗国民党压迫的革命意志与战斗精神，惨遭反动派的杀害。革命诗人用鲜血给新疆的新文学写下革命的诗篇。

以往，大民族的野心统治者不但对少数民族施行残暴的直接压迫，并且挑拨少数民族，使他们彼此仇视，甚至离间破坏同一民族中人民的团结。尽管如此，各族的人民与人民之间还是互通声气的，革命的发动往往在互相呼应。是的，新疆的文学也是中国革命文学的一部分！这样，无论是古典的还是新兴的文学，新疆民族文学都具有优良的传统，理应从事搜集、整理、翻译，使他们成为全中国的文学遗产！

解放以来，在文艺创作上，维吾尔与哈萨克等族都产生了不少比较优秀的作品，其中有短篇小说、诗歌与话剧。诗人铁依甫江和布哈拉等都孜孜不息地进行着创作的劳动,祖农·哈迪尔等在短篇小说与剧本方面也有很好的成绩。

藏族文学从第九世纪起开始兴起,在十二世纪左右发展起来,十七世纪前后是昌盛时期。藏族信奉佛教,所以文学也受印度文学的影响较深。现在还流传在西藏的史诗、传说和故事,有一部分就是从印度传来的。印度史诗《拉玛亚那》在西藏流传很广。《神奇死尸的故事》、《贤愚因缘经》等传说故事,在西藏也是人所共知的。虽然这些作品来自印度,可是经过藏族人民不断地加工,它们的内容已经更加丰富充实了。

藏族也有自己的文学遗产,就重要的来说就有:

《格斯尔》史诗。这部名著在元末明初写成,根据民间流传的格斯尔王故事,描绘他的英勇事迹。原书只有四部,后来续书的人很多,到现在为止,已有二十四部了。它具有很高的文学价值,在民间流传很广,曾被改编为戏曲,还用为壁画题材。

在抒情诗方面,有流传最广的第六世达赖喇嘛仓央嘉措所作的抒情歌。相传他写过抒情歌一千多首。藏民至今还传诵他的作品。

在小说中,《米拉日巴的一生》传记小说具有世界文学的价值。这部著作已有英、法、日、蒙、汉各种文字的译本。

藏族的民间文学是丰富多采的,在形式上不但有传记、自传、言行录、历史故事、短篇小说、寓言,和各种形式的诗歌,还有戏曲——文学已有了高度发展的证明。

现在,藏族涌现出来许多新知识分子,开始在优秀的文学传统的基础上创造出反映新生活的文学作品。

我们都知道,朝鲜民族有悠久的文学传统,就不在这里介绍。延边的新兴文学,在这几年来,无论是诗歌还是散文,都有不少的成绩。剧本与小说之外,作家们也注意到编写民间故事和说唱文艺。一部分比较优秀的作品将先后译为汉语,我们希望这个工作能够及早进行。

甘肃、云南、贵州和广西都是多民族的省份。许多民族还没有文字,但是保留在口头上的文学是丰富多采的。因为没有文字,或虽有文字而欠完整、不通用,口头的文学必然大部分是诗歌。可以这么说,每个民族都有许多优美的诗歌,人民的生活是和诗歌分不开的。劳动的时候要歌唱,恋爱的时候要歌唱,结婚、节日、盛会上也要歌唱。一个歌唱家就是创作家,一个教一个,一代传一代,一代比一代更多发展。诗歌起源于劳动,这些勤劳勇敢的人民从不间断的劳动中创造了悠久的文学史。在甘肃,山歌"花儿"是那么盛行,不但回族人民热爱它,就是汉族人民也爱唱它,在负有盛名的"莲花山花儿会"上,参加歌唱竞赛的也有汉族人民。

大概地来说,他们的诗歌是:

一、反映世界人类的来历,如"阿细人的歌"、撒尼人的史诗和大姚彝族的"梅葛"等等。

二、反映纯真的爱情和追求自由幸福。撒尼人的《阿诗玛》、傈僳族的《逃婚调》和傣族的叙事诗《俄变·撒木落》等都说明了婚姻的不自由和因此而起的反抗。他们热烈地追求自由与幸福。

三、反映辛苦的劳动。即使在描写爱情与争取婚姻自由的诗歌中,也没忘了歌颂劳动。《阿诗玛》中的这种描写是我们已经看到过的,在《逃婚调》中也是如此——"什么都可以忘记带,麻团布机都可以忘记。谷物的种子不能忘记!南瓜的种子不能忘记!"

四、反映对反动派的斗争。解放前,兄弟民族曾受到反动派最残暴的压迫与屠杀。压迫越厉害,反抗也越顽强,继续不断的顽强斗争把兄弟民族的人民锻炼成百折不挠,至死不屈。他们当然要用诗歌歌颂这种英勇精神与斗争中的光荣事迹,使愤怒的火焰继续燃烧在族人的心里!

五、反映解放后的新生活和歌颂伟大的共产党与伟大的毛主席。这是极其自然的。毛主席的民族政策使这些兄弟民族,正如使蒙、藏等民族,世世代代所追求的自由与幸福得以实现了。毛主席的确"像太阳,照到那里,那里亮!"毛主席的确像"太阳照在我们的头上,反动派已告灭亡!"解放前,反动派甚至于不许各民族说他们自己的话,管人民自己的言语叫作黑话! 解放后,他们怎能不用自己的语言,用自己最精采的语言来歌颂毛主席呢?

因为没有文字，或文字还不通用，文学形式的发展就受到限制，像散文、小说，即不多见。可是，即使收集了这几省的民歌的一部分，也会是一片诗的海洋！

乙　开展搜集、整理、研究工作：

从上述的各兄弟民族的文学遗产来看，无论是写下来的还是流传在口头上的，都是那么丰富，真教我们兴奋，骄傲！我们所根据的只是参加了座谈的几位同志们所提供的一些材料，而不是兄弟民族文学的全部材料啊！我们有责任去收集、整理这些宝贵的材料，教它们成为全中国的文化财富！

要搜集就须赶快下手，特别是那些口头文学——记得最多诗歌的歌手恐怕都是老年人了，我们必须及时地去搜集记录，以免人去诗亡，使文学遗产受到无可补偿的损失！

怎么去搜集呢？我们愿提出一些意见：

一、搜集工作必须遵从民族政策。假若担任这项工作的人只单纯地去从事搜集，不懂民族政策，不懂民族的风俗习惯，从而也就不尊重政策与风俗习惯，那就不但劳而无功，而且会产生不良的政治影响！

二、搜集工作是细致的、耐心持久的工作。假若工作者只凭一时的兴之所至，匆匆往返，必会所得无几，而且可能错误百出。淘金致富的态度是要不得的。因语言的隔阂，我们不能希望很快地洞晓文学的含蕴。民族的历史与社会背景都非一时半晌所能了解，而这些正是文学作品构成的重要因素。不细心，不深入了解，我们是会把精华漏掉或把糟粕看成精华，以讹传讹的。为深入了解口头的诗歌，我们也须注意到随伴着它的音乐与舞蹈，歌与舞往往是分不开的。单纯地只注意到语言，而忽略了同诗歌生长在一起的音乐与舞蹈，诗的语言就必然会受到损失。

三、搜集工作也是群众工作。搜集工作者若是来到当地，就只去找干部，自上而下的布置一下，征诗索歌，必然不会有好的结果。他应当深入生活，搞好群众关系，"也给也要"才能要到好东西（文工队就有这"也给也要"的便利）。至于只管从上边布置，不去帮助反而耽误了人民的生产，更是严重的错误。什么时节最适于搜集,应当事先了解。

搜集已毕,就该进行整理与研究。这也有应该注意的几点:

一、整理工作最好是在当地进行,哪里搜集的,在哪里整理,以便随时可以得到更多的帮助和更多的参考材料。整理了之后,和当地人民讨论也有很大的好处。

二、对古典的文学作品,我们必须运用马克思列宁主义的历史观点和阶级观点,去分析判断其思想内容,决定取舍。民族的历史是复杂的,我们若是不从阶级立场去详加分析,就很容易犯错误,对文学作品中的历史人物作出不正确的评价。

三、在搜集整理工作中,我们也会遇到文字记载或口头传说的作品中有些残缺,上下不接气。对这个,我们应当抱残守缺呢?还是应当添添补补呢?

我们的意见是:不随便添补!还有,兄弟民族的语言结构和语法有自己的特点,我们也不该轻易发挥整理者的想像力,随便增减。我们应当尽量忠实于原著。

四、口头上保留的长诗与传说,往往同一故事而有几种不同的说法,连人物彼此的关系都各执一词。《阿诗玛》中的阿诗玛与阿黑的关系便是最显明的例证。这需要极细致的研究与审慎的判断。首要的是就本民族的历史与社会背景去考虑问题,而不可主观地以搜集者所属的民族的心理去考虑。假若搜集者是属于汉族,他就不该眼睛只看着汉族去处理问题。偏于考虑汉族读者需要什么,喜爱什么,便使在整理中的材料受到损失。

总之,搜集、整理与研究都是极细致的科学工作,粗枝大叶的工作方法是不会有什么好结果的。这就需要及早地培养人才。我们应使现在正在进行这种工作的,有组织的和业余的,得到更多的领导与支持,巩固起来,渐渐成专家,担起这重大而艰苦的工作。

丙　现在我们谈谈翻译问题:

翻译是个关键问题,没有翻译,就没有各民族间的文学交流。我们搜集、整理与研究一个民族的文学遗产,目的是保存那一民族的文化财富,继承民族风格，也是为把它介绍给各民族。

翻译可分三类：各民族翻译汉族文学，汉译各民族文学，和各民族互相翻译。

参加座谈的各民族的同志们一致表示，迫切需要翻译汉族文学，以便吸取先进经验。蒙族、维吾尔族与朝鲜族等已译了些汉族文学的作品，但还嫌不够。有许多民族只能从汉文看到汉族文学，尚无译本。通过翻译汉族文学，各民族都有产生新的文学形式与体裁的可能。

尤其迫不及待的是翻译文学理论——汉族写的和汉译的苏联的文学理论。没有理论的学习，创作即不易提高，这是个重要问题！

理论的翻译有困难：从文字上说，有的民族的文字没有够用的词汇去去正确地转译文学术语与名词。因此，内蒙古的翻译工作者从事翻译的时候，可以向蒙古人民共和国学习，以便比较容易地吸取那里已经译成的苏联文学理论，并参考那里的先进翻译经验。同样的，朝鲜族的也可以向朝鲜民主主义人民共和国学习。

从印刷上说，有的民族人口不多，有的民族人口虽多而识字的尚少，汉族文学的译本就不可能大量销行，而出版社从营业观点上考虑，便往往不肯印刷只能销一二千册的文学译本。伟大鲁迅的作品的蒙文译本就发生过这样的问题。至于文学理论的译文，只供作家们与文艺干部们的学习，销路自然更窄，也就更难得印出。这应加考虑。

一般地来说，各民族的作家与干部都争取学习汉文。但是，把汉文学到足够译书的程度是很不容易的。这一方面须加意培养翻译工作者，一方面也需要与汉族作家合作。兄弟民族中翻译汉族文学作品的应有机会与原著者会面，在一起推敲译稿，提高翻译水平。

各民族文学的汉译工作，已经随着民族政策的实施而渐次活跃起来。像《阿诗玛》那样的优美长诗的整理与翻译是值得表扬的。我们需要更多的这种译品！对于各民族的民歌的搜集也有了一定的成绩。

过去的搜集与翻译工作似乎偏重于口头流传的民歌与传说（这自然是很要

紧的),而忽略了当代各民族作家们的作品。他们的一部分作品已有苏联的译本,我们却还没有动手翻译! 被蒙古人民共和国与苏联称赞的诗人们,也还不是我们作家协会的会员!

我们也没有去注意翻译我们在前面所提到的光辉的古典著作,像《格斯尔》那样的史诗。

关于兄弟民族互译文学遗产和现代作品,在今天的情况下,大概须以汉文为媒介——譬如汉译的苗族文学,又被蒙族由汉文译为蒙文等等。这就加重了用汉文翻译的责任;汉文译得不好,就必定造成辗转翻译、以讹传讹的恶果。

丁　创作问题:

在前面,我们已简单地介绍过兄弟民族的文学遗产,并指出在毛主席的民族政策下,这丰富多采的文学传统会得到继承与发展,使各民族的文学创作一齐繁荣起来,百花齐放。因此,各民族的文学遗产必须及时地加以搜集和整理,供各民族的作家学习钻研,以期写出富有民族风格与地方特色的作品。放弃了自己的传统,而生吞活剥地摹仿别人,至好也不过能够作到照猫画虎而已。

特别值得我们兴奋的是,有文字的民族,像蒙、维吾尔、哈萨克与朝鲜等族,我们知道,已经有了新时代的现实主义文学。没有文字的民族也产生了用汉文写作的作家。我们不但欣赏并学习了兄弟民族的歌舞艺术,而且看到了他们的文学作品,熟识了他们的一些作家的名字。

各民族既有那么多丰富的文学遗产,又有了新兴的现实主义创作,这使我们多么欢喜啊! 多民族的文艺已不是一句空话了! 看,原来是以诗歌舞蹈自骄的新疆,已有了话剧;在内蒙古草原上有了鼓舞劳动热情的新的诗歌和戏剧;在延边,在东西南北各兄弟民族区域都有了歌颂新生活的歌曲和其他的作品。新的生活产生了新的文艺,新的文艺鼓舞着新的生活。可是,问题就在这里! 出席座谈的作家们反映:如何继承民族传统,如何写出地方特色,还是很不易解决的问题。

正如乌兰夫同志对内蒙文艺界所说的:"……内蒙古文艺是中国新文艺的一部分,有其一般性;同时因为内蒙是一个民族地区,内蒙文艺又有其特殊性。

有时我们强调了一般性而忽视了特殊性，生硬地搬进其他地区的东西，不能很好地掌握民族形式和特点。有时我们强调了特殊性而忽视了一般性，不去吸收其他地区兄弟民族的新的革命的内容，也阻碍了内蒙古文艺的向前发展。因此，我们反对生搬硬套，一方面也要反对故步自封。"我想，这段话也适用于其他民族地区。

是的，新文学还是新苗，而老传统又非一朝一夕所能体会，作家们自然难免感到无所适从。一旦看到外来的作品，也就自然要去摹仿，不但摹仿形式，而且甚至抄袭内容。这么一来，就不可避免地写出些公式化、概念化的东西。有的时候，有人甚至照着苏联的集体农庄的描写来写民族地区的农村生活！为矫正此弊，我们必须深入地学习本民族文学遗产，和深入本民族地区生活，只有这样充实了自己，我们才能适当地接受外来的经验，而不至于生拉硬套。接受先进经验不等于抄袭，生活是抄袭不来的！

在各民族的作家里还有这样的事实：有的用本族的文字，有的用汉文写作。本族人民当然希望本族作家用自己的文字来写，而汉族人民为了多读到些兄弟民族的作品，就欢迎兄弟民族的作家用汉文著作。我们希望兄弟民族作家能够用本族的文字，先为本族人民服务。我们欢迎他们的汉文作品，也必须奖励他们的兄弟民族语文作品。为鼓励作家用本族的文字写作，我们应当注意到一个实际问题：一般地来说，兄弟民族地区的稿酬既薄，书籍销行的数目又不很大，因而作家的收入也就不丰，一般的作家的生活都是很清苦的。同一著作若是用汉文发表，稿费与版税便很有可观。这是个实际问题。

如何培养新生力量也是重要的问题。这是发展兄弟民族文学最根本的一环。各民族的政治经济与文化的发展很不平衡，适用于一个地区的方法不见得就适用于另一地区。有文字而且有了新文学基础的民族比较容易；鼓励业余作家，举行竞赛与评奖就是办法之一。对没有文字的民族，一方面应注意帮助民间的歌手，创作口头文学，一方面应培养能以汉文写作的青年——像《贵州文艺》现在就有五位苗族通讯员，虽然他们的水平还不高，可是培养人才本是长期的事情。组织汉族作家去为兄弟民族服务，仍不失为过渡的好办法。

那么,我们就谈谈汉族作家以兄弟民族生活为题材的创作问题吧。

在兄弟民族作家队伍还未壮大的今天,汉族作家去描写兄弟民族的新生活是有很大作用的。一部描写民族地区的影片能起多大的影响啊!参加这次座谈的僮族青年诗人韦其麟说得好:"……也应当重视反映僮族人民今天的现实斗争生活,从而鼓舞这一拥有七百多万人口的民族积极地和各民族人民一道建设社会主义的热情的作品的创作。僮族人民是非常渴望见到反映自己生活的作品的,可是五年来,从《人民文学》到《广西文艺》,反映僮族人民现实斗争的,像《草原上的人们》反映内蒙古人民的斗争,《山间铃响马帮来》反映云南各民族人民的斗争,《哈森与加米拉》反映新疆各民族人民的斗争一样的作品,一篇也没有见过!"我想,要提出这样的恳挚要求,并不只限于僮族人民!我们应当去为兄弟民族写作,我们应当去帮助兄弟民族的作家写作。

写兄弟民族的生活,首先应当克服猎奇心理。存着猎奇的心理就不会严肃、忠诚。有这样心理的作家是要以最少的劳力,从事物表面上找到异族情调,去满足读者的好奇心。动机在猎奇,就不会热诚地去深入生活,而只凭东看一眼,西问一声,便要进行"创作"了。这一定不暇辨别什么是落后的和什么是新生的,也就抓不住今天民族生活的重大变化和问题。这也会使作者只找特殊的情况,而忽视了这特殊情况与一般的建设祖国的大业有什么关系。这样,就把民族生活孤立起来,而忘记了整体。不看整体,一定体会不到民族间兄弟般的友谊与热爱,也就不会写出有热情的作品来。我们的责任是写民族间的团结与互助合作,不是写异族情调!抱着猎奇心理去找印象的作者,也必会把旧日听说过的关于兄弟民族的情况来证明他今天所"观察"的,一进民族地区便觉得果然阴气森森,连秀美的山川也变成穷山恶水!这就会连景物也被歪曲了的!

在兄弟民族作家心中也难免猎奇心理的作祟,假若他的目的是写给汉族的读者,满足汉族读者的好奇心。这个苗头已被我们看见了。例如,在描写内蒙风光的诗歌与散文中,我们每每看到千篇一律的"蓝的天,白的云,绿的草原",好像只有这公式化了的风景描写才足以表现内蒙地方特色似的。

无论汉族作家,还是兄弟民族作家,猎奇心理都对他们的创作有害无益。

兄弟民族作家，正如汉族作家，在创作上还有许多困难与问题，像如何创造正面人物形象，如何克服公式化、概念化，如何继承民族文学传统等等。这些既是一般的问题，我们就不在这里一一讨论。要紧的是我们应当更加强团结，以兄弟般的友爱互相帮助，互相鼓励，互相批评，互相学习，从而使我们一齐写出热爱祖国与反映社会主义建设的作品来。在这次座谈会上，兄弟民族作家都一致地表示：须加强作家们的马克思列宁主义理论的学习。这也和汉族作家的需要一样。也只有这样，我们才能提高创作水平，写出富有党性，为工农兵服务的作品。

戊　克服大汉族主义思想和地方民族主义思想：

从上述的情况看来，我们一方面看出兄弟民族的文学工作是多么重要，另一方面也看出我们对这重要的工作是多么未加重视。我们至少可以指出：

中国作家协会对兄弟民族文学工作未能给予应有的注意；中央的出版机关与兄弟民族地区的出版机关没有密切的联系，于是也没有互相配备着拟订翻译与出版计划；在兄弟民族中工作的汉族干部没有充分注意翻译各民族文学的重要，因为他们或者根本不晓得民族文学有什么宝藏。这许多事实有力地说明大汉族主义思想是的确存在着的！在毛主席的民族政策照耀下，我们都骄傲地乐于夸示：我们是多民族的国家。在政治经济上，兄弟民族的确得到了自由平等与生活改善。可是，在文艺战线上，多民族的文艺这一概念似乎还未形成。为什么作家协会没有注意兄弟民族的文学工作？为什么文学出版社没有出版兄弟民族的文学作品计划？……难道不是受了大汉族主义思想的影响么？我们必须克服大汉族主义思想，都为多民族的文艺日益繁荣而感到骄傲！

就翻译工作来说，在汉译各民族文学的工作中也应当克服大汉族主义的偏见。《阿诗玛》的译文发表了以后，得到广大读者的称许。可是，译者为了怕汉族读者不能了解，有些地方就加以改动，像女郎的长发的美妙形容——"落日的影子"便被改为"菜油"！我们不应该因"照顾"汉族读者而使美玉变作瓦砾。我们不应该把民族特有的风俗习惯与巧妙的想像换上一套汉族的；翻译者有责任忠实于原著。

在民族的古远的传说中难免有些自然主义的、不大美好的描写。有的作品中也许带着落后的不健康的东西。对这些,译者是应在尽量忠实于原著的原则下加以适当的修正与剪裁的。同时,地方上也不宜固执地不许译者更改原文一字。偏狭地珍视本当遗弃的东西,便近于地方民族主义了。这并不利于发扬民族文学遗产。

翻译工作是为了民族文化交流,所以首先就要认清,这工作应当是民族团结与文化交流的真诚表现。只有这样,这工作才能够做好。大汉族主义与地方民族主义的偏见都是不利于这个重要工作的。

就创作来说,中国作家协会和各分会的刊物有责任多翻译刊载一些兄弟民族的作品。这便能鼓励用兄弟民族语言创作,也是团结与竞赛的好办法。过去,在这方面实在注意的不够。我们以为:各大刊物选用兄弟民族的作品不应采取点缀点缀的态度,而是应该采取培养作家、鼓舞创作的态度,使我们的刊物真正成为多民族文艺的刊物。

怎样提高,是兄弟民族作家们一致关切着的问题。他们希望汉族作家到兄弟民族地区去,和他们在一起工作,帮助他们。他们也希望北京的文学讲习所给他们以学习的机会。在这里,我们愿意热情地号召:汉族作家到兄弟民族地区去,去体验生活,去写作,去帮助兄弟民族的作家。特别要紧的是去帮助兄弟民族的作家。因语言、风俗等等的不同,我们去体验生活,未必如以偿地写出好的作品;帮助兄弟民族作家,一定会有成绩。我们是一家人,理应互相帮助;帮助兄弟民族作家写出作品也就是光荣地实践了民族政策。我们也要求:各民族地区的政府与文艺团体加强文艺工作的领导。据兄弟民族作家们的反映:有的地区领导干部(有许多是汉族的)对文艺工作不大关心,有的地区因不重视文艺而使作家担任许多行政工作,以致无暇写作;或屡屡调遣作家到各地方去,以致不能长期居留一地,深入生活。有的地区文联编制小得可怜,大家顾了组织工作便不能写作,顾了写作就耽误了组织工作。而且,地区的文联和作家协会的联系十分不够,对创作问题不易直接得到作家协会的指示与帮助。

在还没有文字的民族里,目前我们应着重帮助的对象是歌手与艺人。他们保存了世代相传的民族文学遗产，同时也是创作者。如何帮助他们，还须详为计划。我们只把这问题在这里提出来。

急待解决、必须解决的是怎样培养干部的问题。没有干部，无论是搜集还是整理，无论是研究还是翻译，都无从说起。我们已经有了一些干部没有呢？有。几年来，关于兄弟民族文学遗产的搜集、整理、研究和翻译，就是他们的成绩。我们有没有干部的后备力量呢？有。我们知道，各处都有人利用业余时间，从事这种工作，而且作出一些成绩。就现有的干部和现有的业余工作者加以调整，我们就有一个不小的队伍。这个队伍一经巩固起来，就能发挥更大更多的力量，成为发展业务和培养新生力量的主干。这个不难做到，可是现在还没有做；追查病源，恐怕也是大汉族主义思想在那儿作怪：有的领导干部从来没有注意过这个问题，有的或者满足于现况，认为有那么一些点缀也就够了。这种想法来自不重视兄弟民族的文学事业，理应加以矫正。

在民族地区也可能有人有这样的想法：一切都要本地风光，无须向汉族或其他民族学习。这无疑的是地方民族主义思想。这一定会阻碍文化交流，故步自封。多数民族文艺的实践必须包括彼此学习、互相竞赛和交流经验。它反对故步自封，唯我独尊。

在整理研究工作上，在过去几年中，也曾表现了大汉族主义思想。对兄弟民族舞蹈的整理加工的工作上就犯过这种毛病。我们必须认识清楚：对兄弟民族艺术的整理加工，应在原有的基础上进行，保持它原来的传统与特点，不能违反兄弟民族的习惯。

己　具体措施：

为开展各兄弟民族文学工作，我们打算采取如下的一些措施：

一、推动各文艺团体的各级领导重视兄弟民族文学工作，加强领导，鼓励搜集、整理、翻译与创作。大力地培养搜集整理兄弟民族文学遗产的干部，培养翻译人才与作家。

二、中国作家协会和各分会应吸收兄弟民族有成绩的作家作为会员。以会员为中心，兄弟民族的作家们应有经常联系、定期学习的组织。

三、商请人民文学出版社与民族出版社拟定出版兄弟民族的古典文学和新的创作的计划。协助有关出版社做好汉文文学作品译成各兄弟民族文字和各兄弟民族互相翻译作品的工作。中央的与各地方的文学刊物应多发表兄弟民族作家的作品。

四、选取兄弟民族青年作家到文学讲习所学习。

五、成立中国作家协会新疆维吾尔自治区、内蒙古自治区及延边朝鲜族自治区等分会。

六、中国作家协会成立民族文学委员会,负责组织发展兄弟民族文学的工作。

七、有步骤地创办各兄弟民族文字的文学创作刊物。

八、中国作家协会号召汉族作家到兄弟民族地区去体验生活,进行创作和帮助兄弟民族作家进行创作。

以上各项,中国作家协会可与各有关方面通力合作,逐步实施。

中国作家协会有责任了解所有各民族的文学工作情况,从而设法鼓舞推动,使各民族的文学工作在搜集和整理、翻译与创作上,都得到发展与繁荣。

让我们预祝各兄弟民族的文学工作,都能够贯彻毛主席的民族政策,配合着人民的需要,以马克思列宁主义的科学方法按照文学艺术本身的特点从事搜集整理文学遗产,以便出版与翻译,发扬文化并交流文化;以社会主义现实主义的创作方法,继承并发扬民族的文学传统,歌颂前进的新人新事,批判落后与保守,创造出多种多样风格的作品!让所有的兄弟民族都以热爱祖国的精神吟唱自己的诗歌,以自己的语言与风格写出历史的和今天的现实主义的故事与戏剧,在毛主席的阳光照耀下,鲜丽的文学百花一齐开放:歌颂毛主席、歌颂中国共产党、歌颂劳动与建设、歌颂美丽的高山大河,使六亿人民息息相通,携手前进,建设社会主义!

建国十年来的兄弟民族文学

郭　光

史料解读

　　史料原载《开封师范学院学报》1959 年第 2 期。该文全面总结了新中国
成立十年来的各民族文学在民族民间文学搜集整理、文学史编写、文学创作
等方面取得的成就，肯定了少数民族文学的价值和地位，对少数民族文学发
展进行了展望。作者郭光提出，我们伟大的祖国是各民族劳动人民自有历
史以来共同创造的成果。在我国几千年的悠久历史中，各个民族都以辛勤
的劳动，创造自己民族的历史和文化，从而丰富了祖国的文化宝库。由于历
史上的民族压迫政策，少数民族文化发展受到阻碍。党对民族问题一向非
常重视，把民族问题当作整个中国革命问题的一个重要组成部分。该文介
绍了中国作家协会为了进一步开展各兄弟民族文学工作制定的具体措施；
评介了维吾尔族、哈萨克族、蒙古族、朝鲜族等各兄弟民族的新文学创作，认
为各兄弟民族的文学事业在创作、整理和翻译上，十年来都得到了空前的发
展和繁荣，取得了辉煌的成绩。

原文

中国是一个统一的多民族的国家,汉族以外,还有五十多种兄弟民族。兄弟民族的人口总数约有三千五百多万,约占全国人口总数的百分之六点零六。分布的地区很广,约占全国总面积的二分之一,差不多遍及全国。主要的聚居地区多在我国西北、西南、东北、东南的边疆地带。各兄弟民族中,以蒙古、回、藏、维吾尔、苗、彝、壮、布依、朝鲜、满等民族人口较多,都在一百万以上。但是,不论民族大小,人口多少,都是我们伟大的祖国的成员。

我们伟大的祖国是各民族劳动人民自有历史以来共同创造的成果。在我国几千年的悠久历史中,各个民族都以辛勤的劳动,创造自己的历史和文化,从而丰富了祖国的文化宝库,对祖国作出了贡献。在已往历代的反动统治者都一贯地歧视各少数兄弟民族,实行民族压迫政策。并且挑拨少数民族,使他们彼此仇视,甚至离间破坏同一民族中人民的团结。这种民族压迫政策,从清朝、北洋军阀一直到国民党反动派都继承了下来,而且一代比一代厉害。国民党反动派为了维持他们的反动统治,执行着大汉族主义,对国内各兄弟民族在经济上实行了极为残酷的压榨和掠夺,在政治上剥夺了各兄弟民族的一切政治权利,甚至不准许各兄弟民族使用自己民族的语言,穿自己民族的服装。国民党反动派还在各兄弟民族地区发展特务组织,挑拨离间各民族间的团结,大规模地屠杀各民族的人民。各兄弟民族在国民党反动派长期的执行大汉族主义的民族压迫政策下,经济上受压榨,政治地位不平等,遭受歧视、压迫,甚至被剥夺了生存的权利。使有的兄弟民族生活在雪山、峻岭、沙漠和草地,经济上长期处于停滞和衰退状态。因而各兄弟民族的发展情况不平衡,有的过着狩猎生活,有的以游牧为生,但大多数兄弟民族已进入农业经济,有的且开始有本民族的无产阶级。总的说来,生活贫困,有的文化不够发达,且有的文化受到破坏。

党对民族问题一向是非常重视,把民族问题当作整个中国革命问题的一个重要组成部分。早在1922年中国共产党第二次全国代表大会宣言中,党根据马克思列宁主义关于民族问题的理论,结合中国的实际情况,提出了民族平等的纲领。以后在各个不同的历史时期中，党也提出了符合各民族人民利益的民族政策，并坚决为实现这些政策而奋斗。党一贯地揭露中国反动统治阶级的民族压迫政策，坚决主张中国各民族一律平等。把从各方面帮助兄弟民族的解放和发展作为中国革命的一个重要部分。1945年4月召开的中国共产党第七次全国代表大会上，毛主席在《论联合政府》的政治报告中，谈到"少数民族问题"时指出"共产党人必须积极地帮助各少数民族的广大人民群众为实现这个政策（指孙中山先生在《中国国民党第一次全国代表大会宣言》中提到的中国民族自求解放；中国境内各民族一律平等。）而奋斗；必须帮助各少数民族的广大人民群众，包括一切联系群众的领袖人物在内，争取他们在政治上、经济上、文化上的解放和发展，并成立维护群众利益的少数民族自己的军队。他们的言语、文字、风俗、习惯和宗教信仰，应被尊重"。中华人民共和国成立之后，党的民族政策具体地写在《中华人民共和国宪法》之中。宪法明确规定："中华人民共和国是统一的多民族的国家。各民族一律平等。禁止对任何民族的歧视和压迫，禁止破坏各民族团结的行为。各民族都有使用和发展自己的语言文字的自由，都有保持或者改革自己的风俗习惯的自由。各少数民族聚居的地方实行区域自治。各民族自治地方都是中华人民共和国不可分离的部分。"在党和毛主席的正确的民族政策的光辉照耀下，我国各民族已经团结成为一个自由平等的民族大家庭。各兄弟民族翻了身，实现了社会改革，过着幸福而美好的生活，现在正为建设伟大的社会主义祖国而奋斗。各兄弟民族在党的领导下，随着人民生活的不断提高和生产的发展，产生了歌颂党、歌颂毛主席、歌颂民族大团结、歌唱自己新生活的新文学。

党对发展兄弟民族的文化，一向是极为重视和关怀的。远在1941年，党在延安建立了一所民族学院，为兄弟民族培养革命干部。解放以来，先后在国内建立了八所民族学院，和许多培养兄弟民族干部的学校。党对没有文字的兄弟民族，帮助创造文字。党的这些英明正确的措施，帮助和推进了兄弟民族文化的发展。由于党的领导和关怀，兄弟民族的新文学也开始发生和发展。1953年9月中国文学艺术工作者第二次代表大会就总结出了"开始出现了新的少数民族的作者,他们以国内各民族兄弟友爱的精神,真实地描写了少数民族人民生活的新旧光景,创造了少数民族人民中先进分子的形象,他们的作品标志了国内各少数民族文学的新的发展"。并提出了"注意推进各兄弟民族的文学运动"。1956年2月中国作家协会第二次扩大理事会提出了《关于兄弟民族文学工作的报告》,首先总结了兄弟民族文学遗产和新文学兴起的情况;其次对兄弟民族丰富多采的文学遗产,要开展搜集、整理、研究工作,并提出了具体的意见;为了各民族间的文学交流,也谈了翻译问题;最后是谈创作问题。为了进一步开展各兄弟民族文学工作,作家协会作出如下的具体措施:

一、推动各文艺团体的各级领导重视兄弟民族文学工作,加强领导,鼓励搜集、整理、翻译与创作。大力地培养搜集整理兄弟民族文学遗产的干部,培养翻译人才与作家。

二、中国作家协会和各分会应吸收兄弟民族有成绩的作家作为会员。以会员为中心,兄弟民族的作家们应有经常联系、定期学习的组织。

三、商请人民文学出版社与民族出版社拟定出版兄弟民族的古典文学和新的创作的计划。协助有关出版社做好汉文文学作品译成各兄弟民族文字和各兄弟民族互相翻译作品的工作。中央的与各地方的文学刊物应多发表兄弟民族作家的作品。

四、选取兄弟民族青年作家到文学讲习所学习。

五、成立中国作家协会新疆维吾尔自治区、内蒙古自治区及延边朝鲜族自治区等分会。

六、中国作家协会成立民族文学委员会,负责组织发展兄弟民族文学的工作。

七、有步骤地创办各兄弟民族文字的文学创作刊物。

八、中国作家协会号召汉族作家到兄弟民族地区去体验生活,进行创作和帮助兄弟民族作家进行创作。

在党的领导和关怀下,在毛主席的文艺方针的指导下,各兄弟民族得到莫大的鼓舞。坚决贯彻执行了毛主席的文艺方针,因而各兄弟民族的文学工作,无论在创作、整理和翻译上，十年来都得到了空前的发展和繁荣，取得了辉煌的成绩。

就新疆维吾尔族的新文学来说，解放后，在党的领导和关怀下，开始创建。解放初期文学作家寥寥无几，1950年文学作家也只有二三十人；文学样式只有诗歌、戏剧。1953年第一次新疆文艺工作者代表大会以后，散文有了显著的发展。1955年新疆维吾尔自治区成立，先后成立了各种文学艺术团体，扩大了文学工作者的队伍，给新疆各民族人民的新文学的发展创造了更好的条件。到了1956年维吾尔族作家已经发展到六七十人，文学样式也跨过了以诗歌为主的历史时期，出现了小说、电影剧本、报告文学等新的文学体裁，并且相继出现了比较优秀的作品，这些作品不仅歌颂党、歌颂毛主席、歌颂汉族人民对兄弟民族无私的援助，而且也反映了解放以后新疆各方面的辉煌成就和兄弟民族人民精神面貌的新的巨大变化。如诗人艾里哈木的诗集《欲望的波浪》，歌颂了党为各族人民带来了幸福和新生；铁衣甫江的诗歌，歌颂了祖国大家庭的温暖，表现了维族人民的新的生活和新的感情。他的《和平之歌》，根据他赴朝鲜前后的亲身感受和耳闻目睹的可歌可泣的故事，表现了他对"最可爱的人"和英雄的朝鲜人民的敬爱。作家祖农·哈迪尔的短篇小说集《锻炼》，反映了维吾尔族人民在解放前对国民党反动派的英勇斗争和解放后的幸福美好的生活；他的剧本《喜事》，反映了农业合作化以后的农村的新面貌。这些作品不仅受到维族人民的热烈欢迎，并且有的已被翻译成汉文和俄文。

哈萨克人民解放后，在党的领导和关怀下，以民族为形式，以社会主义为内容的爱国主义的新文学开始涌现。哈萨克作家布哈拉在王玉胡同志的直接参加和周扬同志的帮助下，写了电影剧本《哈森与加米拉》，描写了一对青年男女追求自由幸福的爱情，向恶势力作不妥协的斗争，随着新疆的解放获得了幸福美满的生活。哈吉胡麻的中篇小说《在幸福的道路上》，热合木吐拉的剧本《订婚》等，大都表现了集体生产的优越性和在这条道路上所涌现的新生力量。哈萨克族青年作家卡吾·苏勒罕的短篇小说《开端》，也是较好的作品。都受到了人民群众的热烈欢迎。

就蒙族的新文学来说,解放后,在党的培养教育下,十年来出现了大批的青年作家。歌颂党、歌颂毛主席、描写革命斗争和自然灾害作斗争的,以及歌颂内蒙人民的幸福的新生活的诗歌、小说和剧本相继出现。解放后出现的赞歌《我们的救星共产党》,表现了蒙族人民在旧社会的痛苦不满,在新社会的幸福和对党、对毛主席、对祖国的热爱。民间说唱艺人毛依罕的长诗《铁牤牛》,蒙族的优秀歌手琶杰的诗作,热情的歌颂了草原人民的社会主义建设的伟大成绩。诗人纳·赛音朝克图和巴·布仁贝赫用诗歌赞颂自己的故乡和伟大的祖国。纳·赛音朝克图的歌颂毛主席和伟大祖国的《我握着毛主席的手》、《北京颂》、《迎接国庆节的时候》等;歌颂民族大家庭和平幸福和友谊的《幸福和友谊》;歌唱幸福生活的《沙源,我的故乡》、《生产社的姑娘们》;赞美英雄劳模的《欢迎劳动模范》、《英雄阿伏西》,都是博得广大的农牧民喜爱的名篇。小说家朋斯克描写了金色兴安岭的战斗故事,玛拉沁夫继写名篇《科尔沁草原的人们》之后,又写了长篇《在茫茫的草原上》,反映了在解放战争初期察哈尔草原上的蒙族人民的生活和斗争。乌兰巴干的《草原烽火》,描写了内蒙古党的地下工作者在科尔沁草原发动奴隶和牧民向封建王爷及其主子日本帝国主义者的斗争。安科钦夫的短篇集《草原之夜》,描绘出了解放后的内蒙草原上的牧民的生活。扎拉嘎胡的中篇《春到草原》,写出了解放后内蒙呼伦贝尔草原上的一个牧业生产合作社的社员们的生活;他的短篇集《小白马的故事》,着重的表现了牧民自发的资本主义意识的克服,社会主义意识的胜利,敖得斯尔的《草原民兵》,是表现抗美援朝时期蒙族人民反特斗争的优秀剧本。戏剧家超克图纳仁却为我们唱出了《巴音敖拉之歌》,告诉了我们在党的领导下的蒙族人民所发生的一些新的变化:部落的界限,民族内部的由于历史上反动统治者所造成的隔阂,统统消除;在蒙族人民的心中滋长着社会主义觉悟,显示了蒙族人民的新的精神面貌,这些作品都受到了读者的欢迎和称赞,在蒙族的新文学的建立上,取得了极大的成绩,正如纳·赛音朝克图在中国作家协会第二次扩大理事会议上说的:"今天谁也再不能说我们前进中的蒙古人民,没有写作天才和用自己民族文字进行创作的能力!"

朝鲜族的新文学在党的领导关怀下，也涌现出了许多优秀的作品。如李旭的长诗《延边之歌》，歌颂了近百年来朝鲜人民对地主、日本帝国主义、国民党反动派所进行的英勇艰苦的斗争。剧作家凤龙的独幕剧《媳妇》，表现了延边朝鲜族自治区农村中的新生活的面貌。延边民歌的"想起过去，眼泪汪汪；想起现在，喜气洋洋；想起未来，精神气爽。好日子多亏共产党。"表现了朝鲜族人民对党的感激和歌颂。这些作品都为人民所喜爱。

党不仅帮助各兄弟民族创建了新文学，而且也鼓励对兄弟民族文学遗产、人民口头创作的搜集、整理和翻译工作。积极地挖掘和整理兄弟民族的民间文学艺术的丰富的宝藏，作为教育人民和丰富我们社会主义的文艺创作，使其具有鲜明的民族形式和特色。如光未然整理的《阿细人的歌》，芦笛搜集整理的四川藏族民歌《哈达献给毛主席》，鲁格夫尔·扎猛等整理的苗族民间故事《红昭和饶觉席那》，帆影搜集整理的壮族民歌集《红旗出山林》，肖甘牛等整理的大苗山苗族民歌集《哈迈》，王东等整理的民间故事《插龙牌》，李乔整理的云南兄弟民族民间故事《天鹅仙女》，杨知勇等整理的撒尼族人民口头流传的长篇叙事诗《阿诗玛》，壮族青年诗人韦其麟根据壮族民间传说整理与写出的《百鸟衣》等。都对各兄弟民族的民间文学的丰富的宝藏的挖掘与整理作出了贡献，受到了广大读者的欢迎。特别是长篇叙事诗《阿诗玛》，已进入了世界的文库之林。它是撒尼人民的珍宝，也是全国人民的珍宝。《阿诗玛》整理发展之后，立刻受到各族人民的热烈欢迎，他们读到《阿诗玛》之后说："原来我们兄弟民族也有这样好的东西！"正在民族学院学习的撒尼同学也组织了讨论，他们兴奋地说："这是我们的歌。"西双版纳傣族自治区人民政府主席刀有良同志说："我们傣族也有自己的史诗，也应该把它介绍出来。"《阿诗玛》的整理发表，既使得各族人民正确地认识了自己的丰富的文化宝藏，也是各兄弟民族文学的发展繁荣的标志。

经过了1957年以来的整风，反右、反地方民族主义的斗争，各兄弟民族的文艺工作者受到了极为深刻的教育和锻炼，各兄弟民族文学又进入了一个新的历史时期。在党的文艺方针的正确指导下，各兄弟民族的文艺工作者队伍空前的发展和壮大。大批的文艺工作者深入农村、牧区、厂矿和部队，创作了许多反映当前的政治斗争和生产斗争的优秀的文艺作品,有力地教育和鼓舞了人民,使他们的斗争意志和社会主义的建设热情更加高涨,这些作品无论在内容和形式方面都较前有很大的发展和提高。就以新疆各兄弟民族文学为例来说,由解放初期的文学作家的寥寥无几,到现在有文艺工作者三千多人;文学形式也由解放初期的以诗歌为主,也发展到今天的文学形式的多样化,有小说、剧本、电影剧本、报告文学等新的文学体裁。随着生产和社会主义建设事业的发展,文艺创作得到了空前的发展和繁荣。新疆各兄弟民族文化生活出现了新的景象,群众文艺活动空前的活跃。目前群众创作情绪非常高涨,紧密地结合生产,写诗、绘画、跳舞、演戏,自编自唱,出现了空前繁荣的新局面。许多地方已经作到社社有俱乐部,队队有文艺组,人人是作家。据不完全的统计,现在已经有业余剧团 434 个,歌舞队 582 个,剧作组 146 个,美术组 66 个。文学出现了空前繁荣的局面。其他兄弟民族的文学发展情况也是如此。总之,十年来,各兄弟民族的文学事业,在党的正确领导和关怀下,蓬勃地发展着,从繁荣走向更大的繁荣。

(本文有删节)

兄弟民族文学的巨大成就

昌　仪

史料解读

　　史料原载《文学评论》1959 年第 6 期。该文对 1949—1959 年少数民族文学取得的成绩进行了全面总结,分析了少数民族文学发展的原因,指出了少数民族文学存在的问题,对少数民族文学发展前景进行了展望。

　　该文指出,党一向注意并号召努力发展兄弟民族的文化,在两次文代会上周扬对继承民族文学传统、发展社会主义的民族新文学都做了重要指示。党的"百花齐放、推陈出新"的方针同样也是兄弟民族文学工作的指南。作者写道,十年来,各民族涌现了不少作家,还遵循党的指示,深入广大牧民、农民群众中去,和他们共同生活、共同劳动。因为编写兄弟民族文学史在我国历史上是破天荒的大事,这项工作对于我国的文学事业,对于各民族的文学发展都有着极大的意义,所以各自治区(有关省)对此十分重视,在省委宣传部直接领导下讨论了有关编写本区(省)民族文学史的各种问题,拟订了计划。文学史的编写大大推动和促进了兄弟民族文学的研究工作。在编写文学史的同时,对许多重要的作品都进行了集体的分析、讨论和研究。各相关刊物很重视兄弟民族民间文学的介绍和评论,对一些兄弟民族民间文学作品进行了有意义的讨论。该文总结,我国兄弟民族的文学是丰富多彩的,今后将继续发展繁荣,并必将发挥越来越重要的作用。

原文

我国除汉族人口最多外，其他各兄弟民族居住在占全国五分之三的土地上。我国各兄弟民族和全国人民一道共同创造了祖国灿烂光辉的文学。建国十年来，兄弟民族文学在党的领导和关怀下有了飞速的发展，取得了巨大的成绩。

解放前许多民族没有文字，绝大多数文学只保留在人民群众的记忆中；少数有文字，并且有着比较悠久文化历史的民族，真正人民的文学也受到百般摧残，职业作家寥寥可数，民族的文学根本得不到发展。

兄弟民族的文学一开始就在党的关怀下成长起来的。党一向注意并号召努力发展兄弟民族的文化；在两次文代会上周扬同志对继承民族文学传统，发展社会主义的民族新文学作了重要的指示。党的"百花齐放、推陈出新"的方针同样也是兄弟民族文学工作的指南。一九五五年作协邀集了八个兄弟民族的文学工作者和作家召开了会议，了解他们的工作情况以及工作中的困难。一九五六年二月老舍在中国作家协会第二次理事会扩大会议上做了《关于兄弟民族文学工作的报告》，总结了民族文学工作，并对以后的工作提出了重要的意见。一九五八年全国民间文学工作者大会对兄弟民族的民间文学工作给予极大的重视，大会所决定的"全面搜集、重点整理、大力推广、加强研究"工作方针给兄弟民族民间文学工作指出了一个新的方向。

为了使民族文学有更大的跃进，各民族自治区（有关省）党委都发出了继承民族文学传统，进一步搜集整理民间文学作品的指示。有的地区还举行了座谈会，如一九五八年十二月在云南大理举行了西南区民族文化工作会议，提出了要在西南地区进一步深入地开展文化大普及的群众运动，并把兄弟民族的文化革命推向更高的阶段。会议结束后，中国作家协会昆明分会邀请参加西南区民族文化工作会议的贵州、四川、广西的有关工作同志座谈西南地区的兄弟民族文学工作问题。中央文化部副部长夏衍同志，作协党组书记邵荃麟同志亲自参加了会议。邵荃麟同志在会上讲了话，他指出兄弟民族文学工作要坚持社会主义方向，既要反对借研究兄弟民族文学之名来追求个人名利的资产阶级个人主义倾向，也要反对闭关自守的地方民族主义倾向；要在党的领导下，走群众路线，用互相尊重、互相学习的平等态度来对待兄弟民族文学工作，要以共产主义思想为纲，用马列主义的观点方法去发掘、整理、研究兄弟民族文学，以服务于西南地区和全国的社会主义建设。他的发言不仅对西南地区的民族文学工作有着指导作用，对全国各兄弟民族的文学工作者也是适用的。

兄弟民族文学可说是新的、年轻的文学，它新的生命是解放后才开始的。十年来，各民族涌现了不少作家，比较年长的、有丰富的创作经验的作家，如蒙古族诗人纳·赛音朝克图（主要作品有诗集《幸福和友谊》及建国十周年献礼长诗《狂欢之歌》），维吾尔族作家祖农·哈迪尔（他的主要作品是短篇小说集《锻炼》和剧本《喜事》），他们的创作比以前更成熟，更深刻了。民间老歌手为我们祖国唱出了更多、更动人的歌：傣族老赞哈康朗英的《流沙河之歌》、蒙古族著名民间诗人毛依罕的长诗《铁牤牛》和《五月之歌》、琶杰的好力宝《两个羊羔的对话》以及他根据蒙古族英雄史诗《格斯尔传》（第四章）创作的长篇叙事诗（《英雄的格斯尔可汗》），都表现了他们的政治热情与艺术才能。更可喜的是出现了大批有天才的包含着生命力的青年作家，他们的作品已列入了全国优秀作品之列，例如蒙族青年作家乌兰巴干的长篇《草原烽火》、马拉沁夫的长篇《在茫茫的草原上》、短篇小说《科尔沁草原的人们》、彝族作家李乔的小说《欢笑的金沙江》、蒙古族青年剧作家超克图纳仁的剧本《金鹰》、傣族民间诗人康朗甩的诗集《从森林眺望北京》、藏族青年诗人饶阶巴桑也写了不少反映边区人民生活的抒情诗；其他如侗族诗人苗延秀在今年国庆节前创作的长诗《元宵夜曲》、蒙古族青年诗人布林贝赫在今年国庆节前夕创作的长诗《生命的礼花》也受到读者的好评。许多过去没有作家没有诗人的民族，解放后出现了作家、诗人，这是兄弟民族文学中一件大事。仫佬族青年诗人包玉堂的诗集《歌唱我的民族》表达了他对自己民族的热爱以及他对党的无限感激的心情，他写道："我要一万次歌唱：共产党，我的民族的太阳。"这正是三千多万兄弟民族人民的心声。

兄弟民族作家遵循着党的指示，深入到广大牧民、农民群众中去，和他们共同生活、共同劳动。思想上、艺术上有了很大的提高，可以期望今后他们将全写出更多反映各民族的新生活、新面貌的好作品来！

长期以来，社会上就迫切需要一部用马列主义观点阐述的、包括全国各兄弟民族的中国文学发展史。因此，在一九五八年八月全国民间文学工作者大会期间，中国科学院文学研究所等单位和出席大会的各自治区及兄弟民族聚居省份的代表，座谈了编写我国兄弟民族文学史（文学概况）等问题。会议决定在写作兄弟民族文学史的时候，必须运用历史唯物主义的观点和阶级分析的方法，强调劳动人民的创作，强调各民族之间的团结和友谊。

各自治区（有关省）在省委宣传部直接领导下讨论了有关编写本区（省）民族文学史的各种问题，拟订了计划。有些区（省）还组织了专门的机构来负责这一工作，如广西壮族自治区组织了壮族文学史编辑委员会，其他区（省）也组织了编写小组。此后，各有关区（省）组织了调查队，深入到民族地区搜集民族文学作品并调查了解民族文学的发展情况。云南省组织了一个包括云南大学、昆明师范学院师生以及有关的文艺机关团体干部一百多人的调查队分七路深入到云南各兄弟民族地区去调查搜集，从去年九月开始到今年三月的五个多月中，搜集到民族文学作品十余万件，其中有价值的长诗据不完全统计就有六十多部。其中如德宏地区的傣族长诗《娥并与桑洛》、《线秀》，思茅地区傣族长诗《千瓣莲花》、《葫芦信》，丽江地区纳西族长诗《创世纪》（即《丛蕊丽偶和天上的公主》）、《鲁摆鲁饶》，楚雅地区彝族长诗《梅葛》，红河地区彝族长诗《阿细的先基》、《不愿嫁的姑娘》，曲靖地区彝族长诗《阿诗玛》（其中有些已由云南人民出版社出版），都是在各民族地区流传已久的、有价值的长诗。今年三月调查队集中到昆明，对资料进行了整理、讨论和研究工作，并编写出了《白族文学史》、《纳西族文学史》、《傣族文学史》、《云南楚雄彝族文学史》、《云南红河彝族文学概略》、《哈尼族文学发展概略》、《云南壮族文学概略》、《云南苗族文学概略》等初稿（《白族文学史》和《纳西族文学史》已由作者修订由云南人民出版社出版）。此外还有不少县也编写了县的文学史（概况），如大理调查队就写出了《邓川民间文学概述》、《洱源民间文学概述》、《剑川民间文学史略》等初稿。

　　云南民族民间文学调查队五个多月的实际工作收获很大,锻炼了一批民间文学工作干部。他们的工作证明:政治挂帅、党委领导、群众路线是我国民间文学工作的根本方针和方法。全面的调查、搜集、整理取得了宝贵的经验,对今后云南各民族文学工作奠定了基调,起了促进的作用。

　　其他各区(省)为编写文学史(概况)也进行了许多有意义的工作。广西壮族自治区经过调查搜集了许多资料,并印成资料本。到目前为止,已出民间故事四册、歌谣三册,其中如民间长诗《唱秀英》、歌剧《甫牙歌》、有关黄鼎凤的歌、歌颂红军和韦拔群的歌以及有关歌仙刘三姐的传说,都是有价值的作品,他们并写出了《广西壮族自治区文人文学史》初稿;青海省由文联和兰州艺术学院文学系共同组成青海土族民间文学调查编写小组,于今年三月赴青海土族聚居地区互助土族自治县进行了一个月的全面调查工作;黑龙江省文化局派出工作组对鄂伦春和赫哲两族民间文学进行了搜集工作;湖南组织了瑶族、侗族文化艺术调查组,先后赴江华瑶族和通道侗族作了为期四个月的调查;福建畲族也进行过调查和搜集工作……这些工作为编写文学史作了充分的准备。

　　至目前为止,已写出文学史(概况)初稿的除上述云南七部而外,尚有《蒙古族文学简史》(上册:从古代到鸦片战争,下册也正在编写中)、《广西壮族文学史》、中央民族学院负责组织编写的《藏族文学史》、湖南《土家族文学艺术史提纲》、青海《土族文学史》、青海民族学院编写的《藏族文学史》、黑龙江的《赫哲族文学概况》(草稿)等等。已完成初稿的文学史(概况)大都收罗了较丰富的资料,力图用历史唯物主义观点和阶级分析方法全面地阐述该民族文学的发展,对优秀民族民间文学作品也作了充分的肯定,给进一步修改和定稿创造了很好的条件。

　　编写兄弟民族文学史在我国历史上是破天荒的大事,这项工作对于我国的文学事业,对于各民族的文学发展都有着极大的意义。

　　文学史的编写大大推动和促进了兄弟民族文学的研究工作。在编写文学史的同时,对许多重要的作品都进行了集体的分析、讨论和研究。在这里值得一提的是藏族人民的伟大英雄史诗《格萨尔王传》。这是一部十一世纪的英雄史诗，广泛地流传在青海、西藏、四川、甘肃、云南等省广大藏族人民群众中间。格萨尔王是人民大众所敬爱的英雄，他爱民如子，为了替人民除害，他历尽艰辛困难、赴汤蹈火、斩妖平魔，建立了伟大的功勋。《格萨尔王传》是一部有着高度人民性与艺术性的作品。目前青海等省已搜集到不同版本达二十余部。青海省文联成立了民族民间文学研究组，集中力量来搜集、翻译和整理这部史诗，一年以来，他们陆续编印了多册翻译本和整理本的《格萨尔王传》及研究参考资料，《青海湖》月刊也连载了史诗的两部《霍尔侵入之部》和《平服霍尔之部》，这样，就给研究者提供了部分资料。该研究组的几位同志最近正在北京就史诗的翻译和整理问题和各单位、专家磋商、研究，并准备举行座谈会进行讨论。

在内蒙古，同样也广泛流传着与《格萨尔王传》有某些相似的《格斯尔传》。蒙文版《格斯尔传》早就于一七一六年就在北京印刷，但只有前七卷流传，一九三六年由苏联学者斯·郭增院士将其译成俄文，在列宁格勒出版，该书的后六卷也在近年发现，并由内蒙古人民出版社于一九五五年重印出版。国外学者对这一史诗甚为重视，早有俄、英、法、德、蒙古、印度等文字的部分译本流传国外；苏联、蒙古人民共和国、法国等国的著名学者都进行过长期的研究。一九五三年苏联科学院东方学研究所与布里亚特蒙古苏维埃社会主义自治共和国文化科学研究所联合举行了布里亚特版《格斯尔王传》史诗的讨论会，会议着重指出了史诗的人民性和价值，批评了在史诗研究工作中的许多错误观点和学说。十八世纪我国藏族学者松巴堪布·益希环觉尔便最早开始了对《格斯尔王传》的研究，他的全部著述已由内蒙古运往青海，我国年青的研究人员一定会很好地接受这些光辉的遗产，把史诗的研究工作向前推进一步。

近年来，各自治区（有关省）杂志上对某些兄弟民间文学作品及民族民间文学作品进行了有意义的讨论，这对研究工作是有利的。例如一九五六年《边疆文艺》展开了"关于发掘整理民族文学遗产的讨论"，对徐嘉瑞同志根据白族民间传说创作的《望夫云》提出了意见；今年《青海湖》展开了关于《苏吉尼玛》等故事（王尧译述的《藏族民间戏剧故事》，一九五八年一至六月连续发表在《青海湖》上）的争论，实际上牵涉到用什么标准和态度来对待民族文学遗产、如何区别神话与迷信、民主精华与封建糟粕等问题。广西《红水河》对壮族长诗《布伯》的整理也提出了各种不同的看法。这种争论对目前兄弟民族民间文学作品的搜集整理和研究是十分有益的。最近在《草原》上展开了对蒙古族青年作家玛拉沁夫的长篇小说《在茫茫的草原上》的讨论，一方面肯定了这部小说的优点。同时也指出了存在着的较严重的缺点，例如时代特征不鲜明，个别主要人物写得还不够成功。这种讨论不但帮助读者如何鉴别和分析文学作品，对民族青年作家的提高也是有益的。

此外，许多文艺刊物都十分重视对兄弟民族文学的介绍和评论，今年第二期的《文艺报》编了一个"兄弟民族文学特辑"，介绍了彝族作家李乔的《欢笑的金沙江》、维吾尔族老作家祖农·哈迪尔的短篇小说集《锻炼》，还介绍了中国科学院文学研究所丛书之一的《中国民间故事选》以及海南岛黎族民间故事集《勇敢的打拖》等等。近几年来，《民间文学》大量地发表了兄弟民族的民间文学作品。向我国广大读者和民间文学研究者提供了丰富而优美的读物和研究材料。其他如《天山》、《延河》、《边疆文艺》、《草原》等杂志也都分别组织了好几期的兄弟民族文学专号。兄弟民族文学和民间文学以它自己的光辉和魅力引起了全国文学界的注意和赞赏，兄弟民族文学及民间文学的研究工作已经不是某一民族自己的事情，而是全国文艺界所密切关怀的事情了。

自一九五八年全国民间文学工作者大会以后，民间文学也出现了空前蓬勃的局面。为了进一步领导和发展民间文学工作，各民族自治区（省）都先后成立了民间文学的组织机构。至目前为止，已成立的有：云南民族民间文学工作委员会、内蒙古民族民间文艺研究室、青海文联民族民间文学研究组（准备于明年一月成立民间文学研究会）、吉林省民间文学工作委员会、贵州省民间文学研究会、黑龙江省文联民间文学工作室、四川省民间文艺研究会等，（上述除云南民族民间文学工作委员会是一九五三年成立的以外，其他均为一九五八年民间文学工作者大会以后成立），其他还没成立专门机构的区（有关省）在文联或作协里均有专人负责民间文学工作。

大会以后，各区（有关省）积极展开了大会向各区（省）代表提出的三选一史

（民歌选、民间故事选、长篇叙事诗选，少数民族文学史）的工作。有些地区如云南则根据本省的情况编写了四选一史（增加了民间戏曲选）。

近年来出版和发表在刊物上的民族叙事长诗，真如雨后春笋，美不胜收，较著名的如彝族的《梅葛》、傣族的《娥并与桑洛》、《葫芦信》、壮族的《布伯》等等。故事和民歌有贾芝、孙剑冰同志编的《中国民间故事选》，李星华编的《白族民间故事集》，西南师院中文系康定采风队编的《康定藏族民间故事集》。郭沫若、周扬同志编的《红旗歌谣》，杨亮才、陶阳编的《白族民歌集》，刘超编的《纳西族的歌》，中国民间文艺研究会主编的《西藏歌谣》，内蒙古百万民歌展览运动月委员会编的《内蒙古民歌选》，都为大家所喜爱。

中国民间文艺研究会对编选、出版兄弟民族民间文学作品作了很大的努力，他们计划出版的《中国歌谣选》里，将包括各兄弟民族的古今歌谣，就这部书的规模和内容来看，这将是我国各兄弟民族民间文学的总集。

我国兄弟民族的文学是丰富多彩的，它是我们祖国文学宝库中的明珠瑰宝，今后，在党和各族人民的关怀下，将发出更灿烂的光辉。

（本文有删节）

把社会主义文学艺术的发展推向新的高峰

——新疆维吾尔自治区六年来文学艺术工作总结

自治区文联副主席　　亚生·胡大拜尔地

史料解读

　　史料原载《天山》1959 第 7 期。该文肯定了新疆各民族的文学艺术随着社会主义革命和社会主义建设事业的发展发生的深刻变化，不仅作品数量显著增加，更重要的是比较广阔和深刻地反映了社会主义的现实生活；总结了在党的领导下，在各民族大团结的基础上，各民族广泛展开的文化交往，彼此互相尊重，互相学习，互相影响，还进行了民族文艺遗产的整理，研究了维吾尔族的古典舞蹈——"刀郎舞"，临摹了黑孜尔千佛洞的壁画，收集了民间的美术图案等。在总结六年来新疆文学艺术成就的基础上，提出了几条基本经验：第一，文学艺术必须依靠党的领导，坚决贯彻党的文艺方针；第二，文艺必须为无产阶级的政治服务，必须密切配合社会主义建设任务；第三，必须坚决贯彻"百花齐放，百家争鸣"的方针，促使文学艺术专业更迅速地向前发展；第四，加强各民族文学艺术交流，有批判有选择地继承和发扬各民族文学艺术传统；第五，必须贯彻普及与提高相结合的方针，以加速各民族文学艺术专业的发展繁荣。该文在对新疆的文学艺术进行客观的分析和总结的基础上，指出了新疆文学艺术发展的重要问题，并对文学创作和翻译、文学艺术遗产整理、建立文艺队伍等提出了具体的要求和措施，这对新疆文学艺术发展具有重要意义。

原文

（一）

各位代表！自从1953年召开新疆第一届文学艺术工作者代表大会，到现在已经整整六个年头了。在这六年中，我们新疆各族人民和全国人民一道，在中国共产党的英明领导下，实行了土地改革，农业合作化运动，城乡工商业的社会主义改造，民族区域自治，一直到全民整风、反击右派，农村的社会主义教育运动，特别是1958年，新疆各族人民和全国人民一道，在党的建设社会主义总路线的鼓舞下，全区农村（包括牧区）实现了人民公社化，人们斗志昂扬，意气风发，在各个战线上都创造出了惊人的奇迹。随着人民公社运动的蓬勃发展，各族人民的精神面貌也有了很大的改变。我们可以明显地看到，人们的社会主义和共产主义觉悟提高了。共产主义风格发扬了。我国各族人民真正跨入了光辉时代，在党所指示的建设社会主义的道路上昂首挺胸地向前迈进！

在这一系列的社会变革中，作为上层建筑的新疆各民族的文学艺术专业，也随同社会主义革命和社会主义建设事业的发展，发生了深刻的变化，步入了一个新的历史时期。

新疆各族人民富有文学艺术的气质和优良的文学艺术传统，千百年来与伟大的汉族人民亲如手足地生活在一起，共同缔造了祖国的文化，并以珍贵的文学艺术遗产丰富了祖国文化的宝库。新疆各族人民永远不会忘记：解放前在共产党人陈潭秋、毛泽民和进步文艺的直接影响下，新疆曾出现过以反帝反封建、反大土耳其主义为主流的进步文艺思潮。出现了以维吾尔族优秀的儿子——黎·穆特里夫为代表的进步作家、艺术家。解放后在党的直接领导下，各族人民生活在民族平等团结友爱的大家庭里，新疆的文化艺术园地更出现了空前未有的百花齐放、春色满园的繁荣景象。

我们可以回忆一下：自从首届文学艺术工作者代表大会召开和成立了自治区文联，以后相继成立了作协自治区分会，音协分会筹委会，剧协分会筹委会，美协分会筹委会和舞蹈研究会分会筹委会。由解放初期为数不多的文艺工作者，逐渐发展成一支力量雄厚的文艺大军。许多民间诗人和"阿肯"受到从未有过的重视，许多搁笔已久的作家也重新提起笔来。自治区党的组织曾选拔大批的青年文艺工作者送到北京、西安等地去学习，为文艺队伍培养了大批骨干。特别是自治区文艺工作者在党的文艺方针指导下，经历了一系列社会改革和政治运动的锻炼，不但使原有的文艺工作者得到显著的改造和提高，而且涌现出了许多新起的有才能的作家和艺术家，从而大大增强了自治区文学艺术大军的战斗力量。现在全自治区已有专业文工团和剧团五十二个，有作家、艺术家，以及专业的文艺工作者三千多人。其中不少人创作出了优秀的小说、诗歌、电影剧本、歌曲、舞蹈和戏剧，加入到全国文学艺术家的行列，受到人民的热烈欢迎。随着文学艺术创作的繁荣，自治区先后创办了许多文艺刊物，像维吾尔文的《塔里木》，汉文的《天山》、《绿洲》，哈萨克文的《曙光》，蒙古文的《启明星》，以及《群众俱乐部》、《新疆画报》。它们几年来发行总数为十七万份以上，发表的各种文艺作品数以万计。各出版社出版的作家作品选集、诗文选集近百种。各专业剧团上演的剧目一千九百多个。美术创作展览、文艺会演和作品评选也在经常举办。

文艺创作的繁荣不但表现在作品数量上，更重要的是比较广阔地和比较深刻地反映了社会主义的现实生活，并在艺术水平上也有了显著的提高。我们新疆各族文学艺术工作者，由于遵循了党和毛主席的文艺方针，坚持了作家、艺术家必须和劳动人民相结合，走又红又专的道路，因此，大量的文艺工作者积极参加了社会改革和各项建设工作，直接投入了生产斗争。近年来，有不少文艺工作者下放到农村、厂矿，作一个普通劳动者，长期地进行劳动锻炼。不少文工团、剧团深入农村、工矿和部队演出，并且走到那里就在那里参加义务劳动。绝大多数的文艺工作者与劳动人民一起生活，一起斗争，建立了休戚相关，喜忧与共的密切关系。他们既得到了锻炼,又获得了丰富的创作源泉,因此,他们才能以人民群众喜闻乐见的各种艺术形式,热情充沛地歌颂了我们伟大的时代和各个历史时期人民群众惊心动魄的斗争生活,用鲜明的色彩描绘了社会主义建设壮丽的面貌,紧密配合了各个时期的政治运动和生产斗争,起到了鼓舞人们奋勇前进的作用。

新疆是一个多民族地区,各民族文学艺术广泛交流具有特别重大的意义。解放前的反动统治阶级和民族主义者曾想尽办法制造各民族间的隔阂和纠纷,竭力排斥其他民族的文学艺术。解放以来,在党的领导下,在各民族大团结的基础上,各民族间展开了广泛的文化交往,彼此互相尊重,互相学习,互相影响。在这里,我们不能不提到由于伟大的汉族人民的热情帮助,不但促进了自治区各民族文学专业的发展,而且也促进了各民族的团结和友谊。汉族的现代文学作品,特别是鲁迅、郭沫若、茅盾、周扬、老舍、赵树理、周立波等人的文学作品(包括文艺理论),曾译成维吾尔、哈萨克、蒙古、锡伯等民族文字达一百多种,受到各族人民的热烈欢迎。历年来,各个民族文艺工作者通过到内地学习、会演、参观等方式,吸收了汉族文学艺术的优点,丰富了本民族的文学艺术,使之有了新的发展和创造;而新疆各民族的文学艺术在全国的介绍和推荐,又丰富了汉族和我们国家文学艺术的内容。近年来自治区各民族的文学艺术出现了许多新品种、新样式,比过去更完善,更丰彩了。散文形式的兴起,是自治区各民族文学创作的一个新的发展。现在各民族不仅有了长篇巨著的小说、报告文学、话剧剧本,而且还有了具有一定水平的电影剧本。哈萨克的民间音乐由于生活、劳动,集体化,不再是单纯独唱、对唱了,现在已经出现了大合唱的新的形式。维吾尔族的舞蹈也以大型集体舞和歌舞剧的形式出现于舞台。各民族的美术工作者也已经掌握了漫画、版画、壁画等形式。由于文学艺术形式上的上述发展,就使得作家、艺术家的才能得以充分发挥,文学艺术得以更加丰富多彩地表现现实生活。特别令人感到高兴的是柯尔克孜族在党的关怀和汉族老大哥的帮助下,1957 年出版了有史以来的第一本诗集《头一次的歌》,这本诗集的出版,标志着柯尔克孜族文学跨过了一个从口头文学到文字记载的文学的历史阶段,使柯尔克孜族的文学揭开了光辉的新的一页。

新疆各民族的文学艺术遗产,犹如新疆的地下宝藏一样是十分丰富的。十年来在党的直接领导下,曾不止一次地组织了专门工作队深入群众发掘各个民族的文学艺术遗产。经过长期的工作,共收集了维吾尔、哈萨克等民族的古典歌谣两千多首,民间故事、寓言一百五十多个。其中部分已经整理在北京出版。维吾尔的史诗正在有计划地进行收集整理。已经整理出版的有《热碧亚—赛丁》、《艾里甫—赛乃木》、《玉素甫长帽子》等。这里应该特别提出的,是维吾尔族珍贵的民间古典音乐《十二玛卡木》的整理工作。数百年来这部古典乐曲依靠民间艺人的歌喉与琴弦世代相传,没有文字材料。从 1951 年起我们组织了《十二玛卡木》工作组,经过七八年的广泛收集和细致的研究,现在这部乐曲已经全部整理出来,不久即可印刷出版。在这里,我们不能不想到两位去世的民间老艺术家吐尔地阿洪、肉孜坦卜尔。我们衷心感谢这两位艺术家,是他们保留下来了《十二玛卡木》。为了使这支古老的乐曲能够流传后世,他们曾花费了毕生的心血和精力,这种对待艺术认真负责的态度和惊人的毅力,值得我们很好地学习。同时,我们尤其应该感谢亲爱的党和汉族人民,要不是新疆的解放,要不是党的文艺政策的正确贯彻,要不是党及时组织了《十二玛卡木》整理小组,深入到天山南北各地进行广泛的收集和长时期的整理工作,这个艺术珍品会随着吐尔地阿洪、肉孜坦卜尔的逝世而失传,那将是我国文学艺术事业中一个不可弥补的损失。

除此以外,我们还研究整理了维吾尔族的古典舞蹈,"刀郎舞",临摹了黑孜尔千佛洞的壁画,收集了民间的美术图案。这些民族文艺遗产经过整理后,有的可以直接用来为社会主义建设服务,有的是极有价值的文化史料,这都是我国文学艺术的可贵的财富。

总的说来,自治区六年来文学艺术工作的成就可以归纳为以下几点:(一)文艺队伍有了极大的发展;(二)文艺创作获得了空前繁荣,群众文艺运动获得了空前发展;(三)文艺作品的内容和形式有了新的发展;(四)各民族文艺进行了广泛交流;(五)各民族文艺遗产进行了大量发掘和整理;(六)文学艺术工作者的思想得到了显著的改造和提高。这些成绩的取得,应首先归功于党的领导和各族人民共同的努力。应归功于作家、艺术家、演员、刊物编辑、文艺翻译和文艺的组织工作者的辛勤劳动。

（二）

文学艺术从来就是思想斗争的重要武器,因此,当我们对十年来新疆文学艺术的发展作一个回顾的时候,可以这样说:自治区各民族文学艺术专业是在两条道路的斗争中成长壮大起来的。这种复杂的激烈的阶级斗争给了我们丰富的经验,这里只提出几条最基本的经验来供大会讨论时作参考:

第一,文学艺术专业必须依靠党的领导,坚决贯彻党的文艺方针。

毛主席说:"无产阶级的文学艺术是无产阶级整个革命事业中的一部分",正因如此,所以党经常地关心并加强对文艺工作的领导。党根据中国革命的需要和文学艺术发展的规律,制定了一系列的方针、政策。党在每一个革命阶段都具体地规定了文学艺术工作的方针、任务,对于文艺工作者的思想改造更是一直在密切地关怀着。十年来,在自治区文学艺术发展的实践中一再证明,只要我们坚决地依靠党的领导,坚决贯彻党的文艺方针,在政治思想上就能不断地获得进步,工作上就能不断地获得成绩,从而文艺工作者就能对人民革命事业作出更好的贡献。反之,谁要是在这个根本问题上发生动摇,谁要是离开党的领导,谁要是违犯党的文艺路线,谁就必然地要犯严重的错误,以致给人民革命事业造成损失。这里不妨我们回忆一下,在民主改革时期,在减租反霸、土地改革运动中,当我们多数文艺工作者响应了党的号召,全心全意地投入这个火热的斗争中的时候,无论在我们的思想上,无论在创作、演出上,无论在群众文艺活动上都获得了可喜的收获,促使自治区的文学艺术专业前进了一步。后来在社会主义革命和社会主义建设时期,在一化三改、整风反右、人民公社化运动时期,当我们多数文艺工作者响应了党的号召,全心全意投入这个惊天动地的斗争中的时候,便使所有文艺干部受到了一次重大的考验和锻炼,从而在文学艺术园地上获得了一次令人兴奋的大丰收,使自治区的文学艺术专业获得了一次空前未有的大跃进。

但是，十年来，我们所经历的道路并不是一帆风顺的，在我们前进的道路上，是经历过大的风浪和进行过严重斗争的。在过去全国右派分子借党整风之机，到处兴风作浪，闹得乌烟瘴气的时候，自治区以孜亚为首的右派分子和地方民族主义分子就曾经纠结同类，霸占文坛不遗余力地进行反党反人民的活动，妄图煽动文艺工作者脱离党的领导，妄图把文艺领域变成他们向党、向人民、向社会主义进攻的桥头堡垒，以达其破坏祖国统一，分裂民族团结，恢复资本主义统治的阴险目的。尽管孜亚等人口口声声自封为什么"卓越的作家"，什么"新疆文学的奠基人"，尽管他自以为只有他们才配称新疆文艺界唯一的内行，因而叫嚷新疆的文艺工作必须置于他们的领导之下，但是，我们却看不出在他们控制文艺工作的时期，到底拿出过什么值得称道的货色，有过什么值得拿出炫耀的成就？没有，一点也没有，如果有的话，那就是些毒化青年的腐朽透顶的资产阶级的思想和作风。除此之外，还有什么呢？

我们和孜亚等右派分子和地方民族主义分子的矛盾是两个阶级之间的矛盾，我们和他们的斗争是两条道路的斗争。这一场激烈的斗争的结果，右派分子和地方民族主义分子是彻底失败了，他们在文学艺术领域中所散布的坏影响，基本上是被扫除干净了。在文学艺术领域中这一场政治思想上的社会主义革命获得了具有历史意义的伟大胜利。但是我们却也不要以为从此就太平无事了。应该看到，在我们的行列里，还可以看到这样的人（虽然无论如何不能把他们和孜亚等人相提并论），他们年轻，他们在党的长期培养之下，初露才华，他们曾经听过党的话，和群众有过联系，从而也曾为群众所喜爱。不过，他们所缺乏的是实际斗争锻炼，在他们思想中资产阶级个人主义的孽根未除，因而在工作上稍有成就便居功自傲，目中无人。他们求名心切，唯利是图。这种资产阶级个人主义思想发展的结果，就必然使他们阶级界限越来越模糊，革命意志越来越衰退，和党越来越疏远，他们在大风浪面前也就必然经不住考验而发生动摇以至被大风浪所吞没。这个教训告诉我们，在文艺队伍中的任何一个人，不管他曾经有过怎样的光荣历史，有过怎样的工作成就，只要他一旦和党疏远以致离开党的领导,离开党所规定的方向和路线,那么他的文艺活动就一定不会有益于工人阶级的革命事业,甚至还会有损于工人阶级的革命事业,他就一定要在政治上犯严重错误,甚至发展到自绝于党自绝于人民的境地。这个教训应当为我们所深深记取。

第二,文艺必须为无产阶级的政治服务,必须密切配合社会主义建设任务。

在反右派和反地方民族主义的斗争中,我们与右派分子和地方民族主义分子对待文艺的根本分歧,首先表现在文艺与政治的关系这个问题上。我们说,文艺是属于一定的阶级的,是服从于一定的政治路线的,无产阶级的文艺是无产阶级革命斗争的工具,它必须是为无产阶级的政治服务的。但是,右派分子却极力讳言文艺的政治目的,故意把文艺的特征说得十分玄妙,说什么"诗的生命是语言",什么"文学作品有了艺术性同时就有了思想性",什么导演室是神圣不可侵犯的艺术宫殿,而孜亚更直言不讳地说"文艺有了党性就没有艺术性"。他们在强调所谓"艺术性"的幌子下,重复地叫嚣着资产阶级"为艺术而艺术"的滥调。我们认为,文艺是一种意识形态,在有阶级的社会里,超阶级的文艺根本不存在;在人类社会的现阶段,文艺不为无产阶级的政治服务,就必然为资产阶级的政治服务。过去许多事实证明,右派分子如孜亚等人就曾经在"为艺术而艺术"这块遮羞布下,贩运了不少实质上为反动的资产阶级服务的毒草。

艺术从属于政治,它不是什么神秘的东西,但我们不能因此就可以否认艺术的特点。艺术总是通过它的特殊方式为政治服务的,例如通过形象反映生活,给人们以美的感受,从而在思想上对人们起潜移默化的作用。忽视艺术的特殊性,忽视艺术技巧,只片面地强调政治内容,同样会削弱文艺配合政治的应有的作用。因此,我们既反对资产阶级修正主义者把文学艺术神秘化,也反对教条主义者把文学艺术简单化;我们既要求文艺有正确的政治内容,也要求它有与内容相适应的完美的艺术形式。也就是说,我们要求的是艺术与政治的统一。

谈到文艺配合政治任务问题,我们认为,文艺应该也能够配合当前某一政治斗争或某一中心工作。但是,还应当进一步要求文艺能够配合一定历史时期总的政治任务，能够配合我们的整个时代。如果认为文艺不能直接配合当前政治任务或中心工作是不对的，反过来说，如果认为可以硬性规定文艺作品只能写与当前政治任务有关的某种题材，或者要求所有文艺作品都必须直接配合当前的政治任务和中心工作，也是同样不利于文学艺术专业的发展的。

第三，必须坚决贯彻"百花齐放，百家争鸣"的方针，促使文学艺术事业更迅速地向前发展。

"百花齐放，百家争鸣"是我们调动一切积极因素来发展社会主义文学艺术的长期的方针。解放以来，自治区各民族文学艺术有了很大的发展，特别是1958年以来，群众文艺活动出现了空前的繁荣局面，这是与我们坚决贯彻这一方针分不开的。

经验证明，在新疆这样一个多民族地区，贯彻"百花齐放，百家争鸣"的方针，首先就要扶持和鼓励各个民族的文学艺术都能在这一方针指导下开展自由竞赛。让各个民族的艺术花朵都能争芳斗艳，互相比美。我们不仅要重视人口较多的民族的文学艺术，并且要照顾和大力扶助人口较少的民族的文学艺术，使各个民族的文学艺术在新疆多民族的文艺园地里都有适当的地位。过去我们在这方面做了不少工作，如出版了各种文字的文艺刊物，各自治州都成立了具有本民族特点的文工团，培养了各民族的文艺工作者等等。上述种种措施，都有效地发挥了各民族文艺工作者的积极性与创造性，有力地促进了新疆各民族的文学艺术的共同发展。但是，也有少数人会以狭隘的民族观点来对待这个问题，而右派分子、地方民族主义分子如孜亚等人则更是极力歪曲党的"百花齐放，百家争鸣"的方针，到处散布其资产阶级修正主义思想影响；并采用各种方法来排斥、压抑别的民族的文学艺术。他们这种做法就既有损于民族团结，而又严重影响了各民族文学艺术事业应有的发展。这是今后必须要加以防止的。

历来新的、美的东西，总是与旧的、丑的东西在互相比较、互相斗争中发展成长起来的。因此，我们要大力提倡文学艺术上各种形式、风格、体裁的自由竞赛、自由辩论，并且要欢迎、鼓励在文学艺术上各种新的探讨和尝试，我们要十分重视和扶持文艺领域中新事物的萌芽和生长。过去我们在这方面的工作，曾经获得了很大的成绩,例如,新出现的电影、大型歌舞、漫画等艺术形式,会在短短几年中,获得了很大的发展,这是可喜的现象。不过,应该注意到,资产阶级的文艺思想也会随时出现,所以,我们还必须提高警惕,经常要用毛主席所提出的六条政治标准去分清香花和毒草,使自治区文学艺术事业既兴旺而又健康地向前发展。

第四,加强各民族文学艺术交流,有批判有选择地继承和发扬各民族文学艺术传统。

自治区是个多民族的地区,各民族都有着自己悠久的文学艺术传统和珍贵的文学艺术遗产,也都有着具有独特风格的现代文学艺术。在发展各民族社会主义文学艺术的事业中,党从来就是非常重视继承与发扬各民族的文学艺术传统,创造各民族自己的文学艺术形式。并且同与上述目的相违反的各种错误的思想倾向进行了斗争。

我们知道,任何一个民族的独具风格的文学艺术,都是这个民族的劳动人民在长期的历史生活中辛勤创造的精神财富,是这个民族的劳动人民在向大自然和压迫阶级进行斗争的社会实践中智慧的结晶。所以,在对待民族文学艺术传统和民族形式问题上,采取粗暴的取消或者是虚无主义的态度都是错误的,其结果只能是各民族的文学艺术逐渐失去自己的独特风格,从而减弱它在社会主义革命与社会主义建设中的战斗作用。这种思想倾向我们必须加以反对。

但是,有些人在对待民族文学艺术传统和民族形式问题上的故步自封、保守排外的思想也同样是错误的。特别是像孜亚等那些右派分子和地方民族主义分子,在这个问题上更是有意识地模糊了阶级界限和是非界限,造成了文艺界的思想混乱。在他们的心目中,似乎凡是自己民族的文学艺术遗产都是好的,因而就都应该无条件地接受和颂扬。他们对于民族古典文艺作品,不是按照历史唯物主义的观点,有分析有批判地整理和介绍,而是原封不动地搬出来,并加以无原则地提倡和吹捧,武断地认为这些就是文学艺术的民族形式和民族传统,而这种"民族形式"又只能全盘接受,不能有任何改变,否则就是"不尊重民族传统"、"破坏民族风格"。这显然是在文学艺术问题上的资产阶级民族主义和复古主义的思想反映。如果我们把那些有利于剥削阶级而不利于无产阶级和广大劳动人民的东西也"继承"下来加以宣扬和推广，势必会造成毒害人民思想，有害于社会主义文学艺术事业的发展的恶果。所以，对于这种错误的思想倾向，我们也必须坚决地加以反对。

"民族的形式，社会主义的内容"，这是我们发展各民族文学艺术的指导方针。在一切为了发展社会主义文学艺术的前提下，对于各民族所固有的文学艺术遗产必须遵照毛主席所提出的"剔除其封建性的糟粕，吸收其民主性的精华"，有批判有选择地加以继承和发扬，并努力在这一个基础上创造出能够充分表现社会主义内容的民族形式。

在谈到"民族形式"的时候，我们认为那种把形式和内容相割裂的看法是不对的，文学艺术的民族形式必须和其所表现的内容相适应，否则，如果文学艺术形式不能正确而又充分地反映出各个民族在长期的历史生活中所形成的，而又在当前伟大时代中不断变化着的精神面貌，那么这种所谓"民族形式"就会成为没有灵魂的徒有其表的外壳了。显然，这样的"民族形式"是为人民所不取的。因此，我们说民族形式是服从其所表现的内容的。同时，任何的民族形式都是既有其继承性，也有其可变性，它不可能是静止不变的，它必然是随着各民族生活的发展变化而不断地发展变化的。

我们向来认为，加强各民族的文化交流是发展各民族的文学艺术所不可缺少的条件。我们都知道，各民族间的文化交流和互相影响是一种不可阻挡的历史趋势。这就是说，我们一方面要尊重和发扬自己民族所固有的文学艺术传统；一方面也必须学习和吸收全国其他民族，特别是较为先进民族的文学艺术的有益成分，也只有这样互相学习，互相交流，取长补短，兼收并蓄，才能使自己民族的文学艺术在固有的基础上不断地丰富和提高，使其更好地为社会主义服务。

第五，必须贯彻普及与提高相结合的方针，以加速各民族文学艺术专业的发展繁荣。

群众文艺运动的发展，大体上经过了这样的一个过程，这就是广大群众创作了无数的民歌、壁画、舞蹈和戏剧。我们从中选择了比较优秀的作品及时地给以发表和推荐,对群众起了示范作用,提高了群众的创作水平,从而更加鼓舞了群众的文艺创作的热情,更进一步地推动了群众文艺活动的向前发展。由此可见,普及与提高方针是一个不可分割的整体,两者应是相辅相成,不可偏重。我们必须在普及的基础上提高,在提高的指导下普及,也就是说,我们既要重视结合劳动生产,组织和辅导群众文艺创作活动,又要重视及时地把群众的优秀创作集中起来,经过加工和提高再普及到群众中去,如此循环不已,就会促使群众文艺活动得以在逐步提高的基础上不断前进。这实际上就是活跃和开展群众文艺工作中的群众路线。我们应该自觉地运用这一群众路线的工作方法来推动群众文艺活动的正常发展。

"群众普及,专家提高"的看法显然是不正确的。普及与提高相结合的方针不仅适用于上述群众的文艺活动,而且同样也适用于专业文艺工作者。这就是一方面提高专业文艺工作者的创作水平,一方面把他们的优秀创作送到群众中去加以普及。

上面所提到的只不过是几点主要经验,其他如文艺的整理研究方面,各个戏曲剧种演出现代节目和改编传统剧目方面,文艺工作的组织领导等方面都获得了一些可贵的经验,这里就不一一叙述了。

(三)

现在,全国和自治区各族人民在党中央和毛主席的领导下,在总路线的光辉照耀下,正在鼓足更大的革命干劲,以争取尽快地把我国建成为一个具有现代工业、现代农业和现代科学文化的伟大的社会主义国家。这就是全国和自治区人民一个总的奋斗目标,这自然毫不例外地也是我们自治区各族文学艺术工作者一个总的奋斗目标。这就要求我们自治区所有的文学家、戏剧家、音乐家、舞蹈家、美术家和一切艺术工作者,都必须在不同的战斗岗位上,运用自己最熟练的战斗武器通过各种艺术形式,为实现这样一个伟大的目标而奋勇前进。

我们衡量一个文学家或艺术家对待祖国和人民的忠诚程度的唯一尺度,也就是看他在这一个伟大的事业中是否尽到了最大的努力，是否作出了应有的贡献。除此之外，再没有另外的尺度。所以我们说，全心全意地为祖国的社会主义建设事业服务，就是我们自治区各族文学艺术工作者所必须肩负起的光荣的政治任务。

为了实现为社会主义服务的政治任务，就必须在党的领导下：努力进行文艺创作和艺术实践，用最新最美的文艺作品满足广大人民的需要。这就是说，我们要在自己的文学作品中，在舞台、银幕上，在画幅上，在乐章中，使人民群众看到他们所创造的伟大时代，看到他们同时代的人和他们自己的英雄形象，从而使人民群众受到教育和鼓舞，激发起更高的政治热情和更大的积极性、创造性，激发起更足的革命干劲，为建设社会主义祖国而忘我的劳动，为创造更美好的明天而连续跃进。我们的文学艺术工作者要能够起到这样的作用，才会使文艺真正成为推动社会主义建设的有力武器，才会把自治区社会主义文学艺术的发展推向新的高峰。

总括起来说，坚决服从党的领导，遵循党的文艺路线，在为社会主义服务的前提下，进一步贯彻执行党的"百花齐放，百家争鸣"的方针，繁荣文艺创作，努力艺术实践；继续开展群众文艺活动；在文学艺术战线上加强各民族的经验交流和互相协作；巩固和扩大文艺队伍；努力提高文学艺术工作者的思想水平和事务水平。用具有高度思想性和艺术性的文艺作品来教育人民、鼓舞人民，以更有力地配合和推动社会主义建设的继续跃进，在加速建成社会主义社会的伟大的事业中充分发挥文学艺术的作用，这就是我们今后的努力奋斗的基本任务。

为了胜利实现上述任务，这里提出以下几个问题，请大家加以研究：

一、文艺创作是全部文学艺术工作中最主要的问题，没有文艺创作就没有文学艺术工作。因此进一步发展与繁荣文艺创作是我们当前的首要任务。这就需要我们根据党的"百花齐放、百家争鸣"的方针，在坚持为社会主义服务的原则下，对作家、对艺术家在选择题料与表现形式上给以充分自由；对各个民族独特的艺术风格给以大力扶持；提倡互相竞赛，鼓励文艺批评。只有这样才能使我们自治区的文学艺术工作出现万紫千红，百花齐放的日新月异的新面貌。

为繁荣创作，要求有足够数量的作品是必要的。但更重要的还在于提高作品的质量。如何才能提高文学艺术创作的质量呢？我们认为首要的前提在于作家、艺术家和专业文艺工作者要具有坚定的无产阶级世界观和高度的政治思想水平；要熟悉和了解工农群众的斗争和生活；要不断的提高艺术表现能力和熟练的掌握创作技巧。不这样，文艺创作的质量就不可能提高。

为此要求每一个作家、艺术家都必须在整风运动胜利的基础上，进一步克服在我们身上或多或少地残存着的资产阶级个人主义，特别是要坚决克服少数文艺工作者的个人享乐主义和名利地位的思想倾向；继续克服与防止"大汉族主义"、"地方民族主义"的思想倾向；彻底肃清"为艺术而艺术"的资产阶级文艺思想。

要求每一个作家、艺术家都能经常地深入群众生活，参加体力劳动。根据不同的任务，结合工作，订立制度。我们认为绝大多数文艺工作者除有计划地轮流长期下放外，其余同志每年至少有三个月以上的时间下乡下厂是必要的。不要忘记只有经常地与工农群众密切结合，才能使得自己得到不断的锻炼和提高，也只有群众的生活实际才是我们创作的源泉。

要求每一个作家艺术家都要经常学习马克思列宁主义、毛泽东同志的著作及党的各项政策；学习我们各个兄弟民族特别是汉族的现代与古典的文学艺术；学习苏联和其它国家的文学艺术；学习历史、学习自然科学，使我们自己既有一定的政治思想水平，又有丰富的科学文化知识和文学艺术修养。

要求每一个作家、艺术家都能刻苦钻研和掌握技巧。每一种艺术形式都有它独特的技巧，每一个真正为广大群众所喜爱的作家、艺术家又往往都有他自己的经过了多少年来千锤百炼的"绝技"。任何一种艺术技巧都不可能是不下苦工夫就可以学得会的，而我们青年一代的作家、艺术家在这方面尤其要特别重视。我们必须孜孜不倦地勤学苦练，必须虚心地向前辈学习。有经验的文艺工作者也必须热情地、负责地扶持文艺队伍中的新生力量，努力培养文学艺术的接班人。

和繁荣创作有密切关系的是文艺理论和批评研究工作。我们有许多好的文艺作品需要推荐和介绍，也有一些不够好或有严重缺点和错误的文艺作品需要进行实事求是的批评。特别是在各民族文学艺术事业发展的过程中，无论是解放前或解放后都有许多宝贵的经验需要总结，都有许多问题值得探讨，因此，我们必须建立与发展文艺理论与批评研究工作，各文艺团体的领导干部、报纸、期刊文艺编辑同志们、应该是文艺理论工作的基本队伍。各个协会自治区分会应该经常组织自己的会员学习、研究马克思列宁主义和毛泽东同志的文艺理论。经常开展文艺批评。我们需要精心研究各民族的各种艺术的发展历史。我们更希望老作家、老艺术家们对青年的文学艺术创作多作一些评论工作。

为了自治区各民族文艺创作的共同繁荣，我们还必须进一步广泛地开展各兄弟民族间的文艺交流，特别是与汉族的文艺交流。我们要善于从各个兄弟民族的文学艺术中吸取精华，以不断地丰富与提高本民族的文学艺术。各个协会自治区分会要组织各民族的作家、艺术家在创作上密切合作；继续组织各民族的艺术团体，互相学习、互相协作，经常交流创作或表演经验。

文艺翻译工作在各民族文艺交流中起着重要作用，必须给以极大重视。我们一方面要大量翻译全国流行的现代和古典的文学作品；另一方面也要把自治区各民族现代和古典的优秀作品译成汉文向全国推荐。各民族的文艺期刊必须把翻译发表其他民族的文艺作品当作一项重要任务。作协自治区分会要创办一个用维吾尔文出版的、以介绍国内文艺期刊上刊载的理论文章为主的文艺刊物，用以指导自治区各民族的文艺创作。

去年，我们开展了一个声势浩大的群众文艺创作运动，并获得了极大的成绩，出现了不少优秀作品，对这一工作，我们必须作充分的估价。目前，还在开展着的以向国庆十周年献礼为中心的群众文艺创作运动，只有在群众需要和条件可能的情况下，应该继续坚持下去。

在继续开展群众文艺创作运动中，必须贯彻"两条腿走路"的方针。就是说不要把文艺创作硬性规定成为群众的任务，而忽视了对专家的要求与领导。群众的创作只能是自愿的，而不应有丝毫的勉强。但另一方面，我们也绝不应该抱着消极态度,对群众创作不去发动或不敢发动,这同样是会脱离群众的。

二、为了促使各民族在各自文学艺术的传统基础上发展现代的社会主义的文学艺术,就必须遵循马克思列宁主义的观点和"厚今薄古""古为今用"的原则,加强挖掘与整理各民族的文学艺术遗产。经过整理和研究,吸取其中的精华,运用到我们的创作实践中去,以有助于丰富和发展现代的文学艺术,以有助于创造既具有鲜明的民族形式,又具有鲜明的社会主义内容的文学艺术作品。我们决不允许粗暴地否定与肆意篡改文艺遗产的不良作风,但也反对在对待文艺遗产上原封不动全部肯定的保守思想。自治区各民族都有丰富优美的、独具风格的民间文学艺术和古典文学遗产,我们已经搜集挖掘与整理出来的成品,只不过是大海中的一滴,在这项工作中,需要我们继续付出巨大的努力。

最近几年内,要对各民族古典的和民间的文学作品的蕴藏情况进行一次普查工作,搜集和整理出版一定数量的各民族史诗、民间故事、民歌以及其它古典文学作品。音乐方面《十二玛卡木》乐曲的搜集整理工作是有成绩的,但也不能满足于这一成就,民间艺人还有可能保存关于这一乐曲的其它部分或不同唱法,还需要继续搜集和研究。同时,也要大力搜集和挖掘民族的新旧民歌、说唱音乐,并加强整理研究工作,以进一步发展各民族的社会主义音乐。戏剧方面除继续挖掘整理各种传统剧目外,还要特别重视我们自治区各民族所特有的,虽然现在还不够成熟的某些剧种、小曲和说书唱词等。这些都需要有计划地组织专人加以研究和发展。在美术方面自治区各民族同样有丰富的遗产,尤其在图案和工艺美术方面需要大力搜集,继续整理出版。对于古代保留下来的壁画及其它美术作品要加以临摹和保护。在舞蹈方面今后仍要继续向各地区、各民族不同的舞蹈形式与舞蹈风格努力学习,以不断充实、丰富本民族的舞蹈艺术,并在逐步改进的基础上加以发展。

三、我们一定要努力在自治区建立一支又红又专的各民族的工人阶级文艺队伍,这就必须继续提高现有的文艺工作者的政治质量与业务质量。文联与各协会自治区分会应该经常了解文艺工作者的思想情况,并切实加强政治思想工作,为他们深入生活,参加劳动创造必要的条件,帮助他们解决工作和学习中存在的困难和问题。此外还必须通过文学艺术专科学校，有计划、有系统地培养文学艺术人才。并且经常发现工人、农民以及知识分子中涌现出来的优秀的文学艺术爱好者，通过举办各种文学艺术训练班或业余学校对他们进行培养和提高。

由于历史的或其它的原因，我们自治区各民族文学艺术的发展是不平衡的，比如有的民族到现在还没有比较成熟的戏剧艺术，有的民族在美术工作的发展上也不够完备，这种情况和各族人民随着社会主义建设事业的发展而迅速增长着的文化艺术生活的需要是不相适应的。因此，在这些民族中如何培养各个方面的专门文学艺术人才，应该成为各个文艺团体的重要的任务之一。

文艺理论工作和文学翻译工作在自治区是比较薄弱的环节，我们缺乏一个具有一定政治水平和业务能力的文艺理论队伍和文学翻译队伍。我们建议自治区有关院校增设文艺理论和文学翻译专业，以加速培养这方面的人才。除此之外，还需要组织一些这方面的学习小组，举办一些短期训练班。总之，我们应该采用各种办法扩大文艺理论和文艺翻译队伍。

同志们！摆在我们面前的任务是十分光荣而又是十分艰巨的，我们自治区的每一个文艺战士，都必须和其它各个社会主义建设战线上的同志们一样，以自己所掌握的战斗武器，以具有高度思想性和艺术性的作品，为祖国的社会主义建设事业忠诚服务。让我们高举社会主义的旗帜，在自治区党组织的正确领导下，奋勇前进！

（本文有删节）

日益繁荣的新疆社会主义文学事业

(维吾尔族)帕他尔江　　(哈萨克族)伊尔阿里

史料解读

　　史料原载《延河》1959年第12期。该文肯定了新中国成立十年来新疆各族人民的文学事业在党的正确领导下获得的史无前例的发展,指出了新疆解放前后的文学事业的变化。解放前,由于反动政权的压迫,新疆文艺的发展滞缓,无论作家队伍还是作品数量,基础都十分薄弱;解放后,新疆各族人民的文学事业发展起来,不但拥有了自己的文学队伍,而且有了自己的出版园地,形成了崭新的社会主义现实主义的新文学。特别是新疆现代诗歌获得了空前的发展,歌颂毛主席和党给各族人民带来的幸福生活,调子明快昂扬,成为时代的诗歌。作者也指出了存在的问题:有许多作品还赶不上全国水平,距自己的要求也还很远;作品的形式还不够丰富多彩,比较深刻地描绘时代广阔壮丽生活画面的大型作品还不多见。要改变这种状况,重要的是培养新生力量和依靠广大的工农群众。该文对新疆文学的发展起到了鼓舞和指导的作用。

原文

　　十年来，新疆各族人民在中国共产党和毛主席正确的民族政策的光辉照耀下，在政治、经济、科学、教育和文化等各个方面都取得了巨大的成就。同样，新疆各族人民的文学事业也沿着党的正确的文艺方针路线，在汉族人民兄弟般的帮助下，获得了史无前例的发展。

一

　　解放前，新疆各族人民的文学是极分散的，其发展速度也是缓慢的，不平衡的。有些民族的现代文学刚刚开始形成，而有些民族连文字都还没有，只有流传在民间的口头文学。而且，新疆各族人民的正处于形成阶段的现代革命文学，一开始就受到国民党反动派政权的极端野蛮的摧残。当时，国民党的反动军阀和各民族的封建贵族、地主、宗教界的败类勾结起来，不仅在政治上、经济上残酷地压榨各族人民，而且也在文化上、精神上奴役和麻醉人民。国民党反动政府一方面用一切野蛮、卑劣的手段企图扼杀新疆各族人民革命文学的发展。一切正直的革命文学工作者，不但被剥夺了创作自由，而且也被剥夺了人身自由，他们为追求真理，追求自由和解放所写的每一行诗，都得不到发表的机会，他们过着被威胁的穷困的生活，有的被关进监狱，甚至惨遭杀害。另一方面反动政府又大力扶植反共反苏反人民的反动文学。作为剥削阶级忠实走狗的诗人和作家们，在创作上竭力为帝国主义侵略政策服务，为国民党反动派政府剥削、压迫人民的罪恶活动服务。他们公开通过各种反动的文学刊物，在政治、思想、精神上向各族人民散布毒素。

　　但是，太阳的光芒是遮不住的，反动的政权根本不可能消灭掉新疆各族人民反帝反封建反大土耳其主义的革命文学。早在抗日战争时期，共产党员陈潭秋、毛泽民等同志，在宣传马克思主义思想的同时，也播下了革命文学的种子。到了三区革命时期，由于受三区革命政府的保护和苏联社会主义文学的影响，革命文学首先在三区得到了较快的成长。在国民党统治区，随着人民的革命运动的高涨，革命文学也在困难重重中发出了战斗呼声。虽然，当时新疆的革命文学还没有自己的刊物和出版机构，可是，我们的革命文学工作者们仍利用一切可能利用的办法把文学创作当作斗争的武器，在见不到阳光的监狱里，他们在和敌人进行激烈的政治斗争的同时，也用自己的文学作品鼓起了人民火热的战斗激情。新疆各族人民优秀的儿子——革命诗人黎·穆特里夫就是他们中间突出的代表。

但是，解放前新的革命文学，由于受到反动统治的束缚和摧残，也由于没有取得党的直接的领导，所以仍未能得到正常的迅速的发展，无论就作家队伍看还是就作品数量看，基础确实是十分薄弱的。只有到了解放以后，在党和毛主席的正确领导下，新疆的文学事业也和其他建设事业一样，才获得了飞跃的发展。

首先是在民族民主革命阶段中由共产党员陈潭秋、毛泽民等同志教导和培育出来的，新疆各族人民的革命文学工作者，到了解放以后，积极地拥护党的领导，响应党的号召，亲身参加了一系列民主改革运动和社会主义革命运动，特别是一九五八年的反对右派分子和地方民族主义分子的伟大斗争。在这些运动中，祖农·哈迪尔（维吾尔族）、库尔班阿里（哈萨克族）、艾里哈木·艾哈台木（维吾尔族）、扎坎·波罗塔耶夫、布兰太、郝斯力汗（哈萨克族）、巴图尔·拉西丁、阿不里斯·拉扎尔（维吾尔族）、郭基南（锡伯族）、吐尔松·瓦合迪、尼木·希依地、库尔班·伊敏（维吾尔族）等老作家和诗人，都在政治思想上得到了巨大的收获，不同程度地改造和锻炼了自己，也在斗争中取得了丰富的创作源泉。他们与新疆各族人民一起，已成为社会主义的积极的拥护者和建设者。他们从伟大的时代取得了无穷无尽的精神力量，因而以比较成熟的艺术技巧创造了我们时代的英雄人物的崇高形象，写出了不少社会主义现实主义的优秀作品，回答了党和人民对他们的无微不至的关怀。

同样令人兴奋的是：在党的亲切培养和教导下，年轻一代的诗人、小说家、剧作家、批评家也不断涌现出来，而且在实际斗争生活和创作实践中很快成长起来。他们中有阿不都克里木·赫捷耶夫、加帕尔·阿买提、苏尔坦·马木提

（维吾尔族）、努尔沙帕、阿·相巴耶夫、阿·萨根巴耶夫、斯·阔莫克巴耶夫、斯·欧布勒卡斯木、墨·阿布勒海依尔、墨·谢里朴罕、阿·卡特巴耶夫、依斯铁吾（哈萨克族）、九三、林富（锡伯族）、艾孜孜·尼亚孜、热合木·哈斯木、艾尔西丁、穆罕买提·热依木（维吾尔族）、托合提平、哈斯尔拜、色钠、代格尔加甫（蒙古族）、阿不都克里木·肉孜、吐尔松·卡哈尔、夏克尔江·高海尔巴克耶夫（维吾尔族）、艾哈提·夏克尔（乌孜别克族）、吾买尔·伊敏（维吾尔族）等。他们是新疆各民族文学的新生力量。伟大的整风运动和反右反地方民族主义的斗争胜利结束后，他们更以迅速的步伐向着新的胜利迈进。我们的文学队伍，在清除了右派分子和地方民族主义分子的同时，更以新的力量充实、壮大了自己。多少年以来，受到右派分子和地方民族主义分子压制和打击的新生力量，都积极地站起来和他们进行斗争，并以作品在报刊上显示了自己的力量和才能。像吾布勒哈斯木·吐尔逊、吐尔干·孝顿、穆罕买德·孝顿、哈尼帕·莎丽赫娃、阿不都茹苏尔·乌买尔、阿不列孜·乌买尔、阿不都·莎买提赫勒（维吾尔族）、乌拉洛夫、吾·乌云巴耶夫、特·阿森巴耶夫、希·乌阿尔巴耶夫、斯·买衣尔卡诺夫、希·库尔玛诺夫（哈萨克族）、希·依斯哈阔夫、加马力丁·穆罕买提、库尔班·巴拉托夫、阿不都克里木、玛哈苏托夫（维吾尔族）等年轻的作者和诗人的出现，就是整风运动在文学上结成的果实。

新疆各族人民的文学事业，不但拥有自己的文学队伍，而且也有了自己的出版园地。中国作协新疆维吾尔自治区分会主办的文学刊物就有《塔里木》（维吾尔文）、《曙光》（哈文）、《天山》（汉文）和《启明星》（蒙古文），自治区文化厅也办有通俗性的文艺刊物《群众俱乐部》，自治区其他报刊也多有文艺副刊。北京民族出版社、新疆人民出版社和新疆青年出版社出版了多种诗歌集和小说集。最近，中国作协新疆分会所编的九种文学作品选集也即将出版。解放前，新疆各族人民的革命文学连一种文学刊物都没有，革命的作家和诗人们从来也没有出版过个人或集体的作品选集。只有在今天的社会主义制度下，我们的革命先辈的理想才变成了现实。

我们文学十年来空前繁荣的事实，不仅表现在作品数量上，更主要的是表现在它将社会主义的现实生活和崇高的共产主义的理想结合起来,从各个方面,通过生动的艺术形象,深刻地反映了无比壮阔的时代面貌。

总的来说,曾经遭到束缚和摧残的新疆各族人民的文学,在解放后,从小到大,从涣散到正规,已形成了一支强大的战斗的文学队伍,形成了崭新的社会主义现实主义的新文学,在社会主义建设事业中,成为党的政治思想教育的有力工具之一。

二

在新疆各民族文学中,诗歌这一文学形式占有主要地位。新疆现代诗歌的产生和发展具有相当长的历史;但只有在解放以后,在党的正确的文艺政策方针的指导和鼓舞下,才达到了空前的繁荣和发展。自治区各民族工农群众的诗歌创作,像春日绽放的花朵一样鲜艳芬芳。天山南北各个社会主义建设战线上和每个角落,到处是诗歌的海洋。这些诗,都热情澎湃的歌颂了毛主席和党把各族人民从苦海中解放出来,走向了幸福的征途;歌颂伟大的祖国和新的民族友谊、歌颂了党的总路线的胜利,歌颂了人民公社。这些新的内容是我们诗歌的生命,使诗歌变成了时代的声音。我们知道,解放以前的诗歌差不多都充满了悲苦、怨恨、愤怒以及民族革命的情感。解放以后,新疆各族人民当家作主,诗歌的调子才明快起来,高昂起来。社会主义的诗歌响遍了城市和农村,在这千千万万首诗中,艾里喀木·艾合台木的《致农村的信》,库尔班里的组诗《农村纪事》,扎利坎·波罗塔也夫的《田野的高潮》等诗以及民间诗人买买提钠培尔的《集体与单干》等,都歌颂了自治区在党的领导下所进行的波澜壮阔的农业合作化运动,表达了广大农民特别是广大贫雇农坚决跟着中国共产党走社会主义道路的心愿,反映了广大农民对社会主义的热爱,因此,这些作品受到了广大读者的热烈欢迎。

社会主义革命的飞跃发展,使我们的诗歌在内容与形式方面也发展到了一个新的阶段。特别是经过伟大的整风运动,经过反右、反地方民族主义斗争以后,在党的鼓足干劲、力争上游、多快好省地建设社会主义的总路线的光辉照耀下，我们时代的生活，为我们的诗歌提供了取之不尽的丰富而新鲜的源泉，使我们的诗歌创作达到了一个新的高潮，在党所领导的全民整风运动中发挥了自己的战斗作用，彻底批驳了右派分子、地方民族主义分子所说的"文艺配合政治运动便不能发展"的谬论。艾里喀木·艾合台木的《斥破坏分子》、阿·萨根巴也夫的《我的家庭》、克里木·赫捷耶夫的《诗的宣言》、阿·江巴也夫的《斥斯坦主义者》、苏里唐·马木提的《致红色队伍中勇士们》、买买提热易木的《斥斯坦主义者》、贾帕艾罗提的《说话吧历史！》、吐尔迪索帕的《决不停止战斗》、阿不都伊米提沙迪科夫的《致汉族人民》、多里昆·亚生的《致汉族人民》、司迪克·拉西达的《我也参加战斗》等，以及其他许多诗人充满政治热情的诗，都是在自治区进行的政治思想斗争中，社会主义建设高潮中产生的。反右斗争不但给诗人们以灵感，也提高了他们的艺术水平。伟大的整风运动的马列主义教育，教导诗人们要深刻体验生活，更多的创作出思想性和艺术性都很完美的抒情诗篇。

在党的社会主义建设总路线的鼓舞之下，绝大多数诗人深入公社、厂矿，一面在体力劳动中锻炼了自己，另一面也汲取了丰富的创作素材，写出了不少动听的新生活的颂歌，其中像阿不都克里木·赫捷耶夫的《阿依汗》、马哈坦·西里甫汗的《原野之景》、热合木·卡希莫夫的《友谊之花》、穆合麦特·沙吾东《心底里的颂歌》、阿不都赛买提·黑力里的《幸福的欢笑》等，都是这两年来较优秀的作品。《友谊之花》里热情洋溢地为我们描述了维吾尔族人民和伟大的汉族人民之间的深厚友谊，塑造了一个为维族人民的健康和幸福而忘我劳动的汉族医生的动人的形象。马哈坦的《原野之星》，则鲜明地描写了新疆的工业特别是重工业的突飞猛进的发展面貌。虽然以往有许多诗人写过关于新疆工业发展的赞歌，但是十年来像这样激动人心的诗篇还是不多的。完全可以说《原野之星》是新疆诗坛上一朵美丽的新花。穆合麦特·沙吾东、阿不都赛买提·黑力里等同志是有较高的政治思想水平，敏锐的观察力的有才能的诗人。他们所写的叙事诗，为新疆的文学事业增添了不少光彩。毫无疑问，他们的作品已加入较为优秀的作品的行列。

除此之外,在总路线、人民公社等方面,诗人们更以饱满的激情写出了动人的颂歌,引起了人们的广泛注意。在这里,特别值得提出的是阿不都克里木·赫捷耶夫的《阿依汗》。这首长诗描述了成千上万的妇女的彻底解放,以及她们在党的领导下为获得更加美满幸福的生活而忘我劳动的冲天干劲。这篇作品和其他作品有很大程度的不同,这首先是他着重于人物的刻画,较成功地塑造了农村妇女阿依汗的鲜明的艺术形象,无可辩驳地证实了人民公社的无比优越性和无限的生命力。其次,在诗的形式方面,他采取了民间歌谣的形式,语言朴素、明朗,深受广大劳动群众的欢迎。

总而言之,在短短的十年当中,新疆各民族的诗歌得到了飞跃的发展。各族工农群众的欢乐而高昂的民歌和诗人们深入生活以后写出的崭新的诗篇,汇成了壮丽、动听的大合唱,使新疆的诗坛大放光彩、盛况空前。这些事实回击了那些认为没有他们诗坛就会冷冷清清,艺术就会衰落的地方民族主义者,也驳斥了反对群众创作、反对歌颂新生事物的右倾机会主义分子。

三

在谈到新疆文学事业取得伟大成就的同时,还不能不提到在我们的成绩当中仍有不足的地方。首先就是有许多作品还赶不上全国水平,距我们自己的要求也还很远。

其次,作品的形式还不够丰富多彩,比较深刻地描绘我们时代广阔壮丽生活画面的大型作品还不多见。

解放后,我们党十分重视文艺事业,为迅速地改变新疆语文学的落后状况,党领导广大文艺工作者作了许多工作,为我们创造了许多有利条件。特别是党委派了不少优秀的汉族作家到新疆来工作,他们丰富的创作经验和具体的业务指导,更为我们提高文学作品的质量提供了便利条件。

要迅速地改变上述状况,不是现在新疆各民族仅有的诗人和作家所能担负了的。固然,我们必须依靠老作家、老诗人;而更重要的是培养新生力量和依靠广大的工农群众。在文学事业上也只有贯彻作家文学和群众创作并举的"两条腿走路"的方针，才能得到迅速的繁荣和发展。

这里，特别值得提出：汉族作家，具体的说，就是刘萧芜、王玉胡等同志的亲切帮助和指导，对新疆文学事业的发展起着十分重要的作用。他们为帮助兄弟民族的作家迅速成长，和民族作家一起合写了《哈森与加米拉》、《绿洲凯歌》、《远方星火》等电影剧本。前两个已拍摄成电影，在全国观众中产生了深刻影响。《远方星火》也即将拍摄，不久可和观众见面。这是我们新疆的文学史上的奇迹，是新疆各族人民的文化生活中的一件大喜事。在新疆的文学事业中起到了特别巨大的作用。

这些电影剧本都通过感人至深的鲜明的艺术形象，深刻反映了新疆在解放前后历史性的社会变革，歌颂了党在这些变革中的伟大的组织领导作用。《哈森与加米拉》通过一对恋人的命运，反映了哈萨克牧民反对封建专制，争取自由幸福的坚强意志和斗争历史；《远方星火》则以维吾尔天才诗人黎·穆特里夫的战斗的一生为题材，反映了革命知识分子和广大的各族劳动人民结合起来，共同为推翻国民党反动统治而掀起的波澜壮阔的革命运动。通过这两个影片使新疆各族人民深深地懂得了要推翻剥削阶级的残酷统治，取得根本的、最后的胜利，就必须有中国共产党的领导。影片《绿洲凯歌》所反映的农村的社会主义和资本主义两条道路的斗争，最后社会主义取得了胜利这样典型的事例，更说明了只有在中国共产党的领导下，农民才能实现真正的摆脱穷困，走上富裕的道路。

刘萧芜同志和王玉胡同志也正是以满腔的热情，用这样具有高度思想性和艺术性的作品为新疆各族人民的文学工作者树立了光荣的榜样，指出了文学艺术为政治服务，为社会主义建设事业服务的正确方向。

我们大家熟悉的著名的作家祖农·哈迪尔同志（维吾尔族），是新疆有成就的老作家之一。解放后他在中国共产党的无微不至的关怀以及像辛勤的园丁培育花卉一样的耐心培育下迅速地成长起来。他以充沛的精力写出了不少作品，有小说、特写、话剧、电影剧本等。他解放前写的剧本《蕴倩姆》，解放后又加以修改，排演成了歌剧。又将有名的诗剧《艾里甫·赛乃姆》改编成电影文学剧本。此外,祖农·哈迪尔同志的小说《锻炼》、《热哈买提》、《疑》、《回忆》,剧本《喜事》等都是新疆文学中最优秀的作品,受到全国读者的欢迎。特别是小说《锻炼》,通过懒散成性的农村匠人麦提亚孜在农业合作化运动中转变成为有用的社会主义劳动者的动人情节,反映了合作化运动初期农村中两条道路的斗争,歌颂了党的合作化政策的胜利,挖掘了这一伟大运动在人们思想感情上引起的深刻变化,这就是祖农·哈迪尔同志的这篇小说的主要成就。

在这里,我简单地谈谈其他同志在短篇小说方面的成就。

赫斯力汗的短篇小说《起点》,应该说是新疆文学事业中的一个可喜的收获。1956年正是自治区农牧业合作化进入高潮时期,全国及自治区的右派分子、地方民族主义分子疯狂一时,恶毒的攻击社会主义,反对党的农牧业合作化道路。小说作者用敏锐的政治嗅觉和艺术观察力,抓住了合作化运动中资本主义和社会主义的尖锐矛盾,形象而深刻地揭示了当时敌我矛盾和人民内部矛盾交错在一起的极为复杂的阶级斗争形势,并正确地解决了这些矛盾。其结果是颂扬了中国共产党的合作化政策的伟大力量及取得的辉煌胜利,讽刺了腐朽势力的低能和丑恶,揭露了他们垂死反抗的必然失败的命运,显示了新生力量的无限光明的发展前途。这是向敌人作者射出的红色的利箭,这篇小说的现实意义就在这里。小说在描写人物内心活动的同时,还恰如其分地运用了哈萨克民间谚语和俗语,使作品具有鲜明的民族艺术特色。

解放后,新加入我们文学队伍中来的刊载同志(蒙古族)所写的几篇小说、散文如《真挚的友谊》《姑娘名字叫友谊》等都是比较成功的。《真挚的友谊》中,刊载同志以较成熟的艺术技巧描写了蒙族人民同哈族[1]人民的深情厚谊,以及他们在今天的社会中的幸福的生活。小说《姑娘名字叫友谊》中描写了人民解放军同新疆各族人民血肉不可分割的友爱关系,人民解放军对各族人民的援助,塑造了一个有崇高品质,关怀人民的解放军女医生的形象。

在小说和散文方面还应当提到哈森巴依(蒙古族)的《我见到了毛主席》、

---

① 编者注:"哈族"应为"哈萨克族",后同。

《是我们讲话的时候了》，艾里西丁·塔特力克（维吾尔族）的《后悔》，夏克尔江·古海尔巴尤夫（维吾尔族）的《友谊之花》，吐合特呼（蒙古族）的《信》；吐尔斯伯克（哈萨克族）的《坎地上的麦田》，等等，这些都是写得较成功的作品。

还应该指出，新疆各民族的散文文学，可以说是在解放以后才正式形成并发展起来的。十年来，我们出现了不少优秀的作者和作品，取得了巨大的成就，这确实是令人欣喜的。我们深信，在党的领导下，我们的散文文学将得到更快的发展。

四

在新疆各民族文学的发展中，党政领导同志的文学作品占有重要的地位。这些作品对我们文学事业的发展起了极大的促进作用。

赛福鼎、鲍尔汗、贾库林等党政领导同志，除关心各族文学事业的发展外，还从百忙中抽出时间搞业余创作。这是新疆各族文学工作者十分高兴的事。这些同志在担负党和国家交给他们的领导工作的同时，在文学创作方面还作出了出色的成绩。赛福鼎同志的描写在中国共产党领导下进行土改的小说，《吐尔地阿洪的喜悦》是最好的作品之一。在那篇简短、精湛的小说里，作者通过吐尔地阿洪的形象，细致地表现了翻身后的贫雇农的内心喜悦。此外，赛福鼎同志在今年夏天还写了一个八幕歌剧《苦难与解放》。这个歌剧正由自治区歌舞团排演，不久，这个在新疆历史上前所未有的歌剧将同各族观众见面。这个歌剧描写了新疆从三区革命起到今天普遍地实现了人民公社化以后的历史进程，它深刻地揭示了新疆各族人民，特别是三区人民生活的今昔。这是一个大型的史诗式的歌剧，内容丰富多彩，形式新颖独创，全剧以庆祝公社电站开始发电的盛大典礼结束，在回顾了新疆各族人民的苦难历史的同时，充分显示了今天高歌狂舞的欢乐景象。毫无疑问，这在自治区文学创作上是一个大胆的成功尝试，对各族文学工作者来说，是具有示范意义的。

很早以前就以写诗引人注目的鲍尔汗同志，在他这样大的年龄、这样繁忙的工作的情况下，还辛勤地创作了历史剧《血火中结成的友谊》。这个剧本取材于历史事实,内容广阔深厚,在新疆文学创作中将占有重要地位。

它揭露了大约从 1925 到 1947 年新疆地区的政治、经济关系,表现了新疆各族人民在斗争中结成的血肉友谊,特别是少数民族同汉族人民之间的亲如手足的团结。需要指出:象这样反映压迫新疆各族人民的杨增新、盛世才等反动刽子手和人民之间的殊死斗争的作品,在新疆的文学史上还未曾有过。其他作家也未曾动手写过这类题材,但这类作品是社会迫切需要的。鲍老鼓足干劲,写出了这样比较难以创作而要求付出较多精力的历史剧。《血火中结成的友谊》的产生对新疆文学是一个重大的贡献,同时又是新疆文学的又一个新开端。我们的作家们不但应该向鲍老学习,而且也应该向他致以最崇高的敬意。

艾尼外尔·贾库林是自治区党和政府的负责人之一,是革命的先锋。他以小说《生活的历程》加入了我们的文学队伍。这个小说描写了共产党员斯迪克的成长。他过去是一个奴隶——被剥夺了生活权利的雇农的儿子,今天却成了新社会的主人。通过斯迪克的形象,揭露了旧社会的不平、残暴、黑暗;赞扬了汉族共产党员在新疆扩大党的影响,宣传共产主义思想方面所作的努力以及在狱中发起暴动的英勇行为。斯迪克就是在狱中受到汉族共产党员的教育才迅速觉醒起来的。因此新疆解放不久,他就很快光荣加入了党,在党的教导下不断进步,最后成了一个区的区委书记。作者在小说中通过斯迪克命运的变化,用明快的艺术手法,向读者展示了今昔截然不同的两种生活,使这篇作品具有深刻的思想教育意义。

上述三位领导同志的作品,不但对我们自治区文学事业作出了重大贡献,而且也证明了老一辈的革命领导同志已成为我们文学队伍中一支坚实的力量。

十年来,在党的领导下,我们的文学事业获得了空前未有的成就。这完全是党的正确领导和亲切关怀的结果。因此,这个光荣应归功于党和毛主席。今后,我们将加倍努力,继续前进,决不骄傲自满。

需要特别指出:我们还没有充分利用文学这一形式反映人民公社运动中的新人新事,揭示我们时代的本质特点。我们的诗歌、小说、剧本所反映的只是党领导下的人民群众的移山填海的伟大意志和丰富多彩的现实生活的一小部分。

同时，从人民群众对文学作品的渴求和社会主义建设的需要来看，我们更应努力提高创作水平，写出更多更好的文学作品为社会主义服务。新疆各族文学工作者将像全国文学工作者一样，在鼓足干劲、力争上游、多快好省建设社会主义总路线的光辉照耀下奋勇前进，深入生活、艰苦创作、提高质量，跃进再跃进，把自治区文学事业推向一个新的高峰。

（本文有删节）

促进云南文学艺术的发展和革新

袁　勃

史料解读

　　史料原载《创造》1960 年第 4 期。该文肯定了云南各民族文学取得的成绩,并指出之所以取得这样的好成绩,是因为始终按照毛主席所指示的道路前进,执行了党的文艺方针,使文艺为生产服务,使文艺作为提高和改变人民群众精神面貌、以社会主义和共产主义思想教育人民群众的武器。作者认为,文艺要想得到迅速的发展,必须革新,在继承传统上要一改往日的做法,对待传统的东西,需要兼收并蓄,必须是批判地吸收,取其精华弃其糟粕,要吸取那些有益的东西来滋养新文艺。同时要求文艺工作者必须努力学习马克思列宁主义和毛泽东文艺思想,树立和加强无产阶级世界观,加强对各民族文艺的搜集和研究工作,用辩证唯物主义和历史唯物主义的观点去分析各民族的文艺现象,努力掌握和运用毛主席提出的革命的现实主义与革命的浪漫主义相结合的创作原则。该文对云南文学艺术取得的成绩给予了肯定,提出了促进云南文学艺术发展和革新、繁荣社会主义新文艺的具体要求和任务,这对发展云南文学艺术具有积极意义。

原文

　　我们的文学艺术是整个革命事业的一个组成部分。解放十年来，随着整个政治、经济的发展和繁荣，我省各民族的文学艺术也获得了很大的发展，取得了很大的成绩。特别是一九五八年以来，我省各民族的文学艺术出现了空前繁荣的局面。这表现在文学艺术已成为我省各民族人民的事业，成为全民的事业。群众文艺活动很活跃，涌现出许多业余作者，出现了许多激动人心的优秀作品，出现了共产主义文艺的萌芽。被称为社会主义时代新国风的新民歌，在云南也获得特大的丰收；各民族的新民歌，显示了各民族人民建设社会主义祖国的豪情壮志，它具有各民族自己的风格和色彩。有的新民歌，在祖国的文艺百花园中，与那些最好的诗篇相比较，也是毫无逊色的。

　　十年来，我省各民族的文艺工作者，也创作出大量的作品，以各民族人民喜闻乐见的形式，对广大群众进行了阶级教育和社会主义教育，起到了很好的效果。许多作品反映了农村的巨大的变化，反映了农村中两条道路的复杂的斗争。其中比较好的作品如刘澍德同志的《桥》，这篇作品塑造了一个走向错误道路的翻身农民的形象，指出了只有通过农业生产合作社这座"桥"，广大的农民才能完全摆脱贫穷，走上共同富裕的真正幸福的道路。作者描写了生活中的根本矛盾，对社会生活和人物提出了鲜明的评价。刘澍德同志最近两年写了许多短篇，其中《老牛筋》和《同是门前一条河》两个短篇，成功地描写了两个新型农民的形象，描写了农民社会主义思想的成长，通过生动的人物形象，用社会主义思想教育了人民，给予人民以精神力量，促进了农民生产的积极性和觉悟的提高。李茂荣同志的《人望幸福树望春》出版后，引起了各方面的重视。李茂荣同志出身于农民，由于他亲自参加了农村解放十年来的各种斗争，对农村中各种人物比较熟悉，所以他能比较成功地塑造了一个先进农民的形象，比较深刻地反映了农村的变化，描写了办初级社过程中两条道路的斗争。我们对于这些作品，应该给予充分的肯定。

　　特别值得提出来的是傣族歌手康朗甩的《傣家人之歌》和康朗英的《流沙河

之歌》的出现,这是兄弟民族文学的一个新的发展。《流沙河之歌》出版后,在傣族人民中起了很大的影响,人民都喜爱唱《流沙河之歌》;很多村寨都把《流沙河之歌》刻在《贝叶经》上保存起来;西双版纳编的小学课本,也把《流沙河之歌》的片断选入课文中。在康朗甩和康朗英的带动下,西双版纳的其他的歌手,也创作出许多反映现实斗争的长诗。据现在已经了解的就有二十几部,其中有的主题很好。电影文学剧本《五朵金花》也是一个可喜的收获。《五朵金花》放映后得到广大群众的好评,尤其在大理,对白族青年的生产劳动起了很大的促进作用,他们都以影片中所描写的金花做为榜样,现正开展一个"万朵金花"运动。这些事实都说明了我们的文艺作品反映了各族人民的生活和生产斗争,反映了人民新的精神面貌,给人民很大的教育和影响,激发和促进了人民的生产积极性,增强了各族人民的自信心。

我省文学艺术工作所以能取得巨大成绩,是由于我们始终是按照着毛主席所指示的道路前进的。我们执行了党的文艺方针,使文艺为生产服务,使文艺作为提高和改变人民群众的精神面貌,以社会主义和共产主义思想教育人民群众的武器。毛主席说过:"文艺是从属于政治的,但又反转来给予伟大的影响于政治。"(《毛泽东选集》867页)目前,我们正在高速度地建设社会主义,并向着共产主义社会的伟大目标前进。我们的文学艺术就必须促进社会主义建设的发展,表现工农劳动群众在社会主义建设中征服自然的英雄气概和崇高的共产主义理想,创作出具有"比普通的实际生活更高,更强烈,更有集中性,更典型,更理想,因此就更带普遍性"(《毛泽东选集》863页)。的优秀作品来教育人民。我们执行了毛主席的指示,把文艺"作为团结人民、教育人民、打击敌人、消灭敌人的有力的武器,帮助人民同心同德地和敌人作斗争"。(《毛泽东选集》850页)

我们的创作所以得到这样的成绩,创作出了反映各族人民现实生活,受各族人民所喜爱的优秀作品,这是由于我们绝大多数的作家和歌手,他们深入到各族人民中,与各族人民一道参加了各种斗争,与劳动人民紧密的结合。坚决执行了毛主席所指示的:"必须到群众中去,必须长期地无条件地全心全意地到工农兵群众中去,到火热的斗争中去,到唯一的最广大最丰富的源泉中去,观察、体验、研究、分析一切人，一切阶级，一切群众，一切生动的生活形式和斗争形式，一切文学和艺术的原始材料，然后才有可能进入创作过程。"（《毛泽东选集》862 页）也只有这样，我们的作家和歌手才可能得到改造和锻炼，在人民群众中吸取营养，获得丰富的创作素材。康朗英所以能写出《流沙河之歌》，正是由于他亲自参加了流沙河水库的建设，亲眼看到傣族人民在党的领导下，征服这条被称为魔鬼的河流的斗争。在这场斗争中，他自己的佛教迷信思想也有了一定程度的破除。康朗英同志熟悉本民族的生活，了解本民族人民群众的愿望和意志，并且也懂得本民族的历史和现状，因而他能巧妙地运用本民族传统文学优秀的艺术表现手法，并吸收了汉族先进文学的营养，把它溶化在自己的创作中，才写出了反映伟大现实斗争的作品来。刘澍德同志和彝族作家李乔同志的作品所以能塑造出吸引群众，为人民所喜爱的人物形象，也正是由于他们长期生活在群众中，根扎得深，积累了丰富的生活经验，所以他们才写出了好的作品。

云南是个多民族的省份，在社会主义的制度下，各民族在政治、经济上要共同发展和繁荣，在文化上也要共同发展和繁荣。因此，我们十分强调发展各民族的文学艺术。发展各民族的文学艺术，必须以社会主义、共产主义为内容，这是最基本的问题。但是，各民族的文学艺术都有自己的独特的风格，因此我们主张在社会主义和共产主义的思想基础上，标民族之新，立民族之翼，创造出具有民族气魄、民族形式的为群众喜闻乐见的优秀的文艺作品，这样才能对我们祖国文学艺术的繁荣有很好的贡献。要建设社会主义和共产主义的文学艺术，绝不可能脱离各民族原来的传统，列宁曾说过："应当明确地认识到，只有确切地了解人类全部发展过程所创造的文化，只有对这种文化加以改造，才能建设无产阶级的文化，没有这样的认识，我们就不能完成这个任务。"（《列宁全集》第三十一卷 254 页）因此，批判地继承各民族文艺的优秀传统，对发展和繁荣社会主义新文艺就具有着重大的意义。无产阶级的文艺不是从天上掉下来的，它必须有旧的传统作为基础。在继承各民族的文艺传统时，必须区别统治阶级与劳动人民的东西。我们继承的是各民族人民在长期历史发展过程中所摸索出来的丰富的艺术经验,如创作方法、表现形式、艺术形象的创造等等,各民族在这些方面都有着很高的成就,必须要好好的研究、掌握,融汇贯通,加以发扬,很好地吸收到自己的创作中去。但在这里也必须指出,更重要的是要站在共产主义的高度批判地继承和发扬各族劳动人民文艺的战斗传统。这就是说,要从内容和形式上全面地看,不应当把继承仅仅理解为单纯的形式问题。

我省各兄弟民族过去绝大部分都没有自己的文字,有的民族有文字,也只是统治阶级和宗教上层所掌握使用,应用范围很窄,多数兄弟民族,统治阶级没有形成自己的文学。这种情况决定了各兄弟民族的文学,主流是劳动人民创造的民间文学。虽然有些有了手抄本或在经书上有所记载,但仍以口头创作为主。劳动人民通过口头传诵,在传诵中各民族也涌现出了一批有才能的歌手和民间曲艺艺人,他们绝大多数是劳动人民,没有脱离劳动。西双版纳的傣族,虽然出现了半职业性的歌手(赞哈),他们仍然参加生产。各兄弟民族的民间文学在民间发生和发展,深深植根于劳动人民中,它反映了各族劳动人民同大自然和反动统治者的艰苦斗争,表达了劳动人民的思想感情和愿望。因为这些作品它同生活、劳动和斗争紧密地结合在一起,各族人民把文艺作为进行阶级斗争、生产斗争和自我教育的武器。劳动人民有求实精神,但又富于追求理想,他们的作品既反映了社会现实,又反映了劳动人民的乐观主义精神。这就形成了各兄弟民族文学的一个共同的鲜明的特色,都具有着悠久的战斗传统。各兄弟民族的文学史,都是很好的劳动人民斗争史。

今天,无产阶级的革命斗争给各民族文学带来高度的发展和繁荣。丰富的现实的生活给各民族文学发展革新提供了丰富的基础和土壤。在这个时代,不但出现了很多具有崭新内容反映宏伟而广阔的新的歌谣,而且各民族歌手,在新生活的感染下,放开了歌喉,歌颂社会主义的幸福生活,创作了具有一定思想水平、艺术水平,反映各族人民斗争和解放后新生活的长诗,如《流沙河之歌》,《傣家人之歌》等等。这些新的歌谣和长诗正是千百年来连绵不断的民间歌谣优秀的战斗传统,在党和毛主席的领导下,在新的基础上空前地发展了。并且在形式风格方面进行了大胆的革新和创造,所塑造的形象更显示了时代特征。

我们有了比较优秀的短篇和长篇小说，各民族的戏剧、舞蹈、音乐、美术也有了很大的发展。过去各族文学中的英雄人物，在他们身上表现出为了人民的利益进行了强烈的斗争。但由于时代的限制，这些人都是被理想化了的，往往给带上悲剧色彩。今天在党和毛主席领导下，人民要摆脱一穷二白的落后面貌，建设美好的社会主义、共产主义，在今天的英雄人物身上，更具有了与过去根本不同的新的特点——革命的英雄主义。这些作品，不但转向了新的社会主题，社会意义也增高了。

在黑暗的统治时代里，各民族的文学是受压抑歧视的。就在那种在政治、经济上极端受压迫的情况下，仍然创作出了很多健康朴素、感情真挚、幻想力丰富，有显明的色彩，富有战斗性，思想性和艺术性都达到一定高度的作品。今天各民族人民成了国家的主人，在党和毛主席的英明领导下，有毛主席为我们指出了明确的方向，我们既有丰富的现实生活，又有优秀的文艺传统，只要我们按照党的文艺方针，深入生活，改造思想，注意新事物的成长，我们一定能创造出表现今天英雄时代的史诗，攀登无产阶级文学艺术的高峰。

我们的文艺需要大发展，就必须要大革新，我们继承传统不是兼收并蓄。我们反对全盘否定，不要传统的虚无主义思想，也反对全盘肯定，拜倒在传统面前，颂古非今的资产阶级思想，对待传统的东西，必须是批判地去吸收，取其精华弃其糟粕，要吸取那些对我们有益的东西来滋养我们的新文艺。继承传统，必须要有发展，要有革新，不能让传统的东西拖住我们的脚，不革新创造，我们的文艺也就不可能繁荣和发展。

促进云南文学艺术的发展和革新，创造建设和繁荣我们社会主义新文艺，我省的文艺工作者就必须努力学习马克思列宁主义和毛主席文艺思想，深入生活，改造思想，树立和加强无产阶级世界观，加强对各民族文艺的搜集和研究工作，用辩证唯物主义和历史唯物主义的观点去分析各民族的文艺现象，努力掌握和运用毛主席提出的革命的现实主义与革命的浪漫主义相结合的创作原则，用大胆革新的精神去对待一切事物。我们要认真组织作家、艺术家和专业艺术团体进行创作，争取达到全国先进水平；同时，采取重点培养与普遍号召相结合的办法,组织各民族歌手和各方面的艺术人材进行群众性的创作活动,歌颂三大"法宝"和党的领导。我们相信,在过去取得成绩的基础上,我们一定能够使我省各民族的文学艺术更大的繁荣起来,创作出更多反映我们伟大时代,具有高度社会主义和共产主义思想的新的文学艺术作品来。让我们以文学艺术的连续跃进,向党的四十周年献礼!

1960 年

(本文有删节)

关于少数民族文学工作的报告

——中国作家协会第三次理事（扩大）会议上的报告

老　舍

史料解读

　　史料原载《文艺报》1960 年第 15—16 期合刊。该文是 1960 年老舍在中国作家协会第三次理事（扩大）会议上所做的《关于少数民族文学工作的报告》。老舍的报告主要总结新中国成立后少数民族文学工作的发展概况，并提出今后进一步发展的问题。老舍指出，随着民族平等的展现，少数民族文学受到重视并飞跃发展。各少数民族中都出现了崭新的社会主义文学，而这种新文学一开始就是在毛泽东文艺思想的指导下，遵循着为工农兵服务的方针进行创作的。少数民族不仅在文学创作上取得了巨大的成就，而且培养了自己的作家队伍，同时指出，文学作品存在对各族人民的新生活反映不够有力，对各民族的阶级斗争表现得不够深刻的问题，而且有些作品无论在思想内容上还是艺术形式上都存在着一些不足。该文对少数民族文学的客观现实有着清楚的认识、判断和把握，对进一步发展少数民族文学的工作具有指导意义。

原文

（一）全面跃进，百花齐放

这是关于我们少数民族文学工作的简单报告，既要介绍十年来少数民族文学工作的发展概况，也愿提出一些有关今后进一步发展的问题。

全国解放后，我国各少数民族与汉民族携手向前，进入了一个全面更新的伟大时代。在短短十年内的革命与建设过程中，我们基本上消灭了各民族中的阶级压迫与剥削，实现了各少数民族从封建制度、奴隶制度乃至带有原始色彩的社会制度，齐向社会主义过渡，促进了各民族在政治、经济与文化方面的发展与繁荣，在我们的广大土地上出现了历史上从来没有过的祖国统一与民族团结的崭新局面。

特别是在近几年来，全国人民在党中央和毛主席的英明领导下，在建设社会主义总路线的光辉照耀下，同心同德，团结一致，民族与民族之间体现了大团结、大协作、共同进步、共同发展的精神，促进了我国社会主义的民族关系，祖国的统一与各民族的团结从而得到空前的巩固与发展！

今天，西藏地区的民主改革运动已经取得了决定性的胜利。今天，各民族人民都在更热情地贯彻执行党的社会主义建设总路线。让我们为藏族的兄弟姐妹和所有的民族兄弟姐妹的光明、幸福的前途热烈欢呼吧！

少数民族文学工作的突飞猛进，正是因为有上述的历史条件与背景。那么，就让我们在衷心感激党和毛主席的伟大民族政策与文艺政策的心情下，扼要地报告一些民族文学工作发展的具体情况吧。

我国早已是一个统一的多民族国家，各民族在长期相处与交往中，创造了我们整个的祖国历史与文化。在文学方面也是如此。我们各少数民族文学是祖国文学不可分割的一部分。但是，过去在反动统治阶级的压迫下，少数民族文学是没有地位的。解放以后，这情况才发生了根本变化。随着民族平等的实现，少数民族文学受到应得的重视，并飞跃发展。

从解放初期起，我们就开始发掘、搜集各少数民族的文学史料。至 1958 年前后，许多少数民族地区的文学艺术工作者联合会（以下简称"文联"）或作家协会分会，和当地的高等学校，更组织了大批知识青年，进行调查与研究工作，并结合当地群众，搜集、整理资料，初步编成了各民族的文学史。据不完全的统计，现在已经初步编成了文学史或文学史概略的，就有藏、蒙、僮、苗、彝、傣、白、纳西、土家、哈尼、土、赫哲、布依等十三个民族。其中，《白族文学史》与《纳西族文学史》已经出版。此外，新疆对维吾尔族和哈萨克族、吉林延边自治州对朝鲜族、黑龙江对鄂伦春族、青海对撒拉族、湖南和贵州等省及广西僮族自治区对瑶族与侗族、福建省对畲族的文学史料，也都进行了一些搜集和整理的工作。

在编写民族文学史的过程中，发掘出大量的民间文学资料：云南省已搜集到作品十多万件，其中较长的民族史诗、叙事诗与抒情诗，就有六十多部；青海初步搜集的藏族、土族、撒拉族的文学资料达千万字以上；广西以不到三个月的时间，获得资料二百多万字；贵州初步整理出来的资料也在百万字以上。

今后编写的包括各民族文学的中国文学史将是多么全面，何等丰富多采啊！它将的确足以阐明中国是统一的多民族国家，每个民族都有文学的奇珍异宝，它将会供给世界文学史以未曾见过的珍贵资料！

各少数民族并不仅仅从事搜集与整理过去的文学史料，而且也正在创造着新的文学历史。

在解放前，用少数民族文字出版的文学书刊寥若晨星。看看今天吧：少数民族地区先后成立了"文联"或作家协会分会，并出版了文学刊物。其中有：用蒙文出版的《花的原野》，用维吾尔文出版的《塔里木》，用哈萨克文出版的《曙光》，用朝鲜文出版的《延边文学》，用藏文出版的《青海湖》等等。

同时，还有用汉文出版而经常发表少数民族文学作品的刊物，如内蒙古的《草原》，新疆的《天山》，云南的《边疆文艺》，贵州的《山花》，陕西的《延河》，四川的《四川文学》，广西的《广西文学》，青海的《青海湖》，宁夏的《宁夏文学》等十多种。

同时，全国性的文学刊物，如《人民文学》《诗刊》《民间文学》等都经常发表少数民族的文学作品，而《文艺报》也时常发表有关少数民族文学工作的报道与评论。

这的确是史无前例的百花齐放的峥嵘气象！

近十年来，用少数民族文字出版的文学书籍（据不完全的统计）达七八百种。光是内蒙古自治区就印行了一百六十八种。延边自治州出版了五十九种。其中的一些优秀作品译成汉文后已流行全国，每部销行或至数十万册；还有被译成多种外国文字的。用汉文出版的各民族文学作品有一百五十九种。

少数民族已有了自己的作家队伍。这是件大事！截至最近为止，已经有二百多位少数民族作家、诗人和评论家被接纳为中国作家协会总会或分会的会员，其中有些位被选入了协会的领导机构。想一想十年前的冷落光景，看一看今天的这个队伍，谁能说这不是惊人的跃进呢！对于这个队伍的成长与成就，留待另述。

内蒙古自治区、新疆维吾尔自治区、广西壮族自治区、延边朝鲜族自治州，都先后成立了作家协会分会。新疆分会有少数民族会员六十五人。这个分会主办的四种文学刊物团结了各民族业余作者数百人。内蒙古分会有少数民族会员五十三人；延边分会五十四人。此外，其它地区的分会也都有少数民族会员。

特别值得注意的是文学理论队伍也在逐步成长：哈萨克族的评论家伊尔哈力，维吾尔族的帕他尔江等，近来都发表了一些有一定水平的评论文字。

少数民族的群众创作运动也有蓬勃的发展：许多民族地区，在党委的领导下，掀起了群众创作高潮，收获很大。内蒙古曾展开百万民歌运动，涌现了大量运用各民族种种民间诗歌形式的群众创作，并在展览这些作品的时候，由民间的歌手当场朗诵或歌唱——他们曾到过北京。在这种运动中，各地发现了不少有才能的民间诗人与歌手，如仫佬族的包玉堂，青海藏族歌手秀日什吉·乔玛尼，土族歌手刁玉梅等。同时，许多民间老歌手得以重新发挥才能，获得了为人民歌唱的新生命——如蒙古族的琶杰、毛依罕，傣族的康朗甩、康朗英等。

同志们，仅从上面的一些极不完全的统计与简略的叙述中，我们也能看出十年来少数民族文学工作是怎样飞跃前进！其规模之大，方面之广，都是史无前例的！我们可以自豪地说：我国各少数民族中都出现了崭新的社会主义文学，而且有的已达到相当高的水平！有的虽还处于萌芽状态，可是根苗茁壮，预示着本固枝荣！这些新文学都是我国社会主义文学的长江大河的条条支流，且各以独特的色彩，金涛雪浪，洋洋大观，丰富着祖国文学！在加强民族团结上，在提高人民政治觉悟与共产主义道德品质上，在促进各民族文化的繁荣上，这些新文学也都发生了不容忽视的作用！

不过是短短的十年啊，却作出历史上百年千年所作不到的事！在那苦雨凄风的旧时代里，谁能想象到今天的万紫千红的光景呢！那些在解放前一向受着反动政权歧视与迫害的民族，那些在解放初期还在丛山峻岭中过着原始经济生活的民族，今天却编写出自己民族的文学史，培养出自己的诗人与作家，创制了自己的新文字，并用以出版了自己的文学书刊，这是多么令人兴奋的事啊！不但那些埋没了多少年或多少世纪的少数民族文学遗产今天得以重放光明，成为全国人民的甚至全世界人民的精神财富，而且产生了新的文学；不但作家们斗志昂扬，辛勤写作，而且群众创作运动也风起云涌，意气风发！这是多么值得我们欢欣鼓舞与自豪的事啊！我们怎能不再一次感谢党与毛主席的伟大民族政策与文艺政策呢！

（二）各少数民族新文学的兴起与文学队伍的成长

少数民族新文学的兴起有个显著的优点与特点。一般地说，这种新文学一开始就是在毛泽东文艺思想的指导下，遵循着为工农兵服务的方针进行创作的。许多新起的优秀作者一开始拿笔，就是以社会主义文学的建设者自期的。这些青年花朵是在党的雨露滋养下开花结果的。即使他们的思想与技巧一时还有欠成熟之处，可是在党的领导与关切下，他们必能迅速进步与提高，可为预卜！

但是，这并不是说，在少数民族文学的发展中不需要什么斗争。恰恰相反，各少数民族的文学事业是在尖锐的阶级斗争中发展起来的。各少数民族的文学界也跟全国文学界在一起,经历了反对资产阶级思想的斗争、反对修正主义的斗争和反右派斗争,并且进行了在少数民族地区具有特殊意义的反对地方民族主义和大汉族主义的斗争。在这一系列的重大斗争中,我们看出各少数民族的文学干部有许多人还缺少政治锻炼和阶级斗争的锻炼,也有一些人还没有完全摆脱民族偏见的不良影响。因此,在一些反动分子兴风作浪的时候,有的人就发生了动摇,甚至不能辨识方向,划清界限。经过这些斗争,绝大多数同志都划清了社会主义与资本主义、民族主义的界限,并以实际行动坚持并保卫了党的文学艺术路线,贯彻执行了毛泽东同志的文艺方针。新的作家和诗人在与群众的密切结合中成长起来,涌现出来一批批的反映革命斗争和社会主义建设的优秀作品。在许多少数民族中,新的社会主义文学已奠定了可靠的基础。这一切都证明了:没有政治战线、思想战线上的社会主义革命,文学就不能前进。

让我们简单介绍一些少数民族的作家与作品。

蒙古族:纳·赛音朝克图是我们久已熟识的诗人。他的代表作是诗集《金桥》,长诗《狂欢之歌》,小说《春天的太阳照耀着乌珠穆沁草原》。他的作品,以朴素而热情的语言歌颂了党和毛主席,歌颂了兄弟民族的团结,生动地描绘出草原生活和蒙族人民新的精神面貌。

乌兰巴干与玛拉沁夫是两位蒙古族优秀的青年小说家。乌兰巴干的《草原烽火》已印行数十万册,并已改编为京剧。玛拉沁夫的《春的喜歌》和《在暴风雪中》等也是值得重视的作品。

扎拉嘎胡的长篇小说《红路》、敖德斯尔的《布谷鸟歌声》(蒙文短篇小说集)、布林贝赫的长诗《生命的礼花》、安柯钦夫的短篇小说集《草原之夜》、朋斯克的中篇小说《金色兴安岭》、超克图纳仁的剧本《金鹰》与《巴音敖拉之歌》、吉格木德苏荣的剧本《巴塔桑的婚礼》、毕力格巴图尔的革命回忆录《平绥路地下十年》等作品,都受到读者和观众的赞许。刊载——新疆的蒙古族作家,两年来写了小说十余篇,其中如《公社花》等是值得称道的。

维吾尔族:老作家祖农·哈迪尔,早在 1937 年就开始创作,近年来还辛勤地从事笔墨劳动。他的反映农业合作化以后农村新面貌的剧本《喜事》和短篇小说集《锻炼》，都得到好评。在人民公社化的高潮中，他写了反映农民新生活的散文《百合提汗的新生活》与反映城市人民公社化运动的话剧《好消息》等。

哈里喀木·艾合坦木和克里木·赫捷耶夫的诗歌，帕他尔江的理论批评，以及青年诗人奴尔沙帕、苏里坦、马台木提等的诗作，也都是值得我们注意的。

哈萨克族：和其它各少数民族的新文学创作一样，哈萨克族的作品也充满反映新时代生活的热情，不但库尔班阿里的组诗《从小毡房走向全世界》如是，其它的作品，如安尼瓦尔·贾库林的小说《生活的历程》《三兄弟》，郝斯力汗的小说《起点》（反映牧区合作化）和《牧村纪事》（反映牧民公社生活），也都如是。我们也高兴地看到伊尔哈力的理论批评文字。

乌兹别克族与柯尔克孜族也都有了自己的作家与诗人。

藏族：关于藏族作家的活动，我们现在还知道的不多。我们确信，在藏族文学悠久传统的基础上，今后的文学事业必能随着人民政治觉悟与经济生活的提高而活跃起来。在这里，我们一致地愿向老诗人擦珠·阿旺洛桑致以虔敬的悼念！老诗人曾写过许多优秀的歌颂新时代的诗篇，其中歌颂康藏、青藏公路的《金桥玉带》就是最值得注意的一例。老诗人热爱祖国，反对分裂，因而被上层反动集团所仇视，1957年9月底，他被反动分子殴伤，在同年12月不幸逝世。老诗人为革命事业牺牲了生命！

在这里，我们抄录几行具有强烈的爱国主义热情的诗句：

> 我从遥远遥远的边疆，
>
> 渡过了黄河与长江，
>
> 虽然我还没有走到长白山，
>
> 但是我在心底轻声地说：
>
> "世间再也没有什么，
>
> 比母亲的胸脯更宽广！"

这是用汉文写的，执笔的是藏族青年诗人饶阶巴桑。

满族：作家有胡可、关沫南与老舍等。

回族：小说作家米双耀发表过一些较好的小说，其中《投资》一篇，生动地描写了草原人民热情地投资建立合作牧场和小型工厂,已被选入《1958 年短篇小说选》。

朝鲜族:金哲在诗歌方面,李根全在小说方面,黄凤龙在剧本方面,都有较好的成绩。

僮族:小说家陆地,发表过反映广西土改的长篇上说《美丽的南方》,最近已出版单行本。韦其麟发表过长篇叙事诗《百鸟衣》,得到很高的评价。根据民间传说集体创作的剧本《刘三姐》,优美动人,受到观众的热烈欢迎。侬易天的长篇叙事诗《刘三妹》,也已出版。

彝族:小说家李乔的《欢笑的金沙江》是一部较好的长篇小说。

青年诗人吴琪拉达,小说作者普飞和熊正国也是应该在这里提到的。

侗族:苗延秀发表过一些诗作。

此外,土家族诗人汪承栋、苗族作家伍略、白族作者杨苏、那家伦、纳西族作者赵净修也都发表过一些较好的作品。

我们高兴地指出,有些位汉族作家曾在民族地区深入生活,并写出来一些反映少数民族地区生活斗争的作品:如郭国甫的《在昂美纳部落里》,林予的《塞上烽烟》,柯岗的《金桥》,徐怀中的《我们播种爱情》,闻捷与田间的长诗,徐嘉瑞和杨美清根据白族传说分别创作的长篇叙事诗《望夫云》、《火把节》和《蛇骨塔》;电影《回民支队》《五朵金花》;公社史则有由贵族省文艺编辑训练班编写的《挡不住的洪流》等。这些作品对于民族的团结与繁荣民族地区的文学创作都起了积极作用。

近两年来,反映少数民族人民生活与斗争的戏剧大量涌现,令人兴奋!话剧有《草原赞歌》《草原上的风暴》《滚滚的白龙江》《遥远的勐龙河》《西藏的枪声》等。田汉同志的历史剧《文成公主》业已公演。歌剧有《两代人》《草原之歌》《红鹰》《柯山红日》等。京剧有《绿原红旗》《多沙阿波》《阿诗玛》。评剧有《金沙江畔》。桂剧有《一幅僮锦》。这证明了少数民族的文学创作不但题材丰富,而且形式也更多样化了。一些原来没有戏剧的民族产生了很好的剧本,这的确是个大跃进!

汉族作家也有与兄弟民族作家合作的好例子，汉族作家与少数民族作家合著的电影剧本《哈森与加米拉》《绿洲凯歌》颇得好评。

民间诗人、歌手与说书人是少数民族文学队伍中一支不可忽视的力量。蒙古族著名的民间诗人毛依罕创作的好来宝《铁牤牛》《五月之歌》《呼和浩特颂》，都充分表现了人民翻身后的喜悦和作者的饱满的政治热情。蒙族的琶杰，是民间文学遗产出色的保存者。他不但能表演蒙古族古典的史诗，而且能歌唱汉族的故事，如《水浒》与《刘胡兰》等。经过他的演唱与加工，任何作品都能成为具有蒙古民族风格的诗歌。

其他各民族也有不少优秀的民间诗人与歌手。他们的贡献是多方面的：对古典作品的加工和再创造，丰富了遗产；对当代作品的演唱与再创作，使同一作品以不同的形式接近群众；民族语言的表现能力和特有之美，在他们的演唱中得到高度的发扬，因而给予作家们如何使用语言以很好的借鉴。

有些民间诗人、歌手与说书人，经过党和政府的帮助与培养，提高了政治与文化水平，已能独立进行创作，扩大了创作队伍。傣族的康朗甩、康朗英，仫佬族的包玉堂都是这么成长起来的。

群众文学创作运动的兴起与发展，对建设我国统一的多民族的社会主义文学，有重大的意义。群众业余创作队伍是我们文学队伍中数量最大的一个重要组成部分。在他们当中，生长起成千上万的红色作者和诗人，用他们的作品繁荣着祖国及各民族的文学事业。这几年来，各少数民族的群众创作都有了很大的发展。许多少数民族的劳动人民是能歌善舞，富有文艺天才的。他们一旦在政治上与经济上翻了身，就情不自禁地放声歌唱自己的新生活，放声歌唱共产党和毛主席，放声歌唱祖国和各民族的伟大将来。各民族创作的民歌难以数计，其中的精华将万丈光芒，永耀史册。内蒙古自治区，以及新疆、云南、四川、青海等省（区）的各民族的民歌创作运动的确是规模宏伟，波澜壮阔！这些民歌的一部分，已经编成专集出版。其它各省（区）党委宣传部编选的民歌选集中，少数民族的群众创作都占有一定的比重。

在群众创作中，还应该提到工厂史、公社史和革命回忆录的编写工作。这个工作虽然还在开始阶段，可是已经出现了一些很好的成品，如《云南各族人民公社史选》、内蒙古的革命回忆录《英雄篇章》《广西革命回忆录》等。这些作品的执笔者和讲述者很多是少数民族的工人、农民和革命干部。

是的，从专业作家到群众的创作，的确呈现了万紫千红的景色！在这灿烂的景色中，所有的比较优秀的作品都是充满了革命精神，洋溢着民族团结、祖国统一的热情，和共产主义的崇高思想。这证明我们少数民族新文学的主流，已经摆脱了狭隘的民族主义倾向和宗教偏见，以及其它的种种陈腐落后的思想。这是值得我们的祖国文学史和各民族文学史中大书特书的！

不过，我们也要指出：是不是我们对各族人民的新生活已经反映得极为有力了呢？对各民族的阶级斗争已表现得极为深刻了呢？严格地说，还不都够有力，还不都够深刻！而且有些作品无论在思想内容或艺术形式上都还存在着一些缺陷。少数民族作家还应当要求自己层楼更上，更有力，更深刻，更多更好地反映社会主义革命与建设，反映阶级斗争，反映各民族在建设与斗争中的团结与协作！我们相信，各少数民族的文学新路既已开辟出来，作家们必会勇往直前，持续跃进，创作出更多更好的作品来！当然，我们也欢迎有些作家根据各民族的民间传说而进行再创造——这说的是再创造，不是民间文学资料的整理。这种再创造的作品既足以发扬民族优秀传统的特色，又能面貌一新，给予古老的传说以新的生命。

如上所述，少数民族新文学的成就和作家队伍的迅速成长，充分地证明了党和毛主席的民族政策与文艺政策的正确性。感谢党的经常对各民族文学工作的密切关怀！感谢党对各民族作家不断的关切与教导！各民族的专业和业余的文学工作者们，必须遵循毛泽东文艺思想、遵循文艺为工农兵服务、为社会主义服务的方向，努力贯彻党中央的百花齐放、百家争鸣、推陈出新的文艺政策！这样，我们才能锻炼和提高自己，为少数民族的文学事业做出更大的贡献！让我们一齐欢呼毛泽东文艺思想的胜利！党的伟大民族政策的胜利！社会主义新文学的胜利！

（三）搜集、整理古典和民间文学作品，批判地继承文学遗产

为了发展少数民族的社会主义文学，为了丰富我国的文学宝库，我们必须搜集、整理古典和民间的文学作品，并批判地继承这笔遗产。

各少数民族的文学遗产和民间文学极为丰富。但由于长期弃置，久已湮没无闻，除极少数的有文字记载外，大部分都在人民的口头上流传。因此，搜集、整理的工作必然是艰巨的。

建国以来，党对此项工作十分重视，各地有关部门先后派遣了大批工作人员深入少数民族聚居地区，不辞艰苦地进行搜集工作，逐渐培养出不少专业干部。以云南一省为例，1958 年中，省委宣传部和作协分会即发动了一百一十五名干部和高等学校师生，并配备了一百多名翻译工作人员，组成调查队，分别到大理、德宏、西双版纳等地区，对白、傣、纳西、彝、僮、苗、哈尼七个民族的民间文学进行调查、搜集与研究；历时半载，收获甚大：共得作品十数万件。同一时期，青海省委宣传部发动了省级各文艺团体三百五十多人，先后在果洛、玉树、互助等地，分别对藏、土、撒拉等民族的民间文学进行了普查和整理研究工作。四川、贵州等省亦发动了此项工作。

十年来，各民族地区文学遗产的发掘真是如入宝山，触目琳琅！我们发现了无产阶级革命的红色歌谣，发现了古典作品与民间文学作品中的史诗与长篇叙事诗，发现了民间故事和抒情诗等。

我们多么高兴，能够搜集到当年民族地区的革命根据地和红军长征经过的民族地区所流传着的歌颂共产党、毛主席和其它革命领袖的诗篇，歌颂红军和民族团结的歌谣啊！它们是人民革命的声音，是民族团结的声音啊！这些歌谣，像壮族人民歌颂革命领袖韦拔群的歌，像彝族人民歌颂刘伯承将军和叶丹（彝族）的歌，使革命英雄的光辉业绩永远铭刻在人民的心中！

说到各民族的文学遗产，我们就不能不惊喜：我们发现了多少优美的史诗啊！民间故事呢，更是五光十色，丰富多采！各民族的叙事诗与抒情诗不但在语言、格律上使我们的耳目一新，它们的精妙设喻与想象也给予我们一种新鲜

的艺术享受！

这种发掘整理工作，以内蒙古开始较早。十多年来，已先后翻译、发表了史诗《格斯尔的故事》、1240 年写成的《蒙古秘史》、长篇叙事诗《嘎达梅林》、《内蒙古民歌选》、尹湛纳希的《青史演义》等。

《格斯尔的故事》是一部规模宏大的史诗，不但引起东方与西方广大读者的注意，而且引起不少学者的研究兴趣。这部史诗是蒙、藏两个民族所共有的，但又各具特色。藏族称之为《格萨尔传》——现在正由青海省文联搜集、整理，并将译为汉文发表。甘肃也在整理这部古典巨作，预期在 1962 年译完全部。

由藏文整理出来，并译为汉文发表的还有民间故事《藏族民间故事》《泽玛姬》《草原红花》；新民歌：《藏族人民的声音》《哈达献给毛主席》等。

描写撒尼人生活的长诗《阿诗玛》是近年来少数民族文学遗产中发掘出的珍品。它的语言之美，故事性之强和人物形象之鲜明，都足以使之传流不朽！这部著作的发现，对撒尼人民起了很大的鼓舞作用，加强了他们的自信力。

此外，我们还发现了其他民族的史诗和长篇叙事诗，如阿细人的《阿细的先基》，苗族的《红昭和饶觉席那》，傣族的《娥并与桑洛》《召树屯》《葫芦信》，僮族的《布伯》，回族的《马五哥与尕豆妹》，彝族的《戈阿楼》《梅葛》《我的么表妹》，纳西族的《创世纪》，傈僳族的《逃婚调》，维吾尔族的《热碧亚—赛丁》与《玉李甫长帽子》，哈萨克族的《萨里哈—萨曼》，土族的《拉仁布与吉门索》，撒拉族的《阿姑扎拉与古斯根阿嘟》……这些都是较有代表性的优美动人的诗篇。

在抒情短诗与民歌方面，有《纳西族民歌选》和中央民族学院与中国科学院少数民族语言研究所编选的研究资料《中国少数民族歌谣》（三千五百十一首，七十万字）等。

在民间故事方面，作家出版社出版了《中国民间故事选》，选用了三十个民族的一百二十四篇民间故事。苗、彝、侗、拉祜等族都已分别编选出本民族的民间故事集。

也须提到，在这种搜集和整理工作中，还发现了一部分当年的革命斗争故事和少数民族的革命作家的遗著——如维吾尔族革命诗人黎·穆特里夫同志的遗作。

这种发掘、整理工作，不仅充实了祖国文学宝库，而且具有政治意义。《阿诗玛》的发现，对撒尼人民起了很大的鼓舞作用，即是一例。

这几年来，我们的搜集和整理工作的成绩是巨大的。那么，我们究竟用什么方法去搜集、整理，取得这样的成绩呢？云南、贵州、青海、广西、内蒙古、新疆维吾尔自治区等地的同志们几年来已积累了一套经验。最重要的一点就是走群众路线！为做好这个极复杂的工作，需要有一定数量的专业队伍。一般地来说，这种队伍是由专家、学生和本民族干部组成的。但是，若专凭这个队伍去取经探宝，而冷冷落落，孤立无援，必难成功。想要成功，必须加强党的领导，充分发动群众——即动员一切可以动员的力量：把劳动群众，当地干部和知识分子，少数民族群众和汉族群众，业余的歌手、艺人，专职的文化干部与文学工作者，一齐发动起来，不遗余力。这样，积极性与智慧一齐发挥，资料与意见充分接纳，及时加以分析研究，工作必能又快又好。专业队伍的思想作风和工作作风非常重要：只有他们的思想感情真能与群众打成一片，才能够真正深入群众、依靠群众，顺利完成任务。我们的许多工作队深入民间，都与当地人民同吃、同住、同劳动、同商量、同学习、同娱乐，这是值得称赞的！

这种工作的目的何在？这是个根本问题。对此问题，恐怕不是所有从事民族民间文学的工作者都已十分明确了的。我们的目的并不是为搜集、整理、研究而去搜集、整理、研究。也不是为了猎奇，或沽名获利。我们的目的是在创造与发展社会主义文学，教育千千万万读者。我们发掘遗产，正是为了吸取其中有益于我们的精华部分，有助于我们今天的创作。我们必须采取马克思主义的批判态度来从事这一工作：认清在各民族文学遗产和民间文学中，都有精华也有糟粕。即使是各民族劳动人民的口头创作，虽然宝气珠光，比比皆是，可是详加分析，也许就发现这里那里却受了当时反动统治阶级的思想影响。事实是这样：在一部分口头创作中，确是明显地或隐蔽地表现出民族间的猜忌与隔阂、宗教偏见和各种各色的落后思想，和劳动人民的崇高思想混杂在一起。我们的任务就是鉴别精华与糟粕，从而吸取其中一切对我们有益的营养。我们不该无条件地拜倒在遗产之前。

在另一方面,我们也不赞同对民族遗产随意加以粗暴的删改。我们必须注意防止在整理和翻译中不恰当地修改原著,用知识分子的主观要求篡改劳动人民的生活实际,损害了原作的优美风格。

在研究工作中,各少数民族文学史的编写,有很重大的意义。对所有的优秀的古典和民间的文学,我们都应该加以科学的评价,正确地对待民族文学遗产。

我们要学习,不要迷信!为了学习,我们必须进行上述的搜集、整理、研究工作。我们没有理由忽视这种工作。但是,我们不是旧时代的古董商贩,无批判地把凡是古旧的东西都叫作奇珍异宝!我们的工作还不过是刚刚开始,更繁重的任务还在前面。在党的正确领导下,我们的第一步走得不错,作出不少成绩,就叫我们鼓足干劲,力争上游,坚定不移地遵循着毛泽东同志的推陈出新的方针,采取科学的批判的态度,向各民族的文学遗产和优秀的民间文学学习吧。

(四)互相学习,文学交流,培养干部

为促进各民族的相互了解,紧密团结,文学上的交流和互相学习也是必不可少的。为各少数民族文学事业的共同发展,文学上的交流和互相学习也是必不可少的。

我国是一个统一的多民族的社会主义国家,每个少数民族的文学事业都不是孤立的,而是祖国整个文学事业的一部分。任何一个民族的文学都不能离开祖国整个的文学事业而孤立地发展。我们各民族的文学事业是在毛泽东的旗帜下共同发展的,是在各民族互相协助下共同发展的。我们必须互相学习!自古以来,我国各民族之间在文化上总是相互影响,相互学习的。这种互相学习与影响,对我国各民族文学的成长与发展都起了极其重要的作用。不错,社会主义文学是不排斥和忽略民族特色与地方特色的。可是,这种特色必须与整个祖国的社会主义文学的共同性结合起来。各民族的文学应当是既有鲜明的民族风格与气派,又足以使人一眼即能看出,这是伟大的中国土地上的产物。倘

以保持民族特色为借口，而拒绝向其它民族学习，一定是错误的！

近几年来，各民族的文学工作者比以前更加注意了相互学习，这是值得提倡的风气！各少数民族文学工作者也普遍地热情地学习汉族文学，亦值得赞许！汉族文学是我们多民族文学的主体，它的光辉传统与现代的创作成就，它的革命内容与思想力量，都使我们理应向它学习的。汉族文学曾经吸收、现在还在吸收各民族文学的优良成果，从中获益非浅。各少数民族的文学工作者积极地向汉族文学学习，对于各少数民族文学的发展，更具深远的意义。

作家协会在各民族地区的分会和有少数民族聚居的省分的分会，都应注意经常组织作家们互相学习，因为这些分会里既有少数民族作家，也有汉族作家。各民族作家之间的关系首先应是亲密团结、密切合作、互相学习的关系。这些分会应当经常本着祖国统一、民族团结的精神帮助作家。我们的作家必须以马克思主义的立场、观点和方法对待民族问题。地方民族主义和大汉族主义是反动的资产阶级的思想，必须坚决反对与清除！

各少数民族的和汉族的文学工作者在创作上和各种文学活动上的合作，是互相学习的重要途径之一，对双方有益。近年来出现的不少重要作品中，有一些就是这种合作的产物。在翻译工作中，也有这种合作的良好范例。在互相学习中，我们遇到语言的限制。解决这个问题的办法有二：一是学习语言，这是主要的；二是翻译。

在这里，我们要特别指出：前面列举的较优秀的作品和其它作品中，有不少是少数民族作者直接用汉文写作的。少数民族作者用汉文写作是件令人欣喜的事！我们祝贺这些作者学习汉文的努力与胜利！现在，各族人民都在积极学习汉文汉语。那么，用汉文写的文学作品，不仅在汉族广大读者中流行，而且也足以适应各少数民族地区人民日益普遍学习汉文汉语的新情况。同时，各少数民族作者学会了汉文汉语，便可以直接阅读毛主席的著作，和马克思主义的理论文献，这该是多么幸福啊！学会汉文汉语，还既便于学习汉族文学和其它民族的文学，也便于学习外国的先进文学，因为我们有大量外国文学著作的汉文译本。我们热情地提倡少数民族作者学习汉文汉语。当然，在少数民族地区工作的汉族文学工作者也要努力学习少数民族的语文。

在这个报告里，我们一再用了"不完全"、"简略"等字样。为什么呢？许多少数民族的文学遗产与新的创作还没有汉文译本啊！我们迫切需要更多的翻译书籍，迫切需要更多的翻译人才！能用少数民族文学翻译汉文书籍人才不够用，用汉文翻译少数民族文字书籍人才更不够用。我们必须培养更多的翻译人才，而培养汉族翻译人才工作必须急起直追，广为动员。至于彼此互译文学著作的重要，则无须多说。

培养干部也是一个极为迫切的问题，不止是翻译干部，还有编辑、理论干部和创作干部。

据我们了解，现在的情况是这样：除中央民族学院和各地方民族学院培养了大批干部外，新疆的师范学院设有汉语系和文学系，新疆大学也设有语言文学系。内蒙古大学文学系中有蒙语专业、汉语专业。延边大学语文系设有汉文专业与朝鲜文专业。广西师范学院设有中国语言文学系，广西僮文学校设有文艺班。这些学校培养出不少干部。但大多数都不是文学翻译干部——文学翻译人才掌握语文知识而外，还须有文学专业的知识与技巧。如何迅速培养文学干部，还须各有关方面共同考虑解决。我们只提出些具体的建议：

一、从群众创作运动中选择、培养作者。在1957年和1959年，作协内蒙古分会都举办过业余作者短期训练班，第一次参加者三十一人，第二次六十八人——内有分会会员十人。我们认为这是个值得推广的好办法，并建议：各地分会斟酌当地情况，把这件工作订入年度计划中。

二、培养编辑与理论干部：这是大学和各地区民族学院可以作到的。我们建议：各民族学院和在民族地区的大学在适当的时候设立文学专业科、系。同时，假若民族地区每年选派一批大学毕业生，到各地文学刊物编辑部去工作，或者是个培养文学干部的有效的办法。

三、培养翻译干部：前面说过，十年来对翻译人才培养已有成绩，可是还很不够用。文学翻译工作的确困难。译者必须既掌握两种不同的文字，又须有必不可少的文学修养。我们希望各民族地区的大学与学院能够作出计划，在培养一般的翻译人才基础上，设法培养文学专业的翻译人才。

关于互相学习，文学交流方面，我们建议：

一、中央一级的和地方的文学出版社都订出计划：尽快地将各少数民族的优秀著作译成汉文出版；在选择与翻译时，中央与地方协作。同样地，尽快选择汉文优秀著作译为各民族文字。

二、全国性的与地方性的文学刊物应经常发表少数民族作品和评论这种作品的文字。

三、作家协会号召汉族作家到少数民族地区深入生活，参加工作，以便写出反映少数民族斗争与生活的作品，并要组织作家到少数民族地区参观访问。

以上的建议中，有些是作家协会无法独立作到的，应与有关各部门协商协作，拟订计划，逐步实行。

（五）我们的光荣任务

从总的方面来说，我们的任务和全国的作家与文学工作者的任务是相同的。在这次的文代大会和作家协会理事会上，我们已听到周扬同志、茅盾同志和其他同志的报告，他们所提出的当前工作任务是十分明确、重要的。我们应当在党的领导下，在汉族人民和汉族文学工作者的帮助下，意气风发，全力以赴！争取在一定的时期内，使少数民族文学能够逐渐达到汉族文学的发展水平！

这是个光荣任务！为完成这一光荣任务，我们必须作到：

一、在深入生活、紧密联系群众的基础上，积极创作，展开创作上的社会主义竞赛。明年是中国共产党建党的四十周年，全国各族文艺工作者正在积极准备用优秀作品向党和毛主席献礼。

二、壮大队伍，培养新人。我们许多少数民族，已经有了社会主义文学的基本队伍。可是这些队伍还不够强大，我们必须最热情地积极培养新人，十倍、百倍地壮大我们的队伍。我们有伟大、英明的党，有勤劳勇敢的人民，这就是抚育作家和文学家的慈母。

三、继续大力发掘、搜集、整理古典的和民间的文学作品，批判地继承文学遗产。对这项工作，我们已经打下了相当好的基础，积累了不少经验。我们应当在这些有利的条件下，发动群众，通力合作，继续努力，务使各民族的文学珍宝尽量放出光芒，以丰富祖国和各民族的精神财富，并为我们的社会主义新文学增加滋养。

四、大力开展文学交流，互相学习。少数民族作家和文学工作者要特别注意向汉族文学学习，不仅学习技巧，更要首先学习革命的思想内容；不仅学习作品，也要学习文艺理论。

五、最要紧的是思想跃进，思想跃进是创作跃进的根本。各少数民族的作家、理论家、编辑、翻译工作者，毫无例外，都必须加紧学习马克思主义列宁主义，学习毛泽东同志的著作；都须参加劳动锻炼，与群众密切结合；以期彻底改造自己，树立和巩固无产阶级的世界观——这里面还包含着无产阶级的民族观。各少数民族的作家与文学工作者也必须坚决反对修正主义、民族主义及其它各种各样的资产阶级思想。通过这种学习、锻炼和斗争，我们一定要把自己锻炼成为又红又专的无产阶级文艺战士。在党的领导下，我们要紧密地团结起来，团结就是力量。只有这样，我们才能够很好地去完成我们的光荣伟大的任务。

同志们，在草拟这个报告的时候，我匆匆地阅读了一小部分少数民族的古典著作和新的文学作品。请允许我在这里道出一些我的欣喜与幸福。那些著作，忽而把我引入茫茫的草原，看到古代的英雄人物如何驰马张弓，冲锋陷阵，英勇地捍卫着国土；忽而把我引入万古积雪的高山，听到各族兄弟齐唱着"东方红"，不畏艰险，不怯风寒，修筑着由遥远的边疆通到北京的大路。我看见了在解放前无从看到的民族历史的古色古香的画面，又看见了刚开始不久的民族历史的灿烂新页册。我看见了在解放前连想也想不到的穿过大沙漠的"铁牤牛"，和代替刀耕火种的新机械。这是多么动心，多么幸福的事啊！人与人之间的关系变了，民族与民族之间的关系变了，历史在改变，山河也在改变。我多么喜爱那些新的诗歌，新的小说，新的戏剧啊，它们正都反映了这种空前伟大的变化与胜利！我也多么喜爱那些表达追求美好生活愿望的古典诗歌与故事啊！可是若不是遇到今天，谁晓得它们还在什么地方被弃掷埋没着呢！

是的，从字里行间，我可以想象到：在草原的春风里，或山村的明月下，那热情于鼓动宣传的老歌手，一会儿轻唱着民族的传说，一会儿又兴奋地朗诵今天各个战线上的英雄事迹。从这歌手的口中啊，我听到历史车轮疾驰跃进的雄壮响声——由古老传说的哀丽悱恻一跃而变为全民跃进，移山倒海的豪放激扬！一会儿，我又仿佛到了金沙江畔或大苗山中，听到不久以前还是为奴作婢的男女，齐声欢唱着《社会主义好》，看到曾经被反动统治者封锁多年的丽水青峰，现在却来往着服装明洁的男女，愉快辛勤地作着社会主义建设的工作。多么美丽的现实，多么动人的反映社会主义现实的作品啊！让我们树雄心、立大志，多创作些更好、顶好的作品吧！

不错，在这一篇里，也许结构稍嫌松散；在那一篇中，也许微露摹仿的痕迹。可是，有了雨后的春笋，还愁明天没有竹林么？只要我们听党的话，听毛主席的话，只要我们如兄如弟地团结起来，互相学习，互相帮助，互相批评，互相鼓舞，那些新笋不久就一定会高拔凌云、千山映翠啊！

请允许我借用纳·赛音朝克图的几行诗来结束这个简陋的报告吧：

他们虽然用不同的语言歌唱，

但他们的歌声，

却融合得多么动听！

他们虽然属于不同的民族，

但是他们的心，却都这样地热爱着

我们的领袖毛泽东！

（本文有删节）

文艺必须为社会主义服务

——在巴彦淖尔盟第一次文代会上的讲话（节选）

布　赫

史料解读

　　史料原载《草原》1963 第 3 期。该文以文学艺术如何提升、更好地服务社会为主线，从文学艺术的贯彻方针、文艺创作、文艺队伍、培养和提高专业文艺工作者、继承民族民间文艺遗产和文艺工作者的思想改造和学习问题几个方面进行论述。作者提出，要深入地贯彻执行为社会主义服务方向下的"百花齐放、百家争鸣"的方针，这样才能使文学艺术更好地发挥其价值，强调文艺作品要以社会主义、共产主义思想教育人民，在文学创作问题上，指出在注意数量的同时也要注意质量，以及为了更好地反映当前人民的火热斗争，文艺工作者应当无条件地深入人民生活。在文艺队伍方面，要不断提高文艺工作者的专业素养，但是也要注意均衡发展；文学艺术队伍有专业的，也要有业余的，建设社会主义的文学艺术，没有专业队伍不成，没有业余队伍也不成。在继承民间文艺遗产方面，要坚持推陈出新的方针，取其精华，去其糟粕。所有文艺工作者都应当学习马克思列宁主义和毛泽东思想，学习党的方针政策要肯下功夫。这些问题以及建议的提出，对文学艺术如何更好地为社会主义服务，更好地适应人民群众需要等起到了促进作用。

原文

　　社会主义文学艺术的任务，就是为社会主义革命和社会主义建设事业服务，为建设着社会主义的劳动人民、为他们的利益和需要服务。这是社会主义文学艺术全部活动的出发点，也是最终目的。搞创作、演出及其它文艺活动，都不能忘记这个根本问题；因为，除此以外，文艺工作再无其它任务。也只有在这个前提下，才能谈到文学艺术如何更好地为社会主义服务，不断地总结经验，提高水平，更好地适应人民群众需要等问题。

一

　　为了使文学艺术在社会主义事业中，发挥其巨大的积极作用，必须继续深入地贯彻执行在为社会主义服务方向下的"百花齐放、百家争鸣"的方针。从一九五六年党提出了这个方针以后，经过几年的实践证明，这个方针是发展与繁荣我国和自治区文学艺术的最好的方针。它给了我们正确的方向（为工农兵服务、为社会主义服务的方向），也给了我们朝着这一方向胜利前进的正确方法和政策（"百花齐放、百家争鸣"的方针）。过去执行"百花齐放、百家争鸣"的方针，使我区文学艺术事业取得了光辉的成就，今后这一方针的进一步贯彻，将使我区各民族的文学艺术走向更加繁荣绚丽的境地。

　　社会主义文学艺术的发展道路应当是十分宽广的，它应当百花盛开、争芳斗艳、万紫千红，形式、风格和题材应当是多样化的。这是社会生活的多样性、人民群众的需要和爱好的多样性所决定的。社会主义的文学艺术不仅要为提高群众的政治思想水平服务，也要为丰富人民群众的知识、提高人民群众的审美能力与欣赏水平服务。文艺作品应该从多方面反映社会生活，满足群众的多方面要求。文艺作品既然是社会生活经过文学艺术家头脑加工后的产物，因此，不但文学艺术家的阶级倾向、思想情绪、爱憎观点，会反映到作品里来；而且作家的个性、习惯、兴趣和特长，也必然会反映到作品里来，从而形成不同的文艺表现形式和风格。"百花齐放、百家争鸣"也正是反映了这一创作规律，它促进文艺作品题材、形式、体裁、风格的多样化,使社会主义文艺创作与文艺活动和人民群众保持最密切的联系。

二

为了发挥革命文艺团结人民、教育人民的巨大作用,必须时刻强调文艺作品要以社会主义、共产主义思想教育人民的问题。

文学艺术要以社会主义和共产主义思想教育人民,不断提高人民群众的政治思想水平;也要满足人民群众多方面的需要,使人民得到正当的娱乐和休息。不过前者是主导方面,任何时候都不应该忽视。社会主义时代的文学艺术,如没有社会主义和共产主义思想内容,是不可想象的,那就不能从中看到社会主义时代文艺的特点。有许多优美的艺术作品,一些杂技、山水画、民间舞蹈节目等,能帮助人民提高欣赏水平和鉴赏能力,给人民以美的享受,这是人民群众所需要的。但是,如果把所有的创作与演出都搞成这类作品,就值得考虑了。我们应当注意文艺作品以社会主义和共产主义思想教育人民的问题,并鼓励艺术家们从这个方面多加努力,以便使作品和演出对推动社会主义建设更加有力,满足群众希望从文艺作品中得到启示、得到对新生活的深刻认识、得到鼓舞的要求。很多观众与读者要求看到更多更好反映现代生活的作品,这种要求是正当的。在文学艺术中一定要很好地反映当前人民的斗争。人民群众火热的生活与斗争,在我们一些文艺作品中反映得还不够多。有些同志认为描写现实生活困难多,写不好,还容易出偏差,所以不愿触及人民内部矛盾问题。也有的同志在作品中塑造党的领导同志形象时采取了逃避的态度。这样,就使反映现实生活的作品不但不够多,不够深,而且作品所反映的生活面也就更狭窄了。反映现实生活,并在作品中表现人民内部矛盾,塑造社会主义时代的英雄人物,是需要作者付出艰巨劳动的。但因为这是人民群众的需要,作者应该努力提高自己的思想水平,丰富自己的知识,长期地深入生活并研究生活,从而写出振奋人心的作品来。每个成功的作品都是精心的创造。既要创造,就要自己去开路。当然生路总比熟路艰难,但只要我们勇于克服困难,从失败中不断总结经验,是一定会在前进中获得成绩的。作者是需要有正确的立场、熟练的技巧和丰富的学识，也需要熟悉人民群众的生活。只要我们肯学习，这些知识是可以取得的。反映当前人民生活，对一些作者确有一定困难，但是，应当积极克服这种困难。我们总不应该把反映我们时代的任务全部都留给后人去完成。这几年，我区已产生了一些反映当代人民生活的优秀作品，事实证明，文艺家只要不断地学习与探索，是会取得成就的。苏联作家柯切托夫的《叶尔绍夫兄弟》，书里所描绘的生活面和社会生活差不多是紧紧跟着进行的。文艺作品要及时地反映时代面貌，要求作者必须具有敏锐的观察力，当新事物还处在萌芽状态的时候，就要发现它，研究它，且深刻地理解它，从而为它的成长欢呼、歌唱。这是生活本身对文艺工作者提出的一个比较高的要求。我们当然不能要求每一个作家都如此，但这样提倡还是应该的。应当号召作家长期深入群众，和群众一起参加各项斗争，努力熟悉人民群众的生活，并为反映人民群众的生活而进行不懈的努力。文学艺术工作者必须努力将当代人民群众轰轰烈烈的斗争与生活，表现到舞台上和作品中去，以鼓舞人民群众的斗志，推动社会主义建设事业前进。当然，有些剧种如果现在反映当代人民生活有困难时，不要过分勉强；但有些剧种和剧团在反映时代生活方面是有过许多尝试和成就的，应当加以总结和提高，而不应放弃在这个方面的努力。戏曲剧团上演传统剧目，必须注意整理和革新，上演剧目应有所选择，要从人民群众的利益和需要出发，要增强责任感。群众的觉悟和艺术欣赏水平是不断提高的，如果文艺不能适应群众需要，就不能说我们为人民服务得好了。对创作与演出反映当代人民生活的作品，任何时候都必须引起我们足够的重视。提倡写具有社会主义思想内容的作品，并不是排斥对社会主义无害的作品。包头王玉山表演的晋剧《挂画》，许多人就很喜欢看，这是人民群众需要的，我们不但不能排斥，而且还必须鼓励其发展和提高。有些戏曲表演节目和民间歌舞等，虽然它本身没有什么明显的政治内容，但它也可以为社会主义服务，为人民群众所需要，所以也要不断地发展与提高。这些节目由于在社会主义事业中起了作用，因此客观上也收到了一定的政治效果。强调文艺作品以社会主义、共产主义思想教育人民，这应当是主导的一面；

但不一定要求每次上演剧目，每期出版刊物都在数量上绝对地占多数。如果不考虑作家的情况，剧团与剧种的情况，机械地要求反映当前人民生活内容的作品，必须写出多少、上演多少，这也是脱离实际、脱离群众的。但是，不强调主导方面，不积极提倡新的文艺作品应具有社会主义和共产主义的内容，那也是不对的，脱离群众的。

三

文艺为社会主义服务，除正确贯彻"百花齐放，百家争鸣"的方针和热情地反映现实生活外，还必须解决质量与数量、普及与提高、事业和业余的关系问题。

文艺创作只注意数量而忽视质量，是不对的。正确地做法应当是，在注意数量的同时，也要注意质量，特别是目前，更应当注意质量的问题。一个剧团虽创作和排演很多节目，如果质量过低，也仍然维持不了经常演出。以数量代质量的办法是不成的，那只能削弱文艺的积极作用。在创作中搞出几个低质量的节目是比较容易的，而创造出使人百看不厌的作品，就不是一件简单的事了。高质量，需要多费辛苦，因而要特别强调。当然，提高质量的目的也仍然是为了群众。应当在注意数量的同时，注意提高质量。群众一年看不上一次戏，会有意见，但总看质量低劣的戏也是会有意见的。

专业剧团和专业文艺工作者，应当在注意普及的同时更多地注意提高问题；业余剧团和业余文艺工作者，应更多地注意普及问题。当然从发展上来看，专业的应当提高，业余也需要提高，总不能年年都一个样，一个水平；但是，业余文艺工作者的主要任务，应当是自己本行的工作，而不是搞文学艺术。业余作者不断地从事艺术实践，是有可能成为专业作家的。一些人成了专业的，以后又会有新的一批业余作者补上来，总之，社会上总会存在着专业与业余两支文艺队伍。只有这样，才能互相配合，更好地为社会主义服务。业余创作与业余艺术活动，是正业以外的工作，业余文艺工作者应当首先搞好本职工作，然后积极从事业余创作和文艺活动。有人认为：业余，水平就一定不高。这也不见得。

我们党政许多负责同志，就是在百忙的工作中，挤出一些休息时间进行文艺创作的，并且写出了许多思想性与艺术性极高的作品。所以，问题在于努力提高自己的水平，肯下功夫。至于时间，只要安排好，是可以挤出来的。每天写一个小时，天长日久，也会写出不少东西来。业余作者在开始写作时，最好先练习写一些小型的作品，逐步提高后再写比较大型的作品。

四

现在讲一下继承民族民间文艺遗产的问题。

社会主义文学艺术不是从天空中掉下来的，它是在批判地继承人类历史上创造的文艺遗产的基础上发展起来的。近几年来，我区很多文艺遗产已整理出版了。这是一项很有意义的工作。对历代人民创造的一切文艺遗产，不能一概抛弃，必须根据推陈出新的方针，取其精华，去其糟粕。现在很多文艺遗产仍流传于民间，有的保存在老艺人身上。这仍然需要我们继续努力，搜集、整理、研究和学习这些宝贵的遗产。

是否能正确地继承文艺遗产，这是一个思想问题。不喜欢它，不热爱它，就怎么也不能很好地学习和正确地继承它。有些人学习民族民间文艺遗产热情不高，认为没有什么可学的。也有人认为会弹拉民族乐器、跳民间舞蹈本领不大，稀松平常，而认为学会外国乐器、外国舞蹈就要高人一头似的。这当然是错误的。外国有的东西，中国也有，盲目崇拜外国是不对的。中国也有很多艺术上珍贵的财富，只不过有一些经验还没有能系统地加以总结。重外轻中的思想，是和我们解放前所受的教育有关系的。有时候自己还感觉不出来，因而很长时期不能完完全全扭转这种思想认识。关于舞蹈伴奏能否使用民族乐器问题，有些歌舞艺术团体曾争论过。有人认为舞蹈伴奏必须使用洋乐器才行，好像这是天经地义的事，其实，这只不过是这些同志自己的想法，没有多少理由可证明它是正确的。对于民族民间文艺，我们还须用科学的办法加以总结和研究，这个任务是很繁重的。现在我们的老马头琴手色拉西，虽有极丰富的演奏经验，但还不能拿出一套系统的理论知识来。这就使我们后一代学马头琴时有许多不便。总结和整理民间文艺的工作，是十分必要的，也是迫不及待的。继承和整理文艺遗产工作方面，是要碰到很多困难的。但在思想上，我们必须热爱它，也只有热爱它，才能解决问题，克服困难。

五

最后讲一下文艺工作者的思想改造和学习问题。

文艺工作者的思想改造，是任何时候都不能忽视的。搞文艺工作有一个特点：容易出名。社会主义专业需要更多的名作家、名艺术家，这当然是好事，但也有少数人则因成名而停止了进步，这是值得我们警惕的。当一个人产生了骄傲情绪，他就会把自己估计得过高，念念不忘自己某些方面的成就，并和群众逐渐疏远。文艺工作者如果忽视思想改造，就有脱离群众和被资产阶级思想俘虏的危险。

我区文艺工作者大都出身于知识分子。知识分子有优点，但也有缺点。如果不能和工农兵群众相结合，不经常改造自己的思想，就不可能取得新的成就。因此，知识分子的工农化是十分重要的。熟悉工农，与工农相结合，不但要改造思想、改造世界观，并且也要改造情感。我们喜爱的，也应该是群众所喜爱的。应当经常保持和群众的联系，防止脱离群众、脱离党的领导的倾向。近几年来，我国发生了严重的自然灾害，我区绝大多数文艺工作者，坚决地团结在党的周围，努力地工作着；但，是不是有极少数人，他们经受不住这种考验，因而产生了某些动摇和畏惧情绪呢？我看是有的。这就需要加强对这些人的教育工作，以便增强他们克服困难的信心。人要不怕困难，就要加强思想改造。活到老，改造到老，有了困难，也就吓不倒。任何人如不很好地改造自己，遇到某些困难是会产生问题的。要做一个永不褪色的革命的文艺工作者，就应永远自觉地改造自己。文艺作品是通过作家的思想，反映出来的社会生活，作家如和群众在思想上有距离，没有正确的立场、观点和方法，就不能正确地反映出生活的本质，写出来的作品也就不会受群众的欢迎。

关于文艺批评为农牧民服务的几点想法

奎　曾

史料解读

　　史料原载《草原》1963 年第 9 期。该文明确了当前文化工作者的首要任务，即文艺工作要面向农村牧区、为农牧民服务。就文艺批评怎样更好地为农牧民服务的问题，作者提出了几个想法。首先，文艺批评是文艺思想战线上最敏锐的哨兵，应当把重心放到总结社会主义文艺为工农（牧）兵服务的历史经验，研究文艺如何更好地为农牧民服务方面，从理论上做些深入的阐述和探讨；其次，应当热情地、积极地评介新出现的为农牧民服务的优秀作品和优秀作者，鼓励作家、艺术家不断地深入生活，创作反映当前农村牧区生产、生活和斗争的作品，并帮助他们总结经验，提高水平；经常向农牧民普及文艺基本知识，帮助他们更好地理解和欣赏作品；改进文风，使文艺批评的语言通顺平易，为农牧民群众所喜闻乐见。该文针对文艺批评提出了切实的工作思路，对文艺批评更好地为农牧民服务有着指导作用。

原文

　　自从《人民日报》发表《文化艺术工作要更好地为农村服务》的社论以来，我们文艺工作者进一步明确了面向农村牧区、为农牧民服务是自己光荣的任务。正如社论中所指出的,革命的文化艺术只有面向广大农(牧)民群众,才不会脱离主要的服务对象和工作对象,才有可能在文化上体现工人阶级的领导作用。文化艺术工作为农牧民服务,这既是一个方向性的问题,又是当前文化艺术工作的首要任务。

组织农村牧区文化工作队;安排作家、艺术家到农村牧区深入生活,创作作品;组织艺术表演团体到农村牧区演出;加强和改进农村牧区的电影放映、图书发行等文化工作;积极开展农村牧区的群众性的业余文化活动……这些都是文化艺术工作支援农牧业、为农牧民服务的实际行动。但是作为文艺领域内的一个特殊部门——文艺批评,它该怎样更好地为农牧民服务呢?根据自己学习的体会,我在这里试谈几点想法,希望得到同志们的指正。

文化艺术工作为农牧民服务,主要就是通过革命的文艺作品和文化活动,加强对农牧民的社会主义、集体主义、爱国主义的思想教育,宣传三面红旗,巩固集体经济,提高农牧民的社会主义觉悟,引导他们更坚定地走社会主义的道路。同时,也要通过革命的文艺作品和文化活动,满足农牧民越来越高涨的正当的文化娱乐要求,提高他们的文化水平,扩大他们的知识眼界,并同残存着的封建主义和资本主义的旧文化艺术作斗争。因此,可不可以这样说:文化艺术工作之为农牧民服务,实质上就是农村牧区文化、思想战线上的社会主义革命的一部分——我们要用社会主义的新文化去代替残存着的封建主义和资本主义的旧文化,这不能不也是一场剧烈的阶级斗争,虽然它们的表现形式不尽相同。

文艺批评是文艺思想战线上最敏锐的哨兵。毛泽东同志称它是"文艺界的主要的斗争方法之一"(《在延安文艺座谈会上的讲话》);周扬同志说它是"实现文艺工作中党的领导的重要工具"(《坚决贯彻毛泽东文艺路线》)。这些都是说明,文艺批评在整个文艺工作中,不是可有可无的,而是十分重要的。几年来,我们的文艺批评坚持了毛泽东同志提出的"政治标准第一、艺术标准第二"的批评标准,在为工农兵、为社会主义服务的方向下实行了"百花齐放、百家争鸣"的方针，在宣传党的文艺政策和毛泽东文艺思想、总结创作经验推动创作繁荣，以及和形形色色的资产阶级文艺思想作斗争等方面，起了积极的作用。因此，在今天强调整个文化艺术工作必须面向农牧民、更好地为农牧民服务的时候，我们的文艺批评自然也担负着重要的任务。

首先，我觉得我们的文艺批评应当把重心放到总结社会主义文艺为工农（牧）兵服务的历史经验，研究文艺如何更好地为农牧民服务方面，来从理论上做些深入的阐述和探讨，从而推动文艺工作更好地为农牧民服务。应当说，文艺为工农（牧）兵服务的问题，是二十一年前毛泽东同志在延安文艺座谈会上的讲话中就明确地提出并解决了的。从那时起，在《讲话》的正确指导之下，我国的社会主义文学艺术获得了蓬勃的发展，积累了丰富的经验。我国社会主义文学艺术的道路，就是在为工农兵、为社会主义服务的方向下实行"百花齐放、百家争鸣"的方针。试看我国社会主义文学艺术的一些优秀代表作，如《白毛女》《暴风骤雨》《李有才板话》《红旗谱》《创业史》《红岩》以及近来出现的《李双双》等，就都是为工农兵服务、深受工农兵欢迎的作品（自然，我国深受工农兵欢迎的优秀作品还很多，绝不仅仅是上述这几部）。我们还有不少著名的作家长期生活在工农兵群众中间，和他们休戚相关，患难与共，成为他们中间的一员，成为他们的知心朋友（如《创业史》作者柳青同志，还帮助农民编写了《耕畜饲养三字经》）。……这些为工农兵服务的好传统，好经验，是值得我们文艺批评工作者去认真研究与总结的。具体到我们内蒙古自治区的社会主义文学艺术，我认为也有不少可贵的经验值得总结。例如早在解放战争时期，以内蒙古文艺工作团为骨干，我们的革命文艺活动就在我区广大的农村牧区开展起来，在配合各项政治任务、向农牧民进行思想教育等方面起了不小的作用（参看《内蒙古自治区文学史》）；后来，我们还根据牧区的具体情况，各地都组织了"乌兰牧骑"（文化队）；我们也产生了不少为农牧民群众欢迎的诗歌、小说、戏剧、电影、音乐、舞蹈和美术等作品……这些，也有待于我们文艺批评工作者进行研究和总结。这对于今天使文艺更好地为农牧民服务，是有一定的借鉴作用的。

其次，我们应当热情地、积极地评介新出现的为农牧民服务的优秀作品和优秀作者，鼓励作家、艺术家不断地深入生活，创作反映当前农村牧区生产、生活和斗争的作品，并帮助他们总结经验，提高水平。这既是一种提高工作，更是一种普及工作。这种新作品的评论介绍，应当面向广大农牧民群众，言之有物，通俗易懂，以达到普及和推广优秀作品的效果。我们知道，农牧民群众劳动生产比较紧张，同时由于农村牧区的文化生活条件有限、自己的文化水平也有限，因此他们不可能大量、广泛地阅读报纸、刊物上的新作品。这样，优秀作品的推荐与评介，对他们就十分有益。我很同意侯金镜同志在《几点感触和几点提议》中所说的："不可忽视评论对农村读者的作用。《红岩》的流行，看电影《李双双》之踊跃，李准等短篇作家为农村青年所熟知，都和文学评论工作有关系。要让短篇小说在农村普及，就得加强评论工作。……"（见《文艺报》一九六三年第二期）事实上，我们有不少读者，都是先看到评论文章，而后去读新作品的。如果我们的文艺批评能够自觉地担负起普及与推广优秀作品的任务，及时地向农牧民群众推荐与评介新作品，这将会使文化艺术工作更好地为农牧民服务。

第三，为满足农牧民群众阅读和欣赏文艺作品的需要，我们还有责任经常向农牧民普及文艺基本知识，帮助他们更好地理解和欣赏作品。这种有关文艺基本知识的介绍文章（譬如文艺随笔），农牧民读者肯定是需要的。不过这类文章，在写作时我个人认为有几点值得注意：一是内容必须充实，解决问题，有思想性，如果离开思想内容而去谈论艺术技巧，就往往容易陷入"为艺术而艺术"的形式主义泥坑，而不能正确地宣传与阐明马克思列宁主义的文艺观、美学观，当然更不能引导农牧民读者更好地去阅读和欣赏文艺作品了；二是这类文章必须联系实际，联系农牧民的思想实际，特别要联系我国和我区的社会主义文艺实际。过去有的文艺随笔文章在举例时，往往是古典的作品举得多，现代的作品举得少，外国的作品举得多，中国的作品举得少。这就不容易为广大读者、特别是农牧民读者所接受。当然，全面地向农牧民普及文艺基本知识，单靠几篇文艺随笔文章是不够的。我们还应当采取更多的措施，譬如编辑出版一些"文艺知识小丛书"等，不过那已经不完全是文艺批评所担负的任务了。

最后，我觉得还有很重要的一点，就是文艺批评要想更好地为农牧民服务，就必须改进文风，使文艺批评的语言通顺平易，为农牧民群众所喜闻乐见。文艺批评文章和文艺作品不同，它是属于社会科学的范畴，是诉诸于人们的理智的，有些文艺理论术语，也是需要的。但是总的说来，我们的文艺批评文章应当力求语言通俗，形式活泼，这样才容易为农牧民群众所理解、所欢迎。二十一年前，毛泽东同志在《反对党八股》中曾经尖锐地揭露了党八股的八大罪状，指出"要使革命精神发展，必须抛弃党八股，采取生动活泼新鲜有力的马克思列宁主义的文风"。一九五五年他在《中国农村的社会主义高潮》一书的按语中，又再次强调文风的重要。他批评说："我们的许多同志，在写文章的时候，十分爱好党八股，不生动，不形象，使人看了头痛。也不讲究文法和修辞，爱好一种半文言半白话的体裁，有时废话连篇，有时又尽量简古，好像他们是立志要让读者受苦似的。"这里，毛泽东同志当然不是专指文艺批评文章说的；但是，我们的文艺批评文章是不是也有点"爱好一种半文言半白话的体裁，有时废话连篇，有时又尽量简古"呢？这是值得我们注意并引以为戒的。我们应当按照毛泽东同志的要求，努力使文艺批评的语言准确、鲜明和生动，这样才能更好地为农牧民服务。

一九六三年六月末

第二辑

少数民族文学史编撰

本辑概述

　　1958 年 7 月，中共中央宣传部召集有关省区和北京有关单位的同志座谈编写中国少数民族文学史、文学概况问题，会上确定了第一批编写书目，并做了具体分工，责成中国科学院文学研究所主持编写工作。1960 年 8 月，中国科学院文学研究所主持召开第二次少数民族文学史编写工作座谈会，各地代表汇报了编写工作的情况、经验和发现的问题。1961 年 3 月 25 日至 4 月 17 日，中国科学院文学研究所召开少数民族文学史讨论会，讨论已经完成的十种文学史、十四种文学概况中的部分书稿以及编写工作中的共同问题。1979 年 2 月，中国科学院文学研究所主持召开第三次少数民族文学史编写工作座谈会，重新研究并恢复中断多年的少数民族文学史编写工作，进一步修订和落实了编写规划。会议决定，文学研究所组织编撰我国第一部包括五十五个少数民族文学概况在内的《中国少数民族文学》一书（毛星主编，上、中、下三册）。1983 年后，此项工作经中宣部批准，由少数民族文学研究所负责。

　　少数民族文学史编撰是本时期少数民族文学领域重大的文学事件，由国家主导对各个少数民族文学史进行编撰，在世界文学史上堪称壮举。这一方面体现了国家对少数民族文学的重视，另一方面也体现了国家对统一的多民族国家历史知识建构的明确意识。这一国家文化工程，对少数民族文学的发展起到了巨大的推动作用。

　　本辑收录的史料主要是编写工作座谈会和讨论会及相关代表性史料，史料选自《中国少数民族文学史编写参考资料》以及《文学评论》《人民文学》《思想战线》《民间文学》《山茶》《人民日报》《光明日报》《文艺报》《云南日报》

等报刊。这些史料有会议报告、会议发言全文（或摘录）、会议纪要、文集的序言、学术论文、研究报告等类型。作者主要有贾芝、周扬、何其芳、李维汉、云文、刘澍德、翦伯赞、马学良、黄惠焜等。这些史料主要集中在对白族、傣族、壮族、藏族、蒙古族、苗族等少数民族文学史编写中的重要问题的探讨方面。

贾芝的《祝贺各兄弟民族文学史的诞生》对 1958 年启动的少数民族文学史编写工程进行了阶段性总结。在少数民族文学史讨论会上，周扬对少数民族文学史编写工作提出调查研究、实事求是的根本方法和四个要注意的问题，并结合实际加以阐发。在《加强民族文化工作——记文化部副部长徐平羽同志在少数民族文学史讨论会上的讲话》一文中，徐平羽肯定了编写少数民族文学史的工作取得的成绩，总结了当前民族文化工作的两个方面，并进行深入探讨。李维汉在给少数民族文学史讨论会的信中着重强调编写各兄弟民族文学史的意义。何其芳在《少数民族文学史编写中的问题》中对编写少数民族文学史工作中的一些原则性的问题进行论述，以及对今后少数民族文学史工作进行展望。云文在《白族文学史》（初稿）一文中就编好文学史的几个重点问题加以论述，并探讨了《白族文学史》（初稿）中存在的一些严重的缺点和错误。思光在《云南文艺界展开关于兄弟民族文学史编写问题的讨论》中比较客观地反映了当时学界的主要观点。刘澍德在《编写少数民族文学史的几个问题》中就民间文学与宗教问题、各文类特点的总结与评价问题进行了论述。翦伯赞就少数民族文学的分期以及如何甄别少数民族文学史料问题提出了自己的见解。仁钦在《关于少数民族文学史讨论会讨论的一些问题》中对少数民族文学史的分期问题、两种文化的争论、对待文学遗产的原则等问题进行了反思性总结，提出了自己的观点。黄惠焜的《傣族文学和傣族历史——兼论文史互让及其它》中用文史互证的方法从丰富的傣族文学作品中关于战争、爱情和社会风俗的描写，去探索傣族社会历史，研究傣族文学史诸问题，并进一步评价作品的社会价值。文平在《重读〈白族文学史〉和〈纳西族文学史〉——兼谈少数民族文学史编写中几个值得研究的问题》中重新探讨了少数民族文学史编写中的两种文化争论问题、厚古薄今问题，特别是对少数民族文学史中的阶级分析方法进行了重新辨析。

综上所述，该时期的少数民族文学史研究取得了突出的成绩，为少数民族文学的保留和传承做出了积极努力。需要进一步加强各民族学者之间的交流与讨论，在整体上推动少数民族文学史研究的全面展开。在持续努力和学术共享的基础上，更好地传承各民族文学的宝贵遗产，为中华民族文化多样性、丰富性和共同繁荣做出更大的贡献。

中共中央宣传部关于少数民族文学史
编写工作座谈会纪要

史料解读

　　史料选自《中国少数民族文学史编写参考资料》①。1958 年 7 月 17 日，中共中央宣传部在北京召开少数民族文学史编写工作座谈会，商谈编写民族文学或文学概况的相关问题，形成了以下意见和决定：一是编写各少数民族文学发展史要以马克思主义观点阐述。二是首先编写蒙古族、回族、藏族、维吾尔族、苗族、彝族、壮族、朝鲜族、哈萨克族、锡伯族、白族、傣族、纳西族的文学史，并做了具体分工。三是文学史应从古至今，写到"大跃进"为止，编写的具体要求是：观点正确、叙述准确、重点突出、通俗易懂。四是各省、自治区应组织一部分人力专门从事编写工作，工作中要注意进行调查研究。五是要编写一套少数民族文学作品选集。六是各种选集和少数民族文学史或文学概况，全部于一年以内完成。七是座谈会所讨论的结果需向相关地区部门党委汇报。此次少数民族文学史编写工作座谈会的召开，为文学史编写制订了具体规划。

原文

　　1958 年 7 月 17 日，中共中央宣传部召集来京参加"全国民间文学工作者大

---

① 中国社科院少数民族文学研究所 1984 年编，后同。

会"的各自治区及有少数民族聚居的省的部分代表和北京有关单位,座谈了编写民族文学或文学概况的问题。兹将会上所谈的意见和决定,纪要如下:

1.目前社会上迫切需要编写一部以马克思主义的观点阐述的包括各少数民族中国文学发展史。中国科学院文学研究所已制订了关于编写这部书的计划。准备先编写《中国文学简史》,四卷本,少数民族占一卷(如少数民族须占两卷,即改为五卷本);后出版"详史",十二卷本,少数民族占三卷。每卷约计二十万字,书中各少数民族文学史的部分,决定由各民族自治区和有少数民族聚居的省分负责编写,或由有关省、区协作完成。各省、自治区党委应指定专人,组织当地力量分头编写,最后由文学研究所汇编定稿。凡是不能写出文学发展史的民族,均写"文学概况"。

2.初步考虑,首先编写以下几个少数民族的文学史,并作了如下的分工:

蒙 古 族	内蒙古自治区负责
回 族	甘肃负责
藏 族	由中央民委负责,西藏、四川、青海等省协助
维吾尔族	新疆负责
苗 族	贵州负责,湖南、四川、广西协助
彝 族	四川负责,云南、贵州协助
壮 族	广西负责
朝 鲜 族	吉林负责
哈萨克族、锡伯族	新疆负责

白族、傣族、纳西族 云南负责。云南除白、傣、纳西、彝四个民族而外还应写哪些民族,由本省研究确定。

会上没有具体分担任务的省分(福建、湖北、浙江、黑龙江等)由各省根据本地少数民族的情况,自行决定编写本省哪一个少数民族的文学史或文学概况,或者协助别省完成这一工作。凡会上没有谈到的民族,均由该族聚居人数最多的省分负责,有关的省分协助。

3.文学史应从古至今,写到目前为止。全国解放以后历次运动中各族产生的新作品,都要加以阐述。写"史"或写"概况",要采取历史唯物主义的观点和阶级分析方法,要强调劳动人民的创作,强调各民族人民之间的团结和友谊。一般的要求是:一、观点正确;二、叙述准确;三、重点突出;四、通俗易懂。各地编写初稿时,写得愈详细愈好。每个时代的重要作者,重要作品和突出的文学现象,最好都写进去;如果材料丰富,可以写成一本,由本地或交北京以单行本出版。

4.各省、自治区应组织一部分人力专门从事这一工作,如果不是专人专业,就可能拖延时间,以致由于一个地区的工作迟缓,造成全书出版时间的延缓。在进行编写工作以前,需要特别注意进行在本地区或有关省分的调查研究工作。中央民委将于 8 月内组织四百多人的调查队。准备在明年(1959)国庆节以前完成五十多个少数民族历史调查,各地可以派人参加。各省、自治区经过中央民委的同意,也可以利用该调查队所搜集的材料。

5.除编写各少数民族的文学史或文学概况外,在有少数民族的省分,要编写一套少数民族文学作品选集。选集内容应包括从古到今各种形式的重要优秀作品。每书前面都要写一篇序文,介绍这些作品的背景特点和在群众中流传的状况,并对作品进行扼要的分析。中央有关单位再根据各省出版的选集分别编选全国性的选集。这个工作由中央与地方合作。(参考中央批转的全国文联党组关于全国民间文学工作者大会向中央的报告)各少数民族的作品的搜集和翻译,可以与文学史或文学概况的编写工作同时进行。译文要力求准确、完善,但不要求十全十美。要尽可能很快地出书。另外,在编写某一民族的文学史或文学概况时,还可附带编一本关于某一民族文学状况的原始资料,作为研究参考。

6.各种选集和少数民族文学史或文学概况,全部于一年以内完成,争取在明年(1959)建国十周年以前交稿或出版,作为国庆节的献礼。各种选集、资料、少数民族文学史或文学概况,均可以先在各地出版,然后由中国科学院文学研究所或中国民间文艺研究会照原样选印,或经过修订以后出版,向全国推广。

7.参加座谈会的同志回去后,应立即将座谈会所讨论的结果向党委汇报。

各省、自治区可依照本地区的实际情况制订编写少数民族文学史或文学概况和上述各种选集的具体规划。规划定出后，送中国科学院文学研究所一份。有关编写工作的问题，请各地与中国科学院文学研究所学术秘书室直接联系。文学研究所指定由贾芝、毛星负责这一工作。

第二次少数民族文学史编写工作座谈会纪要

史料解读

　　史料选自《中国少数民族文学史编写参考资料》。这次座谈会是中国科学院文学研究所为推动少数民族文学史编写工作召开的第二次座谈会。目的是解决少数民族文学史编写中存在的问题,布置如何推进少数民族文学史编写工作。会议要求争取在 1961 年 7 月 1 日以前写出大部分民族的文学史或文学概况初稿,作为向党的四十周岁的生日献礼。鉴于各地具体情况不同,先抓哪几个民族,由各地自行决定。为了解决少数民族文学史编写中存在的问题,给出以下方案:由各省、区集中一部分各民族文学史的主要执笔人,组成少数民族文学史编写小组,集体编写;尽快地编印本省(区)各民族文学资料;全国一盘棋,互相帮助,互相支援;编写工作中如发现问题,及时与中国科学院文学研究所各民族民间文学组沟通联系。此次座谈会对问题和解决措施的提出,可以更好地推动少数民族文学史的编写。

原文

　　中国科学院文学研究所于一九六〇年八月第三次全国文代会期间,召集了第二次少数民族文学史编写工作座谈会。出席这次座谈会的有内蒙、新疆、西藏、广西、宁夏、云南、贵州、四川、湖南、青海、甘肃、吉林、黑龙江、湖北、福建等十五个省、区的代表，广东缺席。中央民族事务委员会、中央民族学院、中国民间文艺研究会亦有代表列席参加。座谈会上交流了两年来各地组织编写少数民族文学史工作的情况、经验和问题，讨论了下一步的工作计划。兹将会议内容纪要如下：

一、自一九五八年七月中共中央宣传部主持召开的第一次少数民族文学史编写工作座谈会以后，各少数民族聚居的省、区在党委的领导下都积极地进行了"三选一史"的工作，取得很大成绩。截至这次会议为止，已写出少数民族文学史、文学概况初稿的一共有十五个民族，其中写出文学史的计有白族、纳西族、苗族、壮族、蒙古族、藏族、彝族、傣族、土家族等九个民族；写出文学概况的有布依族、侗族、哈尼族、土族、赫哲族、畲族等六个民族。原计划第一批写史的一共十三个民族，除回族、维吾尔、哈萨克、锡伯、朝鲜等五个民族因有不同原因没有完成而外，都已按原定计划写出初稿。白族、纳西族的文学史，并已由云南出版。原计划不曾列入而由各省自动完成初稿的有土家（文学艺术史）、布依、侗、哈尼、土、赫哲（以上文学概况）、畲（调查报告）等七个民族。没有写出文学史或文学概况的其他各族，也大都进行了调查采录工作，搜集了许多资料，编选出了民歌及其他作品选集。从这些情况看来，两年来各地以完成"三选一史"为纲，大力开展各民族文学的调查采录工作，不止是超额完成了一部分文学史（或概况）初稿，而且为大部分民族写文学史和文学概况奠定了良好的基础。会上确定，争取在一九六一年"七一"以前写出大部分民族的文学史或文学概况初稿，作为向党的四十周年的生日献礼。鉴于各地具体情况不同，明年"七一"以前先抓哪几个民族，由各地自行决定。

二、为了交流、总结各地编写文学史、文学概况的经验，探讨各地在写史过程中所遇到的一些带共同性的问题，以便修改已写出的一部分文学史初稿，或作为下一步写史的参考，会议决定于今年十月下旬（具体时间另行通知）在北京召开一次少数民族文学史初稿讨论会。讨论会的开法如下：

（一）讨论对象：以讨论白族、苗族、蒙古族的三部文学史初稿为主，其他已写出的史（或概况）选几种作为参考。

（二）代表的产生：以省、区为单位，每省（区）一般地选代表二人，云南、内蒙、贵州可来三人；代表以编写或准备编写的民族文学史的主要执笔人和负责定稿人为宜。

（三）白、蒙古、苗三个民族，除文学史初稿本身而外，还应准备各该民族的一部分重要作品作为参加讨论会议者的参考。

三、确定在一九六一年"七一"以后，在编写各民族文学史的基础上，由各省、区集中一部分各民族文学史的主要执笔人，组成少数民族文学史编写小组，集体编写中国科学院文学研究所主持编写的《中国文学简史》的少数民族文学部分一至二卷。各地分头陆续编写定稿的各民族文学史、文学概况，由中国科学院文学研究所陆续主编出版一套中国少数民族文学史。

四、各地在编写文学史、文学概况的过程中，除继续翻译、编选、整理各民族的优秀作品而外，应尽快地编印本省（区）各民族文学资料。

五、协作问题。各省、区发扬共产主义大协作的精神，全国一盘棋，互相帮助，互相支援。对于分散在几个省、区的民族，如回族、彝族、苗族等，可先分头各自编写，将来再组织合作编写。回族以宁夏为主，彝族以四川为主，苗族以贵州为主。

六、各省、区编写的少数民族文学史、文学概况的经验总结、调查报告；编选的作品以及所编印的资料请及时寄交中国科学院文学研究所各民族民间文学组，编写工作中如发现问题，请及时与该组直接联系。

中国科学院文学研究所

一九六〇年九月十日

科学院文学研究所召开少数民族文学史
编写工作讨论会

史料解读

　　史料原载 1960 年 6 月 10 日《文汇报》。会议以三部少数民族文学史为例探讨编写少数民族文学史的共同原则问题，提出了关于编写各少数民族文学史和文学概况的基本要求的意见。一是材料丰富，叙述力求客观、准确；二是对各种文学现象的说明和论断力求符合马克思主义；三是经过调查研究，社会历史和文学历史的发展脉络都比较清楚的，写文学史；条件不具备的，写文学概况；四是根据实际情况，既写出本民族文学的特点，又写出各民族文艺之间的相互影响；五是体例统一，文字精练。会议就如何正确对待过去的和今天的文学，少数民族文学历史的发展规律中民间文学有无两种文化斗争，对于作品的评价、资料的搜集整理工作的问题进行了激烈的讨论并给出相应定论。在对待过去和今天的文学问题上，讨论者认为对古代、近代和现代的作家、作品在文学史中的比重和评价都应力求恰当；关于编写少数民族文学史或文学概况怎样表现两种文化的斗争的问题，应该从实际情况出发，根据今天所能得到的材料加以适当叙述，不宜勉强要求在文学史的各个段落都写出来；评价作品时不应简单地否定，或者简单地肯定，与此同时对各少数民族的文学作品必须全面搜集，忠实记录，在整理工作上反对篡改。此次讨论会上对编写文学史的基本要求的提出以及具有指导思想性质的问题的解决，对之后的少数民族文学史或文学概况编写工作具有推动作用。

原文

[新华社北京 9 日电]中国科学院文学研究所最近在北京召开了少数民族文学史编写工作讨论会。

这次会议是以《蒙古族文学简史》、《白族文学史》、《苗族文学史》为例来讨论一些编写少数民族文学史的共同原则问题,对这三部文学史提出修改意见,并交流工作经验,确定今后工作计划。

会议本着百家争鸣的精神进行,对少数民族文学史编写工作中的许多重要问题进行了讨论。在讨论中,提出了关于编写各少数民族文学史和文学概况的基本要求的意见。这些要求是:一、材料丰富,叙述力求客观、准确;二、对各种文学现象的说明和论断力求符合马克思主义;三、经过调查研究,社会历史和文学历史的发展脉络都比较清楚的,写文学史;条件不具备的,写文学概况;四、根据实际情况,既写出本民族文学的特点,又写出各民族文艺之间的相互影响;五、体例统一,文字精炼,在讨论过程中,关于某些具有指导思想性质的问题展开了热烈的争论。

会议讨论到编写少数民族文学史如何正确对待过去的和今天的文学的时候,有些人认为在编写工作中对当代文学的叙述应该特别详细,对当代作家、作品的评价应该比对古代的作家、作品高。争论的结果,多数同志不赞成这种意见,他们认为对古代、近代和现代的作家、作品在文学史中的比重和评价都应力求恰当,对遗产应该采取批判地继承的态度,不可以轻视。

会议讨论到少数民族文学历史的发展规律时,有些同志提出了民间文学中有无两种文化斗争的问题。一种意见认为,民间文学中的糟粕是受统治阶级影响的结果,或者是时代的局限所致,因此不能说民间文学中有两种文化的斗争,只能说有两种文化斗争的反映。有些同志不同意这种看法。讨论的结果,意见趋向一致,认为应该承认在民间文学中有两种文化的斗争。关于编写少数民族文学史或文学概况怎样表现两种文化的斗争的问题,会议也进行了讨论,认为应该从实际情况出发，根据今天所能得到的材料加以适当叙述，不宜勉强要求在文学史的各个段落都写出来。

编写文学史中的一个很重要的问题是对于作品的评价。为了更具体地探讨评价中的问题，会议选取了一些作品作为例子进行讨论。会议认为，评价古代作品当然也是政治标准第一、艺术标准第二，当然也要用阶级分析的方法，这是马克思列宁主义的根本原则；但评价古代作品必须有历史主义的观点，不能要求它们写得象我们今天的作品一样。对古代作品的评价，要看它们是在怎样的社会环境里产生的，它们的总的倾向或者基本倾向是什么，要分清它们的思想内容的主要方面和次要方面，特别要注意它们的感染人之处在哪里。这样，不至于对古代的作品简单地否定，或者简单地肯定。简单地否定和简单地肯定都是不利于我们批判地继承遗产的。

关于资料的搜集整理工作，会议认为这是编写少数民族文学史或文学概况的基础。对各少数民族的文学作品必须全面搜集，忠实记录，在整理工作上反对篡改。

会议还制定了三个工作计划——"中国各少数民族文学史和文学概况编写出版计划"、"中国各民族文学作品整理、翻译、编选和出版计划"和"《中国各少数民族文学资料汇编》编辑计划"的草案，讨论了在编写少数民族文学史或文学概况时各省区间的协作问题和出版问题。

出席会议的有内蒙古、云南、贵州、广西、四川、西藏、甘肃、吉林、青海、湖南、湖北、黑龙江、新疆、福建、宁夏等省区从事少数民族文学工作的同志和北京各有关单位的同志七十多人。中共中央宣传部副部长周扬在会上讲了话。

会议期间，民族文化工作指导委员会邀请到会同志举行座谈会，中共中央统一战线工作部部长李维汉出席了座谈会。

中国各少数民族文学史、文学史料编辑的三个"草案"

史料解读

　　史料选自《中国少数民族文学史编写参考资料》。为了推进少数民族文学史编写工作，深化少数民族文学史研究，在少数民族文学史编写讨论会上，中国科学院文学研究所提出，应出版一套中国各少数民族文学史和文学概况，同时出版中国各少数民族文学资料汇编和作品选集。为此，在制订各少数民族文学史和文学概况的编写、出版计划时，也制订了资料汇编、作品选集编辑、出版计划。草案分别提出，编辑出版计划必须大力开展调查研究，科学地记录我国各民族的大量的口头文学，搜集民间流传的各种文学刻本、手抄本、寺庙经典、文人著作，以及有关的各种史料，并且系统地加以编纂；整理工作应当以忠实记录和可靠版本为基础，力求保持作品原来的面目、生动的语言、叙述的方式、结构和艺术风格；翻译力求忠于原作的内容和风格；选入各民族作品选集的作品，或以单行本形式出版的作品，要求内容和艺术都较好，具有一定的代表性，并适当地照顾到各个时代、各个地区和各种体裁。在各少数民族文学史和文学概况的共同体例上需要注意内容范围、今古比重、分期原则、叙述方法、材料鉴别；分批编写出版计划，以及提出工作方法和具体措施。这三个草案成为少数民族文学史编写的总体方案和史料基础，为之后"三选一史"的编写奠定了基础。

《中国各少数民族文学资料汇编》编辑出版计划
（草案）

研究中国各少数民族的文学是我国文学研究工作中的一个新的研究项目。为了完成各民族的文学史或文学概况的编写工作和建立今后各少数民族文学的长期的科学研究工作，必须大力开展调查研究，科学地记录我国各民族的大量的口头文学，搜集民间流传的各种文学刻本、手抄本、寺庙经典、文人著作，以及有关的各种史料，并且系统地加以编纂。同时，有计划地编纂这方面的资料，也将是整理、编选和出版各民族的文学作品的可靠基础；为此，特制订出版《中国各少数民族文学资料汇编》（以下简称《资料汇编》）的计划如下：

一、内容范围

《资料汇编》内容包括：各民族的各种民间口头文学的记录稿、刻本、手抄本、改编本；寺庙经典中的文学作品；一部分古代文人的创作；与研究作品有关的各方面的史料，例如历史、风习、宗教、一般社会生活和文化状况、各种民间艺术等方面的必要的资料，以及前人对我国各民族文学的重要论述等。《资料汇编》中不仅特别注意收入各种不同记录、不同版本的原始材料，尤其是重要作品、重要作家、艺人、歌手的材料，还应有计划地编选一部分反面材料。

除作品、史料而外，还应搜集一些有关的实物图片。

二、体例

1.收入《资料汇编》的原始资料，力求是忠实记录或可靠版本，一律不加改动，经过前人整理或改编的作品，应加以说明，并力求对加工、改动之处作些注释。

2.同一民间创作的不同记录或版本不同的书面文学（包括文人创作和民间流传的口头文学的抄本、印本），差别较大者一并收入；如果大同小异，可选用一种,其余各篇与它不同的地方以注释的方法说明。

3.民间口头创作,应注明其流传地点,所属民族,口述者的姓名、性别、年龄、籍贯、职业,记录者、整理者、改编者的姓名和职业。

4.作品和有关史料,均可按民族、按文学体裁、按作家,分别编辑;也可按主题编辑专题资料。

5.《资料汇编》中可以公开出版的部分,公开出版;内容不宜公开出版或只对专门研究工作才有需要者,作为内部参考材料编印。

6.作品中的方言土语,涉及的重要历史事实,风土习俗,除有成文史料者而外,一般地应加以注释,作品或史料,最好选印一些有关的图片,以帮助更好地理解。

三、编辑出版

1.《资料汇编》由各省、市、自治区分工负责,协同编辑出版;先由现在分别编写各该民族的文学史、文学概况的省、市、自治区负责编辑该地区各民族的资料,并可先在当地出版,然后由中国科学院文学研究所和中国民间文艺研究会主编统一出版。

2.从一九六一年起,先由资料工作进行比较充分的省、区开始,陆续编辑出版,头两年内出版若干种,吸收经验,然后陆续编辑出版,预期于今后五年内大部分都能出版。

中国科学院文学研究所
一九六一年

中国各民族文学作品整理、翻译、编选和出版计划
（草案）

一、出版一套《中国各民族文学选集丛书》,凡发掘作品较多的民族,均精选一集(作品特别多的民族可分上下二册);此外,可出版各种单行本。长篇的民

间史诗、叙事诗和书面文学，可以单行本形式出版。

二、整理

1.整理工作应当以忠实记录和可靠版本为基础，力求保持作品的原来的面目、生动的语言、叙述的方式、结构和艺术风格。

2.整理可以根据具体情况采取不同的方法：

(1)选取一种比较完整的记录或版本，加以整理。

(2)以一种记录或版本为主，接受同一民族或同一地区的其它记录或版本的某些部分，整理成内容和形式较为完美的作品。

(3)内容基本相同、情节差别较大的作品，可以整理为两种以上的不同本子，不可勉强综合为一个作品。

3.整理和改编、再创作应加以区别。整理虽可采取不同的方法，但均必须以可靠的记录或版本为根据，不得渗入整理者个人杜撰的成分。改编可以按照改编者的意图对原作品进行程度不同的修改充实和艺术加工。至于再创作，则要求内容上有更大的发展，艺术上有更大的创造。改编和再创作都容许把原作品的体裁改写为别的体裁，但整理却不能改变原来的体裁。

4.对古代作品，应看到它们的时代和阶级的局限性，不应以今天的标准来要求，但内容有显著毒害，不利于社会主义事业和民族团结者，必须加以删节。

5.作品的作者、讲述人、记录者、整理者，作品的流传地区、整理所依据的记录和版本的出处，整理时所作的删节，以及作品中的方言土语、风俗习惯、历史事实和一般读者不易理解的地方，均应尽可能在整理稿中加以说明和注解。

三、翻译

1.译文力求忠于原作的内容和风格。诗歌作品原来为格律诗者，译文最好用适当的汉文的格律诗翻译；如有困难，可以不拘格律，但原文的格律应在序文或注释中说明。

2.在目前少数民族文学翻译干部比较缺乏的情况下，除积极培养翻译干部而外，应当提倡少数民族干部与汉族干部翻译，使译文尽可能达到较好的水平。

四、编选

1.选入各民族的作品选集的作品，或以单行本形式出版的作品，要求内容和艺术都较好,有一定的代表性,并适当地照顾到各个时代、各个地区和各种体裁。

2.各民族的作品选集,选至1959年国庆节以前为止。

3.各民族作品选集都应有序文。单行本写序文或后记均可。

4.凡选用的作品,应保留整理稿中的说明和注释。

五、上述工作,均应注意首先挑选各民族有代表性的作品,尽快地进行整理和翻译。篇幅较大的著名作品,应特别组织人力,进行翻译和整理,争取早日地出版单行本。

六、具体计划(暂缺)

七、各民族文学的选集或单行本,均可先由地方出版,以后由中国科学院文学研究所与中国民间文艺研究会共同主编,统一出版。

中国科学院文学研究所

一九六一年

中国各少数民族文学史和文学概况编写出版计划
(草案)

从1958年起,我国各少数民族聚居的省、市和自治区开始有计划、有步骤地开展本地区少数民族文学调查,编写各个民族的文学史或文学概况。迄今两年多来,从调查研究到写书,业已取得显著成绩,使这一新的工作有了良好的开端。为了较快并较好地写出一套我国各少数民族的文学史或文学概况,并从而为编写包括各兄弟民族文学在内的《中国文学史》和建立我国各族的文学研究工作创造有利条件,我们决定出版一套中国各少数民族文学史和文学概况,同时出版中国各少数民族文学资料汇编和作品选集。为此,特制订各少数民族文学史和文学概况的编写、出版计划(《资料汇编》和作品选集编辑、出版计划另订)如下:

一、编写各少数民族文学史和文学概况的基本要求

1.材料比较丰富，叙述力求客观、准确。

2.对各种文学现象的说明和论断力求符合马克思主义。

3.论述作家、作品以在本民族文学发展史上应占有地位者为范围，并突出重点。

4.经过调查研究，社会历史和文学历史的发展除脉络均比较清楚者，写文学史；条件不具备者，以写文学概况为宜。

5.根据党的民族政策，既写出各民族文学之间的相互影响和融合的情况，又写出本民族文学的特点。

6.体例统一，文字精练。

二、各少数民族文学史和文学概况的共同的体例

1.内容范围

（1）叙述各民族的文学现象时，需要适当地介绍本民族的社会历史、一般文化艺术和民族风俗习惯；分析这些文学现象时，不仅要指出它们和经济基础的关系，还应说明它们和其它上层建筑（政治、哲学和宗教等）的相互作用；这均以说明本民族的文学发展情况为目的，不宜喧宾夺主或离开文学而过多地谈社会历史和其他方面。

（2）写入文学史和文学概况的作家，必须是对本民族的文学发展有一定贡献或者比较显著的社会影响（包括反面的）的作家、作品，但应根据各民族文学发展的具体情况确定，标准可以有所不同。

（3）各民族的文学史和文学概况一般写到 1959 年，但根据具体情况也可有所不同。

（4）判断作品所属民族，应以作者的民族成分为依据，作者无法考查的作品，以在本民族中流传并有本民族文学特色的作品为限。同一作品在两个以上的民族中流传，无法判断所属民族者，可作为几个民族的共同的文学来叙述。

（5）同一口头文学作品在我国和邻国同一民族中都流传，可作为两国人民

共同的文学,但叙述时应以在我国流传者为依据,我国和邻国同一民族如曾有共同的历史阶段,在这一阶段产生的作品,也应作为两国人民共同的文学遗产来叙述。但从邻国移居我国成为我国民族大家庭的一员的民族,应以叙述在我国产生的文学为限。

2.今古比重

许多民族都是过去的文学历史较长或很长,现代的文学历史较短,而现代的,特别是社会主义文学历史又是应该重视的,因此各民族的文学史难免比较详于今而略于古。然而文学史要求写出文学发展的全貌,并且应给予过去的重要的作家、作品应有的地位,古今的比重仍应比较适当,比较平衡,根据各民族文学的实际情况确定,不宜详略过分,也不宜作统一的规定。

3.分期原则

各民族文学史的大的分期,应根据各民族社会历史的大的分期划分(能与全国社会发展的大的分期一致者尽可能一致,但不强求一律);至于小的发展段落,则可按照本民族文学历史本身的具体情况划分。分期可以使用我国历史朝代的名称或本民族的特殊的历史时期的称号,但应一律注明公元。

作家、作品的断代,应有可靠根据。有文字记载者以文字记载为依据;无文字记载,但经过各方面的考察,可以确定其产生时代者适当断代;无法考察确定其产生时代者不勉强断代,附在适当的时期后面叙述。

4.叙述方法

文学史的叙述方法,尽可能以各个时期的重要的作家或作品为线索,写出一个民族的文学的发展过程;但部分章节也可按照某一时期的文学体裁集中叙述。

文学概况可以有不同的叙述方法;或者写成带有文学史性质的著作;或者按体裁分类叙述;或用其他方法叙述。宁可把具有文学史内容的著作称为文学概况,不把实际是文学概况的著作称为文学史。

文学史和文学概况力求比较客观地叙述各民族文学发展的过程或文学状况,介绍各民族文学的重要作家、作品,给读者以比较丰富的有关各民族文学的知识。观点和倾向性应当从这些客观叙述之中表现出来，不宜议论过多或没有作比较充分的客观叙述就下判断。论断和评价力求实事求是，避免任何臆测武断。

5.材料鉴别

材料必须经过鉴别，力求可靠。

关于材料的鉴别以及作家、作品的断代等，是要作必要的考证工作的。但在文学史或文学概况中，只须利用考证的结果或略为说明理由，不宜以繁琐的考证的过程来代替对于文学史实的叙述和对于作家、作品的介绍和评价。

6.引文

文学史或文学概况应适当地引用一些代表作品，以便于分析和评论，但引用作品宜精。

引用作品、论著和重要史料，均应注明出处（包括作者、调查者、口述者、记录者、整理者、作品流传地区、特别重要的材料还应注明保存者等），以便查考。

三、分批编写、出版计划

各民族的文学史或文学概况，从 1961 年起至 1963 年止，三年内基本上完成编写工作并陆续出版。

分批编写、出版的具体计划如下：（暂缺）

四、工作方法和具体措施

1.有计划地继续大力开展各民族文学的普查工作，并首先编印资料。调查、采录和搜集的范围包括口头创作、书面文学以及有关的图片、史料和实物。调查工作可与社会历史调查、语言调查、各种民间艺术调查协作进行。以公开出版和内部出版两种方式，大量编纂各种专题资料。

2.重要资料和重要作品，尽快组织力量整理、编选并译为汉文出版。

3.从调查到写书，可采取四结合的方法：专家与群众相结合；专业与业余相结合；集体写作与个人研究相结合；写文学史、文学概况与建立各民族的科学研究工作结合。这些工作必须在党的领导下进行，并且以政治挂帅、百家争鸣为开展工作的指导原则。

4.培养干部和建立机构：各省、市、自治区应有专业人员专业机构从事少数民族文学的调查工作和翻译工作。干部来源可从学校和工作部门调一部分适合于作这项工作的干部，特别是少数民族干部，在实地调查研究和写书的过程中加以培养，并使这部分干部中的优秀者固定下来，长期进行少数民族文学的研究和翻译工作。各地科学分院的哲学社会科学研究部，则应设立专业的少数民族文学研究机构；没有哲学社会科学研究部门的地方，可在文联、作协、民族学院或综合大学中文系内设立专业研究机构。

5.组织协作：有关地区、有关部门应充分发扬共产主义大协作精神。同一民族分布在数省区者，可推出一省负主要责任，先由各有关省区自己进行调查，写出本省区的一部分，然后成立编写小组合作完成全书（例如藏族、彝族、苗族等）；也可以一开始就共同成立一个编写小组，进行调查和编写工作。

中国科学院文学研究所

一九六一年

祝贺各兄弟民族文学史的诞生

贾　芝

史料解读

　　史料原载《文艺报》1960 年 8 月号。该文是对 1958 年启动的少数民族文学史编写工程的阶段性总结。贾芝对各兄弟民族的文学史初稿的丰富内容表示震撼，并给予肯定。贾芝提出，编写各兄弟民族的文学史，不仅能使人全面地认识浩如烟海的中国文学，而且有多方面的意义，并逐一加以论述。首先，这些文学史和文学概略是马克思列宁主义的民族政策和社会主义建设总路线的辉煌产物，还可以增强民族大家庭的成员之间的相互了解和团结；其次，研究各民族的文学发展史，是体现党的文艺政策的必要措施；最后，带动了民间文学的普查采录和各民族文学的研究工作。此外，在这个总结中，贾芝还提出了在编写文学史过程中遇到鉴定作品的产生年代、历史分期和断代，以及民族的社会形态和作品与基础的关系等棘手问题的解决办法。这对编写各兄弟民族文学史的工作是有重要意义的。

原文

　　在人类文化史上，一年多就进行了如此浩繁的工作，编写出十几个民族的文学史,真是罕有的事!

我怀着无限兴奋喜悦的心情,阅读着各兄弟民族的文学史初稿。第一批写出文学史或文学概略的就有:白族、纳西族、藏族、蒙古族、苗族、壮族、彝族、傣族、布依族、哈尼族、土家族、土族、赫哲族,一共十三个民族。这些文学史和文学概略的内容又是如此丰富动人,读着它们,真像进入了神话中的仙宫,珍珠宝石、琥珀玛瑙,一齐摊在你的面前,让人眼花缭乱,目不暇接。这里面包含着多少人紧张辛勤的劳动呵! 党对各兄弟民族文学的发展是多么关心呵! 从1958年秋天起,各地在省、市、自治区党委的直接领导下,以"大兵团作战"的方式进行重点的调查采录,为时仅有一年多,就有这许多文学史和文学概略的初稿问世了。此外,各方面还收集了数量庞大的资料,整理出不少优秀的作品,或写出了调查报告。例如:新疆的维吾尔族、哈萨克族,吉林延边自治州的朝鲜族,黑龙江的鄂伦春族,贵州、广西的侗族、瑶族,福建的畲族,等等。这种大写文学史的盛况,也象我们的社会主义建设的其它方面一样,"一颗星出现,预告满天星斗"。这是在党的总路线的光辉照耀下的又一个奇迹,而且是一个具有重大意义的创举。

广布在我国边疆和内地各省的兄弟民族,都有自己的独特的文学艺术,不少兄弟民族有千百年悠久的文化历史,但他们在过去无论哪一本中国文学史里,都没有占到应有的地位,这是多么不公平呵!

读着这些文学史的篇章,我们仿佛听到,内蒙古草原上,飘荡着赞美社会主义建设的歌声;白雪皑皑的喜马拉雅山下,刚刚挣断锁链的农奴,正在高歌解放的欢乐,我们看到,在遥远的古代,苗族人民曾经幻想运金银来铸造日月,彝族人民又天真地思考过用三千斤公鱼、七千斤母鱼来支天,用虎骨来撑地,天和地就不晃荡了;各族人民也曾幻想过格萨尔一类的英雄除暴降魔,保卫人民。如今幻想都已成为事实,人民有了公社和解放军。我们还看到,被日寇残杀得只留下几百人的赫哲族,过去流浪在森林和沼泽地带,以渔猎为生,现在他们才安居下来,他们衷心地歌颂党和毛主席;许多民族曾经在自己的诗歌里描绘了酒宴、狩猎、婚嫁一幅幅的风俗画,如今又编唱着移风易俗的新歌;从前一章,我们刚看到用象形文字记载的古老的传说,而在下一章里,却讲的是本族年轻作家描写人民公社和大炼钢铁的现代小说。在这些文学史、文学概略和其它许多资料里表明：开国十年来和解放以前，在这不同的两个世界时代，各民族的文学已经发生了多么巨大的变化！各民族的社会主义新文学正在传统文学的基础上开花结果。十年来各民族出现了许多优秀的小说家、诗人、剧作家，群众创作蓬勃开展。这些文学史和文学概略虽然大部分篇幅谈的是民间文学，但它们本身又说明：有不少民族正在终结只有口头文学的时代，开始产生了书面文学。所有这一切观赏不尽的丰富内容，都不是过去的文学史家们所能想像得到的。

鲁迅在厦门大学讲授文学史时，他把自己的讲稿题名为《汉文学史纲要》。鲁迅的眼界是广阔的，他的态度是严肃谦逊的。鲁迅虽然看到了中国文学史里没有兄弟民族的文学这个巨大的缺陷，在当时的社会条件下，却无力弥补这个缺陷。能够担负把几十个兄弟民族的文学写入中国文学史这个艰巨任务的，只有我们。只有到了各族人民在中国共产党和毛主席的领导下，进行社会主义革命的伟大年月，我们才有可能做到前人所梦想不到或不敢想的事情，才有可能编写一部崭新的、包括各兄弟民族文学发展状况在内的中国文学史。

编写各兄弟民族的文学史，不仅能使人全面地认识浩如烟海的中国文学，而且有多方面的意义。首先，是它的政治意义。过去，在反动统治的民族压迫政策下，根本不可能产生少数民族的文学史，今天在西方资本主义和帝国主义国家的所谓"自由世界"里，也不可能写出这样的文学史。资本主义世界的最重要的标志之一，就是帝国主义国家对弱小民族的残酷剥削和奴役。而种族歧视是"自由世界"中最普遍的丑恶现象。美帝国主义是继承了希特勒的"优越种族论"的可耻衣钵的。谁也不能幻想，在奴役和压迫弱小民族的所谓"自由世界"里，会有人发起写少数民族的文学史！在社会主义国家里，恰好与此相反。社会主义国家在进行社会主义革命和社会主义建设中所遵循的共同规律之一，是"消灭民族压迫，建立各民族间的平等和兄弟友谊。"（1957年10月，《莫斯科宣言》）我们的国家的情况正是这样。在我国，根据党的民族政策和国家的宪法，早已建立了各民族之间平等、团结、和睦、友爱的祖国大家庭。各兄弟民族的文学史,就是在这种历史条件下发动编写的。所有过去被压迫被歧视和生活在不同的落后社会制度下的民族,历史上被遗忘了的民族,如今在共同建设社会主义的乐园的幸福时刻里,得到了蓬勃发展。各族人民都创作了大量的歌颂新生活的作品,同时又发掘、整理出了自己民族世代流传的珍贵古典作品,他们的作品受到了极大的尊重和称赞,这都是在旧时代所不会有的事情,今天在资本主义国家里自然也不会碰到。因此,这些文学史和文学概略,只能是我们时代的产物,是中国共产党和各族人民的伟大领袖毛主席所制订的马克思列宁主义的民族政策和社会主义建设总路线的辉煌产物。

不仅如此,系统地阐述各民族的文学创作经历和成就,使兄弟民族的优秀古典或现代作品广泛传播,还足以提高民族自信心,增强民族大家庭的成员之间相互的了解和团结,鼓舞各族人民建设社会主义和共产主义的热情。一部《阿诗玛》的发表,已经大大提高了彝族撒尼人的民族自信心,那么,正确地论述一个民族的文学的全部发展过程,给许多优秀作品以恰当的分析和评价,以至阐明各民族之间特别是各兄弟民族与汉族之间在历史上的文化交流和传统友谊,这对于发扬每一个民族的文化传统、繁荣每一个民族的新文学创作会产生怎样深刻的影响,就不难想见了。

其次,研究各民族的文学发展史,也是体现党的文艺政策的必要措施。大家知道,根据毛泽东文艺思想,为工农兵服务的社会主义和共产主义新文艺,必须继承各民族文学艺术的优良传统,必须使各民族劳动人民的文艺创作"百花齐放,推陈出新"。要打破旧传统,创造新传统,推陈出新,就不能不研究各个民族的不同的文艺传统,吸取精华,剔除糟粕。这样,分别研究各兄弟民族文学的发展过程,也就成为十分必要的了。发掘各民族的文学宝藏,正确地阐述每个民族的文学的成就和发展,就是为诗人、作家和参与文艺创作的广大业余作者向各民族的文艺学习准备条件。

没有文字,只有口头创作,或者虽有文字而主要是口头文学发达的民族,也可以写文学史吗?这些已经写出来的文学史向我们作了回答:可以写。我们写兄弟民族的文学史所以是一个创举，也表现在这里：有文字也有作家的民族可以"修史"，没有文字也没有作家而只有群众口头创作和表演艺术的民族，也可以"修史"。这是因为文学是反映现实生活而又推动历史前进的语言艺术，文字不过仅仅是记录作品的符号而已。没有文字的民族，或者有的民族虽然有文字而文字又没有掌握在广大劳动人民的手里，占民族人数最多的劳动人民一穷二白，文学的发展当然受到了很大的限制；但是，劳动人民的口头创作和表演艺术毕竟不但存在，而且一直在发展，从未停止。无论中国外国，民间的集体创作里都产生过很多不朽的作品。民间的文学艺术，由于过去阶级社会的分裂及其它原因，形成了它的独特的艺术传统和发展历史，不过一般缺乏文字记载罢了。我们必须打破只有作家的创作才算是文学，口头创作不算是文学这种属于剥削阶级的陈旧观念，才能更加信心百倍地来写不识字的作家和诗人们的文学史，促进各民族的新文学的产生和发展。当然，写这样的文学史，是会遇到一些困难的，例如鉴定作品的产生年代问题，历史分期和断代的问题，民族的社会形态和作品与基础的关系的问题，等等，但这些问题并不是完全不可能探索解决的。只是在编写的时候，我们应当力求准确，对于原始材料，必须多下一些去伪存真、去芜存精的功夫。这样，就可能把工作做得更好。

最后，编写这些文学史和文学概略的意义，还不止于完成一部比较完整的中国文学史和一部分民族文学分史，而且还带动了民间文学的普查采录和各民族文学的研究工作。在建设社会主义的形势下，各民族反映总路线、人民公社的新文学呈现出一片新气象，民间传统文艺的宝藏正需要迅速地大量发掘，研究各民族作家和群众的新创作，组织口头创作和民间艺术的调查采录，已成为一项迫不及待的任务。而编写文学史就把这两方面的工作全部带动起来，并且为今后长期的民族文学研究工作打下了基础。从民间文学工作方面来说，目前它将从两个方面开展起来，一方面是在汉族广大地区由搜集民歌开始，扩展到民间文学的全面调查采录；另一方面就是在各兄弟民族地区以编写文学史和文学概略为纲，推动各兄弟民族民间文学的全面普查。这次的调查采录的结果，不仅会使我国各民族从古至今的新、旧优秀作品灿然并陈，有益于社会主义和共产主义建设,同时我们还为世界文化宝库提供了极其珍贵的作品和文献。总之,编写各兄弟民族文学史的工作,在我们建设社会主义文化事业过程中是有重大意义的。

周扬同志在少数民族文学史讨论会上的讲话

（1961 年 4 月 10 日晚于和平宾馆八楼）

史料解读

　　史料选自《中国少数民族文学史编写参考资料》。在少数民族文学史讨论会上，周扬重点阐述了少数民族文学史编写的方法。他首先肯定了少数民族文学史编写的成绩，指出已编写的二十多部文学史初稿是一个很大的成绩。他阐发了编写少数民族文学史的重要意义，指出写文学史不写少数民族是不公平的，不完整的。周扬谈到，我们的根本方法就是调查研究，实事求是。对少数民族文学史编写工作提出四个要注意的问题。一是古今比例的问题。周扬指出，研究古也是为了今天需要，但也不要怕今少了挨批评，从而辩证了古今文学史比例的问题。二是文学史的分期问题。他认为，要尊重少数民族的社会形态和发展历史的特殊性，注意文学与宗教、文学与其他艺术之间的关系，要重视各民族之间的相互影响。三是要正确处理民间文学中两种文化的斗争问题。四是对作家作品的评价，要坚持政治标准第一，艺术标准第二，但评价古代作家和作品，政治标准第一，主要根据需要来衡量。周扬还指出，少数民族文学史的编写要将革命观点与科学观点统一起来。他对少数民族文学史出版提出几点希望，赞同尽快出版，面世后在讨论修改中再提高，一是文学史编写做到材料基本可靠、观点大体妥当，这样短时间就可以出版，二是重要的作品都要很快翻译出来，编写组在完成少数民族文学史编写工作后，还要继续整理少数民族文化遗产，同时对学术问题要有讨论的余地。周扬的讲话实事求是，高屋建瓴，对总路线时期的方针、政策和方法的分析客观深入，思想水平高，逻辑性强，方法指导有针对性，对文学史编写重要问题的阐释理论联系实际，释疑解惑，对少数民族文学史出版的希望具体可行，对其后少数民族文学史的编写和出版有显著的指导意义和推动作用。

原文

今天来讲话实在相当被动。对写少数民族文学史的工作，我是一个热心的发起人，因为忙别的工作，同志们写的书我没有很好的看，这次会的材料也没有好好看，现在提倡调查研究，直接违反调查研究。其芳同志要我来讲话，相当紧张。（笑声）

少数民族文学史是一个新题目，我不懂，讲不出什么来，会议的结论还是由何其芳、贾芝同志做，民族问题请刘春同志讲。今天我只讲一个问题，就是方法问题。

两年多以来同志们做了很多工作，写了二十多部文学史初稿，这是一个很大的成绩。这种书过去没有过，至少我没看到过，这是一个新开辟的领域，不管有多少缺点，但是在这个基础上可以写出有价值的书来。我想即使没有很多分析，就是把材料向全国人民、世界人民作一个介绍也是好的，由于少数民族过去处于被压迫的地位、被排斥的地位，我国少数民族的文学过去被埋没、被忽略，即使没有很多科学分析，只要材料是准确的或者比较准确的，介绍出来就是好的，就是功劳。不能一下子要求过高，只要材料基本上可靠，观点基本上正确，就可以出版。出版后继续讨论修改，不出版人家就不知道嘛！新的东西，不要要求太高。所有我国少数民族，都是祖国大家庭的成员，对祖国的发展繁荣，都是有贡献的，写文学史不写少数民族是不公平的！大学里讲历史、讲文学史，要讲少数民族的历史、文学史，否则就是不完整的。因为这个工作很有意义，所以就得考虑怎么把这些书修改得更好，这就有一个方法问题。

五八年"大跃进"以来，无论在政治战线、经济战线、文化战线、科学战线上都取得了一定的成绩。在文化、教育的领域里进行了革命。这个革命的目的不是别的，无非要早日摆脱一穷二白的局面，使中国早点强盛；早日成为军事、政治、经济、文化各方面的强国。我们寻找了一条达到这个目的的总路线，并初步探讨了它的经验。比方说教育是教育与生产劳动相结合；文艺方面是为工农兵服务以及在这个方针下的百花齐放、百家争鸣。

我们有了自己的道路，自己的总路线，有了建设社会主义的一套方针、政策，但是，执行路线、实现方针、政策的时候，还有一个方法的问题。方针对，路线对还不等于方法对。所以第一是路线问题。第二是方法问题。我们的根本方法就是调查研究，实事求是。几年来我们取得了很大的成就，但有些同志在一些具体问题上违反了这个方法。所谓浮夸，就是实事求是的对立面，完全违反了我们历来所坚持的调查研究实事求是的工作作风。调查研究，实事求是，这是毛主席一贯坚持，经常教导我们的。有些人喜爱追求惊人的数字，在我们的文教方面也有这个问题。无盲乡，无盲县，人人唱歌，人人写诗，这里面就有"浮夸风"。浮夸的人不一定坏，也许主观上是好的，但他忘了"鼓足干劲、力争上游、多快好省地建设社会主义"是主观能动性和客观可能性的相结合。反对条件论是错误的。片面强调客观困难所以不对，是在只讲客观条件高，而没有考虑到主观条件。世界上没有无条件的东西，就说爱情吧，也没有什么无缘无故的爱，有缘有故，就是条件，自吹无条件，那只是自我陶醉罢了。所谓"共产风"，"共产"是要打括号的，实际上是平均主义。就是说在生产力还没有达到一定水平的时候就要求按需分配。"共产风"和"浮夸风"在文教战线上也有。有了这两股风，党的政策就会被歪曲，党的路线就会被损害。为什么这种风居然能刮起来？这里面有作风问题，更根本的是认识问题。言过其实，弄虚作假，这是作风问题，甚至品质问题；也有人是因为没有调查，为虚言所欺骗。所谓调查研究，就是要全面调整，要分析，阶级分析，正面反面都研究，不要只调查一方面。要调查正面和反面两方面，要看进步，也要看落后。只调查一面的人不是调查研究。调查研究是方法问题，也是世界观问题，是存在第一呢，还是意识第一？不调查就等于是从主观出发，不是从客观实际出发，也等于承认意识第一。

我们在各个方面都取得了很多成绩,但也出现了浮夸风、共产风,现在就是要把这种浮夸风、共产风去掉。

在一个大的跃进以后,要有一个间歇,一段时间的调整。有些事业发展过快了,还要控制。例如教育发展很快,都觉得很好,但没想到会影响到农业,现在就要加以控制了。这是过去没有经验。追求万人大学,就是浮夸的表现了。大学厉不厉害不在于数字,更重要的是质量,目前要在质量上跃进。为什么有的人喜欢搞得人数多,注意扩大数量而不注意提高质量?我想,这是因为搞数量不费力,只要国家拿钱,别人付出劳动就行了,提高质量就不容易,提高质量要他们自己付出劳动,自己创造精神价值。质量的跃进比数量更不容易,质量比数量更重要,尤其是在文教战线上。所以,必须调整数量,提高质量。各方面都在总结经验,改进工作方法,提高领导水平。我们的文教部门也要总结经验。许多事业发展了,我们的领导水平必须更进一步的提高。我们要总结经验,改进工作方法,根本的方法就是调查研究。实事求是,从实际出发,这是毛主席教导的。要把这种方法发扬,把它看成是世界观问题,党性问题。

过去三年,我们把道路开辟了,现在要坚持总路线,讲究方法,几年来,党的威信、路线和政策在全民中威信很高,所以在执行路线时就增加了我们的责任感。关于执行党的路线政策,有这样三种情况:一种是根本不执行党的方针,你讲百花齐放、百家争鸣,他根本不这样做,或者是阳奉阴违,当然,这已经不只是方法问题了,这种干部根本要不得。第二种情况是他执行,但他不管实际情况如何,上级怎么布置就怎么执行,不从实际出发,把正确贯彻党的政策与从实际出发对立起来。这种人不了解党的政策,是适用于全国的普遍真理,正确地执行它是把它和实际情况结合起来。一般要与特殊结合起来嘛!修正主义是抛弃普遍真理,以特殊否定一般;教条主义则相反,只强调一般,反对特殊,一讲特殊的就认为是修正主义。政治挂帅很好,但要真正挂上去。正确的工作方法就是要把党的政策与实际相结合。对上负责与对下负责相结合,一般与特殊相结合,否则是不对头的。党的政策在每个单位的执行情况不能一样,实际情况是千差万别、千变万化的。我们有些同志不喜欢"千"和"万",只喜欢"一","百花齐放、百家争鸣"，他只讲个"一"，不喜欢个"百"，或者是有"一"无"百"，有"百"无"一"不讲结合，第三类是最好的情况，是二者结合：政策与实际结合，对上负责与对下负责结合，一般与特殊结合。什么叫实际呢？实际并不等于现状，经过努力，鼓足干劲可以做到的才是实际。我们革命者是强调主观努力的，强调做最大的努力。不贪图享受，不安于现状的。革命家是不安静的人，他要改变现状。有些人就不是这样，他们说百花齐放百家争鸣不行，他们不讲话怎么能鸣呀！可是，你做过工作了吗？没做工作怎么就知道鸣不出来呢？我看做了工作还是可以鸣可以放的。要调查研究。调查研究就是要有阶级分析，正面反面比较，不这样做就不好工作。方法问题，大家都要注意一下。科学研究要讲究正确的方法。搞研究也有一种不从实际出发的情况。在历史研究方面有一个口号叫做"以论带史"。这个口号强调以马列主义挂帅，反对为史料而史料，反对资产阶级的唯心主义观点，在这个意义上说来，这个口号有积极意义。但这个口号是有毛病的。以"论"带"史"，似乎只要有了"论"就能带出"史"来。其结果就会引导人专门讲原则，不讲史料。研究历史就是要向史料作调查，向文字的、地下的史料作调查。没有这种调查是不行的。有了马列主义理论，还要有史料。恩格斯说："原则不是研究的出发点，而是研究终了的结果。"写史的时候是否大家都注意一下。不能使历史适应原则。有些原则是今天的，例如反对人性论就是今天的原则，但有人把它应用到古代去了，原则只有适用于客观才是正确的，这是唯一的唯物主义的观点、"以论带史"，就是叫青年拿历史作为公式去套。从原则出发，而不是从实际出发。正确的提法应该是观点与资料的结合。马克思主义观点是一个指南，指导我们如何去研究现状和历史，但得出具体结论和规律却要在研究以后，这种具体观点只能从材料的研究中得来。观点是重要的，没有观点的历史是没有价值的。比方创作吧，我们强调作品的思想性和政治性是完全正确的，但在具体指导创作的时候，往往首先要求确定"主题思想"，似乎作家没有体验生活以前就事先定下了一种"主题思想"，然后依据这种"主题思想"，到生活中去找些材料就行了，有人甚至把创作看作"领导出思想，群众出生活，作家出笔"，这种"三结合"未免太简单了。问题是领导的思想，群众的生活怎么样变成作家的思想、作家的生活,作家创作如果既不要生活,也不要思想,还成什么作家？ 如果这样,叫他"记录"、叫他"文书"好了。其结果呢,不是引导作家深入生活,象毛主席所说的那样"长期地无条件地全心全意地到工农兵群众中去,到火热的斗争中去",而是走一种简便的途径。

我们要总结几年来的经验,要巩固我们的成果,要把干劲引导到认真的调查研究方面去。做学术研究工作的,要有雄心壮志写出有高度科学水平的东西来。不从实际出发,这相当容易,做好调查研究就困难。我自己就感觉很不容易做到。要从实际出发就要一本一本地去读书,挨家挨户地访问。问,人家还不讲哩,要他们讲讲还得想办法哩！ 调查不容易,真正的功夫就在这里,不可能人人都下这种苦功,但要有一些人下这种功夫,成为我们研究中的骨干。我们要提倡这种方法,培养这种学风。

现在,讲讲文学史怎么写。

我没写过史。同志们写的书我也只是翻了一下。这几年写了不少文学史:北大、复旦、文学研究所都写了,这是很大成绩。关于文学史,谈以下几个问题。

第一,古今比例问题。如何解决这个问题？ 首先要研究历史遗产在科学研究、在现实生活中占有什么地位。我认为占有一个重要的地位。毛主席在《改造我们的学习》中提出要学习马克思主义,要研究现状,研究历史。学习马克思主义,不研究现状,不研究历史,就是教条主义。不但研究中国的历史、现状,还要研究外国的历史、现状,我的理解是这样,毛主席提出研究历史,研究外国还是为了帮助认识现状。改变现状。获取历史知识,就是要把前人的经验吸收过来,成为自己的武器。毛主席提出要研究古、今、中、外,就是全面的历史主义观点,只知道中国,不知道外国;或者只知道今天,不知道昨天和前天,就不是全面的历史观点。有人言必称希腊,言必称古代,主要的力量不是用于研究现状解决实际问题,而是放在古代或外国,这是不对的。但学术界有很多人研究现状,有一部分人偏重于研究历史,研究外国,这是必要的,研究现状的人也应该研究古代和外国。古今中外都应该有人研究嘛！ 一个人如果想成为有知识的人,还要伸两手:一手伸向古代,一手伸向外国,其目的就是帮助研究现在的问题。所以，对于历史的研究，在我们的研究工作中，在实际工作中占有重要地位。不要因为反对"厚古薄今"，就怕研究历史。整理历史遗产要采取正确的态度。研究今的人是应该多的，研究今是重要的，但是也要有一少部分研究古。研究古也是为了今天的需要。讨论大学文科教科书的时候也谈到这个问题。以前大学中文系的中国文学史课，古今的比重是五比一、六比一，根本就瞧不起今天的东西，所以叫学院派。五八年来了个革新：一比一。你们的《蒙古族文学史简史》也是一比一。两千多年和四十多年甚至十多年的比例是一比一，不大行吧？文学史如何安排古今比重，我没很好研究，这次文科教材会议上提了个三比一。文学研究所也有发言权嘛，究竟怎样的比例合适还可以讨论。恐怕不能按年数按时间来比，今天的东西，一则时间短，二则容易了解，不能说今的少就是轻视今。重要的东西不一定多。再如政治挂帅问题。大学里的政治课只占百分之二十，业务课却占百分之八十以上。政治课是灵魂，要讲究质量。政治挂帅，帅不是兵，现在政治课很多，帅变成兵了。所谓政治是灵魂，就是说不是肉体。灵魂是看不见的，要运用到里面去。重要的东西不一定份量很多，讲得多，不一定重要。当然也有讲得多，又是重要的；马克思的《资本论》三大厚本，都很重要。我同意你们当中的一派意见，认为所谓"厚今薄古"是一种指导思想，不是讲数量。今不一定要比古多，你们是写文学史嘛，今还没有成史哩！这些人还活着嘛！厚古薄今，要具体分析。比方西方的哲学和文学，某些部分还得厚古薄今哩！十八世纪资本主义上升时期的哲学和文学比现在的就要好些，应当多研究。可是进行斗争的时候就要注意研究今天的流派，这就又要厚今薄古了。写历史，古的可以多写。少数民族的历史，有些还搞不清楚，还要大力发掘，古今比例要看具体情况来定。少数民族文化工作要以今为主，写历史是另外一回事，不要把史的材料丧失了，我们说的古为今用是说搞历史的东西要按照今天的需要，选择历史题材时要与时代的精神相一致。古代的事情，今天的人知道了，会使人增加智慧、增长知识，得到启发，并不一定要按古代的去做。把古代的东西现代化。或者勉强的联系现在，这是我们所不赞成的。所以你们要在这方面解除顾虑，不要怕今少了以后挨批评。

第二，文学史的分期问题。写文学史的目的是要比较系统地科学地按顺序叙述一个民族文学的发展过程，叙述历史上重要的作家、作品，探索文学历史的发展规律。在你客观地叙述主要作家的作品时，是要有倾向性的，但你的倾向性要体现在客观的叙述中，即观点和材料的统一。文学史总要作客观的叙述，你的倾向性要体现在对材料的选择、安排和叙述中。现在的文学史议论过多，不见得好。文学史还是议论少些好。还没有叙述清楚就下判断，好象强迫人家去接受你的观点，有一种强加于人的味道，古人嘛，首先你要介绍清楚，假如不介绍，即使是鉴定清楚，也使人有勉强之感。而且判断那么多，别人也很难一下弄清楚。我看还是客观些，采取一种比较的态度，这样才能使人看得出发展的过程。规律，不是一下子就找得出来的，汉文学史研究了这么久还没找出来，找规律可以找若干年，找几百年。我们找，后代比我们高明，还要找，所以你们不要一下子就要求把规律找出来。把材料介绍出来，就是一大功劳；找出规律来，是更大的功劳。我们觉得这是比较实际的看法。写少数民族文学史，首先还有一个翻译作品为汉文的工作。许多作品还没整理、翻译出来。你谈你的，我们都发表不了意见。历史分期问题是一个专门性的问题，我看有些问题一时搞不清楚的不一定非要搞清楚不可。中国历史的分期直到现在还没有结论，而一时还作不出结论，少数民族，各种社会形态都有，不能要求与汉族一样，能分期就分，一时不能分的就先不分。对民间文学分期是困难的，我也搞不清楚，归根结底是要你们去调查，多搞一些材料，写文学史不要光注意经济基础与上层建筑之间的关系，还要注意上层建筑彼此之间的关系，过去不注意基础，那是唯心史观；我们现在有一种倾向，就是把历史写成社会经济发展史了。甚至有些大学历史系的学生连朝代都不知道，把历史看成了经济史。二十年前苏联就曾经批判过这种倾向，这就是所谓"包克罗夫基学派"。我同意斯大林、日丹诺夫等人的意见，写史要写历史上的主要事变和主要人物。讲历史只讲基础，不讲上层建筑，看起来就枯燥。写文学史要研究上层建筑互相间的关系。文学艺术受其他上层建筑的影响，比受经济基础的影响要明显得多。只讲基础，许多现象就解释不了。因此，文学史要更多注意思想史，如儒家的思想、道家的思想、佛家的思想,印度的影响,外国的影响……。文学史要写客观的发展过程,要对文学发展中发生过的现象加以阐述。特别是写少数民族文学史,文学与宗教的问题不要回避。还有,少数民族文学与其他艺术(例如音乐舞蹈)的关系比较密切,不一定写得象汉族文学史一样,可以写得广一些。写多了,改名为"少数民族文学艺术概况"也可以,这样的概况也比较能够反映实际。各民族之间的文化的互相影响要写,外国的影响也要写,马列主义就是外国来的。我向来就反对以西方为中心,反对欧洲中心说,好象亚洲、拉丁美洲、非洲就不存在似的,我看,将来世界史一定要重写,欧洲中心论一定要打破。有这种看法的人越来越多了,但是,我们也要承认欧洲、其他国家对我们的影响。互相影响,这是一种正常的、进步的现象,没有什么羞耻的。我们也影响过别人,唐代的时候对外国不是有很大影响吗?写少数民族文学史时要注意这些问题,这样写会使史更加丰满。

第三,民间文学中有没有两种文化的斗争问题。关于这个问题,我只想介绍一下不久以前毛主席与古巴和委内瑞拉的外国朋友的讲话。委内瑞拉的朋友看了我们的希腊雕象等美术作品以后,对主席说,你们的齐白石、徐悲鸿的艺术很好,为什么要学西洋的东西,不尊重自己的民族遗产呢?毛主席说,是的,我们应当充分的利用自己的民族遗产,我们的民族遗产就是两千多年来的封建时代的文化,对这些文化要进行分析。他说:第一,封建时代的文化不等于是封建主义的文化,古代的遗产,既有封建性的文化也有民主性的文化;第二,封建文化不一定都是坏的;要分清它是属于封建时期的上升、发展、没落中那一个时期的文化;第三,民间文化中也有坏的,不一定都是好的。由此可见,民间文学中有两种文化。马克思说,统治阶级的思想是统治的思想,封建时代的劳动人民当然要受统治阶级的影响。我们有许多封建的东西,群众中也一定有封建的思想。现在有一种观点,似乎不能说劳动人民有弱点。戏曲中有白鼻子,白鼻子有坏的也有好的。如乔老爷上轿也点白,可笑,但并不是坏的。

第四,作家作品评价问题:这里面经常遇到的是政治标准第一,艺术标准第二的问题。这个标准对古和今的应用是不一样的。对古人,当然也是政治标准第一，就是说他是进步的作家，我们应给以肯定的评价。

但评价古代作家和作品，政治标准第一，主要是根据今天的需要来衡量。政治标准第一，不是只看一个作家当时的政治态度如何。他们的政治态度当然为时代和阶级所局限的，他们之中总没有代表现代无产阶级的或是无产阶级出身的人。他们的政治态度是属于过去的，他们所留下的优秀作品反映了那个时代的真实，代表了那个时代的最高思想水平的作品，于现在也有意义。他们的政治态度曾经起过作用，但是今天已经不起作用了，起作用的是他们所留下的作品，我们要看他们的作品对今天是否有意义，是否可以供青年阅读或者供人研究，不能以今天的政治标准去要求古人。有人用人道主义去批判古人。古人有人道主义这很好嘛，今天资产阶级作家中有人道主义的还可以做我们的朋友。无产阶级作家抛弃无产阶级立场，抛弃共产主义思想而追求所谓超阶级的人道主义，这是我们要反对的，但是古人有人道主义就很好，古代的人有人道主义，往往表现在他们的作品具有人民性的地方。阶级论是马克思主义的观点，但不能要求古人也有这种观点。青年们迷恋十九世纪的西方古典文学，这是要批判的，但不能因为要批判，大学文学系的学生就可以连《红与黑》都不读了。对作家作品的评价要全面，鲁迅提出评价作家，要顾及全篇、全人和社会状况，这是很重要的。要批判古人，首先要把古人的面目弄清楚。对待遗产的原则是批判的继承。遗产有好、也有坏；只讲好，或者只讲坏，都是不对的。研究中要防止简单化的倾向，简单化倾向不仅会降低我们的文学艺术的水平，降低我们的科学研究的水平，更严重的问题是怎样来教育青年，教育后代。是否要使他们成为头脑简单的人？以简单化的方法教育我们的青年和后代，是危险的！要把青年教育得复杂一点！要告诉他们，过去的人是复杂的，世界观是有矛盾的，精神是苦闷的。

要把正确、健康的东西给他们看，当把正确的、健康的东西给他们看时，又要指出什么是非正确的、非健康的东西，这样才是全面的教育青年，这样才能抗得住各种毒素。

关于历史就谈这些问题。

总之，写史，要有比较严格的革命观点和科学观点的统一。不能无目的的去批判，要采取科学的态度。尤其是写历史，写教科书。

你们写出的几本文学史提供了一个很好的基础，大家可以在这个基础上继续加工，再花半年或年把时间修改，请民委和文学研究所的同志看看，大体妥当，就可以出版。我比较热心于早点出版。你们的著作与群众见面了，对少数民族也是一种鼓舞。我看不必要求过苛，科学水平是要一步一步来提高的。

规律是要长期艰苦研究才能找到的。从古到今找到自然和社会规律的有几人呢？

对你们的书有几个希望：

第一，材料基本可靠、观点大体妥当。这样，就可以在较短的时间内出版。

第二，凡是重要的作品都要赶快翻译出来，译不好，不要紧，先出现的不可能都那么好。当然我不是鼓励你们毛草，科学性还是重要的。

希望你们出一套书，两种出法：一种是一律按原来的面目，对封建迷信的地方也不要改。你改了，谁知道你改得对不对？好不好？这种本子可以作科学研究用。纸张不够，可以少印，五百本、一百本，甚至手抄十来本也可以。这种书如果问题太多，可以不公开出版。在这种原本的基础上，可以作各种整理加工，出几种不同的整理本子，百花齐放。

第三，搞这个工作的同志不要写完就散掉了，你们编书的班子要保留下来，继续整理少数民族文化遗产，在少数民族文化工作指导委员会的领导下工作。你们还应招兵买马，组织成一个队伍，特别是要培养少数民族干部。汉族的同志整理作品时要防止大汉族主义，要采取谨慎的态度，要按少数民族的心理、习惯去整理。

《格萨尔王传》《江格尔》这些作品都可以好好研究。《成吉思汗的两匹骏马》很有味道，"红色勇士谷诺干"我看也没有什么不好。

我看尺度可以放宽一些，不要一来就摆出两条道路的阵势来。对学术问题要有讨论的余地。工作要大胆，有一些缺点也不要紧，顶多是个大汉族主义，地方民族主义，发现了再改。从错误中取得教训，取得进步。

加强民族文化工作

——记文化部副部长徐平羽同志在少数民族文学史讨论会上的讲话

史料解读

　　史料原载《民间文学》1961 年第 5 期。该文概括了文化部副部长徐平羽在少数民族文学史讨论会上的讲话的主要内容。这篇讲话代表了中央对少数民族文学史编写工作的基本态度。徐平羽指出，编写少数民族文学史或概况是个新的工作，取得了一定的成绩，虽还不成熟，但可以作为进一步研究、谈论的基础。在编写少数民族文学史过程中不仅积累了经验，还培养了人才。为了进一步加强民族文化工作，在国务院领导下，建立了民族文化工作指导委员会，委员会的任务包括：一、研究和制订民族文化工作的方针、任务；二、制订民族文化事业发展规划；三、组织力量，积极发掘和整理民族文化遗产；四、研究各种艺术活动（文学、电影、戏剧、音乐、美术、舞蹈等）和创作中的问题，并总结经验；五、制订培养民族文化干部规划。在如何继承传统的问题上，从搜集、整理研究及出版运用三方面进行了具体阐述。

原文

　　由中国科学院文学研究所召开的少数民族文学史讨论会，于三月二十五日上午在京举行第一次全体会议。文化部副部长、民族文化工作指导委员会副主任徐平羽同志在会上讲了话，他说：我国有五十多个兄弟民族，占全国总人口的 6％，分布地区占 50％—60％。在祖国的大家庭里，各个兄弟民族共同创造了我国的历史，作出了伟大的贡献，涌现出无数英雄。我国的政治、经济、文化以及各方面的发展都是与各个兄弟民族分不开的。民族文化工作是我国社会主义文化事业中的一个重要组成部分。我们许多同志今天参加编写少数民族文学史的工作，说明认识了这个工作的重大意义，应该热爱这个事业，并且有信心、有决心做好这个工作。

徐平羽同志说，解放后，在党中央和毛主席的领导下，执行了正确的民族政策，兄弟民族在政治、经济、文化各方面飞跃发展，起了翻天覆地的深刻变化。我们的文化艺术无论是文学、戏剧、音乐、美术、电影、出版等等，也应当和这种变化相适应。

编写少数民族文学史或概况是个新的工作，已编出了二十来部，这是了不起的大事。虽然还不成熟，可以研究，商榷的地方一定有，但是，这是宝贵的基础，可以作为进一步研究、谈论的基础。而且，通过编写，积累了经验，培养了人才，这更是个很大的成绩。

他说，为了加强民族文化工作，在国务院领导下，建立了民族文化工作指导委员会。委员会的任务是：一、研究和制订民族文化工作的方针、任务；二、制订民族文化事业发展规划；三、组织力量，积极发掘和整理民族文化遗产；四、研究各种艺术活动（文学、电影、戏剧、音乐、美术、舞蹈等）和创作中的问题，并总结经验；五、制订培养民族文化干部规划。

徐平羽同志指出：民族文化工作，大体上有两个方面，一个方面是今天的，是今天正在进行的文化工作如何发展建设的问题，当然也包括未来的远景。一个方面是过去的，如何正确地发掘、整理、研究，以及如何继承传统的问题。如何继承传统又包括以下三方面：一、搜集；二、整理研究；三、出版运用。

关于搜集方面，包括文学、音乐、舞蹈、美术、戏剧、说唱等等。各个民族都有丰富的遗产，但有的快失传了，这就需要发掘、抢救，如大量流传在口头的东西。民歌要记录，但记谱有个困难，往往记下来的不是原来面貌，将最微妙的地方漏掉，因此最好采用录音，把一些著名的民歌录下来这就准确了。再如舞蹈，有的要拍成电影。

其次是整理问题。在整理中,翻译是一个很重要的问题,作翻译工作的人,既要精通少数民族语文,又要精通汉族语文,而且文学作品也不易翻译。

第三是出版和运用问题,如书籍的出版,音乐舞蹈的演出等等。

今后工作如何做呢?需要从实际出发,实事求是的订出计划,踏踏实实的搞出几本书、几个戏、几个舞蹈来。培养人才极为重要,特别是培养翻译和专门研究的人才,这些人既要精通少数民族语文,又要精通汉族语文。这个工作需要订在计划中。

最后,徐平羽同志说:我希望编写少数民族文学史的工作做出重大的成就,也希望在音乐、舞蹈、美术等各个方面能发掘更多的东西,希望民族文化工作取得更大的成绩。

少数民族文学史编写中的问题

　　——一九六一年四月十七日在中国科学院文学研究所召开的少数民族文学史讨论会上的发言

何其芳

史料解读

　　史料原载《民间文学》1961 年第 5 期。发言分为四个部分，何其芳充分肯定了少数民族文学史编写的重要意义和取得的成绩，讨论了编写中的重要问题，对今后少数民族文学史编写工作进行了展望。编写少数民族文学史的直接意义首先是丰富了祖国的文学宝库，有利于我国社会主义文学的发展，有力增进了各民族的相互了解、尊重和团结。文中提到，两年多来已经编出了文学史十种，文学概况十四种，有关资料一百多种，时间很短，成绩却很大，并论述了三部文学史的优点：资料丰富，努力用马克思列宁主义的观点、毛泽东思想的观点来观察和说明文学现象，注意到有利于各民族之间的团结和友谊，而且都写得流畅易读。何其芳也提出了今后编写少数民族文学史或文学概况工作的中心问题：要进一步提高著作的科学性，加强工作中的科学态度；从实际情况出发；详细地占有材料，在马克思列宁主义一般原理的指导下，从这些材料中引出正确的结论；材料是基础，观点是统帅，要从材料中引出正确的结论就需要有正确的观点、正确的指导思想。针对会上集中讨论的三个问题，即厚古薄今的口号、两种文化的斗争及强调各民族文学的共同性还是突出特色，何其芳总结，要科学地对待古今问题，古为今用；要具体地、历史地分析民间文学中两种文化问题；强调既要写出各民族文学的共同性,又要写出特点。他还对评价意见不同的三部作品做了详细的分析,并提出要用历史主义的方法评价过去的作品,要看主导的方向和内容等。何其芳的发言是对此次会议的总结,全面而细致,既提出了原则又结合了编写实际情况深入分析,对此后编写少数民族文学史或文学概况的工作,搜集、整理、翻译、编选和研究少数民族文学作品的工作都有切实的指导意义和积极的推动作用。

原文

一

我们的讨论会从三月二十六日开到四月十七日,历时二十四天。我们的会议是开得好的,是很有内容很有收获的。

我们讨论了编写少数民族文学史工作中的一些原则性的问题。我们对《蒙古族文学简史》、《白族文学史》和《苗族文学史》提了许多修改意见。我们还在会议中交流了工作经验,并且制订了今后的工作计划的草案。可以说我们相当圆满地完成了这次会议给我们提出的任务。只是会议的时间比起原来的计划延长了许多天而已。

我们的会议是努力贯彻党的百花齐放、百家争鸣的政策的。对编写工作中的某些原则性的问题,对三部文学史中的某些作品的评价,会上都发表了不同的意见,而且有时争论得很热烈。经过了这样的争论,就是对这些问题这些作品的各个侧面作了调查研究,它们的面貌就比较清楚了,就有可能得出比较全面比较符合实际的看法了。抱有不同意见的人能够畅所欲言,而且有些同志对自己头一天的意见再加思考以后,或者多看了一些材料以后,第二天在会上就声明看法有改变,我觉得这都是一些很好的风气。这说明我们是认真地而又虚心地探讨真理,既不害怕争论,也不是为争论而争论。

经过这样的讨论,并且在会议期间得到一些领导同志的关怀和指示,我们对编写少数民族文学史或文学概况的意义和重要性认识得更清楚了,我们对这项工作的方向、方法和一些原则性的问题了解得更明确了。我们相信，在这次会后，编写少数民族文学史或文学概况的工作，搜集、整理、翻译、编选和研究少数民族文学作品的工作，都将有更大的开展，工作的质量也将进一步地提高。有些同志说得好："这是一次促进会。"

编写少数民族文学史或文学概况的任务，是在一九五八年七月十七日中央宣传部召开的一个座谈会上确定的。在这以后，在各有关省区的党委的领导和支持下，编写少数民族文学史或文学概况的工作，以及围绕这项工作进行的各少数民族文学的调查研究工作，编选作品和资料的工作，都有很大的开展。两年多来已经编出了文学史十种，文学概况十四种，有关资料一百多种，时间很短，成绩却很大。

我们应当充分肯定我们进行的工作的重要意义和已经取得的成绩。有计划地在全国搜集少数民族的文学作品，加以整理，译为汉文，并且编写少数民族文学史或文学概况，这是我国过去从来不曾进行过的工作。这些工作的直接意义首先是丰富了我们祖国的文学宝库，很有利于我国社会主义文学的发展。对创作来说，可以继承、学习、借鉴的本国文学遗产大为增加了，而且许多少数民族文学的民间故事还可以作为再创作的题材，对文学研究工作来说，只有进行了这些工作以后，我们才有可能编出一部真正的中国文学史来。直到现在为止，所有的中国文学史都实际不过是中国汉语文学史，不过是汉族文学再加上一部分少数民族作家用汉语写出的文学的历史。这就是说，都是名实不完全相符的，都是不能比较完全地反映我国多民族的文学成就和文学发展的情况的。发掘和研究各少数民族文学作品，编写出各少数民族的文学史或文学概况，在这样的基础上再来编写中国文学史，中国文学史的面貌将为之一变。

我们进行的工作不但对文学和学术大有贡献，而且还有重要的政治意义。过去买办资产阶级文人如胡适之流，曾断言中国"百事不如人"，"文学不如人"。解放以后，对我国的汉语文学作了一些初步的整理、介绍和研究，我们就感到我国的文学遗产异常丰富，异常卓越。今后更进一步，把汉语文学的整理、介绍和研究的工作做得更多更好，并且把各少数民族的杰出的和优秀的作品都搜集整理出来,加以正确的评价,这必然将更大地加强我们的民族自豪感。从国内各民族之间的关系来说,这同时又可以有力地增进相互的了解、尊重和团结。文学艺术是最能够增进不同国家、不同民族和不同地区的人民之间的了解和友谊的。

我国少数民族聚居的地区我还没有去过,然而由于读了一些解放后出版的少数民族的文学作品,我好象已经和这些地区的人民接触过,多少理解一些他们的生活、风习和特点,而且好象能够感受到他们过去的悲苦和今天的欢乐。这正如还有不少汉族聚居的省份我也还没有去过,然而由于听过这些地区的民歌,读过这些地区的民间文学作品,我好象也能够感觉到这些地区的人民各有特点,而又都引起了我的热爱一样。这次读了会上讨论的三部文学史,它们给了我很多新的知识,而且其中关于一些杰出的和优秀的作品的介绍使我渴望早日能够读到它们的汉译的全文。这也是文学史所能发生的一种良好的作用。

我认为这次讨论的三部文学史都有这样一些优点:它们都是在占有了丰富的材料的基础上写出来的;它们都是努力用马克思列宁主义的观点、毛泽东思想的观点来观察和说明文学现象的;它们都是注意到有利于各民族之间的团结和友谊的;而且它们都写得流畅易读。我相信这是我们两年多来写出的许多少数民族文学史或文学概况的共同的优点。这就是说,我们的工作的基础是好的,方向是正确的,这也就是说,我们已经取得了很大的成绩。

二

那么我们今后编写少数民族文学史或文学概况的工作的中心问题是什么呢?我认为今后工作中的中心问题是进一步提高我们的著作的科学性。我们在会上讨论的很多问题都可以用这来贯串起来。从少数民族文学作品的搜集、整理和翻译,编写文学史或文学概况的基本要求,文学史的分期断代,一直到对作家和作品的评价,都可以用这问题来贯串,来概括。只有在编写工作中怎样贯彻党和国家的民族政策这个问题不能包括在科学性的以内,因为这首先是一个政治性的问题。但在学术著作中贯彻政策也有科学不科学之分。

我们的著作既然是在占有了丰富的材料的基础上写出来的，既然是努力用马克思列宁主义的观点、毛泽东思想的观点来观察和说明文学现象的，这就保证了它们是有科学性的。这是基本的方面，主要的方面。但也要承认，我们的著作还有不够科学之处。在开会以前，作为这次讨论会的准备，许多地区已经召集座谈会来对这三部文学史提过意见。在这次会上，大家又提了不少修改意见。当然，不可能每一条意见都是很恰当的，还需要编写的同志们去判断，选择，吸收。但无论如何，其中有很多意见都是好的，都是找到了这些著作中的不够科学之处，因而很有助于今后的修改的。

编写文学史是一件很复杂的工作。编写少数民族文学史或文学概况更是一个新开创的因而困难更多的工作。要这个工作一下子都做得尽美尽善，没有不够科学之处，那反而是不能想象的。因此，我们对这个新的工作不应该要求过高，不应该要求第一批少数民族文学史或文学概况就有很高的科学性。编写一个国家或一个民族的文学史的基本任务是系统地客观地叙述这个国家或民族的文学的发展过程，对发展过程中有历史地位的作家、作品和其他文学现象作出正确的说明或论断，并从而阐明这个国家或民族的文学的发展规律。要探索清楚一个国家或一个民族的文学的发展规律是很不容易的，有长期积累的汉族文学史的研究工作也至今还没有解决这个问题。因此，我们这次拟订编写少数民族文学史或文学概况的计划的草案，只提出要求材料比较丰富，叙述力求客观、准确，对各种文学现象的说明和论断力求符合马克思主义等等，并没有把阐明各民族的文学的发展规律写在里面。但是，不应该要求过高，并不等于我们就不需要努力提高。我们还是必须鼓足干劲，力争上游，根据现在可能掌握的材料和可能组织起来的人力，发挥个人的和集体的智慧，把我们的著作编写得更好一些，科学性更高一些。这是我能够做到的。过高的要求和力争上游的区别在哪里呢？前者是指那种我们在目前和最近还不可能做到的要求；后者是指按照现有的客观条件，尽我们最大的主观努力就可能达到的上游。成绩很大，又还需要继续努力。不应该要求过高，又必须力争上游，必须进一步提高科学性。这就是我们的工作所处的情况。

为了进一步提高我们的著作的科学性,我们首先要加强我们工作中的科学态度、科学方法。马克思主义者有一个根本的观点:客观事物是能够认识的,这有别于不可知论;然而客观事物又是曲折复杂的,认识它们又是并不容易的,这有别于主观片面和简单化,这是我们做实际工作和做研究工作都必须时常想到的一个根本观点。马克思在《资本论》法文译本序文中说:"在科学上面是没有平安的大路可走的,只有那在崎岖小路的攀登上不畏劳苦的人,才有希望达到光辉的顶点。"原因就在科学研究的对象并不容易认识清楚。我们时常想到这样一个辩证唯物主义的观点,就会在工作中努力采取科学的态度、科学的方法了,就会努力避免主观臆测和轻率下结论了,就会不畏惧辛苦的长期的钻研以至某些时候的探索的失败了。

文学研究所的年轻同志们常常问我做研究工作的方法。我总是要他们从毛泽东同志的《改造我们的学习》中的一段话来学习掌握科学的方法:

我们要从国内外、省内外、县内外、区内外的实际情况出发,从其中引出其固有的而不是臆造的规律性,即找出周围事变的内部联系,作为我们行动的向导。而这样做,就须不凭主观想象,不凭一时的热情,不凭死的书本,而凭客观存在的事实,详细地占有材料,在马克思列宁主义一般原理的指导下,从这些材料引出正确的结论。

这段话是用来解释马克思列宁主义的态度,解释实事求是的态度的;但同时也就告诉了我们马克思列宁主义的方法。这里讲的是实际工作,但这段话的根本精神根本方法也完全适用于研究工作。只是研究工作的对象也可以是古代的或外国的事物,和这种研究工作有关的情况在范围上不同于做实际工作,而书本也就常常成为这种研究工作的材料的重要组成部分而已。

马克思主义者研究问题不应当从原则出发,而应当从实际出发。因此我们的研究工作总是从详细占有材料开始。我虽然研究工作做得很少,也有这样的体会:材料占有得越充分,问题的面貌也就越清楚。而且我们做研究工作,不应当只是重复前人的结论,总要努力去发现新的问题,解决新的问题。问题的发现和解决的线索也总是存在于材料之中。我们占有了相当数量的材料,然后才可能知道在我们的研究题目的范围内有哪些问题前人还没有解决，才可能发现甚至前人不曾提出过的问题。我们又围绕这些问题占有了更大数量的材料，然后才可能看清楚问题的关键在哪里，才可能找到问题的正确的答案。

详细地占有材料，这是研究工作的起点；但这还不是马克思主义的方法和非马克思主义的方法的决定性的区别所在。马克思主义产生以前的学者，还没有接受马克思主义的学者，只要他们对待工作是认真的，辛勤的，也总是要详细地占有材料的，我们的研究方法的优越性在于有马克思列宁主义的指导。马克思列宁主义是人类的智慧的最高的结晶，是我们做一切工作的最可靠的指南。在马克思主义产生以前，由于许多学者的艰苦地探索真理，由于他们的详细占有材料，也由于他们的朴素的唯物主义的思想或者辩证法的思想，在自然科学方面曾有过许多重大的发现，在社会科学方面也曾部分地达到或者接近正确的认识。然而系统的科学的世界观的形成，社会科学的真正成为科学，而且同时也就建立了严整的科学方法，却始于马克思主义。因此，详细地占有材料还只是提供了发现问题和解决问题的可能；要把这种可能变成现实，还必须有马克思列宁主义一般原理的指导。

详细地占有了材料，又有马克思列宁主义一般原理的指导，从材料中引出正确的结论似乎没有什么困难了。但实际上还是有得不到正确的结论的可能。既然我们要解决的是新的问题，它们的答案不可能明白地写在前人的著作里面。运用马克思列宁主义的原理，运用马克思列宁主义的立场、观点和方法来解决新的问题，还有待于我们的谨慎的而又富有创造精神的努力。从材料中引出的结论，只有是事物所固有的而不是臆造的规律性的反映，这才是正确的结论。这是并不容易的。在这里，对于马克思列宁主义一般原理的教条主义的生硬搬用，简单化，庸俗化，都完全无济于事，而且首先就违反了马克思列宁主义。

"详细地占有材料，在马克思列宁主义一般原理的指导下，从这些材料，引出正确的结论"，这就是我们的根本方法。也可以说，这就是马克思列宁主义的方法的几个基本环节，也就是加强我们工作中的科学方法的着手处。

在会议上有同志提到了闻一多先生研究我国古代神话的方法。我觉得他在这方面的学术工作正好是一个很有说服性的例子,说明一个学者的指导理论不对头,研究方法不对头,尽管他很努力,尽管他详细地占有了材料,他仍然不能从材料中得出正确的结论。闻一多先生是一个有成就的诗人;后来又是一个辛勤的学者,据说在西南联合大学教书的时候,总是整天做研究工作,除上课而外,几乎楼梯都不下,人家送他一别号,叫做"何妨一下楼主人";最后他更是一个民主运动中的英勇坚决、视死如归的战士,把他的生命献给了祖国和人民。他的学术著作当然也有他的优点,有不少可供我们参考的地方。但我在研究《诗经》的时候,读他在这方面的著作,就感到他对有些诗义和文字的解释过于穿凿离奇。比如他把《诗经》中的"食"字解释为性的行为,"饥"字解释为性欲未满足时的生理状态,把《国风》中的"鱼"字都解释为两性间互称其对方的隐语,把《国风》中的妇女作的诗歌里面的"日""月"二字都解释为是比喻她们的丈夫,等等。这次又读了他研究我国古代神话的论著,更加强了我的这种印象。我们可以举他的全集的第一篇《伏羲考》来作例子。他这篇文章从古代关于伏羲、女娲有人首龙身或人首蛇身的传说出发,因为《山海经》中所说的一种名叫延维的神也是人首蛇身,《庄子》中所说的一种名叫委蛇的鬼又和延维的形状相似,就断定延维和委蛇即是伏羲、女娲,又因为《淮南子》、《山海经》等书说共工是人面蛇身,雷神是龙身人头,他就断定共工即是雷神。最后,使人更惊讶的是他因为少数民族的洪水故事中有兄妹入葫芦避水的情节,伏羲古代又写作包戏,和匏瓠声音相近,女娲的娲字本读瓜音,就更进而断定伏羲、女娲是葫芦的化身,是一对葫芦精。这样的论证方法显然是很牵强附会的。从闻一多先生的学术论著可以看出,他占有了大量的材料,但同时又可以看出,他的学术工作的指导思想和研究方法是不科学的,因而他的许多新奇的意见都并不是正确的结论。

在占有材料上,在运用马克思列宁主义的原理上,我们这次讨论的三部文学史都基本上是好的,因而它们都是有科学性的。是否占有的材料还不够充分,是否还有哪些材料不很可靠,我没有研究过这三个民族的文学史,无法在这些方面提意见。我只是感到在处理材料上,有些地方还可以讨论。比如某些作品的断代就是一个问题。会上有些同志已经提过这方面的意见。我读《白族文学史》的时候,觉得它的材料是丰富的,对于很多材料的处理也是妥当的,但对某些作品的断代却有一些疑问。梁山伯祝英台的故事在白族人民中也很流传,并且产生了以这个故事为题材的长诗。《白族文学史》把这些作品划入南诏及大理国时代,理由是估计在南诏时代梁祝故事已经或者开始传入白族,这种估计是怎样来的呢? 书上讲了三个根据:

一、这时南诏和唐朝在各方面有交往,许多汉人来到南诏,而且南诏的统治者曾多次俘虏汉人为奴隶。这些奴隶中一定有不少人是熟悉和热爱汉族人民的口头文学的。他们在晚上休息的时候,还不唱汉族的民歌,不讲汉族的民间故事么?

二、考之文献记载,梁祝故事产生于晋穆帝时,离南诏时代已数百年。它这时完全可能已在民间流传,并且为南诏的汉族奴隶所熟悉和讲述。

三、洱源曾流行一个白族调,其中说到梁山伯死后,祝英台写了一篇祭文,开头第一句说,"时维大周定王三十三年春三月。"这也说明了梁祝故事的发展至迟也在晋隋之间。它以后随着汉人而传入白族地区,是可能的。

梁山伯祝英台的故事在汉族中的确是早就流传的。徐树丕《识小录》卷三说,南北朝的梁元帝萧绎所著的《金楼子》中就有这个故事。但查现在还存在从《永乐大典》辑录出来的《金楼子》残本,不见有这样的记载,徐树丕的话就无法证实。徐树丕是明末清初的人,他当时是见到《金楼子》是全书还是根据别的书的转引,甚至他的话是否可靠,我们都无法断定。我们如果谨慎一些,是不能根据他这句话来推断梁祝故事的流行的朝代的。现存的较早而又可靠的根据是南宋张津等人撰的《乾道四明图经》卷二和元代袁桷等人所撰的《四明志》卷七都提到的唐代《十道四蕃志》中关于梁祝故事的记载。根据这个记载,断定梁祝故事在唐初已经在汉族某些地区流行,是无可怀疑的。也有记载说梁山伯生于晋穆帝时(见蒋瑞藻编《小说枝谈》所录《餐樱庑广漫笔》中所引的宋人作的《梁山伯庙记》),但这当是传说,不一定可靠。而且传说里面说什么人物是什么时候的人,和这个传说产生在什么时候,也是两回事情。至于那个白族调中的祝英台的祭文所说的朝代和年月,更是虚构之虚构,怎么能够根据它来推断这个故事的发生和发展的时间呢？那个祭文中所说的"大周定王"远在春秋时代，和传说的梁山伯祝英台是东晋时人又大相矛盾。这种时代和年月显然是荒唐无稽之谈，是完全不能用来作为考定梁祝故事的发生和发展的问题的材料的。梁祝故事在汉族中广泛流行以后，自然有传入白族地区的可能。但故事传入以后，要在白族中广泛流行，以至产生以它为题材的长篇民间诗歌，恐怕又还需要一些时间，要断定白族文学中的梁祝故事诗产生的时间，不能单从这个故事什么时候传入白族着眼，更重要的是必须考察这些作品本身，从它们的内容、语言、形式、风格等等看它们到底像是什么时代的产物。我没有读到这些作品的全文，很难在这方面发表意见。但从《白族文学史》中所引的一些片段看来，并不象是很古的作品，所以把白族文学中的梁祝故事诗划在南诏及大理国时代，似乎是根据不足的。

还可举一个例子来说明处理材料上的问题。《白族文学史》在《南诏及大理国时代的白族文学发展概况》一节中说："在目前搜集到的材料中，南诏时代的白族尚未发现，但可以肯定，这时期白族民歌一定是很丰富的。"这种估计的根据是唐代樊绰的《蛮书》和《新唐书·南蛮传》中的三条材料。但这些材料也并不是都能作这样的解释的。比如材料之一是《蛮书》记载了当时洱海附近地区的商人的一首歌谣。怎样能从这样的材料就得出当时白族民歌很丰富的结论呢？这就不能不把论断建筑在一些推测之词上了：那个商人"很可能是在那里经商的白族人"，因此这首歌谣"亦可能是白族歌谣"而且估计这首歌谣原来可能是用白族话唱的，《蛮书》所记可能是翻译出来的等等。以这些"可能"为基础，书上就作出了这样的论断："由此可见，南诏时代的白族民歌是发达的。"但这些"可能"究竟不过是可能。即使这些"可能"都估计对了，也不过证明当时白族有民歌，怎么能根据一首民歌就判断当时民歌很丰富呢？

有些编辑刊物的同志说，现在很多读者都不喜欢读考据性质的文章，因此他们在刊物上发表这种文章有顾虑。我想，如果只是爱好文学、只是对文学抱欣赏态度的人，不喜欢读考据文章，这是很可以理解的。但如果是要研究文学、要研究文学史的人，就不但应该留意有价值的考据文章，而且还需要自己掌握科学的考据方法。考据自然不过是研究工作的一个部分，不过是属于辨别材料和弄清楚史实的部分。我们今天研究文学和文学史，不能和过去的有些学者一样，以考据来代替全部或者大部分研究工作。而且我们也应当反对那种繁琐的没有意义的考据，反对那种引导人脱离现实的为考据而考据的风气。但我们不能因此就完全否定这种工作的必要性，完全否定这种文章。我们反对的是在资产阶级唯心主义指导之下的考据，而不是在马克思主义指导之下的考据。像上面举的两个例子，白族文学中的梁祝故事诗产生在什么时候，南诏时代的白族民歌是否很丰富，就是属于考据范围的问题，我们今天有些研究文学和文学史的年轻同志，似乎已经不大知道怎样做考据工作了。因此，我们的学术刊物还是需要适当地发表一些好的考据文章。这既可以把许多考据的结果提供学术工作者参考，又可以使从事或者打算从事研究工作的年轻同志知道一些考据的方法。

　　编写文学史是特别需要占有大量的材料的。编写少数民族文学史，由于现成的书面材料比较少，还需要广泛地搜集材料，并且对口头的材料加以忠实可靠的记录和整理。作为科学研究的基础的材料是不应该任意删改任意增减的。应该把学术性的资料和一般读物加以区别。应该把整理和改编和再创作这三者加以区别。三部文学史的有些地方，把民间文学作品中思想内容有矛盾、宣扬封建思想意识、表现因果报应或者有其他消极思想的部分，断定为是经过了过去的统治阶级的篡改。有些同志在会上的发言也有这样的看法，认为民间文学作品中的思想内容不能代表人民的部分就是经过了篡改。我觉得判断作品的什么部分经过了篡改，这是应该十分慎重的。这种判断必须有可靠的根据。比如文字记载的根据，口头相传的根据，或者原先的作品还存在，可以和后来改坏了的作品对照，等等。不能仅仅因为作品中消极的思想内容，不能代表人民，就断定是经过了过去的统治阶级的篡改。因为这些消极的思想内容也可能是受到了过去的统治阶级思想的影响，或者是反映了过去的人民的落后思想。如果轻易断定为经过了篡改，甚至按照我们的想法把这些部分加以删改增减，结果就反而把可靠的材料变为不可靠了，我们根据这些不可靠的材料写出的文学史也就并非信史了。有了充分而可靠的材料,我们在处理、解释和运用材料的时候还要有严格的科学精神,不可牵强附会,不可断章取义,不可随意引申,不可只选取对自己的主观想法有利的部分而抹杀不利的部分,不可使我们的解释和判断经不起别人查对原来的材料,不可把结论建立在仅仅是可能的基础之上。

许多口头文学作品的断代是一个困难的问题。如会上有些同志所说的,应该从多方面去考察。如果实在无法断定,我想可以附在大致相近的时期的后面去讲。如果一个民族的绝大部分作品都无法断代,我想恐怕就很难写文学史,也可以考虑先写成文学概况。至于某个时期的某种文学的情况如何,应该根据材料所能提供的事实去叙述,材料不足也可以暂缺,不必因为求全而写上许多推测之词。

材料是基础,观点是统帅。要从材料中引出正确的结论就需要有正确的观点,正确的指导思想。我们这次讨论三部文学史都是在马克思列宁主义的原理的指导之下编写出来的著作。可以看出,它们的编者都是努力采取历史唯物主义的观点的,都是努力运用阶级分析的方法的,都是努力用分析和批判的态度来对待遗产的。因此,大量的结论都是正确的。我只是感到在运用马克思列宁主义原理的时候,有些地方也还可以讨论。比如怎样用阶级观点来解释描写爱情的作品就是一个问题。《白族文学史》对于有名的《望夫云》的传说是这样说明它的思想意义的:先说它有两个主题,一个是歌颂爱情的主题,一个是反映阶级斗争的主题,两个主题又是有机地联系着;后来又说"如果说《望夫云》中的爱情事件是现象,则阶级斗争主题是它的本质。《苗族文学史》对于古代苗族情歌说,它们"也是苗族人民进行阶级斗争的有力武器"。阶级社会的文学都有阶级性,阶级社会的民间文学很多都反映了或者接触到阶级矛盾,阶级压迫,这是没有问题的。阶级社会的爱情也有阶级性,阶级社会的描写爱情的作品也总是表现了不同阶级的生活、思想、感情、恋爱观等等,而且有些作品更通过爱情的题材直接反映了阶级矛盾,阶级压迫,这也是没有问题的。然而我们并不能因此就把一切作品,一切描写爱情的作品,都看作是以反映阶级斗争为主题。《望夫云》的传说是多种多样的，这些传说的思想意义和阶级性的表现也是比较曲折复杂的，恐怕不宜于把它们的主题都归结为反映阶级斗争。整个说来，阶级社会的文学当然是阶级斗争的武器，这也是没有问题的。然而我们也不能因此就把全部苗族的古代情歌都说成是苗族人民进行阶级斗争的有力武器，这恐怕是不符合实际的。我们需要把阶级性和阶级斗争这两个概念加以适当的区别。

在文学史中怎样具体地运用批判地继承遗产的原则，也是一个可以讨论的问题。古代的作品用我们今天的思想来考察，就是那些杰出的作品也总是有局限性和消极的因素的。对那些一般古代作品所共有的局限性，是在叙述每一部作品的时候都一一加以批判，还是在适当的地方作一些总的说明呢？而且到底应该怎样看待那些局限性和消极的因素，怎样在批判和说明的时候掌握分寸呢？采取逐一批判的办法，许多话就难免重复，一般化，而且显得好像是用我们今天的标准来要求古人。对那些局限性和消极的因素缺乏恰当的看法，批判的尺度就容易过苛或过宽。《蒙古族文学简史》对《江格尔传》、《红色勇士谷诺干》等作品，批评它们没有摆脱"英雄造时势"的唯心主义观点，把主人公写成了个人英雄，对人民群众是历史的创造者表现不足。但古代的神话传说、英雄史诗，以至像《三国志演义》、《水浒传》、《西游记》等著名小说，差不多都是这样写的，是不是都应该加以这样的批判呢？古代的作者不可能有我们今天的历史唯物主义观点。他们在作品中把个别人物写得很突出，一般人民群众写得很少或者甚至没有写，自然是和他们的思想有关的。但这里面是不是也还有一个文学特点的问题呢？这种作品总要创造英雄人物，这些英雄人物形式上是个人，实际上却是通过他们集中地表现人民群众的力量、智慧和愿望。这正是文学艺术的一种比较曲折地反映现实的形式。

《蒙古族文学简史》对《孤儿舌战钦达嘎斯琴》、《额尔戈乐岱》这样一些斗争性强的作品，批评也是过苛的。根据《蒙古族文学简史》的介绍，《孤儿舌战钦达嘎斯琴》这篇叙事诗的内容是通过争论酒的利弊来表现出一个奴隶即孤儿的智慧和勇敢。《蒙古族文学简史》肯定了这样的内容，这是很正确的，但却又批评孤儿的形象存在着某种缺陷，因为他敢于和大臣钦达嘎斯琴争论，在很大程度上是由于受到成吉思汗的允诺和支持，否则他不会锋芒毕露，而且他的斗争目的也是非常有限，不过是为了得到成吉思汗的宠爱。其实成吉思汗的允诺和支持不过是故事发展的一个条件。世界上任何事情的发生和发展都是有一定的条件的。怎样能够要求文学作品写出无条件的反抗呢？至于追究孤儿的斗争目的，这就更超出了作品的基本思想的范围。这篇叙事诗并不是要描写什么重大的斗争和斗争目的，仅仅是要通过这个宫廷中的日常事件来表现出劳动人民的精神上的优越。《额尔戈乐岱》这篇叙事诗的内容是写一个从普通牧民出身的英雄人物反抗清朝的统治，反抗清朝的统治集团对蒙古人民的压迫和剥削，终于取得胜利。《蒙古族文学简史》肯定了额尔戈乐岱是当时人民的要求和愿望的体现者，这也是很正确的，但却又批评他的斗争性不够彻底，因为他只是向清朝的皇帝提出这样一些条件：蒙古地区不受清朝统治阶级的管制，取消了一切苛捐杂税，从国库中拨出款项来修理在战争遭受损失的民房，等等。另外，还批评它把清朝的皇帝描写得过分懦弱无能，战败后完全答应额尔戈乐岱所提的条件，更是美化了当时的统治阶级，麻醉了人民的斗争意志。其实这篇叙事诗不但描写了人民对清朝的统治集团的反抗，而且敢于根据幻想描写反抗者胜利，皇帝战败，提出那样一些条件，迫使皇帝最后屈服，这在过去的作品中已经是够大胆，够富有革命性了，还要提出怎样的条件才算彻底呢？既要写人民胜利，皇帝失败和屈服。它就不能不虚构出那样的结局，又怎样能说这就是美化当时的统治阶级而麻醉人民呢？如果是批评它把胜利的结局写得不够单纯曲折复杂，那也是用后来的现实主义的小说的写法来要求民间叙事诗，忽视了这种单纯和夸张正是它们的特色。

《苗族文学史》有一章讲述关于张秀密的叙事诗。总的说来，这一章是写得很好的，把作品中的许多动人之处都介绍出来了。张秀密是清朝咸丰、同治年间贵州东南部农民起义的领袖。关于他的叙事诗写出了当时的官逼民反；写出了这次起义的群众性，"有的涉水翻坡来，有的踏烂刺蓬来，人群遮黑了岭，头巾盖住了天"；写出了张秀密的英勇善战，并且能够提出"不要杀汉人"、"只杀官家老爷们"这样一些正确的政策……最后，写张秀密被俘，被清军囚在木笼里押送

到湖南去,沿途人民哭声震野,向他呼喊:"是你不是,秀密哥?"他回答:

> 是我呀,哥哥!
> 是我呀,弟弟!
> 这世我去了,
> 二世再转来,
> 转来杀官家,
> 收回山坡栽树子,
> 夺回田地种庄稼……

这写得多么坚决,多么感动人! 中国历史上的可歌可泣的农民起义农民战争很多,然而歌颂它们的叙事诗却太少了。像关于张秀密的诗歌,有这样丰富的内容,而又这样强烈地表现出来了革命的气概,斗争的气氛,是十分值得我们重视的。《苗族文学史》以一章的篇幅来介绍,当然也是估计到了它的重要性。但在讲到它的缺点和局限性的时候,有些意见也是过于求全责备的。比如批评它很少反映这次起义中汉族、侗族人民和苗族人民一起并肩作战,批评它没有写到传说中所说的张秀密和石达开曾有联系,批评它惊心动魄的战争场面写得太少。对于文学作品,不能要求它写得像历史著作那样科学和完全。对于口头流传的文学作品,尤其是长篇的民间叙事诗,不能要求它写得象杰出的作家的创作那样细致和完整。何况张秀密和石达开有联系也不过是一种传说,不一定就是历史事实,又怎么能够要求它一定要提到呢?《苗族文学史》讲述近代传说故事的时候,对鬼的故事有一段批判的话:

这些故事都描绘出一个和世界差不多的鬼的世界,夸张地把那些鬼说得是多么的有感情。这些,很容易搅乱人的理智,使人们在困难或痛苦的时候,产生人不如鬼、生不如死的想法。

这也是不大恰当的。关于鬼的故事,也要加以分析,不可笼统否定,不可根据这样一些理由把它们全部抹杀。按照这些理由,蒲松龄《聊斋志异》里面的很多作品都无足取,而我们文学研究所也就根本不应该编《不怕鬼的故事》了。

关于在文学史中怎样具体地运用批判地继承遗产的原则这个问题,我在这里举出来讨论的都是一些要求过苛的例子。相反的情况也是有的,在讨论当中已有同志提出过,三部文学史对有些作品批判不够。我读这些文学史的时候,也感到有些作品似乎评价过高,因为从书上引的作品或作品的片段看来,好象和那些大家赞扬的评语并不相称。

对文学遗产的批判地继承,应该不只是在思想上,同时也是在艺术上。三部文学史都是注意到艺术性这个方面的,这也是它们的一个优点,只是似乎还不够一些。艺术分析的比较薄弱,不深刻,这是我们今天的一般文学批评和汉语文学史著作都存在的缺点。对少数民族文学史,不应该在这方面苛求。不过我们总还是需要多作一些努力,力求在这方面的评价也比较恰当,具体地指出作品的艺术上的优点和特色在哪里,缺点又在哪里。在艺术方面,也应注意不要以我们今天的标准来要求古人。

对于材料的处理,对于马克思列宁主义原理的运用,我们的著作还有一些缺点,这就说明它们还有不够科学之处,要进一步提高科学性,也就需要从这些方面着手。

还有一个和科学性有关的问题,就是编书要讲求体例。我国古代的一些著名学者从事著作的时候,是重视体例的谨严的。这是因为体例是一个和内容的科学性、形式的科学性都有关系的问题。我们在会议过程中拟订的今后工作计划草案在这方面已作了一些规定。我只想就入史范围和叙述方法这两个问题来讲一点意见。第一,既然我们编写的是文学史,内容范围就应该以文学史需要讲述到的为限。文学史需要讲述到的是文学发展的过程和规律,在发展过程中发生过作用和影响的有历史地位的作家、作品和其他文学现象,以及为了说明这些过程、规律、作家、作品和其他文学现象而必须涉及的社会经济基础和其他上层建筑的状况。这就是说,并不是一切作家、一切作品、一切文学现象都可以入史,必须有所选择,有所舍弃。这就是说,社会经济基础和其他上层建筑的状况的叙述必须和文学发展的情况密切结合起来,而且不可喧宾夺主。格言、谚语、谜语、儿歌等在写民间文学概论的时候是应该讲到的，但在文学史里面就似乎不必论列，因为它们并不能影响到文学历史的发展。为了说明某些民间戏剧作品和民歌、戏剧、音乐、舞蹈等方面的情况的介绍有时可能是必要的，但应该尽可能讲得简单扼要。我们有些文学史把格言、谚语、谜语、儿歌等列入专章专节，或者大讲剧种、唱腔、乐谱、舞蹈，或者论列到许多没有文学价值的诗文，这都是值得考虑的。对于当代的作家、作品，我们又怎样能够预先知道他们或它们有没有历史地位，确定去取呢？这的确需要有眼光，有判断能力。但这些作家、作品是不是已经发生了较大的影响，是不是有较高的文学价值和成就，仍然是可以知道的，仍然是有客观的标准的。有些同志主张文学史里面讲述当代的作家、作品要慎重一些，我赞成这样的意见。有的同志表示怀疑："如果只写成就较高的作家、作品，又怎样能看出我们的文学的蓬勃发展，怎样能看出文学的全貌呢？"文学的蓬勃发展可以表现在概括性的叙述中，可以表现在对代表性的作家和作品的介绍中。并不必要把很多成就不高的作家、作品都一一列举。只是追求数量，不管质量，倒是并不能表现出我们的文学的繁荣的。文学史所要反映的文学的全貌究竟还是它的发展和成就的全貌，并不是什么文学现象都要写进去，这正象画一个人的全貌，并不是要把他身上的一切都画上去一样。第二，既然我们编写的不但是文学史，而且是各少数民族的文学史，正式叙述的作家、作品和其他文学现象就应该以本民族的为限，判断作品所属民族一般只能以作者的民族成分为根据。作者无法考察的民间作品，可以在本民族中流传并有民族特色为根据。有些同志认为有作者可以考察的作品也不能只从作者的民族成分来判断，其他民族的作者写本民族生活的作品，只要写得好，并且在本民族中有影响，也可作为本民族的作品写入文学史中。我觉得这是不适当的。不以作者的民族成分为标准，再另外订立一些标准，恐怕都是不科学的，其结果是许多民族的文学史对于作家和作品的讲述都会发生混乱和重复。

为了便利于写出文学发展的过程，文学史的正常叙述方法应该是按照时间先后，依次讲到历代的重要作家、重要作品和其他重要文学现象（文学上的重要变化和发展，文学思潮和文学运动，文学理论批评，等等）。过去有些文学史把文学的历史分为几个大段落,然后按照文学种类分别叙述,那恐怕不是很好的写法。当然,如果不是写文学史而是写文学概况,很多作家、作品都无法断代,这种写法也是可以采取的。无论是文学史还是文学概况,无论采取哪种叙述方法,全书应力求统一。我们讨论的几部文学史中,就有上半部和下半部的叙述方法很不一样的,修改时最好加以改进。此外,文学史和文学概况都应该采取以客观地叙述事实为主的写法,我们的观点和倾向性也就在这种客观叙述之中表现出来。当然,文学史和文学概况对作家、作品和其他文学现象还必须有评价,有论断,不能全部限于客观地叙述事实。但这种著作到底和理论批评的论著不同,不宜议论过多,也不宜没有作比较充分的客观叙述就下判断。我们的评价和论断应该是客观叙述的必然的逻辑的结果,应该是水到渠成似的自然和画龙点睛似的精当。

三

讨论编写少数民族文学史或文学概况的基本要求和指导原则的时候,我们曾在以下三个问题上发生了争论:

一、在编写工作中提不提厚今薄古的口号?

二、民间文学里有没有两种文化的斗争?

三、应该强调各民族文学的共同性还是强调各民族的特点?

争论得最热烈的是第一个问题。有些同志认为在编写少数民族文学或文学概况的工作中不必提厚今薄古的口号,因为少数民族的文学遗产还发掘得不够,而且工作中并没有发生厚古薄今的偏向。有些同志认为厚今薄古既然是学术工作的方针,就应该在我们的编写工作中也适用,就不能打折扣,应该百分之百的贯彻。怎样贯彻也有不同的意见。有的同志主张在篇幅上古的少一些,今的多一些。有的同志说不一定表现在篇幅上,主要还是观点问题,看对待古代的作品和今天的作品的态度怎样,是不是看到两者本质上的不同,是不是有一代总比一代强的思想。有的同志认为既要从篇幅上来表现,也要从对作品的评价上来表现。

要正确地回答这个问题，我们需要作两方面的考察。一方面是我们对厚今薄古这个口号的了解怎样，是否恰当，完全。一方面是我们的编写工作的情况怎样，在对待古和今的问题上有无缺点，有什么缺点。一切口号、方针或政策要在具体工作中贯彻，都是需要作这两方面的调查和考虑的。如果我们对于这些口号、方针或政策本身的了解就不恰当、完全，或者虽然在这方面没有问题，却对自己工作中的情况了解得很差，特别是不清楚和这些口号、方针或政策有关的情况，那是绝不可能贯彻得好的。所以，以为对厚今薄古的口号和在我们的编写工作中是否必须提这个口号不必作什么研究讨论，只是盲目地贯彻就行了，这是不正确的。你以为是百分之百地贯彻了正确的口号，安知道实际上不过是百分之百地贯彻了你的错误的理解和错误的作法呢？何况厚今薄古虽然是一个带方针性的口号，但究竟还是一个针对学术界的一定时候的偏向提出的口号，和学术工作的根本方针、根本政策还不同。

当然，不提这个口号，我们的编写工作中也仍然存在着怎样对待古和今的问题。具体地说，就是古今比重，对古和今的态度，以及古为今用等问题。对这些问题仍然应该有明确的看法。古今比重，详细一点说，就是古代、近代和现代的文学在篇幅上应占的比例。这种比例应该根据各民族文学的实际情况去适当确定，不应该也不可能强求一律。我国很多民族的古代文学的历史比近代和现代合起来还要长，而且甚至长得多，而且古代的文学成就也很高，在这种情况下就完全应该给古代的文学以更多的篇幅，或者甚至以几倍的篇幅。也可能有这样的民族，近代和现代的文学合起来比古代丰富，成就高，在这种情况下也可以给古代的文学篇幅较少一些。但把解放前几百年的文学编为上册，解放后十年来的文学编为下册，无论如何是不适当的。我国五四以来的现代文学，特别是开国以来的社会主义文学，当然是十分重要的，而且一般历史的写法都是比较详于近代和现代而略于古代。但文学史要求写出文学发展的全貌，并且要求对任何时代的杰出的作家、作品都给予以重要的地位，因此古代、近代和现代的文学在篇幅上所占的比例仍应比较平衡，比较适当，不宜详略过甚。至于对待古代、近代和现代的文学的态度，当然我们首先必须看到，总的说来，人类的文学艺术是随着社会的发展而越来越进步的,而我们今天的社会主义文学更在性质上、思想上和群众化上已经超出了过去一切时代的文学。但是,文学艺术的发展和其他许多事物一样,并不是直线地上升,而是曲折地前进。有些时代,文学艺术的发展和社会物质生产的发展是并不平衡的。我们今天的文学在性质上、思想上和群众化上已经超过了过去一切时代的文学,也并不等于在一切方面都已经超过,更不等于今天的一切作品都已经超过了过去的那些伟大的杰出的作品。因此,我们对古代、近代和现代的作品的评价,仍应实事求是,力求恰当,不能对离我们越近的作品就越加以不合实际的抬高,对离我们越远的作品就越加以苛求和贬低。最后,对于古为今用,我们也应该了解得广泛一些。我们把各民族的文学历史或文学概况加以科学地叙述,对过去的有历史地位的作家、作品和其他文学现象作出正确的说明和论断,并从而有助于我国社会主义文学的发展,有助于增进各民族之间的了解和团结,有助于加强全国人民的民族自信心,这就是作到了古为今用。并不是要在叙述过去的文学历史的时候勉强和现在的事情联系起来,也不一定要特别突出和我们的时代有关的作品,才算古为今用。

关于第二个问题,民间文学里面有没有两种文化的斗争,争论是这样的:有些同志说有,有些同志说不能这样提。前一种意见认为事实上民间文学里面两种文化的斗争很明显,很尖锐,反动思想、剥削阶级思想在民间文学里面有不少的表现。后一种意见认为民间文学是劳动人民的创作,里面虽然也有精华和糟粕之分,那是人民内部的进步和落后问题,和反映阶级斗争、敌我矛盾的两种文化的斗争本质上不同,因此,不能说民间文学里面有两种文化的斗争,只能说两种文化的斗争在民间文学里面也有反映。我觉得这两种意见完全可以统一起来。对这个问题我们可以这样回答:民间文学里面有两种文化的斗争;但民间文学的糟粕的确很多都是剥削阶级的思想在其中的反映;因此,民间文学里面的两种文化的斗争的形式还是表现得曲折一些,和整个社会上的两种对立阶级的文化的斗争还是有所不同。这正如无产阶级内部的思想斗争也常常是社会上的阶级斗争的反映,但在形式上又和社会上的阶级斗争不同一样。

有的同志主张我们的文学史应该从古至今都贯串着两种文化的斗争，要在每个历史阶段都能够看得出，但在实行中又感到困难，感到过去的统治阶级的文学并不能全都划到反面阵营里去。这个问题也可以附带在这里讨论一下。会上已有同志说，不要勉强去写这种斗争。我觉得这样的意见是对的。各个民族里面，自从有阶级划分以来，都是存在着两种文化的。但两种文化的斗争并不一定任何时候都是表现得同样尖锐，也不一定任何时候都很明显地表现在文学史上。而且并不是任何时候的这种斗争都有文献记载保存下来。还是按照历史事实和现有材料，能写多少就写多少，不必为了强调贯串而勉强去写。我们说过，列宁说每个民族文化里面都有两种文化，那只是一个根本的划分，大的划分。编写文学史，对各个时期的文学应该分析得更细致一些，并不是把所有的作家和作品划分为这样两类就算完成了任务。民间文学虽然是过去的以劳动人民为主体的人民的文学，其中也仍然有精华和糟粕之分，这是大家都承认的。按照马克思主义的观点，过去的统治阶级的上升和没落的时期的文学也大有区别。它们的上升时期常常出现许多进步的作品，杰出的作品；它们的没落时期，一般地说，文学是衰颓的，只有从少数具有叛逆性的作家手中才能产生一些有价值的作品，这也仍然是一些原则的划分，概括的划分。文学史上的种种作家和作品的具体情况还有它们的复杂性，还需要我们作具体的分析和评价。

关于第三个问题，编写少数民族文学史或文学概况应该强调各民族文学的共同点还是应该强调特点，也有两种不同的意见：一种意见认为写文学史或文学概况要有助于我国各民族的走向自然融合，因此应该强调各民族文学的共同性，不应该强调各民族文学的特点；一种意见认为两者并不矛盾，重视并发展各民族文学的特点并不妨碍我国各民族走向自然融合。我赞成后一种意见。我国各民族走向自然融合，这是一个长期的过程，一个远景；不能因此就人为地否定各民族的特点；重视并发展各民族文学的特点并不妨碍这样的趋势和前途，反而可以丰富今天和将来的我国各民族的文学的共性。我们的文学史或文学概况既要重视我国各民族的文学的互相影响和共同之处，也要重视它们在内容、形式、风格、技巧等方面的不同的特点。我们这次讨论的三部文学史是注意到这两个方面的。但恐怕还不能说已经表现得很充分,特别是在民族特点方面。因此,强调一下既要写出各民族文学的共同性,又要写出特点,就仍有必要。

<h2 style="text-align:center">四</h2>

我们的会议还就一些在评价上有不同意见的作品进行了讨论。争论较多的作品是蒙古族的《成吉思汗的两匹骏马》、白族的《牟伽陀开辟鹤庆》和《杜文秀起义的故事》。对它们都有基本肯定和基本上否定这样两种相反的意见。

关于《成吉思汗的两匹骏马》的争论主要包含着这样的问题:对古代表现反抗不够彻底的作品应当怎样评价,对古代不是以人为主人公的作品应当怎样进行阶级分析。这个作品有两种版本。一种版本写成吉思汗有两匹骏马,几次立功都没有得到众人的称赞,反而受到冷酷无情的待遇,小骏马就逃跑了;大骏马本来是反对逃跑的,但因小骏马是它的兄弟,也就跟着跑掉;后来大骏马想念成吉思汗和它的母亲、好友,瘦得皮包了骨,小骏马就同意和它一起回家;回来以后,成吉思汗让小骏马过了八年自由的生活,并且两匹骏马在打猎中都受到了众人的赞扬;最后,小骏马还被封为神马。另一种版本的主要差异在于逃跑的原因只是对受虐待不满,没有提到不被称赞。此外,把小骏马的反抗性写得更强一些,因此最后被成吉思汗封为神马的是大骏马而不是小骏马。偏于肯定这个作品的同志认为两匹骏马是最下层人民的形象,故事说明要自由得像小骏马一样起来斗争。偏于否定这个作品的同志主要有两种说法:一种说法认为两匹骏马代表劳动人民,但这个故事是提倡妥协,宣扬阶级调和,歌颂成吉思汗;另一种说法认为两匹马代表成吉思汗的近臣,这个作品反映的是统治阶级内部的矛盾,小骏马也并不是彻底反抗当时的统治阶级,不过是想要得到重视。因此,又发生了两匹骏马到底代表什么阶级的人物的争论。

古代的作品的思想内容常常是比较复杂的。《成吉思汗的两匹骏马》就是这样的作品。由于版本不同,复杂性就更增加了。但不管怎样,它的基本思想还是明确的:它赞扬的是小骏马的反抗和向往自由生活,而不是大骏马的驯服和软弱。它所描写的小骏马的反抗是不彻底的。但过去的现实生活中本来存在着许多反抗不彻底的事例，我们并不能说以这种事例为作品的题材就是提倡妥协，宣扬阶级调和，关键还要看作者的同情和倾向是在哪一方面。这个作品既然是明确地赞扬了小骏马，它的思想倾向也就很清楚了，小骏马终于回家，并非由于它的屈服，而是由于它对大骏马的手足之情；而且回家以后，它也并没有怎样俯首帖耳，特别在后一种版本里它仍然保持着桀骜不驯的气概，这样就无损于作者把它作为一个有反抗性的正面形象来肯定和歌颂了。这个作品把成吉思汗写得比较好，可能是出于蒙古族对他的一种传统的看法，也不能成为否定这个作品的理由。

　　两匹骏马到底代表什么阶级的人物呢？古代的有些寓言性质的作品，其中的动物或其他非人的角色本来就是当作社会上的某一类人的代表来写的，这样它们身上表现出的人的阶级性或许比较明显。但也有这样的作品，其中的动物、鬼神或妖怪之类本来就并不是当作社会上的某一类人的代表来写的，它们身上不但表现了动物、鬼神或妖怪之类的特点，而且有时还可能错综复杂地表现了一些不同阶级的人物的性格、思想和习惯，这样我们今天看来，就不大容易确定它们到底代表哪一个阶级了。《成吉思汗的两匹骏马》好像就是后一种作品。马是被人骑的，从这点说有些象代表被压迫被剥削的人民。然而马又是跟主人很亲近的，为主人所喜爱的，从这点说又有些象过去的统治阶级内部的分子。对这样的作品进行阶级分析，我想恐怕不一定要勉强给其中的动物划阶级，而是具体分析它通过这些动物所表现的思想感情带有什么阶级的色彩，并从而判断它的总的倾向的阶级性，而且还应该考虑到，它里面表现的具体的思想感情也不一定都能够确定其阶级性；因此只要大致分清楚就可以了，也不宜于勉强地生硬地去给这些具体的思想感情一一划阶级。按照第一种版本，小骏马逃跑的一个很重要的原因是由于它有能力有功劳而得不到应有的赏识和称赞；最后回到成吉思汗那里，得到了众人的赞扬，它就和大骏马一起，"开始心神安定，过起了幸福的生活"；这样的确很有些像过去的统治阶级内部的某些知识分子的思想感情。但按照第二种版本，逃跑的原因是由于被虐待，并没有这样描写,就又似乎有些像被压迫被剥削的人民的思想感情了。大骏马的驯服,软弱,反对逃跑,并且对小骏马说,"潜逃者必遭众人缉拿,叛逆者必遭全民攻打",这种思想是过去的统治阶级内部的忠实分子和人民里面的落后分子都可以有的。至于怀念家乡、母亲和好友,就更难于断定这到底是过去的统治阶级内部的分子还是人民的思想感情了。这说明有些思想感情如果孤立起来看,是很不容易判断它们的阶级性的。这个作品写的到底是两匹马,而不是阶级地位很分明的人,通过马表现的某些思想感情无法和其他情况联系起来确定它们的阶级性,自然就不象通过人表现的思想感情那样好辨别了。但是,尽管有这些复杂的情况,这个作品的总的倾向还是可以确定的。它所歌颂的反抗的性格和对于自由生活的向往,它所具有的人民口头文学的优点和特点,仍然说明它是一篇有一定的人民性的作品。因此,虽然它所描写的反抗是不彻底的,仍然可以对它适当的肯定。

关于《牟伽陀开辟鹤庆》的争论主要是对古代带有宗教色彩的作品应当怎样评价的问题,这是一个流传在云南鹤庆地区的白族和其他民族中间的传说,它叙述生在西藏、从小就精通佛教经典的牟伽陀来到大理国,经过十年苦修苦炼,用他的牟尼珠打出了一百零八个落水洞,锁住了盘踞在水里的蝌蚪龙,终于把原来是一片汪洋的大海子的鹤庆地区开辟成为可以种稻子的坝子。偏于肯定这个传说的同志认为它反映出当时人民要征服大自然的愿望。偏于否定这个传说的同志认为它宣传佛教徒的苦心修道,法力无边,只有虔信宗教的人才能办得成事。这个传说的确是宗教色彩比较浓厚的。但透过宗教色彩,仍然可以看出它是那种民间常有的用幻想的故事来解释自然现象的传说,它用一些大大小小的虚构故事来解释了鹤庆地区的许多地理状况。而整个传说的思想内容的核心仍然是人能够征服自然。

关于《杜文秀起义的故事》的争论主要涉及对过去的人民起义的看法。杜文秀是清朝咸丰、同治年间云南西部的一次回民起义的领袖。在白族和其他民族中间都流传着关于他的一些故事。这些故事叙述清朝的统治者不好好处理回族和汉族之间的纠纷,不问青红皂白,乱杀回族和汉族人民,这样就激起了回民起义,杜文秀被推为领袖;回民起义军占领了大理,杜文秀很注意回族和汉族的团结;杜文秀统治了大理十八年,清军攻破大理,他服孔雀胆自杀。偏于肯定这些故事的同志认为它们揭露了清朝的统治阶级,反映了人民和他们之间的矛盾、斗争。偏于否定这些故事的同志认为它们把回民起义的原因描写为始于民族纠纷,没有阶级观点;而且把杜文秀参加起义的动机描写为给他村子里的人报仇,没有更高的理想;还有,他没有象洪秀全那样提出明确的土地政策,也没有象义和团那样提出反帝的口号。这些故事关于起义的原因和动机的叙述是否符合历史的真实,要研究过这个历史事件的人才能准确地回答。关于杜文秀起义的故事又有许多个,它们的思想内容不一样,文学价值也不一样,对于它们的评价恐怕应有所区别。但对于过去的人民起义,不能要求原因和动机都很理想,也不能要求纲领都很正确,这却是可以断定的。我国历史上的各族人民的起义,很多都没有提出明确的土地政策,鸦片战争以后的人民起义也并没有都提出反对外国的侵略或者反帝的口号,然而我们仍然必须肯定这些起义,必须肯定同情和歌颂这些起义的作品。

这些争论涉及的具体问题并不相同,但也可看出其中有一些共同之处。从这些共同之处我们可以提出以下几个意见供评价作品时作参考。第一,评价过去的作品必须有历史主义的观点。这虽然是一个我们早已熟知的道理,但有时我们仍然会在某些具体问题上缺少这种观点。反抗不彻底,作者没有明确的或严格的阶级观点,在宗教曾经流行的时代、地区和人民中产生的作品难免带有宗教色彩,历史上的人民起义的原因、动机和纲领不一定都很理想很正确,这些都是过去的时代常有的现象,我们不能用今天的标准来要求。其次,过去的作品常常是思想内容比较复杂的,常常是积极的因素和消极的因素夹杂在一起的,我们必须辨别它的总的倾向是什么,感染人之处是什么,判断一个作品的价值,判断它基本是好还是坏,应该根据这种主导的而且在实际上更起作用的东西,而不应该根据个别的细节,个别的优点或缺点。斯大林在给费里克斯·康的信和给别塞勉斯基的信中都讲过这个道理。而且他在前一封信里还有这样的意见:不要把文学作品当作科学著作来要求。这些意见对我们评价古代和现代的作品都是很有益的。其次，我们评价过去的作品，可以一些有类似之处的作品和关于它们的评论来作为参考。《水浒传》《西游记》和《红楼梦》都公认为是伟大的作品，然而它们的某些部分也有缺点，也有消极的因素。《红楼梦》有所谓"色空"思想。《西游记》所写的孙猴子的反抗也是不彻底的，而且整个作品也带有宗教色彩。《水浒传》所写的一些农民领袖的起义的原因和动机也并不都很理想，而且他们也并没有提出明确的土地政策。然而所有这些都无损于它们的伟大。我们讨论的是一些短小的作品，而且并不是这些少数民族中最杰出的作品，从思想内容的广阔和深厚说，从艺术成就的卓越说，它们是不能和这些伟大的作品相提并论的。然而以这种中国的或外国的有定论的名著来作参考，也可以帮助我们看清一些问题。

我们讨论的作品中也有消极的内容成为主导的方面、因而的确应该基本上否定的例子。但对这种作品大家的看法比较一致，没有什么争论。这说明我们是能够辨别这样的作品的。

从二十多天的讨论会，我学习了很多东西。为了参加同志们的争鸣，我虽然对少数民族文学毫无研究，也把这些不成熟的想法讲出来，供大家参考、批评。我国古语说："智者千虑，必有一失；愚者千虑，必有一得。"我希望能够贡献出一点可供参考的意见，原因就在于我迫切地期待着我国各少数民族的文学史或文学概况的编写工作完成得更早一些，而且完成得更好一些。

一九六一年九月十一日至十月一日写出

关于少数民族文学史写作的讨论

　　史料原载 1961 年 6 月 28 日《人民日报》。1961 年 3 月至 4 月，中国科学院文学研究所在北京召开少数民族文学史编写工作讨论会，出席会议的有各有关省区、各有关工作单位的同志七十余人。会议指出，我国少数民族的文学作品长期被忽视、被埋没，关于少数民族文学史和文学概况的研究，是一个新开辟的学术领域，因此会议结合《蒙古族文学简史》《白族文学史》《苗族文学史》讨论了编写少数民族文学史和文学概况的一些共同原则和重要问题，明确了编写各少数民族文学史和文学概况的基本要求。围绕"厚今薄古"的问题、民间文学中有无两种文化斗争问题、作品的评价问题展开了深入探讨。此外，会议还制定了三个工作计划的草案。

原文

　　中国科学院文学研究所最近在北京召开的少数民族文学史编写工作讨论会，是一个工作会议，同时也是一个学术会议。出席的有各有关省区、各有关工作单位的同志七十余人。会议结合《蒙古族文学简史》、《白族文学史》、《苗族文学史》讨论了编写少数民族文学史和文学概况的一些共同原则问题。会议是本着百家争鸣的精神进行的，讨论自始至终都很热烈，到会同志都感到收获很大。

　　由于我国少数民族过去处于被压迫、被排斥的地位，他们的文学作品长期被忽视、被埋没,关于少数民族文学史或文学概况的研究,这是一个新开辟的学术领域,许多作品有待搜集、整理,许多问题需要研究、探索。

会议对少数民族文学史编写工作中的许多重要问题都进行了讨论。会议首先讨论了编写各少数民族文学史和文学概况的基本要求,认为应该是:1.材料丰富,叙述力求客观、准确;2.对各种文学现象的说明和论断力求符合马克思主义;3.经过调查研究,社会历史和文学历史的发展脉络均比较清楚者,写文学史;条件不具备者,写文学概况;4.根据实际情况,既写出本民族文学的特点,又写出各民族文学之间的相互影响;5.体例统一,文字精炼。会议认为:写入文学史和文学概况的作家,应是对本民族的文学发展有一定贡献或有比较显著的社会影响的作家;判断作品所属民族,应以作者的民族成分为依据,作者无法考查的民间文学,以在本民族中流传并有本民族文学特色的作品为限;同一作品在两个以上的民族中流传、无法判断其所属民族者,可作为几个民族的共同的文学来叙述。至于各民族文学史的大的分期,会议认为应根据各民族社会历史发展的大的分期划分,能与全国社会发展的大的分期一致者尽可能一致,但不应强求一律;至于小的发展段落,则可按照本民族文学历史本身的具体情况划分。作家作品的时代的断定,有文字记载者以文字记载为依据;无文字记载、但经过各方面的考察、可以确定其产生时代者,根据考察的结果断定;无法考察或经过考察仍不能确定其产生时代者,不要勉强断代,可以附在适当的历史时期后面加以叙述。会议还讨论和编写少数民族文学史或文学概况极有关系的搜集整理工作问题。会议认为:这是编写少数民族文学史或文学概况的基础。对各少数民族的文学作品必须全面搜集,忠实记录,在整理工作上反对篡改;不应该见到少数民族的民间文学作品中有某些消极的部分,就毫无事实根据地断定这些部分是剥削阶级篡改的结果,并从而按照今天的观点加以删改。这样作对科学研究工作是不利的。编写少数民族文学史或文学概况,观点是重要的,倾向性必须鲜明;但是,观点必须和资料统一,倾向性应当表现在对客观事实的叙述中。马克思列宁主义观点是指南,指导我们如何去研究历史和现状,但要对一些问题得出具体的结论,却要在对资料研究以后,不能先后倒置。

　　会议在讨论上述编写工作中的问题的过程中，对某些具有指导思想性质的问题发生了热烈的争论。

　　讨论到编写少数民族文学史如何正确对待过去的和今天的文学的时候，围绕"厚今薄古"的问题展开了争论。主要两种意见：第一种意见主张百分之百地不折不扣地执行厚今薄古方针，理由是：（一）编史的目的是为了今天，肯定过去也是为了今天的需要；（二）"数风流人物还看今朝"，历史向前发展，新的总要代替旧的，所以对今天的东西传承以充分的估价；（三）有的民族（如苗族）过去没有书面文学，今天出现了，这是古今无法比拟的；（四）在少数民族文学的研究工作中过去有过厚古薄今的错误，应该注意。"厚今薄古"在编写工作中又应如何具体体现呢？他们以为，既应表现于作品的评价上，也应表现在篇幅的分配上。在作品的评价方面，他们认为，对待古的东西，采取虚无主义的态度是不对的，但是不能评价过高，应该看到历史的局限和他们的失败之处；而对于今的东西的评价当然也要适当，但须突出。在篇幅的分配方面，由于古代的东西比今天的多，不能有多少写多少，虽然古今的比例并不宜于具体规定。而且对于古代的东西，应该根据是否对今天有教育作用，加以选择。第二种意见主张不提这个口号，理由是：我国少数民族的文学遗产的发掘工作开始不久，还没有厚古薄今的倾向，对于古代的东西必须要好好发掘和整理，赶快发掘和整理，因为有些作品是亟待抢救的，不然便有失传的危险，提出"厚今薄古"对于工作不利。

　　讨论的结果，多数同志认为"厚今薄古"口号之所以提出，其目的是为了反对学术界中有些人不注意当前问题、言必称三代的烦琐主义倾向，提倡对历史遗产采取批判地继承的态度，其核心和目的是在于希望学术工作有创造性的活动，敢于打破老传统的束缚，并从而大大地提高我们的学术水平。因此，不能误以为提出"厚今薄古"的口号便可以轻视历史遗产，对遗产采取粗暴的态度。而且我们是写文学史，应该写出文学历史发展的全貌。各民族的文学总是古代和近代的历史要比现代的历史长得多，因而在篇幅上古代和近代部分合起来比现代部分多一些，或者甚至多出几倍，完全是合理的。古代、近代和现代的具体比例应该根据各民族文学史的具体情况规定，要看各个时期的文学的丰富和繁荣的程度怎样,总的成就怎样,重要作家和重要作品是多是少。但以为文学史的篇幅应该今比古多,或者古今各占一半,都是错误的。对古代、近代和现代的作家、作品的评价也应该力求恰当。总的说来,今天的文学的性质和思想内容已经超过了过去一切时代的文学,但这不等于今天的每一个具体的作家、具体的作品都已经超过了过去的文学成就。关于古代作家作品的评价,经常遇到的是政治标准第一、艺术标准第二的原则如何运用的问题。这个原则对古和今的应用是不一样的。对古人,当然也是政治标准第一,就是说如果他是进步的作家,我们就应给以肯定的评价。但评价古代的作家和作品,政治标准第一,主要是根据今天的需要来衡量。政治标准第一,不是只看一个作家当时的政治态度如何。他们的政治态度当然要受他们所处的时代和所属的阶级限制。他们的政治态度是属于过去的,他们所留下的优秀作品即反映了那个时代的真实、代表了那个时代的最高思想水平的作品,才属于现在。他们的政治态度曾经起过作用,但是今天已经不起作用了,今天还起作用的是他们留下的作品。我们要看他们的作品对今天是否有意义,不能以今天的政治标准去要求古人。对待遗产,当然是要批判地继承,但批判地继承并不等于粗暴地否定。在研究工作上要防止简单化的倾向。至于在编写少数民族文学史或文学概况时力量的安排问题,由于过去发掘和研究古代的作品的工作做得还不够,要以较多的力量来从事这方面的工作也是应当的,也不宜用"厚今薄古"来非难这种情况。

讨论到少数民族文学历史的发展规律时,有些同志提出了民间文学中有无两种文化斗争的问题。一种意见认为不能提民间文学中有两种文化的斗争,因为民间文学是指劳动人民的文学创作,民间文学中的精华和糟粕与两种文化的斗争本质不同。民间文学中的糟粕是受统治阶级影响的结果,或者是时代的局限所致,因此不能说民间文学中有两种文化的斗争,只能说有两种文化斗争的反映。并且在民间文学中,有些作品或作品中的某些部分,不是真正的民间文学,是统治阶级篡改的结果或属于市民阶层的东西,所以在研究民间文学作品的时候,必须辨伪存真。有些同志不同意这种看法。他们认为在民间文学中不但有两种文化的斗争,而且斗争得很尖锐。事实上,反动思想,剥削意识,不健康的情感，在民间文学中都有反映。大家认为，应该承认在民间文学有两种文化的斗争。民间文学是指过去各个社会里产生并流传于被统治的人民当中的文学，劳动人民的创作是其中的主体，并不是它的全体。民间文学中有些消极的东西，的确是受统治阶级的影响的结果，不是劳动人民固有的，因而说有些情况是两种文化的斗争在民间文学中的反映，也是有道理的。争论中的两种意见可以统一起来。把两方面的合理的意见统一起来，看法就更全面了。关于有些同志所谈到的辨伪存真的问题，固然民间文学作品确实有被过去的统治阶级篡改的事实存在，但是判断应该确有根据，十分慎重，不应该看到民间文学作品中有消极的部分或消极的因素，就任意断定是统治阶级篡改的结果，并按照今天的观点加以删改，这样的做法将给民间文学作品以及对于民间文学作品的研究工作造成损害。关于在编写少数民族文学史或文学概况时怎样表现两种文化的斗争的问题，会议也进行了讨论。有些同志提出，两种文化的斗争是客观规律，一定要表现得鲜明，要在每个历史阶段都明显地而且突出地写出这些斗争来。但在具体的编写工作中他们又感到很难做到系统地全面地叙述出这样的斗争来。有的文学史在编写中把劳动人民的文学和贵族僧侣的文学划分为两个阵营后，就感到对一些进步的贵族僧侣文人就不好处理。会议认为，在整个文学史上，两种文化的斗争的确是一直存在的。但这并不等于每个历史阶段这种斗争都很尖锐，并且在作品上都有明显的表现。这里还有一个资料的问题。即使当时这种斗争尖锐，也不一定都有资料保存下来。所以对于这个问题的处理，应该从实际出发，实事求是，不宜强求把两种文化的斗争在文学史的各个阶段都写出来，勉强这样做有一个危险，就是容易把很多并不反动的作家和作品都硬划成了对立面。在分析过去的统治阶级的文学作品的时候，也要看它是什么时期产生的，看它是过去的社会的上升发展时期的作品，还是下降、没落的时期的作品。分析作品，要反对单纯从它的作者的阶级成分上着眼，主要应该看作品的内容，对列宁的关于两种文化斗争的学说，不可以机械地理解，不可把一切时代的一切作家和作品，都简单地划为两种对立的方面，认为不是进步的、人民的，就是反动的。

编写文学史中的一个很重要的问题是对于作品的评价。为了更具体地探讨评价中的问题,会议选取了一些作品作为例子进行讨论。争论较多的是对于蒙古族的民间故事《成吉思汗的两匹骏马》、白族的民间故事《牟迦陀开辟鹤庆》和白族地区流传的关于杜文秀的传说的讨论。此外,还讨论了蒙古族的英雄史诗《红色勇士谷诺干》和苗族的几首酒歌。讨论中反映出在评价古代作品时存在着有某些不大科学的看法。比如,对《成吉思汗的两匹骏马》、《牟迦陀开辟鹤庆》和关于杜文秀的传说,都有基本上肯定和基本上否定这样两种意见的争论,而基本上否定却常常是由于以衡量今天的作品的标准来要求古代作品,或者是由于强调它们的消极方面而压低它们的积极方面,如强调它们的反抗和斗争不彻底,或带有宗教色彩、或阶级观点不大明确。经过讨论以后,会议认为,评价古代作品当然也是政治标准第一、艺术标准第二,当然也要用阶级分析的方法,这是马克思列宁主义的根本原则;但评价古代作品必须有历史主义的观点,不能要求它们写得象我们今天的作品一样,而且古代作品的思想内容常常是复杂的,含有矛盾的,必须进行细致的具体分析,才能得出正确的评价。古代的以动物、鬼狐或妖怪为主要角色的作品,其中固然也有明显地把它们描写成某一阶级人物的代表的,但更多的并不是自觉地统一地把它们写成某一阶级的人物的代表。对这种作品进行阶级分析,主要是要看它通过那种非人的角色和它的情节所表现出来的思想感情,看它的各个部分和它的总的倾向到底表现了什么阶级的观点和要求,而不是硬要给那些动物、鬼狐或妖怪都一个一个地划阶级。古代的作品,即使是基本上可以肯定的作品,由于种种原因,也总是或多或少地含有消极的因素的,不可能十全十美的(就是今天的作品也难于写得十全十美)。如果因为它们有在今天看来反抗和斗争不彻底、或者有某种程度的宗教色彩,或者阶级观点不大明确等等消极因素而就否定它或基本上否定它,那么包括《水浒传》、《西游记》在内的许多杰作都应该否定或基本上否定了。会议认为,对古代作品的评价,要看它们是在怎样的社会环境里产生的,它们的总的倾向或者基本倾向是什么,要分清它们的思想内容的主要方面和次要方面,特别要注意它们的感染人之处在哪里。这样才不至于对古代的作品简单地否定,或者简单地肯定。简单地否定和简单地肯定都是不利于我们批判地继承遗产的。

　　会议还制定了三个工作计划的草案，"中国各少数民族文学史和文学概况编写出版计划"、"中国各民族文学作品整理、翻译、编选和出版计划"和《中国各少数民族文学资料汇编》编辑计划"，讨论在编写少数民族文学史或文学概况的各省区间的协作问题和出版问题，计划在今后数年内基本上完成各民族文学史或文学概况的编写工作并陆续出版同时还出版资料概论和各民族文学作品的选集。

少数民族文学史讨论会旁听记

《民间文学》记者

史料解读

　　史料原载《民间文学》1961 年第 5 期。该文是《民间文学》记者参加第二次少数民族文学史编写工作座谈会后写的侧记。该文介绍了讨论会召开的目的、筹备情况等,记述了少数民族文学史编写工作座谈会的过程和内容,如会议讨论的重点、确立的少数民族文学史编写原则等。编写少数民族文学史之所以是一项崭新的工作,是因为对于旧时代的少数民族而言,他们一直处于水深火热之中,因此他们所创作的文学艺术也遭到统治阶级的排斥和凌辱,而新中国成立以后,在党的领导与关怀之下,长期被埋没、被忽略的各族人民的文学艺术作品才被大量发掘出来,得以重见天日,大放异彩。编写文学史的工作又大大推动了各族人民口头文学的调查研究和搜集整理工作。会议指出,少数民族文学史的编写工作,为我国文艺科学的研究开辟了广阔的天地,特别是对于中国文学史的研究具有极其重要的意义。少数民族文学史编写方法就是毛主席所教导的根本的工作方法,即调查研究,实事求是,从实际出发。同时表明搜集整理的根本方法归纳起来就是全面搜集问题、忠实记录问题、慎重整理问题,以及整理与再创作的区别问题,整理民间文学作品应该根据对古代文化批判地继承的原则,运用列宁所指出的两种文化的观点区别精华和糟粕,从而决定取舍,不要以简单化的方法对待古代文化,应该采取十分慎重的态度。认为这次会议将大大促进少数民族文学史的完善和出版,以及民间文学各个方面工作的开展。

原文

中国科学院文学研究所召开的少数民族文学史(包括一般民族文学概况)讨论会,于3月25日在京举行,至4月20日结束。出席会议的有云南、内蒙古、贵州、新疆、青海、甘肃、宁夏、广西、湖南、湖北、福建、吉林、黑龙江等地区的少数民族文学史或文学概况工作的负责人和部分编写者以及在京有关单位的人员50余人。

会议由何其芳、贾芝同志主持。中共中央宣传部副部长周扬同志、中央文化部副部长徐平羽同志在会上作了关于编写少数民族文学史工作和少数民族文化工作的重要指示。

这次会议是一个学术性的讨论会,同时也是一个工作会议。会议的任务是结合对于三部文学史(《内蒙古文学简史》《白族文学史》《苗族文学史》)的讨论,探讨一些编写少数民族文学史和文学概况的原则问题,并交流工作经验、制订今后的工作计划,以期有助于已写出的少数民族文学史的修改和推动,还未写出的少数民族文学史或文学概况的早日完成。

编写少数民族文学史是一项崭新的工作,这项工作是在1958年提出来的,两年多来作出了很大成绩;搜集和编印了大量的民间文学资料,写出了二十来部文学史和文学概况,这是史无前例的事情,大家一致认为:这项工作具有重大的社会意义。

在旧时代,少数民族处于被压迫被剥削的地位,而他们所创作的文学艺术也遭到统治阶级的排斥和凌辱,只有马克思主义者才真正重视各族人民所创造的精神财富,解放以后,在党的领导与关怀之下,长期被埋没、被忽略的各族人民的文学艺术作品才大量的发掘出来,使它们重见天日,大放异采。而编写文学史的工作又大大推动了各族人民口头文学的调查研究和搜集整理工作。这不仅为编写少数民族文学史和文学概况提供了大量可靠的珍贵资料,而且丰富了祖国的文艺宝库,给我国社会主义的文学艺术的发展提供了一个更加有利的条件。少数民族文学史的编写工作,为我国文艺科学的研究开辟了广阔的天地,特别是对于中国文学史的研究具有极其重要的意义。过去的中国文学史,实际上只是汉族文学和少数民族用汉语写的文学作品的历史,当然,这种不合理的现象是历来的反动统治者所造成的,只有社会主义新时代才有可能彻底改变这种现象。我国所有的少数民族都是祖国大家庭的成员,都对于祖国政治、经济、文化的发展繁荣,作出了自己的贡献,所以他们的文学艺术在中国文学史里各占光荣的一页,是理所当然的。毫无疑问,这次少数民族文学史或文学概况的编写就为编写一部完整的丰富多采的中国文学史打下了坚实的基础。因而,少数民族文学史和文学概况的编写,不仅大大提高了民族自信心,而且对于增强我国各民族间的相互了解和团结,以及文艺交流,也将起更大的促进作用。

这次讨论会,充分贯彻了"百家争鸣"的精神,与会者都抱着畅所欲言,各抒己见,互相帮助,共同提高的态度和愿望,对于文学史编写原则、编写方法,以及有关的一系列问题,进行了激烈的争辩和讨论。会上所讨论的问题,是相当广泛的。比如:关于少数民族文学史的分期断代问题,古今比例问题,两种文化的问题,对作家、作品的评价问题,以及口头文学的搜集、记录、翻译、整理问题,等等。这些问题的讨论,是比较深入的、细致的。周扬同志在讲话中对于这些问题作了重要指示以后,大家对于这些问题更加进一步明确起来。由于少数民族的文学特别是传统文学,绝大部分是口头文学,这些问题实际上也就是民间文学工作和理论研究中的问题,因此,这些问题的进一步的明确,不仅解决了编写少数民族文学史工作中存在的问题,而且对于今后开展民间文学领域里的整个工作也具有着特别重要的意义。

会议明确了编写文学史工作的方法问题,是一个重要收获。这个工作方法,就是毛主席所教导的根本的工作方法,即调查研究,实事求是,从实际出发。这个方法问题,是治学的作风问题,也是世界观问题。编写文学史,应该全面地、深入地对书面的口头的文学史料进行调查研究，只有在占有丰富的、可靠的史料的基础上，才有可能写出具有科学性的史学著作，议论很多而史料不足的文学史是不好的文学史，好的文学史应该是观点与资料的结合，编写者的倾向性应当体现在对于文学发展的客观的叙述中。不言而喻，在为修改或编写文学史而要继续占有大量史料的要求下，必然直接促进各民族民间文学工作的更加普遍、更加深入地开展，同时，在拥有大量的民间文学材料的基础上，加上明确了科学的研究工作方法，势必将民间文学的研究工作推向一个新的阶段。

此外，有些问题也是民间文学工作中常遇到的问题。

比如关于古今的比例问题：有人主张要"厚今薄古"，就要"详今略古"；也有人主张古多少今；又有人主张"古今并重"，等等。在各个小组会上曾经有过热烈的争论，经过讨论大家认为："厚今薄古"是一种指导思想，不只是讲数量，既然是写文学史，一般说来，古的总是比今的多，不要因为反对"厚古薄今"，就不要古，而是要对于古代遗产采取批判继承和古为今用的正确态度。研究历史，研究古，无非是获取知识，增加智慧，吸收前人的经验。研究古也还是为了今天的需要，所以，不要古对今天的文化建设是不利的。

会议指出，在民间文学的工作中，也发生过同样的争论。比如，曾经有些人主张在民间文学工作中实行"厚今薄古"的方针，只重今不要古，或者只主张搜集、研究新的民间文学作品，而忽略搜集、研究传统的民间文学作品，其实，这是对于"厚今薄古"方针的误解。古代的民间文学是古代劳动人民的创作，它们已经被统治阶级忽略和"薄"了几千年了，今天的民间文学工作者不应该再对它们采取忽略和"薄"的态度。既重视搜集、研究今的，也重视搜集、研究传统的，这才是全面的观点。

关于民间文学中有没有两种文化的斗争问题，经过热烈地争论之后，大家认为民间文学中有两种文化的斗争。会议指出，不能把复杂的现象加以简单化，以简单化的方法对待古代遗产，往往把两个阶级的概念和两种文化的概念等同起来，因而，就简单地以作者的阶级出身而划分作品的优劣，把封建统治阶级出身的作家看成完全是反动的，毫无可取之处，把劳动人民的创作看作是单一的民主的、进步的文化,不承认有丝毫缺点。这是不妥当的。我国各个民族在各个历史时期,创造了丰富的古代文化,对这些文化要进行具体分析,比如封建社会的文化不等于都是封建主义的文化,其中有封建性的文化,也有民主性的文化;封建文化不一定都是坏的,要分清它属于封建时期的上升、发展、没落中哪个时期的文化,民间文化中也有坏的,不一定都是好的,因为封建时代的劳动人民不可避免的受统治阶级的影响的。因此,民间文学中也存在着两种文化的斗争问题。

评价作家、作品的标准,当然是政治标准第一,艺术标准第二。这个标准,不论对于古和今,同样是适用的,对于古人和古代作品的评价,也应当是政治标准第一,即对于代表那个时代的进步思想的优秀作家和作品,应该首先给以肯定的评价,但是,由于时代的不同,这个标准对于古与今的应用是不尽一样的,也就是说应该承认古人和古代作品能够达到他那个时代的最高的思想水平的就是好的,多少带有点民主性的也是好的。不能以简单化的方法主观地去要求古人和古代作品丝毫没有封建因素或丝毫没有宗教色彩,因为古人总是受着他处的那个时代的和阶级的局限,所以,不应以古人和古代作品是否具有无产阶级的思想衡量古人,而是看他们的作品对今天是否有供阅读和研究的价值来衡量。

同样,研究民间文学也应遵循这种精神。在民间文学的研究中也有过某些简单化的倾向,他们不是过苛的要求古人,就是把现代的观点强加于古代作品。

关于民间文学的搜集整理问题,是大家最关心的问题。因为这不仅是写好文学史的基础,而且是保存国家文化财富的百年大计,会议认为十年以来,搜集整理工作的成绩是巨大的,我们搜集整理的根本方法是科学的,但是,这个工作也还存在着不少问题,归纳起来就是全面搜集问题,忠实记录问题,慎重整理问题,以及整理与再创作的区别问题等等。

有的同志指出,在搜集方面还存在着搜集得不够全面的问题,即只要正面的材料,不要反面的材料,或者只注意搜集今的忽略搜集传统的。因而,给文学史的编写造成了很大困难。主要原因,是有些同志对于调查研究的精神领会得不够。会议认为,应该大兴调查研究之风,树立全面的观点,对于各个民族的民间文学进行全面的、系统的调查工作,既要搜集正面的,也要搜集反面的;既要新的,也要旧的;既要精华,也要糟粕,只有这样才能够进行科学地比较研究工作。会议强调指出,由于少数民族的许多口头长诗的传唱者大都是年老的民间诗人,如不尽快搜集,就有"人亡歌息"的危险,在这个意义上说,甚至搜集古的比搜集今的还要迫切。

大家一致认为,忠实记录的原则必须遵守,不要只记作品的轮廓或情节,最好的方法是逐字逐句的记录,因为,口头文学是语言艺术,不保存原来的语言,就会丧失原作品的特色。忠实记录,是一切工作的基础。

会议特别强调慎重整理的原则,所谓整理,一般说来应该是将口头的文学作品用文字固定下来的一个特殊的写作过程,这也是适当加工的过程,比如:规正字句,注释,去伪存真等等,但,这和创作完全是两回事,整理必须保存民间作品的原来的风貌。在整理问题上,我们既要反对一字不动论,也要反对胡乱修改的行为。胡乱修改民间作品的作法是种危险倾向。比如,某些整理者往往把神话色彩,当作迷信成分粗暴地砍掉,把精华误当作糟粕舍弃。还有的随便改动民间作品的主题,比如苗族有一篇长诗的主题本来是反舅权的,整理者为了强调"阶级斗争"和"教育意义"把它改为反封建的主题,这样就看不出原作品所反映的时代真实和该民族特殊的历史发展阶段了。因此,这种真伪莫辨的作品,直接给文学史的分期断代带来了很大困难。此外,还有一种是改变情节或者"丰富"情节和人物形象的错误做法,他们的理由是民间文学作品的情节和人物简单。当然,有些民间文学作品确乎是比较简单的,即便如此,整理的时候,也不应该任意丰富,如果是根据民间文学作品进行再创作,那就是另外一回事了,问题的关键是,他们往往把"单纯"和"简单"等同起来,这是对于民间文学的一种误解,殊不知民间文学的特点之一乃是艺术上的单纯,单纯是民间艺术创作上高度概括的一种表现,由于不理解这一点,所以他们往往把"单纯"当作了"简单",把"繁乱"当作了"丰富",这种种做法,都包含着一个对于劳动人民的口头的创作是否尊重和是否理解的问题。

当然，整理民间文学作品，应该根据对古代文化批判地继承的原则，运用列宁所指出的两种文化的观点，加以区别精华和糟粕，从而决定取舍，问题是不要以简单化的方法对待古代文化，应该采取十分慎重的态度。

会议强调指出：民间文学的搜集整理，不仅仅是技术问题，而主要是世界观问题，不同的立场、观点和美学趣味，就会有不同的工作结果。

此外，少数民族口头文学的翻译，也存在着一些问题，比如，《成吉思汗的两匹骏马》有一种原文有这样的意思：马跑到汉族地区之后，从此汉族就有骏马了。却译成：马跑到汉族地区之后，从此蒙古就没有骏马了。这就大大违背了原意。会议认为：翻译口头文学是有困难的，但应当尽力作到信、达、雅的程度。翻译应当力求传达原文的语言风格和叙述方式，诗歌作品原来为格律诗者，译文也尽可能加以传达，但也可以不拘格律。最重要的是要力求忠于原作的内容和风格。

这次会议开得很成功，大家一致认为收获很大。这是由于党和政府文化领导部门的许多负责同志的指示和支持，以及与会者共同努力的结果。会议不但讨论了许多学术问题，交流了工作经验，而且还制订了三个重要的工作计划草案，即："中国各少数民族文学史和文学概况编写出版计划"、"中国各民族文学作品整理、翻译、编选和出版计划"、《中国各少数民族文学资料汇编》编辑计划"。

我们相信，通过这次会议，将会促使各少数民族的更加完善的文学史著作的早日出世，将会大大促进民间文学各个方面的工作的开展，是可以预期的。

李维汉同志给少数民族文学史讨论会的一封信

史料解读

　　史料选自《中国少数民族文学史编写参考资料》。曾任国家民族事务委员会主任的李维汉于 1961 年 3 月 31 日致信少数民族文学史讨论会,信里对讨论会给他的信和材料表示感谢,他认为,编辑各兄弟民族的文学史,是一件十分重要的工作,虽困难重重,但也要坚持去做,并做好多次修改的准备。李维汉肯定了讨论会广泛征求意见的做法。他的信是对少数民族文学史编写工作的一种鼓励和支持,对编写工作进行了指导,提出了殷切的希望和努力的方向。

原文

文学研究所:

　　感谢你们给我的信和材料。编辑各兄弟民族的文学史,是一件十分重要的工作。困难不少,但一定要作。编起来了,只要方向对,就是大好事,准备多次修改,就可变成好书。一时编不成书的,先编印一些材料,也是好的。经过讨论,广泛征求意见,是一个好办法。可惜我不能参加你们的会议,错过了一个学习机会。祝会议成功,同志们健康!

李维汉

三月三十一日

（选自《少数民族文学史讨论会简报》七）

翦伯赞先生对编写少数民族
文学史的两点意见

史料解读

　　史料选自《中国少数民族文学史编写参考资料》。1961 年 3 月 25 日至 4 月 20 日,中国科学院文学研究所在北京召开了少数民族文学史讨论会。翦伯赞应邀参加文学史座谈会并就少数民族文学的分期以及如何甄别少数民族文学史料问题,发表了两点意见。一是以《苗族文学史》为例,关于是否分期,就从作品实际出发,来写苗族文学的历史发展;二是写文学史的材料一定要真实,不要以现代的眼光去随便修改少数民族过去的作品。这两点意见引起了与会学者的重视。

原文

　　一、以《苗族文学史》为例,是否不要分期,就从作品实际出发,来写苗族文学的历史发展。因为分期是个复杂的问题,象汉族的历史,占有那么多材料,分期还碰到不易解决的问题。苗族历史在汉文典籍中虽有些记载,但过去的文学是口头文学,依据这样的作品实际去解决文学史的分期问题,不是一下就办到的。

　　苗族聚居区分散在很多省分,各聚居区的经济、政治和文化的发展是不尽相同的,假如作者主要根据某个聚居区的情况来分期,就不一定能概括其他区域的情况。这样一来,连苗族同志对这种分期也会有意见了。所以我不主张分期。

历史比较清楚,聚居区比较集中的民族,如蒙古族和新疆的一些兄弟民族,和苗族的情况又不同些。

二、写文学史的材料一定要真实。尤其是参加这一工作的汉族同志,可不要以现代的眼光去随便修改兄弟民族过去的作品。你认为那落后么?那不好么?那不好的也许是最好的,它比经过你的主观修改过的要好。假如不注意资料的真实,以后一系列的工作都会出偏差。

《中国少数民族文学》(概况)编写出版方案

史料解读

史料选自《中国少数民族文学史编写参考资料》。在 1979 年 2 月召开的全国少数民族文学史编写讨论会上,对中国社科院文学研究所提交的《中国少数民族文学》(概况)编写出版方案进行了充分讨论,形成了关于书名、编写目的、编写方法和要求、出版事宜的明确意见。会后,根据讨论会提出的意见和建议,修订和完善了方案,并以此作为少数民族文学史(概况)编写的指导原则和评估验收原则。

原文

(一)本书定名为《中国少数民族文学》,系概况介绍(在扉页书名下标出)。

(二)编写这部书,目的是向全国广大读者,特别是爱好文学的读者,尤其是民族、民间文学的工作者、爱好者,尽可能全面、系统地介绍全国各少数民族文学的概况,以引起读者对各民族丰富而瑰丽的文学宝藏的广泛注意、重视和喜爱,从而喜爱这些民族,因而加深和促进全国各民族间的了解和团结。这部书,要求尽量写得既精练又生动,使读者读时感到有兴趣、有滋味,引人入胜,以至产生一种强烈的要求,渴望读到这些民族的作品。

（三）编写方法和要求：

一、叙写的顺序和组织，采取"游览"的方式，从一地区到另一个地区，由一个或一些民族叙述到另一个或一些民族，地域相连，能联系民族间的内在关系则更好。初步考虑：从新疆开始，到西藏、到青海、甘肃、宁夏，到内蒙，到黑龙江、吉林、辽宁，然后渡海到福建，到台湾，到海南岛，到广东，到广西，到湖南，到贵州，到云南，到四川。全书计划写五十一个民族。争取五十五个民族都有介绍。每个民族的介绍，少约万余字或几千字，多则五六万字。全书估计约一百一二十万字。全书分编，不分章节；字数多的，一个民族一编；字数少的，可以三个或三四个民族一编。每个民族称为大题，中分若干小题。

二、每个民族，都先概括地抓住特点地介绍这个民族所处地域的自然环境及其历史与风俗习惯，然后大体按历史顺序，介绍其文学样式与主要作品。因是"概况"而不是历史，故一般以体裁样式划分而不以历史阶段划分。历史、风习等的介绍，要求既科学又简略，不作考证、分析。有些风习及自然风物，可在介绍作品时介绍。

三、本书是"概况"，介绍的是各民族优秀的珍贵的文学作品，因此不宜出现批判性评论，有些优秀作品虽有缺点，消极或不健康的部分，也可不谈，不能不谈时，也只可简单提及。

四、本书基本内容是介绍作品，是把作品拿出来，让读者自己观览、品味，介绍者的责任只在"导游"，作必要的说明，因此可以不作评论和分析，更不必讲一般的道理。对作品的评价，最好是蕴含于介绍、说明中。只是，确属民族特点和涉及民族间友好关系的，可以多说几句，但也必须紧密结合作品或文学样式。介绍作品：长篇，可简括叙述梗概，编引最精彩的片断为例，短诗或短小的故事，可选最好的、最有特点的一则或数则示例。"梗概"要求写得准确，具体生动，使其本身就是可欣赏的好的文学作品，象十八世纪英国散文家兰姆姊弟写的莎士比亚戏剧"本事"一样。（按：兰姆姊弟写的《莎士比亚戏剧故事集》，肖乾译，一九七九年中国青年出版社出版，旧译《莎氏乐府本事》，为当时学习英文必读的文学读物。可参阅、特别是阅看"原序"和"译者前言"的第一节与第五节的第一

段）

五、对每个民族的介绍，要求尽量全面系统，要求把这个民族丰富的文学宝藏中富于民族特色的珍品，全都陈列出来，让这些琳琅满目的"实物"（列举的作品或作品的片断）或"实物的缩影"（梗概），给观览者以美不胜收的感觉。为此，要解放思想，破除框框，克服把马克思主义庸俗化，认识事物简单化的"左"的观点和倾向。要尊重历史条件，尊重民族情况，尊重人民爱好，尊重文艺的特性。文艺反映现实生活，现实生活是丰富多彩的；人民欣赏艺术，欣赏的要求是多方面的。不要粗暴地对待作品（特别是遗产），用"左"的眼光认为这有问题、那无意义。本书阐述的对象是文学，因此选择介绍的作品，不宜只着重思想内容，而要十分重视艺术质量，要求真正是艺术的珍品。有些标语口号式的作品，即使内容很好，属于宣传品，不是文学作品可不介绍；如果在历史上起过较大作用，也只可简单提及。有些神话、传说、故事，如系别的民族传来，或几个民族都有，内容基本相同，可只着重介绍本民族独有的特色，或民族间影响、交流情况。作品及文学形式，都要着重介绍民族特色。为本民族所独有的文学形式或民族特色最为鲜明的优秀作品，可作为重点介绍。只是，过于专门的问题，比如诗的格律、形式等，可不必详细介绍、分析，只作简单说明。

六、本书所引用的作品，要求选择较好的译文。无较好译文，须重译，即使译文较好，引用时也须仔细校阅。翻译力求作到前辈老翻译家严复所提出的信、达、雅三点要求。信：忠实于原作，要求准确无误，不增、不减、不改，这是首要条件。达：努力使读者易于接受、乐于接受。为了使读者便于阅读及能更好理解作品，除确实不具什么意义的人名地名、物名及其它专门名词外，凡能意译的尽量意译。雅：在上述要求下，尽量使译文优美、生动。

七、本书介绍的是文学。与文学有关的音乐、舞蹈、戏剧表演、曲艺演唱等，只有在说明文学作品时，才简要提到，一般可不多谈。

八、本书介绍的是少数民族文学。如果作家是少数民族，但所写作品既不反映民族生活也无民族特色的，可以不谈，非少数民族作家所写反映少数民族生活的作品，也不属本书介绍范围。确属少数民族文学作品，但已载入中国文学史中，为一般人所熟悉者，可在本书提及，却不需仔细介绍。

九、本书语言，力求精练、朴实而又生动，使简短的叙述中包含较为扎实丰富的内容，力避华而不实的空话、大话以至假话。

十、本书虽系概况的介绍，也要求严格的科学性，表现在：(1)对民族历史及风习以至自然环境的介绍，要求准确，虽是简括的几句，却是占有大量材料后科学研究的成果。(2)对文学样式的介绍，对文学作品的分类，对长篇作品所述的梗概，所举的片断，对短篇作品所选取的例子，以及这些介绍中所蕴含的评价，都是准确的、妥当的。(3)对作品的作者的说明或认定，或为民间集体，或为作家个人，或为民间创作而经文人修改，或无可考，以及流传变动等等，经过认真的科学的考证。(4)所举作品(片断或全篇)的译文，所据的原作是最佳的本子，翻译忠实，符合原作的思想内容和艺术特色，较完善地表达出了民族的和这篇作品的面貌、特色和风格。以上这几个方面，要求都经得起考察和推敲，经得起持不同意见者的批评和辨难。

十一、本书拟插入各民族环境、风习以及有关文学作品的插图，做到图文并茂。插图分为两种：一是彩色插页，一是正文中的插图。彩色插页，每页有图二至五幅，每个民族一幅(个别的可多一两幅)拟插廿八页。正文中插图，要求图形清晰，每个民族至少有三、四幅。插页和正文中的描图，要求精美，要求有较高的艺术质量，由各民族所在的省、市、自治区选定和请水平高的美术家绘制。

十二、本书拟附全国少数民族分布示意图及云南少数民族分布示意图各一幅。书末附录两个简表，一为各民族简况(包括族名、人口、分布地区、所属语系语族语支和宗教信仰等)；一为各民族文学作品目录(注明作者、搜集整理者、编者或保存者及出版的时间地点或保藏处所)。

十三、本书每编末尾，注明本编各族主要执笔者的姓名，以志辛劳，也便于联系读者，听取意见。

(四)关于出版

一、版式，按 1962 年中国科学院文学研究所编写、人民文学出版社出版的《中国文学史》的样式排印。大 32 开，横排；页 20 行、行 27 字、每页 702 字。正文用老五号,引文用新五号。分三册。

二、为使读者醒目,引用作品原文(全文或片断)一律另排。上下左右要有较宽的空白。

三、为了节约篇幅而又能介绍较多作品,诗歌不分行,按中国古诗词老式的排法排印,印时每首另行;一首诗中的段,可按旧词上下段的分法,中间空一字;如系对歌,唱者(男、女或其他)可用括号标出,置唱词之首。

四、分平装本、精装本及纪念本三种。纪念本只印极少数,赠送每个民族一本,也可考虑赠送主要执笔者,个人需购者,可预订。

中国社会科学院文学研究所　一九八〇年三月二十日

关于少数民族文学史讨论会讨论的一些问题

仁　钦

史料解读

　　史料选自《中国少数民族文学史编写参考资料》。该文是 1979 年 2 月在昆明召开的全国少数民族文学史编写工作座谈会上的发言，对 1961 年少数民族文学史讨论会进行了全面反思，对少数民族文学史的分期问题、两种文化的争论、对待文学遗产的原则等问题进行了反思性总结，提出了自己的观点。作者认为，给少数民族文学史以准确的分期在目前是比较困难的，对民间文学来说，更难推断出作品产生的确切年代。在断代问题上，反对烦琐的考据，反对为考据而考据的学风，赞同在马克思主义引导下的考据。为了说明文学发展的情况，简要地叙述社会经济基础和其他上层建筑的状况是必要的，但不可喧宾夺主。在体例问题上，要清楚文学史编纂须分清主次，它写的是文学发展的过程、规律和在其发展过程中发生过作用、影响的有历史地位的作家、作品及其他文学现象，并不是一切作家、一切作品、一切文学现象都可以入史。谚语、谜语等形式，在写民间文学概论的时候是应该论及的，但在文学史里不必专章论述，因为它们并不能影响到文学历史的发展。在作品所属民族的问题上，提出判断作品所属民族一般只能以作者的民族成分为根据，不以作者的民族成分为标准，再另外订立一些标准，是不科学的。古代那些杰出的作品也总是有时代和本身的发展过程所不可避免的局限性和消极因素，这个问题是需要作说明或批判的。作者认为，各少数民族文学史的比例应从实际出发，同时把各民族的文学历史或文学概况加以科学叙述，对过去的有历史地位的作家、作品和其他文学现象应作出正确说明和论断，从而有助于我国社会主义文学的发展。

原文

　　贾芝同志在报告中，已介绍了编写我国少数民族文学史和文学概况工作的前后经过。在这里，我准备就一九六一年三月中国科学院文学研究所召开的全国少数民族文学史讨论会上讨论的一些问题作一个简要的介绍。

　　实践是检验真理的唯一的标准。建国以来的实践证明，在中国共产党的领导下，在党的民族政策的光辉照耀下，建国后十七年的少数民族文学工作取得了辉煌的成就。它的大方向是正确的，主流是好的。我国少数民族文学的搜集、整理、翻译和研究工作，以一九五八年为界限大致可以划分为两个阶段。解放后，党和政府十分重视各民族的文学，把发掘、整理、翻译和研究各民族民间文学的工作，纳入了我国第一个五年计划。长期以来，我国少数民族人民创造了光辉灿烂的文学遗产。但是，这一大宗精神财富解放前一直被埋没了。甚至该民族的知识分子也不一定了解自己民族的文学蕴藏情况。解放以后，发掘、整理并出版了大量的少数民族文学作品，发表了不少介绍和研究少数民族文学的文章和书籍。通过这些工作，推动了少数民族文学事业的发展，加深了各民族人民之间的相互了解，增进了民族团结。一九五八年以后，我国少数民族文学工作打开了一个新局面。一九五八年七月十七日，中共中央宣传部在北京召集参加全国民间文学工作者大会的各自治区及有关省的部分代表和北京有关单位的同志，座谈了编写少数民族文学史或文学概况的问题。周扬同志就是这项工作的热心的发起人。会议要求编写少数民族文学史、文学概况应采取历史唯物主义观点和阶级分析的方法，强调劳动人民的创作，强调各民族人民的团结和友谊。这些，至今仍然有指导意义。会上确定第一批写十四个兄弟民族的文学史，并且做了具体分工。从此以后，我国少数民族文学研究工作跨入了一个有计划、有领导、有组织进行的新阶段。在随后的短短两三年内，我国少数民族文学工作取得了显著的成绩。到一九六一年三月召开少数民族文学史讨论会时，各地已编写出少数民族文学史十种，文学概况十四种，编选有关资料一百多种。

在一九六一年的讨论会上，除分别对《蒙古族文学简史》、《白族文学史》和《苗族文学史》提出修改意见外，还讨论了编写少数民族文学史工作中遇到的一些带有普遍性的原则问题。

一、分期和断代问题

我国许多少数民族历史的分期尚未解决。过去，对少数民族文学从未进行系统的、深入的研究，而且大部分少数民族没有文字，他们的文学作品是民间口头创作。因此，少数民族文学史的分期和作品的系年是个复杂的问题。在这方面，出现各种不同的意见和处理方法，完全是正常的现象。周扬同志说过，历史分期是一个专门性的问题，有些问题一时搞不清楚的，不一定非要搞清楚不可。少数民族各种社会形态都有，不能要求与汉族一样，能分期就分，一时不能分的就先不分。对民间文学分期尤为困难。

翦伯赞同志以《苗族文学史》为例，主张不必分期。他认为就从作品实际出发来写苗族的文学发展史。苗族历史在汉文典籍中虽有一些记载，但过去的文学是口头文学，依据这样的作品实际去解决文学史的分期问题，不是一下就能办到的。他又说，历史比较清楚，聚居区比较集中的民族，如蒙古族和新疆的一些兄弟民族，和苗族的情况又有所不同。

当时写出的一些少数民族文学史，在分期的处理上是各有不同的。有的把古代分为远古、古代两个时期，大体以阶级出现为界限（如苗、壮）；有的分得比较细（如白、蒙古、藏）。近代一般都以一八四〇年为分界线，但有的也不以此为分界线。

这些文学史的分期依据，基本上相同。有的同志认为"分期应该根据社会历史发展和文学本身的发展概况来分"。有的文学史是"参照社会历史分期的办法,并根据现有的资料和它反映的现实生活"来分期的。(如《苗族文学史》)有的同志说:"体例和分期必须从民族历史和文学的具体情况出发。"同时,许多同志承认,要给少数民族文学史以准确的分期,在目前是比较困难的;对民间文学来说,更难推断出作品产生的确切年代。

关于断代问题,何其芳同志在总结发言中说,判断一部作品,主要是考察作品本身,从作品的内容、语言、形式、风格等看它们到底是什么时代的产物,为了做好这项工作,需要写一些带有考据性质的文章。我们反对那种烦琐的考据,反对那种为考据而考据的学风,但不反对在马克思主义引导下的考据。有的作品如果无法断定,可以附在相近的时期的后面去讲。如果一个民族的绝大部分作品都无法断代,就很难写文学史,在这种情况下可以写成文学概况。

有的同志说,写文学史必须具备三个条件:(1)文学发展的脉络要清楚;(2)文学与社会历史情况的关系要清楚;(3)资料要丰富。否则,只能写文学概况。

二、体例问题

一九六一年讨论的几部文学史,在体例方面存在一些问题,通过讨论基本上解决了这个问题。

为了说明文学发展的情况,简要地叙述社会经济基础和其它上层建筑的状况是必要的,但不可喧宾夺主。当时讨论的几部文学史,把社会历史概况叙述得过多,在几个阶段都单独列为第一章,也没有与文学发展的情况密切结合起来。有的还大讲剧种、唱腔、音乐、舞蹈等艺术形式,这样一来把文学本身的发展情况模糊了。有的同志说的好,文学史,既不是历史,也不是艺术史。民族历史、经济情况、风习以及音乐、美术、舞蹈等等情况,应该都是为了说明文学的发展服务的。少数民族跟汉族的情况不同,社会历史情况有必要多写一些,但不能喧宾夺主。

有些文学史,对作家、作品没有作很好的选择,把一些没有什么影响的作家、作品都一一列举。《白族文学史》中写两条路线斗争时,一些并不著名的右派都上了史。实践证明绝大多数"右派"是划错了的。所以这种两条路线斗争的提法不能不考虑。文学史始终贯穿两条路线斗争,这是否符合文学发展的规律？我们不能为了附合某些时髦的提法而曲解文学发展史。不能伪造阶级斗争，要从实际出发，实事求是。此外，有的文学史把谚语、谜语等形式也单独列为一节。何其芳同志说得对，文学史写的是文学发展的过程、规律和在其发展过程中发生过作用、影响的有历史地位的作家、作品及其它文学现象。并不是一切作家、一切作品、一切文学现象都可以入史。谚语、谜语等形式，在写民间文学概论的时候是应该论及的，但在文学史里不必专章论述，因为它们并不能影响到文学历史的发展。

还有一些问题，如同一部文学史前后不统一或者上下册不统一、章节划分过细、系统性不够等现象，都是可以斟酌的。

三、关于鉴别作家、作品所属民族的问题

这是与体例有关的问题。我们国家有五十多个民族。在历史上，这些民族关系密切，各民族文学都有互相影响。所以，出现了一个如何鉴别作家、作品所属民族的问题。对这个问题，当时曾有过不同的看法，但经过讨论意见比较一致了。但去年在兰州会议上，又出现了不同的看法。

当时，有的同志说，应该按作家出身的民族来定，不管他的作品写的是什么民族的生活内容，都应属于他所出身的那个民族。有的同志不同意这个意见，说这样"是否有些关门主义？"他们认为，不能只看作家的民族成分，也要看看作品的内容。也有同志主张把语言作为一个划分的标准，说如果用的是本民族的语言写其它民族的作品，无疑还是本民族的作家，如用的不是本民族的语言那就不太恰当。当时，在讨论过程中也联系到一些具体作品，如《聊斋志异》和《红楼梦》。有的说，这两部作品，少数民族文学史和中国文学史，"都可以写，并不重复，因为中国文学史是中国各民族文学史，不能还是旧观念，把中国文学史看成汉族文学史"。有的同志说，"在少数民族文学史中可以提，作品不必全面介绍，因为前后联系不上"。也有人针对这种意见说，"可以提一下，目的何在呢？""目的不明确，很容易产生地方民族主义的倾向"。我们这次会要讲道理，不要以帽子吓人。这怎么能与地方民族主义联系呢？

讨论结果，比较一致地认为判断作品所属民族一般只能以作者的民族成分为根据。不以作者的民族成分为标准,再另外订立一些标准,是不科学的。

去年,在兰州会议上,有的同志主张,除少数民族出身的作者外,"虽非少数民族而其作品是反映少数民族地区的生活及斗争,都属于少数民族文学范围"。有的同志说,不这样作会影响在边疆工作的作者的积极性。大家讨论后,恢复了过去的看法,比较一致地认为定某一作品属于哪一民族。主要是看作者所属民族,而不是根据作品反映的内容,对某些作家,根据具体情况可以作不同的处理。如蒲松龄、老舍等作家的作品,不必选进《少数民族文学作品选》。因为他们生长在汉族地区,不了解少数民族地区生活,他们的作品与汉族作家没有什么区别,而且历来的中国文学史里,对他们都有很高的评价。现在看来,有的同志混淆了两种不同的概念,少数民族文学是一种概念,反映少数民族生活的作品,是另一种概念,这两种概念虽有共同之处,但还有不同之处,前者以作者的民族成分为标准,后者以反映的生活内容为标准。如玛拉沁夫的《茫茫的草原》既可以算少数民族文学作品,又可以算反映少数民族生活的作品。可是,冯苓植同志的《阿里玛斯之歌》,虽然写的是少数民族生活,但它不是少数民族作品,这是很明确的。现在,也存在着一些难处理的问题。《白族文学史》中,把《梁山伯与祝英台》的故事,专列为一章,因为它不仅在白族人民中广泛流传,而且是再创作。这种作品到底算白族作品好,还是在汉族文学对白族文学的影响中谈好? 这是值得研究的。

四、关于批判地继承问题

有的同志说,解放以来文艺界一直反右,从来没有反"左",因而一次比一次"左",后来达到了林彪、"四人帮"那种地步,这是事实。好些人以为"左"比右好,我们觉得当时的文学史,在不同程度上受到这种思想的影响。这次会上发言的一些同志也提到这个问题,当然不少同志是在某种压力下不得不这样做的。

古代那些杰出的作品也总是有时代和本身的发展过程所不可避免的局限性和消极的因素。这个问题是需要作说明或批判的。但当时写的文学史中存在一些值得注意的问题。

讨论中大家指出，批判的尺度有过苛或过宽的情况。何其芳同志举了《蒙古族文学简史》对《江格尔》等古代史诗的批判。文学史中说，这些作品没有摆脱"英雄造时势"的唯心主义观点，把主人公写成了个人英雄；对人民群众是历史的创造者表现不足，这是不对的，古代神话、史诗等作品，差不多都是这样写的，这是文学的特点，文学作品创造英雄人物形式上是个人，实际上却是通过他们集中地表现了人民群众的力量、智慧和愿望。

《苗族文学史》在讲到张秀眉的叙事诗的缺点和局限性的时候，也是过于苛求的。

其次，还存在有以今天的标准去要求古人的现象。周扬同志指出，有人用人道主义去批判古人。阶级论是马克思主义的观点，不能要求古人也有这种观点，古代的人有人道主义很好。这往往表现他们人民性的地方。

此外，还有过一些对作家作品不全面评价，批判古人，连古人的面目都弄不清楚的那种简单化的倾向。

五、关于厚今薄古

这个口号，不知谁首先提出来的，今天还需要不需要这样提？我不清楚。我们最早看到使用这种提法的是陈伯达一九五八年三月的一次讲话。解放后，在文学和学术方面出现了一系列"左"的口号和名词术语。一个比一个"左"。但这些口号和新名词的发明者往往不解释，因而引导人们犯错误或者带来一系列的副作用。

厚今薄古这个口号，对少数民族文学史的编写工作很有影响。在讨论中产生了争论。我们不少同志中确实存在着一种"左"比右好的想法。大家对"厚今薄古"这个口号不一定很了解，但有的同志提的调子很高，有的同志说要"坚定地贯彻厚今薄古、古为今用的方针"，在少数民族文学研究工作中，厚古薄今的倾向也不是没有的。有的更进一步说不能打折扣，应该百分之百地贯彻。有的同志发表不同意见，主张"古今并生，古为今用"，有的同志针对这种提法说，这种提法"使人感到把它们对立起来了"。许多同志认为，"厚今薄古的方针，不适合编写少数民族文学史"，因为，少数民族文学过去没有人认真研究过，所以搜集、整理和研究，非常必要。少数民族文学，主要是人民群众的文学，对人民之古应当重视。

从当时写的文学史和会上的争论中可以看出，强调"厚古薄今"的提法对写史工作产生了一些不好的影响。有的文学史把长达一千年的文学编为上册，把解放后短短十来年的文学编为下册，在古今比重的处理上是很不恰当的。周扬同志当时就指出了这方面的问题。他说，以前大学的中国文学史一课，今古的比重是一比五，一比六，根本瞧不起今天。但五八年来了个革新，一比一。你们的《蒙古族文学简史》也是一比一。两千多年和四十多年甚至十多年的比例是一比一，不大行吧。文科教材会议上，提了一个三比一。今天的东西，一则时间短，二则容易了解。重要的东西不一定分量很多。写历史，古的可以多写。

我们觉得，各少数民族文学史的比例，应从实际出发。譬如，我认为蒙古族、藏族文学史的古今比例，不能少于三比一。

六、民间文学中有无两种文化斗争的问题

对这个问题曾发生过争论。有一种意见是从每个民族中都有两种文化这个观点出发的，他们认为，在民间文学中不但有两种文化斗争，而且很尖锐。反动思想、剥削阶级思想，在从民间搜集来的作品中都有反映。不仅劳动人民有口头文学，统治阶级也有口头创作。

另一种意见以民间文学是"真正劳动人民的创作"为依据的。他们说，民间文学中没有两种文化的斗争，因为它是劳动人民自己的创作，其中有精华和糟粕，这与两种文化的斗争本质不同。两种文化是两个对立阶级的文化。根据这种意见，在许多少数民族文学中都没有两种文化的斗争。因为，不少民族没有自己的文字，也没有书面文学，只有民间文学。

在民间文学中有糟粕，这一点大家的意见是一致的，但有的同志认为，这种糟粕不是劳动人民的，而是统治阶级篡改的东西，另一部分同志说，有的糟粕确实是统治阶级加进去的，有的是劳动人民受统治阶级思想影响的反映，不一定是统治阶级篡改的。周扬同志在讲话中指出："民间文学中有两种文化。"接着他又说：马克思说，统治阶级的思想是统治的思想，封建时代的劳动人民当然要

受统治阶级的影响。现在有一种观点，似乎不能说劳动人民有缺点、弱点。何其芳同志在发言中更具体地说：民间文学里面有两种文化的斗争，但民间文学中的糟粕的确很多都是剥削阶级的思想的反映。因此，民间文学里面的两种文化的斗争的形式还是表现得曲折一些。

承认不承认在民间文学中有两种文化斗争这是一回事，写文学史是否从古至今都贯穿两种文化斗争，这又是一回事。何其芳同志说得好，各个民族里面，自从有阶级以来，都是存在着两种文化的。但两种文化的斗争并不一定任何时候都是表现得同样尖锐，也不一定任何时候都很明显地表现在文学史上，所以，不要勉强去写这种斗争。还是按照历史事实和现有材料，能写多少就写多少。

因为时间的关系，其他问题就不做介绍了，它们在何其芳同志的发言中都谈到了。

因本人水平很低，在介绍中可能有不少错误，请同志们批评指正。

1979 年 2 月　昆明

（本文有删节）

云南文艺界展开关于兄弟民族文学史编写问题的讨论

思　光

史料解读

史料原载 1961 年 3 月 29 日《云南日报》。《白族文学史》和《纳西族文学史》(初稿)出版后,在云南文艺界引起强烈反响,该文肯定了少数民族文学史编写取得的可喜成绩和重要意义,也指出在文学史分期、两种文化的甄别、文学与宗教的关系等问题的处理上,产生了不同的意见甚至分歧。为了总结编写经验,解决存在的问题,1960 年 6 月以来,中国作家协会昆明分会和中国科学院云南分院文学研究所先后在昆明和大理白族自治州召开了各有关单位参加的几次座谈会,就上述问题充分讨论、交换意见。该文对其后的少数民族文学史研究、编写、修改工作起到了推动作用。

原文

《白族文学史》和《纳西族文学史》(初稿)出版后,受到了各方面的重视。但是,编写兄弟民族文学史是一个崭新的课题,总结编写的经验和存在的问题,对于推动今后的研究、编写工作和进一步修改已写出初稿的文学史和文学概略,就更有必要。为此,从 1960 年 6 月以来,中国作家协会昆明分会和中国科学院云南分院文学研究所,先后在昆明和大理白族自治州召开了各有关单位参加的几次座谈会。

参加座谈会的同志们一致认为：在兄弟民族历史资料和文学资料缺乏的情况下，能够在短时期内搜集翻译了这样丰富的文学资料和部分历史资料，并编写出了十个民族的十二部文学史或概略初稿，这是很可贵的。《白族文学史》《纳西族文学史》(初稿)的出版，是我省各兄弟民族文化生活中的一件喜事。

座谈会上，除了充分肯定了这项工作的成绩外，也对在这次工作中所遇到的问题及解决办法交换了意见。讨论最多的问题，主要有下列几个方面：

贯彻两种文化斗争学说的问题

过去曾有人认为：少数民族文学与汉族文学不同，主要是民间口头文学，反动统治阶级尚没有形成自己的一套反动文学，因而两种文学斗争不明显。但大多数人不同意这样的看法，认为：在阶级社会里，作为社会意识形态的文学，是这一阶级用来与另一个阶级进行斗争的工具。两种文学的对立和斗争必然存在，只是或明或隐地、以千差万别的形式出现而已。即使在阶级分化不明显的佤佤、傈僳等族文学中，也因该民族所处周围是阶级社会，反映了帝国主义文化侵略、宗教迷信及阶级斗争的内容。但是，从所编写的文学史或概略来看，也有同志指出：在各族文学史中，还论述得不充分，特别是对于民间口头文学与进步文人文学如何对统治阶级文学进行斗争阐述得太少，而对于统治阶级如何摧残、压抑民间文学却说得多。

宗教与文学的关系问题

各民族的宗教信仰反映到文学上来，也极为复杂。过去有人认为：宗教的本质是反动的，它对人民及其文学决不会有好的作用和影响。与以上相反，也有人认为：少数民族的宗教与汉族不同，特别是傣族，没有佛教就没有傣族文学的产生与发展，傣族文学就没有特色。理由是：有了佛教，有了佛寺，才有傣族文学，而佛寺是培养知识分子的场所，傣族的贝叶经记下了许多民间文学。

在座谈会上,大家认为:必须坚持历史唯物主义观点、阶级分析方法,具体地对不同地区、不同民族在不同历史阶段上的宗教信仰及其对文学的影响,进行实事求是的研究。有的同志指出:必须分清原始社会产生的宗教与阶级社会产生的宗教的不同;分清在阶级社会中统治阶级提倡与利用宗教和人民信仰宗教有本质的不同。前者是以宗教思想来毒害人民,后者则是人民寄托理想于神,因而文学上就有宗教文学与人民神话传说的对立。但对于各个民族的宗教对文学的影响之大小、好坏,并未有充分时间讨论,看法也不一致。

此外,对于原始社会的宗教与阶级社会的宗教有无本质区别,也有两种看法:一种认为应加以区别,原始社会的神对人起鼓舞作用,应该肯定;一种意见是,宗教是唯心主义的东西,本质上是"麻醉人民的",对原始社会的人也只起消极作用。

文化交流问题

大家指出,文化交流是各民族长期以来,在祖国大家庭中共同创造祖国历史和文化的必然结果;任何民族的文化都不是孤立地发展的,其文学也不可能孤立地发展。但在过去也有人对兄弟民族用汉语或汉族文学形式(如四句调、十二月调等)创作的作品,认为是汉族的,不能入史;大多数人指出这是错误的,汉族的文学形式传入那一民族、已为那民族所接受而且用汉语或汉族文学形式来创作,正是表明兄弟民族人民对汉族文学学习的巨大努力及成就,是可喜的事,必须肯定。座谈会上有的同志指出:在各民族文学史或概略中,对此肯定不够。必须看到:在兄弟民族社会主义文学的发展中,汉族先进文化及文学所起的作用。

文学史的体例、分期和作品系年、断代问题

这个问题讨论得最多,也感到难以解决得完满。

目前的各兄弟民族文学史或概略，基本上是采用《白族文学史》（初稿）的以历史为经、文学为纬的体例，只是由于对史料与文学作品掌握的情况不同，有的分期有具体的年代，有的无具体明确的年代；有的分期短一点，有的分期笼统些。与此相联系的主要问题是作品的系年和断代问题，也是采用了《白族文学史》（初稿）的作法，即主要是，从流找源。

对于这种作法，有两种看法，一种认为，文学有共同的发展规律，以历史为经，文学为纬，虽然突出了文学与基础、社会生活的关系，但分期不能太长，否则文学与历史的发展脉络就不清晰，会把文学史写成历史的注解，看不出文学发展的规律来；对于作品应找出其确切的年代，断代才准确、写出的文学史才是科学的。相当大一部分同志认为：在目前缺乏历史资料、历史分期尚无定论的情况下，加上各兄弟民族文学主要是口头文学，有集体性、流传性、变异性等特点，不可能考证作品产生的确切年代（一定要考证其确切年代，是不科学的），目前这种作法还是比较切实可行的。目前的分期与作品系年的处理，基本上达到了文学史所承担的任务。但是，也有同志认为：最理想的是尽可能把分期的时间短一些，具体而明确，更好地写出文学发展规律来，但也应实事求是，不能硬分，那反而不合理。

对于作品系年的原则，也有同志提出了不同的看法，认为并不十分科学，值得认真研究。同时，有的同志指出，对于作品，不能只分析其源，还应分析其流，分析作品的演变情况，可以从中探讨出文学发展的规律来。

几次座谈会上，除对上述几个问题进行较多的讨论外，也还讨论了新故事是否入史；解放后文学史应如何写；关于各民族文学传统特征的探讨等问题。同时，也给《白族文学史》（初稿）提出了许多宝贵意见和关于如何修改的建议。

编写少数民族文学史的几个问题

刘澍德

史料解读

　　史料原载《文学评论》1961 年第 3 期。时任中国作家协会云南分会副主席、中国科学院云南分院文学研究所副所长的刘澍德,结合云南省编写的两部文学史、十一部文学概况和两个文学调查报告初稿的撰写情况,就民间文学的断代问题、文学与宗教问题、各文类特点的总结与评价问题提出了自己的观点。在编写少数民族文学史时,刘澍德强调:要力求运用历史唯物主义的观点和阶级分析的方法,探索出各民族文学发展的脉络,研究出民族文学的特点、传统风格及演变的规律等;在断定民间文学作品产生的年代方面,他提出了一些办法:以作品反映的社会生活内容的性质为主要依据;根据史料找寻线索;从作品中所反映的生产方式、生产工具的应用情况进行推断;从作品所反映的道德伦理观念进行判断;根据作品的艺术特点和表现形式、地名和人名、民间流传的说法等方面进行具体分析。刘澍德对编写少数民族文学史的几个问题进行的解答对之后少数民族文学史编写工作有着切实的帮助。

原文

从一九五八年起，云南省根据中央宣传部在"民族文学史编写座谈会"上的指示，把编写各少数民族文学史列为民族文化工作的重要任务之一。几年来，我省先后组织了两百多人，共十三个调查队，前往九个民族自治州和专区，在各级党委的领导下，实行了"四结合"（专业与业余结合、普通与重点结合、调查与研究结合、调查研究与当地中心工作结合），广泛发动群众，采取"全面搜集、重点研究、边调查边研究的方法，在占有了比较丰富的资料的基础上，编写了两部文学史（白、纳西族），十一部文学概况（彝、傣、苗、壮、哈尼、拉祜、佤、景颇等族）和两个调查报告（苗、蒙古族）的初稿。

编写少数民族文学史，是一件新的工作，有许多问题需要不断摸索和探讨。这里，我们就其中的几个问题，谈谈粗浅的体会和认识。

一

长期以来，云南各兄弟民族就生活在祖国的大家庭里，各族人民的政治、经济和文化上，都有着密切的联系。这在各民族的文学中，都有突出的反映。譬如，云南各兄弟民族，几乎都有内容相似的"开天辟地"、"创世纪"、"洪水滔天"、"民族的来源"等神话传说或史诗。在这些神话传说或史诗中，盘古已成了各民族创世造物的祖先，各民族的亲密关系，得到了生动、形象的反映。根据《梅葛》史诗中的描写，各民族最早是九个胞胎弟兄，今天的各族人民，就是从这九个胎胞弟兄繁衍、发展起来的。在其它的一些神话传说中，都说各民族原来是一母所生的。这说明各民族的文学，早就有着血肉的联系，表现了各族人民团结友爱的思想感情。随着历史的发展，尽管因阶级对立的出现而产生了民族压迫，但各族人民在政治、经济上的联系日益加强，文学上的相互联系也更加密切。文学上联系的密切，主要表现在各民族文学之间的相互影响，以及汉族先进文学对兄弟民族文学的影响两个方面。比如，在彝族"九隆神话"的影响之下，白族产生了《白王的传说》；在白族民歌的影响之下，洱源彝族的民歌，大部分是用

"白族调"创作成的；至于傣族文学对佤、拉祜等族文学的影响，就特别显著。但对各兄弟民族文学影响最广最深的，要算是汉族的先进的文学。汉族的民间故事，如"梁山伯与祝英台"、"牛郎织女"、"鲁班的传说"、"包公的故事"，以及对口山歌等，在各兄弟民族中流传极广。汉族的优秀古典小说，如《水浒传》、《三国演义》、《西游记》等，几乎家喻户晓。在戏曲方面，白族的"大本曲"、"吹吹腔"，壮族的沙戏、土戏，在其发展过程中，也曾在不同程度上受到了滇戏和花灯的影响，总之，汉族先进文学不仅在体裁、题材和表现形式上，而且也在思想和创作方法上，给各兄弟民族的文学以深刻的影响。

这些现象，一方面，说明了各民族文学之间、特别是与汉族先进文学之间，有着千丝万缕的联系；各兄弟民族文学是在相互的影响和推动下发展起来的。另一方面，说明了尽管历代反动统治阶级利用种种手段来制造各民族之间的隔阂，分裂各民族之间团结友爱的关系，但千百年来，各族人民的思想感情和理想愿望，始终是息息相通的。这一民族吸收另一民族的文学，作为自己的养料，借以补充和发展自己的文学，是一种优良的传统。我们应该重视并发扬这种传统。但是，有的同志却从形式着眼，把这种相互影响，看作是一种简单的重复和机械的摹仿，因而不主张在文学史中加以研究，给以适当的地位。这是不符合历史事实的。实际上，任何一个民族的文学，都不可能是孤立地发展起来的；自古就生活在一个大家庭里的我国各兄弟民族，就更不必说了。编写民族文学史，就是要探索出民族文学的发展规律，总结出民族文学发展的经验，使之为社会主义服务。我们在文学史中，有必要对这种相互影响的现象加以研究和总结，找出其政治的、经济的文化上的原因。事实上，只有在社会主义的时代，没有了民族压迫和剥削，真正实现了民族平等，各民族的联系空前加强，我们才有可能来编写民族文学史，正确阐明各民族文学上的这种亲密团结和友爱互助的血肉联系。当彝族史诗《梅葛》整理出版后，唱《梅葛》的一个歌手曾写信给我们说："过去，人家骂我们彝族是'死猓猡'。今天，有了毛主席的领导，不但没有人骂我们了，想不到我们的《梅葛》还会出成书。我要告诉子孙后代，牢牢记住毛主席的恩情。"《白族文学史》（初稿）出版后，一个白族歌手拿着书对我们说："我要把文学史留给子孙看，让他们知道我们的民族是有文化的！"这些事实表明了，编写民族文学史对各兄弟民族的深刻影响。那么，在文学史中，正确阐述各民族文学上相互交流的优良传统，对发展各民族的社会主义文学和增进民族友谊，加强祖国的统一，就更有意义，也更有必要了。

如前所述，各族人民始终和睦相处，这是主要的方面。但也应该看到：由于历代反动统治阶级的挑拨离间，在各族人民中散布了许多不良影响，以至造成了民族隔阂。这些不良影响，也不能不反映到文学上来。对于这种现象，必须按照党的民族政策，进行阶级分析，清除反动统治阶级造成的不良影响，发扬民族团结的方面。以流传在白族地区的"杜文秀的传说故事"来说，从现在所搜集到的四十多件作品和我们所了解的情况来看，不同地区、不同民族对杜文秀就有着不同的看法。大理一带的群众都是赞扬杜文秀的，丽江、剑川、洱源等地的一部分群众对杜文秀却往往否定多而肯定少。对这种不同的反映，只有进行具体的、全面的研究，才能得出比较正确的判断。从历史上看，杜文秀于一八五六年率领滇西回、汉、白、彝等族人民起义，反抗清王朝的统治，并建立了大理地方政权，改善了民族关系，安定了社会秩序，兴办水利、开发矿产，减轻赋税、鼓励工商业，使生产有了一定的发展，这是有进步意义的，是符合人民的利益的。正因为这样，杜文秀起义失败后，民间产生了许多歌颂杜文秀起义的作品，如《杜文秀之死》等。又因为这次起义带有浓厚的民族色彩，尤其是作为起义军首领的杜文秀本人，曾犯下了若干严重的过错，使一些地区的人民遭受了巨大的损失，给这些地区的群众留下了不好的印象，加上统治阶级对这次起义作了许多歪曲和诽谤，使一部分群众受了蒙蔽，因而产生了一些否定以至咒骂杜文秀的作品。这也是可以理解的。不管是从历史事实看，或从民间传说故事看，杜文秀是应该肯定的人物，所以在《白族文学史》（初稿）中把杜文秀作为正面人物加以肯定，给予杜文秀有关的传说故事以适当的地位。这样既符合历史的事实，也有利于民族的团结。

二

一般说来，文学的发展与社会历史的发展基本上是一致的，文学史的分期应与社会历史发展的阶段相适应。这是比较理想的写法。但这种写法,至少应具备两个条件:一是民族社会历史的发展比较清楚,史料也比较充足;二是能够大致推断出作品产生的年代。在这两个条件都不具备或只具备一个条件时,这种写法就比较困难。以目前云南各民族的历史情况看,除了白、彝等族的历史发展比较清楚,史料也比较充足外,其他一些民族的历史发展情况都还不大清楚,史料也很缺乏。以文学情况看,各族文学都以民间口头创作为主,难于推断出作品产生的确切年代。因此,即使历史发展比较清楚的民族,文学发展阶段的划分也很难与历史发展阶段相适应。面对这种情况,有一种意见认为,应把文学发展大体划分为若干阶段,每一阶段按体裁写成概论的形式。这种写法,在社会历史和作品断代上减少了许多麻烦,但按体裁来写,却很难揭示出文学发展规律,也就难以完成文学史所承担的任务。我们是这样来处理的:以时代为经,以文学为纬,根据民族的社会的发展与文学本身的发展情况,力求使文学史分期与历史发展阶段相适应,不可能时,就把文学史段落适当放长。这样写,作品的断代虽不一定准确,但对目前历史发展情况还不够清楚的民族来说,既可减少由于史料不足带来的困难,也可以阐述出在较长时期内文学发展的大致脉络。对于这种体例和分期,有些同志认为,这容易把文学变成历史的图解,不能揭示出文学的特点和发展规律,而且,作品也应在考查出产生的确切年代之后,才能入史。我们认为:确定文学史的体例和分期,首先应从思想上打破用既定的框框去套材料的观念,要从民族的历史和文学实际出发;而且,理想的可能与实际的可能也还有一定的距离。以白族文学的历史说,已有两千多年。但是,第一、目前对白族社会发展的研究极为不够,对白族古代文学情况也了解得少;第二、白族文学主要是口头创作,难以鉴定作品产生的确切年代,有些作品甚至很难看出本来面貌。因此,对于古代的白族文学,段落就划得长些。就南诏与大理国两个历史阶段说,南诏是奴隶社会,大理国是初期封建社会,历史上可以分开,文学史也应分开。但是,现在搜集到的文学作品,却难以划分出哪些属于南诏时期,哪些属于大理国时期。历史时期相连,文学发展相近。在这情况下,就把文学的发展暂划作一个阶段,将具有封建因素的作品放后来叙述。

这是从材料出发的不得已的作法。我们想，在目前情况下，这样做还是可以的。

由于各民族的历史和文学发展情况并不一致，各族文学史的分期也不尽相同，白族的历史情况比较清楚，文学资料比较丰富，文学发展阶段也分得比较细一点，共五个阶段：一、南诏以前（约公元七四八年以前）的文学，是由游牧部落发展成定居部落，开始进入阶级社会的时期，史料少，作品不多。二，南诏、大理国时期（公元七四八年至一二五三年）的文学，是由奴隶社会到封建社会初期。三、元明清时期（公元一二五四年至一九一一年）的文学，属于封建社会，是白族文学的繁荣阶段。四、辛亥革命到解放前夕（公元一九一一至一九四九年）的文学，封建制已解体，但未彻底崩溃，资本主义有所发展，又未成熟。五、解放后（公元一九四九年至一九五八年）的文学。总的来说，古代情况不够清楚，分期就长一些，到了近代，情况较明，分期就短些。傣族、纳西族文学发展的分期，大体与此一致。

历史情况比白族不清楚，史料也较缺乏的民族，文学的分期段落划得更长些，年代也难以确定（只在近代、现代部分，才有明确的年代）。如彝族，大体上分作四个阶段：氏族社会时期的文学，封建社会时期的文学，国民党统治时期的文学，解放后的文学。从历史上看，云南彝族所经历的奴隶时期相当长，大约从唐到元，但目前所搜集到的反映这时期的作品只有几件，就只有将它附在氏族社会后期。奴隶社会时期的文学只有暂缺，有待搜集补充。

另外一些民族，如景颇、佤等比较原始的民族，阶级分化不很明显，历史记载很少，没有文字，只有口头文学。这些民族就只能写文学概况，文学发展的脉络也只能清理个大概轮廓，它的分期就更不同于前两类。如佤族的文学分作三个阶段：早期的文学，原始社会解体、阶级社会逐渐形成时期的文学，解放后的文学。每一阶段的文学，也只是在介绍了历史概况之后按体裁来叙述。

总之，我们在编写民族文学史时，力求运用历史唯物主义的观点和阶级分析的方法，探索出各民族文学发展的脉络，研究出民族文学的特点、传统风格及其演变的规律等。这是编写民族文学史的总的要求，但到底如何体现这些要求，就必须根据各个民族的历史和文学发展的实际情况，作不同的处理：有条件写史的(如白族、纳西族),就写成史;写史条件还不够的(如彝族、傣族等),就先写成文学概况;至于人口少,目前搜集的资料也很少的(如云南的蒙古族),就写成调查报告。

断定民间文学作品产生的年代,也是一件复杂细致的工作。这方面的工作做得好与不好,直接影响到文学史的分期和对文学发展规律的探讨。这就要求我们在编写民族文学史之前,对作品作细致的研究。在编写民族文学史的过程中,我们初步找出了一些办法:

第一、以作品反映的社会生活内容的性质为主要依据。比如,白族的"本主"故事中,反映图腾崇拜和自然崇拜的(如崇拜龙和崇拜石头)产生得较早;反映英雄崇拜的(如对段赤城、杜朝选的崇拜),就要稍晚一些,关于统治阶级人物段宗牓、李宓等的故事,讲的是南诏、大理国时期的历史人物,产生时代就更迟了。又如傣族、彝族中反映逃婚现象的"逃婚调"就应是在封建婚姻制度形成以后才可能产生。

第二、根据一些史料,也可找到一些线索。如记载于《南诏野史》的《辘角庄》,见之于元人记载的《火烧松明楼》,它们的产生年代应早于这些书的写成年代。

第三、从作品中所反映的生产方式、生产工具的应用情况,也可推断一二。如洱源西山的一支"白族调"中,提到"犁田我们用野羊,犁头用的白石头",这支歌的产生应是在有了石器以后。

第四、从作品所反映的道德伦理观念,也可看出一些迹象。如阿细人的"先基"中,关于造人的神话很多。一种说法是,最初用黄土造人,风吹能言,日晒能动。另一种说法,则说女人是从男人身上抽出来的肋巴骨造成的。后者带有阶级社会的伦理观念,应是较后时期的产物。阶级社会的道德伦理观念,比之于原始社会是有较明显的区别的。

第五、根据作品的艺术特点和表现形式,也可推断一些情况。如阿细人的"虹的故事",最早的说法是:鸡家(人名)用金杆、银杆撑天,变成了虹。这带有原始神话色彩。另一传说则是一个悲惨的爱情故事:男的被野兽咬伤了腰,女的用围腰给他扎伤口；男的死了，在火化时，女的殉情投火自焚。两缕青烟化作了天上的彩虹。从社会内容、故事情节和形式看，后者的产生年代要晚得多。

第六、地名在历史上是有变化的，根据地名和人名也可以推断出一些情况。如在明代，昆明叫作鄯都，大理叫作昆明。

第七、根据民间流传的说法。民间口头作品，靠口头流传，变异性相当大，一个作品中，往往掺杂了不同时代的各种因素。但把同一作品的多种异文加以比较，仍可看出它的较早的面貌。一般地说，最早的部分是主要的，就按"源"断代而不按"流"断代，如果作品主要部分是后期而杂有早期的成分，就划入较后的时期。当然，在断代时，工作要复杂得多。上面所提供的线索，也必须从多方面加以印证，不能仅凭单文孤证便作出结论。如白族的"大本曲"，据《五代会要》的记载，其中所用的"七七七五"式的"山花体"诗，产生于距今一千年前。从诗体发展到戏曲，有一个较长的发展过程，因而不能说"大本曲"有一千年的历史。但根据明代"山花体"诗的盛行和用汉字写白话诗极为普遍的情况来看，说"大本曲"产生于明代，是比较可信的。又如《黄氏女对金刚经》，从艺术特点看，它与南诏、大理国时期的白族文学作品，有显著的不同，人物性格不是由客观介绍来说明，而是通过人物的语言、心理活动去表现，描写比较细腻。长诗带有极浓厚的佛教色彩，应是佛教鼎盛时代的产品；佛教在白族地区以明代为最盛，因此，估计这作品大致形成于明代。

要对民间文学作品产生年代作出确切的判断，必须对所有作品仔细的比较和研究。但是，目前这一工作还极不深入。前面所摸索的线索，也还难说是十分可靠的。这是值得在不断的实践中反复探讨的有意义的工作。

三

云南各兄弟民族都有自己的宗教信仰、宗教与文学的相互影响极其显著。由于各民族社会历史和经济文化的发展极不平衡，宗教信仰也极为复杂。就阶级分化后各民族的宗教信仰而言。大体可分为下列几类：第一，如傣族。早期有多神信仰，但在封建领主为巩固其统治地位而利用与提倡由印度传入的小乘佛教后，佛教就占了统治地位，形成政教合一，宗教组织严密，几乎全民信佛。第二，如白族。大理白族主要是固有的"本生"信仰与传入的佛教并行。佛教虽因统治阶级大力提倡而极盛一时，致使大理有"妙香国"之称。当时的鸡足山成了佛教的圣地，但长久以来，白族对固有的信仰仍极为普遍。第三，为纳西、彝、壮、哈尼等族。以本民族的多神信仰为主，宗教组织并不严密。第四，如佤、傈僳等族，除信仰带有浓厚色彩的多神教外，由于帝国主义势力的入侵，受基督教的影响也较深。

宗教的产生、发展与流传，有它的社会基础，因之在研究宗教与文学的关系时，必须从当时的政治、经济和文化思潮中找原因。在原始社会的劳动过程中，人们对自然斗争的软弱无力和对自然威力的恐惧心理，产生了神，祈求神佑护自己，这是最早的迷信。但这个神与原始神话中的神是统一的，它们仅是形象化了的自然力的代表。不管是纳西族的《创世纪》、彝族的《梅葛》、《阿细的先基》，甚至出自"东巴经"的《创世纪》，或出自"贝玛书"的《铍姆》中的原始神话，多是歌颂人与自然、人与神斗争的意志的，只是人们在斗争无力时，才有对神乞求与祈祷。

阶级社会里的宗教与神，就鲜明地打上了阶级的烙印。人民的神是人民意志和希望的代表，是富有现实意义的。统治阶级的神，是高居在虚幻的宗教天国中，以自然和人类的主宰者姿态出现的。白族中关于观音、"本主"传说故事中，就有两种不同的形象，如"本主"传说故事中作为人民英雄的段赤城、杜朝选与代表统治阶级利益的段宗膀、李宓，就是两种对立的形象。这时期的宗教，不仅是个信仰问题，思想问题；由于反动统治者广泛利用宗教作为有力的精神统治工具，宗教制度成为剥削阶级统治的社会制度的一部分，它的实质是政治问题。

有的同志认为：宗教本身是迷信、反动的东西，它既为反动统治阶级所利用，对民族文学就绝不会产生好的作用和影响。其实，这是不符合历史事实的。宗教，在历史上也曾与某些进步现象相联系，它对文学也有过一定的好的影响。全民信佛的傣族，受佛教思想的毒害极大。但佛教的"人生在世不平等，死后天堂得平等"中的"平等"思想,是傣族人民能够接受佛教的因素之一,其中也包含了对压迫者、剥削者的仇恨。只是在统治阶级大力宣扬"人生在世不平等"为天定法则时,这种"平等"的思想的一点革命性才丧失干净了。在佛经中,除了宗教性的经文外,也还记录了一些民间文学作品。"东巴经"、"贝玛书"也是如此。这当然不能完全归功于宗教和宗教徒,但不能否认他们在客观上所起的作用。至于傣族佛寺,具有传布文化的机构的性质,对于傣族文学的发展,在一定时期内,也是起过一定的作用的。还应看到,由于人民是把神作为希望与理想的寄托,尽管反动统治者如何宣扬神力以及神的意志之不可违抗,人民在阶级斗争中,也利用神来反抗他们。白族的大黑天神,本是奉天上命令用瘟丹来毒害人民的,在人民的传说中,他成了吞丹救民、因而毒黑了全身的人民的"救世主",这种反抗神的神,充分表现了人民的反抗和斗争精神。这些传说,无疑地丰富和发展了民间文学。此外,即使在被宗教徒歪曲、篡改以至捏造的作品中,我们也还可以找到本来属于人民的东西的,证明了民间文学的无比强大的生命力。

总之,对于宗教与文学的相互影响,应从各个民族的不同的历史阶段、不同地区的不同信仰及其宗教制度等方面,进行具体的分析,才有可能正确估价宗教对文学的作用。

除了上述主要问题外,我们也还遇到其它的一些问题,如关于在文学史中如何体现两种文化的斗争,如何在文学史中写出民族文学的特点及其发展的特殊规律,等等,这里就不论及了。由于理论水平的限制,掌握材料不多,进行研究不够,对以上几个问题的理解和体会,可能会有不少的错误。请同志们批评和指正。

（本文有删节）

《白族文学史》(初稿)

云南省民族民间文学大理调查队编写　云南人民出版社出版

云　文

史料解读

　　史料原载《文学评论》1960 年第 6 期。该文指出,各兄弟民族有着灿烂辉煌的文学,可由于种种原因,长期遭受到不公平的待遇,埋没、歧视、排斥等境遇层出不穷,这种情况在新中国成立后得到了根本的改变。编写《白族文学史》,是一个崭新的课题,虽困难重重,但最终都一一克服。作者强调了编好文学史的几个重点并加以论述,即要正确地运用阶级观点和历史唯物主义观点来对待历史上的社会现象和文学现象,运用列宁"两种文化"的著名论断,从而揭示了白族文学领域内的两种文化的尖锐、复杂的斗争;要掌握好资料,因为这是编写文学史的先决条件之一。作者也指出了编写《白族文学史》存在的一些缺点和错误:在文学史的分期上时间分得太长;对于部分作品的分析不够深刻,尤其是艺术性的分析更加单薄;对某些作品内容的分析还存在着简单化的毛病和严重的错误倾向;某些提法尚欠妥当。作者强调,在党的亲切关注和领导下,《白族文学史》的重版一定能够克服以上缺点,比初稿更臻于完美。

原文

　　白族的同志说：《白族文学史》（初稿，以下同）的出版，是白族人民的喜事，是党和毛主席对少数民族无微不至的关怀的又一具体表现。千百年来，由于反动统治阶级的民族压迫和阶级压迫，使各兄弟民族劳动人民所创造的辉煌灿烂的文学，长期受到埋没、歧视和排斥。这种情况，直到新中国成立后，随着各族人民在政治、经济上的大翻身，才得到了根本的改变。各族人民在伟大的党和毛主席无比关怀和重视下，掀起了向文化进军的高潮。编写少数民族的文学史，就成为发展祖国社会主义新文化事业中一项十分重要的工作。

　　编写《白族文学史》，是一个崭新的课题。在编写的过程中遇到各式各样的困难，但云南民族民间文学调查队的同志们，在各级党委的正确领导和白族人民的大力支持协助下，深入群众，与白族人民同吃、同住、同劳动、同娱乐，坚持了"边调查、边整理、边研究"的原则，在短短的几个月内，终于完成了初稿的编著工作。这是在科研工作中贯彻了党的群众路线的结果。

一

　　正确地运用阶级观点和历史唯物主义观点来对待历史上的社会现象和文学现象，是编好文学史的重要关键之一。《白族文学史》对此是作了很大的努力的。首先，《白族文学史》力图在编著中，贯彻运用列宁关于两种文化的学说。我们知道，列宁的这一学说是放之四海而皆准的普遍真理。但在云南编写少数民族文学史的初期，在如何把列宁这一著名学说运用到少数民族文学中去的问题上，却有过争论。有的同志认为，汉文学较少数民族文学进步，文人多，书面文学多，两种文化的存在是没有疑问的。但少数民族的文学，主要是民间口头文学，反动统治阶级尚没有形成自己的一套文学，因而，不存在两种文化的问题。这显然是一种形式主义的看法。如果用这种观点去编写少数民族文学史，就必然削弱文学史的强烈战斗性，模糊阶级斗争的观念，抹杀或混淆统治阶级与被统治阶级的阶级界限，而堕入到资产阶级唯心主义的泥坑中去。马克思列宁主义者认为，在阶级社会里，文学总是从属于一定的阶级的，社会上的阶级斗争也总是要反映到文学中来，为它所从属的阶级服务，作为这一阶级向另一阶级进行斗争的工具。这正如马克思和恩格斯在《共产党宣言》中所指出的："不管这种对立具有什么样的形式……各个时代的社会意识，尽管形形色色，千差万别，总是在一定的共同的形态中演进的，也就是在那些只有随着阶级对立的彻底消逝才会完全消逝的意识形态中演进的。"[①]那末，作为存在着阶级对立的少数民族的社会意识形态的文学，当然也不应例外，只是有的表现得特别鲜明，有的则较为隐晦而已。但斗争总是以各种各样的形式存在着。

《白族文学史》的编写者运用了列宁两种文化的著名论断，从而揭示了白族文学领域内的两种文化的尖锐、复杂的斗争。指出：白族人民文学中的人民口头文学和进步作家的作品都能够从不同的角度，在不同的程度上，如实地反映出各个历史时期的矛盾和斗争，表达人民美好的愿望和理想，描绘出了一幅色彩斑斓的白族的社会发展图画。但与此同时，也出现了南诏骠信（皇帝）及其清平官赵叔达等反动文人及其杜撰的许多冒牌的"民间"作品。他们的作品在内容上，是嘲弄风月，无病呻吟；在形式上是雕琢辞句，故弄虚玄。他们在作品中，大量宣扬封建道德和迷信思想，故意歪曲、掩饰现实生活的本来面目，形成一股与民间文学、进步文人文学相对峙的反动逆流。

两种文化的斗争还表现在统治阶级及其御用文人对于民间文学的歪曲和篡改上。统治者把自己的反动意图硬塞到人民文学中去，借以达到其欺骗、麻醉人民的目的。很多优秀的民间文学作品，一经他们染指，往往就面目全非，民间文学所固有的斗争素质也丧失殆尽，而代之以封建说教。对于这种现象，《白族文学史》基本上都加以剖视，使这些冒牌的"民间"文学，在麒麟的伪装下露出马脚来。比如，《白族文学史》在介绍民间传说《牟伽陀开鹤庆》一节中，就把同一题材的文人作品《掷珠记》与民间传说两相对照，分析指出："民间口头流传的《掷珠记》虽然也含有一些宗教杂质，但它基本上还是刚健清新的富有人民性的

---

① 《马克思恩格斯全集》第四卷，第四八九页。

神话传统作品，而书面的《掷珠记》则带有浓厚的宗教色彩和宿命论观点。"而其目的也有着本质的区别，民间传说"是想从牟伽陀的强大形象中，吸取那种凿山排海征服大自然的雄心与毅力，而在书面的《掷珠记》中则企图利用这形象为宗教宣传服务。"（引文均见《白族文学史》第九十二页）这就有力地揭示了统治阶级及其御用文人歪曲、篡改民间文学作品的卑劣行径和罪恶意图。使"我们明显地看到了围绕这一传说所展开的尖锐斗争"。（《白族文学史》第九十四页）

历代的统治阶级像对待汉族的民间文学一样，也凭借其反动的政权对白族人民的民间文学横施压力，迫害民间歌手，颁布了无数的清规戒律，甚至明令禁止人民歌唱，（如国民党统治政府就曾明令禁止白族人民演唱自己的吹吹腔。每唱一次，得经过县里士绅们的许可。见《白族文学史》第四〇三页。）企图封住人民的歌喉，让人民的文学销声灭迹。但历史的发展总是与统治者的意愿背道而驰的，人民的文学总是最终的胜利者，它在与统治阶级的不断斗争中，却更加蓬勃、茁壮地成长了起来。

云南的少数民族一般都有自己的宗教和信仰，他们的宗教和信仰又往往与文学艺术有着直接的关系和影响。例如，白族崇尚"本主"，就产生了许多"本主"的传说。少数民族的宗教信仰，又往往与他们的生产、生活密切的联系着，其中还带有朴素的唯物成分和对自然崇拜的性质。于是，就赋予了这种宗教信仰极为复杂的内容。在这类作品中，有纯粹为统治阶级服务的糟粕（如《观音出兵的故事》《送子观音的故事》等）；有虽然带有浓厚宗教色彩，但却是反映人民自己的生活、理想和愿望的精华，作品中的主人公（神仙佛祖）也是人民按照自己意愿所塑造出来的英雄人物，如《观音负石阻兵》《观音伏罗刹》等故事中的观音，也有蜜糖和毒药掺杂在一起的混合物。而《白族文学史》对待这些问题的态度是比较严肃的，分析也是比较正确的。

例如对"本主"故事的评论，书中指出了白族"本主"故事的部分作品，形象地反映了白族人民的现实斗争生活、思想感情和习俗风尚，寄托了自己的希望和理想，具有浓厚的地方色彩和民族色彩，恰当地估计它在白族文学史上的地位和价值，同时揭露了统治阶级对"本主"故事的歪曲、篡改和杜撰（如段宗牓、赵善政等),并批判了在"本主"故事的流传中,由于封建统治思想的渗入而留存在这些故事中的封建毒素。

又如,对待佛教故事,书中也采取了同样谨慎严肃的态度。着重批判了统治阶级利用佛教的因果报应,向人民注射宿命论的毒液,借以解除人民的精神武装,涣散人民的斗争意志,巩固其反动统治。对其他一些虽为佛教故事,而实质上反映了人民斗争愿望和理想的,如《五十石》《大黑天神》等具有人民性的作品,则作了较为公允的评价,指出:人民所创造的大黑天神已不再是佛教中与人民作对的罪恶之神,而是敢于反抗统治者(玉皇大帝),舍己救人的普罗米修士式的英雄形象;《五十石》及《观音伏罗刹》中的观音,也"是强有力的,他那种为民除害的入世精神,与佛教那种看破红尘的出世思想是针锋相对的,那种与恶魔不调和的战斗精神,是与佛教的悲观主义完全矛盾的"。(《白族文学史》第五十四页)

通过以上的分析,可以看出:《白族文学史》在编写过程中,尽管在对待某些作品和社会现象上,尚存在若干缺点(有些甚至是很严重的缺点),但是力求运用阶级观点和历史唯物主义的观点来描写文学史的原则,则是完全正确的。正是这样,才使若干的文学现象和社会现象得到了较为恰当的反映。

二

掌握资料是编写文学史的先决条件之一。《白族文学史》在编写前,曾对白族各历史阶段的文学进行了普查和研究,搜集和翻译了众多的白族及其他有关民族的文学资料,仅文学种类,就有神话、传说、故事、戏曲、诗歌、散文、花灯、童话、谚语、儿歌、寓言等十几种之多;并在此基础上编写了若干地区性的调查报告。为文学史的编著,提供了丰富的资料。

但是,白族文学,主要是民间口头文学,在辗转流传中,变异性很大,部分作品一时很难确切地鉴定其产生年代。而白族的部分历史分期,目前又尚无定论,史料也很缺乏,这就给文学史的分期、系年、断代,以及文学与基础的关系等问题的研究,带来了很大的困难。但这却并不能阻挡文学史编著工作的进行,因为，文学毕竟是经济基础的反映，只要依据可靠的材料，深入细致地进行研究，仍然可以初步探寻出其发展规律。《白族文学史》正是从这一认识出发，依靠党和集体，发挥了集体的智慧和力量，对材料进行了反复的对比、研究和探讨，终于克服了困难，顺利地完成了编写任务。《白族文学史》的编者，是根据以下几个方面来推断作品的产生和形成的时代的：

第一，根据作品所反映的社会内容的性质；第二，根据民间流传的说法，与作品所反映的社会性质加以对照；第三，根据作品口述者的年龄，可推断作品产生、形成的一些情况；第四，有些作品可从一些史料中找到一些线索。又民间文学作品在流传过程中具有变异性，因此我们决定了一个原则，即作品的系年主要根据"源"而不是"流"。（《白族文学史》第五〇五页）

然后，以历史为经，作品为纬，放长了每段文学史的分期，对作家、作品逐一细致地进行考察、排队，探索出其结论。当然，这几个方面决不是孤立的，互不相关的，它们彼此之间有着密切的内在联系。因而，在运用过程中，《白族文学史》总是把它们联结起来进行考虑，相互印证。例如，书中对《放羊歌》产生年代的鉴定，就是基于上述的几个方面。《放羊歌》民间传说有两种，大同而小异。一说为叔王租白王的羊放，反映了私有制产生后，奴隶主与奴隶的剥削关系；另一说则无租羊的情节。《白族文学史》采用了后一种说法，断定《放羊歌》的产生年代应是在"毋常处，毋君长"的游牧时期。因为从《放羊歌》所反映的内容看，虽然描写了放羊人的劳苦生活，但却没有丝毫悲苦嗟怨的情绪，而是一篇对放羊这种劳动生活的赞歌。不难想见，奴隶替奴隶主放羊是不可能产生这种愉快自豪的心情。因而，《白族文学史》在慎重分析了作品内容后的抉择取舍，是比较合理的。又如，对"本主"故事传说的分析，《白族文学史》根据众多的资料，从"本主"故事中所反映出的白族人民对于图腾的膜拜，对英雄的敬仰，以及对某些历史人物的尊崇等内容与社会性质相印证，从而据此推断出"本主"故事在各历史阶段的产生和发展，以及它们在白族文学史上的地位。这基本上也是令人信服的。

可见，在尚缺乏充分可靠的史料的情况下，若不从实际出发，不从作品的具体内容出发,不根据民间说法与作品所反映的社会性质相对照来进行考察、分析,就很可能会在复杂纷纭的文学现象和社会历史现象面前,感到扑朔迷离,得不出合乎事实的结论。因而,尽管《白族文学史》这样编写还不是很完整和理想的,这种从上层建筑倒推上去的办法,也不是十分科学的,但在目前的情况下,仍然是编写少数民族文学史的比较可行的办法。

三

我们的祖国是一个多民族的国家。各民族的文学都有着密切的联系和影响,尤其是先进的汉族文学,对于少数民族文学的发展,更有着不可忽视的巨大促进作用。《白族文学史》注意到了这一历史情况,把汉族先进文化的影响,作为了白族文学的一个特点,并且用了一定的篇幅,阐述了白族同纳西族、藏族、回族、傈僳族等兄弟民族文学间的相互影响,特别是汉族文学对白族文学的积极促进作用。这一作法,无疑是完全符合于历史事实的,也是有利于今后各民族文学的交流和发展的。

《白族文学史》在阐述汉族文学对白族文学的影响时指出:这种影响一方面表现在书面文学上,远在两汉时,白族就有了诣京师受业的张叔、盛览等文人,驳斥了"南诏不知孔子"的谬论。从现存的许多白族的书面文学中,就可明显地看到汉族诗文的迹象。另一方面,在民间文学上,影响则更为深远。许多汉族的诗歌、小说、戏曲、故事传说,不断地在白族人民中广泛流传。这些文艺不仅在思想上鼓舞了白族人民向反动统治进行斗争的意志,而且在表现形式上,也给予白族民间文学以深刻的影响。很多白族的民间故事是本于汉族的民间故事传说(如《读书歌》本于汉族的梁祝故事),尤其是戏曲方面,更多是取材于汉族的民间故事或历史故事,加以改编而成。但《白族文学史》并没有因此把白族人民对汉族先进文学的吸取,看成纯粹的生搬硬套,或机械摹仿,而在书中强调地指出:"白族人民以某些汉族故事作题材的时候,总是根据自己的生活和理想去进行再创造,绝不是简单的重复。例如在洱源西山白族的打歌《读书歌》里,其中的人物形象、故事情节、艺术风格等与汉族梁祝故事就显然不同,梁山伯、祝英台甚至变成两个会砍柴、盖房的农民了。"(《白族文学史》第十四页)由于富有创造性的白族人民,在吸取汉族文化的过程中,进行了"咀嚼"融化,因此,很多素材虽基于汉族故事,但却都带有本民族独特的艺术风格,和浓郁的乡土气息。这些特点在《白族文学史》中都得到了比较充分的反映。

《白族文学史》不仅用一定的篇幅阐述了历史上汉族文化对白族文化的影响和促进作用,而且在书中特别强调了解放后,在党的领导下,在汉族先进文学的影响下,白族文学空前繁荣、发展的盛况,白族文学百花竞放的崭新面貌。解放后的白族文学,在内容上一改过去被压迫被屈辱的声音,由悲苦的低吟,愤怒的怨诉一变而为"以欢欣鼓舞的心情欢呼自己的解放,歌唱新社会、新生活,歌唱党和毛主席,歌唱伟大的革命斗争"(《白族文学史》第四二一页)的豪放歌声。随着农村社会主义改造和党的不断教育,白族人民的社会主义思想觉悟得到了进一步的提高,白族人民文学中的社会主义意识也有了明显的增长。出现了歌唱合作化,歌唱农业发展纲要,歌唱社会主义共产主义远景,歌唱新人新事的崭新内容,它的内容和题材都有了新的变化和发展。在形式方面,解放后的白族文学也更为丰富多采,为了适应歌唱新内容的需要,白族人民不仅继承了原来的优秀传统,而且突破了旧有的传统形式。汉族五字、七字四句的民歌形式,成为白族人民中盛行的一种歌唱形式。其他如快板、顺口溜、自由体诗……也很活跃。显然,白族人民文学之所以获得这样空前的繁荣和发展,乃是党领导的结果,乃是消除了民族隔阂,各民族间文化得到进一步交流的结果,乃是白族人民在掀掉了头上大山以后欢腾内心的流露。《白族文学史》在书中能够较为充分地反映出白族人民文学在党领导下的这一新发展,这就说明了各民族的文学只有在社会主义制度下,在党的领导下,才能获得充分的发扬和光大。

但是,《白族文学史》对辛亥革命至解放前夕,党直接领导的无产阶级革命文学所给予的影响完全没有谈到,这是一个严重的缺点。因为,这一划时代的革命文学运动,对于始终未脱离过祖国大家庭的白族文学是不可能不给予一定的影响的。

四

如前所述,《白族文学史》有一定的成就,但我们感到其中也还存在一些严重的缺点和错误。

首先,在文学史的分期上,我们觉得时间分得太长。当然,在目前的情况下,适当地放长文学史的阶段是可以的,必要的,但过长了(如第一、二、三篇,都包括了好几百年以上的时间),就会使文学和历史的脉络显得不太清晰,更重要的是使各族人民的历史和文学史的分期,极不统一。因此,在修改时是否可以考虑使白族文学史的分期同汉族文学史的分期统一起来。

其次,《白族文学史》对于部分作品的分析不够深刻,尤其是艺术性的分析更较单薄。某些作品尚有以介绍故事情节代替分析的情况(如第三编第二章)。我们认为,在评价作品时,坚持政治标准第一是完全正确的,但在此前提下也不应忽视艺术性的分析。

再次,对某些作品的内容的分析也还存在着简单化的毛病,和严重的错误倾向。如在分析《望夫云》时说男女主人公之能冲破封建藩篱而结合起来,是因为"真挚而纯真的爱情,却突破了阶级的界限"。这种把爱情力量神秘化,超阶级化的观点,也是非常错误的。问题的原因,只能到阶级的根源和人民的理想中去找,而不能单纯归功于爱情的力量。这种错误,还表现在对一些战争的实质也缺乏具体的分析。

最后,某些提法尚欠妥当。如书中一再提到南诏是"独立王国",这是不符合历史事实的。因为,从历史上看,任何时候,白族人民也没有完全脱离过祖国大家庭的怀抱。

总的说来,《白族文学史》虽然还有如上的一些缺点,但从总的倾向看来,其成就仍是主要的,显著的。它的出版,受到了有关方面的重视,在中共云南省委的直接领导和主持下,还曾召开了几次座谈会,听取了很多宝贵的意见,这就为今后的修改工作提供了良好的条件。因此,我们深信,在党的亲切关注和领导下,《白族文学史》的重版一定能够克服如上缺点,而比初稿更臻于完美。

一九六〇年十一月二十五日

对《白族文学史》的意见

史料解读

　　史料选自《中国少数民族文学史编写参考资料》。《白族文学史》（初稿）出版后引起强烈反响，学界认为这是一部开创性的、较全面地表现白族优秀的文学遗产和历代劳动人民创作的文学史，给予一致好评。中国社会科学院文学研究所根据武汉大学中文系、厦门大学中文系、中央民族学院语文系、少数民族语言研究所白语组、昆明作协民族文学委员会、云南文学研究所、广西师范学院、作协兰州分会、内蒙古语言文学研究所等单位书面意见整理成文。该文指出，《白族文学史》的优点在于运用马列主义毛泽东思想，对白族文学的发展作了初步的探索，突出地阐述了劳动人民的文学，从民族团结出发，注意阐述民族文化交流，材料丰富，语言通畅，善用比较的分析方法，同时提出了篇章结构、古今比重、作品分析等方面存在的问题及修改意见。该文对《白族文学史》优点和问题的分析客观全面，对该书的修改完善有着指导意义和促进作用。

原文

优点方面

　　一、试图运用马列主义毛泽东思想，对白族文学的发展作了初步的探索，为

今后的深入研究打下了基础

　　武汉大学中文系指出,《白族文学史》基本上贯彻阶级分析的观点,基本上贯穿了两种文化斗争的线索,注意分清精华和糟粕,批判了封建迷信和宿命论的思想观点,并突出地介绍了优秀的作家作品。历史唯物主义的观点虽然贯彻得还不够,但可以看出编者是注意运用历史唯物主义观点去分析问题的,并且好些地方分析得很好(如关于"本主"故事的分析)。

　　广西师范学院认为,分析文学现象时必须紧紧地扣住社会历史特点,《白族文学史》一开始就注意了这个问题。如关于"龙"的故事就分析得很令人信服。

　　二、突出地阐述了劳动人民的文学

　　内蒙古语言文学研究所指出,由于历代统治阶级的残酷迫害,白族的书面文学并不发达,白族文学主要是以民间文学为主体发展起来的。编者在民间文学方面下了很大工夫,搜集了五万多件文学作品和资料,并把这些原始资料加以整理,编排在较合适的时期,还作了许多比较和考证,给读者留下较深的印象。

　　厦门大学中文系指出,在评价作品时,《白族文学史》始终重视劳动人民的口头创作,以民间文学为主流,肯定了大量的优秀的民间作品,歌颂了民间有才能的歌手,同时对各时期的文人创作、书面文学,也给予应有的注意。

　　三、从民族团结出发,注意阐述民族文化交流

　　武汉大学中文系指出,《白族文学史》注意到了同汉族及其他兄弟民族的文化交流情况,作了初步探讨,取得了初步成就。如对梁祝故事在白族地区的流传情况及其再创造过程,作了很好的介绍,对于研究各族文化交流问题是个好的启发。

　　昆明作协民族文学委员会、云南文学研究所认为,文学史尽力阐述白族与各民族,特别是汉族文学长期以来的密切关系,以及汉族先进文化对白族文化所起的积极推动作用,应给以肯定。

　　四、材料丰富,语言通畅

　　武汉大学中文系指出,《白族文学史》搜集到的材料比较丰富,而且观点鲜

明，也基本上正确，有分析，有叙述，条理清楚，文字也还简练、通顺。

内蒙古语言文学研究所指出，《白族文学史》不但对各类民间文学体裁的内容作了分析，而且也介绍了各种表现形式。此外，语言通俗易懂，也是一个特点。

五、比较的分析方法

厦门大学中文系指出，《白族文学史》善于运用比较的方法，分析作品：

（1）同一作品将口头传说与书面记载作比较（如《辘角庄》）；

（2）同一作品将不同地区的不同说法作比较（如《望夫云》）；

（3）将不同民族中流传的同一类型的作品作比较（如梁祝故事），这样就能帮助读者更深入更全面地理解作品。

存在的问题

一、关于篇章结构问题

1.绪论部分共四个小节，分别概括地说明白族文学的社会历史背景，白族文学的种类及分布地区，白族文学的历史分期及白族文学的特点。这种说明非常必要，但还应作这样的更动：将现在的第二节移到最后，因为其它三项联系较紧密，中间最好不要插入历史分期问题的论述。

2.第一编有"概述"、第四编也有"概述"，而其它各编没有，实际上第二、三、五各编第一章都是"概述"，全书应当划一。

3.第一编第一章《古老的再源西山'打歌'及其故事》与第二章《两支古老的歌谣》的次序。应调换一下，因为就文学记载来看《两支古老的歌谣》比前者古老一些。（作协兰州分会）

二、关于古今比重等问题，从总的比例上看，解放前占406页，而解放后只占84页，第四、五两编分量太少材料不丰富，不能充分反映白族的革命文学和解放后文学的繁荣景象。如此，在书面文学方面，便使人感到解放后反不如解放以前。同时在论述方面没有明确指出这一阶段文学的性质。对于党对文艺的领导作用谈得很不充分、具体，对两条道路的斗争，也只罗列了一些事实，缺乏深入分析。在对待人、歌手的评介方面,注意了老歌手,忽视了青年歌手。
(武汉大学中文系、内蒙古语文研究所、云南文学研究所)

三、一般社会历史的考证和所要阐明的联系不够紧密,因而显得繁琐。并且由于考证过多,因而削弱了对具体作品深入分析。例如:仅仅从 1—107(约占全书的 1/5)就用了《史记》、《蛮书》、《南诏野史》、《华阳国志》、《大理府志》等五十余部书上的将近 120 多段话。但在谈到具体作品时特别是传说故事等散文作品时,却很少引用原作,大都是略述其大意,这就使读者对作品的本来面目缺乏了解。

四、有些地方前后矛盾。如对南诏历史情况的论述(82 页)和《辘角庄》的分析有矛盾(122 页),此外还有个别地方有分析、结论和引文不符合的现象。(云南文学研究所)

五、对某些作品的分析,强调"纯真的爱情"、"善与恶"、"爱与恨的斗争"、"人情味"等等。如对《望夫云》的评价,把爱情说成是神秘的超阶级的东西。关于"杜朝选"的评价,用了含糊其词的"富于人情味"的字句;第二编第五章第一节说本主中的神全具有"人间性——他们有着人民的性格,有父母子女,亲戚,朋友,能生儿育女,他们吃肉,有仇有爱";第 339 页在评价李元阳和李倬云的诗时,用了抽象的人道主义作为标准;第 345 页引用了王国维《人间词话》中诗人应有的"赤子之心"的说法;对于"事久见人心",书中写到:在故事里,劳动人民这样一种观念获得了有力的体现,即好心的人无论怎样,他总会得到好的结果,黑心的人,必然受到惩罚(210 页);而《火烧松明楼》只不过是反映了统治阶级内部矛盾,但却说成是概括了白族人民的斗争愿望。这些都缺乏阶级分析。(武汉大学中文系、厦门大学中文系等)

六、对某些作家、作品的评价不够全面、准确

1.对《鸿雁带书》、《青姑娘》、《黄氏女对金刚经》、《辘角庄》的评价都有些偏高。在分析批判《辘角庄》时,应指出公主这一形象的局限性。而《黄氏女对金刚经》更是肯定过多,批判不够,应指出它的毒害和副作用。(广西师范学院中文系)

2.对作家的评价中，有些是不全面的，如对李元阳，只根据几首诗来评论，没与同时代的作品加以比较，进行全面的分析。又如在第二篇第七章中提到的南诏王骠信的诗，对作者的经历谈得较多，具体分析作品和影响较少，同时，关于文人文学与民间文学之间的关系，也缺乏必要的叙述和分析。（云南文学研究所、厦门大学中文系）

3.对民间歌手、艺人的评价有过高之处，同时在选择上也有不恰当之处。如对杨汉、张明德、杨堂翠等人的评价，缺乏作品引证，显得空泛。而有的成就较高的歌手，都没有加以介绍，如王贵山就创作过一千首以上的民歌。另外，剑川还有一个老大妈也是有名的歌手，建议进行调查，加以介绍。（云南文学研究所）

七、分析作品时，虽然坚持了政治第一的原则，但思想分析不够深刻、具体，有些简单化。如第三编第二章对故事传说的分析，有些简单化毛病（有时则以故事情节的介绍代替艺术分析），有些应该交代的问题，没有作简明的交代，使读者对作者所分析的感到茫然，如《火烧松明楼》中对柏洁夫人的分析。

八、关于分期问题

关于《白族文学史》分期问题，在作协昆明分会民族文学委员会和科学院云南分院文学研究所召开的座谈会上大家提出，但在历史资料缺乏的情况下，文学史的段落可适当放长些。但过长了，文学与历史的脉络就不大清晰了。最好在大的时期下面再分几个小时期。另外，关于第四期的划分，武汉大学中文系、作协兰州分会和广西师范学院都以为，第四时期从辛亥革命开始，不如从"五四"运动开始更妥当，这样既符合中国历史的发展情况，也与汉族文学发展史的分期相一致。

九、关于写法，昆明作协等单位座谈时，有人认为《白族文学史》是以历史为经，文学作品为纬，可把文学发展和历史结合起来，突出文学与生活的密切关系，但仅仅这样，会把文学作品当成了历史的注解，把文学当成了历史的附属品，就不能揭示出文学本身的发展规律。

有人不同意上述意见，认为以文学作品为纬在目前仍然是可行的方法，文学有其基本的发展规律，但万变不离其宗，它总是经济基础的反映。

十、选择内容上不够严格，不够细致。《白族文学史》中选入了从外族流传进来的故事，如"梁山伯与祝英台"、斩金角老龙的故事以及外地人歌咏当地事务的创作，又在第二章《故事传说》第一节中《反映阶级斗争的故事传说》的"两头落空"，所反映的阶级斗争并不突出，似乎有些勉强。（厦门大学中文系、内蒙古语文研究所）

十一、有些地方不够精练，远远超出了文学范围。白族人民的民间文学很丰富，在"史"里占着绝大篇幅，这是符合白族文学的情况的，但个别章节写得烦琐些，对腔调的形式分析较多。有的章节对民歌的唱法、戏曲的表演方法谈得过于详细，甚至引用大量曲谱，如 235—237 页、242 页、244—245 页，这似乎不大合乎文学史的要求。（作协兰州分会）

十二、在地区上的取材范围问题上，文学史中引用的材料以自治州为主是对的，但对州外的材料也应适当选择些，据调查语言时了解，兰平、碧江、维西、源江等地口头文学的创作很丰富。另在怒江的勒墨（白族支系）也保存着白族的古老的作品，最好加以调查补充。（少数民族语言研究所白语组、云南文学研究所）

十三、杨世代、张美伦、刘月波等真人真事，尚未广泛流传，没有形成为民间故事。而把这些真人真事、先进事迹当作新民间故事写入史内，不太恰当，修改时建议删除。新民间故事的提法应值得商榷。（云南文学研究所）

《白族文学史》后记

史料解读

史料是《白族文学史》后记。作者站在多民族国家的立场上，对文学史
的国家知识属性和历史价值、文学价值进行了概括。在此基础上，回顾了白
族文学搜集整理的过程和取得的成果，介绍了《白族文学史》编写工作的全
过程，特别是指出了白族文学史编写的指导思想、文学史分期、文类划分、作
品评价的标准和原则，为我们了解《白族文学史》的写作提供了第一手材料。

原文

社会主义文学，是百花争艳、丰富多彩的繁荣的文学，是社会主义内容，民
族形式的文学。我国是一个多民族的大家庭，过去各族人民共同创造了祖国的
辉煌灿烂的文学遗产，今后也将共同创造更辉煌更伟大的社会主义文学。因
此，发掘、整理、研究并发展各族的文学艺术，使它们成为我国社会主义文学宝
库的不可分割的一部分，这具有深远的政治意义和现实意义。

资产阶级是轻视民族文学的。过去，在一些资产阶级学者们编写的文学史
中，从来就没有片纸只字提到各兄弟民族的文学；有些资产阶级学者虽然也从
事民族文学的"调查"和"研究"，但他们是抱着猎奇的态度，把民族文学当作是
古董和花瓶，当作是个人名利的资本。只有我们党才一贯重视民族文学，把它
们看作是发展社会主义文学的重要基础之一。去年，在毛主席的亲自倡导下，

全国范围内普遍掀起了大规模调查研究民族文学的高潮，发掘了各族人民的蕴藏丰富的文学遗产，研究了各族文学的发展历史，使得各族的优秀文学艺术得到推广和发扬，使它们在我国的文学史上获得应有的地位。

事实证明，对民族文学的调查研究，不仅丰富了祖国的文化宝库，促进了我们社会主义文学的建设，而且也推动了各民族文学的发展，使得各族优秀的文学，更好地在人民群众中得到普及，在普及的基础上又得到进一步提高。

白族文学具有数千年悠久的历史，有着丰富的遗产，它是祖国文化宝库中具有鲜明色泽的一个组成部分；因此，云南省民族民间文学大理调查队于去年深入白族地区，作了半年的初步调查和研究。

调查队是在中共云南省委宣传部的具体领导下，由中国作家协会昆明分会和云南大学于一九五八年九月中旬组成的，全队共六人：云南大学中文系教师二人，一九五五级学生四人。到达大理白族自治州后，大理地委又调了民族文教干部八人参加这一工作。

调查队于一九五八年九月十六日到达大理白族自治州，在地委直接领导下，订出调查和研究计划。从九月二十日正式下乡调查，到一九五九年二月基本结束，历时近五个月。调查了白族主要聚居区：大理、剑川、洱源、邓川、鹤庆、云龙、宾川等县。搜集到各种文学作品及资料五万多件。基本上了解了白族文学情况。

一九五九年一月，在省委和大理地委的领导下，开始了《白族文学史》的编写工作。二月，大纲草拟和讨论完毕，三月写出《白族文学史》初稿，四月进行第一次修改。

在调查和写史工作中，我们坚决依靠省委、地委及各级党委的领导，走群众路线，并坚持劳动锻炼，与劳动人民做到同吃同住同劳动同娱乐。

在编写《白族文学史》的过程中，我们采用了集体讨论，分头执笔，最后由专人负责总其成的办法。同时，我们也力图以历史唯物主义的观点去探讨白族文学发展的历史，去分析文学作品和一切文学现象，使《白族文学史》尽可能地符合于白族文学发展的客观规律。并本着列宁的两种文化的学说去研究白族文学的发展，写出两条道路的斗争。然而，《白族文学史》的编写工作还是第一次，加上我们经验的缺乏，政治和业务水平的限制，往往力不从心，困难很多。我们只有本着知之为知之，不知为不知的态度，从材料出发，有的问题能解决的就解决，不能解决的就存疑，留待以后进一步去研究探讨。

这里有几个问题必须作简单说明：

一、《白族文学史》的体例及分期问题：我们现在所写的体例，基本上是以时代为经，以文学种类及作品为纬。

但由于白族文学很少见于文字记载，多系口头流传，难于鉴定作品产生的年代。因此，要以时代为经，分期就难于分得太细，只能根据白族的社会历史发展及白族文学本身发展情况，同时根据目前所掌握的材料，把段分得大一些，除第四第五两篇外，每段都有好几百年的时间。

二、作品的产生、形成时代的鉴定及系年问题：对民间文学作品的产生，形成时代的鉴定是一个非常复杂而困难的问题，我们目前只根据以下几个方面，把作品的产生和形成时代，作了大致的推断：

第一，根据作品所反映的社会内容的性质；第二，根据民间流传的说法，与作品所反映的社会性质加以对照；第三，根据作品口述者的年龄，可推断作品产生、形成的一些情况；第四，有些作品可从一些史料中找到一些线索。又民间文学作品在流传过程中具有变异性，因此我们决定了一个原则，即作品的系年主要根据"源"而不是"流"。

三、白族童话、寓言、谜语、民谚等，很难于鉴定产生和形成的时代。因此，很难把它们按时代分在各阶段去谈。从目前收集到的材料看来，绝大多数是传统的东西，所以把它们列为一章放到从辛亥革命到解放前夕这一段中作综合概述。

四、有一小部分作品，特别是民间故事，不仅在白族人民中流传，也在其它民族（特别是汉族）中流传。对这种作品，凡能断定是外来的东西，就作为各民族文学相互影响写入《白族文学史》；如不能断定的，只要是在白族地区收集的也把它们写入《白族文学史》中。

五、白族绘画、雕刻、音乐都很发达，和白族文学有着密切关系，在《白族文学史》里，应该谈到它们，但由于掌握资料很少，所以只好不谈了。

《白族文学史》的编写者有张文勋（云南大学中文系助教）、郑谦（云南大学中文系讲师）；云南大学中文系一九五五级学生郑绍堃、杜惠荣、张福三；自治州文教干部赵国栋、陈瑞鸿、杨德超、段寿桃、杨汝恕、汤培元、张克亮、洪恩照。云南大学中文系马永福同学参加了修改工作；刘法丽、张家珩等同志也参加了调查和讨论。林之音同志参加了初期的调查搜集工作；最后，杨文翰同志作了一些文字上的修改。

在整个调查和编写《白族文学史》工作中，陆万美同志对我们进行了具体细致的帮助。

在编写《白族文学史》中，得到大理地委宣传部、大理白族自治州文卫局的积极指导和支持，大理文化馆和有关部门的同志们也给我们很多帮助，这里表示感谢。

最后，由于我们政治和业务水平的限制，所以在《白族文学史》中，缺点和错误一定不少，我们衷心地等待着各方面的批评和指正。

《纳西族文学史》后记

史料解读

　　史料是《纳西族文学史》后记。在后记中，作者详细介绍了《纳西族文学史》的成书过程，在中共云南省委宣传部的领导下，对调查队组建、资料搜集整理、文学史分期和作品年代确定、文学发展规律的寻绎、编写人员的分工等情况进行了全面介绍。从中，我们看到，《纳西族文学史》调动了当时全部知识和社会资源，得到了各级党委、政府的支持，从而体现了文学史作为国家知识生产的国家性、社会性和全民性。为我们全面了解《纳西族文学史》的编写，提供了第一手材料。

原文

　　纳西族也和各兄弟民族一样，珍藏着极其丰富的文学遗产。这些遗产，是祖国文学宝库中的一部分。一九五七年冬季开始，纳西族地区也和全国各地一样，出现了群众性的蓬蓬勃勃的民歌创作运动，出现了到处是诗到处是歌的局面。在这种情况下，一九五八年九月，在中共云南省委宣传部的领导下，由中国作家协会昆明分会和云南大学，共同组织了以云南大学中文系师生为主的云南省民族民间文学丽江调查队，在中共丽江地委宣传部的直接领导下，结合劳动锻炼，先后在丽江县各区、乡和公社，宁蒗县永宁公社，维西县第一区以及中甸县金沙江边一带，进行了调查、搜集，并专门组织了东巴经翻译小组，对东巴经进行了清理和摸底工作。经过三个半月的调查和搜集，在占有相当的材料的基础上，我们便着手分析和研究材料，开始编写文学史的工作。第一次草稿写出后，又经过了四次较大的修改和部分改写工作，陆续补充和丰富，历时近一年，终于把纳西族文学史初稿写出来了。

在搜集和调查工作中，我们深入到劳动人民中去，与他们同吃、同住、同劳动。这样，不仅使我们的思想得到了锻炼和改造，同时了解了纳西族人民的习俗，而且在工作上也得到了他们的大力帮助和支持。这部文学史的写成，可以说是知识分子跟劳动人民相结合的产物。

在编写过程中，我们采取了集体讨论、分工执笔的办法，并与群众、歌手、翻译共同商量，听取他们的意见。因此，这部文学史是集体力量和群众智慧的结晶。

下面谈谈这部文学史中的几个问题：

第一，文学史的分期和作品产生的年代鉴定问题。

文学史中提到的作品，绝大部分是千百年来流传在民间口头的作品。作品产生和形成的年代难于确考，东巴经上记载下来的文学作品也没有年代记载，再加上历史资料缺乏，纳西族的历史发展阶段尚无定论，所以，文学史的分期只能暂时分得粗一些。每个大框框里的作品时间的先后，也很难于鉴别。但为了使文学的发展线索尽可能地叙述得清楚一些，根据作品所反映的内容，提出了我们的一些不成熟的看法。

第二，既是文学史，那么，文学的发展规律，各个历史阶段的文学内容、形式等方面的特点，应该阐述清楚，但由于作品产生和形成的确切年代无法鉴定，又因为我们的水平有限，对这些问题阐述得不够深入。

第三，在编写当中，我们抱着科学的实事求是的态度，能解决的问题就解决，不能解决的就存疑，同时把资料介绍得详尽一些。这样，以便于今后从事研究民族民间文学的同志和广大读者研究和解决。

第四，丽江县是纳西族的主要聚居地，我们进行了比较全面的调查和搜集。文学史的材料，主要是来自丽江县。宁蒗、维西等县的一小部分材料作了补充。至于四川省的盐源、盐边、金矿、木里，云南省的中甸县北地区及永胜、兰坪等县，虽然也有纳西族，但这些地区纳西族的人口较少，加之我们人力和时间的不允许，来不及进行调查搜集。因而，这部文学史的材料还不够全面，有待于今后进一步的充实和丰富。

第五，纳西族文人的作品，由于资料掌握不够，又来不及很好研究，所以文学史里绝大部分篇幅是介绍民间文学，文人文学仅占了很小一部分。

这部《纳西族文学史》，是我们在省委宣传部的鼓励和指导下第一次大胆尝试编写出来的。文学史的编写是一件艰巨的工作，由我们这些青年来担任是很不相称的。虽然，我们力图将这部文学史写得好一些，但力不从心，事与愿违，从里面很可以看出年轻人的幼稚的笔调和不成熟甚至是错误的论点。因此，我们不敢奢望这部文学史能有多少贡献，我们只希望它能为从事研究纳西族文学的同志今后编写更好更完整的纳西族文学史打下基础，为今后编写中国文学史提供些纳西族文学的资料。即使这部文学史能起到这点作用，也应当归功于敬爱的党和纳西族的劳动人民。

参加这部文学史编写工作的是：云南大学中文系助教王宗孟、云南大学中文系研究生王远智、云南大学中文系一九五五级学生（按姓氏笔划排列）刁承志、史纯武、朱世铭、艾伊里、金子秋、曹福刚、张俊芳、景文连、龚宗文、蒋正槐、谢德风、戴美云，中共云南省委宣传部文艺处和鸿春（纳西族）、云南省歌舞团李式孝、丽江县第六区大具中学教师赵净修（纳西族）等同志。

参加搜集、翻译工作的有：和锡典、李学文（汉族）、和举贤、赵净修、和美棋、和凤春、和致祥、张宗强、杨柳、木丽春；丽江县、宁蒗县、维西县的不少小学教师和中学生也参加了部分搜集工作。

徐嘉瑞同志亲自帮助了编写工作。并由冯寿轩、和鸿春（纳西族）、陈文心三同志进行了修改。

此外，中共丽江地委宣传部、中共丽江县委宣传部的同志和丽江专署文教科、丽江县文教科、丽江县文化馆、丽江专区文工队、丽江师范学校、丽江中学、云南省少数民族历史丽江调查组也给了我们很大的支持和帮助，这里衷心表示感谢。

《苗族文学史》编写的部分史料

史料解读

　　史料选自《中国少数民族文学史编写参考资料》。1958 年，中共中央宣传部号召组织各少数民族地区的文艺工作者对各少数民族的文学作品进行收集整理，并对各民族的文学概况和文学史进行整理汇编。当时中共贵州省委宣传部根据这一指示，组织中国作家协会贵州分会等单位承担这一工作。1960 年 7 月，《苗族文学史》初稿完成。在 1961 年召开的少数民族文学史讨论会上，田兵代表编写组汇报了编写过程，指出编写工作坚持以马列主义和毛泽东文艺思想作为指导思想；贯彻毛泽东同志关于继承传统文学"剔除其封建性的糟粕，吸收其民主性的精华"的指示；把民族友好和民族团结作为编写工作的一个重要部分；同时还指出了《苗族文学史》在编写上的不足之处。

一、关于《苗族文学史》(初稿)的编写工作

主席,各位同志:

我代表贵州省民间文学工作组向大会汇报《苗族文学史》(初稿)的编写工作。

一

在1958年全国民间文学工作者大会会议期间,中共中央宣传部召开了少数民族文学史编写工作座谈会,决定由各民族自治区和有少数民族聚居的省负责编写本省(区)的少数民族文学史或概况,为编写包括各少数民族文学在内的中国文学史作好准备。中共贵州省委宣传部根据这一指示,决定由中国作家协会贵阳分会筹备委员会、贵州省民族事务委员会、贵州省民族语文指导委员会等单位共同协作,以马列主义和毛泽东文艺思想为指导,以编写《苗族文学史》为试点,取得经验后,再编写省内其它几个主要民族的文学史或概况。上述有关单位共同抽调了干部,一面深入苗、侗、布依等民族地区继续搜集资料,一面进行筹备,于1959年元月组成《苗族文学史》编写组(即现在的贵州省民间文学工作组),正式展开了编写工作。

编写《苗族文学史》,用马列主义和毛泽东文艺思想总结和评价历史悠久的苗族文学,是一件史无先例的大事,有着重大的历史意义。在旧时代几千年的阶级社会里,苗族劳动人民受着统治阶级的奴役压迫,他们所创造的文化财富也同样地受着统治阶级蓄意的践踏和摧残。如今换了天日,在中国共产党的领导下,苗族人民作了历史的主人,随着苗族地区政治、经济、文化等事业的飞跃发展,苗族文学也出现了空前繁荣的现象:一方面是新的文学样式和新的文学作品日益丰富,一方面是优秀的传统文学作品在经过发掘整理后放出了光芒,

这时候给整个苗族文学以新的估价和系统的总结,实在是众心向往的事情,也是建设社会主义文学必不可少的工作。因此,编写工作一开始就受到各族人民的热烈欢迎。人们反映说,这是党的民族政策的又一次具体体现,体现了社会主义时代各民族文化事业的共同发展和繁荣,也体现了各族人民空前的友好和团结。人民群众和各有关方面从这样的心情出发,对《苗族文学史》一书寄与了很大的希望,纷纷以实际行动支持编写工作。如黔东南苗族侗族自治州及其所属各县的党政领导部门,不但抽调了一定数量的干部协助搜集资料,还集中了优秀歌手,给编写组搜集资料的同志种种方便。一些苗族聚居地区的公社,还特地动员群众在生产之余为编写组介绍资料。著名的歌手们更是欢欣鼓舞,热情洋溢地协助编写组的同志进行工作,如黔东南地区的名歌手唐得海、张多文等,不但为《苗族文学史》一书的编写高歌,还详尽地为编写组的同志们介绍他们自己对苗族文学史的见解。省级各有关部门也热情地向我们伸出援助的手,献出了他们历年所搜集和掌握的资料。这种种强有力的支持,使我们很快就掌握了近百万行诗歌和一百多万字的散文作品,为研究文学史作好了资料的准备工作。

《苗族文学史》编写组当时有汉、苗、侗、布依、彝等五个民族的干部 25 人,其中除少数同志外,大多数过去都没有接触过苗族文学。但是,由于受着工作本身的重大意义的鼓舞,又兼得到各方面的热情支持,同志们的情绪很高。为了克服大家政治理论水平和文学修养不足的缺点,我们在工作中坚持了政治挂帅的原则,紧紧依靠党的领导,采取集体写作的方法,强调互教互学,把编写和研究的过程同时当作学习的过程,有意识地通过具体工作培养和锻炼干部。参加编写的同志大部分对工作很有信心,勤学苦练,经过两年的努力,终于完成了《苗族文学史》(初稿)的编写工作。

《苗族文学史》(初稿)的编写过程大致是这样的:1958 年 10 月开始筹备,1959 年 1 月草拟提纲,2 月正式开始编写,经过六次反复修改,于 11 月编写出讨论稿,在这段工作过程中,还进行了资料的翻译整理工作和《布依族文学概况》的编写工作。因此,在完成讨论稿编写工作的同时,完成了《布依族文学概况》（草稿）的编写工作，并编印了民间文学资料二十六集。讨论稿印发后，除在组内分编分地进行讨论外，一面发往全国各地有关方面征求意见，一面在省内各有关部门如文联、语委、贵州大学中文系、贵阳师院中文系、贵州民族研究所、黔东南苗族侗族自治州等处组织讨论。这次讨论的收获很大，除省内各有关部门和对苗族文学有研究的同志给我们提了不少宝贵意见外，中国科学院文学研究所和广西壮族自治区文联等都曾给我们很大的帮助。我们综合了各方面的意见，向中共贵州省委宣传部和有关领导部门作了汇报。中共贵州省委宣传部还为此召开了会议，对一些重大问题作出指示，还决定了修改工作的步骤、要求和方法。我们根据会上的指示，重新拟定修改提纲，于 1960 年 3 月再度进行修改工作。当中又经三次改写，至 6 月即编写出《苗族文学史》（初稿），即现在交大会讨论的油印稿，"初稿"印发后，中共贵州省委宣传部再度召开会议，详尽地研究了定稿工作的各项事宜。现在，我们正根据这一次会议的指示和各方面的意见，一面改写一些质量较差的章节，一面进行全面通纂，待这次讨论会结束，即将集中全力完成定稿工作。

二

我们坚持以马列主义和毛泽东文艺思想作为编写《苗族文学史》的指导思想。我们知道自己在这方面的水平是有限的，因此，决定把编写的过程当作学习的过程，采取边学习、边运用的方法，尽力把马列主义经典著作中有关民间文学的诸原则贯彻到工作中去。由于这样，我们才逐步逐步地找到解决苗族文学中一些具体问题的方法，历史地系统地整理了纷乱复杂的资料，从而初步摸索到苗族文学的发展过程和发展规律，有批判地评价了传统文学作品，除了结合着苗族文学的具体情况学习理论外，我们还采取了边"破"边"立"的方法，在批判苗族文学史研究领域中的各种资产阶级观点的同时，树立马列主义的正确观点。在这些方面，虽然我们的努力还不够，但已为进一步研究苗族文学史的工作打下了基础。

首先，我们在工作中牢牢地记住列宁关于两种文化的学说。根据这条著名的原则去检验苗族文学中的一切作品。两种文化在苗族各时代文学中的表现是明显的。在古代文学中，有维护劳动人民利益的理歌理词，也有维护统治阶级利益的理歌理词；有表现劳动人民朴实的思想状况和精神面貌的祝颂歌词，也有表现封建统治阶级富贵思想的祝颂歌词。甚至同一首叙事诗，出自不同阶级之口，就带着不同阶级的思想感情。如《娘阿莎》，在劳动人民的口里，是歌颂叛逆封建伦理道德的勇敢行为的叙事诗；相反地，在封建统治阶级及其维护者的口里，则成了批判所谓"伤风败俗"的行为的作品。在近代文学中，两种文化更是短兵相接地交锋着。譬如，劳动人民用诗歌歌颂自己的起义首领张秀密，统治阶级也用诗歌给张秀密的英雄形象涂墨；劳动人民利用传说故事揭露和打击地主阶级的罪行，地主阶级同样地利用传说故事给自己的丑恶面目施粉。我们不是一下子就明白了苗族文学中所有类似这样的问题的，而是根据列宁的论断，一而再地对具体作品作反复研究，从它们的阶级属性和政治倾向出发去确定它们的地位和价值。经过一个一个具体工作的反复过程，使我们渐渐地灵敏起来。自然，我们在运用列宁的论断去寻找苗族文学中的两种文化的时候，也不是没有阻力和没有交锋的，有的同志对于苗族是否存在两种文化是怀疑的。他们认为民间的口头作品不可能存在两种文化，于是，就根据这种见解肯定了古代时期为统治阶级服务的理歌理词，硬把祝歌颂词中夸富夸贵的思想说成是劳动人民的理想和愿望。这无疑地是资产阶级超阶级的文学观点在民间文学研究工作中的反映，我们通过具体工作，对它们一一地作了批判。事实证明，列宁的论断完全适合苗族文学的情况，文学是社会意识形态的形象的表现，不能超阶级，苗族文学是在阶级社会中发展起来的，绝不能例外。

与此同时，我们还尽力地在编写过程中贯彻毛泽东同志关于继承传统文学的一切指示，"剔除其封建性的糟粕，吸收其民主性的精华"，切不可兼收并蓄、因袭守旧。他教导我们既要珍视传统，又不要拜倒在传统面前。具体到苗族文学研究工作的领域来说，无论在《苗族文学史》编写工作以前，或在编写工作中，都出现过两个极端的倾向——一是无批判地继承，一是虚无主义的否定。前一种态度，实际上是资产阶级地方民族主义的一种表现。这些同志从民族的偏见出发，认为苗族传统文学作品经无数代的锤炼，艺术上达到了难以企及的地步。他们在理论上不反对"剔除其封建性的糟粕，吸收其民主性的精华"的原则，在感情上却以不能反历史为理由，常常为传统文学中消极落后的东西辩护，不承认苗族传统文学有时代局限性，不承认优秀文学作品中有消极的东西存在。这实质上就是取消文学的政治原则，艺术至上地拜倒在传统文学的面前。持有后一种观点的人则恰恰相反，他们认为，承认苗族传统文学作品，只是为了政治意义，实际上苗族传统文学是很幼稚和单纯的。譬如，他们说，苗族古代神话荒诞离奇，没有什么现实意义。这实质上又是割断历史，不要传说。我们一面批判上述两种错误思想，一面用"剔除其封建性的糟粕，吸收其民主性的精华"的原则，一一地对苗族传说文学作品作具体的研究，经过细致的分析，大胆地肯定其中积极进步的东西，给以应有的评价，同时，也批判了其中落后消极甚至含有毒素的东西，指出它们的时代局限性。譬如，在古代文学的评论中，我们既肯定了著名长诗《佳》的文学价值和历史价值，也批判了它的封建迷信思想和为当权者的权力辩护的主题。又如对于"议榔词"，我们首先分清它们是为什么人服务的，凡是维护人民利益的议榔词就给以适当的肯定，凡是统治阶级用以捆束人民的议榔词就给以批判。在近代文学的评论中，我们更注意了这一工作。近代时期纷乱复杂的社会现象，必然会影响到文学作品的思想主题的健康。譬如：歌颂农民起义的史诗《张秀密》中就含有某些狭隘民族主义偏向，以揭露黑暗现实闻名的《嘎百福歌》中同时也存在着不少低级庸俗的东西，传说故事里也有不少迷信、宿命论、愚忠愚孝等等封建性的糟粕。我们尽力地鉴别出某一文学形式或某一作品中这么不同的两方面后，再分别给以不同的处理。事实证明，只有认真贯彻毛泽东同志所指示的原则精神，研究苗族文学史才会有正确的方向和道路。

其次，我们还尽力地运用历史唯物主义观点，去分析苗族各个历史时期的文学现象和具体作品。

在编写工作开始时，我们面对着纷乱复杂的一大批资料发愁。苗族是我国有着悠久历史的民族之一，其文学发展过程是极其复杂的，文学作品是极其丰富的。但是,由于苗族过去没有文字,几千年的文学作品一直是在民间口头流传着,要给这些文学作品一一地找到这"源",判别出它们所产生的时代,是有困难的。但是,不搞好这一步工作,不仅不能历史地去评述每一件作品,更主要的是断代分期和探索整个文学发展进程的工作无法进行。要正确地解决这样重大问题,除了运用马列主义历史唯物主义的原则和观点,一切都是徒劳的。这时候,我们反复地学习了毛泽东同志指出的"一定的文化是一定社会的政治与经济在观念形态上的反映"这个原则精神,详细研究文学这一上层建筑和经济基础的关系。弄通文学发展与社会经济发展相关的一般道理,在此基础上,一面研究历史,一面作以下工作。(一)探索资料的"源"和"流",根据它们所反映的社会现实判别它们产生的时代;(二)在前一工作的基础上,结合对历史的研究,根据各个时期的历史特点去检验资料的时代判别是否正确;(三)再在以上两项工作的基础上,使资料的历史排列系统化和条理化,再结合历史的研究,逐步地给文学史断代分期。这就是我们在编写过程中,尽力地运用历史唯物主义观点所解决的第一个重大问题。在这一方面我们是有教条的,由于有些同志不从资料本身反映的社会现实生活去看资料,抓不住事物的本质,倒置了具体作品的"源"和"流",曾经引起过混乱,使得《苗族文学史》(初稿)中的某些编章里,至今还存在着作品时代判别不准确、作品分析脱离现实生活基础的现象。

我们经过反复的研究和讨论后,将整个苗族文学史划分为远古、古代、近代、现代等四个历史时期。远古时期主要指原始社会,在历史上是传疑时代,在文学上是神话传说时代,古代时期,是指由苗族西迁定居起(约在秦汉之际)到1840年鸦片战争止这一漫长的历史时期,其历史特点是:(一)领主经济形成,(二)土司制度建立,(三)地主经济兴起。其文学特点是:继迁徙史诗和反映定居后劳动生产的诗歌出现之后,出现了反映婚丧礼俗、规章约法的歌和词,稍后一个时期,又出现了反抗封建婚姻制度的叙事诗和反映农民起义的故事和歌谣。近代时期由1840年鸦片战争起到1919年五四运动止。其历史特点是:整个苗族地区逐步进入半封建半殖民地社会,地主经济向前发展,稍后一个时期出现了商业资本主义经济,阶级斗争日益尖锐,农民起义前仆后继地进行着。

其文学特点是：反映劳动人民反抗统治阶级的各种形式的文学作品大量产生，其中，歌颂农民起义的作品更占着重要地位。同时，从现在所掌握的资料来看，这一时期说唱文学也很活跃。现代时期由1919年起到现在，经历了两个历史阶段，即从1919年到1949年新民主主义革命时期，从1949年开始的社会主义革命和社会主义建设时期。这个时期文学发展的过程就是无产阶级文学发生、发展的过程。到解放后，产生了作家文学。我们认为，这样分期虽然还存在着不少缺点，但是，基本上是合乎苗族社会发展和文学发展的一般情况的。我们就这样一一地为所掌握的口头文学资料找到"源"，把它们划入适当的历史时期，又根据这些口头文学作品所产生的时代社会生活、经济发展、阶级斗争等情况，对它们进行具体分析。对于研究苗族文学史这样一个具体问题说来，这样的方法是否恰当，我们自己还没有足够的把握，希望同志们多多给以帮助。

再次，我们在具体编写过程中，还注意贯彻了省内各级领导的指示。譬如，有关党组织的领导同志经常指示我们说，编写少数民族文学史，是一件具体的贯彻党的民族政策的工作，应该把强调民族友好和民族团结作为编写工作指导思想的一个重要部分。我们遵照这一指示，除注意整个书的倾向和气氛外，还具体地分析了各个历史时期文学作品中所反映的民族关系问题，从阶级的原则出发，肯定有利民族团结的东西，批判有损民族团结的东西。经过对一些具体问题的分析，我们认为，无论在任何一个历史时期，各民族劳动人民之间友好往来、互助互爱的事是不胜枚举的。所谓民族纠纷、民族隔阂，无不是各民族的统治阶级为压迫劳动人民而一手造成的，是各民族中统治阶级的罪恶的表现。从这个原则出发，我们批判了一些有关的错误观点，如有人离开了阶级观点和历史唯物主义观点的原则，硬把某些古代文学中反映的氏族部落战争说成是民族战争。同时，他们在处理农民起义歌谣的时候，总是带着某些氏族主义的狭隘偏见。用这样的思想感情研究苗族文学史，肯定是会掉进资产阶级民族主义的泥坑里去的。

以上是编写《苗族文学史》一书在理论指导上几个重要方面的简要叙述。对于一些带有特殊性的工作问题，我们作了以下的处理：

一、苗族文学是口头文学，苗族社会历史的研究，虽然有关部门做了不少工作，但对于没有得到较科学的结论，还不能供给文学史的编写工作更多的可靠的资料。这给判别作品产生时代，或给文学史断代分期都带来了困难。针对这个情况，我们采取了研究历史与研究文学同时并进的方法，分开两班人马进行工作。明确了研究历史，在于寻找各个时代文学发生的现实基础和推动文学前进的动力，研究文学史也尽可能地为研究历史提供线索和资料。这样作，基本上保证了编写工作的顺利进行。

二、判别口头文学资料所产生的时代，是一件极其细致复杂的工作。毫无疑问，口头文学作品，无不是其所产生时代的社会生活、经济发展、阶级斗争等诸形态的反映。但也由于是口头文学作品，在长期的流传与丰富过程中，必然地会染上一些流传与丰富时代的社会生活的色彩。我们称前者为"源"，称后者为"流"。是取"源"还是取"流"，同志们的看法是一致的，即以"源"为主。不过，具体到对一篇作品进行分析的时候，何为"源"何为"流"，往往分歧很大。譬如苗族古代神话。虽然都是人类社会童年时代现实生活的曲折的反映，但是，在形成叙事诗的过程中，却附会了一些丰富时代的阶级关系和生产特点。大多数同志认为，无论如何，这些神话是古代人民的创作，但也有一些同志认为，它们应当是后世人的作品。自然，后者看问题是表面的，他们不看主题，只在细枝末节上做文章。如对《跋山涉水》这首诗歌，他们避开了其中反映的社会生活现象，企图以作品里出现的金、银等个别字作为判别作品产生时代的依据。我们对这种研究方法是否定的。但是，在另一方面，对于一些具体作品，我们也适当地肯定了后世工作者们的功绩。譬如当今流传的古代神话，大部分已形成了完整而系统的叙事诗，说它们是逐代逐代群众集体创作的结晶是不为错的。丰富者们发挥了巨大的艺术才能，经过了艰辛的再创作的过程，使很多古代的作品达到了完美的地步，这样的功绩是绝不能抹煞的。

三、编写工作开始时，所掌握的资料不但经过整理的不多，而且，有一大部分还没有译成汉文。是先编史再翻译整理资料呢？还是先翻译整理资料再编史？两种办法都同时有人主张过。我们认为两者都不妥当。若果按前一种方法进行工作,就会陷于完全孤立的状态,不仅编史缺少依据,缺乏给养,就是编写工作中的研究成果,也因不能及时利用到资料整理工作中去而容易流失。若果按后一种办法进行工作,看起来虽是较平稳,实际上却不符合客观形势的需要。而且,一方面,要整理完所有的苗族文学资料,绝不是三年两载的功夫,另一方面,由于苗族居住地区分散,各地区的作品都有自己的特点和特色,整理后的资料也不见得完全有代表性,我们经过反复研究,决定采取边搜集、边翻译、边整理边编写文学史的方法进行工作,这样作,虽然也有不足的地方,但比上两种办法妥当可靠,也较切合实际。

四、关于《苗族文学史》和将来编写中国文学史的关系,我们作了这样的处理:我们知道,苗族文学是整个祖国文学的一个组成部分。但是,《苗族文学史》一书,也可能成为将来编写的中国文学史的一个组成部分,也许只能提供一些资料和线索,而我们自己比较偏信于后者。因此,在具体安排上,我们既注意了整个书的完整性和独立性,又注意了尽量介绍作品,以便为将来编写中国文学史的工作提供足够的资料。我们认为这样作。无论对于整体或对于《苗族文学史》本身将来的修改工作、都是有用的。

关于其他方面的一些细小的具体问题,就不在这里一一地加以叙述。

三

我们认为,现在提交大会讨论的《苗族文学史》(初稿),作为一项新的课题,作为工作进行中的一个具体阶段来说,基本上是有成绩的。但是由于我们的政治水平和文学修养有限,研究不足,加以时间仓促,工作粗糙,使得《苗族文学史》(初稿)本身也还存在着不少问题,最主要的有以下几点:

一、介绍社会历史和介绍文学作品之间有脱节现象。书前的历史简介,由于偏重于一些悬而未决的历史问题的考证,没有很好地叙述各个历史时期社会的各个方面的特点和情况,也没有很好地提出帮助人们理解各个时代文学现象的历史知识,因之和全书的关联不大,每一编前面的社会概况,也同样地存在着类似的缺点不能很好地指出该时期文学发展的现实基础,读了后总有文学是文学、历史是历史的感觉。这是工作进行中历史研究脱离文学研究的表现。为了帮助读者理解苗族文学史,我们决定在书前以一定的篇页介绍苗族历史,但是,由于担负这一工作的同志不从这个前提出发去进行工作,他们在工作中卷入了一些悬而未决的历史问题的论争,而且贪多图大,企图在编写文学史的同时,全部解决整个苗族历史问题。结果,不但使历史研究和文学研究脱节,就是历史研究本身也没有完成任务。我们觉得这是一个严重的缺点,由于不能给文学研究提供应有的历史资料,在一定程度上影响了文学史中历史唯物主义观点的贯彻。

二、对一部分资料的产生时代判别不够准确。这主要表现在情歌和传说故事的资料处理上。据分析情歌和传说故事,都是古代产生的,而且一直往下发展,鉴于这种情况,我们在古代和近代都分别介绍了这两种文学形成。但是,在区分这两种时代的资料时,我们的工作是粗糙的。在《苗族文学史》(初稿)里、不但有把近代传说故事错列在古代介绍的情况,甚至将同一母题的故事列在两个时期介绍的情况也是有的。至于情歌资料的时代判别,就更显得混乱了,所划分的古代情歌大部分缺乏时代特点。这些情况的产生,恰好反映了具体编写人员所存在的历史唯物主义观点和阶级观点薄弱的现象。

三、对当代民歌的介绍比较薄弱。书里尽管给了开国来各个历史时期的民歌很高的评价,但是,由于资料不足,所选择的作品又缺乏代表性,读起来使人觉得空洞。这是应该引起警惕的,否则,将会导致厚古薄今的错误倾向。

四、在资料的选用上,照顾地区的工作做得不够,苗族居住在好几个省区,各地区的文学虽然有着共同的特点,但是,也有着各自独特的色彩。《苗族文学史》编写组的资料既不全面,和有关的兄弟省(区)又缺乏必要的联系,因此,选用的资料以一两个地区的居多。这对整个书的代表面是有影响。

五、在一些章节里还存在着资料罗列的现象。详尽介绍资料是对的。但是,若果对所介绍的资料不细致地一一作思想上和艺术上的分析,就是罗列资料。与此同时,在一些章节里,对某些具体作品的分析呈现着简单化的现象,编写人的评述,往往只是故事情节的重复。这两种倾向,都是对研究文学发展的规律有害无益的。

六、在语言文字的运用和评述作品的方法上，全书前后存在着不统一的现象。前三编语言朴素，评述作品较详细；后两编虽然力图语言活跃，但却有不少生硬的地方，评述作品比较简要。这种情况，是有碍全书的完整性的。

七、其他，对解放前苗族是否出现过书面文学作品一事由于调查了解不够，没有作应有的交待。同时，对解放前汉族和其他兄弟民族的一些文人学者反映苗族社会生活的作品，也没有作应有的介绍和分析。

以上，是我们编写《苗族文学史》（初稿）一书的大致情况和我们自己对这本书的一些粗浅的理解。不当的地方一定很多，希望同志们批评指正。我们希望大会给我们一些具体的指示，也希望兄弟省区的同志们多多给以帮助，使我们能够尽快地完成这本书的定稿工作。

选自一九六一年少数民族文学史讨论会资料

二、《苗族文学史》的编写经过及民间
文学资料的编印工作摘要

文学史的编写工作

1.资料问题：

过去的苗族文学都是口头作品，而且大多没有收集，特别湘西、广西、云南、四川等地苗族地区的资料，有的很少，有的甚至没有。一年来，经过努力收集先后印出 26 集资料。约计诗歌 27 万行，故事近百万字。虽说还不够全面，但已基本解决了我们的困难，大致可以从中了解和研究苗族口头文学的基本面貌和发展情况。

2.分期问题：

分期问题，一般说来应根据社会历史和文学发展的情况决定。由于对苗族社会历史的发展不够了解，给文学史的分期断代带来了困难。

(1)古代和近代的分界问题。有的主张以"改土归流"为分界，有的主张以鸦片战争为分界。过去的"讨论稿"古代和近代分界含混不清，就是这一争论的具体表现。后来经过各有关方面讨论，又结合文学资料具体研究，发现鸦片战争以后口头文学的内容也有了新的发展，才确定以鸦片战争为分界。

(2)远古和古代的分界问题。历史根据不足，难予判定，尚待以后进一步解决。现在把那些有关创世纪神话列入远古，把那些歌唱古老的风貌和反映较早期的社会关系(如领主经济)的作品列入古代，不过古代时期从何时开始，尚无法确定。从长沙和贵州平霸出土的汉代铁器来看，远在秦汉以前，苗族社会就可能有了阶级。

3.对古今作品的看法问题：

过去搜集的资料，古代的多，近代的较少，现代的更少，因此，在拟提纲时，对如何安排资料问题，有各种不同看法：有认为要详今略古的，有认为详古略今的，有认为古今并重。经过讨论一致认为，对待民间文学，既不能对古代的东西抱虚无主义的态度，也不能厚古薄今，应该实事求是，既要重视古代的，又要重视现代的，而且要古为今用。写民间文学史，要对古今的民间文学尽量有个大致全面的了解，并作必要的分析和评价，系统地总结出它的发展规律；指出它今后的发展方向。同时，对待古代的东西，既要抱着历史唯物主义的态度，又不能陷入自然主义的泥坑，而要以马列主义观点进行分析，克服狭隘的民族感情，从有利于民族团结的愿望出发。

4.如何判断作品产生的年代问题：

用口头资料直接编写文学史，在社会历史没有较为确切的书面资料的情况下，考查作品产生的时代背景，评价作品的社会作用，这是工作中碰到的较难解决的问题。民间文学由于是口头创作，口口相传，从产生时起就不断地发展变化，由不完整到完整，它具有最初产生时的时代特色，也具有在流传中加工者所处的时代特色。并且有些作品，由于民族间文化交流的结果，它具有本民族的特色，也具有汉族或其他民族的特色。因此，对考查评价没有作者时代依据的民间文学作品的产生时期，没有可靠的社会历史资料作根据，要准确地判断是困难的。

在解决这些问题时，必须研究作品的重要情节，与有关的作品比较分析，并考虑民间口头文学的产生与它所反映内容的时代相去不远的特点，以及经过后人丰富的必然现象等进行研究，分析出最早产生的部分和后人加工的部分来断定作品产生的时代。然后，再根据今天流传的情况来评价其内容。例如《十二个蛋》这首古歌属于神话，内容是人类和各种动物的起源。歌里有争当大哥和分家等情节，反映了饲养家畜和有了私有制的社会面貌。如果以此为据，则作品产生的时期不早于这一社会阶段了。可是歌里的孵蛋和分家，是歌的原始部分还是后人发展丰富的，很值得研究。要是根据与它相关连的前一首歌和后一首歌结合分析，就可以发现分家是后人丰富的迹象。

民间文学资料的编印工作

在编写《苗族文学史》的同时，我们把一部分重要资料整理和编印成集，分发给省内外各有关单位。我们把它看成一项与编写文学史同等重要的工作。因为凭口头资料写史，合理的作法是先把资料整理好，作为写史的依据。但是，我们的这项工作事先没有搞好，只好与《苗族文学史》的编写同时进行。

整理资料，通常有两种方法：一是"存真"，即保存民间流传的作品的真正面目；一是"还原"，即把在不同地区流传的同一母题的作品归并。我们从研究出发，基本上采用前者，强调保持原作品的本来面貌。作为资料来说，整理时不必在内容上作个人的增添，否则就会失掉其研究价值。

从我们所整理印发的二十六集资料来看，有以下作用：

1.便利文学史编写工作：

把资料印发出去，可在编写文学史工作上得到各方面的大力支持。譬如补充我们缺乏的资料，研究文学史上引用的资料是否适当，分析是否正确以及指出我们对苗族文学的发展规律、发展方向问题的看法是否妥当等等。以便更好完成今后的再修改工作。

2.利于开展民族方面的研究工作：

不管对民族的社会历史研究、对民间文学的研究,印发资料都有其重大的作用。此外,还会促使今后的搜集工作,注意未搜集到的资料,迅速地抢搜一些重要的行将失传的资料。

3.粉碎个人垄断资料的意图：

搜集整理工作也是一项群众性的工作,必须走群众路线,坚决反对个人垄断资料的资产阶级行为。公开资料正是粉碎这种独占资料的卑鄙意图的有效措施之一。

整理资料,我们主张忠实原作,不管是内容、风格都应如此。我们基本上做到了这点,但也有许多整理稿对原作品不够忠实,这是由于当时整理者对资料和研究工作的关系认识不足所致。

贵州省民间文学工作组

1960 年 7 月 19 日

选自一九六一年少数民族文学史讨论会资料

《苗族文学史》的作品年代判断和文学史分期问题

贵州省民间文学工作组

史料解读

　　史料原载《文学评论》1961 年第 3 期。该文指出,《苗族文学史》编写工作汇报中提出的少数民族文学史编写中作品年代的判定及文学史分期问题,是少数民族文学史编写中的普遍性问题。受《文学评论》之邀,贵州省民间文学工作组在汇报稿的基础上,对苗族文学史编写中分歧最大的作品年代判断和文学史分期问题进行了系统梳理并作了进一步理论阐释。在判别苗族文学作品的产生年代时,力求以马克思列宁主义作为指导原则;主要依据的是作品所反映的思想内容。对文学史的分期问题,一定要在参照社会历史分期的前提下,结合文学本身的发展情况来研究,在经过反复的研究和讨论后,将苗族文学史划分为远古、古代、近代、现代四个历史时期,虽然还存在缺点,但是从现阶段的研究情况看来,基本上还是符合苗族社会历史发展和文学发展的一般情况的。

原文

　　《苗族文学史》于一九五八年十月着手编写,到一九六〇年六月完成初稿,目前正处于提高质量的阶段。要提高质量,除编写人员应作进一步的努力外,没有各有关方面的援助也是不行的。我们写这篇短文的目的，就是想通过一些具体问题的探讨，争取广大民间文学研究者和其他有关方面同志们的帮助。这里就《苗族文学史》中作品产生年代的判断和文学史分期两个问题，谈谈当时的研究情况和处理方法。这是两个重要而又复杂的学术性问题，虽然我们在研究和处理时，曾反复学习马克思列宁主义经典著作中的有关指示，作为思想武器，尽可能详细深入地研究资料，但是，限于我们的理论水平和文学修养，有的地方作对了，也有的地方可能作错了。

一、作品产生年代的判断问题

苗族出现书面文学是解放后的事情，过去的苗族文学作品，几乎全是口头创作。这些作品各自反映着不同的历史现实，可以断定，它们是有着自己产生的历史年代的，否则，判别它们的历史属性的工作就没有什么意义了。所以，在研究苗族文学史的时候，首先碰到的就是作品产生年代的判断问题。不解决这个问题，研究文学与社会历史和其它上层建筑之间的关系，探索文学本身的发展进程和发展规律，文学史的断代分期等等，一系列的工作就无法进行，也就不能编写文学史。

苗族古代文学作品，和其它民族的民间文学作品一样，由于很少是具体历史事件的反映，由于存在着口头相传、代代丰富的创作过程，也就是说，具有口头性、变异性、集体性、流传性等特点，要判断它们的历史属性是相当困难的。当然，口头文学作品，如果在其产生或相去不远的时代就被记录下来，象现在保存在《诗经》和汉乐府里的民歌那样，判别历史属性的困难是不会很大的。苗族文学却没有这种情况。我们所掌握的近百万行诗歌和一百多万字的散文资料，都是解放后才逐渐被记录下来的，加上前人对这些方面没有作过研究，可以直接借鉴的东西很少，困难就更大了。但是，克服这些困难，正是我们的任务。应该说古代苗族文学作品是各有其产生的年代的，因此，在正确的理论原则指导下，采取正确的方法，通过深入细致的工作，这种客观事实是可以逐渐被认识的。

在判别苗族文学作品的产生年代时，我们力求以马克思列宁主义、毛泽东思想作为指导原则。苗族文学尽管有着自己的若干特殊情况，但它仍然是和一般原理不相违背的，不顾及到这一点，在研究工作中就要犯错误。这样的要求，给我们这些研究苗族文学的新手提出了如下的工作方法：一、边学习理论边进行研究，尽力解决理论水平低下的困难；二、边研究历史边研究文学，在对社会历史和文学进行综合研究的过程中，逐步判定作品的历史属性。之所以要这样作，除上述原因外，还在于，作品产生年代的判断是不能孤立地进行的，否则，任何的判断就都只能是臆想和推测；而判断作品的产生年代，是为了探索文学发展的规律，其本身并不是研究工作的最后目的。

在判断作品产生年代的时候，我们主要依据的是作品所反映的思想内容。文学作品是社会生活、经济发展、阶级斗争的反映，口头文学也不例外。只有对作品的思想内容作具体的历史的分析，判别它们的产生年代才有可能。但是，透过作品的思想内容去判断历史属性，并不是一项简单的工作，其中还涉及到不少具体问题，这是民间文学作品本身的复杂情况所决定的。比如在长期的流传与丰富过程中，必然会染上一些后来时代的社会生活的色彩，甚至流传与丰富的工作有时成了再创作。同时，在口头文学作品中；还有一部分是反映历史现实不明显的，如一些情歌、谚语等。所以，透过思想内容去检验作品的历史属性就只能是主要的方法，而不是唯一的方法。不注意这一点，不仅无法判断那些反映历史现实不明显的作品，就是在判断那些思想内容明显地反映着历史现实的作品时，也会忽视作品的其它一些内在的和外在的东西，以至于形成简单化的倾向。因此，还应该研究作品的创作方法、形式、体裁、风格、"源""流"关系等等内在的东西，还应该研究作品和同它有关的上层建筑如政治、哲学、宗教、规章法度以及风俗礼仪等之间的关系。这样去探索作品的历史属性，有时成效还会更大。比如苗族文学有一部分作品和婚、丧、祝寿、吉日喜庆等礼仪风俗有着密切的联系，如果对这些礼仪风俗的历史情况研究得很好，那么，探讨和它有关的作品的历史年代，就不会是很困难的事了。不过，从这些方面进行工作的时候，如果丢开了作品的思想内容，也会走向为考证而考证的形式主义道路。因此，研究作品的思想内容与研究作品的艺术形式相结合，研究作品本身的各种现象和特点与研究作品同其它历史现象的关系相结合,这才是比较可行的方法。

在研究工作中,我们还注意了以下几点:一、不是为判断历史年代而判断历史年代,而是通过这一步工作去探索文学发展的规律,为文学史的分期作好准备。二、民间文学作品从开始创作到定型这一过程都是相当长的,它们往往是许多历史现象的概括,往往是人民群众的理想和愿望的结晶,所以,在探求它们的历史属性的时候,一般只能判断大的历史时期。三、判断作品的历史年代,虽然是研究苗族文学史的极其重要的工作,但并不等于要求一下子就把所有的问题都弄清楚,操之过急,反会使研究的结论中包含不符合客观实际的东西。所以,对于一时无法弄清楚和难于着手解决的问题,可以存疑,留到整个编史过程中甚至编史后的其它研究中去解决。这样作,对编史会不会有影响呢?如果存疑的问题不是主要的,影响就不大;如果存疑的问题比较大,对编史有影响,就要加以解决。但是,在力不能及和客观条件还不允许的情况下,存疑总比勉强解决为好。四、对一些与其它民族有同源关系、交流关系,或者与其它民族的某些作品思想内容和艺术风格大致相近的作品,如果那些民族的类似作品已有人作过研究,研究的结论是比较可信的,就适当地借鉴;研究的结论一般地可以适用于苗族文学中同一类型的作品的,就结合着实际情况加以利用。

我们从上述几点出发,对所掌握的苗族文学作品作了反复的研究。除了用不着考证年代的红色革命根据地时期的作品外,在其他资料中,首先发现这么两种情况:一种是便于判断历史属性的,那就是远古神话和歌颂农民起义的故事、歌谣;一种是难于判断历史属性的,那就是除上述两类作品外的所有作品,占着全部资料的大多数。但在具体处理苗族的远古神话的时候,也顾及到它们的特殊情况。它们和其他民族的远古神话,正如各民族的同一社会历史阶段的发展情况一样,产生年代绝不是一致的,绝不能说它们产生的具体年代等于或大致等于另一民族类似作品的产生年代。因此,我们只能说苗族远古神话是阶级社会以前产生的,而具体的年代,则由于苗族古代历史的研究还没有比较可信的结论,只好存疑。至于反映农民起义斗争的作品,因为和所反映的事件之间的关系比较明显,而农民起义在历史研究领域中,又大都有了比较明白的结论,所以判断这类作品产生时代的困难就不大了。属于第二种情况的作品,内容纷纭复杂,数量很多,判断历史属性也很困难。它们是迁徙歌、礼仪歌、生产劳动歌、议榔词、理歌、理词、巫论、"佳"、嘎百福歌、苦歌、情歌、叙事诗、传说故事、童话等。这些称谓,都是民间原有的,大部分有着内容、体裁、形式、演唱场合等含义,我们暂且把它们称作体裁。除情歌、叙事诗、传说故事、童话等外,其他体裁中所包含的作品,时代特征大部分是相同的,看来这些体裁的兴衰,本身是有着时代性的。所以,一般说来,只要能够判断这些体裁的历史属性,它们所包含的大部分作品的历史属性问题也就可以随着解决了。鉴于这种情况,我们就采用这样的方法:同一体裁中的各种作品,如果思想内容、艺术风格、时代特征大致相近的话,就以判断体裁的内在属性为主,结合作品的历史属性问题;如果情况比较复杂,或情况恰恰相反,或体裁本身没有具体的时代特征,就逐一地直接判断作品的历史属性。

我们研究这些作品的具体作法,是在总的分析思想内容的前提下,根据体裁和作品的具体情况,从一切有关方面寻找其历史属性的线索。比如:一、传说故事、叙事诗里的大部分作品和其它体裁中的一部分作品,明显地反映着阶级关系,就首先研究苗族社会历史上剥削阶级产生和发展的一般情况,然后再看这些作品里所反映的阶级关系,究竟是哪一个历史阶段的产物;二、象迁徙歌这样的作品,反映着历史上的重大事件(尽管这种反映不完全是直接的),在处理的时候,就首先研究苗族古代历次迁徙的情况;三、和婚姻制度有关的作品,就结合着对古代婚姻制度的研究去解决,如在处理反舅权制度的作品时,就研究舅权制度在不同历史时期婚姻问题上的具体作用;四、礼仪歌等作品和婚丧礼仪,吉日喜庆等社会风俗关系很大,就从研究产生这些社会风俗的一定历史条件着手,寻找它们的历史线索;五、理歌、理词、"佳"、议榔词和理老制度、约法规章的关系很大,就从研究理老制度等的产生、发展着手,寻找历史属性的线索;六、巫词和巫师有着直接关系,在研究巫词的时候,就首先研究巫师在不同历史时期的活动情况;七、对于新兴形式和新兴体裁的作品,如说唱形式的嘎百福歌等，就从探讨它们产生的历史条件和它们的文学传统等方面着手，解决历史属性问题；八、在诗歌的创作方面，从古歌的问答体被直接叙事直接抒情的诗体所代替，或者从古语保留成分等方面寻找某些历史属性的线索。其它情况还很多，这里不一一叙述。

以上就是我们判断苗族文学作品产生年代的情况介绍。现在，《苗族文学史》脱稿已经一年了，我们在回忆这段工作的时候，发现看法和作法也有很多不正确的地方，主要是以下几点：

第一，认为反映阶级关系不明显的是古代作品，反映阶级关系明显的是近代作品。这种看法虽然有它正确的一面，但比较笼统，它既否定了古代有阶级关系明显的作品的存在，也否定了近代有阶级关系不明显的作品的存在。譬如对于情歌，就是按照这种方法处理的。其结果，由于我们所掌握的苗族各个地区的情歌资料中，有的地区是反映阶级关系明显的作品多，有的地区则是反映阶级关系不明显的作品多，就只好把甲地的反映阶级关系明显的情歌划作近代作品，而把乙地的反映阶级关系不明显的情歌划为古代作品。这种简单化的作法，不但严重地混淆了作品的历史属性，而且，也因此不能正确地去评价作品。

第二，颠倒作品的"源"和"流"，把"源"和"流"对立，或者把"源"和"流"的关系看得一成不变。民间文学作品的"源"是最初的创作，"流"是后代的流传与丰富，这种关系是不能颠倒的，在判断作品的历史属性时，应以"源"为主。但是，也不能把"源"和"流"看成同一作品中可以对立的成分。当后代的丰富与流传已经成了再创作的时候，"流"就成了"源"，应该是判断作品历史属性的依据。如古代撑天、射日等神话，虽然后人作了巨大的丰富，仍然没有改变它们的实质，但有的同志不顾这种事实，把它们算作后代人的作品，或把其中丰富的部分割裂开来，当作独立的成分看待。又如《佳》这一首诗虽然还包括着许多古代神话，但作者分明只是提取那神话中说理和诡辩的情节，编纂一首说理和诡辩典故集成的长诗，不消说，这就是新的创作，有的同志还要把它和古代神话相提并论。在传说故事的历史属性判断中，由于没有顾及到这种情况，就造成了上述的差错。

第三，由于有的地方是根据偶然性的东西去判断作品产生时代的，造成一些混乱现象。民间文学作品，由于很少是具体历史事件的直接反映，很少是某一个别人物的思想反映，因此，用作品中偶一出现的个别现象作为判别作品产生年代的依据，就不可能得出正确的结论。我们在考证古歌的历史属性时，就有着这种倾向。比如作品中有金银出现，就说是发现金银的时代产生的；作品中提到某种工具和农具，就说是某种工具或农具产生时代的作品，等等。这是片面的看法。

二、文学史的分期问题

研究文学史的分期，是在解决了作品的历史属性问题以后进行的。

文学史的分期，一定要在参照社会历史分期的前提下，结合文学本身的发展情况来研究。虽然文学的发展规律有自己的特殊情况，社会历史分期不可能在任何情况下都适用于文学史分期，但是，对于一切历史现象来说，社会历史毕竟是主导的东西，它和文学史之间有着千丝万缕的联系。由于这种情况，在给文学史分期时，对社会历史和文学史本身都要研究清楚，而且这种研究应该是综合地进行，不能截然分开。研究历史，在于寻找文学发展的现实基础和推动文学前进的社会动力；研究文学史，必须找出它在不同的历史时期和社会现实之间的一定的关系。由于苗族社会历史研究的时间比文学史研究的时间长，研究的成果也较大，在一些具体历史阶段上，如果文学史的研究不很清楚，就直接按照社会历史的分期给文学史分期。

在给文学史分期时，应该注意这几个情况：

第一，由于作品的历史属性只能判断大的时期而不能判断具体年代，由于民间文学的继承关系极其密切，因之，文学史分期的历史时间就宜长，不能过短过细。

第二，文学史的分期工作，不能简单地认为只是在给现成的文学史划分阶段，应该是为了进一步弄清文学本身的发展进程，从而探求它的发展规律。

第三，鉴于苗族文学的具体情况，一定要弄清楚，哪些体裁是哪一时期特有的，哪些体裁到了一定时期停止了发展，哪些体裁是各个时期共有的，这对于文学史分期有着重要的作用。

在经过反复的研究和讨论后，我们将苗族文学史划分为远古、古代、近代、现代四个历史时期。

远古时期主要指原始社会，在历史上是传疑时代，在文学上是有关古代人类征服自然的神话传说时代。至于这个时期大致相近于什么年代，由于历史的研究还没有结论，只好存疑。

近古时期是指由苗族西迁定居后，到一八四〇年鸦片战争为止，这一漫长的历史时期。这一时期的历史特点是：产生了剥削阶级，即领主经济形成，土司制度建立；到了"改土归流"前后（在一六六二——一七三五年之际），出现了地主经济，阶级关系日趋复杂，阶级压迫日益严重，因而农民反抗封建领主的斗争便日益激烈起来。这一时期的文学特点是：继迁徙史歌和反映定居后劳动生产的诗歌出现之后，出现了反映婚丧礼俗、规章约法的歌和词；稍后一个时期，出现了传说故事和反抗封建婚姻制度的叙事诗；到了"改土归流"前后，出现了反映农民起义的故事和歌谣。关于这一时期开始的具体年代，虽然我们确信是在原始公社崩溃和阶级产生之后，但是，由于历史研究的证据不足，没有作肯定。至于这一时期之所以要划这么长，主要是因为在社会历史上、在文学上都没有什么特殊的显著的变化；同时，由于缺乏历史资料，研究工作有困难，这一时期无论在社会历史和文学史上都无法作更细的分期。

近代时期由一八四〇年鸦片战争起，到一九一九年五四运动止。历史特点是：随着帝国主义的入侵，整个苗族地区逐步进入半殖民地半封建社会，地主经济代替了领主经济而向前发展，出现了商业资本主义经济；阶级斗争日益尖锐，农民起义前仆后继地进行着。文学上的特点是：在内容上，反映劳动人民反抗统治阶级的各种形式的作品大量产生，其中有关农民起义的作品更占重要地位。在作品形式上：第一，产生了"苦歌"、"反歌"、说唱文学等新的形式，上一时期"礼仪歌"、"理歌"、"理词"等形式的作品，已没有什么新的发展；第二，古歌问答式的诗体，到了这个时候，已完全被直接叙事或直接抒情的诗体所代替。

现代时期由一九一九年起到现在，经历了新民主主义革命时期、社会主革命和社会主义建设时期两个历史阶段。新民主主义革命时期，在中国共产党的领导下，部分地区曾建立过革命根据地，红军长征时又经过了大部分苗族地区，更普遍地布下了革命的种子。这一时期在文学上，出现了大量的揭露和反抗国民党黑暗统治的歌谣，红军长征后，又出现了歌颂党和歌颂红军的歌谣。自一九四五年以后，民歌的创作空前活跃，歌颂党和毛主席，赞美新社会，反映土改、互助合作、生产建设，歌颂三面红旗的诗歌大量产生。同时，产生了作家写出的书面文学。

总的来说，这四个历史时期的划分，虽然还存在一些缺点，但是从现阶段的研究情况看来，基本上还是符合苗族社会历史发展和文学发展的一般情况的。

以上所谈，是否符合民间文学及其发展的一般理论原则，是否符合苗族文学的具体情况，我们自己还没有足够的把握，希望各有关方面给以帮助和指导。

《广西壮族文学》编写中一些问题的探讨

广西师范学院中文系《广西壮族文学》编写小组

史料解读

　　史料原载《文学评论》1961 年第 3 期。该文主要介绍了广西壮族民间文学的搜集整理情况，特别阐述了如何对待民间文化遗产的问题。由于壮族文学作品很少见于书面记载，主要是依靠人民的口头流传，这样就给文学史的编写工作造成了一系列的困难。民间文学存在于广大劳动人民群众中，在搜集口头讲述时编写小组主张忠实地、逐字逐句地记录，保持劳动人民口头创作的原貌，他们认为这种忠实的活的艺术语言的记录给整理和研究工作提供了最可靠的依据，并且最好当面记录，事后记录往往有失其真。这种观点与当时主张"加工"和"改写"的观点形成交锋并引起学界的重视。该文同时论述了整理民间文学遗产如何体现时代精神，符合今天时代精神，在原作基础上加以强调，提高原作的思想性；对曾经被埋没、被掩盖或者被歪曲的符合今天人民利益的精华，加以突出，还其本来面目，使其大放光华；处理好古为今用的问题；善于分辨真伪，分辨精华与糟粕。最后编写小组提到，今后他们还将不断完善《广西壮族文学》内容，寻找出一些重要作品的典型的继承和发展关系，进行深入、系统的论述。

原文

　　各兄弟民族的文学构成了无比丰富、瑰丽的祖国文学的宝库。广西壮族文学和各兄弟民族文学一样，是祖国文学的重要组成部分，为繁荣祖国文学做出了不少的贡献。

　　勤劳勇敢、聪明智慧的壮族人民创造了自己的社会历史，也创造了自己灿烂的文学。但是，由于在解放前受到历代反动统治阶级的种种压迫和摧残，广西壮族文学没有可能得到充分的发展，又因为没有自己民族的文字，还一直停留在口头文学阶段。历代壮族人民虽然创作了许多作品，但因为没有记录下来，许多作品都失传了。解放后，劳动人民做了文化的主人，广西壮族文学出现了一个空前发展的崭新的局面。为了抢救民间口头文学，为了总结过去文学的经验，探索它的历史过程和发展规律，从而促进新的民族文学的更大发展，编写广西壮族文学史，就成为当务之急。《广西壮族文学》的编写，正是在这样的情况下，根据这种精神，在党的无限关怀和支持下进行的。

　　由于壮族文学作品很少见于书面记载，主要是依靠人民的口头流传，这样就给文学史的编写工作提出了一系列的问题；而文学史的编写必须是在占有大量作品的基础上进行的，因此，资料的搜集和整理是第一步工作，同时又是贯串了整个文学史的编写过程中的一项重要工作。

　　民间文学存在于广大劳动人民群众中，进行搜集和整理，就必须依靠群众的智慧和力量。壮族民间文学调查队在工作中坚持了群众路线。他们深入农村。和农民实行"四同"（同吃、同住、同劳动、同娱乐），跟农民在思想、感情上打成一片，摸清资料的底蕴，掌握资料分布的重点地区。采取多种方式，比如通过召开老艺人、民间歌手和故事家座谈会，通过群众性的文艺会演以及讲故事、唱山歌、对唱等等文娱活动来搜集，并发动群众自己动手发掘和搜集资料。群众自动地"献宝"的例子很多。比如东兰有一个老太太半夜起来叫门，要给调查队的同志讲故事、唱山歌；巴马有一家公媳破例的对歌给调查队的同志听（按旧习惯，壮族自己一家人不对歌，尤其公媳不对歌）。只有和群众搞好了关系，群众明确了这一工作的性质、任务和目的,并且也视为他们自己份内的工作,那末,搜集、整理工作才获得了最可靠的条件。

搜集、整理工作上的群众路线是极为重要的,这是因为民间传说故事是活在广大人民的口头上的,具有集体性和变异性,即使故事的情节或者某些细节已经基本定型,但具体的讲述也会因人而异的:有的讲得有枝有叶,绘声绘影,具体生动,丰富多采;有的只有骨架,没有血肉,讲得抽象笼统,平板单调;有的讲得比较完整、细致,有的则讲得比较零散粗糙;有的还掺入了剥削阶级的思想影响;必须把各人讲的集中和组织起来,互相参照,聚精积瑜,才能合成完璧。也有这样一种情况,即使这个讲述者对某一故事最熟悉,讲得最好、最完整(这是搜集、整理工作者必须深入了解和选择的),但由于口头讲述的特点,他的讲述也不会次次完全一致,因此还必须选择最好的时机或者请他多讲一两次。而不能满足于一人或一次的讲述。否则就会大大地损害民间文学的丰富多采的面貌。

以上所述,除了讲述者的巧拙、所讲的粗细有所不同外,还有一个讲述者的立场观点和思想感情的问题。搜集、整理工作者无疑主要是深入到劳动人民群众中去调查研究。但是,对掺入了剥削阶级思想意识的,或者染有消极落后思想的反面材料,都应适当注意收集。比如关于班氏女的故事就有两种说法:一说汉朝马援南侵时,见班氏女貌美,要强娶为妾,班氏女不屈投河而死。人民念其贞烈,立祠祀之。以后统治阶级也要在班祠附近立马援祠,但屡建不成,一修起便倒,直到移了地点才建成。另一说刚好相反,说马援南征,适逢绝粮,班氏女尽出库存援助,结果打了胜仗,马援感其德,为之立祠。显然,后者是与人民口头传说正相对立的,是统治阶级的一种歪曲。在关于太平天国革命将领石达开的许多传说故事中,绝大部分是赞颂石达开的。但也有一些故事是丑化他的,比如说当石达开快打进南京时,玉帝在皇宫里置一堆泥土和一堆金银,试他是为了发财还是为了取江山,若是取江山就助他完成大业。石达开进皇宫以后,取金银而不取泥土。玉皇见了就认为他是贼,不再扶助他,所以他最后失败了,显然这是对石达开的诬蔑。再如人民对抗法英雄刘永福是传颂不辍的,但也有说刘永福所以能成大事，是因为他的祖坟埋得好，得了风水的缘故。这是封建迷信思想的反映。类似以上情况的都应当注意搜集。但在工作中，也曾出现过这样的倾向，见到反面的东西或者消极的东西就不要，或者记了一些，到整理时也不要了。正因为如此，到写文学史上两条道路、两种文化的斗争时就没有了材料。这是一个很好的教训。

全面搜集的重要，还由于一个民间文学作品的真伪好坏，需要经过充分的研究、分析，才能加以识别。我们主张忠实的、逐字逐句的记录，保持劳动人民口头创作的原貌。这种忠实的活的艺术语言的记录给整理和研究工作提供了最可靠的依据。搜集口头讲述，最好当面记录，事后记录，往往有失其真。

谈到忠实的记录，除了首先必须具有无产阶级的党性、尊重劳动人民口头创作的态度和必要的民间文学知识修养以外，还必须具有一定的记录技能。比如壮族民间文学调查队在下乡前后学习壮语壮文，沟通语言掌握文字工具（解放后创造的壮文）；或者学习掌握一套科学的记音符号和记音方法等等。还可请当地民族中、小学教师干部和懂得该民族语言文字的人协助记录。

忠实的记录是整理、研究工作的基础，它不是搜集、整理工作的全部。有了忠实的记录还必须据此进行必要的适当的加工，整理成为书面的作品。整理的原则是：要坚持严肃、慎重的态度，既反对"一字不动"，也反对任意删改和添补。总的要求是：最充分地显现原作的最完美的民间面貌，发扬原作的精华，提高原作的思想性和艺术性；既要保持原作的精神面貌和艺术风格，又要作必要的艺术加工。这里所说的整理和加工，除了指改动某些必须改动的语句，比如一些不必要的方言土语，由于口述的原因而产生的一些不通顺、不连贯的语句和掺杂进来的讲述者的口头习惯语等等，更主要的是指：把讲述者在讲述过程中用手势、语调和表情以及潜在的但可以窥测的内心感受所表达的而又符合原作的思想和艺术表现的一瞬间的感情或者精粹的艺术描绘部分，通过文字符号补叙和记载下来，使之显现原作的民间最完美的面貌，而具有更高的思想性和艺术性；删去剥削阶级掺入的思想感情或者剥削阶级有害的思想影响（如色情、愚忠愚孝、宿命论、民族歧视之类）。所谓"提高"和"艺术加工"，只能从这样的角度去理解。

但是,原则和要求明确了,不等于实践时就没有了问题。比如有的人把作品整理得面目全非,用知识分子的语言代替劳动人民生动活泼富于生命力的语言,用自己的思想感情代替作品中人物的思想感情;凭自己的愿望和爱好进行"加工",损害原作的思想内容;不尊重原作的民族特点,篡改壮族民间文学特别是长篇叙事诗顺述直说、有头有尾、重迭复唱等等质朴的艺术表现方法,损害原作的艺术风格,有的人认为民间文学(主要指歌谣)平板单调,"诗味"不多,艺术性不高,以他自己的审美观点和美学趣味,大刀阔斧地删削和任意增补。也有的人以"一字不动"为"忠实",全盘地搬出来,图简便了事,等等。这都是必须反对的。至于为资产阶级个人主义思想所驱使,把搜集到的资料据为己有,杜撰故事,或者把别的民族的故事改头换面冒充为本民族的东西,这当然已不只是整理的问题了。

如何区别整理和再创作,这无论对我们自己整理作品或鉴定已出版的作品,都是一个困难问题。如韦其麟的《百鸟衣》作为创作归入现代时期,问题还不大;但对莎红等的《布伯》究竟算整理还是算创作,意见分歧就很大了。已发表的《布伯》,对原作的思想内容、情节结构和艺术风格变动都比较大,广西文艺界曾开展过讨论,尚未得出比较圆满的一致的意见。我们觉得,对入史的作品的要求更应该严格,不要把整理当作再创作,也不要把再创作当作整理,模糊了时代界限。

我们对整理民族民间文学遗产如何体现时代精神是这样理解的:

第一,符合今天时代精神的,就在原作的基础上加以强调突出,也就是提高原作品的思想性。如对表现中越两国人民的战斗友谊,表现民族团结抗击共同的敌人的作品,则加以强调突出。刘二打番鬼的故事和冯子材打老番①的故事,即是一例。一八八四年爆发了中法战争,当法帝国主义侵略越南和中国的时候,刘永福领导黑旗军首先起来抵抗,屡次击败法军。冯子材也带病在钦州招

---

① 刘二,即刘永福,与冯子材同为著名的抗法将领,番鬼、老番,均指法帝国主义侵略军。

募了壮、汉兵勇十营，开到前线抗敌。刘永福和冯子材都是著名的抗法将领，他们在抗法斗争中为人民立下了功劳，深得人民群众的拥护和爱戴。壮族人民在他们许多英勇抗敌的事迹上赋予丰富的想象，编造出了许多生动的传说故事，传诵不绝。在《竹箭歼敌记》中，原故事叙述法国侵略军被刘二打败几次后，准备调大军前来反攻时，当地越南白族、苗族人民得到了消息，立即送信给黑旗军，后来黑旗军用"飞箭"计消灭了法国侵略军。在整理时，适当地突出了原故事表现中越人民团结抗法的思想。关于冯子材打老番的故事，他招募壮、汉兵勇十营共同抗法，和他访得壮族民间勇士蒙大大破法军的事迹，就生动地表现了民族团结抗击共同的敌人的思想。整理时也适当地强调了这一点。必须说明，这样的强调和突出，是只有在忠实于原作的主题思想和情节结构的基础上才被允许的，绝不能离开这个基础而谈强调突出；同时，必须不违反历史主义，不把今人的思想强加于古人，模糊古今界限。

第二，对曾经是被埋没、被掩盖或者被歪曲的符合今天人民利益的精华，则加以突出，还其本来面目，使其大放光华。这种例子是很多的，如前面提到过的班氏女的故事、石达开闹革命的故事等即是。

第三，如何体现时代精神，也就是古为今用的问题。对这个问题不能简单理解。整理民族民间文学，是为了更好地继承遗产，发扬民族优良传统，为今天社会主义革命和社会主义建设服务。但是，这种服务有的可能是很直接的、鲜明的，有的也可能是间接的、比较不明显的。如反映古代人民革命斗争的歌谣和大量优美质朴的情歌，情况就不一样。不能认为大量优美质朴的情歌没有直接反映古代人民的革命斗争（也有不少是反映封建婚姻制度的压迫的），因而对今天就没有了意义而加以舍弃。

第四，有人曾把历史观点和阶级观点对立起来。一定要在原始神话或者古代作品中去找马克思主义，硬要把它们涂上今天的色采，以为不如此，就不是古为今用，就是"只有历史观点"而"没有阶级观点"。在《布伯》的讨论中就曾出现过这种倾向，要求在《布伯》这个原来主要是反映与大自然作斗争的原始神话上，打上阶级斗争的烙印。这种要求，实际上并不算是古为今用和有了阶级观点,而恰恰是违反了历史唯物主义和阶级论。当然。神话也必然会在世代的口头流传中不断地得到加工和丰富,问题是要考察它的"源"应该是什么,只有这样,才更符合神话的社会历史实际。

整理和研究民族民间文学遗产,必须善于分辨真伪,分辨精华与糟粕。在我们的工作过程中,这方面也出现过不少问题。有人曾把冒充为壮族民间文学整理本的"作品"当作该民族的作品入史,也有人把宣扬宿命论的某些故事当作精华。为了分辨真伪,第一,要进行广泛的查对;第二,要看其流传和影响情况;第三,要有高度的责任感和耐心。一旦把假的当作真的介绍出去,那就真的是谬种流传。在许多传统的民间文学作品中,"蜜糖和毒药"常常是掺在一起的,分辨精华与糟粕,是一个十分繁复、细致的工作。最根本的一条是提高马克思主义思想水平和加强毛泽东文艺思想的学习,对非常露骨的、反动的《班氏女的故事》等,是一眼就能看出来的;但对于象《毛红玉音》(毛红与玉音是命定要成夫妻的,但玉音的父亲嫌贫爱富,百般阻挠与破坏玉音的婚事,玉音忠于命定姻缘,至死不屈,来世再转女身与毛红匹配了良缘)、《地主变猴孙》(说明地主狠毒终变猴孙,受欺压的女工母女二人终得善报)等作品争论就大了,有时甚至看法完全相反。这说明了在兄弟民族文学中,同样存在着对遗产的批判继承问题。这一问题,今后还需要继续进行辩论和研究,提高我们的分析辨别能力,把这一工作做好。

搜集、整理还有一个区分文学资料和历史资料的问题:既不要把历史事实当作文学资料,也不要把以历史事实为基础的文学故事还原为历史事实,一经整理,就只剩下了骨架,没有了血肉。因为有些搜集、整理工作者不懂得该民族的语言,搜集时,需要通过翻译再记录下来,翻译往往会打折扣,只译出故事梗概,原来微妙、生动的语言也很难译出;再加上记录时和根据记录整理时又打一点折扣,这样,结果就容易只剩下骨架,没有了血肉。应该说,入史的很多作品,翻译和整理的质量是不能令人满意的。同时,作品的整理没有跟得上文学史的编写工作(作品整理必须先走一步),没有把大量的资料及时地整理出来,这对研究工作显然是不利的,而文学史的内容所以还显得相当单薄和不完整,这也是一个极大的原因。

《广西壮族文学》应该采取怎样的体例，这是我们争论最大、最久的一个问题。而编写和修改过程中变动最大的，也是在体例方面。曾经有过三种意见：第一种意见主张不分期，只按体裁叙述，分为诗歌、小说、戏剧等若干单元；第二种意见是在基本解决分期问题后，不主张按体裁分章边摆作品边论述，而主张不按体裁分章，先把作品全摆出来，然后加以综合论述；第三种意见主张基本上以时代为经，以文学种类和作品为纬，采取分期和按文学体裁分章叙述交叉结合的体例，同时边摆作品边论述。我们采取了第三种意见。这样，就使得这本文学史虽然还够不上一本完整的发展史，但也不致于完全是"概况"性的，只有作品介绍，没有史的阐述。有些同志曾认为又按时期，又按体裁，有点乱了。其实，把各种体裁的作品分别纳入到各个历史时期中加以阐述，那也是应该的，因为反映一个时代的作品，自然可以有不同的体裁；而且我们还应该注意到，同一体裁，在不同的时期里有其继承发展的关系，即可以看出这种体裁日趋完美的形态和它的发展脉络，比如戏剧就很突出。

如何处理壮族民间歌谣？怎样才能在文学史中更好地体现民间歌谣的概貌？这也关系到体例问题。壮族文学主要是口头流传的文学，而歌谣又是口头文学中的主要形式。壮族是一个善于歌唱的民族。壮族人民的歌唱，从开天辟地起，一直唱到生产斗争、阶级斗争以及风俗习尚……。唱歌活动是壮族人民生活的一部分，是他们最普遍的文艺形式。民间歌谣是壮族自古以来文学的重要宝藏。广西素称"歌海"，这不是偶然的。要比较全面地了解壮族民间歌谣的真实面貌，仅按照一般文学史的写法来叙述显然是很不够的。因此，我们除了大致按各个时期分述有关反映该时期的主要歌谣作品以外，对大量的无法寻其"源"、不能确切断定其产生年代的民间歌谣，则辟——专编来处理，在这里，比较全面地论述了歌谣的主要内容和它的艺术特色，以及壮族特有的一种唱歌活动方式——歌圩。有的同志说，歌谣独立成一编，打乱了文学史的体例，成了全书的游离部分。我们认为，在分期论述之外，又有专编论述，完全符合壮族文学的特点，是从客观实际出发的。

在文学史中多具体介绍一些作品,这也是与一般文学史在体例和写法上不同的。我们在编写文学史时,考虑到壮族文学还缺少足够的文字记载,为了使读者拿到这本文学史时能对作品有一个大致的了解,所以就尽可能地把各个时期主要的代表作品及其源流和影响等介绍得详尽一些。稍长的,就写个内容梗概;较短的,就引上全文。我们觉得这样做,在没有文学作品选本的情况下,是必要的。有了作品内容的较详细的介绍,编者就可以少作些抽象的议论。在第一稿中,就曾经有过发的议论过多,忽略了让读者多知道作品本身到底是个什么样子的毛病。后来我们坚持了"多作客观介绍,避免主观空泛的议论"的做法。议论应该从作品的实际出发,结论应该从丰富的材料中得出。

关于古代和近代的文人文学部分,由于绝大多数作者民族成分不明,无从查考,而且他们的一些作品大多失传,现在只知其书名,所以这一时期的文人文学尚有待进一步的搜集和研究,没有写入文学史中,因而使文学史显得不很完整。

我们的工作刚只是开始,存在的问题还很多,还有待进一步的研究。应该说,《广西壮族文学》还不算是一本完整的壮族文学的发展史,最多也只能够说是一本带有史的性质的文学概论而已。(我们的书名不叫《广西壮族文学史》而叫《广西壮族文学》,就是这个意思。)我们还远没有做到从古到今说明壮族文学发展的规律,探讨它的传统风格,阐述它的民族特点等等要求。除了对歌谣形式方面的"西"、"加"、"欢"作了较详细的说明以外,对于这种或那种形式的源流如何,它们如何在长期的斗争中发展、完善自己,以及壮族文学内容上的民族特色等等,都缺乏系统的、深入的论述,未能很好地寻找出一些重要作品的典型的继承和发展关系(包括内容和形式两方面的)。资料缺乏是一个原因,我们的水平不高也不是没有关系的。上面谈到的一些问题,只是我们初步的探索。错误的地方,请大家指正。

《广西壮族文学》（初稿）后记①

史料解读

　　史料是《广西壮族文学》（初稿）后记。作者对《广西壮族文学》（初稿）的编写的指导思想、文学史分期的依据、文学史的基本特点和文类形态进行了说明，对文学史编写的缘起、过程和参编人员的情况进行了介绍。特别是作者通过对壮族文学史的研究发现，壮族文学与汉族及其他兄弟民族文学互相影响、互相丰富、互相融合而又保持其民族传统向前发展。这一观点的提出在 60 多年前，难能可贵。

原文

　　壮族是一个历史悠久的民族，具有丰富多采的文学艺术传统，它对我们伟大祖国文化的缔造和繁荣，有一定的贡献。

　　《广西壮族文学》（初稿）的编写，企图以无产阶级立场与历史唯物主义观点，从古到今的发掘和阐述壮族文学的主要发展线索，展现壮族文学的基本面貌，以利壮族人民在继承传统的基础上发展新的社会主义的民族文学。但由于壮族长期处在反动的统治下，解放前一直没有本民族的文字，致使丰富多采的民间文学，除了极少数的借用汉字记音的壮歌手抄本外（只少数人看得懂），几

---

① 　编者注：本篇中"壮"原稿为"僮"，为保持前后一致，故改。

乎全部没有文字记载;而用汉文写作的古代和近代文人文学,只能肯定作者居住在广西地区,而作者的民族成分,难以查考(我们只好不列入壮族文学了)。因此,要想按比较详细年代来阐述壮族文学的发展,不能没有困难的。

由于上述原因,我们对壮族文学发展的分期,只能大体按壮族社会历史的发展和壮族文学概况,分为远古(秦汉以前)、古代(秦汉至 1840 年鸦片战争)、近代(1840 年鸦片战争至 1919 年"五四"运动)和现代(1919 年"五四"运动至现在)四个时期。各时期的作品,凡民间文学,能查考其产生的年代者,则按作品所产生的年代分期,年代无法查考者,则按作品所反映的当时的社会生活来分期。

由于没有文字的关系,壮族文学,主要是民间的口头文学。对难于查考其创作年代的作品,按它所反映的社会生活来分期,准确性不能不受一定的限制。因为经过千百年流传的口头文学,往往因传唱者所处的时代不同和自己的愿望与爱好而加进了若干新的东西,这就难以分出时代的先后,所以对这些作品的系年的鉴定,我们主要是根据"源"而不是"流"的原则。此外有许多民间诗歌作品,如传统的风俗歌、儿童歌谣和部分诉苦歌、情歌等,实在分不了的,我们则不勉强加以划分,而把它们集中在独立的编章里介绍。至于"风俗歌"中的"庆贺歌"、"丧歌"、"祝祷歌"、"哭嫁歌"等只作为参考研究的资料放在第五编里面,以便于读者了解壮族过去的一些社会风尚。至于内容,情调,对缺乏积极意义的糟粕之处,我们也作了一些必要的批判,仍须有待深入一步的整理和探讨。

解放后,在党的民族政策光辉照耀下,创造了壮文,有不少民间歌手已用壮文写作,这对壮族文学的发展,起着很大作用。可惜由于我们人力和时间有限,不能大量搜集、整理。特别是传统的故事传说和歌谣,还没有大量用壮文记载和出版,现在我们只能根据懂得汉语的壮族干部和群众的口头翻译,用汉字记录下来一部分,其中有不少作品显然难以完全保持原来的风貌。如壮族的勒脚歌体,是押腰脚韵和头脚韵的,韵律很严格,很难按其原样译成汉文。至于壮族的传统故事,只能尽量忠实地按翻译者的口头翻译记录其梗概或某些细节,没有经过象由壮文译成汉文那样很详细地翻译和加工整理。因此,这本书所涉及到的作品,除一部分根据整理稿外,绝大多数是根据较粗略的原始材料,这就使得我们难以较详细和准确地分析壮族文学的艺术特点和风格,它不能不是本书的比较突出的缺点。其次,壮族文学与汉族及其他兄弟民族文学的互相影响、互相丰富、互相融合而又保持其民族传统向前发展,这是一个比较复杂的问题。因为时间短促,来不及大量地搜集这方面的材料,只能论其大概,不能详细地作科学的分析,这也是本书不足的地方。

壮族是一个具有悠久历史和光荣革命传统的民族,本书所涉及到的壮族社会历史问题,均以广西壮族自治区人民委员会民族事务委员会所编的《壮族简史》初稿(未出版)为依据。但壮族社会历史和人物的某些问题,目前未有定论,如宋代侬智高反抗宋王朝狄青的斗争,是人民起义,是民族反抗压迫,还是封建割据? 争论颇多。我们对反映这种历史事件和人物的作品评价,无疑的必须与壮族社会历史的研究相一致,但作为文学作品,还有其幻想、虚构的成分,我们只能根据作品主题的进步性和壮族人民对作品的态度来决定取舍和评述。

这本书,只能作为一个壮族文学概况性质的初稿,它是为将来"壮族文学史"的编写服务的。至于它本身也还有待于继续作科学的研究和编写。

这本《广西壮族文学》(初稿),从材料搜集到写成,一直是在壮族文学史编辑室具体领导下进行的。在编写工作过程中,得到中共广西壮族自治区委员会宣传部和中国科学院文学研究所不断的支持和指示。壮族文学史编辑室的成立过程是这样:1958 年 9 月接到中国科学院文学研究所关于编写壮族文学史的通知后,由自治区科学分院进行筹备,经区党委宣传部批准,从区直属文化单位和广西师范学院中文系抽调专人组成的。10 月间由编辑室的十多个干部和广西师范学院中文系五十多个教师与学生组成了壮族文学史调查队,深入到广西壮族地区卅二个县、市进行调查、搜集材料,历时两个多月。在大体了解壮族文学概况,并占有相当材料的基础上,由编辑室着手分析和研究材料,开始编写工作。1959 年 4 月写出了初稿,同年 10 月进行第一次修改。由于工作关系编辑室撤销,而由广西师范学院中文系担负全书的最后修改和定稿工作。今年 8月,在广西师范学院的党委会到中文系党总支的直接领导下,胜利地完成了这一工作。在编写过程中,我们采取了集体讨论、分工执笔的方法,并听取群众的意见。因此,这本《广西壮族文学》(初稿)的写成,是党领导的结果,是集体智慧和力量的结晶。

参加本书第一稿编写的,有苗延秀、刘介、贺祥麟、梁光选、陈白曙、肖甘牛、侬易天、黄立业、周作秋、曾德珪、吕日晔、覃建真、杨焕典、杨士衡等同志,刘太隆、韦其麟等同志参加第一次修改工作。本书的最后改写、校阅和定稿,则由广西师范学院中文系《广西壮族文学》编写小组欧阳若修、周作秋、秦似、蓝少成、何以刚、梁理森等同志负责。

此外,在材料的搜集整理和编写过程中,得到了区民族事务委员会、区壮文学校、区民族出版社、区壮文工作委员会,以及各专区、县、市的党政、文教部门和人民公社的干部、教师、学生、民间艺人的大力帮助,在这里谨致以热忱的感谢。

我们期待着专家和广大读者对此书的批评和指正。

编者

1960 年 8 月 15 日

傣族文学和傣族历史

——兼论文史互证及其它

黄惠焜

　　史料原载《思想战线》1979 年第 1 期。该文指出，用文史互证的方法从丰富的傣族文学作品中发掘关于战争、爱情和社会风俗的描写，去探索傣族社会历史，研究傣族文学史诸问题，并进一步评价作品的社会价值。在分期问题上，作者指出，任何一部傣族文学作品的断代，必定要依据历史的断代；在傣族史诗价值上，作者认为大量的傣族民间文学作品无疑多数产生自封建社会，因而对封建社会的描绘和揭露最为生动具体，这正是它们的价值所在。最后作者提到，文学作品中反映的宗教问题，在民间文学作品中有大量描写，通过这些描写，既可以研究傣族的社会历史，也可以研究如何保留作品的精华而弃其糟粕，还可以通过探索佛教传入的时间来为某些作品断代。由于人们对傣族文学作品总是怀着特别的感情，所以更应当深入作品本身，从史的角度看一看它们所具体描写的社会历史。

原文

　　透过古典文学之窗窥探人类先民的历史，这是一种方法。著名的巴霍芬曾经从古典文学中引证了许多辛勤搜集的事例，来丰富他关于"没落的母权制"和

"胜利的父权制"相互斗争的"戏剧式的描写"。恩格斯为此给予了很高的评价。马克思和恩格斯本人极其重视隐藏于古典文学作品中的古史,在他们笔下,从《伊里亚特》到《奥德赛》,一切"英雄时代"有用的神话和故事,总是恰如其份地调动起来作为科学论证的依据,这是极其令人钦佩和值得学习的。①

这就是文史互证的方法。用这种方法,我国史学界从《诗经》关于"耦耕"和"公田"的描述中解开了许多先秦社会之谜,文学工作者也从民族民间文学的宝藏中发掘出众多瑰丽的明珠。那末,我们为什么不可以从丰富的傣族文学作品关于战争、爱情和社会风俗的描写,去探索一下形象的傣族社会历史,去研究一下傣族文学史诸问题,并进一步评价作品的社会价值呢? 这应当是可能的。

一

研究傣族文学史不可避免地要碰到分期问题。

傣族文学史的分期绝不等于傣族历史的分期。但是,任何一部傣族文学作品的断代,必定要依据历史的断代。如果我们的任务是写一部傣族文学史,那末,对傣族历史研究的本身,就应当成为文学史研究的前提。

我们可以举出两个例子:

李广田同志曾经为傣族文学史拟立了三个"里程碑"。按照他的意见,《千瓣莲花》居首,因为它是一个"古老的神话";《娥并与桑洛》其次,因为它是一个"反封建的爱情悲剧";《线秀》出现更晚,因为它的"神话的色彩"越来越少,而"现实主义的因素"愈来愈多。李广田同志为这些作品断代时说了下面这一段话:"一般认为德宏傣族社会发展进入阶级社会约当十世纪前后,进入初期封建社会约在十四世纪之初。"②——这一段话说明李广田同志在为作品断代时,是以史的分期作为前提的。

方国瑜同志也对傣族文学作品进行了断代。他认为《杜帕敏和戛西娜》这部作品产生的时代相当早。他依据《隋书》、《新唐书》关于"真腊国"的记载,指

---

① 参见恩格斯:《家庭、私有制和国家的起源》。

② 李广田:序傣族民间叙事长诗《线秀》,载《线秀》,云南人民出版社,1964年。

出杜帕敏就是真腊王"婆弥"，"勐藏巴"就是"参半"，戛西娜可能就是"真腊"，从而认为这部作品可能说的是公元七世纪"真腊统治参半国时期的故事"①。——这一段话同样说明方国瑜同志是把史的分期作为作品断代的前提的。

这一点是非常重要的。因为如果不是这样，我们将陷入两个极端：或者根据仅仅具有参考价值的作品"自白"去为作品断代，或者根据不完善的历史分期去为作品断代，这就必然要造成许多混乱。我们仍然可以举出两个例子：

例一：翻开一部部傣族长诗，它们总是一开篇就自我介绍各自产生的年代，就如亚热带林莽的古树，总是忠实地向你展示它的年轮。比如《葫芦信》说："我来讲一个一百年前的故事"；《召树屯和兰吾罗娜》说：故事发生在"距今三四百年前"；《娥并与桑洛》自称是一个"古老的故事"；《天王松帕敏奇遇》又自称是一个"古时遗留下来的传说"。——对于这些自报的身世相信到什么程度可以因人而异，但科学的态度应当是，既不要随意盲从，以为处处是信史；又不要轻率否定，以为其价值不过等于外国童话的"Long long ago"（"从前……"）。它们在时间的相对概念上可能是有意义的，也许正是我们探索时代迷宫的向导。

例二：全荃同志在谈到《松帕敏和戛西娜》产生的年代时对傣族历史进行了大胆的分期，并据此断定这部长诗"应该是十六世纪左右的产品"。全荃同志的断代是这样的：一，她认为傣族"有史料记载"的"确切可靠"的历史开始于公元1180年叭真建立景龙金殿国；二，她认为公元七世纪的傣族尚处在"农村公社时期"，没有进入阶级社会；三，她认为佛教传入傣族地区"是十五、十六世纪以后的事"；四，她认为商船商邦在傣族地区活动"也不会是十五世纪以前的社会情况"，等等②。——全荃同志关于长诗产生年代的具体意见可以商榷，关于傣族历史分期的主张尤需要讨论。因为在一般情况下，对一部具体作品断代欠确只能影响一部作品。而对整个历史分期失误则将影响许多作品。

这就需要简略地回顾一下傣族历史。

① 方国瑜：《元代云南行省傣族史料编年》，云南人民出版社，1958年。
② 全荃：《"松帕敏和戛西娜"的思想性与艺术性及其产生的时代地点问题》，载《松帕敏和戛西娜》，云南人民出版社，1962年。

据我们所知,关于傣族"确切可考"的历史开始于十二世纪的说法并不确切。因为远在西汉,我们就知道傣族先民被称做"滇越",其地望在"永昌徼外";到了东汉,这一地区又出现了傣族先民建立的"掸国",到了唐代即公元八世纪前后,史书关于傣族的记载更为具体,分别称做金齿、白衣和茫蛮,分布在永昌以西、红河上下以及今西双版纳一带。其中茫蛮分布尤广,凡是冠以"茫"即"勐"的地方,都有傣族分布。比如"茫施"即今芒市,"茫乃"即今西双版纳,等等。这就使我们对傣族的认识远远超出十二世纪以前,使我们有理由把此前的有关史籍视作信史而不应该当作"影子"。

至于公元七世纪的傣族"还在农村公社时期"的提法也缺乏史料依据。恰恰相反,历史工作者比较一致的结论是此时的傣族已经进入阶级社会。据《后汉书》记载,东汉时期的"掸国"已经有了"国王",有了"大小君长",自公元 97 年至 131 年,掸国王雍由调三次派出使团远赴洛阳,汉帝封雍由调为"汉大都尉",授大小君长"印绶钱帛"。这就说明掸国已有明显的阶级划分,已有比较稳定的政权组织,社会生产也有相当的发展,比较同一时期已经跨入阶级社会的滇、嶲、昆明各族,社会发展绝不比他们更低。至于公元八世纪的傣族,无疑已经跨入成熟的阶级社会,以今德宏为中心的勐卯王国,其辖区远远超过德宏全境;其后以今西双版纳为中心的景龙王国,其辖区也远达于澜沧江下游。作为我国植稻最早民族之一的傣族,此时进一步发展了以犁耕为主的水田农业,并普遍养殖作为力畜的水牛和象。恩格斯指出,正是水利灌溉和定居农业促进了专制王权的建立,而"在田野耕作以前,应有非常特殊的环境才能把半百万人联合在一个统一的中央领导之下"①。由此也才有手工业和商业的发达,唐代傣族不仅熔炼金属制成农具和饰品,而且可以锻制犀利的武器。恩格斯说:"野蛮的高级阶段……从铁矿的熔炼开始"②,这个"开始"对八世纪的傣族已经成为"过去"。更不必说当时的傣族掌握了高超的纺织技术,既善用木棉纺娑罗布,又善织"五色娑罗笼",这些都是后来著名的"百叠布"、"干崖锦"和"丝幔帐"的前身。至于商

①　恩格斯:《家庭、私有制和国家的起源》,第 26 页,人民出版社,1954 年。
②　恩格斯:《家庭、私有制和国家的起源》,第 25 页,人民出版社,1954 年。

业，远在汉代就因地处中印交通中继站，而开始繁荣，唐代我国至中印半岛的交通至少有三条是经过云南的傣族地区①。故唐人记述永昌以西出产的茶叶、麝香，人们用以"交易货币"；元人记述金齿市场"其货币用金"；明人记述"鱼盐之利，贸易之便，莫如车里"。

由此可见，傣族是一个有悠久历史的民族，很早就进入了阶级社会，但这只是问题的一面。问题的另一面是：由于长期受到汉族及其他民族的影响，傣族社会形态颇为复杂，即使以封建社会而论，西双版纳农奴制和西藏农奴制也各具特点，这就给文学作品打上了深刻的印记，使我们在研究傣族文学发展史时（包括作品断代），既要遵循社会发展的一般规律，又要注意傣族社会历史的自身特点。正是从这个意义上说，傣族文学作品是诗的史，史的诗，也正是从这一点出发，我们在研究傣族文学史时特别要注意文史互证。

二

人们谈到傣族文学作品，总是怀着特别的感情。因为它们是亭亭玉立于祖国文苑的亚热带奇葩；人们采撷这些奇葩，总要被它的绿叶青枝拨动心弦，因为它们的朝红暮翠，总使人们联想到傣族历史的盛衰荣辱。傣族文学在祖国文学中的地位是不言而喻的，目前已经给予的评价我们觉得并不过份。遗憾的只是，对这些史诗或作品的史的价值估计不足，因而可能对这些作品深刻的社会意义估计不足。为了弥补这一缺点。我们应当深入作品本身，从史的角度看一看它们所具体描写的社会历史。

《召树屯和兰吾罗娜》是一部早于《松帕敏和嘠西娜》而与《千瓣莲花》同时或略早的作品②。尽管它自称故事发生在"距今三四百年前"，尽管它描写了一位王子，这位王子"写得一手好傣文"，甚至命运注定要"承袭家业"，但是，整部作品中，没有出现主宰一切的"国王"，没有层层的官僚制度，甚至没有人间的喧嚣，到处充满着大自然的情趣。召树屯所热恋的兰吾罗娜，不是雍容华贵的公

---

① 参见樊绰：《蛮书》。
② 参见《云南民族文学资料》第二辑，云南人民出版社，1957 年。

主,却是"美丽非凡的孔雀姑娘";她没有高贵的血统,却是"勐庄哈魔王的女儿";她不是深藏秘宫的明珠,却住在"无法涉渡的流沙河"彼岸。在这一对青年男女的相爱中,不是佛主或王公大臣为他们排难解纷,却是仙人帕腊西用宝刀弓箭倾力相助;不是父王母后分享女儿的悲欢,却是松鼠和鹰雁窥探姑娘内心的秘密。这里不存在王位继承的明争暗斗,也不存在贵族婚姻的极端神秘,任何人似乎都有权对这一婚姻的结合或离异表示取舍,使人总是感到到处有着原始民主的气息。这是一曲爱情战胜邪恶,人类战胜妖怪,黄金战胜顽石的颂歌。从魔王匹丫死后变成顽石这个有趣的结局,我们似乎看到了铁器终于取代了石器,看到了恩格斯关于原始民主制度所表达的那些基本特征:"没有军队宪兵和警察,没有贵族、国王、总督知事及审判官,没有监狱,没有诉讼,而一切都是有条有理的。"①这是一曲多么美好的史诗,对于我们研究傣族古史,真是不可多得的佳作。

《朗鲸布》也许具有同样的价值。这是一部需要重新整理的叙事长诗。尽管它充满着王位继承的明争暗斗,充满着宫廷生活的细致描写,充满着宿命论的无聊说教,然而它仍然为我们保留了类似《创世纪》的主题。正是它朴素地指出,人类的祖先是猴子,他们的身上长着长毛,他们的脸是红的,他们曾经和自己的妈妈结婚,生下的后代不仅组成为一个国家,还分居各处变成一百零一个民族。——我们如果沿着这一线索继续发掘,我们一定可以从一些已知和未知的作品中看到更多的关于傣族远古社会的形象描写,这一定是很有意思的。比如关于原始部落制度的描写,就是一例。

部落制度曾经是世界各民族无例外地经过了的制度。马克思指出:"集体结构最初归结为部落制度。"②这种部落按其构成形态又区别为按民族组成的血缘部落和按领土组成的地缘部落,"按氏族组成的部落,比之按领土特征形成的部落,较为古老"③。我们在傣族民间文学作品中,正是形象地看到了这种地缘

---

① 恩格斯:《家庭、私有制和国家的起源》,第92页,人民出版社,1954年。
② 马克思:《资本主义生产以前各形态》,第13页,人民出版社,1956年。
③ 马克思:《资本主义生产以前各形态》,第29页,人民出版社,1956年。

部落的一般特征。

比如在《葫芦信》中，勐遮和景真各自称为"国家"，各有自己的"台勐"（直译为"一勐之主"，意译为"国王"）；两勐之间彼此以"贵国"相称，"国事"交往要互派大臣；他们恪守关系平等的古训，不承认彼此之间相互隶属。这在观念形态上引起了绝妙的反映，年青的台坎勒和喃姣宾罕把婚姻的缔结视作纯粹个人的终身大事，彼此渴望着早日在一起，"象大山一样不会移动，象江水一样不会干枯"，而王公大臣们却把这门亲事慎重地视作"两个国家结成亲戚"，考虑着能否使"两国的人民得到幸福"，所以他们在回答国王的征询时齐声说道："只要不给我们国家带来灾难，我们就一道来办理婚事好了。"这就同恩格斯指出的那样，部落的一切制度对于一切部落成员都是一种"自然所赋与的最高权力"，一切个人"在其感情、思想与行动上都要无条件地服从这种权力"[1]。

这种情形在《松帕敏与戛西娜》中同样可以看到：勐藏巴和勐西纳是两个独立的勐，彼此各有自己的"国王"和华丽的"宫庭"，"国王"们"按照古老的规矩管理百姓"，两勐之间似乎既没有战争也很少交往，如果不是松帕敏的出走和闯入，大概一江相隔的两个勐真是要鸡犬相闻老死不相往来。这部作品与《葫芦信》不同之点在于：一个已经出现西双版纳"统一之君"召片领，正是召片领的干预，平息了勐遮和景真的战事，另一个则始终没有看到这位凌驾于两勐之上的"统一之君"。从这一点判断，《松》的成书早于《葫》，应当是毫无疑问。

由于古代部落都"自有领土及自有名字"[2]，因而长诗关于各勐地界的描写，反映了地缘部落按领土划分的一般特征。《千瓣莲花》的记载正是如此：当着寡妇的儿子阿暖因寻找千瓣莲花而离开勐巴纳西以后，"他走一步回头看一下，终于走到别一个国家"，接着向东走了几天来到另一个"何罕"那里，然后又走了七天七夜进入另一个"国家"的森林。这些不断穿越的"国家"领土，正是古代部落地界的遗留。同样，在《松帕敏和戛西娜》中，一边是松帕敏"常常带着群臣到边境出巡"，一边是台勐西纳"强大的骑象兵队日夜巡逻在边境"，这也是古代部落

---

[1]　恩格斯：《家庭、私有制和国家的起源》，第93页，人民出版社，1954年。
[2]　恩格斯：《家庭、私有制和国家的起源》，第86页，人民出版社，1954年。

"自有领土"的确证。《葫芦信》的描写更为精彩,它把悲剧的高潮正是巧妙地安排在两个"国家"的边界上,一对无辜的青年生前没有充分享受相聚的欢乐,死后还被分别埋入"国界"南北的土坑。这样,两堆无情耸立着的黄土,不仅勾起人们对整个悲剧的辛酸回忆,同时还成为部落居民不相混属,部落领土不容错乱的实物见证。

事实证明古代部落之间的关系正是这样。它们常常因暂时的共同利益结合在一起,又往往为一点小事便发生冲突。勐遮和景真就是最好的例子,它们之间曾经"团结得象两根绳子扭在一起","不管发生了什么大小事都共同想办法处理",但一经勐遮国王稍加挑拨,两勐之间便立即反目相向,而这一场浩劫的根本原因又正是勐遮国王"要把两个勐归在一起"。——这一事实确切证明:"亲族部落的联盟常因暂时的紧急需要而结成,随着这一需要的消失,即告解散"①。

此外,不少作品对于部落民主制度的描写相当精彩,但需要我们谨慎鉴别。如果说,从文艺批评的角度,我们有理由责怪某些作品对"阶级斗争"的反映似乎那样薄弱,那末,从历史的角度,我们同样有理由肯定这些对原始民主的描写异常真实,因而具有可贵的科学研究价值。

在跨入阶级社会以前,人们享受着充分的原始民主。在人类社会发展的这一阶段,"酋长在氏族内部的权力,是父亲般的、纯粹道德性质的,他不能使用强制手段"②,我们从不少傣族长诗中看到的有关现象,正是这种原始部落民主的遗迹。你看,人们把松帕敏比做"贤明的君王",说他的"心肠象棉花那样软,他有比海洋宽阔的胸襟",说他"按照古老的规矩管理百姓,人民欢乐他高兴,人民流泪他伤心"。用今天的观点,我们怎么能够设想有这样好的"国王"啊,但是,历史地看,松帕敏的形象是可信的,关键之点就在于他是按照"古老的规矩管理百姓"。同样,召勐西纳的形象也是可信的,由于他"爱我的百姓",由于他的头人"常到村寨访问,百姓的疾苦他们非常关心",因而他"受到百姓的尊敬",富饶

---

① 　恩格斯:《家庭、私有制和国家的起源》,第 89 页,人民出版社,1954 年。
② 　恩格斯:《家庭、私有制和国家的起源》,第 82 页,人民出版社,1954 年。

的勐西纳也"一年四季没有饥馑"。——我们当然不须夸大这种描写的历史价值，我们需要的只是谨慎鉴别其夸张的外壳，而合理肯定其朴实的内核。

这样的原始民主，还表现在群众对于部落首领不仅可以民主选举，而且可以更换和罢免。仍以《松帕敏和戛西娜》为例。在这里，松帕敏是不是由百姓和头人民主选出，作品没有明确的交代，但是，他的毅然弃国出走，却从一个侧面反映出他对于王位并不特别依恋。他对百姓和头人们说："我没有带走宫中的细软，我没有带走宫中的金银，但愿那残暴的君王吃饱了，再不要骚扰你们。"这样的临别赠言，简直是不负责任，有同志甚至批评他"在决定人民命运的重大问题面前，他重视狭隘的手足之情，而把人民丢给豺狼去咬噬，这不只是他性格上的软弱，而是联系到他爱人民的感情还不够深刻"①。这样的批评无可无不可。不过，照我们看来，松帕敏这种"爱人民的感情还不够深刻"的缺点，也许正体现他恪守着"爱人民"的古训。他宁肯让人民自己去选择谁是最好的君王，而绝不把王位视作世袭的私产！勐西腊的情况更加典型，老国王就要死了，王位应由谁来继承，于是头人们进行了紧张的讨论，有的建议"立驸马"，有的建议"选贤能"，有的建议到邻国"去聘请"，总之要找到"受百姓爱戴的人"，而最后找到了松帕敏。

请看，国王要由大家在国内国外去找，说起来也够新鲜，然而，在原始民主制度下，这样的事却是天经地义。因为在那里没有权力的世袭，"王位"的继承不是"传子"而是"传贤"，就如尧舜的禅让一样，反映着人类早期的民主传统。这在长诗《千瓣莲花》、故事《塔玛寻到了幸福》和《小金鹿的故事》中都可以找到证明。

文艺作品不是历史教科书，也不应当要求它成为信史，然而，优秀的古典作品给予我们的形象的历史常识，其价值绝不亚于任何历史。它们因本质地再现历史而获得艺术生命，历史因它们的形象反映而获得再生。

---

① 全荃：《"松帕敏和戛西娜"的思想性与艺术性及其产生的时代地点问题》，载《松帕敏和戛西娜》，第 90 页，云南人民出版社，1962 年。

三

当然,我们无意于从傣族文苑中单纯猎取原始遗迹,恰恰相反,我们必须指出,大量保留的傣族民间文学作品,无疑多数是产生自封建社会,因而对封建社会的描绘和揭露最为生动具体,这正是它们的价值所在。从某种意义上说,它们称得上形象的傣族农奴制的"百科全书"。

以《葫芦信》为例,它的关于封建农奴制的几段典型描写,每一段都可视作准确而生动的"信史"。它在描绘了"辽阔的勐遮坝子"之后说:

居住在这里的人民,

要向国王买水吃,

要向国王买路走,

死了也要向国王买土盖脸;

大头人和王子都是靠百姓生活,

小头人只免掉给国王的负担。

这正是傣族封建主大土地所有制的真实写照,这和傣语谚语"喃召领召"即"一切水土属于官家"的意义完全相同。正因为这样,这里的最高封建主傣语称做"召片领",意思是"广大土地的主人"。这个召片领在长诗中多次出现,他就是通常所说的土司,也就是明清以来的车里宣慰使。由于一切水土属于召片领,所以,一切百姓都是他的"奴隶",都必须向他买水吃,买路走,还要买地住家,买土盖脸。这里所谓"买",当然不是用钱,而是提供农业和非农业劳役。也就是说,召片领通过每一个村庄把土地按份分给农民,领种份地的每一农户就按照"吃田出负担"的原则,上官租,交地租,服劳役。所以长诗说:

挎着长刀的卫士布满了宫庭,

侍候的宫女忙乱地出入宫庭,

派来做苦役的百姓也挤满了宫庭,

管牛管马管象的人很多,

住在这里的百姓都是靠收得的粮食充饥。

这里所说的卫士、宫女和百姓，绝大多数都是为召片领服家内劳役的农民。他们其中一部分被称为"滚很召"，意思就是"官家的人"。他们被领主按专业编组成村寨，每个村寨固定服一种劳役，比如养象、养马、唱歌、跳舞、纺织、打铁等等，名目多达一百余种。这些劳役统称为"甘乃很召"，意思是"主子家内的劳役"。滚很召的社会地位很低，在西双版纳占农业人口的百分之十九。他们是具有奴隶身份的隶属农民。

长诗还有这样一段描述：

坝区的百姓用粮食和银子献给国王，

络绎不绝的山民抬着茶叶和芝麻朝宫庭走来，

有个少纳地方专供大烟、花生、玉米，

还有桌子、凳子、竹子、箩筐都是从这里送来；

有个少笼地方专供小猪和棉花，

村寨的负担寡妇也要抬三分之一。

这里相当准确地描绘了傣族封建主对山区居民的剥削和统治。在西双版纳，哈尼、布朗、拉祜等族居住的山区也属召片领所有，召片领将这些山区划分为十二个行政区域，统称为"卡西双火圈"，意即"山区奴隶的十二区域"，又在每个火圈内册封一个当地头人为"叭竜"，赐给铜象和金伞，并在委任状上写明头人对召片领应尽的义务。这些叭竜就在每年固定时期强迫山民把棉花、玉米和各种土特产上缴给召片领。

长诗对于封建领主穷奢极欲的剥削生活有着深刻的揭露，同时也相当准确地描绘了封建政权的一般状况：

车里宣慰使司署即土司衙门是西双版纳最高政权机构，其中重要官员三十余人，各有职掌：召景哈主持议事庭，怀朗曼凹总揽行政，怀朗庄掌管粮米财务，怀朗曼轰掌管司法户籍，他们统称为"四大怀朗"，和内务大臣召龙帕萨，统兵将军召龙纳花等合称为"八大卡贞"，他们可能就是长诗中常常提到的"八个大西纳"。由他们和各勐"波朗"组成的土司政府即议事庭，于每年关门节、开门节举行年会，处理全区一切重大政务。各勐也有议事庭，其组成情况与宣慰议事庭相似。这种自上而下层层编织的罗网，最后都向村寨收缩，由村寨头人执行一切上司发布的命令。由于大小头人都是官，因而都各有俸禄，历史上大领主还有采邑。所以长诗说："小头人免掉给国王的负担"。

我们不要忽略了长诗中还有这样一句话："村寨的负担寡妇也要抬三分之一。"这句简单的话包含着辛酸的内容。在封建农奴制下，领主实行按户计征，领种一份土地就是一个负担户，农民的人格也就和他是否耕种份地相联系，农民的一生也就按承担封建义务的多寡被划分为四个时期：十五岁以前不到负担年龄，不能独立领种份地，因而没有"人格"，没有"鬼魂"；十五岁至结婚前分得相等于成人一半的份地，开始"学习"负担，因而开始有了"人格"，有了"鬼魂"；婚后至五十岁是正式负担时期，被迫接受一份土地，缴纳全部封建负担；那些丧失了部分劳力的半劳动或寡妇，也要承担各种剥削的一半或三分之一。只有那些无依无靠完全丧失了劳动力的鳏寡孤独，才从负担户中除名，但是，他们从此也就被人遗忘，村寨也不再承担帮助他们的义务，任其消磨衰弱的晚年。——为负担而生，为负担而死，这就是农奴制下傣族农民的悲惨生活。

至于从长诗对两个"宰乃"命运的描写，我们看到了某些早期奴隶制的残余。限于本文篇幅，这里不再赘述。

傣族民间文学作品对封建农奴制的描绘和揭露是多方面的。毫无疑问，这些正是它们现实主义的精华所在，对于我们研究傣族文学史和傣族封建农奴社会，具有很高的参考价值。

现在，把我们在本文中表达的基本观点概括起来，那就是：研究傣族文学，必须重视傣族历史；对文学作品断代，必须依据历史断代；评论作品的价值，应同时注意其社会价值；而在整个傣族文学史的研究中，应注意应用文史互证。

（本文有删节）

重读《白族文学史》和《纳西族文学史》

——兼谈少数民族文学史编写中几个值得研究的问题

文　平

史料解读

史料原载《思想战线》1979 年第 6 期。该文对《白族文学史》和《纳西族
文学史》出版后的各种评论进行了重新梳理，回顾了这两部文学史的编写过
程，重新探讨了少数民族文学史编写中两种文化争论问题、厚古薄今问题，
特别是对少数民族文学史中的阶级分析方法进行了重新辨析。此时，少数
民族文学史编写工程已经重新启动，该文提出的问题和观点推进了少数民
族文学史编写中文学史观、研究方法和研究范式的转型。

原文

建国以来，我国少数民族文学的研究工作曾经取得了显著的成绩。一九五
八年至一九六一年间，在全国大规模采风运动的基础上，全国共编写出二十多
部少数民族文学史或文学概况。《白族文学史》和《纳西族文学史》就是其中的
两个可喜成果。它的出版，不论在政治上还是文学上，都有重大的意义。

我国是一个统一的多民族国家。我们祖国光荣悠久的历史，辉煌灿烂的文
化，是各族人民共同创造的。但是在旧社会里，少数民族人民不仅在政治上受
压迫，经济上受剥削，文化上也受歧视。只有在解放后，在各族人民当家作主的

社会主义时代,少数民族人民创造的文化艺术,才会受到空前的、应有的尊重。少数民族文学史的编写出版,对提高民族自信心,增强各民族之间的团结和交流,发展各民族社会主义的新文化,都起到了积极的鼓舞作用。《白族文学史》和《纳西族文学史》出版后,受到了白族人民、纳西族人民和其他读者的欢迎。各少数民族人民都为有了自己的文学史感到欢欣鼓舞。这是贯彻毛主席的文艺路线和党的民族政策的一个丰硕成果,也是我们社会主义制度优越性的一个生动体现。

白族、纳西族和全国各少数民族一样,在历史上创造的文学艺术是极其丰富多彩的。一九五八年,在中共云南省委宣传部的领导下,我省派出了民族民间文学大理调查队和丽江调查队,深入白族、纳西族地区进行全面的调查。他们跋山涉水,走村访寨,与劳动人民打成一片,通过辛勤的劳动,收集了大量的资料。在此基础上进行科学研究,编写出《白族文学史》和《纳西族文学史》。两部文学史虽系初稿,但成绩是十分可喜的。它突出地表现在:

一、比较扼要系统地介绍了白族、纳西族文学发展的全过程。白族和纳西族,历史都比较悠久,见之于史书记载的历史,就有两千多年。要把这样长的时间内的文学发展阐述清楚,决不是一件容易的事。两部文学史在占有大量材料的基础上,从本民族的实际出发,把文学的发展划分为若干时期。这个划分很重要,它使我们在复杂纷纭的历史现象和文学现象中,能够看出一个比较清晰的轮廓。在叙述每一时期文学发展的时候,既注意到经济基础与上层建筑的关系,也注意到上层建筑中各种意识形态之间(如文学与哲学、与宗教、与音乐舞蹈等)的关系,注意到各民族之间的相互影响和文化交流,等等。也就是说,既注意到矛盾的普遍性,也注意到矛盾的特殊性。这样做是完全必要的。虽然其中的一些问题如文学史的分期、作品的断代等还可以进一步讨论,但编写在这方面所作的努力是卓有成效的,应该充分肯定。

二、对各个时期的主要代表作品作了比较完整细致的介绍评述。建国以来,我们虽然收集整理出版了一批白族、纳西族文学作品,但和该民族文学的实际蕴藏量相比,毕竟还是少数。通过文学史的形式把各个时期的主要作品介绍出来，使读者具体地而不是抽象地，完整地而不是零碎地看到该民族文学发展的全貌，看到他们无限丰富的创造能力。这对增进各民族之间的相互了解和团结，是很有意义的。许多优秀作品，到今天仍有一定的教育意义，给人增加智慧，增加知识、受到启发，获得美的享受。有些作品还可供我们继承、学习、借鉴，用来为今天服务。有些作品已经成为再创作的题材。这就丰富了祖国的文化宝库，使我们多民族的文艺大花园更加多彩多姿。也为我们编写出一部包括各少数民族文学在内的真正的中国文学史提供了材料，准备了条件。

三、初步探索出白族、纳西族文学发展中一些带规律性的东西。比如，该民族的文学是怎样以独特的方式来反映社会生活的；在长期的历史发展过程中，怎样形成了自己特有的传统、风格和形式，在描述事物、表达感情、语言运用、比兴手法等方面，有哪些突出的特点；在作品中怎样体现出鲜明的民族性格；劳动人民有什么样的欣赏习惯；民间文学与书面文学有哪些联系和区别，等等。这些，都是带有规律性的东西。要找出这种规律并不容易。两部文学史在这方面作了很大的努力。通过编写者艰苦细致的研究，我们可以看出一个民族，是怎样为祖国文化的发展作出自己特殊的贡献的。研究这种规律，对批判继承民族文化遗产，发展社会主义内容与民族形式相结合的新文学，具有重要的意义。

两部文学史出版到现在，已经过去了二十年的时间。如果不是林彪、"四人帮"的干扰破坏，我们完全可以在原有基础上大大提高一步，写出能够真正反映本民族文学发展的科学著作。今天，恢复少数民族文学史的编写工作，已经作为社会主义文化建设的一项重要任务提出来了。今年二月在昆明召开的全国少数民族文学史编写工作座谈会，制定了振奋人心的规划。为了完成这个任务，我们很有必要回顾一下过去的工作。上述两部文学史，是在很短的时间内写出来的。这是一项新的工作，不可能一下子搞得很完美。而且在一九五八年前后，我们国家开始出现的"左"的错误，也不可能不给编写工作带来影响。由于这些原因，更需要我们作认真的总结。最近重读了白族、纳西族文学史，联想到前几年林彪、"四人帮"在这些问题上制造的种种混乱，觉得在少数民族文学史编写中，有几个问题值得提出来和大家一起研究。不当之处，请同志们指正。

一、关于阶级分析的问题

文艺作品都来源于一定的社会生活。在阶级社会里,文艺是有阶级性的。所以,在解释一个民族的文学现象时,坚持用阶级和阶级斗争的观点,阶级分析的方法,这无疑是正确的。但是,马克思主义阶级论的观点,是指导我们如何去研究,并不是要我们不分时间地点,不看具体情况地生搬套用。我们研究问题,应该从实际出发,而不是从原则出发。具体的观点和结论,只能在对具体材料的研究中得来。这一点,上述两部文学史是注意到了的。比如对远古时期的一些文学作品的介绍,就能从当时的历史条件出发,作出实事求是的分析。但是在分析阶级社会里产生的一些文学作品时,有些地方就值得商榷了。比如在白族地区流传很广的神话传说《望夫云》,是描写南诏公主和苍山上的猎人相爱的故事。《白族文学史》在分析这部作品时,认为它有两个主题:"一个是歌颂爱情的主题,一个是反映阶级斗争的主题","如果说《望夫云》中的爱情事件是现象,则阶级斗争主题是它的本质"。从这两段话中可以看出,编写者在两个主题中强调的还是阶级斗争主题。这个分析是否妥当,是值得讨论的。在阶级社会里,爱情是离不开一定的阶级属性的。《望夫云》这个传说也的确反映了人们对不合理的等级制度和婚姻制度的反抗,它具有鲜明的阶级性,这是谁也不否认的。但是,阶级性是不是等于阶级斗争?凡是带有阶级性的作品,是不是就以反映阶级斗争为主题?阶级和阶级斗争的观点,是不是就能概括、说明一切文学现象?这确是需要我们认真研究的。

少数民族文学,大多数是劳动人民的口头创作。在长期的奴隶社会、封建社会里,劳动人民用文艺作武器向统治阶级作斗争,这是民间文学的一个重要特点,但不是唯一的特点。作为独特地伴随着历史的民间文学,还有多方面的功能,比如认识的功能,教育的功能,审美的功能,娱乐的功能等等。人们的社会生活是多方面的。有些方面与阶级和阶级斗争有联系,有些方面就不见得有这种联系,那么由此产生的文艺作品,它所反映的内容也是多种多样的。有的主要反映阶级矛盾和阶级斗争,有的主要反映与大自然的斗争,有的则主要是为了娱乐。这种情况,在少数民族文学中是普遍存在的。如果我们不分任何情况,对任何作品都用阶级和阶级斗争的观点来衡量,那就把复杂的历史简单化,许多文学现象也就说不清。

劳动人民的口头创作,既有文学价值,又有科学价值。特别是少数民族中比较完整地保存下来的古代歌谣、神话、史诗等,往往给我们提供了研究人类古代社会的宝贵资料。对这些作品,如果我们只是简单地用阶级和阶级斗争这个观点去套,不仅不能作出科学的解释,而且往往会掩盖了它所包含的历史价值。比如在《纳西族文学史》中,在写到早期的歌颂劳动的诗篇时,介绍了一篇神话叙事诗《高勒趣》,从整个内容和格调来看,它反映的是古代人们的狩猎生活。作品中虽然出现了反面形象——山神,但在当时的情况下,这个"山神",很可能是处在大自然威胁下的人们所幻想出来的一种超自然力量的代表。人们用竹笛声、口弦声去迷惑山神,以获得更多的猎物,这也透露出古代的人们如何通过各种仪式乞求神灵保护的原始宗教的一些情况。后来高勒趣打败了山神,"山神管属的地方,我要来放狗打猎了",标志着人们控制自然的能力逐渐提高,因而培养起战胜超自然力量的豪迈毅力。《纳西族文学史》在分析这部作品的时候,忽视了它给我们所提供的这方面的意义,而是把作品中的"山神",说成是"阶级社会中统治者的形象"。这恐怕是不妥当的。

与此相联系,还有一个"史"与"论"即材料与观点的结合问题。我国的少数民族文学,在历史上长期被埋没,被排斥,解放后的发掘工作又仅仅是开始,在广大读者都还不大熟悉的情况下,我们编写少数民族文学史,应该尽可能把每一个民族每一个时期主要的、优秀的作品及有关材料介绍出来。从科学的角度来说,占有材料越丰富,研究工作就越深入,就越能探索出规律性的东西。介绍作品和有关材料,要力求完整、准确、清楚。这一点,《纳西族文学史》处理得比较好,《白族文学史》稍嫌不足。在材料与观点的关系上,应该以材料为主。作者的观点,对作品的评价,应该表现在客观的叙述中,做到观点与材料的统一。我们第一次编写少数民族文学史,能够把丰富的材料介绍出来,就是很大的成绩。至于分析研究,不可能一下子要求很高。有些一时难以下结论的,可以留待以后研究。举个例子说,白族的历史故事《火烧松明楼》,是叙述南诏并吞五诏的故事。在流传的过程中,人们是同情、歌颂柏洁夫人,谴责、反对南诏王逻罗阁的。这很好理解。因为柏洁夫人是受害者,她起来反抗南诏王的斗争,客观上与人民的利益相一致。相反,南诏王是用阴谋手段并吞五诏的,所以他在作品中是一个反面形象。《白族文学史》对这一作品的分析是比较符合实际的。但有一段议论却值得研究:"南诏并吞五诏,是统治阶级内部的争夺,不管谁获得胜利,对人民来说都是不利的。"这就有点离开文艺作品,涉及到对白族历史上这一事件怎么看待的问题了。文学与历史有联系,但又不是历史本身。南诏统一五诏,在历史上有无进步意义,还可以讨论。

二、关于两种文化的问题

列宁曾经指出,每一种民族文化里都有两种民族文化。即统治阶级的文化和被统治阶级的文化。引导我们要注意到民族文化里的"民主主义成分和社会主义成分",要把它"划分出来"。这对我们研究一个民族的文学发展过程,清理古代文化遗产,分清精华与糟粕,具有重要的指导意义。但是马克思主义同样要求我们,对具体情况要作具体分析。列宁关于两种文化的划分,只是一个基本的、大的划分,是针对资本主义生产关系已经建立以后的民族问题而言的。如果我们不分任何情况,对每一个民族每一个社会发展阶段的文学都简单地把它分成两种,那往往也是行不通的。具体来说,有些民族连阶级划分都不太明显,怎么能人为地划出两种文化来呢?少数民族文学中,有些作品产生在比较古老的年代甚至还未出现阶级的年代,这些作品又属于两种文化中的哪一种呢?到了阶级社会,统治阶级的文化与劳动人民的文化进行着不断的斗争,这是事实,但也不能认为每一时期都贯穿着这种斗争,都要通过文学史表现出来。对两种文化,我们也要作具体分析。统治阶级的文化,大部分是消极的,但也不能认为全部都是糟粕。劳动人民的文化,主流是好的,但也不是一点糟粕都没有。按照马克思主义的观点,历史上的统治阶级,它的上升时期和发展时期是进步的,生气勃勃的。那么它的文学也不可能没有一点积极的进步的意义。比如白族,自南诏开始大量吸收汉族文化,采用汉文,沟通了白族与汉族的文化交流,出现了许多成就较高的文人,他们的诗文,曾被收入《全唐诗》和《全唐文》

中。纳西族也是如此。从明代开始建立的木氏土司统治集团，一方面对人民进行残酷的压迫剥削，另一方面也极力效法中原，学习汉族文化，培养出一批纳西族的文人学者。这对纳西族文化的发展，是起到了一定积极作用的。由于这些原因，白族、纳西族的书面文学比较发达。我们编写少数民族文学史，应该考虑到这个特点。不能因为书面文学的作者大都是统治阶级，就对他们轻易否定。《白族文学史》介绍南诏大理国时代的书面文学时，虽然列为一章，但只有两千多字，内容比较单薄。在评价南诏王寻阁劝的诗《游避风台诗》时，虽然承认它在艺术上"有一定成就"，但又认为内容上"是没有什么价值的"。这似乎还值得商榷。在这首诗里，抒发了作者对时光易逝的感慨，有不少消极成分，但同时也流露出他希望君臣一心，把国家治理好，使子孙发达的感情。这对于一个南诏的最高统治者来说，恐怕不能说一点积极意义都没有。《纳西族文学史》对木土司统治集团中两个主要人物木公和木增的作品，也缺乏具体的分析，而是把它作为批判的对象来写，是否妥当，还值得商讨。对他们的作品，我们应该区别对待。对其糟粕，当然是要进行批判的，但对某些有一定进步意义的作品，也应该实事求是地给予它一定的历史地位。

对劳动人民的文学，我们也要具体分析。《白族文学史》在介绍观音故事的时候，指出它带有浓厚的宗教迷信色彩。这是完全必要的。但认为"这些故事当然多出于剥削阶级之口，即使是由某些劳动人民讲出或予以赞同，也不能算是人民的口头创作"。照这种说法，象带有宗教迷信色彩这样的一些作品，是不能算作人民口头创作的。这恐怕也不符合实际。事实上，在劳动人民的口头创作中，也是有精华糟粕之分的。这种糟粕，既来自剥削阶级的思想影响，也来自人民世界观的局限。指出这种糟粕，把它剔出掉，可以使劳动人民创作中的精华更加放出光彩。这丝毫也不存在贬低劳动人民创作的问题。

三、关于厚今薄古及其它

有段时间，学术界曾经提出过厚今薄古的口号。这个口号对纠正学术研究中脱离现实，厚古薄今的不良倾向来说，是正确的。但是，能不能把针对某种偏向而提出的口号看成是普遍适用，必须普遍贯彻的口号呢？在少数民族文学研究和文学史的编写中,存不存在厚古薄今的现象呢?事实是,我国的少数民族文学,在历史上被"薄"了几千年。解放后,我们虽然进行了大量的工作,但还仅仅是开始。不论是资料的占有和科学研究上,都还很薄弱。在这种情况下提出厚今薄古的口号,很可能造成对少数民族文化遗产采取简单粗暴的态度。事实上,这个口号已经给我们的收集工作、研究工作带来了影响。比如在收集工作中,片面强调厚今薄古,使一些古老的珍贵的作品得不到及时的抢救,而随着时间的推移,这些作品将会逐渐消失,以致造成不可弥补的损失。所谓厚今薄古,古为今用,应该是通过对丰富的古代文化的深入研究,吸收其有用的东西来为今天服务,而不应该理解为数量上"今"一定要超过"古",更不应该理解为对古代的东西采取不重视的态度。我们编写少数民族文学史,应该充分注意这一点。

解放后,各少数民族文学进入了一个新的发展时期。《白族文学史》和《纳西族文学史》以满腔的热情,力求总结这个时期文学发展的基本经验,这无疑是很有意义的。但是,这里有几个问题仍值得我们深入研究。

比如,怎样正确理解文艺与政治的关系问题。文学艺术要为政治服务,这是毫无疑问的。特别是扎根于劳动人民的民间文学,更是如此。《白族文学史》和《纳西族文学史》在论述解放后文学发展的时候,是充分注意到这一点的。但是,文艺为政治服务,应该理解为是为无产阶级的总任务服务,而不应该理解为仅仅是配合临时的政治任务或中心工作,即"写中心,唱中心"。任何事物除了它的普遍性外,还有其特殊性。文艺为政治服务,是通过它特有的规律,用艺术形象去感染人、影响人、教育人,达到为政治服务的目的。对这个特殊的规律,我们过去是注意不够的。忽视这个规律,把文艺当成一个简单的工具,势必把文艺的路子搞得很窄,导致一些民族歌手离开了悠久深厚的文学传统,离开了形象思维的文艺创作规律,离开了人民喜闻乐见的艺术形式,公式化概念化地去编一些图解政治的作品。这样的作品,当然缺乏感人的力量,没有艺术生命力,宣传效果也不大。其结果,也就削弱甚至取消了文艺为政治服务的功能。照此下去,当然也就不利于各民族文学的发展和提高。

还有，如何看待解放后少数民族新民歌的创作问题。我国少数民族人民解放前受着残酷的阶级压迫和民族压迫，命运十分悲惨。解放后，他们翻身作主，走上了社会主义的光辉大道。新旧社会的强烈对比，使他们亲身感受到社会主义的美好幸福，情不自禁地唱出了大量的歌颂党、歌颂毛主席的新民歌。许多新民歌感情真挚、思想深刻，风格清新，语言优美。这是少数民族文学中的珍品。它记录了我们的时代，唱出了人民的心声，应该给予高度重视。

但是也有一些作品，在歌颂革命领袖的时候，不是从实际出发，不是从领袖与人民的血肉联系出发，而是把革命领袖神化，宣扬现代迷信。这实际上是歪曲了革命领袖的形象。这样的作品，我们不宜提倡。在研究新民歌创作的时候，应该恰当地指出这一点。同样，对一九五八年的新民歌，也应该具体分析。许多民歌表现了劳动人民崭新的精神面貌，反映了意气风发、斗志昂扬的革命精神，出现了一些思想性和艺术都比较高的作品。这是应该肯定的。但是当时出现的"浮夸风"等错误，在新民歌中也有明显反映。有些作品违反生活真实，违背客观规律，一味追求"浪漫主义"，成了"浮夸文学"，造成不良影响，这也是我们应该吸取的一个教训。

关于少数民族文学民族形式和特点的讨论

本辑概述

    本辑收录了 15 篇关于文学的民族特点和地区特点的讨论史料,有李欣的一篇发言提纲,周戈、陶然、王炜、陶克涛、温小钰、汪浙成、翟胜健、王家骏的 9 篇评论,奎曾、郭超、马白、丁尔纲、胡德培的 5 篇论文。这些文献分别发表在《内蒙古文艺》《草原》《青海湖》《内蒙古日报》上。1950—1951 年、1960—1961 年,在内蒙古文学界进行过两次关于民族形式、民族特点的讨论,引起了学界的关注。1950 年关于内蒙古新文艺民族形式的座谈会上,许多作家、学者发表了自己的观点。历史地看,民族形式、民族特点是少数民族文学理论的核心命题,也是少数民族文学的重要特征。这一讨论虽然因"文化大革命"而停止,但学者们对这一问题的思考却没有停止,直到 20 世纪 80 年代,就这一问题又展开过深入讨论。学者们试图从实际情况出发,分析内蒙古文学的发展现状和特点,为繁荣内蒙古社会主义民族文艺作出贡献。

    本专题集中收录了这些讨论的代表性文章,反映了当时讨论中的不同观点。李欣的《论内蒙古新文化的民族形式——在内蒙文艺民族形式座谈会上的发言提纲》从什么是民族和民族特点、内蒙古新文化与新民主主义文化的关系、民族形式的动态发展特征、内蒙古新文化融合吸收其他民族进步文化共同发展、民族政策与民族形式关系五个方面进行了论述。周戈的《熟悉内蒙,努力创作！——兼谈内蒙新文艺的民族形式》着重强调为了更好开展内蒙古文艺运动,文艺工作者必须实践乌兰夫主席"熟悉内蒙"的指示,走到群众中去,向群众学习,同时还要尊重民族的历史传统文艺及其形式,使新的文艺与传统的文艺相衔接。陶然在《关于民族形式问题的商榷》中对内蒙古采取何种民族形式进行了论述,他认为要根据内蒙古不同的历史发展情况,不同的经济生活条件,在不同的地区,以新民主主义的内容,用不同的多样的形式和方法,来反映内蒙古各方面的建设和人民的生活。王炜的《必须继承民族文学遗产》一文从正确继承民族文学遗产对于文学发展的重要性和批判民族虚无主义思想两个方面进行了论述。陶克涛的《关于文学艺术的民族特点——庆祝中华人民共和国成立十二周年》则结合马克思主义文艺理论和社会主义文学立场,强调文学的民族特点与地区特点之间的关系。奎曾的《内蒙古文学的民族特点和地区特点初探》深入研究探讨了什么是内蒙古文学的民族特点与地区特点的问题。郭超的《民族精神·"奶子味"》指出了内蒙古文学作品存在一些问题,并呼吁更多有志于反映蒙古族生活的作家扎根草原,深入生活,写出蒙古族的性格、心理、精神和灵魂,使人感到这是反映蒙古族生活的文学作品。马白的《文学的民族特色二题》论述了民族特点与地区特点的关系、"民族性格"中心论。翟胜健的《文学的民族特点和地区特点及其关系——兼与马白等同志商榷》在奎曾、马白同志研究的基础上,从文学的民族特点和地区特点及其关系问题方面加以论述。丁尔纲的《关于民族性格与人民性格》表明与王家峻同志、马白同志的意见存在分歧并进行论述。温小钰和汪浙成的文章《文学的民族特点和地区特点琐议》从内蒙古文学实际出发,通过比较内蒙古作家创作的形象,分析了蒙古族文学的特点。

从以上史料中可以看出,当时内蒙古文艺界积极探讨和研究民族特点与地区特点,以及文学的民族化与群众化问题。各位学者对内蒙古文学的发展作出了贡献,引导了内蒙古文学的发展方向,使其更加贴近民族和地区的特点。然而,也存在观点上的差异和一些理论上的不同意见,这需要进一步的深入讨论和研究。对于内蒙古文学发展来说,深入研究民族特点与地区特点、正确理解民族性格、实现文学的民族化与群众化仍然是当前学界值得关注和需要研究的问题。

论内蒙古新文化的民族形式

——在内蒙古文艺民族形式座谈会上的发言提纲

李　欣

史料解读

　　史料原载《内蒙古文艺》1951 年第 1 卷第 1 期。该文提到,20 世纪 50 年代初,学界在什么是内蒙古新文化的民族形式问题上产生了激烈的争论。为了引导少数民族文学艺术家更好地反映内蒙古各族人民的新生活,内蒙古党委宣传部与内蒙古文联共同举办了内蒙古文艺民族形式座谈会,对此问题进行深入探讨。会上李欣从什么是民族和民族特点、内蒙古新文化与新民主主义文化的关系、民族形式的动态发展特征、内蒙古新文化融合吸收其他民族进步文化共同发展、民族政策与民族形式关系五个方面阐述了自己的观点。他认为民族形式就是在民族特点基础上表现出来的民族特殊性,就是民族自己的形式,就是民族自己的面貌,内蒙古民族形式,是内蒙古民族新文化自己的形式,内蒙古民族新文化自己的面貌,带有内蒙古民族的特性。李欣关于内蒙古新文化民族形式的理解对内蒙古文学的发展有着很大的推动作用。

原文

（一）

　　什么是民族,——据斯大林同志的说法——这就是语言、地域、经济生活以及表现于共同文化中的心理结构之在历史上形成的稳定的共同性（马克思主义与民族问题）。

民族特点也就是一个民族所特具的性质，正如民族一样（只有一切特征同时具备时，才成为民族），不是形成民族的那些特征的孤立表现，而是那些特征的总和。

民族形式就是在民族特点基础上表现出来的民族特殊性，就是民族自己的形式，就是民族自己的面貌。

民族形式跟民族一样，有自己形成的历史，有一定的历史意义，是从一个民族的历史、政治、经济、文化发展下来的，是在运动着发展着。民族形式不是一成不变的，因为民族特点也不是一成不变的。民族特点是一个民族生活条件历史的反映，它是随着生活条件的变化而变化。因此，民族特点在民族自己的面貌上也就刻上变化的痕迹。

有民族存在就有民族形式存在。解决民族问题必须注意民族形式。毛泽东同志讲的非常正确："共产党员是国际主义的马克思主义者，但马克思主义必须通过民族形式才能实现。"（中国共产党在民族战争中的地位）马克思主义的中国化，要在其每一表现中带着中国的特性，就是说，按照中国的特点去应用它。在内蒙实行党的政策，也应带着内蒙的特性，就是说，按照内蒙的特点去应用它。

民族特点是每一个民族对世界共同文化的特殊贡献。"每一个民族，——斯大林同志指出——大小民族都一样，都有自己的性质上的特点，自己的特性，这种特点及特性是这些民族所特具而为其他民族所没有的。这种特点就是一种宝藏，每个民族将把它献给世界文化的共同宝库，而丰富它补充它。在这一种意义上，一切民族——大的或小的——的地位是平等的，每一个民族与任何其他民族是同等的"。（一九四八年四月七日在招待芬兰政府代表团宴会上的讲话）

（二）

新民主主义的文化应有其一定的民族形式不注意这种形式，就不能发展共同的新民主主义文化。新民主主义论曾正确指出：民族的形式，新民主主义的内容——这就是我们今天的新文化。

我们的新文化之所以必须具有民族形式，不仅因为它是我们这个民族的文化，带有我们民族的特性；而且因为它是民族的，它是反对帝国主义侵略和压迫，保卫我们中国各民族的尊严与独立的。中国新文化是世界新文化的一部份，它同一切别的民族的社会主义文化与新民主主义文化相联合，殊源同流，互相吸收、互相发展，形成共同的丰富的世界新文化。

内蒙新文化是中国新文化的一部份，它同中国一切别的兄弟民族的新文化相联合，殊源同流、互相吸收、互相发展，形成中国各民族的共同的丰富的新民主主义文化。这关系，乌兰夫同志说的很透彻："内蒙文艺是中国新民主主义文艺的一部份，有其一般性；同时因为内蒙是一个民族地区，内蒙文艺又有其特殊性。有时我们强调了一般性而忽视了特殊性，生硬地搬进其他地区的东西，不能很好掌握民族形式和特点。有时我们强调了特殊性而忽视了一般性，不去吸收其他地区兄弟民族文艺的新的革命内容，也阻碍了内蒙文艺的向前发展。因此，我们一方面要反对生搬硬套，一方面要反对固步自封。"（在内蒙古民间艺人代表会上的讲话）

这就可以知道，我们当前所争论的内蒙古民族形式，这就是内蒙古新文化所应具有的形式。内蒙古民族形式，应是内蒙古民族新文化自己的形式，内蒙古民族新文化自己的面貌，带有内蒙古民族的特性。民族形式表现着民族的特殊性。由于参加到中国新民主主义文化建设的各民族语言、和生活习惯等不同的缘故，各民族采用着各种不同的形式和表现方法。内蒙古民族有其特殊的、自己的表现形式和方法，这就是内蒙古新文化的民族形式。

（三）

但是，民族形式是运动着、发展着。内蒙民族新文化要求内蒙新文化的民族形式。这是因为内容是构成形式的基础，形式是内容本身内部的构造和组织。没有内容就不会有形式，没有形式也不会有内容。内容决定形式，形式表现一定的内容,并给内容一定的作用。形式是重要的,更重要的是形式中包含着什么内容。形式与内容是统一的,只有在一定的内容与一定的形式中间才能互相适应。并不是所有的形式都可能成为一个特定内容的形式,也不是所有的内容都可能成为一个特定形式的基础。内容在运动着、发展着,形式也必须跟着内容转移。形式要适应内容,新内容要求新形式形式落后于内容,将不能帮助内容发展,而障碍内容发展。新内容寻找新形式,追求新形式。

文艺的内容与形式也是如此。文艺是用艺术形象来反映现实,所以文艺的形式是很重要的。可以说没有艺术形式,没有艺术;没有民族形式,没有民族的文艺。当前内蒙文艺有其特定内容(新民主主义)和特定形式(内蒙民族形式),这一特定内容与特定形式是应该适应的,统一的。不注意民族形式,生搬硬套其他地区的东西是不对的;不注意新内容追求新形式,固步自封拘泥旧形式也是不对的。

因此,内蒙古新文化的民族形式,应该随着内蒙古人民历史地位、生活条件所发生的变化,内蒙文化内容的巨大变化(今天是新民主主义的内容)而有新的发展。文化是社会的政治经济的反映,内蒙古的政治经济是和新中国分不开的,是新中国政治经济的一部份;内蒙古的文化也是和新中国分不开的,是新中国文化的一部份。由于文化内容的共同性,就决定了内蒙新文化与其他兄弟民族的新文化必然发生的互相吸收互相发展的关系,因而内蒙新文化的民族形式也必将因增加许多新的因素,而更加丰富,更加绚烂。

在内蒙古民族的特殊性的基础上,加以溶化吸收其他兄弟民族的进步东西,而形成了内蒙民族的新的自我表现的形式和方法,这就是内蒙古新文化的民族形式。

(四)

文化是劳动人民集体创造的结果,是为劳动人民的生产斗争和政治斗争服务的。内蒙古新文化是内蒙人民积极参加中国人民革命斗争过程中发展起来的,具有非常强烈的战斗性、群众性。内蒙古新文化的民族形式也在这一伟大的历史斗争过程中适应着政治任务和群众需要而形成着发展着。逐步发展起来的内蒙古新文化必然会具有新鲜活泼的内蒙人民喜闻乐见的民族形式。这形式既不完全是原封不动的民间文艺形式，也不是生搬硬套来的外来形式，又不是矫揉造作出来的形式这形式是适应当前内蒙人民现实斗争（政治斗争与生产斗争）需要的形式，适应内蒙人民需要的形式，这形式是在民族特点基础上发展起来的，是溶化吸收其他兄弟民族进步的东西发展起来的，是在内蒙人民现实斗争的需求基础上发展起来的。同时，这形式也是内蒙革命文化工作者在文化战线上为人民服务与对敌斗争所进行的创造工作的结果。

由此可见，在民族形式问题上，否认民族形式的革新、发展是不对的，认为可以闭门造车进行民族形式的创造是不对的，取消革命文化工作者的主观努力也是不对的。

（五）

在我们这里，民族形式问题，不仅基本上是我们内蒙文艺如何联系实际联系群众的问题，而且也是民族政策问题。

语言文字在民族形式中占着很重要的位置，这不仅因为语言文字是文学艺术反映现实改造现实的极其重要的表现方法，是思想和理论教育群众掌握群众的工具，尤其是在少数民族地区，在今天的内蒙古自治区，发展民族语言文字是重要的民族工作之一，因而显得更有其特殊意义。我们只有熟悉群众的语言，我们才能体会群众感情并很好地教育他们。重视与运用民族的语言文字，对发展内蒙古民族喜闻乐见的民族形式是有决定意义的。但是，语言文字并不是民族形式中唯一的要素，孤立起来看，也容易出错误。历史上，我们某些地区的内蒙人民曾经有过"认话不认人"，结果就在这"形式"上吃过帝国主义分子及反动派的亏。

更值得正视的是现实，我们内蒙人民由于历史上的众多原因，除文盲较多外，在语言上，有只懂蒙语的，有只懂汉语的，有蒙汉语都懂的，还有蒙汉语都不通的。民族语言情况复杂，再加上内蒙古自治区是民族杂居区，我们还必须从实际出发。重视运用民族语言文字来进行创作及活动，以推动民族语文及民族文化的发展，并注意到什么山唱什么歌，对着什么人说什么话（指话的形式，这就是我们在这一个问题上的意见。

风俗习惯、精神气质也应当注意，这也是民形式的不缺少的要素。一个民族有一个民族的作风和气派。我们内蒙文化工作者，必须深入群众，深入斗争，体会这一点，这样我们才能创造出内蒙人民群众喜乐见的东西来。民族的风俗习惯、精神、气质和民族的语言文字都随着民族的历史条件、生活条件的变化而发展、变化着。我们应当继承本民族的优秀传统，切合实际，面向将来。即如歌舞戏剧中演员的服装，需要有民族形式，但不一定一律是皮帽头巾，长袍腰带。内蒙人民也有不同的服装，演什么人应穿什么人的服装，长袍腰带是不适合表现工人、农民、战士的劳动形象和战斗姿态的。有民族的固有特点，并适应人民生活中风俗习惯精神气质的新发展，这就是我们在这个问题上的意见。

在文艺形式上也不要拘限自己，歌咏、马头琴、好力宝、说书，因为群众所欢迎，我们应当运用这些形式；但新的剧舞电影，群众同样也欢迎，我们也要普及到群众中去。内蒙人民群众随着革命事业的发展和生活的改善，其文化水平及要求是与日俱增的，我们要足够估计这一点，并使我们的工作赶上他们的需要。群众欢迎的形式我们要运用，群众可能欢迎的形式我们也要推广。忽视民间艺术形式，如歌唱、说书、好力宝、马头琴是错误的，把内蒙古民族文艺形式拘限于马头琴、好力宝等，以"音乐民族"自足自囿，也是不对的。

新旧形式的关系，是统一战线的关系，团结改造的关系，民间艺术形式要搜集研究，运用改造，吸收其优秀成份，作为我们创造新文化的民族形式的重要泉源之一。

拉杂地谈了许多，我已预先声明，这不完全是成熟意见，问题很大，需继续研究，说出来供大家进一步讨论时参考。

熟悉内蒙，努力创作！

——兼谈内蒙新文艺的民族形式

周　戈

史料解读

　　史料原载《内蒙古文艺》1951 年第 1 期。周戈认为，文艺工作者必须践行乌兰夫主席"熟悉内蒙"的指示，即要向内蒙古的广大群众学习。学习他们（工、农、牧、兵及其干部）对待生活的态度，学习他们对待工作的态度，从而能够真实地反映社会，歌颂对社会有巨大贡献的英雄人物，创造具有教育意义的东西。在民族形式问题上，周戈指出要尊重民族的历史传统文艺及其形式，使新的文艺与传统的文艺相衔接。为了更好地充实内蒙古文艺，还要学会接受外来优秀的文艺传统。最后，周戈提到"语言是文艺作品的第一个因素，也是民族形式的第一标志"。该文对内蒙古文艺工作者提出了新的工作要求和努力方向，促进了内蒙古文艺的发展。

原文

　　"一盆锦花须栽在内蒙的土壤里！"

　　这是一句惊心动魄的警句！它指出内蒙文艺美丽的前途，也指出美丽中所存在的危机！是成绩的褒奖，也是缺点的暴露，它要我们警惕！要我们往"栽"上下功夫！

当着内蒙的各种建设，正像一列开足了马力的火车，沿着历史的轨道飞驰前进再前进的情况下，看！为着增加祖国的财富而劳动的人们：农民、像山一样的粮食堆是他们所贡献，那马群、那牛羊，像珍珠金子在草原上滚动，这些活的财产是牧人所创造；把参天的树木砍下来，为多数人铺设一条幸福的道路，难道不是林业工人么？那些转动机器的工人弟兄，成天的创建国防力量；最强大祖国的保护者，那些"最可爱的人"，邸喜德和他的战友们，这些农、牧、工、兵，创造着奇迹的人们要求着在舞台上，在歌曲里，在书和书本上，在一切文艺创作里，看到或听到他们自己声音和形象！这些，他们所作所为是那样的多，但是我们为他们却做的很少，这又多么不相称啊！

乌兰夫主席说："熟悉内蒙"！对我文艺工作者来说，是多么一条重要的工作指示啊！

熟悉社会，熟悉历史、熟悉当前党的各种政策，熟悉各种人物（首先是熟悉工农兵牧），熟悉各种人的生活。

不错许多同志曾经去"熟悉"过，有的下过乡，有的到过草地和部队，也有的不辞劳苦的上过林区，但是我们的"熟悉"方法都是有偏差的，往往只注意听故事，说事件的过程，或者记录些奇特的生活琐碎，却忘掉一个最基本也是最主要的，那就是"熟悉"人。虽然故事或事件对于我们是重要的，但不是最主要的，最主要的是创造那事件或功绩的人！

"人是艺术描写的对象，也是艺术创作的基础。"

所谓"熟悉"就是我们去学习。向我们内蒙的广大群众学习。学习他们（工、农、牧、兵及其干部）对待生活的态度，学习他们对待工作的态度。我们学习得好，才能了解他们思想情感、嗜好、僻性、语言的特征，习惯动作等等，并且不只向一个人学习，要向很多很多的人学习，因为我们要写的不是某一个人（所谓真人真事，也要具于一般典型性的），而是写的那一类人，或者是那一个阶层的人。所以要向很多很多人学习，学得多了，自然你就像高尔基所说的：

"艺术家必须具有概括的能力。创造语言的艺术，创造性格与'典型'的艺术，要求有想像、推测和'考案'。文学家描写他所熟悉的商人、官吏、工人，纵使能够多少成功地造成某个人物的写真，也不过是一张失掉社会教育意义的写真而已。这样的写真，对于扩大及加深我们对人及生活之认识上，没有一点用处的。但作家如果能够往二十个——五十个，不，几百个商人、官吏、工人的每个人中间，抽取最本质的特征：习惯、趣味、动作、信仰、口吻等等——把它综合于一个商人、官吏、工人之中，则便可以用这样的手法，创造出'典型'来。——这就叫做艺术！"

这些话很值得我们来记住。我们学习不是为了别的目的，是为了真实的反映社会，歌颂对社会有巨大贡献的英雄人物，创造具有教育意义的东西。有些人把有教育意义简单的看成是几句标语口号，空喊几句"万岁"是很不好的，是削弱了教育意义。对于初学写作的人来说，应该学着如何来描写人，锻炼自己，充实自己，先做群众学生，后作先生。

我们要熟悉人，如果大家认为对的话，那么还要说明一点，熟悉人是要经过较长的时间，要下功夫研究才行。因为人是很复杂的，由于旧的社会制度对人的影响，又由对经济生活的关系，人们常常为了自己的利益打算，产生出很多不同的表现。如有的狡猾、奸诈，"面笑心不笑"，或者"笑里藏刀"，也有忠厚老成，说一不二，愿意牺牲自己去救别人。总之，人是很复杂的。我们应该怎样辨呢？有一个方法，那就是用阶级的观点去了解分析，分析他内在的阶级的本质，也就是常说的阶级特性。因为阶级特性是决定人心理行为最主要的东西。

除了注意和分析人的阶级特性以外，还要注意人的职业特性。同是一个阶级的人也可能因为职业的不同表现出两种不同的"心理状态"，因此显得人是很复杂。

有个性又有典型性，是文艺作品所要求的。但典型的人物产生于典型的环境，没有典型的环境影响和培育，人就很难理解，写出来的英雄也是落空的英雄，就不能让人感动信服。

我们实践乌兰夫主席"熟悉内蒙"的指示，对于理解民族形式问题是有帮助的。就是说：要求我们尊重民族的历史传统文艺及其形式，使新的文艺与传统的文艺相衔接，这是新文艺能不能为群众所接受的关键；要熟悉才能把"一般性"与"特殊性"相结合起来,把民族形式推向更高的发展阶段。"内蒙文艺是中国新民主主义文艺的一部份",乌兰夫主席的话说明了内蒙文艺的内容和性质。"新民主主义的内容与民族的形式"是开展内蒙文艺的指导原则。正因为内容是新的,所以才有与内容相适的新形式创建。但创建新的形式如果不熟悉自己民族传统文艺,就很难创建具有民族特征的民族形式。我以为新文艺工作者要下定决心来广泛的搜集民歌、民谣、民间说唱、故事、传说、神话曲调、舞蹈等旧有文艺作品,把口头的传诵变成文字加以整理研究并加以改造。一方面使内蒙民族可贵的文艺宝藏不致没落失传,更重要的是我们要与民族传统的文艺特别是民间文艺传统保持密切的血质关系。事实证明,现在仍然流行成为世界名著的如:小说《李有才板话》,诗歌《王贵与李香香》以及《白毛女》等作品,其成功的原因都是由于在内容上切合广大受压迫、受剥削的劳动人需要,表现了尖锐的阶级斗争,同时选择了群众所熟习所容易接受的形式。这是我们内蒙文艺工作者,无论是创作(包括 ·切文学艺术创作)演出,都应学习的一条经验。同时也须知道,我们对旧的形式,不是无原则的套用,不是生硬的填塞,而是在适应新内容的条件下,加以适当的改造。利用旧形式正是为了追求和探索新形式。鲁迅先生说:"旧形式的采取,必有所删除,既有删除,必有所增益,这结果就是新形式的出现,也就是变改。"据此,在民族形式争论中,某些同志把旧形式简单的看成是不变的民族形式,或者主张向"纯民族的方向发展",我以为这是值得考虑的。因此,可以确定的说,一切旧形式(不管是封建的或是西洋资产阶级的),其形式我们并不拒绝利用,但都要加以改造。"在民族的、科学的、大众的基础上,将他们改造成为人民服务的文艺,这就是我们对一切旧形式的根本态度。"(周扬同志语)对民间形式,亦是如此。

民族形式既不是封建旧形式或民间形式,当然也不是生搬硬套的外来形式。但我们并不拒绝接受外来的形式,如果固步自封把一切外来的东西都看成是"非民族的",那就会阻碍内蒙文艺向前发展,"马刀舞"的创作经验是值得发扬的。对于中国各民族优秀文艺,新民主主义国家的,尤其是苏联社会主义文学艺术的经验,我们都须以十分虚心的接受,来充实我们内蒙文艺。据说有些个别文艺团体，一谈史达尼斯拉夫斯基的表演体系，都说："那是外国玩意，不适合内蒙。"我以为这是应该改正的。因为"任何外来的艺术形式，一经用来表现中国人民的生活和斗争，而且为群众所接受，那末，它们必然逐渐变形为自己民族的人民的艺术。"（同上引）由此可见，接受外来优秀的文艺有用的传统，对于我们是十分必要而必需做的工作。

语言"是文艺作品的第一个因素，也是民族形式的第一标志"。用蒙文、蒙语进行创作和演出，不仅是应该而且要大大的提倡，广泛的使用。内蒙文工团过去忽视这个重大问题是错误的，是应该改正的。（我希望内蒙所有的文工团、队都应如此，因为忽视蒙语乃是通病）但我们还应进一步的认识这形式中所表现的内容，即是它宣扬什么，教导什么。有某些同志主张在汉人地区，或已经不懂蒙语的蒙古人地区，一律蒙语演出，我以为这是过偏的。苏联是个多民族国家，他们并不把文字当作万里长城，使自己和别的民族隔绝开来，因为"确实的主要的并不是作品用什么文字写成……"而是看它是否"写真理"（苏联文字学史，六二五页）

对于语言，要"因地制宜"。但无论那种语言——蒙语或汉语——都要使用工农牧兵自己的语言，我们常见有些作品中充满了生涩寡味的知识分子的口语，缺乏生动、活泼而有表现力的群众语言，这是由于我们文艺工作者未曾深入生活、深入斗争的原故，今后必须把学习群众的语言（蒙语和汉语）当作重大任务之一。因为语言是创建民族形式主要的来源，也是可遵循的途径。

总括说来：开展内蒙文艺运动，必须掌握乌兰夫主席所指示给我们的"为使民族形式和新的内容很好结合起来，今后内蒙文艺必须大力的向这方面来努力。"

熟悉内蒙！努力创作，创作出与我们这个时代相称的文艺作品，我愿和大家共同为完成这个任务而努力！

关于民族形式问题的商榷

陶　然

史料解读

　　史料原载《内蒙古文艺》1951 年第 2 期。陶然在文章中对内蒙古文学采取何种民族形式进行了着重论述。他认为形式和内容二者是密不可分的，因此要根据内蒙古不同的历史发展情况，不同的经济生活条件，在不同的地区，以新民主主义的内容，用不同的多样的形式和方法，来反映内蒙古各方面的建设和人民的生活。在如何根据斯大林同志所说的"民族形式"的精神，来指导内蒙古自治区的各种建设方面阐述了自己的观点并给出了几点建议。首先确定内容问题，应该依照具体的地区、对象等条件的不同，而采用多种多样的表现形式和方法，才能够适合内蒙古的情况，对工作的指导才有实际意义；其次，固有的民间形式是不够的，为了适应内蒙古各方面新建设的要求，应该吸收采取新的表现形式和表现方法，来充实它，发展它。陶然对内蒙古民族形式的确定，对于内蒙古文艺的发展有着推动和促进作用。

原文

　　形式和内容有着不可分离的密切关系，抛开内容而仅谈形式问题，是有它的偏面性的。

形式是内容的外在的反映，它和内容是对立的，但又是统一的，如果采用的形式不恰当或不相称，它会使内容歪曲，表现的不调和不自然，影响了内容的真实性，所以仅谈形式而忽略了内容，会使我们的讨论流于空泛地不着边际的空论，对我们的实际工作是没有裨益的。

斯大林同志关于民族形式问题有以下的几段话：

"……但是以社会主义为内容的无产阶级文化，在参加社会主义建设的各民族间中，依照语言、风俗等等的不同，而采取各种不同的表现形式和方法，这同样也是正确的。内容是无产阶级而形式是民族的——这就是社会主义大步踏向的全人类共同的文化。无产阶级文化并不废弃民族文化，反而给它以内容。另一方面、民族文化并不废弃无产阶级文化、反而给它以形式。……

"……然而毫无疑问，在印度革命震动起来的时候，几十种从前不知名的民族会出现在舞台上，各有着特殊的语言，特殊的文化。至于说到各种民族参加无产阶级文化的问题，毫无疑问，这种参加将采用适应于这些民族底语言和风俗的形式。"

根据斯大林同志所说的"民族形式"的精神，来指导今天内蒙古自治区的各种建设，应该怎样办呢？我的意见是：首先确定内容问题。

在社会主义的苏联，是无产阶级专政的国家，当然是以无产阶级为内容的；而今天在新民主主义的中国，内蒙古自治区的"民族形式"，毫无疑问是以新民主主义为内容的。至于表现这一内容——新民主主义——的形式（即民族形式），我认为应该依照具体的地区、对象等条件的不同，而采用多种多样的表现形式和方法，才能够适合内蒙古今天的情况，对工作的指导才有实际意义。

今天内蒙的经济情况，大致可分为三种——即纯农业区、半农半牧区和纯牧业区；拿居民的情况来看，又可分为两种——即民族杂居区和纯蒙区；民族杂居（主要是蒙汉民族）区域中，又有汉民族占多数的区域，和蒙汉民族各占半数或各超过半数的情形；拿日常生活的用语来看：有的蒙古人不懂蒙古话，或有的蒙古人不懂汉话，有的少懂汉话或蒙汉话都懂；至于服饰和风俗习惯等方面也有很大的悬殊；所以仅用适合一个地区的表现形式，无论它是戏剧、歌舞、音乐、绘画、好力宝（即联句诗）、快板；仅用一种语言——无论它是汉话或蒙古话——来表现，仅用一种服装来扮演，是不会符合实际，不能收到应有的效果，而群众也不会接受，也不为群众所喜闻乐见的。

有的同志认为："内容是主要的，语言、服饰是次要的"，有的同志认为："语言是主要的"，有的认为："改造发展固有的形式，充实它以新的内容就够了"，"蒙古人爱唱，不喜欢舞蹈，那整舞蹈不是民间故有的东西，不应在草地演出，人民接受不了，而且也不算是'民族形式'"……有的同志认为："在民间固有的形式上加以改造、提炼、发展，推陈出新，除此而外，不能够也不应该另创造什么'民族形式'的"（以上记取大概的意思——作者注）。

我认为以上的观点，各有它一部分正确的道理，但是不够全面的。不错，内容是重要，表现这一内容的形式（如语言服饰等），也同样有它的重要性，如果马列主义的原著，不译成各国的文字，世界的人民是读不懂的（除非他懂得德文和俄文）；苏联的影片内容虽好，如果不配制成中国话（汉话）或汉文字幕，我们是看不懂或听不懂的（不懂汉话汉文的当然除外），内蒙文工团的《血案》、《额尔登格》虽好，不用蒙古话到纯牧地区去演出，所收到的效果一定不会那么大，所以我认为形式和内容有同样的重要性；在内蒙应该分不同的经济条件，不同的地区及不同的对象来灵活运用这一"民族形式"，如果把"民族形式"说成"绝对化"的时候，是有它的偏面性的。

民间固有的艺术形式，加以改造发展，推陈出新是对的，也应该这样做；但要记取这一点——即内蒙古经济文化上的落后性——固有的文化，确实是贫乏的可怜；而新内蒙各方面的建设日新月异地发展着，而仅凭旧的文化上的遗产——好力宝、马头琴等——形式不去批判地吸收先进的、外来的、其他民族的优良文化和先进经验，来充实内蒙的各方面的建设（文化建设也在内），使它从无到有，由小而大地发展起来，那么空谈固有文化，固有的民间形式是不够的，为了适应内蒙各方面新建设的要求，应该吸收采取新的表现形式和表现方法，来充实它，发展它，但不应该说：凡是蒙古以外的新的东西，就认为是外来的非"民族形式"的，把我们变成保守的、狭隘的、排外的那样庸俗无知；使我们永远停留在落后的状态中而停滞不前。回顾我们内蒙自解放以来各方面的建设，那一样建设是原来固有的呢?! 就是戏剧也不是固有的呀，何况舞蹈、电影等等呢？……当然无批判的"生搬硬套"和不加分析提炼改造的承继固有形式，也都是不好的，应该反对的。其实整个人类历史的进化由低级发展到高级，是用人的劳动（手和脑）创造出来的，如果认为凡蒙古民族原来没有的东西，介绍到蒙古来，就不是"民族形式"，给以否定的意见，是不合乎逻辑的，当然不加选择提炼改造，不问内容如何，不看具体对象的"搬套"是有害的，而群众也不会接受更不会消化的。我们不是形式主义者，为形式而形式；我们是用新民主主义的内容，通过民族形式，来教育群众，参加各方面的建设——新民主主义的内蒙，将来进入社会主义，共产主义全人类共同的文化；正如斯大林同志所说的："无产阶级文化并不废弃民族文化，反而给它以内容。另一方面，民族文化并不废弃无产阶级文化，反而给它以形式。"这就是我们大家要讨论的——"民族形式"问题的中心和目的。

如果有人问：

"内蒙采取的民族形式究竟是什么呢？"

答案是：

"根据内蒙古不同的历史发展情况，不同的经济生活条件，在不同的地区，以新民主主义的内容，用不同的多样的形式和方法，来反映内蒙各方面的建设和人民的生活，这就是民族形式；也就是内蒙的特点。"

这就是我的看法，提出来和内蒙爱好文艺的同志们商榷，是否妥当，希望同志们加以指正！

过去的讨论中，仅限于对内蒙文工团的某些地方的批评，我个人的认识是：讨论的范围应更广泛一些，因为"民族形式"问题，包括的内容很广泛，仅仅集中力量讨论文工团的工作，对这一问题是得不到解决的，我的意见是希望把这一问题——民族形式——联系到我们工作的各方面，来进行讨论，所收得效果一定更大。

关于民族形式与特点讨论的"点滴意见"
（读者来信与编辑回信）

戈　壁

史料解读

　　史料原载《内蒙古文艺》1951 年第 2 期。《内蒙古文艺》第 4 期刊登的批评文章引发了内蒙古文艺界的热烈反响,掀起了一场文艺批评浪潮。这意味着内蒙古文艺工作者开始更加关注并积极参与文艺批评,这对于文艺的进步与发展具有重要意义。批评文章主要针对内蒙古文工团展开,有的提出了意见和期望,有的提出问题供研究讨论。这种开放的批评态度有助于促进文艺界的自我反思和进步。通过对自身工作的批判性检视,内蒙古文艺工作者发现问题并加以改进,推动文艺事业朝着更高的水平发展。这些批评文章还涉及了关于民族形式的讨论。民族形式不是简单地强调形式上的追求,这种认识将有助于使文艺作品更贴近内蒙古地区的特点和人民的情感,从而提高作品的感染力和艺术性。另外,文章还提及了内蒙古是民族自治区、居住着多民族人群的背景,这种复杂多样的社会背景更要求文艺工作者在一般性与特殊性上兼顾考虑,需要同时使用蒙古语、汉语和其他民族语言文字进行创作和演出,以便更好地传达作品的内容和思想,使其深入人心。总体而言,文艺批评的浪潮为内蒙古文艺工作带来了新的活力与动力。内蒙古文艺界通过开展文艺批评,积极反思工作,对民族形式的认识也逐渐加深,对文艺创作与发展产生积极的影响,推动内蒙古文艺事业的蓬勃发展。

原文

　　《内蒙文艺》第四期刊登了几篇对内蒙文工团批评的文章后，内蒙文艺界随即掀起了文艺批评的浪潮，大家都热烈地写稿发表意见。这是一个新的现象。我相信经过这次文艺批评，内蒙文工团及内蒙整个文艺工作定会导向一个新的阶段，我本身是个文艺工作者，对这些批评文章尤其注意，并且在阅读中学习到不少知识，在思想上也解决了一些模糊的问题。

　　在这些批评文章中，有的是对内蒙文工团的意见及希望，有一些是提出了问题作为研究与讨论，前一部分内蒙文工团虽没有对这些意见作明确表示，但在最近实际行动中已经证明有些已经克服或正在克服中。关于后一部分意见，因为大家还在研究中，认识还没有趋于一致，所以，我也愿意把我个人的意见提出来和大家来讨论。

　　关于民族形式的问题，在每篇文章中差不多都提到了，也各有不同的解释。有的说：民族形式仅在语言服装上去谈论是没有大用处的。有的说：民族形式主要的应该是语言问题。有的说：民族形式就是民间旧有的艺术形式。有的说：民族形式是不变的。也有的说：民族形式是根据其内容的变化而变化与发展的。这些种种不同的看法，这里暂且不谈。我要谈的是：我们的工作为什么要经过民族形式！我想我们一切工作经过民族形式不是为了形式而如此，相反的是因为不经过民族形式我们的工作目的就不能顺利达到，或者不可能达到。因此，我们研究民族形式的问题，就不应该老在这个名词上转来转去，而应该研究现在内蒙具体的情况，我们将采取的具体的工作步骤、方式方法等等。文艺工作当然也不能例外。

　　内蒙是民族自治区，也是区域自治区，在内蒙古自治区内住有蒙古人也有汉人及其他民族，这样的客观条件就要求我们的工作、要有一般性，也要有特殊性，要用蒙文蒙语，也要用汉文汉语，以及其他民族的语言文字。我们假如不看工作地区的实际情况，单单强调某一方面，这也是不对的。例如：内蒙文工团在锡盟演出《白毛女》不仅违犯党在牧业区的政策是错误的，就是在演出形式上也是欠妥的，因为在锡盟懂汉话的人实在太少了（据说文工团是给干部们演出的，我认为这也是不对的）。

有人把上面这个例子说成是把外面东西"生搬硬套"的结果，我非常同意这种说法。但是另外有些人把"生搬硬套"与"吸取先进民族的文化"混为一谈，因而拒绝外面进步东西，我认为这也是错误的。

关于语言与文字的问题，我认为在内蒙文艺工作中应该多多重视蒙古语言文字的发展与使用，因为只有这样才能使我们把新的东西传达到蒙古人民群众中去。如果我们在汉人居住地区或蒙汉杂居地区，使用一些汉语演出还是应该的。有人说在内蒙地区用蒙古话演出才是民族形式，用汉语就不是。我认为民族形式不是单单语言的问题。语言是表达人们思想情感的工具，假如一个作品不是表达内蒙人民的生活与斗争以及内蒙人民的思想情感，而是相反的表现了封建人物等反动思想情感，那么这个作品就是用蒙文写出来或者用蒙语演出来，那也不应该算为内蒙人民的民族形式。因为民族只有劳动人民才能代表，作品只要是人民大众所喜闻乐见就可以说是好作品。也就是说，一个作品只要它正确的深刻的描写了内蒙人民的生活，斗争及思想情感，就是用汉文写成，用汉话演出，也应该算为有民族特点的好的具有民族形式的作品。

这样说来，我们做文艺工作的同志，以后是不是可以不学蒙文，不用蒙语呢？我认为不是的，因为一个民族的语言文字往往与别民族的语言文字，在其结构上语汇上都有很大区别的。如果我们写蒙古人民的生活与斗争，用蒙文蒙语，那不是更方便，更深刻吗？况且内蒙人民中有很大一部分人急需有蒙文蒙语的作品和他们见面。因此我们对蒙文蒙语不应该有丝毫轻视。

我们研究民族形式不从内容上去着眼，而在服装上，语言上，风俗习惯上各自孤立的争来争去是解决不了问题的。有人说民间形式就是民族形式、我看这也是偏面的说法。历史上在内蒙人民间保留了一部分旧的艺术形式，这些是很宝贵的，内蒙人民新的艺术也是在这个基础上才可能发展起来但因为这些旧的形式，今天好多已经满足不了内蒙人民新的要求，真正内蒙人民所喜闻乐见的民族形式的文学艺术，也将在过去的基础上并吸取先进民族的文化中，慢慢发展起来。

关于民族形式变与不变的问题，我想只要用心想一想就会知道民族形式过去在变，今天也变，将来也会变，因为内容在一天天的发展与变化。形式就不可能不变的，只是有时变化不太明显，所以使人不易觉得。

以上是我一点认识，望能得到指教。

群众观点与民族观点

编者同志：

新年秧歌比赛评判会上，曾经有人说过："这次的宣传活动全用汉话演出，照顾到了群众观点，完全忽略了民族观点"。这种说法是否正确？何为群众观点？何为民族观点？请同志详细解答为盼，此致

敬礼

呼

呼同志：

在评判会上说这话时的情况我们不大清楚，所以这里只能作一般的答复。

无论在什么时候，我们作革命的宣传活动，都应该是为群众服务的，这就是说，首先要有群众观点。群众观点包括很多内容，比如说，宣传的内容要通俗。要叫老百姓看得懂听得懂，要切合目前政治形势与需要，还要抓住中心，短小精干。宣传的形式上要选择当地老百姓喜闻乐见的，地方性的，大众化的，在语言的使用上不要学生腔等等。所谓民族的观点，我们认为这同群众观点不是矛盾和对立的东西，因为民族是由群众所组成的。只要这些宣传为当地的群众（也

就是当地的民族）所喜闻乐见，听得懂看得懂，有教育意义，这就可以说是群众观点与民族观点都具备了。

具体的谈到乌兰浩特市新年秧歌宣传活动中，有人说"全用汉语演出是照顾到群众观点，完全忽略了民族观点"我们认为这要从具体情况来看：乌兰浩特市是个蒙汉群众杂居的城市，要向这几万群众进行宣传，就要考虑到用哪一种语言能够使大多数群众听得懂，无疑的汉语听得懂的人比较占多数，因为许多蒙古群众都能说汉话，反过来说很多汉人群众却不懂蒙语。从群众观点出发，当然选择汉语演出，也不能说完全忽略了民族观点。在这里我们不应该仅仅从语言这个问题上来打圈子，主要的要从内容来看，如果这些内容是有关我们内蒙群众翻身的内容，用汉语大家也都能听得懂，也乐意看，这就达到了我们宣传的目的，群众观点与民族观点也都具备了。

语言这个问题是一个重要问题。在乌兰浩特市的情况是这样，如果到草地或者到一个蒙古话是群众的主要语言的地方，若是再用汉语演出节目，那就是笑话，那就叫没有群众观点，当然也就是没有民族观点。

编者

（一九四八年二月九日《内蒙古日报》）

必须继承民族文学遗产

王　炜

史料解读

史料原载《草原》1957 年第 4 期。该文为民族形式与民族特点问题讨论文章之一。王炜从正确继承民族文学遗产对于文学发展的重要性和批判民族虚无主义思想两个方面进行了论述。他从马克思主义反映论出发，认为各个民族都有自己文学的民族特点，这种特点必然反映在文学上并形成本民族文学的民族风格，社会主义文学虽然是在新的社会基础上产生的，但也必须建立在既有的民族文学传统之上，才能得到正常的发展。继承民族文学遗产，才能创造和发展社会主义新文学。同时指出，目前面临比较严重的民族虚无主义思想，这种思想必须着重批判，不可轻视、排斥和粗暴地对待民族传统。由于各种因素的存在，再加上对民族遗产缺乏知识，这种民族虚无主义思想的影响直到今天仍然不可忽视。作者对于如何更好地、正确地继承民族的文学遗产给出了建设性的意见，对内蒙古文学的发展有着借鉴和推动作用。

原文

正确地继承民族的文学的文学遗产，在创造和发展我们的民族的社会主义的新文学上，是有着不可缺少的重要意义的。

任何事物，都是一个发展过程，它都有它的过去、现在和将来，有它的发展变化的客原因。因此，我们观察任何事物，也都必须用正确的发展的观点，历史的观点去观，然后才能够深刻地理解它的发展规律，正确地掌握和运用它的发展规律，来促进新事物的发展。因此，正确地把握过去，对于正确地把握现在和将来，显然是有着很重要的意义。

一般事物如此，在文学上，也并无例外。

"文艺作品，都是一定的社会生活在人类头脑中的反映的产物。"（毛泽东）因此，决不能把一定的文学和一定的社会割裂开来，孤立地去观察它。但是，另方面，也无可否认文学有它自己相对的独立性，有它自己的历史和传统。要想正确地观察和解决文学上的问题，那就不仅需要理解社会历史的发展情况，同时也必须正确理解文学自己的特殊的历史发展情况。否则，我们就不能够探本求源，通观过程的全局，因而也就将无法为今后找到正确的发展方向。正是因为这样，我们必须认真学习和继承民族的文学遗产。此其一。

各个民族，必然都有它自己的不同其他民族的特点。这种民族特点，也必然要反映在文学上，而形成独特的民族风格。这种传统的民族风格，由于长期流传的结果，在广大人民群众中，是有着极其深厚的根基的。因此，我们的新文学作品，如果要想真正得到群众的欢迎和爱好，就必须掌握这种特殊的发展规律，具有浓厚的民族风格不可。这是我们必须学习和继承民族文学遗产的又一原因。

第三，既然文学作品是一定的社会生活在人类头脑中反映的产物，那末，自有文学之后，无论在那一个历史时期，都因为劳动人民存在的缘故，也必然要产生反映这些劳动人民的思想、感情和愿望的文学作品，口头的或文字的。这些作为劳动人民呼声的文学作品，虽然有许多要沾染上些当时统治阶级的思想，但是，它总会具有一定的民主性和革命性。吸收这些民族遗产中的精华，在创造和发展我们社会主义的新文学上面，也是非常重要的。因此，所谓继承民族的文学遗产，不仅是在形式上，而且在内容上也是必要的。

第四，社会主义的新文学，固然它是在新的社会基础上产生的，但是，它又必须建立在既有的民族传统的基础上，然后才能得到正常的发展。因为只有这样，它才能吸收过去民族遗产中的去民族遗产中一切优秀成分，形成比过去更好、更高的丰富多采的新文学，从而才能更好地反映现实生活，指导现实生活，更好地为社会主义建设服务。否则，把宝贵的民族遗产一笔抹杀，要想在一片空地上来建立新的文学，那是不可设想的。

第五，作为少数民族来讲，由于历史上长期受民族内外的反动统治者残酷压迫的结果，经济、文化都是比较落后的。就这种意义上来说，就需要我们积极继承民族的文学遗产，来尽快地创造和发展我们社会主义的新文学；另一方面，也必须指出，在文学的某些方面，或者某一种样式上，不一定就是落后的。例如在内蒙古人民群众当中，民歌就极其丰富，简直可以说是发掘不尽的宝藏。而有些古老的叙事诗，如早已流传的《格思尔的故事》、《嘎达梅林》等等，是具有很高的艺术水平，而且有一定的民主性的。如果我们对这种极其珍贵的民族遗产，不采取应有的态度，那末，对于我们的社会主义的新文学的创造和发展，显然是极其不利的。

如上所述，正确地继承民族文学遗产，在创造和发展我们社会主义的新文学上面，是极其重要的。但是，如果我们不经常注意防止和批判两种错误的思想倾向，是不可能正确地解决这一问题的。这就是必须经常防止和纠正民族虚无主义和保守主义的思想。

在目前则必须着重批判比较严重的民族虚无主义思想。这是因为民族虚无主义者一口咬定我们的民族遗产，一无可取；而保守主义者则认为所有民族遗产，必须原封不动地全部接收下来，而不能有丝毫改动。这种资产阶级的形式主义的方法和观点，显然是极其错误的。

但是，民族虚无主义思想的产生，是有其多方面的原因的。主要的有以下这些：

我国自鸦片战争到新中国成立以来，百余年中，饱受帝国主义的压迫和摧残，因而就不能不产生这种消极结果，就是民族自尊心、自信心大受损害。而我国的少数民族,加上长期遭受大汉族主义反动统治的压迫,民族自尊心和自信心也不能不受到很大伤害,因而有许多人就不自觉地认为自己民族的文学遗产不多和不好了。

作为大地主大资产阶级政权的蒋介石反动王朝,统治中国二十余年,因而买办资产阶级的思想就不能不影响到许多人,也不能不影响到文学艺术事业。

在五四运动中,"那时的许多领导人物,还没有马克思主义的批判精神,他们使用的方法,一般的还是资产阶级的方法,即形式主义的方法。他们反对旧八股、旧教条,主张科学和民主,是很对的。但是他们对于现状,对于历史,对于外国事物,没有历史唯物主义的批判精神,所谓坏就是绝对的坏,一切皆坏;所谓好就是绝对的好,一切皆好。"(毛泽东)这种资产阶级的形式主义的方法,就使"……五四运动,没有正确解决继承民族文学艺术遗产的任务。当时的有些人对民族遗产采取了错误的完全否定的态度,这种态度,和对西方资产阶级文化的盲目崇拜相结合,就给了后来新文学艺术的发展以有害的影响。轻视民族遗产的观念在新文艺工作者中间曾相当长期地普遍存在……"(周扬)

由于上述种种原因,再加上对民族遗产的缺乏知识,因此,这种民族虚无主义思想的影响,直到今天,仍然不可忽视,"轻视、排斥和粗暴地对待民族传统,仍然是目前一个主要的错误倾向。"(周扬)

这种情形,在我们自治区内,也同样存在。因此,我们就必须结合着具体情况,认真地批判这种错误思想。

当然,我们批判民族虚无主义思想,既不等于拒绝吸收外国的对我们有用的优秀因素,更不等于颂古非今,原封不动地不加批判地把民族遗产全部保存下来。这是不容有丝毫混淆的。

毛泽东同志说得好:"中国的长期封建社会中,创造了灿烂的古代文化。清理古代文化的发展过程,剔除其封建性的糟粕,吸收其民主性的精华,是发展新文化提高民族自信心的必要条件;但是决不能无批判地兼收并蓄。必须将古代封建统治阶级的一切腐朽的东西和古代优秀的人民文化即多少带有民主性和革命性的东西区别开来。中国现实的新政治新经济是从古代的旧政治旧经济发展而来的，中国现实的新文化也是从古代的旧文化发展而来，因此，我们必须尊重自己的历史，决不能割断历史。但是这种尊重，是给历史以一定的科学的地位，是尊重历史的辩证法的发展，而不是颂古非今，不是赞扬任何封建的毒素。对于人民群众和青年学生，主要地不是引导他们向后看，而是要引导他们向前看。"

如果我们能够深刻地领会毛泽东同志的这一段话的精神，那么，在怎样继承民族文学遗产的问题上，我们就可以找到正确的立场、观点和方法，而且具有非常清晰端正的目的了。

一九五七年春写于呼和浩特

关于文学艺术的民族特点

——庆祝中华人民共和国成立十二周年

陶克涛

史料解读

史料原载《青海湖》1961年10月号。蒙古族学者陶克涛在中华人民共和国成立12周年之际，有感于当时内蒙古文坛正在广泛讨论的民族形式和民族特点问题，从马克思文艺理论有关文学民族形式的论述和新中国社会主义文学立场出发，结合自己对蒙古族文学的了解，就文学的民族特点问题谈了自己的观点。他认为，文学的民族特点是一个重要和具有远大现实与理论意义的问题。文学艺术的民族化与群众化、民族特点与阶级特点是关联在一起的。民族特点既表现在形式上，也表现在内容上，而且民族特点是变化的。各民族文学要通过各自民族的特点，来巩固社会主义文学的这个"整体"。该文对文学艺术工作者提出了新的要求，有利于更好地发挥文艺的巨大作用。

原文

新中国建成已经有了十二个年头。十二年来，我们的社会主义文学艺术，正如盛春怒放之花，是极大地在伟大祖国的土地上成长与繁荣起来了。"东风夜放花千树，蝶翎翻开无限香"，确是这样。我们的社会主义文学艺术之花，其所以能够如此胜利地发展，根本地是由于我们亲爱的党——中国共产党的英明领导。正是党及党的具有伟大指导与组织作用的政策，成了我国社会主义文学艺术永远繁荣的牢靠的基础；正是党的正确领导才使我们不断战胜那些五光十色的资产阶级的腐朽、庸俗、荒唐的东西；不断战胜那些反党、反社会主义的反动残余，为社会主义文学艺术茁壮的成长创造了条件。没有党和政府的关怀与培养，社会主义文学艺术的发展是不可能的。实践证明：我们祖国——新中国把文学艺术放到如此显著的地位；对文学艺术工作者给予如此巨大的爱护；对文学艺术的社会功用给予如此的重视，在文学艺术方面做了如此众多的工作，可以说，是我国历史上任何一个时代所不曾有过的。因此，当全省各族人民在热烈地以自己无比辛勤的劳动和欢欣鼓舞的心情来庆祝十月一日这个佳节的时候，我们大家不约而同地抱有一个共同的炽烈的信念与感想：我们的祖国，我们的党是光荣的，我们的社会主义文学艺术工作者是光荣的。

社会主义文学艺术无论就它的性质、它的内容、它的形式、它的社会功用来说，都是最进步、最富于思想性的。它的每一发展，都标志着人类文学艺术发展的新的、最高的发展阶段。新的社会基础产生新的上层建筑，而新的上层建筑反转来又促进崭新的社会基础的巩固与发展。我国社会主义文学艺术从其最初起，就积极地为社会主义祖国服务，它艺术地反映与刻划我国社会主义建设实践中的英雄事迹与模范人物；它有力地教育与鼓舞祖国各族人民去英勇地建立战斗与劳动的功勋；它热情地歌颂与赞美我国各族人民的紧密团结与传统友谊。社会主义文学艺术的这种光辉作用，日益广泛地赢得了所有人民的爱戴与表扬。

我国社会主义文学艺术之所以获得广大人民的喜爱，它对社会的感染力量和它对各族人民的智慧、感情、思想、意识发生极大的作用和深刻的影响的源渊，不仅在于它充满了社会主义与共产主义伟大的丰富思想；充满了反映全体劳动群众的根本利益的思想，充满了社会主义的人民性与革命的爱国主义精神；充满了我们朝气勃勃、无限的乐观主义与社会主义建设的必胜信念；而且还在于它有机地包含着我们先进的民族传统，吸取着各族人民现在和过去所创造的一切优秀的东西,表现着各族人民的多样生活及生活方式的多样性;在于它强烈的民族特点。

我们的文学艺术当然是人民的、社会主义的。这种文学艺术按其性质和内容说,无疑地是国际主义的。然而它并不排斥民族性、民族特点。恰巧相反,社会主义的文学艺术是以民族特点为其前提,并培养着民族性、民族的特点,正如各民族的文学艺术并不排斥、而是补充和丰富我们的社会主义文学艺术一样。这里的所谓民族特点,不但是指作为中国、作为中华民族这样一个统一体而言,而且也指我们伟大祖国大家庭中的各个少数民族成员说的。

文学艺术的民族特点问题,是一个十分重要的和具有远大的现实与理论意义的问题。历年来,我们对此十分重视,并在研究、解决这一问题的工作上,取得了很大成绩。然而从更高的标志来衡量,我们的创作人员、评论人员、表演人员及编导人员,在这方面还是有极大的工作要做的。我们在文学艺术的发展上,可以而且应当使它更多的具有民族的特点,或者说,使它更加民族化。

文学艺术的民族化,是与它的群众化相关联的、民族特点与阶级特点相关联的。文学艺术的阶级性、党性原则,是马克思主义者的根本观点。毛泽东同志早就指出:

"在现在世界上,一切文化和文学艺术都是属于一定的阶级,属于一定的政治路线的。为艺术而艺术,超阶级的艺术,和政治并行或互相独立的艺术,实际上是不存在的。无产阶级的文学艺术是无产阶级整个革命事业的一部分,如同列宁所说,是整个革命机器中的'齿轮和螺丝钉'。"①

文学艺术既然是阶级的,因此,我们必须:"鼓励革命文艺家积极地亲近工农兵,给他们以到群众中去的完全自由,给他们以创作真正革命文艺的完全自由"②。文艺工作者必须努力创作为工农兵所"急需的和容易接受的文化知识和文艺作品,去提高他们的斗争热情和胜利信心,加强他们的团结,便于他们同心

---

① 见《毛泽东选集》第三卷,一九五三年,人民出版社版,第八八七页。
② 见《毛泽东选集》第三卷,一九五三年,人民出版社版,第八八〇页。

同德地去和敌人作斗争"①;便于他们积极热情地去从事社会主义的伟大建设。任何企图抹煞文学艺术的阶级性,把它看成是在阶级及阶级斗争之外的东西,是完全不对的。然而文学艺术的阶级性无论如何决不能改变和减弱文学艺术的民族特点和民族形式,正象敌对阶级的存在和他们之间的斗争并不表明民族总体的消失一样。事实上,社会各阶级总是在一个民族中生存着的,各阶级的文学艺术,不论它们的政治思想观点如何不同,总还是从本民族的具体历史条件出发的,总是通过自己民族的形式去反映与概括生活的。可以说,没有民族形式、没有民族特点的文学艺术实际上是不存在的。

每一个民族都有自己共同的语言特色(口头的、文字的、语法的、词汇的、音节的、韵律的等);共同的地域特色(气候、山川、风物、物产等);共同的经济生活特色(阶级关系、风习人情、生产与生活方式等)和共同文化上的共同心理状态特色(历史、传统、气质、性格、喜恶等),而所有这些,不能不自然地流露和折射在文学艺术的作品中,因此文学艺术的民族特点,不仅表现在它的形式上,同时也表现在它的内容上,并把二者紧密地结合起来。

文学为语言的艺术,文学就是用语言来创造形象,刻划典型环境中的典型性格,就是用语言来反映社会现实生活、再现自然景物及作家的思维过程;就是以语言作为外衣,准确、生动、鲜明地剥露客观现实中所潜在的社会生活的重大意义的。把握了语言,正是把握了民族形式的第一要素。离开一种民族的语言——文学的语言,文学作品的制作是不可想象的。因此,我们的同志必须不断地研究我们民族的语言,首先是作为民族主体的劳动群众的语言,使自己对自己民族的语言有更深湛的造诣。一切以少数民族现代生活为题材的创作人员,还必须努力熟悉少数民族的语言,要善于摄取这种语言中的精华;善于选用最适当的、很具特色的语汇去表现自己所描写的对象,以使自己的作品更能充满少数民族(不论那个民族)的特色和气氛。

文学以外的其它艺术,(如美术、音乐、舞蹈……等),很多并不一定需要语

---

① 见《毛泽东选集》第三卷,一九五三年,人民出版社版,第八八四页。

言去表现,即使不借助语言,我们对不同民族的艺术也可了解,仍然可以看出,那是我们民族的,或不是我们民族的。其所以如此,是因为这些艺术仍然具有民族的色彩,仍然具有它们本民族的旋律、音调(如音乐);本民族的色彩、线条(如美术);本民族的造型、风格(如舞蹈等);本民族的装饰与布景(如建筑等)。

高尔基曾认为情节,即社会上人与人的关系,他们的矛盾、情感、性格等等是文学的第三要素。这里的情节也还是要包藏在民族的形式之内的。在这里,一个民族共同文化上的共同心理状态,一个民族在长期历史生活中所形成的各种生活特点,他们所终生活动在那里的自然环境等等,无不各具特色地跃然纸上。文学之外的其它艺术,广义地说,也还有情节在内的。因此,要使自己的作品真正为群众喜闻乐见,使它具有强烈的中国的、民族的气派,使它具有典型的民族特征,就必须刻苦钻研祖国的、民族的历史、传统,熟谙我们民族的自然环境、社会生活、风俗人情,掌握我们民族的性格,对汉族如此,对少数民族亦如此。只有这样,你的作品才能构成特定民族(如汉族的、少数民族的)的财产并以此去丰富世界和祖国的文学艺术宝库。

文学艺术的民族特点不容忽视。历史地说,在塑造这样的文艺成果中,属于社会各阶级的业余和专业作家(至少是其中的一部分)都曾经和都可能贡献自己的力量,他们都可能在自己民族的文学艺术史上留下自己的血汗,都可能为社会主义文学艺术的成长提供了历史的借鉴,正是因此,我们就有批判地学习历史、继承传统(语言的、创作方法的、表现形式的、思想的等)的任务在里头,这一点必须承认。然而必须说,在这方面是不能等量齐观的。一些反动的阶级及其代言人,往往把他们自己歪曲现实、反动伪饰的东西,硬说成是民族的东西,其实这是别有用心的。真正能代表民族、真正能写出具有民族特色的东西,只有那些具有进步思想、熟悉本民族的一切、与群众息息相关,能正确反映人民的实际生活;能用自己的光辉作品满足与鼓舞人民群众并维护人民群众根本利益的文学艺术家才能办到。实践证明,文学艺术在思想实质上愈是进步,那么它所表现出来的民族特点也就愈为光辉和深刻。因此,一切革命的文学艺术工作者必须努力提高自己的政治思想水平,进一步改造自己的旧思想、旧观点、旧意识，建立与发展自己的新的、先进的、无产阶级的世界观，并使自己与广大劳动群众建立千丝万缕、紧密无间的联系，与他们同呼吸、共甘苦，用自己正确的立场、观点去了解分析群众的生活，塑造出典型，从而使民族（汉族的、少数民族）的骨干、民族的灵魂，形象地、各具特色地表现在自己的作品里面；从而使自己真正成为民族特性的体现者和表达者。自己的作品真正能发挥它应有的社会作用。必须了解，民族的共同特点（它的语言、它的文化、它的心理状态等）是在本民族中的广大劳动群众所从事的实际现实生活的基础上形成与发展的。只有广大劳动群众才是民族的精神面貌的体现者。离开广大群众，民族特点何可掘出？

文学艺术毕竟是在生活中形成与长大的，而生活则总是随着时间、地点及条件的推移在日新月异地变化。正是这种经常变化着的、发展着的、新事物不断出现的生活，使民族特色、民族形式日益丰富，日益发展。民族特点不是固定不变，僵化始终的。因此，我们的创作人员必须深入生活、深入实际，并从现代生活中去更好地探索，把握文学艺术的民族特点。那种一味地（不论有意与无意地）把一切过时的、陈旧的东西都当作现代民族的特色；用过去那种骑士式的、"格萨尔"式的史诗来描写我们各民族的现代人的生活、思想、感情；甚至以为愈是落后的东西，愈是民族特征的观点与作法，显然是不正确的。

当然，文学艺术的民族特点，也还有一个传统的问题在里面，这是绝不能忽视的。文学语言的使用，作曲和绘画的方式与方法以及其它构成艺术特点的诸因素，都绝不是突然冒出来的，而是在每个民族文学艺术创作的客观历史发展过程中形成，并经过一代又一代地提炼和稳定下来的。因此，文学艺术的民族特点是有继承性的。我们必须继承我们民族中的先进的、优良的传统，并根据我们现代生活的条件与要求，把这种传统融合在一起，进一步使它发扬起来。撇弃传统是不对的，割断历史，数典忘祖是不行的；但一味的抄袭历史、重复前人，形式主义地因循也是不行的。

我这里之所以反复叙说文学艺术的民族特点，为的是要我们大家在这方面更多地注视起来，以便创造出更能为我们祖国、我们各民族的听众、读者、观众所喜闻乐见，所十分熟悉的东西来。然而，这绝不是说，要提倡文学艺术的民族孤立、民族的故步自封、文学艺术上的民族主义了。恰恰相反，我们必须进一步坚决地反对这种违反人民利益，不利于文学艺术本身的极端错误倾向。

抹煞文学艺术的民族特点是一切虚无主义者和资产阶级同化主义者、世界主义者一致观点。在他们看来，只有什么超民族的、资产阶级形式主义的抽象的东西，才是文学艺术的最高成就，才是脱离了"民族的局限性"，这种思想极端反动，它只能破坏各族人民的相互信任，破坏文学艺术的发展。这种观点与马克思主义的国际主义观点没有丝毫相同之处。国际主义者始终认为："艺术中的国际主义并不是诞生在民族艺术缩小和贫乏的基础上的，正相反，国际主义是诞生在民族艺术兴旺的地方。"①另一方面，民族主义者故意忽视各民族先进文学艺术相互接近和相互影响的进步意义；把民族特点中的一些陈旧的、过时的成分理想化，把一些极端狭隘的、片面的地方民族形式固定起来，拒绝向其它民族的先进东西学习，甚至坚持复古主义的观点，也是错误的。这不仅将使文学艺术工作者严重地脱离本民族的现代生活；使民族的文学艺术脱离社会主义的内容，而且也必将损害文学艺术的特点，妨碍本民族文学艺术的进一步发展。马克思主义者始终认为：只有各民族的先进文学艺术互相发生影响，不断吸取先进的属于异族人民的东西，本民族的文学艺术才可能不断丰富和发展起来，而且时代的客观发展规律是：民族的封锁是不可能的。我们过去的历史经历；我们各民族所处的国际环境；我们所面临的共同任务，都需要我们团结，互相帮助，而伟大的党的政策，我们战无不胜的马克思主义国际主义思想，从根本上保证了这种接近。社会主义祖国的国家制度和各项建设，又为各民族人民的接近创造了极为有利的条件。这种接近、这种友谊交往，当然要不可免地反映到文学艺术的接近、借鉴，而这点却是各族文学艺术发展，祖国的文学艺术繁荣的巨大保证。应当说，我国各民族文学艺术间的互相影响、互相丰富是有悠久历史传统的，而在解放以来的几年中，我们在这方面尤作出了很大成绩，并有了不少

---

① 日丹诺夫：《论文学艺术与哲学诸问题》，时代出版社，第一三二页。

经验，正是这方面需要我们巩固，需要我们总结，而尤其需要我们发展。

各民族文学艺术的互相学习和丰富的途径是很多的。如各民族的文学艺术工作者应相互研究和掌握各民族现有的文学艺术；他们之间应当互相交流经验（创作实践、创作方法等）；他们可以互相利用对方的创作材料及民族形式去进行各方面的创作；互相翻译各自的优秀作品等，总之，必须加强这方面的工作。我们的目的，只是在于发展与繁荣各民族的文学艺术，丰富我们祖国的文学艺术宝库，并在创作实践中锻炼、提高我们的作家。

建国已经十二年了。社会主义建设的光荣任务，需要我们各民族更进一步地在中国共产党的领导下，在三面红旗的照耀下，亲密地团结起来。而在这团结的工作中，文学艺术是有着更多的工作要做的。我们各民族的文学艺术工作必须进一步努力，加强团结，互相学习，更细致更深入地研究我们各民族文学艺术特点，尽力把握它、发展它，扩大我们的写作主题，丰富我们的体裁，提高我们的技巧，使它更好地更恰当地表现我们社会主义的美好生活，更好地对群众进行社会主义与共产主义的教育，一九三六年高尔基曾在全苏第一次作家代表大会上指出："我们各个共和国的各部落，各种语言的文学，在苏维埃国家无产阶级的面前，在各国革命无产阶级面前，在全世界与我们亲密的文学面前是一个统一的整体。"这对我们说来，也是适当的。我们的文学艺术工作者必须通过各自民族的特点，来进一步巩固与发展这个"整体"，以发挥我们文学艺术的巨大作用。

内蒙古文学的民族特点和地区特点初探

奎　曾

史料解读

　　史料原载《草原》1962 年 9 月。奎曾的这篇文章是 20 世纪 60 年代内蒙古地区文学的民族特点和地区特点的讨论中具有代表性的一篇。作者深入研究探讨了什么是内蒙古文学的民族特点与地区特点的问题,以及如何创造具有民族特点和地区特点的社会主义文学艺术,并发表了自己的见解。文学的民族特点与地区特点,二者相辅相成,不可分割,既表现在作品的内容方面,也表现在作品的形式方面,正确理解和认识内蒙古文学的民族特点和地区特点,有助于内蒙古文学进一步趋向民族化与群众化,攀登社会主义文学的高峰。在如何创造具有民族特点和地区特点的社会主义文学艺术方面,他提出了几点创作要求:要反映并歌颂内蒙古各族人民在革命和建设中的革命英雄主义与革命乐观主义精神,创造我们时代的英雄人物;要反映各兄弟民族之间血肉相连的新的民族关系,歌颂党的民族政策和民族团结;积极创作反映区内其他少数民族之间的团结合作关系的作品;文学的民族特点与地区特点,跟反映本民族本地区的生活内容有很大关系,还要描写其他民族其他地区的生活,以及描绘具有民族特点的人物肖像画;一个地区的文学,有自己传统的表现手法与艺术特色。最后,作者强调,要深入生活,向民间学习,熟悉人民的思想感情、精神气质与风格习尚。该文对发展内蒙古文学的民族特点与地区特点有着很大的促进作用。

原文

一

创造具有民族特点和地区特点的社会主义文学艺术，是我们革命文艺工作者的一项光荣任务。周扬同志在全国第三次文代大会上的报告中说："革命的文艺如果不具有民族特点，不在自己民族传统的基础上创造同新内容相适应的新的民族形式，就不容易在广大群众中生根开花。"并且指出，"文艺的民族独创性，是人民群众的创造性的集中表现，是一个时代、一个阶级的文学艺术的成熟的标志。"

我们的党和毛泽东同志从一开始就很注意文艺的民族特点，提出了"民族的科学的大众的文化"的口号。毛泽东同志说："这种新民主主义的文化是民族的。它是反对帝国主义压迫、主张中华民族的尊严和独立的。它是我们这个民族的，带有我们的民族的特性。"又说："中国文化应有自己的形式，这就是民族形式。民族的形式，新民主主义的内容——这就是我们今天的新文化。"（《新民主主义论》）。

我们内蒙古自治区是一个民族地区。因此要求文学艺术具有鲜明的民族特点与地区特点，就更具有重大的意义。还是在自治区成立之前，当内蒙古地区第一个革命文艺团体——内蒙古文工团刚刚建立的时候，党就一再指出内蒙古的革命文艺应该具有"革命的内容，民族的形式"。接着在 1950 年，乌兰夫同志对此作了明确的指示。他说："内蒙古的文艺是中国新民主主义文艺的一部分，有其一般性，同时因为内蒙古是一个民族地区，内蒙古文艺又有其特殊性。有时我们强调了一般性而忽视了特殊性，生硬地搬进其他地区的东西，不能很好地掌握民族形式和特点。有时我们强调了特殊性而忽视了一般性，不去吸收其他地区兄弟民族文艺的新的革命的内容，也阻碍了内蒙古文艺的向前发展。因此我们一方面要反对生搬硬套；一方面也要反对固步自封。为使民族形式和新的内容很好结合起来，今后内蒙古文艺必须大力的向这方面来努力。"（《在内蒙古民间艺人代表会议闭幕式上的讲话》,载《内蒙古文艺》一卷四期)。

时光荏苒,转瞬间内蒙古自治区已经成立十五年了。和自治区其他各项事业一样,十五年来我区的文学艺术也获得了迅速的发展,取得了显著的成绩。我们已经初步形成了一支以工人阶级知识分子为骨干的民族文艺队伍;我们也产生了如《草原烽火》《科尔沁草原的人们》《欢乐的除夕》《金鹰》《英雄格斯尔可汗》等为内蒙古各族人民所喜闻乐见并深受全国人民热烈欢迎的优秀作品。在这些作品中,内蒙古的民族特点与地区特点有着鲜明的体现。

文学的民族特点与地区特点,二者相辅相成,不可分割,它既表现在作品的内容方面,也表现在作品的形式方面,可以说,它就是在文学中表现出来的这一民族区别于另一民族、这一地区区别于另一地区的特殊性。内蒙古文学的民族特点与地区特点,就是内蒙古自治区所具有的民族的与地区的特殊性在文学中的体现。作为我国社会主义文学的一部分的内蒙古文学,由于具有这种特殊性,于是在参加到祖国各民族的社会主义文学大花园中后,就既能步调统一、方向一致,又能独放异彩,百花争妍。所以说,提倡文学具有民族特点与地区特点,正是在工农兵方向下实行百花齐放、百家争鸣方针的一个重要的方面,正是发展和繁荣我国多民族的社会主义文学艺术的一条正确的道路。

既然如此,那么什么是内蒙古文学的民族特点与地区特点的问题,就值得我们认真地加以研究与探讨了。这是一个重要的,也是一个饶有趣味的问题。对于这个问题的研究与探讨,将有助于内蒙古文学的进一步趋向民族化与群众化,攀登社会主义文学的高峰。这里,根据个人学习所得,不揣愚陋,大胆地提出一些极不成熟的粗浅看法,名曰"初探",冀能抛砖引玉,得到作家、批评家以及广大读者的指正。

二

内蒙古自治区是一个以蒙古族为主体、汉族占多数,包括回、满、达斡尔、鄂伦春、鄂温克、朝鲜等民族的多民族地区。这些兄弟民族都具有悠久的历史和优秀的文化传统,特别是作为自治区主体民族的蒙古族,它产生过"一代天骄"

的成吉思汗，在一定程度上促进了东西方的经济文化的交流。自成吉思汗以降，这个民族出现了一系列英雄人物，如林丹汗、噶尔丹、陶克陶胡、嘎达梅林、席尼喇嘛等。他们或反对帝国主义的侵略，或抵抗国内异族的压迫，或反对本民族封建王公的统治，总是揭竿而起，战斗不息，毫不犹豫地牺牲自己，用鲜血写下了壮丽的诗篇。这种不畏强暴、英勇顽强的英雄主义精神，在蒙古族历代优秀的文学作品中得到了多方面的表现。从较早的叙事诗《红色勇士谷诺干》，到著名的英雄史诗《江格尔传》《格斯尔传》，直到近代的民歌《英雄陶克陶胡之歌》《嘎达梅林》等，无一不是歌颂英雄、赞美勇士，按照自己的理想和愿望，创造出如江格尔、洪格尔、格斯尔等叱咤风云、高大神奇的英雄人物。他们是人民理想的化身，集中了蒙古族人民的美德，他们热爱自己的国家和民族，勇敢机智，正直不阿，他们富于正义感，重然诺，守信义，宁可为别人而牺牲自己，他们在正义的斗争中总是坚毅刚强，慷慨捐躯，不管多么艰难困苦，不达目的决不休止。这样，这些神话传说中的英雄人物一旦被创造出来，也就永远活在人民的心中，成为鼓舞人民进行艰苦斗争、追求光明与幸福的一种精神力量。正由于此，所以在蒙古族文学发展的过程中，叙事长诗、英雄史诗也就占有极其重要的位置。蒙古族人民对英雄的爱慕与歌颂，在历代文学中的表现也是很突出的。

可以认为，英雄主义精神，也是蒙古族文学中的优秀传统之一。

解放以来内蒙古自治区的文学，是继承并发展了这一优秀传统的。在十五年来内蒙古文学的人物画廊中，我们既可以看到经过民间艺人加工创造的英雄格斯尔可汗，也可以看到经过剧作家加工创造的金鹰布尔固德，还可以看到觉醒了的奴隶巴吐吉拉嘎热，尽管这些人物不属于同一时代、同一阶级，他们的斗争目标和理想也不相同，然而他们性格中的那种胸怀坦荡、气贯长虹的英雄主义精神，却基本上是一致的。在这些成功地塑造了高大英雄形象的优秀作品中，激昂慷慨的英雄主义精神总是构成作品的基调。即使如《金鹰》中希日老人的死与《草原烽火》中小兰姑娘的死，也依然被描写得崇高壮烈，激励人心。

我们生活在无产阶级革命时代，我们时代的英雄人物，就是无产阶级和劳动人民中的先进分子，社会主义、共产主义的战士。他们的共同特点是具有崇高的共产主义理想和高尚的共产主义道德品质。他们的英雄主义是革命的英雄主义，而这种革命的英雄主义，又是和革命的乐观主义紧密相连的。这样，反映并歌颂内蒙古各族人民在革命和建设中的革命英雄主义与革命乐观主义精神，创造我们时代的英雄人物，就成为内蒙古文学民族化的一项重要任务。

应当说，我们的文学继承了历史上内蒙古各族人民的优秀传统，歌颂了我们时代的革命英雄主义精神。这在李欣、纳·赛音朝克图，巴·布林贝赫的诗歌中感觉到，这在玛拉沁夫、乌兰巴干、敖德斯尔的小说中也感觉到。这是值得我们大书特书的。微感不足的是，我们还没有成功地创造出社会主义革命和社会主义建设中体现无产阶级革命理想的高大的英雄人物，如象周扬同志所说的那样，"他们的最可贵的品质，就表现在他们不但不为困难所吓倒而退却，也决不满足于已经取得的胜利而停步不前。他们抱着社会主义的理想完成了艰巨的民主革命，今天又在更高的共产主义理想鼓舞下进行着伟大的社会主义建设。"（《我国社会主义文学艺术的道路》）不过也应当指出，许多作家已经在这方面作了不少有益的尝试，出现了如《水晶宫》等较好的作品。我们有理由预期不久后会获丰收。

三

内蒙古自治区既是一个民族地区，那么反映各兄弟民族之间血肉相连的新的民族关系，歌颂党的民族政策和民族团结，自然就成为内蒙古文学的重要内容之一。党明确指示："我区的文学艺术，还应当反映我区的新的民族关系，歌颂民族团结，使文学艺术成为进一步增强民族团结，调动一切积极因素，共同建设富强、繁荣、幸福的伟大祖国和内蒙古自治区的有力武器。"（《中国共产党内蒙古自治区委员会和内蒙古自治区人民委员会向内蒙古自治区文学艺术工作者第二次代表大会的祝词》）我们高兴地看到，十五年来我区作家，都在自己的作品中致力于表现这一具有自治区民族特点与地区特点的重大主题，写出了不少极为感人的民族团结的篇章。

内蒙古各族人民有着光荣的革命传统，并且很早就得到了中国共产党的领导。在漫长的人民民主革命时期，党曾不止一次地派遣自己优秀的儿女来到内蒙古草原，领导蒙汉各族人民进行艰苦的革命斗争。而一切敌人则竭力利用地方民族主义，企图破坏蒙汉团结，反对中国共产党的领导。两条路线的斗争一直是很剧烈的。这样，在描写内蒙古人民民主革命历史题材的文学作品中，民族团结的主题就必然和党的领导的主题交织在一起。而对这个主题的处理，往往也就决定了整个作品的倾向。在这方面，长篇小说《草原烽火》的处理是比较好的。作品中的共产党员李大年，一方面是作为革命的"火种"被派到科尔沁草原上来，他来后立即着手恢复组织，发展革命力量，并亲自领导了阿都沁穷苦牧民的黑龙坝堵口决口及火烧王爷府的斗争。人民是从李大年这一具体人物身上认识到中国共产党的伟大、光荣与正确的。另一方面，作品又从多方面描写了李大年对巴吐吉拉嘎热、乌云琪琪格和桑吉玛一家的关怀帮助与启发教育，也同时描写了蒙古族人民对他的热爱与关切。这样，在他身上又体现了蒙汉人民亲密团结的关系。这一切都写得那么自然，那么细腻。并且围绕着他描写了小兰、刘大爷等汉族人民形象，他们在作品中也起了不小的作用。因此，《草原烽火》既是一部奴隶觉醒与反抗的历史，又是一阕民族团结的颂歌。它之所以获得全国各族人民的喜爱，这不能不是主要原因之一。

在描写内蒙古自治区的社会主义革命和社会主义建设的文学作品中，民族团结的主题是更加鲜明、更加突出了。因为这时中华人民共和国已经成立，各族人民当家作主，建立了团结友爱、互相尊重、互相帮助的社会主义民族关系，内蒙古实现了统一的民族区域自治。这样就进一步增强了内蒙古各族人民的团结，为蒙古族及区内其他少数民族的全面发展创造了极为有利的条件，同时巩固祖国统一和加强民族团结，也就成了内蒙古自治区进行社会主义革命和社会主义建设的有力保证。于是我们的作家就从各个方面来讴歌民族团结，表现这一重要主题。在著名的长诗《狂欢之歌》《生命的礼花》中，都有这方面的许多颂歌。

一般说来，表现民族团结的主题，最常见的一种方式是"忆苦思甜"，追叙过去各族人民同生死、共患难、鲜血凝成的战斗友谊，穿插一些可歌可泣的动人故事,从而描写他们今天又并肩作战,在社会主义建设中共建功勋,向新的更高的目标前进。短篇小说《老班长的故事》(敖德斯尔作)《曹莲玉和巴吐敖斯尔》(乌兰巴干作)等就是这样的作品。前者在反映自治区社会主义工业建设时,描写了蒙古、汉、朝鲜三个民族之间的团结友谊,他们并且成了父子、夫妻之间的关系。后者描写当前的农业生产时,也不忘记和大青山地区过去的革命斗争联系起来,从而赋予曹莲玉和巴吐敖斯尔这一对老人以丰满的思想性格,作品的意义也就进了一步。电影文学剧本《草原晨曲》与话剧《草原赞歌》关于民族团结的描写,也基本上属于这一类型。

另一方面,内蒙古自治区的社会主义建设,得到了全国人民的支援。因此,在表现社会主义革命和社会主义建设时期的民族团结主题时,许多作品描写了区内外汉族人民对蒙古族及其他少数民族人民的热情支援,帮助他们掌握先进的科学技术,使"祖祖辈辈拿套马杆子的双手炼出了钢铁"。例如玛拉沁夫的许多以包头工业基地建设为题材的作品,就着重描写了在汉族人民帮助下蒙古族工人队伍的成长。

所以,民族团结的主题,在内蒙古文学中一直是占有重要的位置的;而随着内蒙古自治区政治经济的发展,民族团结的具体内容也就有所变化,有所发展。在这方面,我们觉得反映区内其他少数民族之间的团结合作关系的作品较少,有待于作家们今后努力。

四

文学的民族特点与地区特点,跟反映本民族、本地区的生活内容有很大关系;然而,单是这些,还是不够的。描写其他民族其它地区的生活,仍然可以成为具有本民族、本地区特点的优秀作品。蒙古族的许多民间艺人将汉族的《三国演义》《水浒传》等改编成好力宝在草原上到处传唱,就是一例。这里,重要的是在作品中能否表现出自己民族的特性,亦即是本民族人民所具有的心理状态、精神气质以及风土人情、生活习惯等等。苏联学者布拉果依在《俄罗斯文学的民族特性》一文中写道:"当作家的创作表现了某一民族的心理状态特色时,那么其创作的基本特性与民族特点便特别有力地、特别明显地表现出来；因为心理状态是在民族文化的特色之中表现出来的，从而也就是在民族文艺的特色之中表现出来的。"他并且说："心理状态，或者另一种说法所谓民族性格，并不是什么天赋的本质，它本身没有任何神秘的东西，不是什么自古以来就有的东西和一成不变的东西，而是正如人们生活中的一切事物一样，是在一定的物质基础上产生出来的，是一种历史的范畴。"（见《斯大林论语言学的著作与苏联文艺学问题》一书）这就是说，一种民族性格的形成，就由特定的地理环境、经济生活与文化传统等因素所决定的。

内蒙古自治区位于祖国的北方，地区辽阔，气候严寒，资源丰富，人口稀少，交通不便。住居在草原上的蒙古族人民，祖祖辈辈以游牧经济为主；区内其他少数民族，也大部分从事于畋猎。这种特定的地理环境与经济生活，世代相传，就逐渐形成了内蒙古人民的粗犷豪放、勇敢强悍的民族性格，以及富于草原特点的精神气质与风俗习惯。我们的内蒙古文学要具有鲜明的民族特点与地区特点，就必须熟悉与表现自己人民的这种性格特征，熟悉与表现他们的这种心理状态、精神气质、风土人情、生活习惯。

从十五年来所产生的一些优秀作品中可以看出，许多作家正在有意识地向这方面努力。他们往往通过对具有鲜明的地方色彩与民族特色的草原风光——风景画与风俗画的描绘，通过对为草原人民所熟悉的事物的描写，以及从人物的容貌、动作、服饰、谈吐等方面，来表现自己民族的性格特征。

当我们读到内蒙古优秀的文学作品时，首先就为它那浓厚的地方色彩——草原气息所吸引。内蒙古大草原的自然景色本身就很迷人，具有牧歌式的浪漫主义风味。它一旦到了作家的笔下，根据作品的不同要求，就会被描写成各色各样的风景画，起着烘托人物性格、渲染环境气氛等种种不同的作用。在这方面，我们许多作家都是写景的能手。随便挑一篇作品，都可以从中找到出色的自然景色的描绘。要紧的是，这些自然景色总是为主题思想、为人物性格服务的，从而才能达到以景喻情、情景交融的艺术效果。

内蒙古文学还给我们描绘出一幅幅草原上的古老而淳朴的风俗画，表现出内蒙古地区的风土人情、生活习惯。这使内蒙古人民感到异常亲切,同时也给祖国多民族的文学艺术增添了绚丽的色彩。鲁迅曾说:"有地方色彩的,倒容易成为世界的,即为别国所注意。"文学的民族特点与地区特点,描写具有地方色彩的风景画与风俗画不能不是其中重要的一个部分。不过,风俗画的描绘也必须紧紧地围绕着主题思想,人物性格,有所取舍与选择。否则,它反而戕害了整篇作品。

许多作家在自己的作品中大量运用为内蒙古人民最常见最熟悉的事物,来表现他们的精神面貌、心理状态与思想感情。例如,马是草原上不可分离的交通工具、人民对它有着深厚的感情。这样在历代的蒙古族文学中,就产生了不少关于马的赞歌与颂词,民间艺人也到处说唱好力宝《骏马赞》,可以说,骏马的英雄形象,实际上已经成了蒙古民族的象征了。在当代文学中,鹰的形象逐渐增多起来,许多作品描写人民把自己的英雄亲切地称呼为"草原之鹰"、"阿拉坦布尔固德"(金鹰)。而与此相反,狼是草原人民最凶恶的敌人,于是在内蒙古文学中,它也就成了丑恶、贪婪与残暴的同义语,成了人民敌人的代名词。再如牛羊、乳奶,这是草原人民最宝贵的财富,象征着内蒙古的富饶、和平与吉祥。我们从抒情长诗《狂欢之歌》与《生命的礼花》中,可以看到不断出现着"肥美的羊肉"、"醇香的奶油"、"盈溢在木碗的马奶"、"盛满了木盘的'术斯'(煮熟的整羊)"等形象,用它们来表达蒙古族人民对党、对毛主席的由衷的热爱。有的诗人甚至明确地以《心与乳》为题来赞颂党和领袖,赞颂中华人民共和国……这些描写与比拟,都是从自己民族的生活习惯、心理状态与思想感情出发的,因而读来就异常亲切,从而也就较明显地表现出蒙古族人民的性格特征与精神气质来了。

描绘具有民族特点的人物肖象画,当然也是极其重要的。内蒙族文学为我们描绘了一系列不同民族、不同容貌、不同服装、不同语言的各个民族的男女老少、工农牧兵,他们各有自己的特点,也有共同的气质。许多人物被描写得栩栩如生,呼之欲出,民族性格比较鲜明。应当说在这方面成绩是很大的。不过也应当指出,有些作品只是从人物的外形上去追求民族特色,即所谓"描写蒙古族，必定大高粗"（个儿大，颧骨高，形体粗），这是不足为训的。因为一个人物是否具有民族特点，决不仅仅就在于是否穿蒙古袍等表面形状，正如同自治区的特点决不仅仅就在于"草原、骆驼、马牛羊"一样。重要的是要深刻地揭示内在性格中的民族特点，揭示人们在观察事物、认识世界、处理问题时的那种特殊的心理状态与传统习惯。要做到这点，当然不是容易的事。这就要求作家必须对自己的民族有深刻的理解，并有丰富的生活基础，有敏锐的观察力。我区的一些具有民族特点与地区特点的优秀作品的产生，莫不都是如此。

五

一个民族一个地区的文学，有自己传统的表现手法与艺术特色。在探索内蒙古文学的民族特点与地区特点时，也应当对它们加以研究，找出特点，以便认真地学习、继承、运用与创新。蒙古族文学有它悠久的历史，粗略说来，我们可以看出它在艺术形式方面有如下的几个特点：（一）异常发达的诗歌体裁；（二）浪漫主义的表现方法；（三）幽默风趣的艺术风格；（四）反复咏叹的语言格调。

前已提及，在内蒙古文学发展的过程中，英雄史诗、叙事长诗等诗歌体裁非常发达，再伴以短小的抒情的祝词、赞歌、训言、谚语、童谣等，蒙古族简直就成了一个诗的民族。后来，几部长篇巨著出现了；但值得注意的是，它们许多都以韵文和散文相结合的形式写成，乃至以记述历史为主的《蒙古秘史》也不例外。诗歌就一直成为蒙古族文学中最重要的文学体裁，发展至今，内蒙古也依然以"诗海"著称。这当然是和蒙古族过去长期的游牧经济有密切关系的。在今后，各类形式的诗歌，以及那种韵文与散文相结合的形式，依然有它广阔的发展前途。近来玛拉沁夫同志所写的小说《歌声》《琴声》，就大胆地把散文和韵文结合在一起，这种努力是值得注意的。

周扬同志曾说："人类艺术从一开始就同时具有现实的和理想的因素。……两者从不同的角度反映了现实，丰富了文学艺术的历史。"（《我国社会主义文学艺术的道路》）还是在历史时期的蒙古族神话传说，就初步具备了现实的和理想的因素。它们一方面充满了浓厚的浪漫主义幻想，一方面却又扎根于现实土壤中。在那里，天国是理想化了的人间，神仙也是勇敢的牧民和猎人的化身。以后，在为数众多的叙事史诗与英雄史诗中，又总以大胆的夸张想象来表现人民的理想与愿望，充分反映出人民对幸福生活的追求，对自己力量的信心和对困难的蔑视。这样，富于神奇色彩而又来自现实生活的浓厚的浪漫主义精神和夸张想象的表现手法，就成为蒙古族文学在艺术上传统的特色。这种特色，我们从当代的自治区文学中同样看得很明显，且不说象《铁牤牛》、《英雄驯服水王》那样的诗歌，即使如最早出现的优秀短篇小说《科尔沁草原的人们》，也有鲜明的浪漫主义色彩。

浪漫主义在蒙古族文学中的另一表现是喜剧性的色彩相当浓厚。在叙事史诗、英雄史诗以及民间口头文学中，无论主人公曾经遭受过多么艰难困苦的折磨，但是最后往往都是正义战胜强暴，达到"大团圆"的结尾。这不能不和前提及的蒙古族文学中的英雄主义与乐观主义精神有必然的联系，从而也就形成了蒙古族文学中那种幽默诙谐的艺术风格。

在蒙古族文学中，有着讽刺文学的传统。从古代的《孤儿传》到后来著名的《巴拉根仓的故事》，往往都擅长于运用丰富贴切的比喻和嘲弄幽默的言词，一方面歌颂了劳动人民的聪明、机智和勇敢，一方面一针见血地击中了敌人的要害，勾画出统治阶级丑恶而愚蠢的嘴脸。这种嘲弄幽默的笔调，在民间诗人沙克蒂尔的讽刺诗中被广泛地运用着。他们活泼风趣，令人发笑却也令人深思，就是鲁迅先生所说的"有意的偏要提出这等事，而且加以精炼，甚至于夸张，却确是'讽刺'的本领"（《什么是"讽刺"？》）。在当代作家中，朋斯克、薛焰等同志也是具有讽刺幽默的才能的。他们最近发表的《打狼》《老三员列传》等作品，充满了幽默风趣的喜剧色彩。我觉得，这是值得大大提倡的。

语言是构成文学作品的基本材料，是形成文学的民族特点与地区特点的重要因素。蒙古族文学在语言上的一大特点，就是格律严整，反复咏叹，多用谚语格言，词汇丰富，比喻精确，再加上音调铿锵，节奏明快，这些都更接近于诗。所以也无怪乎诗歌在蒙古族文学中特别的发达了。我们应当珍惜这种特点，提倡用自己的民族语文进行创作，这对于创造具有鲜明的民族特点与地区特点、为内蒙古人民所喜闻乐见的社会主义文学，将有很大的作用。我们高兴地看到，许多作家正在语言上狠下苦功，努力在自己的作品中运用富于民族特点和地区特点的群众语言，并加以加工提炼，逐步形成既洗炼又形象、既活泼又抒情的内蒙古文学语言的风格。

六

文学的民族特点与地区特点并不是一成不变的。随着社会的发展，政治经济的变化，文学的民族特点与地区特点亦将有所变化与发展。

内蒙古文学既是多民族的，那么各个民族之间的文化交流，特别是蒙汉族之间的文化交流，对内蒙古文学的发展有头等重要的意义。从蒙古族文学发展史上可以看出，许多杰出的古典名著都是文化交流的产物。例如《格斯尔传》和藏族的《格萨尔王传》有着血缘关系；而尹湛纳希的《一层楼》《泣红亭》也直接受到了汉族《红楼梦》《镜花缘》的影响；至于民间艺人们将汉族文学作品的人物故事改编成好力宝到处传唱，更证明各兄弟民族文学之间有着传统的不可分割的联系。这样，它们长期的互相融合、互相吸收，就必然会产生出具有鲜明的内蒙古自治区的民族特点与地区特点的越来越多的新的文学题材和样式，从而丰富祖国各族人民的社会主义文学宝库。这种文化交流与发展是必然的，例如我区西部地区广大人民所喜闻乐见的"二人台"，与"蒙古曲儿"就有血缘的关系。

因此，要创造具有民族特点与地区特点的社会主义文学，一方面既要重视民族文化传统，认真清理自己民族文化传统的特色，从而加以学习和继承；另一方面又必须看到它们的变化与发展，不为旧传统所囿，而能大胆地加以创造与革新。这就是说在继承传统问题上，一方面既要反对虚无主义观点，另一方面又要反对保守主义思想。

深入生活，向民间学习，熟悉自己人民的思想感情、精神气质与风格习尚，是创造具有民族特点与地区特点的社会主义文学的重要环节。毛泽东同志早在二十年前就号召我们的作家、艺术家必须到群众中去，必须长期地无条件地全心全意地到工农兵群众中去，观察、体验、研究、分析一切人，一切阶级，一切群众,一切生动的生活形式和斗争形式,只有这样,才能创造出新鲜活泼的、为群众所喜闻乐见的作品。

向区内外、国内外的先进文化学习,特别是向汉族的先进文化学习,这对于我们蒙古族文学及其他少数民族文学的繁荣、发展和提高,创造具有民族特点与地区特点的社会主义文学,也有着重要的意义。事实证明,内蒙古文学中的许多优秀作品的产生,都是由于作家既掌握本民族文化传统,又熟悉汉族文学后而取得的。

总之,要创造具有民族特点与地区特点的社会主义文学,重要的问题在于学习——向传统学习,向民间学习,向先进文化学习。同时,学习也就意味着创新——革新旧传统,创造新的社会主义的文学。

内蒙古文学的民族特点与地区特点是鲜明的。在过去的蒙古族文学中,它有着悠久的传统和优秀的遗产;在自治区成立十五年来的内蒙古文学中,也已经产生了许多优秀的作品,积累了丰富的经验。只要我们认真地加以研究与探讨,学习与继承,创造与革新,就一定能够创造出更新更好的具有内蒙古的民族特点与地区特点的社会主义文学来!

（本文有删节）

民族精神·"奶子味"

郭　超

史料解读

　　史料原载《草原》1962 年第 9 期。郭超指出，目前内蒙古文学作品存在一些问题，即对人物的心灵世界观察、体验、了解还不够深透，不能纵深挖掘，只能停留在对表面的生活特征的描摹。作品"奶子味"不足，没有理解生活表象，只是一种点缀一种装饰，要通过蒙古族生活习俗、风味、情调的草原风俗画，写出蒙古族人民的时代精神气质和心理状态。郭超认为，作家写作要从各个不同历史时期反映蒙古族人民的生活面貌，不仅对草原的风光景色和社会习尚有精细入微的描绘，还要塑造一系列栩栩如生的、具有蒙古族气质和精神的艺术形象。"奶子味"是作品的内在因素，是不能外加的，作者呼吁更多有志于反映蒙古族生活的作家去扎根草原，深入生活，写出蒙古族的性格、心理、精神和灵魂，使人感到这是反映蒙古族生活的文学作品。

原文

　　优秀的作家，他的作品不仅写出了带有普遍的社会意义的典型性格，而且还以魅人的笔调勾勒出带有民族色彩的时代的风俗画，他的人物渗透着强烈的民族精神，所以，别林斯基说："在任何意义上，文学都是民族意识、民族精神生活的花朵和果实。"我们内蒙古作家，写了不少富有民族色彩和地方特色的作品,如纳·赛音朝克图、巴·布林贝赫的诗,玛拉沁夫、乌兰巴干、敖德斯尔的小说,超克图纳仁的戏剧……都从各个不同历史时期反映了蒙古族人民的生活面貌,不仅对草原上特有的风光景色和社会习尚有精细入微的描绘,而且还塑造了一系列栩栩如生的、具有蒙古族气质和精神的艺术形象,因此说他们的作品有浓郁的"奶子味"。

与此相反,有一些反映蒙古族生活的作品,人物虽叫巴特尔、道尔基、斯琴、娜仁高娃等蒙古族名字,身穿紫色的"特奥里克",头戴"马拉盖",说着"珊拜奴",吃奶干、手抓羊肉,住蒙古包;有兰天、白云、绿的草原的风光景色,也不乏骆驼、骏马、珍珠般的羊群的描绘,还唱着蒙族民歌:"太阳照着红色的草原哟,嗬咿!"也参加那达慕的赛马大会……可是作品"奶子味"就是不足,这些生活表象,只是一种点缀一种装饰,作者还没有通过蒙古族生活习俗、风味、情调的草原风俗画,写出蒙古族人民那种特有的时代精神气质和心理状态。无怪乎有人说:这些人物好象身穿蒙古族服装的汉人。

如果说读者要求我们内蒙古的文学作品,具有鲜明的民族特色和地方色彩不是苛求的话,那么,上述情况是值得我们思索的。我觉得作品的"奶子味"不足,恐怕还是作者对草原的生活不够熟悉,对人物的心灵世界观察、体验、了解还不够深透,因而笔触不能纵深挖掘,只能停留在对表面的生活特征的描摹。

我很喜欢近一时期来玛拉沁夫几个短篇小说,如《花的草原》《琴声》《歌声》……读后给人难以忘怀的印象,那些草原寥廓壮丽的风光景色,真是一幅幅瑰丽魅人的风俗画,欢腾的蒙古包、深沉的马头琴、呼啸的暴风雪、勒勒车……在这里不是炫奇的点缀,而是极为有力的渲染、衬托了人物的心境,赋予作品一种特有的异域情调和气氛。不论在察哈尔草原动荡的年代,或走向工业化和平时期的白云鄂博矿山,或在公社化后的草原定居点,玛拉沁夫笔下的人物都是渗透着自己民族的血液,带有自己特有的气质、风貌和性格,凸显在我们的面前,你会感到这是"草原上的人们"。当然,单纯的风俗画,毕竟还难以表现民族生活中的复杂的斗争,只有深刻的描绘出交织在风俗画里面的阶级斗争生活面貌,写出人物"内在的、深入神经和脑髓的"(高尔基语)心灵活动,才能显示出人物的性格特征和精神气质，表现出我们时代的革命精神。

　　我也很喜欢布林贝赫的诗，他的诗有鲜明的民族生活色彩和浪漫情调，诗人是以自己民族的眼睛洞察生活的，善于用蒙古族生活固有特征的形象赋予新的内容，常常把神话传说或美丽的想象和现实结合起来加以抒唱，生动的表现了我们时代的新的民族精神面貌。他的诗绚烂艳丽，激情炽人，充满诗意的幻想，如《敖塔奇》、《女仆和仙女》、《凤凰》，给人强烈的艺术感染，可以说他的诗是有"奶子味"的。我觉得诗也好，小说也好，如缺乏民族特色，就会失去美的光泽，正如离开大自然的土壤，是难以产生有生命力的艺术花朵的；只有深深植根于民族生活的土壤，汲取传统的艺术手法，作品才会呈现出强烈的时代气息和多彩的民族生活画面，才会塑造出真正的形神兼备的蒙古族人民的艺术形象。

　　所以，民族精神，奶子味是作品的内在因素，是不能外加的。自然景物结合人物心境抒写才是传神的风俗画，人物吮吸民族的乳汁才生肌长肉，丰满动人，这就要求我们有志反映蒙古族生活的作家，扎根草原，深入生活，那么，我们就会逐渐写出与其他民族不同性格、心理、精神、灵魂的人，使人感到这是反映蒙古生活的文学作品。前面所提的蒙古族作家、诗人的小说和诗，既有浓郁醇厚的民族色彩，又有鲜明的个人艺术特色，这是他们深入生活，观察、体验、感受，以及不断的艺术磨炼、探索的作品。

　　愿作家们探索出我们时代的民族精神，愿作品的"奶子味"更香更浓！

文学的民族特色二题

马　白

史料解读

史料原载 1962 年 12 月 25 日《内蒙古日报》。马白在文中论述了民族特点与地区特点的关系、"民族性格"中心论,在奎曾对内蒙古文学特点的理论概括的基础上提出了更加深入的问题,即民族特点与地区特点的关系,并且论述了自己的观点。他认为"内蒙古文学"这一概念应该和"蒙古族文学"这一概念区别开来,既看到它们的一致性,也要看到它们的差异性。关于所谓民族性格,是指带有民族特征的性格,而任何阶级只要处于同一地域、同一经济生活中,具有同一的语言,就会在不同程度上具有这一民族的特征,虽然阶级的区别要更为明显,但民族性格最充分、最正确的是表现在劳动人民的优秀品格中。另外,还提到民族性格的基本核心是民族共同的心理素质,而民族共同的心理素质是由共同的语言、共同的生活地域、共同的经济所造成的。最后,作者也表明希望多看到一些分析内蒙古文学民族特点及内蒙古文学地区特点的文章,希望能和更多的人一起讨论内蒙古文学。

原文

一、民族特点与地区特点的关系

奎曾同志的《内蒙古文学的民族特点和地区特点》(载《草原》1962 年 9 月

号）一文，对于内蒙古文学的特点作了理论上的概括，提出了不少有益的、富有启发性的意见，无疑，这些意见对于我们了解内蒙古文学的特点是有重大帮助的。从文章也可以看出，奎曾同志是经过深思熟虑，才提出这些意见的，态度认真而又严肃。这一切，使我获得很大教益。遗憾的是，奎曾同志对于某些重要的问题并未作深入的探讨，明确的阐述，使我未能全部解惑，民族特点与地区特点的关系问题就是其中之一。

民族特点与地区特点，这两者是什么关系？奎曾同志对此是有所解释的，他说："文学的民族特点与地区特点，二者相辅相成，不可分割，它既表现在作品的内容方面，也表现在作品的形式方面，可以说，它就是在文学中表现出来的这一民族区别于另一民族，这一地区区别于另一地区的特殊性。"但是，交待得含混不清，不够明确，究竟民族特点与地区特点是什么关系呢？似乎并没有得到妥善的解决。

固然，内蒙古文学中，民族特点与地区特点有一致的地方，因为，内蒙古地区是以蒙古族为主体的，内蒙古文学的地区特点主要就表现在蒙古族文学的民族特点上。但是，我认为，内蒙古文学的民族特点与地区特点也有不一致的地方，为什么呢？这是因为，内蒙古自治区是以蒙古族为主体，汉族占多数，包括回、满、达斡尔、鄂伦春、鄂温克、朝鲜等民族的多民族地区。除了蒙古族之外，还有着汉族、回族、满族等各族人民，这种状况也必然反映在文学领域中。这就是说，内蒙古文学是以蒙古族文学为主体、骨干，然而除此之外，仍然不能忽视有汉族文学以及其他兄弟民族文学的存在，它们各以自己的血液灌溉了内蒙古文学这一共同的花朵。所以，内蒙古文学这一概念应该和蒙古族文学这一概念区别开来。既看到它们的一致性，同时，也要看到它们的不一致性，这是正确理解内蒙古文学的特点的一个关键性问题。

民族特点与地区特点的这种提法，本来是从全国出发的，从全国来说，民族特点就是中华民族区别其他民族的特殊性，而地区特点则是在中华民族这一范围内各个地区的各自的特殊性，它们是中华民族的民族特点的具体化，它们的总和就构成为中华民族的民族特点。从全国来说，这一提法有其确定的内容，理解上不会产生多大的错误。问题在于,这一提法如何运用于我们内蒙古地区? 个人不成熟的意见认为,如果是从内蒙古地区与全国的关系来说,则主要是地区特点的问题;如果是从中华民族内部蒙古族文学与汉族文学及其它兄弟民族文学的关系来说,则可以提民族特点的问题。两者各有所持,是对不同的对象而言。因之,我认为,笼统地提内蒙古文学的民族特点和地区特点,这是不妥当的。内蒙古自治区对全国来说是一个地区,它只有地区特点而不存在民族特点的问题;蒙古族文学在中华民族的范围内和汉族及其它兄弟民族文学相比较时才产生民族特点的问题。四川、广东、福建等省区内部居住着不少兄弟民族,但是我们从来就没有听到过四川文学的民族特点和广东文学的民族特点这种提法,只有在具体探讨壮族文学或土家族文学时才提民族特点。

正因为民族特点与地区特点并不是同一的概念,所以,某一具体作家的作品也往往或则偏重于民族特点,或则偏重于地区特点。例如,我区有些作家的作品地区特点较为鲜明,而民族特点则不大突出,有些作家的作品则民族特点较为鲜明,地区特点也同样比较突出。这种情况的存在,不仅是允许的,而且也是正常的。

因之,我们应该把民族特点与地区特点区别开来。

二、"民族性格"中心论及其它

王家骏同志的《试论艺术的民族特色》(载《内蒙古日报》1962 年 12 月 7 日第三版)一文,第一,并不单指文学而言,第二,并不单从内蒙古地区出发,而是对于整个艺术部门的民族特色的泛论,但是,它毕竟举了一些内蒙古文学的例证,可见也涉及了内蒙古文学的特点。因之,我们也在这里一并论及。王家骏同志的文章对于艺术的民族特色的各个构成因素一一作了分析,最后着重分析了民族性格这一因素,他认为:"民族性格是艺术的民族特色的决定性因素。"对这一看法,我有一些不同的意见。事先说明,我对于其它艺术部门的常识十分缺乏,不敢涉及,还是单就文学来说吧!

一般地说,说文学的民族特点(或民族特色)的中心内容是民族性格的刻划,这无多大差错,但是问题在于,我们应该考虑到文学各种体裁的具体情况,小说、戏剧、叙事性散文及叙事诗，这些部门都是以塑造人物形象、刻划人物性格为主的，它们的民族特色的表现，无疑的在于民族性格上；但是，抒情性散文及抒情诗呢？这类作品中，一部分是没有人物形象，而是侧重于抒发作者的情思的，如果认为一切文学艺术作品的民族特色的中心内容是民族性格的塑造，那么，请问在没有人物形象的作品中，民族性格表现在何处？我们不必去多找例证，就举王家骏同志文章中的例证吧，例如玛拉沁夫的《登六和塔俯瞰钱塘江有感》：

钱塘江阔如草原，万倾江水胜兰夫，

兰天白云到处是，草原江南脉相连。

这里的民族性格何在呢？很难理解。仔细阅读王家骏同志的文章，发现：原来他所指的民族性格不是作品中的人物性格，而是作者的性格，例如他说："只要艺术家真的具有民族性格，即使刻划的是最丑恶的形象，通过揭露和批判，民族性格也还是可以显露出来的。"固然，我们承认，文学作品一方面是客观现实世界的反映，另一方面也是作家主观意识的产物，正如毛主席所说的："作为观念形态的文艺作品，都是一定的社会生活在人类头脑中的反映的产物。"（《毛泽东论文艺》）正因为如此，作家往往通过正面人物表现自己的理想。不仅如此，某些作家还往往把自己的生活与思想熔铸于人物形象中，如福楼拜曾说过"我就是波伐利夫人"，马克·吐温的性格在《汤姆·索亚历险记》《哈克贝利·费恩历险记》及《密士失必河上》中都可以找到一些线索。但是，即使如此，当我们谈到作品的性格时，概念是确定的，即是指的作品中人物的性格，而决不是作者的性格。人物的性格和作者的性格，两者有关连，但也是有区别的。

因之，如果是就一切文学艺术来说的，那么，说民族特色的决定性的因素是民族精神（即民族特有的心理状态、心理素质）更为恰当一些。所谓民族精神既包括人物性格，包括作者的性格；有人物形象的作品可以表现出民族精神，没有人物形象的作品也可以表现出民族精神。本来，果戈理在谈民族特色时主要是谈民族精神的。他说："真正的民族性不在于描写农妇的无袖长衣，而在于具有民族的精神"，而王家骏同志则把"民族的精神"解释为"即民族性格"，不能不说，这是有些违反原意的。我们不论是从果戈理的原意还是别林斯基的转述中，都找不到任何根据来证明民族精神和民族性格是统一的概念。

王家骏同志关于什么是民族性格的阐述也是值得重新考虑的。什么是民族性格呢？他说："所谓民族性格，就是指某一个时期里这一民族的劳动人民的优秀品格。"对此我有以下的质疑。

我认为，所谓民族性格，是指带有民族特征的性格。固然，某一时期的某一民族性格最充分、最正确、最鲜明的表现是在劳动人民的优秀品格上；但是，我们决不能认为，民族性格仅仅表现在劳动人民身上。民族性格的基本核心是民族共同的心理素质，而民族共同的心理素质是由共同的语言、共同的生活地域、共同的经济所造成的。即使是对立的阶级，由于阶级地位及经济地位的不同，造成性格上的某些差异；但又由于具有共同的语言、共同的地域、共同的经济生活，在心理素质（亦即性格）上具有着某些共同的因素。即使是资本家，《子夜》的吴荪甫与巴尔扎克笔下的纽沁根，除了阶级本性相同之外，又可以明显地看出民族的区别，劳动人民的性格也是如此，朱老忠的性格和夏伯阳的性格有相同的一面，同时也有不同的一面。否认后者，不是实事求是的。当然，我们承认阶级的区别要远远超过民族的区别，恩格斯在《英国工人阶级状况》一文中就曾说过："资产阶级和地球上所有其他民族之间的共同点，比起它和它身边的工人之间的共同点来，都要多得多……"但是，决不能用阶级的区别来完全代替民族的区别，恩格斯决没有完全否定资产阶级的民族特征，而只是说和工人相比较，它更多的是相同于其它民族的资产阶级。只有遵循恩格斯的教导，我们才能在民族性格问题上避免犯单流轮的错误，如果按照王家骏同志的意见，民族性格仅仅是劳动人民的优秀品格，那也就是说，反面人物的性格是不需要具有民族特征的；这样的理论将会引导我们的创作到一条错误的道路上去。因为，反面人物不具有民族特征，整个作品的民族特色是不会鲜明的。更加严重的是，它会使我们的创作避开社会的矛盾与冲突，丧失生命的活力。

其次，认为民族性格仅仅是劳动人民的优秀品格，也不能够解释历史进程中的阶级斗争及阶级关系的复杂性。在某个特定历史时期，某些统治阶级的人物也曾在历史上起过进步作用，推动了社会的前进，例如唐太宗；特别是在外敌入侵、大敌当前时，某些统治阶级的人物，同仇敌忾，维护了民族的利益，如岳飞；他们都在一定意义上，较为充分的体现了民族性格。这是客观的事实，要解释这种事实，只有放弃王家骏同志的观点。

总之，我的意见是，任何阶级只要处于同一地域、同一经济生活中，具有同一的语言，就会在不同程度上具有这一民族的特征，虽然，阶级的区别要更为明显，而民族性格最充分、最正确的是表现在劳动人民的优秀品格中。只有这样理解才能使我们的文学创作，不仅正面人物而且反面人物也具有民族特征，从而使整个作品的民族特色更加鲜明，更加浓烈。

附带说说，王家骏同志的另一个观点也是不正确的，他认为："民族性……是一种意识形态……"人的思想属于意识部分，而人的性格则是一种客观的社会存在，是一种既不属于经济基础也不属于上层建筑的社会现象。王家骏同志把性格说成是意识形态，是随经济基础的变化而变化的，这无疑是说，它是一种上层建筑。个人学识浅陋，见识有限，似乎到目前为止还没有听到过性格是意识形态、上层建筑的说法，是否别有所据，不得而知。

限于时间及水平，对于涉及的问题，我没有去作较为深入的论述，只发表了一些随感式的意见，希望有机会在进一步学习的过程中对某些问题能谈得具体一些。由于内蒙古文学及内蒙古文学知识的贫乏，限制了我的思路，这是一个经验教训；也由此，使我产生了一个感望：希想多看到一些分析内蒙古文学的民族特点及内蒙古文学的地区特点的文章。

文学的民族特点和地区特点及其关系

——兼与马白等同志商榷

翟胜健

史料解读

史料原载 1963 年 1 月 22 日《内蒙古日报》。翟胜健在奎曾、马白研究的基础上,从文学的民族特点和地区特点及其关系等方面加以论述。作者认为,文学的民族特点主要通过描绘民族的生活题材(包括某一民族所特有的生活方式、斗争历程、风俗习惯、地理环境等)和刻画富有民族特征的心理状态(包括某一民族所特有的思想感情方式、性格特征、作风气派、兴趣爱好等)来表现,而文学的地区特点,主要通过作品中有关某一地区所特有的风土人情、生活习惯、地理特点的生动描绘表现出来;某一地区方言的运用也可以在一定程度上增添作品的地区特点。可见,文学的民族特点和地区特点这两个概念在内涵上是不完全相同的,在具体表现上也不完全一样。指出二者内涵和外延上的种种差别的同时,也要看到这两个概念间的紧密联系、紧密结合的统一关系;即必须看到,民族特点和地区特点又是紧密结合在一起的,不可分割,不能截然分开。它们之间的关系是一种辩证统一的关系,任何把二者对立起来或割裂开来的看法,都是不正确的。由于内蒙古自治区是一个蒙古族聚居的、汉族人口占多数,包括蒙古、汉、回、满、达斡尔、朝鲜、鄂温克、鄂伦春等民族的多民族地区,所以其文学的民族特点和地区特点,更不应当截然分开,也不能截然分开。翟胜健关于文学的民族特点和地区特点及其关系的观点对于今后内蒙古自治区的文学发展有着重要的参考意义。

原文

　　关于文学的民族特点和地区特点问题,在奎曾同志的《内蒙古文学的民族特点和地区特点初探》(载《草原》1962 年 9 月号)一文中,已有较详尽的论述。对其中许多意见,诸如:创造具有民族特点和地区特点的社会主义文艺的重大意义、内蒙古文学的民族特点和地区特点的主要表现、创造具有民族特点和地区特点的社会主义文艺的基本途径等问题,我基本上都是同意的,为避免重复,本文不拟赘言。但感到美中不足的是,文中对民族特点和地区特点的关系问题,谈得不够清楚,又鉴于马白同志在《文学的民族特色二题》(载《内蒙古日报》1962 年 12 月 25 日)一文中,对此虽然提出了不同的意见,但这些意见并不就是完全正确的。因此,本文打算专门就文学的民族特点和地区特点及其关系问题,补充一些粗浅的看法,祈能得到作者和广大读者们的批评、指正。

　　文学的民族特点和地区特点,实际上是某一民族、某一地区种种特点在文学创作中的反映;同时也是某一民族、某一地区的文学独创性的具体表现。某一民族、某一地区的文学,只要努力达到这一要求,才能有广阔的发展前途,才能为广大人民群众所喜闻乐见,才会在广大群众中生根开花,才会发挥巨大的作用。

　　由于任何民族的文学,都是内容和形式的统一,因此,文学的民族特点也就既表现在作品的内容方面,也表现在作品的形式方面,是某一民族文学在内容和形式上的种种民族色彩的统一表现。

　　在内容方面,文学的民族特点主要是通过描绘民族的生活题材(包括某一民族所特有的生活方式、斗争历程、风俗习惯、地理环境等等),和刻划富有民族特征的心理状态(包括某一民族所特有的思想感情方式、性格特征、作风气派、兴趣爱好等等)来表现的。如乌兰巴干的《草原烽火》,在我们面前展示了蒙古族人民波澜壮阔的革命历史画卷,塑造了一系列具有民族特征的人物形象,通过这幅历史画卷和这些人物形象,反映了蒙古族人民所特有的生活方式、斗争历程、风俗习惯,表现了蒙古族人民所特有的思想感情方式、性格特征、作风气派和兴趣爱好,从中,我们看到了不同于其他民族的、而是富于蒙古族特征的生活特点和性格特点,因此,我们说它是一部具有民族特点的作品。

在形式方面,文学的民族特点主要是通过作品中所运用的富于民族特征的语言(包括某一民族所特有的语汇、语法结构、修辞法、俗语、谚语等等)和表现方式(包括体裁、结构、表现手法、韵律等等)表现出来。如蒙古族诗歌与汉族诗歌,无论在语法和韵律方面都有着不同的特点。其他种类的蒙古族文学与其他种类的汉族文学在体裁、结构、表现手法上也有种种不同的特点。正是通过在形式方面的种种特征,也就表现了蒙古族文学的民族特点。

由此可见,当某一文学作品以经过加工提炼的民族语言和富有民族特征的表现方式,通过具有民族特征的艺术形象的塑造,概括地反映了本民族的生活题材,表现了本民族的心理特征时,我们即认为这部文学作品具有民族特点。

需要说明的是,第一,民族特点和民族形式的概念,是不完全相同的。顾名思义,所谓民族形式,即专就文学作品的形式而言,不包括内容方面。虽然也曾有过所谓广义的说法,即认为文学是反映社会生活的一种特殊形式,因此,文学的民族形式就整个文学作品与社会生活的关系而言,它既包括作品的形式,也包括作品的内容。但一般的看法,还是认为民族形式就是专指文学作品在形式方面的种种民族色彩,而不包括内容。例如,茅盾同志在《漫谈文学的民族形式》一文中,即认为文学的民族形式只包括语言和表现方式两个因素,而不包括民族生活题材的描写(见《人民日报》1959 年 2 月 24 日)。然而,文学的民族特点却不同,它是指整个文学作品所表现出来的种种民族色彩而言,因此,既包括形式方面,也包括内容方面。

第二,文学民族特点的上述各构成因素,是一个有机的统一的整体,它们之间有着相互依存与相互影响的紧密关系,片面夸大某一方面或把某一方面绝对孤立起来，都是不够全面的。应当看到，其中任何一个因素，都不可能孤立地、单独地构成文学作品的民族特点。这是因为，其中任何一个因素，都不能孤立地、单独地在文学作品中存在和加以表现之故。自然，在谈到这一问题时，也应当看到一些例外的情况，诸如以它民族语言写成的作品或反映它民族生活的作品，有时也可能具有本民族的特点；但也无庸否认，其民族特点总不如在以本民族语言写成的或反映本民族生活的作品中，得到那样强烈和鲜明突出的表现。同时，这种例外情况，也正说明了其中任何一个因素，都不可能孤立地、单独地起着决定性的作用。因此，把其中某一因素说成是"可有可无"，或把其中另一因素孤立地强调为"是艺术的民族特色的决定性因素"，都是不够全面的。

所谓文学的地区特点，主要是指某一作家的作品中所表现出来的地区独特性、地方色彩。

文学的地区特点，主要是通过作品中有关某一地区所特有的风土人情、生活习惯、地理特点的生动描绘表现出来；某一地区的地方方言的运用也可以在一定程度上增添作品的地区特点。此外，在一些民歌和戏曲作品中，曲调的不同，也可以表现出不同的地区特点。例如，周立波的《暴风骤雨》，其内容虽然写的是和全国其他地区并无多大不同的土地改革运动，但由于作品中表现了我国东北地区所特有的风土人情、生活习惯、地理特点，运用了一些东北方言，从中，我们看到了那风雪的原野、奔驰的雪橇、"卖呆"的群众；看到了东北地区人民群众生活和斗争的情景，这些都不同于淮北、江南等其他地区。因此，我们说这部作品具有地区特点。此外，在赵树理和艾芜的一些小说中，也有着强烈的地方色彩。由此可见，当某一作家的作品，以一定地区的方言（不用方言亦可），通过对某一地区的风土人情、生活习惯、地理特征的描绘，表现了某一地区的生活习俗、自然风光时，我们即认为该作品具有地区特点。

通过上述简略分析，我们可以看到，文学的民族特点和地区特点这两个概念，在内涵上是不完全相同的，在具体表现上也不完全一样。

文学的民族特点和地区特点，在概念的内涵上的上述不同，同时，也就规定了其在外延上的区别。这种区别，主要表现为两种情况：一种情况是，就整个中华民族与其他外国民族(如日耳曼族)而言,由于在中华民族所生活的领域内,分为若干不同的地区,而每一地区又有着种种不同的特点,因此,民族特点的概念是大于地区特点的概念的,另一种情况是,就某一民族地区而言,由于在某一民族地区内,有许多民族共同生活,而每一民族又有其各自的民族特点,因此,在这一情况下,地区特点的概念又大于民族特点的概念。

总而言之,严格分析起来,民族特点和地区特点这两个概念,无论在其内涵或外延方面,都有着这样或那样的差别,而非完全等同,更不能认为就完全是一个概念。奎曾同志的文章,对这两个概念在内涵和外延上的上述种种差别,论述得不够清楚,在很多地方,几乎都是作为同一概念加以使用,这是需要指出并加以补充的。

但是,在指出民族特点和地区特点这两个概念在内涵和外延上的种种差别的同时,也必须看到这两个概念间的紧密联系、紧密结合的统一关系;即必须看到,民族特点和地区特点又是紧密的结合在一起的,不可分割,不能截然分开。它们之间的关系是一种辩证统一的关系,任何把二者对立起来或割裂开来的看法,都是不正确的。在一定意义上说来,认识二者间的紧密结合、紧密联系的统一的关系,比分清二者间的差别,甚至有着更加重要的意义。马白同志在《文学的民族特色二题》一文中,把民族特点和地区特点截然割裂开来,认为"从内蒙古地区与全国的关系来说,则主要是地区特点的问题","它只有地区特点而不存在民族特点",是不正确的。

原因何在呢? 这是因为,任何民族都必须在一定的地区生活,某一民族的民族特点,有不少方面都是由其所生活的某一地区的地区特点,诸如生活条件、地理环境等等所决定的,有些民族特点(如风土人情、生活习惯)同时也是地区特点,因此,在某一民族地区的地区特点中,必然同时包含有生活在该地区内的某一民族的民族特点,某一民族的民族特点在其表现时,必然也就同时表现了其所生活的某一地区的地区特点。由于民族和地区不能截然分开,因此民族特点和地区特点也就不能截然分开。具体到文学作品中也是如此。某一民族的文学,在其民族特点的表现的同时,也就同时表现了该民族所生活的某一地区的地区特点。某一地区的文学,任其表现地区特点的同时,也就必然表现出生活在该地区内的某一民族的民族特点,否则其地区特点将会是架空的。甚至可以这样说,某一民族的文学,只有当其鲜明突出地表现了该民族所生活地区的地区特点,其民族特点才会得到鲜明突出的表现;某一地区的文学,只有当其鲜明突出地表现了生活在该地区的某一民族的民族特点时,其地区特点才能在作品中有着鲜明突出的表现。这一切在一些具体的文艺创作中,是不乏其例的。例如,电影《五朵金花》它一方面表现了生活在云南大理地区的白族人民的民族特点,另方面也表现了云南大理地区的地区特点,从中,我们不仅看到了白族人民的风土习俗、生活方式、精神风貌,而且看到了苍山、洱海等云南大理地方的秀媚风光。闻捷的一些描写新疆维吾尔族人民生活的诗歌也是如此,无论是民族特点和地区特点,在其作品中都同时有着鲜明突出的表现。即使如梁斌的《红旗谱》,又何尝不是这样? 书中不仅表现了汉族人民的生活方式、风土人情、心理状态、精神风貌,而且透过对冀中平原、滹沱河畔的一系列富有地方色彩的生活习俗、风土人情、自然景色的描写,又同时强烈地表现了冀中平原的地区特点。关于民族特点和地区特点的紧密联系,梁斌同志有极为深切的体会,他有一段话说得很好:"……完成一部有民族气魄的小说,我首先想到的是要做到深入地反映一个地区的人民的生活。地方色彩浓厚,就会透露民族气魄。……《水浒》是用山东话写成,并概括了中国北方一带的人民的生活风习。《红楼梦》是用北京话写成,并深入地写了居住北京的中国贵族的生活风习。……但并不妨碍它们成为具有强烈的民族气魄的东西。"相反,恰恰正是因为它们表现了一定的地区特点,才"具有强烈的民族气魄"。因此,他得出结论说:"如果一本书深入地反映了一个地区的人民的生活,地方色彩(当然不仅仅是地方色彩)浓厚了,民族的风格、气魄就容易形成。"他并以鲁迅等作家为例,证明上述论断,他说:"鲁迅先生的小说主要是绍兴家乡一带的事情,……赵树理同志的小说,也是写他家乡一带的生活,但他们的小说却都具有民族的风格和气魄。"(以上引文均见梁斌的《漫谈〈红旗谱〉的创作》一文,载《作家谈创作经验》,中国青年出版社 1959 年版,第 81—82 页)由此可见,民族特点和地区特点并不象马白同志所认为的那样,是可以截然分开的,而是有着紧密结合、相辅相成的关系。甚至根据梁斌同志的体会,只有具体地表现出地方的特点,才会"透露民族的气魄",只有地方色彩浓厚了,民族的风格、气魄才容易形成。

具体到内蒙古自治区,文学的民族特点和地区特点,更不应当截然分开,也不能截然分开。这是由于,内蒙古自治区是一个蒙古族聚居的、汉族人口占多数,包括蒙古、汉、回、满、达斡尔、朝鲜、鄂温克、鄂伦春等民族的多民族地区。因此,内蒙古自治区的文学,必然一方面既表现出内蒙古地区所特有的地区特点,另方面也在表现内蒙古地区的地区特点的同时,又表现出生活在内蒙古地区内的某一民族的民族特点,特别是蒙古族的民族特点。内蒙古自治区十多年来的文学创作实践充分地证明了这一点。无论是小说还是戏剧,无论是诗歌还是散文,在这些各种体裁和样式的文学作品中,一方面表现了生活在内蒙古自治区内的某一民族(又主要是蒙古民族)的斗争历程、生活方式、风俗习惯、心理状态、精神风貌;另方面也表现了内蒙古自治区所特有的地区风光和地理特点,从中,我们不仅可以看到生活在内蒙古地区的各民族所特有的生活特点和精神特点,同时也可以看到内蒙古地区所特有的风土人情、自然景色,其中既有对广阔的草原或无垠的沙漠的生动描绘,也有关于大兴安岭森林、白云鄂博矿区地域风光的描写,同时也表现了内蒙古地区内牧区人民、农区人民、半农半牧区人民的不同的生活习尚。例如,从乌兰巴干的《草原烽火》中,我们不仅可以看到巴吐吉拉嘎热为代表的奴隶与达尔罕王爷的斗争,看到有关蒙汉人民团结互助、并肩战斗的描写,而且还可以看到内蒙古科尔沁地区那广阔无垠的草原和沙漠,密布的蒙古包群和紧张热烈的赛马场面,再加上该地区蒙古族人民所特有的服饰、风尚和在该地区广为流传的有关嘎达梅林的传说,这一切,都既表现出民族的特点,同时也表现了地区的特点。叶圣陶先生在《读〈草原烽火〉》一文中,对于后者就曾有过很好的说明,他说:"小说里写草原上的景物,给了我极大的满足。我没有到过草原,读毕这部小说,仿佛亲身到了草原似的。"又如纳·赛音朝克图的《幸福和友谊》一诗,也是如此。诗中既表现了锡林浩特地区的自然面貌的变化,也表现出蒙古族人民精神面貌的变化,以及他们对共产党、毛主席、汉族工人的感激之情。特别应当指出的是，在内蒙古文学中，歌颂蒙古族人民与其他各族人民间的团结友谊，歌颂党的民族政策的伟大光辉的主题之所以占有很大的比重，正是民族特点和地区特点密不可分的具体表现。上述主题既表现了作为某一民族文学的民族特点，也表现了作为内蒙古自治区这一民族地区的文学的地区特点，因为，这一主题在广东、福建等汉族地区的汉族文学中，是没有如此突出表现的。民族特点和地区特点的关系既然如此紧密，怎能把某一地区和该地区内某一民族的文学截然分开呢？怎能把某一地区的地区特点和生活在该地区内的蒙古民族的民族特点截然分开呢？怎能认为内蒙古自治区这样一个多民族的地区，"只有地区特点，而不存在民族特点"呢？无论从何种意义上说，都不应该也不能得出这样的结论。

也许马白同志是这样理解这一问题，即认为在内蒙古自治区，除一些蒙古族作家外，还有一些其他民族的作家，他们的作品就不能同时既表现民族特点又展现地区特点，内蒙古自治区就"不存在民族特点的问题"。实际上只要他们在自己的作品中真实地反映了内蒙古人民群众的斗争生活，反映了内蒙古人民群众的生活方式、风俗习惯、心理状态、精神风貌，反映了内蒙古地区的地理特点和自然景色，他们的作品就会既有地区特点，同时又有民族特点，只不过是这种民族特点，并不一定就是蒙古族人民的民族特点，而可能是生活在内蒙古自治区的其他民族的民族特点，但是它们仍然是一种民族特点，而不是"不存在民族特点"。

由此可见，每一个地区的优秀文学，都是既有民族特点，同时又有地区特点的。二者不能截然分开，更不应对立起来。特别是认为内蒙古自治区这样一个民族地区，其中居住着众多的民族，会"只有地区特点，而不存在民族特点的问题"，这不仅在理论上讲不通，而且也是不符合实际情况的。

文学的民族特点与地区特点浅释

——兼答马白同志

奎 曾

史料解读

　　史料原载《内蒙古日报》1963 年 1 月 31 日。奎曾在该文中对马白的见解提出了不一样的看法。马白主张"应该把民族特点与地区特点区别开来",认为"从全国来说,民族特点就是中华民族区别其他民族的特殊性,而地区特点则是在中华民族这一范围内各个地区的各自的特殊性,它们是中华民族的民族特点的具体化"。奎曾认为把民族特点与地区特点区别开来的观点是不正确的,他从逻辑上、内蒙古是多民族地区的实际情况分别加以批驳。他提出,民族特点与地区特点虽有区别,但不可分割;就整个内蒙古文学来说,应该而且必须既具有民族特点,又具有地区特点,只有这样才能体现出内蒙古文学的一般性与特殊性,从而达到文艺的民族化与群众化,发挥社会主义文艺的最大功能。提倡内蒙古文学(或文艺)具有民族特点与地区特点,有重要的意义和作用,而且这种做法不会限制作品的题材、体裁、形式与风格的多样化。同时他对文艺工作者提出了相应的要求,呼吁作家、艺术家逐步地民族化、群众化,亦即劳动人民化,创作出富于民族特点与地区特点的、为人民群众所喜闻乐见的文艺作品。该文对进一步探讨内蒙古文学的民族特点与地区特点有着参考意义。

原文

一

去年 5 月，在庆祝内蒙古自治区成立十五周年和纪念毛主席《在延安文艺座谈会上的讲话》发表二十周年之际，有机会接触到较多的我区作家、艺术家十五年来所创作、表演的优秀的文艺作品和文艺节目，感到十分兴奋和喜悦。当时我注意到：这些为区内广大人民群众所喜闻乐见的作品和节目，除了和全国其他兄弟省、市、自治区的优秀文艺作品和节目一样，具有同样的社会主义思想内容以外，几乎都还具有我们自治区自己的鲜明的民族特点与地区特点。并且，凡是民族特点与地区特点愈加鲜明的作品和节目，就不仅愈为我区各族人民喜闻乐见，而且还愈得到全国人民的喜爱和欢迎。这个事实给我很大的启发。我进一步认识到周扬同志在全国第三次文代大会报告中所提出的文学艺术民族化、群众化的重大意义和作用，同时并觉得他所说的"现在我国文学艺术正越来越表现出民族化、群众化的特点"的话[①]，也是完全符合于我区文学艺术的实际情况的。我想，如果能将我区文学艺术的这种越来越表现出民族化、群众化的特点系统地加以总结，并从理论上加以阐明，对于进一步发展和繁荣我区的具有民族特点与地区特点的社会主义文学艺术，势必会有很大的益处。因此，我认为，对内蒙古文学艺术的民族特点与地区特点进行研究和探讨，确实是我区文艺界、特别是理论批评界的一项极其重要的有意义的工作。而要对此作出成绩，得出结论，自非少数同志所能胜任。

文学艺术所包括的范围是很广的。笔者才疏识浅，精力有限，于是仅在文艺领域内的一个重要部门——文学中试着作了一些初步涉猎。虽然不是毫无所得，但却是很肤浅、很不成熟的。而且当时由于时间、篇幅的限制，在一篇文章中也很难全面深入地论述自己的观点。因此，对那篇《内蒙古文学的民族特点与地区特点初探》（载《草原》1962 年 9 月号），我自己是不太满意的。不过作

---

① 周扬：《我国社会主义文学艺术的道路》，《文艺报》1960 年第 13—14 期合刊。

为引玉之砖，它倒也引起了一些议论。最近《内蒙古日报》《草原》都发表了不少文章，它们给我很大的教益。对这个问题展开讨论，我是很赞成的。

不过在这些文章中，有一个论点我却觉得不能同意。这就是马白同志所说的"内蒙古自治区对全国来说是一个地区，它只有地区特点而不存在民族特点的问题；内蒙古文学在中华民族的范围内和汉族及其他兄弟民族文学相比较时才产生民族特点的问题"。因此他主张将民族特点同地区特点"区别开来"，要么是谈蒙古族文学的民族特点，要么是谈内蒙古文学的地区特点，而"笼统地提内蒙古文学的民族特点与地区特点，是不妥当的"。①

在对内蒙古文学的民族特点与地区特点进行再探之前，是必须首先回答这个问题的。这篇文章就企图对这个问题作些粗浅的解释，并纠正于马白同志。

二

为了回答这个问题，简略地回顾一下历史是必要的。

我们知道，从"五四"新文化运动开始，就曾有人提出过"平民文学"的口号。"但是当时的所谓'平民'，实际上还只能限于城市小资产阶级和资产阶级的知识分子，即所谓市民阶级的知识分子。"因此，"这个文化运动，当时还没有可能普及到工农群众中去。"②"五四"以后也出现了许多进步的作家和作品，但是一般说来，在这些作品中往往存在着程度不同的"欧化"的缺点，缺乏为中国人民所喜闻乐见的中国作风和中国气派。所以到了"左联"时期，接着又提出了"文艺大众化"的口号。这个文艺大众化运动从三十年代初一直继续到抗战时期，前后将近十年。它取得了一定的成绩，但是"文艺作品中'欧化'的毛病，并没有因为大众化的提倡而得到适当的改正"。"我们把'大众化'，简单地看做就是创造能懂的作品，以为只是一个语言文学的形式问题，而不知道同时甚至更重要、

---

① 马白：《文学的民族特色二题》，《内蒙古日报》1962年12月25日。引文内的重点除"内蒙古"三字外，余为引者所加。

② 《新民主主义论》，《毛泽东选集》第二卷第693页。

更根本地是思想情绪的内容的问题。"①后来，只有我们伟大的领袖毛泽东同志，才正确地解决了这个问题。他提出了"民族的科学的大众的文化"的口号，并且明确地指出："中国文化应有自己的形式，这就是民族形式。民族的形式，新民主主义的内容——这就是我们今天的新文化。"②这样，自延安文艺座谈会以后，许多革命文艺工作者遵从毛主席的指示深入生活，深入群众，改造思想，学习马列主义，从思想感情上同工农兵打成一片，并批判地继承民族文化遗产和吸收外国文化，从而创作出许多具有民族风格和大众风格的、为人民群众所喜闻乐见的优秀作品。例如赵树理的作品就是这样。

文艺的民族化与群众化，是近几年才正式提出来的。民族化与群众化是一个问题的两个方面：革命的文艺只有民族化了，具有自己的民族特点、民族风格了，它才能为广大群众所喜闻乐见，普及到人民群众中去，从而达到群众化；而同时革命的文艺只有群众化了，具有自己的地方色彩、大众风格了，它也才能更好地表达出本民族人民的思想感情、心理状态和风俗习惯，从而做到民族化。由此看来，文艺的民族化与群众化既是形式问题，也是内容问题；既是普及的途径，也是提高的途径。所以周扬同志将它说成是"一个时代、一个阶级的文学艺术成熟的标志"③，这是很正确的。剧作家胡可同志将话剧的民族化与群众化说成是"一个剧作家的向往"④，正表达了我国广大文艺工作者的心情。

文艺的民族化与群众化，这是我国社会主义文学艺术的总趋势、总要求，而具体到一个民族地区，譬如具体到我们内蒙古自治区，这就要求我们的文艺具有自己的民族特点与地区特点，也就是说，我们的文艺既要有其一般性（社会主义的思想内容），又要有其特殊性（民族特点与地区特点）。我在《初探》一文中所说的"内蒙古文学的民族特点与地区特点，就是内蒙古自治区所具有的民族的与地区的特殊性在文学中的体现"，正是这个意思。可惜马白同志在他的文

---

① 周扬：《马克思主义与文艺》,《表现新的群众的时代》第 96 页、92 页。
② 《新民主主义论》,《毛泽东选集》第二卷第 700 页。
③ 周扬：《我国社会主义文学艺术的道路》,《文艺报》1960 年第 13—14 期合刊。
④ 胡可：《一个剧作家的向往》,《文艺报》1960 年第 19 期。

章中只引用了我所说的前一句话，而将这一句话漏掉了。

由此可知，要求内蒙古文学具有民族特点与地区特点，也就是要求内蒙古文学趋向民族化与群众化，其精神实质是一样的。因此，内蒙古文学的民族特点与地区特点的提法，我看并没有"不妥"的地方。

三

马白同志是主张"应该把民族特点与地区特点区别开来"的。他的看法恰恰和我相反，认为"民族特点与地区特点的这种提法，本来是从全国出发的，从全国来说，民族特点就是中华民族区别其他民族的特殊性，而地区特点则是在中华民族这一范围内各个地区的各自的特殊性，它们是中华民族的民族特点的具体化，它们的总和就构成为中华民族的民族特点。"① 如果我没有理解错的话，那么这里马白同志是说："从全国来说"，民族特点只有一个（即"中华民族区别于其他民族的特殊性"），地区特点则有许多；而这许多地区特点的总和，却又构成中华民族的民族特点。于是可用数学公式表示如下：

（中华民族的）民族特点＝地区特点＋地区特点＋……

这，显然是不正确的。

第一，我国"是一个由多数民族结合而成的拥有广大人口的国家"，"中华民族的各族人民""虽然文化发展的程度不同，但是都已有长久的历史"。② 很明显的，中华民族是一个包括汉族和其他五十多个兄弟民族在内的中国各民族的统称。对国外说来，中国文学可以有自己鲜明的一致的民族特色（即中华民族的特色），而对国内各民族、各地区说来，却又"不排斥和忽略民族特色与地方特色"，要使得"各民族的文学应当是既有鲜明的民族风格与气派，又足以使人一眼即能看出，这是伟大的中国土地上的产物"。③ 这样，怎能说是许多地区特点相加而构成为一个民族特点呢？

---

① 马白：《文学的民族特色二题》，《内蒙古日报》1962 年 12 月 25 日。

② 《中国革命和中国共产党》，《毛泽东选集》第二卷第 616、617 页。重点为引者所加。

③ 老舍：《关于少数民族文学工作的报告》，《文艺报》1960 年第 15—16 期合刊。

第二，我们内蒙古自治区是伟大祖国的一个地区，但不是一般的地区；它是一个蒙古族聚居的而又包括汉族和其他兄弟民族在内的多民族地区，是一个民族区域自治地区。因此，说它"对全国来……它只有地区特点而不存在民族特点的问题"是错误的。同样，为什么内蒙古文学就只能具有地区特点而不能具有民族特点呢？这也是说不通的。自然，内蒙古文学这一概念同蒙古族文学这一概念是不完全一样的。一般地说，它们的关系是：前者基本上可以包括后者；而后者则是前者的一个重要组成部分。但是，绝不应该因为这种关系就否认前者具有民族特点，正如同中国文学这一概念并不因为和汉族文学这一概念不完全一样而否认它具有民族特点一样。

第三，从实际情况来说，我们很难将作家作品的民族特点与地区特点截然分开。例如鲁迅、赵树理的作品中的地方色彩是很浓厚的，但是，同时不又是表现出汉族的鲜明的特点吗？同样，《金鹰》《阿力玛斯之歌》等作品中的民族特点是很突出的，但是，同时不又是表现出内蒙古这一特定的地区的特点吗？而且，这样分开也无此必要。周扬同志就很正确地指出过这一点："文艺的民族化和群众化是互相联系而不可分的。"[1]马白同志在他的另一篇文章中不也说过"民族化与群众化是相互联系……民族化与群众化既是内容问题，也是形式问题"的话么？[2] 那么又为什么现在却认为我在《初探》中所说的"文学的民族特点与地区特点，二者相辅相成，不可分割，它既表现在作品的内容方面，也表现在作品的形式方面"的话是"含混不清，不够明确"而坚决主张分开来呢！（应当说明，《初探》中的说法也是有缺点的，更确切地说应该是：文学的民族特点与地区特点，二者是有区别的，但又是互相联系、不可分割的。）

马白同志正确地指出了"民族特点与地区特点并不是同一的概念"，这我是同意的。一般说来，文学中的民族特点主要是指作品的具体描写所表现出来的本民族的精神、气质、习惯、爱好以及宗教信仰、思维方式、语言结构等等特点；而文学中的地区特点则主要是指作品的具体描写所表现出来的本地区的风土、

---

① 周扬：《我国社会主义文学艺术的道路》，《文艺报》1960年第13—14期合刊。
② 马白：《论话剧〈金鹰〉的民族化群众化》，《草原》1962年第2期。

人情、习俗、礼节以及历史上、地理上形成的种种其他因素。它们确实有所区别，然而也有密不可分的联系。我们内蒙古自治区有不少优秀作品，就是既有民族特点又有地区特点。这是一个客观存在。这是不容否认的。

因此，我认为马白同志"区别开来"的主张，是值得商榷的。

四

提倡内蒙古文学（或文艺）具有民族特点与地区特点，是有着重要的意义和作用的。

我们的社会主义文艺，应当为工农兵服务，为最广大的人民群众服务，为无产阶级政治服务，为社会主义事业服务。当然，服务的途径是很广阔的。服务的方式是多种多样的，不过最基本的却还是"社会主义的内容，民族的形式"这样两条。具体到我们内蒙古自治区，这就要求我们的文艺首先要为我区的工农牧兵服务，为我区的社会主义事业服务。内蒙古文艺应当而且必须首先反映我区各族人民的历史面貌、现实生活、政治斗争和生产建设，应当而且必须首先运用为我区各族人民所喜闻乐见的、多种多样的文艺形式。这就是说，我们的文艺首先应该具有自己的民族特点与地区特点，不这样是不行的。

提倡内蒙古文艺（或文学）具有自己的民族特点与地区特点，会不会限制作品的题材、体裁、形式与风格的多样化呢？我认为是不会的。第一，我们内蒙古自治区是一个幅员广大、民族众多、物产丰富、历史悠久的民族地区。我们的文艺要反映这个地区，为这个地区的各族人民服务，那真是海阔凭鱼跃，天高任鸟飞，英雄大有用武之地。试看十五年来我区的作品，不就是百花齐放、万紫千红的吗？第二，我在谈到内蒙古文艺的特殊性时并没有忽略了它的一般性。内蒙古自治区是伟大祖国的一部分，内蒙古文艺也是我国社会主义文艺的一部分，这是丝毫也不含糊的。因此，我们的文艺并不仅仅是反映自治区、为自治区的各族人民服务，还应该而且必须参加到全国多民族的社会主义文艺中去，为我国的政治斗争和生产建设服务，并向各兄弟民族、兄弟地区的先进文艺学习，不断融化、吸收，从而增加自己的营养，创造多种多样的新的文艺。第三，提倡具有自己的民族特点与地区特点,这是对整个内蒙古文艺(或文学)的要求,而对于某些作家、艺术家,对于某些作品,自然可以分别情况,不同对待。马白同志曾经举例说:"我区有些作家的作品地区特点较为鲜明,而民族特点则不大突出;有些作家的作品则民族特点较为鲜明,地区特点也同样突出。"我想这是完全可以允许的。而且,某些作家、艺术家由于本身的生活经历关系,也许他对区外的某些更熟悉些,因而他去描写区外的题材,这也是不应排斥的。例如杨啸同志的短篇集《笛声》,主要的就是反映河北省农村的生活,对于这样的作品,当然不应该也不可能要求它具有内蒙古的民族特点与地区特点。有人还举出玛拉沁夫同志的《登六和塔俯瞰钱塘江有感》一诗为例,当然从那里也不可能找到内蒙古的地区特点的。但是这些个别作品并不能概括整个内蒙古文学,并不能说明整个内蒙古文学就不具有自己的民族特点与地区特点了,就可以将二者截然分开来了。相反,正由于内蒙古自治区是一个蒙古族聚居而又包括汉族和其他兄弟民族在内的多民族地区,于是真正能够全面而真实地反映自治区面貌、代表内蒙古文学面貌的,却是如《草原烽火》等那些具有鲜明的内蒙古的民族特点与地区特点的作品。它们一般地都反映了内蒙古的历史面貌、现实生活、政治斗争和生产建设,描绘了内蒙古的自然景色、风土人情,歌颂了内蒙古各民族、特别是蒙汉民族的团结。可以说,蒙汉民族团结的主题,正是内蒙古文学(或文艺)的一个突出的特点,而这个特点,既可以说是民族特点,也可以说是地区特点,我们就很难加以区分。因此,如果认为内蒙古文学没有自己的民族特点与地区特点,或者认为内蒙古文学只有自己的地区特点,而没有自己的民族特点,都是说不通的。

提倡内蒙古文艺具有民族特点与地区特点,这就意味着要求我们的作家、艺术家必须逐步地民族化、群众化,亦即是劳动人民化。因为要创造出具有民族特点与地区特点的社会主义文艺,我们的作家、艺术家们必须深入生活,深入民间,熟悉本民族、本地区的人民群众,改造自己的思想感情,从而才有可能获得创作的源泉,并创作出富于民族特点与地区特点的、为人民群众所喜闻乐见的文艺作品。我认为,这对于我们内蒙古文艺工作者来说,是特别重要的。我们有不少人(包括我自己在内)都是从其他地方来到内蒙古不久的汉族同志,我们对内蒙古的各个兄弟民族、各个地区、各种丰富的文化遗产和民间文艺等等情况,都还了解得很不够,我们必须要求自己首先熟悉自治区,学习自治区各族人民的优秀的文艺传统,而后才能谈得上进一步建设自治区,发展自治区多民族的社会主义文艺。内蒙古文学(或文艺)的民族特点与地区特点的提出及其讨论,不正好说明了这样的问题吗?

五

马白同志的文章中也有许多很好的论述,但我们是有分歧的。分歧之点主要在于:马白同志主张将民族特点与地区特点区别开来;主张只能提内蒙古文学的地区特点或蒙古族文学的民族特点,而反对提内蒙古文学的民族特点与地区特点;也就是说,他是不同意要求内蒙古文学必须具有民族特点与地区特点的(只能有地区特点,而不能有民族特点)。我的看法恰恰和他相反,认为民族特点与地区特点虽有区别,但不可分割;认为就整个内蒙古文学来说,应该而且必须既具有民族特点,又具有地区特点,只有这样才能体现出内蒙古文学的一般性与特殊性,从而达到文艺的民族化与群众化,发挥社会主义文艺的最大功能。这样,归根到底,我们的分歧在于对内蒙古文学(或文艺)的要求上:是要求它具有民族特点与地区特点呢,还是只要求它具有地区特点?这样的问题是值得研究和探讨的。我在这篇文章里谈了自己对这个问题的粗浅看法,很可能是错误的,还希望得到马白同志和其他同志的指正。

不过,《初探》的原意本来是企图从具体作品来探讨内蒙古文学的民族特点与地区特点,而不在于从理论上一般地去论述文学的民族特点与地区特点之间的关系。因此,现在展开对文学的民族特点与地区特点的讨论的同时,我还希望能讨论一些更实际的问题。例如:什么是内蒙古文学的民族特点与地区特点?它们表现在哪些地方?哪些特点是最主要的?如何才能使得内蒙古文学具有更鲜明的民族特点与地区特点?作家和理论批评工作者应当作怎样的努力?其主要的途径又是什么?等等。如果能围绕着文学(或文艺)的民族特点与地区特点的讨论而解决一些我区文艺界当前急需解决的有关学习、生活、创作和理论批评上的问题,那就更好了。

简谈文学的民族化问题

胡德培

史料解读

　　史料原载《草原》1963 年第 2 期。胡德培阐述了要求文学的民族化的原因，即任何地区都会由于社会经济发展的不同，所处地域的不同，产生人类不同的语言、风俗习惯和心理特征，形成不同的民族，也出现了反映不同民族的生活和斗争的不同的文学；愈有民族特点的东西，就愈有国际意义，也就对国际文坛愈是一种贡献；民族独创性是文学成熟的重要标志，是构成文学的完整性的必要条件。同时指出，民族化问题是内容问题，也是形式问题。胡德培强调实现文学艺术的民族化是十分重要的，我们的文艺，是为工农兵服务、为社会主义专业服务的，解决民族化的问题，就是为了使它能服务得更好，作用更大，更有效力。在如何做到民族化方面，他认为文艺工作者要深入生活，改造思想，向群众学习，注重现今的文艺，这才是解决民族化问题的关键，其中深入生活是解决民族化问题的核心。作者积极提倡要有各种不同的表现方式，与此同时，他认为在实现文艺民族化这个问题上，只要是具有民族特征，抒发民族的感情，运用民族的表述方式，为人民群众所承认的，都可以算是民族化的作品。

原文

二十多年前,毛泽东同志就曾经提倡要树立新鲜活泼的、为中国老百姓所喜闻乐见的中国作风和中国气派,这就从根本原则上解决了民族化的问题。

为什么要要求文学的民族化呢?

在地球上,在不同的地方,由于社会经济发展的不同,所处地域的不同,产生了人类不同的语言、风俗习惯和心理特征,形成了不同的民族,也出现了反映不同民族的生活和斗争的不同的文学;这是第一。第二,各个民族文学的总和构成世界的文学宝库。这个人类的共同财富,是基于不同民族的特点之上而形成的。所以,愈有民族特点的东西,就愈有国际意义,也就对国际文坛愈是一种贡献。第三,民族独创性是文学成熟的重要标志,是构成文学的完整性的必要条件;今天的时代,要求我们创作出具有充分民族化的作品。第四,更重要的,文学要实现它的教育作用,就必须把握群众,并进而为群众所把握——人民群众直接掌握文学这个武器去进行阶级斗争和生产斗争。这样,更要求我们的文学必须是群众所喜闻乐见的。

可见,逐渐实现我们文学艺术的民族化是十分重要的。

民族化问题,是内容问题,也是形式问题。我们的文艺,是为工农兵服务、为社会主义专业服务的,解决民族化的问题,就是为了使它能服务得更好,作用更大,更有效力。这首先必须反映我们今天的社会主义时代的现实,反映民族的精神、时代的精神,反映民族的和时代的思想感情,这是最核心的问题。其次,必须有完美的艺术形式,在这里来说就是民族形式(包括民族的语言和民族的一整套的艺术表现方法、艺术表现形式)。最后,还需要内容与形式的完美结合。由此,我们是否就可以得出一个关于民族化问题的简单说明,试例图如下:

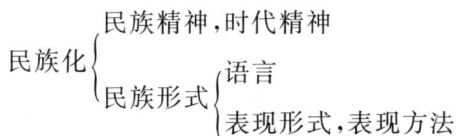

$$民族化\begin{cases}民族精神,时代精神\\民族形式\begin{cases}语言\\表现形式,表现方法\end{cases}\end{cases}$$

既然民族化问题包括了内容和形式两个方面,但为什么在谈论民族化问题的时候，一般都偏重于对民族形式问题的探索呢？别林斯基说过：如果艺术家在自己的作品中描写的是人，那末，首先其中每一个人都应当具有他一切个人的特征。"其次，每一个人都应当属于一定的民族和一定的时代。因为不带民族性的人，就不是实在的人，而只是一个抽象的概念。由此可以清楚地看到，艺术作品的民族性不是创作的功绩，而只是创作的必然属性，它的存在并不需要诗人付出任何努力。因此，作品在艺术方面愈高，"它的民族性也就愈强……"（转引自《马克思列宁主义美学原理》上册第 424—425 页）。这个话是有道理的。可以说，今天绝大多数的作家在进行写作的时候，他总是使用民族的语言，描写民族的生活现实，民族的思想感情和精神面貌的。即使是描写其他国家民族的生活，但他进行构思和写作的时候，也总是受着那种民族的思想感情和精神力量的强烈影响的。并且，以形式和内容的关系来说，形式是依附于内容，受内容所制约的，但形式是内容的外衣。何况，探讨什么东西还有一个方法问题。所以，首先侧重于艺术方面的探索是可以理解的。

语言，是构成文学的民族形式最重要的因素。文学产生之初，是口头形式，那时全靠语言而得以流行和传播；从口头的形式发展到书面的形式，是用语言作记录的。语言是人类交际的工具，是人类进行思想和交流感情的武器，没有它，人类的文化艺术能发展到今天这样的高度是不可想象的。语言，也是文学的工具，文学是语言的艺术。作家进行创作的时候，是运用语言反映生活现实，是运用语言表达思想感情，作品中人物形象的塑造以及情节故事的发展，也是通过语言来进行表述的。所以，高尔基称"语言是文学的第一要素"。各个民族有各个民族不同的语言。因此，语言是文学的民族形式的最重要的因素。

怎样才能达到民族化呢？

有人说，民族化是批判地继承旧传统和创造新传统的问题，这一点，当然是重要的。毛泽东同志曾经说过，"有这个借鉴和没有这个借鉴是不同的，这里有文野之分，粗细之分，高低之分，快慢之分。"但是，若以传统与生活两者相互比较来说，我认为：深入生活，改造思想，向群众学习，注重现今的文艺，才是解决民族化问题的关键。为什么呢？第一，民间的形式，生活中的新因素，总是先于文人的创作。比如，我国周秦的诗歌，屈宋的骚体，魏晋的乐府，唐代的新体以及宋词元曲、明清小说，其形式总是先产生于民间的。第二，民间的新因素不仅是不断变化，革命性最强的，而且它也是过去优良传统的继续；今天民间的东西是建立于传统的基础上并有人民群众的创造和发展的。以上两条，总的还须说明：过去的文学作品不是源而是流，生活中的、民间的东西才是唯一的源泉。第三，不同时代、不同阶级有不同的民族精神、民族形式，今天社会主义文学的民族独创性，就需要有社会主义的时代精神，社会主义的民族形式。第四，特别重要的，是作家必须经过"三关"，即生活关、感情关、语言关，方能创作出真正好的民族化的作品。所以，我觉得深入生活这一点是解决民族化问题的核心。

同时，我觉得民族化这个词的含义是非常广泛的。有人认为，《林海雪原》《烈火金刚》这类作品，明显地继承了传统文学形式，属于民族化范畴的作品，而像《创业史》《青春之歌》这类作品，则不算是民族化的。我觉得，在创作中可以有题材、风格、形式的多样化，在民族化这个问题上，未尝不可以有各种不同的表现方式，有的作品可以在继承传统方面多一些，有的作品可以在学习民间方面多一些，也可以让一些作品在吸收外国方面多一些。在这方面，不同的作家也应该让他们有不同的喜好和自由选择。我觉得，只要是具有我们民族特征，抒发民族的感情，运用民族的表述方式，为人民群众所承认的，都可以算是民族化的作品（当然，这里边有程度不同，有高低之分，好坏之分）。不管它身上传统的、民间的或外来的因素哪一个多或哪一个少，我们都可以承认它属于民族化中的一类。总之，凡是人民群众所喜闻乐见的，都应当受到鼓励和欢迎。

关于民族性格与人民性格

丁尔纲

史料解读

　　史料原载《草原》1963 年第 4 期。丁尔纲在该文中表明与王家骏、马白的意见存在分歧并进行了论述。他在文中强调，我们必须要有辩证的眼光，既要看到文艺的民族性和人民性有辩证统一的关系，具有民族性，才能具有人民性，只有民族化，才能群众化，也要意识到二者也具有差别性，并且二者都是不可忽视的。和王家骏的观点分歧在于，首先，民族性格在作品的一切人物身上都能体现出来，其次，作家在作品中流露的创作个性，也同样能体现出民族性格。同时指出，在民族性格和民族精神里，有好的方面，也有坏的因素。这要具体分析，不能一概而论。和马白的意见分歧在于，马白把民族性格说成毫无阶级性可言，完全不属于意识形态范畴，这是不能令人同意的，作者认为民族性格既有阶级性的一面，也有非阶级性的因素。至于"民族性格"的提法好，还是"民族精神"的提法好，二者都不如民族心理状态的提法更好。自提倡文艺民族化群众化以来，内蒙古文艺界进行实践并逐步向前发展，作者呼吁更多的文艺工作者能够深入生活，研究内蒙古各族人民的性格特色。

原文

文艺民族化问题是关涉到文艺与人民的关系的重大问题。由于广大工农兵群众过着并热爱着民族独特的生活，受本族文艺的日熏月染，由习闻常见而喜闻乐见，所以当他们看到自己民族的生活，在具有本族浓郁特色的文艺中得到反映时，就产生了对此文艺的自发的向心力。无产阶级文艺是为工农兵服务，教育并提高他们的思想认识，满足其美学要求的。为了达到这个目的，必须使工农兵喜闻乐见，否则文艺便不能走进工农兵中间，上述作用当然也无从发挥。只有具备民族特色的无产阶级文艺，才能真正为人民喜闻乐见。这一切确定了文艺民族化与人民性之间的重要联系，及其在贯彻执行文艺工农兵方向中的重要地位。

因此，我们往往把民族化和群众化相提并论，也一向认为文艺的民族性和人民性有辩证统一的关系，认为必须具有民族性，才能具有人民性，只有民族化，才能群众化。这说明了民族性与人民性，民族化与群众化的一方面的关系，即其联系性。然而只看到这一面，而看不到另一面，即其差别性，也是不正确的。但在某些研究文章里，却恰恰只强调其联系性，甚至将其混同起来。其结果是导致概念的模糊，用这种模糊的概念指导创作，有可能把创作引入歧途。

例如王家骏同志的文章《试论艺术的民族特色》（《内蒙古日报》1962 年 12月 7 日）中关于民族性格的提法就是如此。他说："所谓民族性格，就是指某一个时期里这一民族的劳动人民的优秀品格。"家骏同志是把民族性格当作艺术民族特色的核心因素来加以考察的，因此也必然牵联了文艺人民性的核心问题。这一民族性格等于劳动人民优秀品格的提法，是把民族性加以缩小，使之适应人民性的。显然这是不符合实际情况的。因为这势必也大大缩小了文艺的民族性的范围，使之走进一条狭窄的小胡同。

文艺上的"民族性"、"民族特点"、"民族性格"中所使用的"民族"这一概念，是来自社会学中的"民族"一词。斯大林在给民族下的经典性定义中指出：民族是具有共同语言、共同地域、共同经济生活、共同心理状态的一个共同体。所谓民族性格是这一民族的共同心理状态的集中表现。心理状态既为该民族所共有，那么说民族性格只是属于劳动人民，而且是其优秀品格，又有什么根据呢？要知道我们说的是民族性格，而不是这一民族的优秀品格呀！

别林斯基对民族性是这么阐述的："'民族的'一词在涵义上其实比'人民的'更为广泛。'人民'总是意味着民众，一个国家最低的、最基本的阶层。'民族'意味着全体人民，从最低直到最高的，构成这个国家总体的一切阶层。"（《别林斯基论文学》第 82 页，着重点引者所加）他这儿所说的"全体人民"显然是包括统治阶级在内。这种理解也是大家通常习惯的看法。可见把民族性格缩小为劳动人民的优秀品格的作法，既是没有理论根据的，也是不符合实际情况的。这种作法忽视了民族性格内容的复杂性，容易引起文艺创作体现民族特点时的简单化作法，也容易导致对民族性内部存在着阶级对立（如列宁在两种民族文化学说中所阐明的那样）的情况不应有的忽视。

家骏同志关于民族性格在作品中如何体现的看法，也有些地方值得商榷，但在此以前有必要先替家骏同志剖白几句。因为在马白同志的文章《文学的民族特色二题》（《内蒙古日报》1962 年 12 月 25 日）中有这么几句："仔细阅读王家骏同志的文章，发现：原来他所指的民族性格不是作品中的人物性格，而是作者的性格。"应该说，这和家骏同志的文章不尽符合。因为从文章中看出家骏同志并不认为一切文学作品中的形象都不能体现民族性格。他的意见可归结为以下两点：①"英雄形象集中着劳动人民的优秀品格，通过它固然更能够充分地体现出民族性格"；②"民族性格通过其他形象体现出来"。但家骏同志是从下述角度理解这一问题，即"形象不仅是客观世界的反映，同时也是艺术家主观精神的显现，只要艺术家真的具有民族性格，即使刻划的是最丑恶的形象，通过揭露和批判，民族性格也还是可以显露出来的。"可见家骏同志认为作品中的英雄形象可以体现民族性格。作品中的反面人物则不能。在没有英雄形象的作品中，民族性格只能靠作家的民族性格在人物身上"折光"似地体现出来。前一层心思，被马白同志忽略了，这儿先补充一下。

我和家骏同志的分歧在哪里呢？我认为，首先民族性格在作品的一切人物身上都能体现出来，其次，作家在作品中流露的创作个性，也同样能体现出民族性格。二者都是不可忽视的。

在英雄形象最能体现出民族性格这一点上，我们没有分歧，姑置毋论。既然家骏同志认为在没有正面人物的作品中作家的创作个性可以体现民族性格，那么，在写一般人物和正面英雄形象的作品中，作家的创作个性会起同样作用，这个看法想来家骏同志也会同意的，这儿也安下不表。剩下来需要讨论的主要有两点：其一是一般形象（既非英雄形象，又非反面形象）能否体现民族性格；其二是反面形象本身到底能否体现民族性格。在这两点上我和家骏同志的看法相反：我认为他们都能体现民族性格，虽然不象英雄形象那样，能充分体现出所属民族的最优秀的品格。

民族性格是此一民族区别于彼一民族的独特心理状态的集中表现。别林斯基说："每一民族的民族性秘密，不在于那个民族的服装和烹调，而在于它理解事物的方式。"（《别林斯基论文学》第 86 页）他又说："脱离民族气质的人是一个幽灵……没有民族性格和民族面貌的国家不过是死板的标本，而不是活的机体。"（同上书第 76 页）这种看法和斯大林同志关于民族定义的"共同心理状态"的提法完全一致，即认为民族性格是该民族的独特心理状态，但又是该民族所有成员身上都存在的东西。由于文学是现实生活的反映和再现。只要它出自一个忠实于生活的作家之手，那么，"无论如何，在任何意义上，文学都是民族意识，民族精神生活的花朵和果实。"这是因为作家"首先在自身感到了民族性，因此不自觉地将它的印记安在自己的作品上。"（同上书 73—74 页）同时也因为作家所写的任何人物，都是特定民族的人物，而不是"幽灵"。

那么，难道只有英雄形象不是脱离民族性格的"幽灵"吗？一般形象就非是这种"幽灵"不可吗？鲁迅笔下的阿 Q 并非英雄形象，但在《阿 Q 正传》中，民族性格难道只体现在作者身上吗？在雇农和流浪汉阿 Q 身上，难道没有体现出半封建半殖民地的我国汉族农民所具有的勤劳、纯朴、坚韧、有反抗要求的民族性格特色吗？难道阿 Q 身上没有与俄国和西欧各民族中流浪汉的特点迥异的汉民族心理特征吗？怎么能说这一切都非事实，说鲁迅笔下的阿 Q 不体现民族性格呢？阿 Q 如此，茅盾笔下的老通宝、林老板；叶圣陶笔下的倪焕之；赵树理笔下的三仙姑、二诸葛；周立波笔下的老孙头、亭糊面，又何尝不如此呢？

　　那么，难道说统治阶级中的正面形象和那些反面人物是脱离民族性格，没有民族特征的"幽灵"吗？例如中国文学史上的统治阶级中的正面形象：《三侠五义》中的包公、《说岳全传》中的岳飞、《红楼梦》中的贾宝玉、《林则徐》中的林则徐和《武则天》中的武则天，他们或者在外敌入侵、大敌当前之际，虽站在统治阶级立场上，但能与人民同仇敌忾，来捍卫民族的利益，体现出民族性格，而且是优秀品格；或则是统治阶级中比较开明的阶层的代表者，在当时代表了先进生产力和人民要求，能够革除邪恶、反抗压迫、推动生产的发展，发扬了民族的精神。即使统治阶级反面形象，诸如曹操（《三国演义》）、吴荪甫（《子夜》）、巴音王爷（《金鹰》）、贡郭尔扎冷（《茫茫的草原》）之类人物，又何尝不是具有民族特色的民族性格呢？

　　就说茅盾笔下的吴荪甫吧，这显然是个反面人物了。但他性格中与封建伦礼观念的联系，他那"法兰西性格"式的发展民族资本主义的野心，他对共产党和工农革命运动本能的憎恶，他对帝国主义既向往其物质文明，又嫉恨其侵略中国的复杂心理，都是半封建半殖民地中国汉民族资本家的典型心理、典型观念和典型性格。这是资本家反动阶级性和这一历史时期内汉民族资本家心理的交织，这一交织着的阶级性和民族性，都通过鲜明的个性充分地反映出来。如果把吴荪甫的性格和左拉笔下的法兰西民族资本家性格加以比较，把《子夜》和《金钱》加以比较，不难发现：汉民族和法兰西民族性格的不同是昭然在目的。其实把巴尔扎克笔下的贵族和狄更斯笔下的贵族加以对比，把普希金、果戈理笔下的地主和吴敬梓、曹雪芹笔下的地主加以对比，把鲁迅、赵树理笔下的地主和伊湛纳希、乌兰巴干笔下的王爷加以对比，都不难看出，这些剥削者和反面形象，尽管有其共性，但也有明显的差别，这差别之所以产生，除其各自的个性和所体现的时代性而外，完全是因为他们分别属于法兰西、英吉利、俄罗斯、汉和蒙古等不同民族，因而具有独特的民族心理和思想方式的缘故。

　　可见哪怕在某一民族的反动统治者的反面形象身上，也是能体现出民族性格的。既然这是事实，那么就不要怕承认反面人物有民族性格，何况问题不在于它是什么，而在于你如何写他。只要扣紧反面形象的反动阶级本质，那么越是具有鲜明民族性格的反面形象，其典型性和生命力，以及通过他所体现的社会批判作用及其反面教具作用就会越大。

应该指出：在民族性格和民族精神里，有好的方面，也有坏的因素。这是要作具体分析，不能一概而论的。首先，一般地说，一个民族的优秀品格，主要是劳动人民精神品格的结晶。这些东西在统治阶级的个别先进人物（他们往往成为历史上的英雄）身上，有可能具备一部分。但绝大多数统治者是不可能具备的；其次，为某一民族所有的一般民族心理特征则可能为各个阶级共同具备（例如汉民族对"龙"的特别崇拜的心理，和中秋元宵等佳节渴望亲人团聚的民族感情等）。第三，一个民族在某一历史阶段的缺陷，主要反映在该民族的统治阶级身上，当然在劳动人民身上也能部分地找到其痕迹。

由此可见，同一民族各个阶级虽然在阶级心理上是对立的，但在民族心理上却有共同之处。在抗战时期，团结在我们党所领导的抗日民族统一战线中的成员，既有工农阶级，也有地主阶级和资产阶级。后两者虽属于剥削阶级，但他们当中有些人也曾真心真意抗过战（当然还不如工农群众坚决），他们看见日本的"膏药旗"，心里也有异样的反感。这是一种民族情感，在这一点上，同一民族各阶级成员有共同之处。否认这一点是不客观的。但同时我们又应对此进行阶级分析：地主阶级和资产阶级之所以抗日，主要是为保持剥削人民的权利，在这点上和人民又是根本对立而无任何共通之处。可见民族性格与阶级性、人民性的关系，是一种十分复杂的现象。

当然，我们日常所说的民族精神、民族性格，往往指其优秀方面而言。家骏同志之所以把民族性格简单化为劳动人民的优秀品格，也许是受这种习俗见解的影响。但当我们分析文艺上的民族性格这一复杂的内涵时，却不能只依据习俗的见解，而不作全面的分析，乃至将一般民族心理及其在特定阶段存在的某些缺陷抛开不顾。家骏同志持这个论点的另一方面原因可能是过分强调了从阶级观点看问题，因此将民族性格和心理状态中的非阶级性因素（如上述汉族对"龙"的崇拜，仲秋佳节盼亲人团聚，和汉人性格沉稳含蓄，蒙人①性格豪迈强

---

① 编者注："蒙人"应为"蒙古人"，后同。

悍）加以忽略所致。正因为民族性格中既有家骏同志所指出的阶级性的一面，也有马白同志在上述文章中所指出的非阶级性的一面，所以既不能把民族性与阶级性、人民性对立起来，也不能把它们混扰起来，以及把民族性格和劳动人民优秀品格等同起来。既应看到其联系性，又要看到其差异性。

当然马白同志在上述文章中把民族性格说成毫无阶级性可言，完全不属于意识形态范畴，这也是不能令人同意的。据我所知，马白同志在其他场合下也不是这么看的。例如他在《论话剧〈金鹰〉的民族化群众化》（《草原》1962 年 2 月号）一文中分析布尔固德的民族性格时，就首先把着眼点放在人物那具有反抗精神和革命气概的独特民族性格上，并认为这是《金鹰》在民族化群众化方面取得成就的最主要的标志。这两篇文章中的意见显然是自相矛盾的。

我认为民族性格既有阶级性的一面（它属于意识形态范畴，是上层建筑），也有非阶级性的因素（它不属于意识形态，不是上层建筑）。对此要作具体分析，不能一概而论。至于"民族性格"的提法好，还是"民族精神"的提法好，我倒觉得二者都不如民族心理状态的提法更好。因为它更能确切地反映实际情况。

目前关于民族特色的争论还刚刚开始，这是从第三次文代会突出地提倡文艺民族化群众化以来，在内蒙古文艺界进行实践并逐步向前发展的必然结果和可喜现象。总的说来，我觉得比较起来文艺界，特别是内蒙古文艺界，在这方面的探索，所取得的成果，创作方面大于研究方面。我们是否也可以作这么一个估计：不管是作家还是理论批评工作者，大家对区内各民族的性格特征，把握得还不是那么明确？起码对民族性格的把握，不如对创作方法、党性、人民性的把握那么驾轻就熟，得心应手。如果这个估计有一定根据的话，那么我认为，这个问题的解决，对于作家说来，首先必须从深入生活研究区内各族人民的性格特色，并探索如何反映等方面入手，而对于理论批评工作者说来，除了和作家作同样的努力之外，更必须在各族人民的古典文学和现代、当代文学中所反映的民族性格上深入地耕耘。当然对作家说来，在后一方面作相应的努力，也不是没有必要的。

一九六三年一月二十日初稿

文艺民族特色杂谈

王家骏

史料解读

史料原载《草原》1963 年第 4 期。王家骏认为弄清关于民族特色的概念问题,不仅在理论上有价值,而且对实践的意义也很大。王家骏提到"有人曾经以为只有甲民族有、乙民族没有才叫做质的区别",这种看法是不全面的。固然,这是一种质的区别,但是除此之外,现实中也还存在着另外一种区别,即有些东西在甲民族中是大量地普遍地存在着,而在乙民族中却只能偶尔发现,这种区别同样是可以称作质的区别的。在民族性格问题上,作者重点讨论了丁尔纲的看法,分歧在于丁尔纲承认有一种在"所有成员身上都存在的""非阶级性的""一般民族心理特征"。作者针对此观点进行举例论证,首先"所有成员身上都存在的"这种心理特征在现实中并不存在;其次,衡量一种看法是否正确是根据它的本质,而不是仅仅由于表面相似;最后,不存在"非阶级性"的抽象的共同心理。

原文

关于文艺的民族特色问题我已经说了一些,本来想多听听大家的意见,不再准备写什么了。但是新近和一位做刊物编辑工作的朋友交谈之后,这种想法就变了。他说："听说你对目前参加讨论的文章还有一些不同的看法，那为什么不公开拿出来畅谈一番呢？"为了促进讨论，我想，这个责问是正确的。因此，不避好辩的嫌疑，重又写下了一些。但这终究只是一些片思断想，所以就名之曰"杂谈"。

一

民族特色的概念问题。弄清楚这个问题，不仅在理论上有价值，而且对实践的意义也是很大的。目前我们都在研究蒙古族文学的特色。当然，要取得成就，光有对民族特色的概念的正确理解是远为不够的，但是，也无庸讳言，这却是一个先决条件。如果说连此也错了，肯定，我们的努力就不会有任何的结果。可是对此，我们理论界的认识怎样呢？我认为并不是都已经很合适了的。

有这么一种意见，虽然没有直说，但是在具体论述里可以看到，即认为：是否在其他民族里也同等地具有，是无关紧要的，只要在本民族文艺里存在的就可以叫做民族特色。比如一儒同志，多少就有一点这样的看法。《蒙古族文学的民族特色试探》，无论就材料丰富说，或者就立论新颖说，我都是衷心钦佩的。但是在说到"勇、力、义"的英雄品格时，一儒同志却说：尽管这些品格从世界艺术史上看，在古代"是有其一定普遍性的"，但它却依然可以成为蒙古族文学中早期的英雄人物的性格特征。这是因为在这里它也是相当普遍地存在着的："如红色勇士谷诺干，……如江格尔，洪格尔等史诗主人公，也都无不具有这类性格特征。"在说到"歌颂团结和斗争"，说到"带有宗教迷信的色彩"时，也还说过性质类似的话：一方面承认这些东西是少数民族文学的"共性"，"是带有很大普遍性的"，一方面由于在蒙古族文学中也存在，却又肯定它是蒙古族文学的特色。对于这些，我却不能表示赞同。称为民族特色的东西固然必须在本民族的文艺里存在，但是在本民族文艺里存在的东西却并不见得都能叫作民族特色。形象，在蒙古族文学中几乎是无所不在的，难道我们能够称形象为蒙古族文学的特色吗？情节，也普遍地存在于蒙古族的叙事、戏剧类作品中，可是谁又说过情节是蒙古族文学的特点呢？民族特色，在我看来，还必须以和其他民族有质的区分为条件。俄国十九世纪文学史的特点,高尔基概括为:"没有一个国家像俄国那样在不到百年间出现过灿若星群的伟大名字,有过我们这样多的殉道的作家。"①这个特点为什么能够获得普遍的承认呢? 一方面确实是因为它反映了这个时期俄国文学史的实际:克雷洛夫、格利鲍耶陀夫、普希金、莱蒙托夫、果戈理、别林斯基、赫尔岑、杜勃罗留波夫、屠格涅夫、冈察洛夫、奥斯特罗夫斯基、车尔尼雪夫斯基、涅克拉索夫、谢德林、陀斯妥也夫斯基、托尔斯泰、契可夫,该有多少辉煌的名字呵! 其中又有多少曾经和人民同受过苦难的人物呵! 但是另一方面难道不是因为它还道出了和别的民族中间存在的质的区分吗?"没有一个国家"能和它相比,这是完全真实的。法国十九世纪文学史在世界上同样占有重要的地位,但是这个时期里它产生过多少名人呢? 我们不妨也来数一下:雨果、乔治桑、司汤达、梅里美、巴尔扎克、大仲马、福楼拜、泰纳、左拉、莫泊桑、法朗士,显然是比不上俄国的。至于殉道者,勉强够个数的就是雨果等几个,当然就更少了。古希腊时代是欧洲文学史上早期的黄金时代,确实也曾培育出过像荷马、伊索、埃斯库罗斯、索福克勒斯、欧里庇得斯、阿里斯托芬、柏拉图、西理斯多德等这样一系列伟大的人物,但是要知道,这不是一百年而是将近五百年呵! 又如以平仄、对仗等构成诗歌格律的,是汉族古典格律诗的特点。这点从来没有人表示异议。其所以能够成为特点,很明显,是因为它不仅在唐以来的汉族古典诗歌中大量存在着,而且在其他民族诗歌中我们还不曾发现有类似的表现。蒙古族、藏族、维吾尔族……谁又曾在他们的诗歌中发现过这样的格律呢? 所以民族特色必须以和其他民族有质的区分为条件,是完全可以理解的。民族特色,也像其他一切特色一样,是指民族内部所包含的特殊矛盾,而所谓特殊矛盾,按照毛主席的指示,即"一事物区别于他事物的特殊的本质。"②它是不能和与其他事物相区别这点分割的。既然如此,当然,与其他事物相区别也就不能不和民族特色有联系,不能不成为后者的一个必备条件。

　　和其他民族有质的区别,是民族特色的一个必备条件。但是如何理解"质

---

① 　高尔基:《个性的毁灭》。
② 　毛泽东:《矛盾论》。

的区别"这个词的含义呢？有人曾经以为只有甲民族有、乙民族没有才叫做质的区别。这种看法，我认为是不全面的。固然，这是一种质的区别。但是除此之外，现实中也还存在着另外一种区别，即有些东西在甲民族中是大量地普遍地存在着，而在乙民族中却只能偶尔发现，这种区别同样是可以称作质的区别的。比如我们都承认人民英雄主义是中国文学的特点，其实这在外国也并不是没有的，像普罗米修斯就显著地带有这种气质，但是我们却并没有因此改变自己的看法。为什么呢？这是因为，在外国文学中，它还没有构成一个传统，而在我国却是大量地普遍地存在着，并且构成了一种传统。我们拿汉族文学史看：女娲、后羿、夸夫、廉颇、蔺相如、聂荧、荆轲、豫让、花木兰、赵盼儿、关羽、张飞、武松、鲁智深、李逵、岳飞、佘太君、穆桂英、孙悟空……该塑造了多少动人的人民英雄形象！又如蒙古族，体现这种英雄主义的有大家所熟知的：《两匹骏马》中的小骏马、江格尔、洪格尔、宝木额尔德尼、哈吉尔哈日、仁沁、梅尔庚、曼杜海·斯琴夫人、格斯尔、额尔戈东岱、汗哈冉惠、陶克特胡、席尼喇嘛、嘎达梅林。此外，如藏族……等，亦都无不如此。弄清楚"质的区别"这个词包含的两种意义，特别是承认后一种含义的存在，意义是很大的，它能够使我们防止绝对化，更加全面地去发掘蒙古族文学中所存在的民族特色。

二

民族性格问题。这是拙作《试论艺术的民族特色》[①]里所谈到的各个问题中受到批评最多的一个问题，先有马白同志的批评[②]，现在又有丁尔纲同志的批评[③]。马白同志的意见将另文答复，不再赘述。这里想集中地谈谈尔纲同志的看法。

尔纲同志认为民族性格包含有三方面内容。第一，"主要是劳动人民精神品格的结晶"，但"在统治阶级的个别先进人物（他们往往成为历史上的英雄）身

---

① 见《内蒙古日报》一九六二年十二月七日三版。
② 马白：《文学的民族特色二题》。《内蒙古日报》一九六二年十二月二十五日三版。
③ 丁尔纲：《关于民族性格与人民性格》。

上有可能具备一部分"的"一个民族的优秀品格"。这种看法,和我是并不矛盾的。我说民族性格是"某一个时期里这一民族的劳动人民的优秀品格",也没有意思想要否认其他阶层的人物也可能部分地具有民族性格。既然各个阶级相互间有着影响,既然有些中间阶层在经济、政治地位上和劳动人民有着某种近似,既然在某种特殊历史条件下统治阶级和劳动人民的部分利益会有暂时的一致,那么就有可能从其他阶级、甚至统治阶级中产生具有若干劳动人民品格的人,也就是某种程度上具有民族性格的人。在《试论艺术的民族特色》里,我所以没有详尽地论述这些,那是因为当时我的任务是在给民族性格下简明扼要的定义,而不是就这个问题进行专门性的探讨。

第二,"主要反映在该民族的统治阶级身上,当然在劳动人民身上也能部分地找到其痕迹"的"一个民族在某一历史阶段的缺陷",对此,我们之间也没有原则的分歧。尔纲同志说我否认落后现象的民族性,把反面人物看成是一种不带民族特色的"幽灵",其实这是一个很大的误会。在那篇文章中我说得很明白:"劳动人民不仅人数众多,而且对整个民族的发展来说贡献也最大,他们是民族的主体,比起一小撮反动的上层分子来,当然更有资格代表自己的民族。"在这里我是把劳动人民和一小撮反动的上层分子相对比地提出来的。我说劳动人民是民族的主体,言外之意也就肯定了虽然只居次要地位的反动上层分子的民族性,既然如此,那么又有什么根据说我把反面人物不管外国的或者中国的都看成是一个样,都是些不带民族特色的"幽灵"呢?我是肯定反面人物性格的民族性的,但是我却否认它是民族性格。这是因为在我看来,性格的民族性和民族性格这两个概念是有区别的,那就是:前者是指仅仅带有民族特征的性格,而后者除此之外,还必须加上一个条件,即同时又能代表自己的民族,是自己民族的代表性格。反面人物的性格,显然是只带有民族特征而不具备能够代表自己民族的条件的。现在尔纲同志既把民族性格理解为:"此一民族区别于彼一民族的独特心理状态的集中表现。"那么前提变了,把反面人物的性格也包括到民族性格中来,在我也是没有什么不可以接受的。在这里我所要保留的只有一点,即当我们谈到谁的性格更能代表自己民族时,我还是坚持:是劳动人民,而不是一小撮反动的上层分子。

我所不能同意的主要是：在这两点以外，尔纲同志还承认有一种在"所有成员身上都存在的"（着重点原有）、"非阶级性的"（着重点引者所加）"一般民族心理特征"。比如"汉人性格沉稳含蓄、蒙人性格豪迈强悍"，"汉民族对'龙'的特别崇拜的心理，和仲秋元宵等佳节渴望亲人团聚的民族情感等"。这种看法，我认为缺少服人的力量。

（一）所谓在"所有成员身上都存在的"这种心理特征在现实中并不存在。比如汉人，据尔纲同志说都是很沉稳的，但是我们翻一下汉族文学史，可以看到事实却并不是这样。张飞、李逵、孙悟空、李翠莲、张腊月、李双双……谁能说他们的性格是沉稳的呢？又如蒙古族人，也并不都是豪迈的。奴性十足的性格不用说了，就是《蒙古秘史》中的太阳罕又何尝不是如此？他"连孕妇撒尿那么远的地方都没有走过；连放牛犊那么远的地方都没有越过。"是半点丈夫气也没有的。至于并不强悍的性格，在蒙古族文学中这就更多了，炉梅、琴默、笙汝、瓦其尔巴彦……我们几乎可以数上一大堆。

（二）这样说，当然我们并没有意思想要否认这么一个事实，即同一民族的大部分人在性格方面、特别是在爱好上有着更多表面的一致。但是这和尔纲同志的看法又有什么相干呢？难道我们衡量一种看法是否正确不是根据它的本质，而是仅仅由于表面相似吗？从本质来看，我们可以看到，这种所谓"非阶级性的""一般民族心理特征"是并不存在的。比如沉稳，在各个阶级间就有着完全不同的内容。《红岩》中的江姐，是很沉稳的，在临刑前的几分钟，还梳头、整容、换穿新衣，从容不迫地打扮自己，一点也没有慌张的表示。这种沉稳，很明显，正是信仰坚定，对自己力量确信的表现。我们再看封建时代的妇女，"好女娘，性淑贞。守闺房，不妄行。闲游戏耍从无问，烧香入寺休提起。看会迎春不出门，繁荣不喜耽幽静。"[①]确实也是够沉稳的了。但是那种沉稳，不是别的，只是封建意识的一种代名词而已。对"龙"的崇拜也是一样。汉族皇帝崇拜它，因

---

① 石天基：《家宝合集》，卷三。

为它是他们的符瑞,是"帝德"的标记。老百姓呢?也崇拜。但是他们的崇拜却是出于完全不同的动机,只是因为在传说中它是司雨的,在干旱的时候能够给他们带来甘露。在这里,根本就不存在什么"非阶级性"的抽象的共同心理。

(三)这和经典著作中的意见也是相应的。在《关于民族问题的批评意见》里,列宁说:"在每一个现代民族中都有两个民族。"在《致杰米扬·别德内依同志》里,斯大林也说:"除了反动的俄罗斯以外,还有过革命的俄罗斯,有过拉季谢夫和车尔尼雪夫斯基、热里雅鲍夫和乌里扬诺夫、哈尔士林和阿列克谢也夫这样一些人的俄罗斯。"同样意思的话恩格斯说得更加充分:"大家知道,迪斯罗在他长篇小说《神巫,或两种民族》中,几乎和我同时说出了大工业把英国人分为两种不同的民族的见解。""工人比起资产阶级来,说的是另一种习惯语,有另一套思想和观念,另一套习俗和道德原则,另一种宗教和政治。这是两种完全不同的人,他们彼此是这样地不相同,就好像他们是属于不同的种族一样。"①如果说一个民族内部的对立阶级间存在着共同的心理特征,有着本质的一致,那么列宁、斯大林为什么要把它分成为两个民族呢?恩格斯为什么更说"这是两种完全不同的人",具有完全不同的习俗、道德……呢?关于性格和爱好是否有阶级性的问题,经典作家们也是谈得很多的。在《在延安文艺座谈会上的讲话》里,毛主席就不止一次地说过:"有没有人性这种东西?当然有的。但是只有具体的人性,没有抽象的人性。在阶级社会里,就是只有带着阶级性的人性,而没有什么超阶级的人性。"又说:"所谓'人类之爱',自从人类分化成为阶级以后,就没有过这种统一的爱。""就说爱吧,在阶级社会里,也只有阶级的爱。"少奇同志在《人的阶级性》里亦说:"在阶级社会中,人的阶级性,就是人的本性、本质。"

鲁迅有一段很有名的话,也是谈到这个问题的:"文学不借人,也无以表示'性',一用人,而且还在阶级社会里,即断不能免掉新属的阶级性。"②在这里,显然,要为尔纲同志的看法找到根据,同样是不可能的。

当然,尔纲同志会说:"一个民族的人具有共同心理素质,这是斯大林说的

---

① 恩格斯:《英国工人阶级状况》。
② 鲁迅:《"硬译"与"文学的阶级性"》,《二心集》。

呵!"是的,斯大林是说过的。但是怎样理解这句话呢?共同心理素质,斯大林说,表现在民族文化上^①,可见对它的理解是不能离开列宁的两种文化学说的。民族文化,按照列宁的解释,在阶级社会里,内部存在着根本的对立。既然如此,表现在其上的心理素质自然也就带有阶级色彩,不可能真正是统一的,那么所谓"共同"实际上指的恐怕也只不过是"表面近似"罢了。这样推测,我相信是符合原意的。不信,请看:"有产者与无产者的思想、社会、风俗、道德原则、宗教和政治是绝对对立的,这是完全正确的。"^②"谁都不能否认:现在苏联各社会主义民族……不论就其阶级成份和精神面貌讲来,或就其社会政治的利益和倾向讲来,都是与上述的旧俄境内旧式民族即资产阶级民族根本不同的。"^③如果对立阶级之间,真的存在有本质上共同的东西,肯定斯大林就不会谈这样的话。共同心理素质的含义只不过是心理素质上有表面的一致,那么尔纲同志又怎么能够拿它去为自己的立论作证呢?

是否符合事实,是否符合马克思主义原理是衡量一种看法正确与否的主要标志,无论从那一方面看尔纲同志的这种看法都没有能够得到它们的支援,自然,对此我们也就只好暂时地存异了。

<h2 style="text-align:center">三</h2>

构成文艺民族特色诸因素之间的关系问题。这里想谈的主要不是对别的同志意见的不同看法,而是进行自我批评。我所以想谈这个问题是由翟胜健同志的文章引起的。翟胜健同志并没有点我的名,但是既然引证了我的话,可见他的批评中间也包括着我。他说:"应当看到,其中任何一个因素,都不可能孤立地、单独地构成文学作品的民族特点。这是因为,其中任何一个因素,都不可能孤立地单独地在文学作品中存在和加以表现之故。自然,在谈到这一问题时,也应当看到一些例外的情况,诸如以它民族语言写成的作品或反映它民族

---

① 　斯大林:《马克思主义和民族问题》。

② 　斯大林:《马克思主义和民族问题》。

③ 　斯大林:《民族问题与列宁主义》。

生活的作品,有时也可能具有本民族的特点;但也无庸否认,其民族特点总不如在以本民族语言写成的或反映本民族生活的作品中,得到那样强烈和鲜明突出的表现。同时,这种例外情况,也正说明了其中任何一个因素,都不可能孤立地、单独地起着决定性的作用。因此,把其中某一因素说成是'可有可无',或把其中另一因素孤立地强调为'是艺术的民族特色的决定因素'(单引号中的话都引自我的文章——笔者),都是不够全面的。"①这给人一种印象,仿佛和那些受到他批判的人一样,我也是孤立地单独地看问题的;以为只要决定性的因素具备了,就万事大吉,其他因素对于文艺民族特色的构成都无关紧要。这样解释我在《试论艺术的民族特色》里的对各个构成因素之间的关系的论述,我认为是有些违背原意的。在那篇文章里我虽然说过:"民族性格是构成艺术的民族特色的决定因素。"但是我却没有把它孤立起来。在第三节里,一开头我就说:"表现方式是构成艺术的民族特色所必要的,但是决定性的因素却是民族性格。"中间又说:"民族性格具备了,其他方面的努力也就很快地显示了实效,艺术的民族特色自然地就呈现了出来。"不仅表现方式,就是题材,语言的意义我也是没有抹杀过的。请看第一节,在谈到题材时,我说:用本民族题材创作出来的作品,使"我们感到特别亲切"能够"受到普遍的传诵"。在谈到语言时,也说:民族语言是使作品"具有浓厚的民族气息"能够"家喻户晓"的原因之一。这些都是写在纸上的,大家可以去查原文。

翟胜健同志对我的意思是有所误解的。虽然如此,但是我却仍然认为这个批评对我有帮助。为什么给人产生这样一种印象呢?它使我重新认真地考虑了一下自己的论述,我发现有些地方在掌握分寸上确实是存在问题的,比如对题材和语言在总体中地位的估价就是如此。题材和语言,比较起民族性格来,与总体的联系还不是最紧密的。因之,在某种特殊情况下,我们也看到有这么一些作品:由于写的并不是本民族的生活,或者所采用的并不是本民族语言,虽然特色大大冲淡了,但是却依然不失为是民族的。比如马凡陀的某些讽刺帝国

---

① 翟胜健:《文学的民族特点和地区特点及其关系》。《内蒙古日报》一九六三年一月二十二日三版。

主义者的山歌，用英语写的惠特曼的《草叶集》，在不同程度上就都带有本民族的特色。这些都是文学史上的事实，我们是不能否认的。不但不能否认，而且在有些时候还必须加以适当的宣传，比如当作家们怕失去民族特色，而不愿承担国际义务，去写作外国题材的时候；比如当没有自己文字的少数民族作家，因担心用别的语言写不出自己民族的东西而烦恼的时候。这点我在上篇文章中是这样看的，现在也还是坚持这种看法。

但是这只是事情的一面，除此之外，也还存在着另一方面情况。这就是：题材和语言，也和民族性格一样，是总体的一个必要组成部分，与总体、与其他各个构成因素都有着有机的联系。比如题材，在作品中，它体现着民族性格，同时却又规定着表现方式和语言的特殊性质；语言也是一样，它既为民族性格、民族题材所决定，另一面反过来它也是两者的必要表现手段。因之，在一般情况下，它们和总体也是密不可分的。但是对这点，我在上篇文章中却是强调得不够的。我虽然指出了：它们都是文艺民族特色的构成因素；然而却没有肯定在原则上它们的不可分离性。这样就很容易形成一种看法：既然不是不可缺少的，有了嘛固然更好，没有，也没有什么了不起。其结果必然是放松对这两方面的努力，影响文艺质量的提高。在内蒙古，由于语言问题还和贯彻民族政策问题有着直接的联系，对创作中语言因素的作用强调得不够，其可能引起的不良影响也就更大，因此也更不可忽视。所以，虽然对我的意思有所误解，在这里我还是要重复一遍：翟胜健同志的批评对我是有帮助的。它使我重新考虑过去的论述，及早地发现论述中的不当之处；使我在它们的不良影响还没有充分地传布开去的时候，能够加以纠正。

一九六三年二月二十七于内大

文学的民族特点和地区特点琐议

温小钰　　汪浙成

史料解读

　　史料原载《草原》1963 年第 5 期。这是有关蒙古族文学的民族特点和地区特点讨论中很扎实并且有说服力的一篇。《草原》1963 年第 4 期和第 5 期陆续刊发了王家骏的《文艺民族特色杂谈》、梁一孺的《蒙古族文学的民族特色初探》、丁尔纲的《关于民族性格与人民性格》以及温小钰、汪浙成的《文学的民族特点和地区特点琐议》等文章，使讨论更加深入。本篇文章中，作者指出民族特点和地区特点是一个非常复杂的问题，这种关系并不是主观认为的，它是由于民族文学的发展规律所决定的，通过对蒙古族作家敖德斯尔的《水晶宫》和杜鹏程的《第一天》，敖德斯尔的《春雨》和林斤澜的《山里红》等作品对比分析，得出文学作品的民族特点是存在的。从而概括出文学的民族特点主要表现在语言、表现方法、民族题材、民族性格四个方面。最后作者指出，要想写好体现民族特点和地区特点的作品，就必须向本民族优秀传统、民族民间遗产和其他民族的先进事物学习，正确全面表现民族生活，深入到群众中去。该文以作品分析为基础，对文学的民族特点与地区特点进行了有力论证，对内蒙古文艺创作有着切实的参考价值。

原文

一

最近,学习了几篇关于文学民族特点和地区特点的争鸣文章,很有些启发,同时也深深感到我区的文艺理论和文学批评工作,在党的"百花齐放,百家争鸣"的方针指引下,得到了进一步的活跃,进一步的提高。然而在欢欣庆幸之余,我们也感到这次讨论还有进一步跟实际联系起来的必要。毛主席说:"我们讨论问题,应当从实际出发,不是从定义出发",又说:"我们现在讨论文艺工作,也应该这样做。"(《在延安文艺座谈会上的讲话》)

什么是我们讨论这个问题的实际呢? 这就是,内蒙古各族人民在党的领导下,取得了民主革命的巨大胜利,现在正坚定地向着社会主义、共产主义过渡;内蒙古新文学根据文艺为工农兵服务的方针,在批判地继承传统的基础上,创作出为数众多的为内蒙古各族人民所喜闻乐见的优秀作品,涌现出一批又一批的具有较高水平的文艺人才,取得了显著的成绩。如果我们讨论文学的民族特点和地区特点,能从这些客观既存的实际出发,从具体作家作品出发,那么,这次讨论中涉及到的有些问题,比如,内蒙古文学有没有民族特点和地区特点,民族特点和地区特点的关系怎样;构成文学民族特点的因素是什么,怎样理解这些因素之间的关系等问题,就比较容易取得一致的认识了。

文学的民族特点和地区特点,是个复杂的问题,我们对这方面的马克思列宁主义文艺理论学习得很差,对内蒙古文艺实际了解得也很少,我们敢于参加这次讨论,完全是出于为繁荣我区社会主义民族文艺的目的,说错之处,相信是能得到同志们的批评和帮助的。下面,我们想就上面提到的这些问题,结合内蒙古文学实际和一些区外的创作,谈一点自己极不成熟的看法。

二

读过敖德斯尔《水晶宫》的同志,该还记得那个为作者所着力刻划的主人公——胡日钦,他原是解放军的一个指挥员,在一次战斗中负伤后,组织上调他去搞经济建设工作,去跟大自然作斗争。种种想象不到的困难在等待着他:那严寒的冰雪、那骇人的风暴和极端艰苦的物质条件。但这一切都不能削弱胡日钦的革命意志,条件越困难,担子越沉重,斗争越艰苦,蕴藏在胡日钦心中的崇高品质和革命的乐观主义精神,就表现得越充分,越强烈,越动人,越放射出耀人眼目的光辉。

象这样一类题材的小说,在汉族作家中,也是屡见的。随便举个例子,比如杜鹏程的《第一天》,(见小说集《年青的朋友》,中国青年出版社。)主人公杨方,也是这样一位复员军人,他过去也是一位英勇的指挥员,也是在一次战斗中负伤后被派到后方来搞经济建设工作,开始的时候,他觉得新的工作和打仗"这两件事仿佛一下子很难拉到一块",不晓得从哪里下手,"心里又沉重又急躁",但是很快,他脑子里的"主攻方向"转到建设事业上来,他又以进攻的姿态,投入了新的战斗。作者在杨方身上,突出地表现了他的高昂的革命热情和强烈的理想精神,使这个形象焕发出新人的光彩。

多么相象的两篇作品啊,甚至连两位主人公的外形,那高大魁梧的身材,那浓黑茂密的胡须,那饱经风吹日晒的红黑红黑的脸膛,都是相仿佛的;然而,谁又能否认,他们中间存在着多么明显的差异!这是两个属于不同民族的形象,我们从胡日钦向僧格执拗地谈说牧场规划时的那股劲头上,从他在踏勘白音锡勒草原时那种兴致勃勃的情绪中,从他象孩子般兴高采烈地把多种草叶标本塞进背囊中去的举动上,从他对暴风雪的威胁毫不在意,反而策马狂驰,深入大草原的意气神态中,深深地感受到他的表现思想感情的方式,他的性格特征,他的作风气派和兴趣爱好等等,都鲜明地烙上蒙古民族的印记。要具体地摘引文字是有些困难的,但为了说明问题,不妨看一看胡日钦在暴风雪的草原上行走的神态:

这时风雪更大了,滚滚的白毛旋风,象怒海的波涛,在草原上横扫而过,送来一阵阵吓人的呼啸声。草木被压得低低的,嘶嘶地响着,乌鸦哑哑嗓着,顺风飞去。他(指胡日钦——引者)依然稳稳地坐在马背上,冒着风雪向前飞奔。突然,他撒开马缰向一个不高的山岗驰去,在山顶勒马站住。我在山脚下等他,只见他站在马蹬上四处远眺，那宽大的衣襟同长长的马鬃同时飞舞着，向浓烟中的火舌一样。他那匹大黑马嘶叫着，用前蹄刨地，使一块块岩石和雪块直往下滚。（《遥远的戈壁》第89页。）

再看杨方迎着暴风雪行走的神态：

> 他俩（指杨方和赵志群——引者）向前走去。每走一步，都挺艰难，好象，抬脚动步都可能被大风雪卷上天去。有时候，大风把他俩摔倒，雪又披头盖脑地压下来。他俩爬起来，肩膀紧贴着肩膀，胳膊挽着胳膊，高一脚低一脚地朝前走去。

> ……

> 向前走去，向前走去！任寒冷袭击，任风雪吹打，他俩，在这暴风雪逞威的战场上，毅然向前走去。（《年青的朋友》第65页）

同样是暴风雪的典型环境，同样有百折不挠的英勇气概，但两位主人公的心理状态是不同的。《水晶宫》的作者，通过一系列动作（稳稳坐在马背上，撒马飞驰，岗顶远眺等）和外形描写，突出了蕴藏在胡日钦心中那股勇敢慓悍的豪迈劲儿；而《第一天》的作者，也是通过人物一系列动作（艰难的步履，摔倒爬起，肩并肩，手挽手等）和外形描写，侧重渲染了杨方身上那种坚韧不拔的内在力量。两位作者的企图，都是要想表现主人公的共产主义思想和革命理想主义精神，然而，他们又都是通过人物各自的民族特性和个性来达到这个目的的。

我们再看敖德斯尔的另一篇小说《春雨》。在这篇作品中，作者塑造了一个老牧羊人的生动形象，他有着丰富的放牧经验，但是，为了一件剪羊尾巴毛的事情，和大队领导发生了意见分歧，而影响了他对集体事业的关心。后来，在大队朝鲁书记的谦逊、诚恳和勇于认错的品质感召下，他心中的革命热火重又强烈地燃烧起来，"斧头砍不伤的积极性"，重又回到他的身上，当夜，他就想到社里去把自己六十多年来的放牧经验告诉给大家。

类似这样的题材，这样的主题，在汉族作家作品中，我们也是常常读到的，比如与《春雨》写于差不多同时的林斤澜的短篇《山里红》（载《人民文学》1961年5月号）就是其中的一个。李有本也是放了一辈子羊的老牧人，他也有着丰富的放牧经验,因为羊群"闹疥子"的事情,影响了他对集体事业的关心,后来,在牧畜队长共产党员王金明的启发引导下,认清了自己的"思想疥子",当夜,就参加了治疥子小组,决心把自己丰富的经验贡献出来。

论这两个人物的出身,他们的思想,他们的经历、转变以及他们的擅长,都有许多相接近的地方,但他们中间又有着明显的差别,他们是两个属于不同民族的形象。

同样的例子(如《草原烽火》和《红旗谱》等)还可以举出很多很多,限于篇幅,就不赘述了。上述情形说明什么呢?这说明:当我们把某一个作品同其他民族作家的类似作品作细心对比的时候,读者就不难发现,这些外表相似的作品,明显地呈现着只为它自己所有、而为别人所无的民族特点。否认它们之间的共同点是不对的,然而看不到它们各自的特殊性,也是不合乎事实的。其实对这个问题,马列主义的经典作家早已有明确的论述。斯大林说:"每一个民族,不论其大小,都有它自己的,只属于它而为其他民族所没有的本质上的特点,特殊性。"(《在宴请芬兰政府代表团的宴会上的演说》,见《马克思主义与民族、殖民地问题》,人民出版社,第 381 页。)文学的民族特点,就是这种特殊性在文学上的反映。

当然,蒙古族文学并不就是内蒙古文学,这两者是有区别的;但是,只要承认内蒙古是个民族地区,蒙古族又是它的一个成员,而且是一个主要的成员,那么,在谈到内蒙古文学的民族特点的时候,就不能不首先谈到蒙古族文学的民族特点,就不能不着重地探讨蒙古族文学的特殊性,就正象有人在谈到我国文学的民族特点时,通常拿《三国演义》、《水浒传》、《红楼梦》、《红旗谱》、《创业史》等作品来做例子一样。我们总不能说,这些作品写的是汉族人民的生活和斗争,它们的特点仅仅是汉族文学的特点,而不是中国文学的特点,是一个道理。因此,我们上面在谈到内蒙古文学是有着民族特点时,拿蒙古族的一位作家的作品做例子,想来是能够说明问题的。

既然内蒙古文学有它的民族特点,那么,它是不是还有地区特点呢?(关于民族特点和地区特点的提法,有人不同意,我们认为是可以商榷的,现为说明方便、名词统一计，姑且沿用之）。如果有，它跟民族特点的关系又怎样呢？我们还是再看具体作品。

《水晶宫》的民族特点，我们在上面简单谈过了，那么它有没有地区特点呢？文学作品的地区特点，如果按照这次讨论中有些同志的理解："主要是通过作品中有关某一地区所特有的风土人情，生活习惯，地理特点的生动描绘表现出来"，那么，应该说，这篇小说是具有浓郁的地区特点的。作者在这里不仅刻划出胡日钦蔼然可亲而又令人肃然起敬的普通劳动者的崇高风貌，而且还绘声绘色地描绘了胡日钦这个性格得以展开的典型环境：严寒的白音锡勒草原，狂暴的风雪，广袤的荒原，梦幻般的冬夜，骠悍的骏马，胡日钦骑马的神态以及他用那象是进自己羊圈里牵羊那么轻松容易的口吻谈到猎取黄羊，还有他那个生火的细节等等，所有这些描写，不仅给作品涂上了一层蒙古草原特有的地方色彩，而且也深化和强化了胡日钦性格的民族特色（这在上面所引的一段文字中也可以看得出来）。如果没有这一切的描写，很难设想胡日钦的性格会象现在这样真实和强烈。可见，文学作品的民族特点和地区特点，虽然彼此不能等同起来，却总是常常联系在一起的。地方色彩可以有助于作品民族特点的形成。作品的地方色彩愈浓，民族特点也就愈足，甚至可以这样说，地方色彩是丰富民族特点，使民族特点具有多样化内容的一个有力手段；反过来说，无视地区特点，孤立地去追求民族特点，那效果也常常是很难令人满意的。这中间的情形，《红旗谱》的作者曾有过很真切的说明，他觉得"文学作品的地方色彩，对于民族化，是个要紧的问题。"（《关于文学作品的民族化问题》，《文艺报》一九六〇年第二十三期）他说："如果一本书深入地反映了一个地区的人民生活，地方色彩浓厚了（当然不仅仅是地方色彩），民族的风格、气魄就容易形成。"（《漫谈〈红旗谱〉的创作》）梁斌同志根据一些老作家的创作经验，总结了这两者的关系，并把它贯彻到自己的创作中，结果，取得了显著的效果。《红旗谱》是这样，内蒙古的一些文学作品又何尝不是这样呢？《草原烽火》由于深入地反映了科尔沁草原这个地区人民的斗争生活，地方色彩浓厚了，同时也加强了它的民族特色。其它诸如玛拉沁夫的一些小说和纳·赛音朝克图的一些诗歌，都无不如此，而且地区特点常常体现在民族特点之中。所以，只要我们从具体作品出发，而不是空谈抽象的定义，这两者之间的关系是很可以理解的。

还值得我们注意的是，《红旗谱》的作者没有孤立地强调地方色彩，为地方色彩而地方色彩，他说："地方色彩浓厚，是为了更深刻地写出人物的精神面貌，使作品更加民族化。"（《关于文学作品的民族化问题》，《文艺报》一九六〇年第二十三期）那种把这两者机械地分割开来，在概念上划分孰大孰小，对解决我区文学的实际问题，促进我区文学表现更鲜明的民族特点和地区特点，好处恐怕不是太大的。

文学的民族特点和地区特点的这种关系，决不是主观人为的，它是被民族文学的发展规律所决定的。大家知道，共同的地域本来就是构成民族特征的要素之一，你要反映这个民族的特殊性，就离不开对这个民族所赖以居住的地区特点的表现。斯大林说："然而民族性格难道不是生活条件的反映，不是周围环境方面所得印象的结晶吗？"（《马克思主义与民族问题》）民族性格和地区环境是联系着的，只要准确地深入地表现这个地区人民的生活，也必然会带来一些生活在这个地区内的人的民族特点，更何况文学作品的目的并不是为了写地方，而是为了写出在这个地方生活、斗争、建设的人；写典型环境是为了塑造典型性格。因此不能也不应该把环境描写和性格塑造分割开来，把地区和民族分割开来，把文学的地区特点和民族特点分割开来。

强调了地区特点有助于民族特点的形成，并不就是说民族化非有地方色彩来表现不可，或者说，具有民族特点的作品就非有地区特点不可。正因为它们是两个不同的概念，各有其具体的内容，因此有些描写其他民族生活的作品，有时虽也可以具有本民族的特点，但其地方色彩，恐怕就不一定很明显、浓烈了。

三

什么是构成文学民族特点的因素呢？概括说来，一是语言，二是表现方式和表现手法，三是民族题材、民族生活，四是表现在共同文化上的共同心理素质，亦即民族性格。这些，在中外的一些文艺理论家的文章中，已不止一次地谈到过；这次讨论中，不少同志也这样说，看来这一点，大家的意见是没有什么分歧的。至于上述构成诸因素"是一个有机的统一的整体"的说法，"其中任何一个因素都不可能孤立地、单独地构成文学作品的民族特点"云云，在理论上也没有人提出过不同的看法。那么现在的问题就是如何把这理论，跟我们内蒙古文学的实际联系起来，跟具体作家的作品联系起来，去解释，去说明，去分析以及评价这些作品；问题还在于探讨在他们的作品中，上述诸因素怎样地在起着作用，每个作家又是怎样根据自己的情况使作品具有民族特点？

比如说，语言，由于历史上的特殊原因，内蒙古作家（指蒙古族而言），除用蒙文写作外，还有一部分是使用汉文进行写作的，如果按照上述理论，这部分用汉语进行创作的作品，是不是就没有语言上的民族特色了呢？或者说，语言这个首要的因素，在构成作品的民族特点时，是否就不发生作用了呢？如果不是这样，那么，又怎样理解这些因素"是一个有机的统一的整体"呢？

我们认为，这里必须明确一点是：作为构成文学民族特点因素之一的语言的民族特征，不能仅仅理解为就是那个民族全民语言的一般特征，（比如说蒙语是一种"粘着语"，随着这个特点，必定有许多为其他语言所没有的构词和语法特征）。文学语言的形象艺术机能，是以全民语言的作为交际和交流思想手段的交通机能为基础的，前者从后者产生、并服从于后者的任务及文学表现法则。"在文学艺术中，语言的机能扩大了，复杂了。艺术描写形式、形象与性格的语言构造原则，人物谈话的典型化和个性化的手法，进行对话的复杂方式，富丽的艺术辞藻，大量的描写手段，都以全民语言为基础，并借这种语言的表现可能性而形成起来。艺术技巧的手法和原则，形象的概括是因袭相传的；其中有些甚至被包括在全民的语言中。"（《斯大林论语言学的著作与苏联文艺问题》第 16 页，时代出版社，一九五二年版）这就是说，文学语言的民族特点，除全民语言的一般特征外，还有些是与文学的表现方法，技巧技术联系在一起的。玛拉沁夫同志的有些小说（如《路》、《花的草原》、《歌声》等）把它们拿来跟一些汉族作家作品相比较时，就能够看出它们在语言上是有着差异的，这差异一部分由作家个人的风格使然，还有一部分则是由于具有各不相同的民族特色的缘故。玛拉沁夫同志虽然是使用汉族文字写作,但是他的创作的艺术描写形式、形象与性格的语言构造原则,人物谈话的典型化和个性化的手法,进行对话的方式,富丽的艺术词藻,在很大程度上是以蒙语为基础,并借蒙语的表现可能性而形成起来的。其他一些作家的作品,象敖德斯尔的《水晶宫》《春雨》,也是这样。这种情形还可以在一些翻译作品中见到。不管翻译者的水平多么高,表现能力多么强,译文的语言总是有一些跟本民族的文学语言不一样的地方;有时,甚至还有这样的情况:由于有些蒙族作家驾驭汉语的能力强于驾驭蒙语的能力,他们用蒙语写的一些作品,其民族特色恐怕就不如用汉文写的来得强烈和传神。因此,我们在分析语言这个因素的时候,不能仅仅以那个民族全民语言的一般属性为依据,要这样做的话,文学创作中的有些复杂现象就无法解释了。但尽管如此,我们也不能不指出,对一个驾驭两种语言具有同等功力的作家说来,其作品的民族特点,总不如使用本民族语言时来得鲜明和突出,正因为如此,我们党才大力地提倡和发展蒙文创作,也欢迎一部分对驾驭汉语能力较高的作家继续用汉语进行创作。

除了语言,文学的民族特点还表现在文学形象方法和文学表现手法的发展规律中。不过这个因素,我们在上面已经说过,是与语言因素紧密相联系的,是通过本民族的语言文字来反映和再现现实生活时,收藏和凝固在整个民族文学历史的发展过程中。这些方法和手法在文学作品中所起的作用越强大、越持久、作品就有可能烙上越深刻的民族独特性,作品的民族特点也就愈显著、愈浓厚。语言的因素也好,文学的形象方式和表现手法也好,都是属于文学民族特点的形式范畴,有人主张狭义的民族形式,主要是指这两方面而言。但民族特点除了它的形式方面外,有人认为还有它的内容方面,这就是民族题材、民族生活、民族习惯和民族的心理素质。这两者也是有着密切联系的。民族的心理素质,通过民族题材和民族的风俗习惯,最能得到充分的揭示。

今天的自治区文学,如果就汉文写作的作品而言,我们觉得其民族特点,更多地表现在后两方面,即内容方面。如玛拉沁夫、乌兰巴干、敖德斯尔的一些作品,他们使用的语言,都是汉语;所运用的表现方式和手法:有的是拦腰开头,插叙倒叙；有的是顺序展开，有头有尾；有的是工笔细描；有的是粗线勾勒，很难说这些方式、手法别的民族就没有。当然，说这些作家作品的民族特点，更多地体现在内容方面，并不是说形式方面就没有民族特点，上面我们在谈到语言时，已作了些说明。方式手法问题，也是同样。我们决不能因其不太显著而忽略过去。然而无论如何，人们在接触他们的作品时，其民族特点，更多地还是从内容方面把握到，从民族生活题材和民族心理状态的描写上感受到，这一点，我们在前面把《水晶宫》和《第一天》,《春雨》和《山里红》对比分析时，也可以看出来了。

所以我们说文学的民族特点虽由这四个因素构成，但具体到某个作家作品时，各构成因素并不是力量均等地在发挥作用，而是各有所重，作家根据他们的具体条件，有的侧重在这一方面或这几方面，有的侧重在另一方面或另外几方面。这情况就象构成民族的四个特征一样，虽然世界上各民族并没有什么唯一的民族特征而只有各种特征的总和，但是当我们把各个民族拿来作比较的时候，斯大林说："显得比较突出的有时是这个特征（民族性格），有时是那个特征（语言），有时是另一个特征（地域、经济条件）。"(《斯大林全集》第二卷，人民文学出版社，一九五三年版，第 289 页）这一点我们只要把《创业史》和《林海雪原》拿来对比，就可以明显地了解中间的道理了。所以别林斯基在论克雷洛夫的诗时，把它跟普希金的诗作了比较后说："无论在美学的或民族的意义上说，就象是将河，即便是最大的河，去比那容纳了成千条大大小小河流，深不见底的大海一样。"他认为"普希金的诗反映了整个俄罗斯以及她的民族精神的全部实质，整个的复杂性和多面性。克雷洛夫表现了——我们必须说，广阔而充分地表现了——仅仅俄国精神的一方面，就是：它的实际的合理看法，它的生活经验的智慧，它的正直而辛辣的冷嘲。"(《伊凡·安德烈耶维奇·克雷洛夫》）我们不能机械地去理解文学作品的民族特点，不要把民族特点的内容理解得过于狭窄；民族特点，这是个广泛的具有丰富内容的概念。

同时，民族特点又是一个历史的概念。民族特点的内容部分（民族生活和民族心理状态），随着社会生活条件的变化而有所变化，而这变化了的内容，反过来又要求其原来的民族形式，为了更适合于自己而有所变化，于是，这形式为了更好地表现内容,也就跟着发生了变化,出现新的形式。因之,决不能把文学的民族特点,看成是自古以来就有的、一成不变的东西,它是跟现实生活中其它社会现象一样,是在一定的物质基础上产生出来的,是随着物质基础的变化而变化,它是一种历史的范畴,不过它的变化和发展,还是有它自己民族的历史传统,沿着自己的继承关系向前发展的。

从这次讨论中看来,大家意见分歧比较大的是对四个构成因素之一——民族心理状态的理解。民族心理状态,换一个说法所谓民族性格,有人认为"就是指某一个时期里这一民族的劳动人民的优秀品质",也有的同志不同意,认为这样的理解太狭窄,也无法解释文学作品中反面人物的民族特点,他们觉得,应该把民族性格看成为是"该民族所有成员身上都存在的东西"。应该说,分歧的幅度是很大的。

我们认为:这里必须明确两点:第一,所谓"表现在共同文化上的共同心理素质"是否就是同一个民族中所有成员身上都存在的东西;第二,在具体的文学作品中,是否由于反映了这种各阶级所有成员身上的共同因素,才使创作具有民族特点。

"当然,心理素质本身,或者象人们所说的'民族性格'本身,在旁观者看来,是一种不可捉摸的东西,但它既然表现在一个民族的共同文化的特点上,它就是可以捉摸而不应忽视的东西了。"(斯大林:《马克思主义和民族问题》)这里所说的"表现在一个民族的共同文化的特点上",应该如何理解呢?斯大林在这段话后,又说"由于受着共同文化的熏陶,这就不能不给他们的民族性格打上烙印",可见这"共同的心理素质"除了"随着生活条件变化",随着"经济生活和政治生活"的变化而变化,还受着共同文化的熏陶而形成的。但是这个民族的共同文化绝对不能理解为一个统一的共同体,正如理解构成民族的另一个特征:共同的经济生活一样。关于这一点,斯大林早在写这篇文章以前,在 1904 年 9 月写的《社会民主党怎样理解民族问题?》一文中就说过:"我们党已经消除了那笼罩着'民族问题'而把它弄得神秘莫测的迷雾,已把这个问题分解成各个因素,致使其中每一个因素都带有阶级要求的性质……"

那么，"带有阶级要求的性质"来理解"其中每一个因素"时，问题又是怎么样了呢？这就是列宁在跟斯大林《马克思主义和民族问题》同一年写的《关于民族问题的批评意见》一文中所说的："我们要向一切民族的社会党人说，每一个现代民族中，都有两个民族。每一种民族文化中，都有两种民族文化。"说得多么明确，多么清楚。紧接着列宁以当时俄罗斯民族文化为例，指出"有普里什凯维奇之流，古契可夫之流和司徒卢威之流的大俄罗斯文化，但也有以车尔尼雪夫斯基和普列汉诺夫为代表的大俄罗斯文化。"他认为乌克兰、德国、法国、英国和犹太人，都"有这样两种文化"。因此，当我们听到下面的话时："如果多数乌克兰工人处在大俄罗斯文化的影响下，那我们就会肯定地知道，除了大俄罗斯神父的和资产阶级的文化思想外，起作用的还有大俄罗斯的民主派和社会主义派的思想。"这么一来，问题就十分清楚了，既然共同的民族文化并不总是一个统一的共同体，那么，受着这一民族的两种不同民族文化熏陶的人们，在"给他们的民族性格打上烙印"时，也就有着各不相同的内容，各不相同的"心理素质"了。事实上，斯大林在其他文章中，都是作这样来分析的，他认为"所谓'民族利益'和'民族要求'，就其本身来说并没有特殊的价值"；"任何民族精神及其特性"，"都不存在，而且也不能存在"，"对于某些反动的'民族的'习惯、风俗"，必须"进行严厉的社会民主主义的批判"。（《社会民主党怎样理解民族问题？》，《斯大林全集》第一卷）。斯大林还对奥国的社会民主党人的民族纲领中，责成大家笼统地关心"各民族的民族特点的保存和发展"进行了批驳，说他们"真是异想天开：'保存'南高加索的鞑靼人在'沙黑西—瓦里西'节日自己打自己这一类的'民族特点'！'发展'格鲁吉亚人的'复仇权'这一类的民族特点！……"（《马克思主义与民族问题》，《斯大林全集》第二卷）他在另一篇文章又说到："俄罗斯新旧活动家之间的差别之一，就在于：旧的活动家认为国家的落后性是它积极的特质，把这种落后性看作是'民族的特性'，'民族的自豪'；而新的人，苏维埃人则同它，即同这种落后性斗争，认为它是必须铲除的邪恶。这就是我们成功的保证。"（《斯大林全集》第十三卷，俄文本，第 149 页）正因为这样，斯大林特别批判了鲍威尔在民族问题上的一系列错误理论，其中之一，便是这位奥国社会民主党的民族问题理论家,把"民族性格"(民族心理素质)笼统地说成是"一族人区别于另一族人的种种特征的总和,是一个民族区别于另一个民族的生理特质和精神特质的总和"。(见鲍威尔所著的《民族问题和社会民主党》)因此,不能把"表现在共同文化上的共同心理素质",即民族性格,理解为同一族人不分阶级、不分政治见解的所有成员身上所具有的种种特征的总和。

　　民族心理素质(即民族性格),既然是属于思想范围的现象,它是生活条件(经济生活和政治、文化生活)在人们心理状态中的独特的反映,因生活条件的不同,而具有不同的阶级内容,那么,我们通常所说的"民族性格"到底是指哪一部分呢? 斯大林在肯定了每个民族都有只属于它而为其他民族所没有的特点时说:"这些特点便是每一民族在世界文化共同宝库中所增添的贡献,补充了它、丰富了它。"(《在宴请芬兰政府代表团的宴会上的演说》)这些特点,既然是当作这一民族对世界文化共同宝库中所增添的一份"贡献",而且还"补充了它,丰富了它",就不能是指那些保守、落后乃至反动的因素,而是指民族性格中的进步因素,那些成长和发展着的事物,那些向前的、面对未来的事物,即与民族中大多数人或劳动阶层的根本利益相关联的那些特质。比如,斯大林把俄罗斯民族特性概括为"明达的智慧,坚毅的性格和忍耐心",当然是不包括俄罗斯贵族、地主、神父在内的。而这种民族性格被充分地体现在这个民族历史上的先进人物身上,象列宁、别林斯基、车尔尼雪夫斯基、普希金、托尔斯泰、柴柯夫斯基、高尔基、契诃夫、谢巧诺夫、巴甫洛夫、列平、苏里柯夫、苏瓦洛夫、库图佐夫等(当然,他们之间也是有区别的。)斯大林甚至把俄罗斯民族称之为这些人的民族。同样,毛主席说中华民族"不但以刻苦耐劳著称于世,同时又是酷爱自由、富于革命传统的民族"。(《中国革命和中国共产党》)显而易见,也是把反动阶级排除在外的。

　　这样说,民族性格是否"就是指某一个时期里这一民族的劳动人民的优秀品格"呢? 我们认为,不能把这两者全然等同起来。上面已经说过,民族性格中的进步因素,即那些成长和发展着的事物,那些向前的、面对未来的事物,总是与这个民族中广大劳动人民的根本利益相关联的那些特质,因此劳动人民的优秀品格，在体现民族性格上自然有它特殊的重大的意义，可以说，它是构成这一民族性格的实质。然而两者又不是一而二、二而一的同意语，关于这一点，别林斯基有段话，对于我们理解这个问题是有启发的。他说："'民族的'一词，在涵义上其实比'人民的'更为广泛。'人民'，总是意味着民众，一个国家最低的、最基本的阶层。'民族'意味着全体人民，从最低直到最高的，构成这个国家总体的一切阶层。民族的诗人在自己的作品里，一方面要表现人民群众为其代表的那种基本的、混同的、难以明确说出来的实质，一方面还要表现在全民族最有教养的阶层生活中所发展着的这种实质底确定的意义。"（《亚历山大·普希金的作品，第五篇》）当然，别林斯基这里说的关于人民群众实质的一些话，并不正确，但是，他在理解人民和民族关系这一点上，把一个国家最低、最基本的阶层——人民群众的性格看作是代表这个民族性格的"实质"，而"最有教养的阶层"，却最能体现这种"发展着的实质底确定的意义"，这样理解，我们觉得是可以同意的。别林斯基这里所说的"最有教养的阶层"，就是指以普希金为代表的十二月党人，就是指当时最进步的知识阶层而言；上面斯大林提到的最能充分体现俄罗斯民族性格的这些人中，好些就不是劳动人民，但他们却是这个民族在某个历史时期中先进的人物。因此，我们认为可不可以这样看：民族性格既不是指同一民族中各阶级的共同心理素质，也不就是指劳动人民的优秀品格，它是被充分地体现在这个民族的不同历史时期内各个进步阶层和进步人物身上、随着生活条件的变化而逐渐积累、逐渐丰富起来的品质（如中华民族的刻苦耐劳，酷爱自由，富于斗争精神；俄罗斯民族的明达的智慧，坚毅的性格和忍耐心等）。因此，当封建社会代替奴隶社会的时候，封建阶级中的一些先进人物，是可以体现这个民族的民族性格的；而当封建社会向资本主义社会过渡的时候，那些新兴资产阶级中的革命人物，也是能够体现民族性格的，然而不管是进步的封建阶级、还是革命的资产阶级人物，他们只能在某一个历史时期的一定程度上代表广大劳动人民的愿望、利益和理想，而最能充分代表广大劳动人民利益和理想的，则是工人阶级，是被马克思列宁主义武装起来的共产党人，因此，在现阶段说来，塑造时代的英雄形象，对表现这个民族的民族性格，有其特殊重要的意义。

现在,我们再来考虑一下文学创作的实际,在表现民族性格上又是怎样的一种情况。

《草原烽火》这是一部被大家公认为有浓郁民族特色的作品,它的民族特点是不是就在于作者描写出了蒙古民族中不同阶级的所有成员身上的共同心理素质呢? 试看小说所塑造的几个主要人物,象巴吐吉拉嘎热和科尔沁王爷,扎木苏荣和旺亲,在他们身上,非但看不到彼此之间有什么共同的心理因素,相反,作者着力表现的,倒是他们身上那种互相对立的品质,巴吐是忠厚善良,王爷是腐朽反动;扎木苏荣是勇敢豪放,旺亲是阴险毒辣。正因为作者真实地深刻地揭示出他们在不同生活条件(经济生活、政治生活、文化生活)中所形成的种种不同的心理素质和性格特征,才使作品中的人物具有如此鲜明如此强烈的民族特性。《草原烽火》是这样,《金鹰》《阿力玛斯之歌》也是这样,这里的巴音王爷,阿巴嘎大王,管家格拉僧和摔跤手布尔固德,阿力玛斯,老牧民希日,都是互相对立着的,如果按照这次讨论中有的同志的理论:文学的民族特点主要在于塑造具有民族性格的形象,而"民族性格"则是这个民族所有成员身上的共同心理素质。那么,这些作品中所缺乏的,恰恰是这种形象,这么一来,要么否认这些作品民族特点的存在,要么改变自己的理论。由此看来,在实际作品面前,解释不通的不是别人,而正是持这种把民族性格说成是各阶级共有的心理素质的看法的同志。

我们不应把民族性格,看成是一个民族全体人人看了都皆大欢喜的特性;不能把民族形式看成是在一个民族全体人中无往而不通的形式;不能把文学的民族特点看作为民族全体都喜闻乐见的民族作风和民族气派。而应该象毛主席所说的"使之在其每一表现中带着必须有的中国的特性","为中国老百姓所喜闻乐见的中国作风和中国气派"。(《中国共产党在民族战争中的地位》,重点系引者所加。)那种把民族性格理解为各阶级共同心理素质的同志,在这里正好是忽视了毛主席在论民族形式时,所再三强调的群众观点和阶级观点。

这么说来,同一个民族中人们之间难道就没有丝毫共同的因素了吗? 我们认为这里的情况须要作具体分析，不能认为：一个人除了阶级性以外就不能有别的任何普遍性，任何与别的一些人共同的东西。《草原烽火》的巴吐吉拉嘎热，在他未觉悟前，就和科尔沁王爷一样地仇视汉人，迷信宗教，但是巴吐的仇视汉人，和王爷的仇视汉人，两人的出发点不一样，具体的内容也有所不同，而且还必须指出，巴吐这种思想的产生，是由于王爷等封建阶级的影响，后来他转变了，这种思想就没有了。宗教问题也一样。我们不能被这些事物的表面现象所迷惑。也许，有人会举出阿Q的例子来反驳我们的说法，然而阿Q精神又何尝不是这样呢？阿Q精神在当时帝国主义不断侵略下的中国社会里，并非阿Q的独有，象假洋鬼子这类统治者中也存在。然而阿Q的精神胜利法又不能不和他的阶级性有关系，从根本上说，它虽是落后的农民性格中一种病态的自欺自慰的手段，但却还是由于不甘失败而采取的幻想的反抗形式，因此，当社会形式有了发展，他有可能发展到对革命"不禁神往起来"；而假洋鬼子这些人的精神胜利法，却不仅是自欺自慰的手段，而且同时还是欺骗人民巩固自己统治的一种反动手段。他们所以采取这种手段，对敌人的报复意义很少，而主要是用来欺骗人民和安慰自己的。所以，同是一种精神胜利法，由于阶级性的不同，它们在性质上，内容上和表现特点上都很不相同。

那么，文学作品中的反面人物是不是还有民族特点呢？当然有。在现实生活中，这个民族统治阶级的作风和气派，就不同于那一个民族统治阶级的作风和气派。比如英国的资产阶级和美国的资产阶级，虽然他们有其共同的阶级性，但他们也有各不相同的作风和气派。这种作风和气派上的不同，是因为它们民族发展的历史渊源的不同，英国资产阶级不少是从贵族阶级转化来的，而美国资产阶级则是欧洲移民中的"淘金者"和"冒险家"出身的。而且他们的生活条件和所受的民族文化熏陶也不一样。这种民族发展的历史特点的不同，就决定了他们除了有相同的阶级本质外，还有其各不相同的民族特点，而这种各不相同的民族特点，又是通过每一个民族传统的艺术形象的方法和手法、自己的民族语言体现出来，自然就更显示出他们各不相同的民族特点来。因此，狄更斯笔下的资本家会与欧·亨利笔下的资本家不同；同样，由于民族发展的历史特点的不同,蒙古民族的封建主就不同于汉民族的封建主。(如《草原烽火》中的科尔沁王爷和《红旗谱》中的冯兰池。)由此可见,文学作品中反面人物的民族特点的获得,其原因并不是表现了他们和本民族劳动人民之间有什么共同的心理素质,而是作者从本民族特点的历史出发,真实地深刻地揭示出这个民族统治阶级的独特性,即与其他民族统治阶级不同的因素。

文学的民族特点,在它历史的发展过程中,无论是它的内容方面,还是它的形式方面,都是在两种不同文化互相斗争中发展着的,而促进这种变动发展的力量乃是社会的阶级斗争和阶级力量的变动。统治阶级的反动文化最容易产生民族虚无主义,盲目地崇拜西欧和外国,如十九世纪俄国贵族用不三不四的法文破坏着本民族的文学语言,而解放前垂死的蒋介石反动政权及其文人盲目崇拜美帝国主义,完全抛弃了本民族的文学传统;而只有进步的阶级,特别是无产阶级才是本民族优秀文化的继承人,在与形形色色反动文艺潮流斗争的过程中,发扬和光大了本民族文学的民族特点。因此,在考察这个问题时,我们固然不能把它和阶级问题混为一谈,但归根结底,它在实际上还是一个阶级问题。

四

提倡和重视文学的民族特点,是我们党一贯的主张。党提出这个问题,实质上是为了使社会主义内容在文学艺术中得到更好、更丰彩的表现,"使共产主义运动的主要目的容易于实现并得以实现"。(《斯大林全集》第九卷第 299 页)那么,作家如何使自己的作品具有民族特点呢?

首先,作家必须投身到工农兵群众火热的斗争生活中去,观察、体验、研究、分析一切人、一切阶级、一切群众、一切生动的生活形式和斗争形式,一切文学艺术的原始材料。文学的民族特点,就其内容而言,是民族历史生活的再现,因此,要使文学表现自己民族的意识,表现它的精神生活和民族心理的秘密,就必须使文学和民族的历史有着紧密的联系,并忠实地描写这些现实。《草原烽火》里的人物和故事,据作者自己说,大都是他亲眼见到和听到的事实,作者熟悉这些生活,写起来就容易具有民族特点;《金鹰》的情况也是这样,作者在《后记》中告诉我们，他在锡林郭勒盟体验生活的时候，听了很多老年人讲述他们在王公统治时代的悲惨生活，也听了他们在活着比死亡还可怕的时候，怎样风起云涌地反抗暴君，反抗憎恨人民自由的王公贵族。这些可歌可泣的斗争生活激励了他，使他产生创作欲望，于是写了《金鹰》。当然，作家们在描写其他民族或受其他民族影响较深的生活时也可能具有民族特点，但是，别林斯基说："要想在主要被异邦方式所隐蔽起来的这种生活中去找民族性因素的话，诗人必须具有巨大的才能，并且必须在心灵上属于本民族。"（《亚历山大·普希金的作品，第八篇》）如果作者不熟悉本民族的生活，不了解本民族工农兵劳动群众的审美标准，他就无法以自己民族最广大劳动人民的眼光，自己民族最广大劳动人民的气质，自己民族最广大劳动人民所习惯的思想方法和表达感情方式，来观察、体验、感受和处理生活素材，那么他的作品就无法具有民族特点。这里，已经牵连到作家的世界观问题了。

作者的世界观是作品能否具有民族特点的决定因素。

这里，我们想举俄罗斯文学中的一个具体例子。陀斯妥耶夫斯基认为普希金是一位伟大的俄罗斯民族诗人，但他却说奥涅金的形象是反民族的，这是因为他在奥涅金身上，看出了他是一部分俄国知识分子的先驱者，这一部分的知识分子想向"西方"去寻觅关于俄国生活的各种问题的解答——在当时这就是说，向着进步的、先进的思想去寻求解答。陀斯妥耶夫斯基是"欧洲精神"的反对者，他对于俄国人民的"民族性"，有不正确的看法，他认为奴性的驯良，温顺，对苦难的崇拜，是俄罗斯人民的主要特点。陀斯妥耶夫斯基本人就是这样来描绘俄国的人物的。而实际上，普希金所反对的，正是这种奴性的感情。所谓"欧化"问题，对于当时农奴制度的俄国所意味着的，就是进步、发展和改革的运动。这就是为什么普希金比起陀斯妥耶夫斯基来是更加富有民族性的原因，而陀斯妥耶夫斯基则只想固定那些保守的、落后的和为历史所批判了的东西。

所以，作家的世界观愈进步，他对他所要描写的民族生活就愈有可能把握得深刻、正确（这就是看出了历史的前进的运动），则他的作品就愈能表现出民族性格，他的作品的民族特点也就愈有可能丰富、鲜明和真实。

再次,要使作品具有民族特点,作家还必须向本民族优秀传统、民族民间遗产和其他民族的先进事物学习。文学的民族特点固然是这个民族独特的生活的反映,是随着社会条件变化和人民生活前进而变化的,但它又是我们的祖先多少年宝贵的艺术经验的积累,它还有着自己的历史传统,自己的继承关系和自己的发展规律,特别是这中间有关技巧的某些基本法则。真正民族的东西,通常都是伟大而久远的历史发展的结果,而在这种发展中,各个民族之间的文化交流,向别的民族先进事物的学习,又起着巨大的作用。可以这样说:各个不同民族文化的互相交流,互相影响,互相吸收,在某种程度上,构成了各个民族文化的组成部分。所以周扬同志说:"我们的表演艺术家、音乐家、画家,必须向外国学习一切进步的艺术方法,人类所创造的一切先进技术,是没有国界区别的,将我们从外国学来的方法,用来整理和提高自己民族原有的技术,用来进一步增强我们的表现能力,使民族风格得到更完满的表现而不是受到损害和破坏,这难道不正是我们所需要的吗?"(《为创造更多的优秀的文学艺术作品而奋斗》,《人民文学》,1953 年 11 月号)试看我区文学创作的实际,难道不也正是这样吗?象玛拉沁夫,敖德斯尔的一些小说,巴·布林贝赫的一些诗作,它们一方面深深地植根于自己民族文学传统的土壤上,批判地继承了优秀遗产;但另一方面,又根据内容的需要,适当地消化了一些汉族文学的优点和长处。

文学的民族特点和地区特点,是一个作家创作成熟的标志,它不是轻易能够达到的,它要求作家进行多方面的学习、锻炼和实践,上面谈到的只是最主要的几个方面,其他还有许多内容,比如语言问题,如果连话都说不好,对工农兵的语言不熟不懂,要作品具有民族特点,恐怕也是很难想象的。但限于篇幅,这里就不赘述了。

1963 年 2 月

第四辑

文学史对少数民族文学的整体评价

本辑概述

　　本辑共收录了 1960 年山东大学中文系中国当代文学史编写组编的《中国当代文学史》、1962 年华中师范学院中国语言文学系编著的《中国当代文学史稿》、1963 年中国科学院文学研究所编写的《十年来的新中国文学》和 1978 年林曼叔等著的《中国当代文学史稿》对少数民族文学的整体评价。这四部文学史影响较大。前三部文学史有一个共同特点，就是站在统一的多民族国家的立场上，在新中国成立十周年庆典全面回顾十年成就的时间节点上，对少数民族文学取得的成就进行全面总结。在具体作家、作品的评价上，前三部文学史各不相同，反映出"史家"不同的评价。从史料来源看，这些文学史基本上借鉴了 1959 年之前学界对少数民族文学评价的成果。林曼叔等著的《中国当代文学史稿》较为特殊，评价标准和观察文学史的角度具有反思的特点，且因为该文学史完成于 1978 年，对中国当代文学史特别是少数民族文学史的研判与前三部文学史的不同也在情理之中。

1960年版《中国当代文学史》
对少数民族文学的整体评价

史料解读

　　1960年,山东大学中文系中国当代文学史编写组在其编写的《中国当代文学史》中,对新中国少数民族文学进行了全面而细致的评价,这也是中国当代少数民族文学第一次进入中国当代文学的整体格局,体现了编写者鲜明的多民族国家的多民族文学共同体意识。

　　该书在绪论第五部分,用"多民族文学的共同繁荣"概括中国当代多民族文学的发展景观,十分可贵。在文学观上,编写者们将少数民族民间文学的搜集整理、新民歌创作纳入文学史的框架之中,体现了书面文学与民间文学并重的整体文学观。

　　该书在第七编"兄弟民族文学"中,从多民族国家的角度,肯定了中国各民族文学对中国文学的贡献,指出"在我国历史上,第一次出现了多民族文学的共同发展和繁荣的景象",这种概括体现了鲜明的文学共同体意识。

　　在第七编第一章的概述中,编者们首先指出中国少数民族文学是在党的领导和关怀下繁荣起来的,总结了党和国家对少数民族作家队伍的培养、文学机构的建立、文学期刊的创办等具体举措和取得的成绩,揭示了少数民族当代文学的发展与多民族国家的关系,进一步印证了作为国家文学的少数民族文学的性质和地位。其次,编者对少数民族作家在小说、诗歌、戏剧和民间文学领域取得的创作成绩进行了全面而细致的总结和分析,对玛拉沁夫、纳·赛音朝克图、巴·布林贝赫、饶阶巴桑、艾里哈木、布哈拉、库尔班阿里、吴琪拉达、汪承栋、张长、祖农·哈迪尔、毛依罕、康朗甩、超克图纳仁、吉格木德、苏荣等数十位作家及其作品进行了简要介绍,涉及民族之多、作家之多、作品之多，居四部文学史之首。再次，该书对藏族《格萨尔王传》和蒙古族的《格斯尔传》等史诗和各民族长篇叙事诗进行了重点介绍和分析，对各民族民间文学搜集整理取得的成果进行了集中展示。最后，编写者还把少数民族文学史的编写以及少数民族文学翻译纳入视野，从而全面反映了新中国成立后少数民族文学的发展成就。

尤其值得一提的是，编写者们认为："解放以来，在党的领导下，各民族亲密团结，形成了和睦友爱的社会主义大家庭。各民族的文化交流活动也大大地加强了。大批优秀的汉族文学，被译成各民族的文字，不少优秀的兄弟民族的文学作品，也被介绍到汉族。汉族作家和兄弟民族作家开始了新的协作关系，互相交流创作经验，互相帮助，有的汉族作家还和兄弟民族作家合作进行创作。这种文化交流和亲密无间的互助关系，促进了文学事业的发展。"这种对各民族文学交流交融关系的评价，在今天也具有重要的价值导向意义。

该文学史对少数民族文学的宏观概括非常全面，对具体作家作品的评价标准具有鲜明的时代特征，符合该时期少数民族文学的实际情况。

原文

……

我国是一个多民族的社会主义国家。各兄弟民族在形成过程中，都有自己的文化传统，其中蒙、藏、回、维吾尔、哈萨克、乌兹别克、朝鲜等兄弟民族和西南各兄弟民族，都具有悠久的文化传统。但是，由于历代统治者，特别是国民党反动派长期的反动统治和百般摧残；兄弟民族不但在经济、政治上没有平等的地位，并且文学艺术也几乎完全停滞，甚至有的兄弟民族还没有自己的文字。建国以来，在党的民族政策的光辉照耀下，兄弟民族不仅在政治、经济等各方面翻了身，他们的文化也得到空前的繁荣，文学事业也突飞猛进地发展起来。无论在整理文学遗传上和新的创作上，都有巨大的成就。大批优秀的作家和作品，已经成为我们民族大家庭的文学事业中的重要组成部分。蒙族的纳·赛音朝克图、乌兰巴干、玛拉沁夫、超克图纳仁，维吾尔族的祖农·哈迪尔、艾里哈木，哈萨克族的布哈拉，藏族的阿旺洛桑、饶阶巴桑，延边的朝鲜族作家李弘奎、李旭、李根全、任晓以及傣族著名歌手康朗甩，彝族作家李乔，壮族作家陆地，侗族诗人苗延秀等，都以其具有自己民族特色的作品，在我国多民族文学的大花园里，争丽斗妍，成为全国人民热爱的作家。应该特别强调的是，兄弟民族文学在党的文艺政策的指导下，大力进行了发掘、整理民族文学遗产的工作，并已做出了杰出的贡献。特别是原来文化比较落后的西南各兄弟民族，十年来在整理遗产工作上也取得了卓越的成绩。如长篇叙事诗《阿诗玛》、《百鸟衣》、《召树屯》、《嘎达梅林》、《阿细的先基》、《望夫云》和史诗《格斯尔的故事》，都是众口交颂的优美诗篇。它们在社会主义时代，由于毛泽东思想的照耀，已经重见天日，丰富了我国乃至世界文学的宝库。

第七编：兄弟民族文学

第一章　概述

我国是一个多民族的国家。各个兄弟民族都有自己光辉的历史，都有自己优秀的文化传统，但在过去反动阶级的大汉族主义的统治下，在本民族统治阶级的残酷剥削和压迫下，这优秀的文化传统也受到极大的摧残，得不到发扬光大。中华人民共和国成立以后，彻底废除了我国历史上的民族压迫制度，消灭了残酷的奴隶制度和封建制度。各民族进入了平等、团结、幸福的新时代，形成了多民族的大家庭。由于党和毛主席民族政策和文艺政策的光辉照耀，特别是由于党和毛主席的鼓舞和引导，我们的兄弟民族文艺事业获得了新的旺盛的生命力，以从来没有过的速度，大踏步地迈进，出现了百花齐放、万紫千红、欣欣向荣的繁荣局面。各兄弟民族文学，都是在自己民族的固有传统，在自己民族生活的基础上成长起来的。因此，它们都以自己民族独特的风格，丰富了祖国文学艺术的大花园。在我国历史上，第一次出现了多民族文学的共同发展和繁荣的景象。

兄弟民族的文学是在党的领导和关怀下繁荣起来的。党一向注意并号召发展兄弟民族的文化。在第一、二次全国文代会上，都曾对继承民族文学传统，发展社会主义民族新文学作了重要的指示，并派遣了很多汉族文化艺术工作者帮助兄弟民族创造文字，整理发掘兄弟民族文化遗产，发展文学艺术事业。各民族自治区（有关省）党委也做了一系列的工作。党的"百花齐放、百家争鸣"的文艺方针同样也是民族文学工作的指南。由于党的正确领导和亲切关怀，各兄弟民族文学创作空前繁荣，人才辈出，老作家犹如枯木逢春，在新社会中创作丰收；新作家犹如雨后春笋，大批涌现。文学事业发展的规模和速度，远远超过了过去的几百年甚至几千年。到目前为止，已经有二百多位兄弟民族作家、诗人和评论家被接纳为中国作家协会总会和地方分会的会员，其中还有些已被选入领导机构的。许多兄弟民族聚居的地区，如内蒙古自治区、新疆维吾尔自治区、广西壮族自治区、延边朝鲜族自治州，以及有较多兄弟民族居民的云、黔、川、粤、湘、陕等省份，都已经先后建立了中国作家协会的分会。分别出版了经常发表兄弟民族文学的刊物。内蒙古地区有《花的原野》（蒙文）和《草原》，新疆有《天山》、《曙光》（哈萨克文）、《塔里木》（维吾尔文），广西有《红水河》，延边有《延边文学》和《阿里郎》（朝鲜文），云南有《边疆文艺》，贵州有《山花》，青海有《青海湖》，此外，《人民文学》、《延河》、《文艺红旗》、《北方文学》也经常发表兄弟民族文学作品。这些刊物对促进兄弟民族文学事业的发展，团结和扶植兄弟民族文学工作者，都起着巨大的作用。

解放前就已经走上创作道路的老作家，解放后由于伟大时代的鼓舞，党的民族政策的光辉照耀，毛泽东文艺路线的指导，创作上获得了空前的丰收。蒙族著名老诗人纳·赛音朝克图，满怀热情地进行了艰苦的创作，他的诗集《幸福和友谊》、长诗《狂欢之歌》、中篇小说《春天的太阳来自北京》等，都以激越的感情，放声歌唱了伟大的党和伟大的领袖毛主席，描绘了草原上幸福美满的生活和蒙族同胞新的精神品质的成长。特别是长诗《狂欢之歌》，无论思想性还是艺术性，都达到了空前未有的高度。中共新疆维吾尔自治区党委书记赛福鼎也是文学战线上的一员老将。解放后，他在繁忙的工作之余，还经常对文学艺术工作提出正确的指示，发表了不少散文、特写和文学评论。维吾尔族作家祖农·哈迪尔，写出了反映农业合作化以后新农村面貌的剧本《喜事》和短篇小说集《锻炼》。蒙族的老歌手琶杰,整理了长诗《英雄的格斯尔可汗》。蒙族著名民间诗人毛依罕用"好来宝"的形式创作了《铁犍牛》、《五月之夜》、《呼和浩特颂》等。傣族老歌手康朗甩写了不少歌颂社会主义新生活的出色诗篇,诗集《从森林眺望北京》,得到了傣族人民及汉族读者的一致好评。康朗英,这位优秀的傣族歌手,由于旧社会的苦难的折磨,沉默了十几年,1958年写出了《流沙河之歌》,是傣族人民第一个以巨大的篇幅和高度的政治热情表现新生活的长篇叙事诗。诗人还写下了不少洋溢着激情的歌颂党、歌颂毛主席、歌颂首都北京的优秀诗篇。

　　青年一代的作家、诗人,一开始就在肥沃的土地上,在温暖的阳光照耀下茁壮地生长。他们真可谓"得天独厚",毛泽东的文艺工农兵方向给他们指出了正确的道路;毛泽东思想给了他们最先进的思想武装。他们虽然都还比较年轻,但大都经过了不少的革命斗争的锻炼,具有饱满的政治热情和比较坚实的生活基础。

　　乌兰巴干和玛拉沁夫是蒙族优秀的青年作家。乌兰巴干的长篇小说《草原烽火》主要是描写四十年代初,党的地下工作者在蒙古草原上发动广大奴隶和牧民,向残暴的反动封建王爷和日本帝国主义斗争的故事。奴隶巴吐吉拉嘎热是一个成功的形象。作者对他曲折复杂的成长过程,做了真实、深刻、细致、生动的描写,在艺术构思上也有独创性。玛拉沁夫的长篇小说《在茫茫的草原上》(上册),显露了作者深厚的生活基础和观察生活、概括生活的能力,他用多彩的笔,生动地描绘了解放战争初期察哈尔草原上的人民斗争和生活图景。作者塑造了不少栩栩如生的人物形象,特别是牧民铁木尔的形象更为出色。他的短篇小说《科尔沁草原上的人们》、《春的喜歌》、《路》等;也都是热情洋溢、感情充沛,颇受读者欢迎的佳作。乌兰巴干和玛拉沁夫,在党的培养教育下,正在迅速地成长。他们都用诗意的笔触,描绘了自己民族人民的生活和斗争,歌颂了伟大的党,歌颂了蒙汉人民的团结。他们的作品散发着浓郁的生活气息,具有草原般广阔、豪迈、优美的民族风格。

　　彝族青年作家李乔,创作了长篇小说《欢笑的金沙江》。作品以朴实无华的淳厚的笔调,描写了凉山彝族同胞回到祖国怀抱的经过。这部作品有力地表现了党的民族政策的伟大胜利。作者的短篇小说《挣断索链的奴隶》以及反映总路线、人民公社的特写、散文和小说,都是深刻动人的作品。

在小说创作方面,还有蒙族青年作家扎拉嘎胡的长篇小说《红路》,朋斯克的中篇小说《金色的兴安岭》,安钦柯夫的短篇小说集《草原之歌》,回族米双耀的《投资》,哈萨克族卡吾·苏勒罕的《开端》等;都取得了一定的成绩。

我国各兄弟民族同汉族一样都是诗的民族。无限美好的现实生活,党和毛主席对兄弟民族亲切的关怀,迎风招展的三面红旗,更激发了诗人们的创作激情,年轻的诗人们,就在这样大好形势下,精神焕发,才情纵横,写出了不少优秀的诗篇。侗族诗人苗延秀的《大苗山交响乐》和《元宵夜曲》,以热烈的情感,优美的语言,深刻地反映了广西苗族和侗族人民反对封建的斗争和社会生活。仫佬族诗人包玉堂几年来写了近百首歌颂党、歌颂工农业、歌颂民族团结、歌颂祖国的美好山河以及描绘爱情和民族风习的诗。从各个方面写出了仫佬族在党的领导下的新生活和成长过程,构成了丰富多彩的仫佬族人民生活的画面。他的诗高昂、明快、铿锵、响亮,富有生活气息和战斗性。朝鲜族诗人李旭、任镐、金哲,蒙族诗人布林贝赫,藏族诗人饶阶巴桑,维吾尔族诗人艾里哈木,哈萨克族诗人布哈拉、库尔班阿里,彝族诗人吴琪拉达,土族诗人汪承栋,白族诗人张长,都歌颂了党和毛主席,歌颂了本民族的新生活,表达了本民族人民的思想感情和愿望。

在戏剧方面,蒙族的超克图纳仁是在党直接培养下成长起来的优秀青年剧作家。他努力学习并实践文艺的工农兵方向,较长期地到基层深入生活,写出了独幕剧《我们都是哨兵》,曾荣获 1956 年独幕剧评奖二等奖,《巴音敖拉之歌》、《金鹰》等多幕剧也都取得了较高的成就。《巴音敖拉之歌》围绕着红旗竞赛运动中,二佐由于遇灾向五佐借牧场所引起的矛盾,展示了内蒙古草原在党的领导下发生的新变化。四幕七场话剧《金鹰》描绘了旧时代牧民的悲惨生活和对统治阶级的英勇斗争。英雄布尔固德的形象是鲜明、突出的,他是蒙族人民勇敢、智慧的化身,是反抗暴君统治、争取自由幸福的化身。剧本用抒情的笔调写出了很多富有诗意的场面。此外,蒙族吉格木德和苏荣的剧本《巴塔桑的婚礼》,维吾尔族阿和台木和刘肖焦合写的剧本《远方星火》都受到了读者和观众的欢迎。朝鲜族李弘奎和黄凤龙在剧本创作方面也有很好的成绩。

兄弟民族的作家们日益扩大自己的制作领域,试探着用多种多样的形式反映各民族的生活。对电影文学剧本创作的尝试,就取得了一定的成绩。如玛拉沁夫的《草原上的人们》《草原晨曲》，维吾尔族尤·赫捷耶夫和王玉胡合写的《绿洲凯歌》，朝鲜族李弘奎的《春到长白》等都以较深刻的思想内容和独特的优美风格，引起了读者和观众的极大兴趣。

在这里特别值得提出的，是兄弟民族群众创作的大丰收。兄弟民族的人民都很喜欢歌唱，解放后的新生活，对党对毛主席的感激和崇敬，更使他们按捺不住激越奔腾的感情，唱出了千万首歌颂党和毛主席、歌颂祖国和民族团结的好诗。1958年，各兄弟民族人民也和汉族人民一样，在党的建设社会主义总路线的鼓舞下，意气风发、斗志昂扬，不仅在各个生产战线上创造了史无前例的奇迹，同时，掀起了一个轰轰烈烈的创作运动。人人会说唱，处处有歌声，创作出了成千累万的优秀民歌和其他样式的文学作品。这些作品具有深刻的思想性和强烈的战斗性。这些作品在生产和斗争中产生，又推动了生产和斗争的发展，具有极大的社会意义。这些作品还具有极高的艺术价值，情感深挚，语言生动，形式多样，风格新颖，真是珠玉满篇，美不胜收。

在群众创作运动中，还涌现了一批有才华的诗人和杰出的歌手。如傣族歌手康朗甩和康朗英，蒙族的毛依罕和琶杰，都是群众创作中的优秀代表人物。仅云南省十几个兄弟民族中，具有一定创作水平的就有六十八人，其中五人已是全国作协会员，十一人是昆明分会的会员。

我国各兄弟民族多有悠久的民族文学传统。由于过去许多民族没有出现过文人、统治阶级也没有形成自己的文学，或者有一点也很单薄。因此，兄弟民族文学传统的主流是劳动人民创造的民间文学，它和劳动人民的生产斗争和阶级斗争结合得非常紧密，富有劳动人民的乐观主义精神和斗争精神。对于兄弟民族丰富的民间文学矿藏，加以认真地发掘、整理、研究、出版，对于提高劳动人民的爱国主义精神和阶级觉悟，对于发展社会主义新文学，具有重大的意义。解放十年来，党一直非常重视兄弟民族民间文学工作。1958年全国民间文学工作者大会，对兄弟民族的民间文学工作给予极大重视，大会决定的"全面搜集、重点整理、大力推广、加强研究"的工作方针，给兄弟民族民间文学工作指出了一个新的方向。为了使兄弟民族文学有更大的跃进，各民族自治区（有关省）党委都发出了继承民族文学传统，进一步搜集整理民间文学作品的指示。党号召民间文学工作者，要坚决依靠党的领导，走群众路线，互相尊重，互相学习，要以共产主义思想为纲，用马克思列宁主义观点、方法，去发掘、整理、研究兄弟民族文学，以服务于兄弟民族和全国的社会主义建设。党的亲切关怀和正确领导，大大推动了兄弟民族民间文学工作的大发展。

兄弟民族民间长篇叙事诗，是一个光彩夺目的宝库，经过了一代代的加工、提炼，从内容到形式都日臻完美。十年来，据不完全的统计，翻译、整理的就有五六十部之多，其中比较优秀的有：蒙族的《嘎达梅林》《陶克陶克》《英雄的格斯尔可汗》《红色勇士谷诺汗》，壮族的《布伯》《百鸟衣》，傣族的《召树屯》《葫芦信》《娥并与桑洛》，维吾尔族的《热碧亚·赛丁》《季帕尔汗》，哈萨克族的《萨里哈与萨曼》，撒尼族的《阿诗玛》，阿细族的《阿细的先基》《逃到甜蜜的地方》[①]，苗族的《红昭和饶览席那》《勒加》，傈僳族的《逃婚调》，藏族的《格斯尔王传》《茶和盐的故事》，白族的《创世纪》《望夫云》，土家族的《哭嫁》，纳西族的《玉龙第三国》。这些诗不仅受到了全国广大读者的热烈欢迎和喜爱，而且有的已被翻译到外国，被列入世界文学的宝库。

藏族的《格斯尔王传》和蒙族的《格斯尔传》，是长篇巨作、文词优美的伟大史诗。早已有俄、英、法、德、蒙古、印度等文字的部分译本流传国外。史诗具有高度的人民性和艺术性。藏族的《嘎达梅林》，叙述了科尔沁草原上民族英雄嘎达梅林的悲壮事迹。他为了蒙族人民的利益，领导群众发动了大规模的武装起义，反对内蒙封建统治者和反动军阀张作霖、汤玉麟等的黑暗统治。那次起义虽然失败了，嘎达梅林和他的战友们在起义中壮烈牺牲了，但他们的英雄事迹，却深深地活在蒙族人民的心中。

撒尼族的《阿诗玛》是一块珍贵的瑰宝，语言优美，情节动人，充满着缤纷的色彩和浓郁的芳香。阿黑和阿诗玛的形象，庄严美丽、光彩夺目，已为广大读者所熟知和热爱。

兄弟民族民间叙事诗，饱含激情地赞颂了自己的劳动和威力，显示了他们

---

① 　编者注：此处"撒尼族""阿细族"都是彝族的一个支系，类似问题尊重原作，本书不作修改。

与黑暗势力势不两立、永不妥协的斗争精神，表达了他们战胜黑暗势力的坚强信心，他们将自己勇敢的精神，豪迈的意志和善良的愿望寄托在美丽的幻想中。兄弟民族民间叙事诗还都在不同程度上体现了革命的现实主义和革命的浪漫主义相结合的精神。

民间故事和民歌的搜集、整理、出版工作也取得了辉煌的成就。在党的领导下，政治挂帅，走群众路线，保证了这项工作的迅速开展。各有关区（省）都组织了调查团，深入民族地区进行搜集整理，发掘出了大批优秀作品，真是浩如烟海，多如繁星。内蒙古自治区的《内蒙古民歌选集》、《内蒙古民歌选》、《内蒙古民间故事集》等书，已先后出版。藏族地区的文学工作者几年来也整理出大量优秀民间故事和民歌，已译成汉文出版的有民间故事集《泽玛姬》、《草原红花》、《康定藏族民间故事集》，民歌集《康藏人民的声音》、《哈达献给毛主席》、《西藏歌谣》、《西藏短诗选》、《玉树藏族民歌选》、《金沙江藏族民歌选》等书。云南省组织了一个包括云南大学、昆明师范学院师生以及有关的文艺团体干部一百多人的调查队。对白、纳西、傣、彝、壮、苗、哈尼等民族的文学情况进行了比较全面的整理和搜集，也附带调查了傈僳、瑶、僾尼、蒙古等族的部分文学情况。现在已编选了上述民族的民歌、民间故事、地方戏曲、叙事诗、抒情诗、童话、寓言等选集的初稿。广西壮族自治区已出版了民间故事集四种，歌谣三种。黑龙江省对鄂伦春族和赫哲族的民间文学进行了搜集。湖南省对瑶族、侗族，福建省对畲族的民间文学都进行了整理。海南岛黎族也出版了民间故事集《勇敢的打拖》。《民间文学》及其它文艺刊物也刊登了大量的兄弟民族的民歌和民间故事，有的还专门组织了兄弟民族民歌和民间故事专号。

特别值得提出的是《中国民间故事选》的编纂和出版，这本选集搜集了我国三十个民族的一百二十四篇作品，除了四十七篇是汉族的以外，其余都是出自蒙、回、藏、维吾尔、苗、黎、彝、壮、布依、朝鲜、哈萨克、侗、白、傣、佤、哈尼、瑶、傈僳、侬、纳西、水家、景颇、羌、高山、撒拉、乌孜别克、达呼尔、鄂温克、畲等二十九个兄弟民族的。就题材来说，从开天辟地、赶月亮、射太阳，到歌颂革命英雄、革命领袖，就地区来说，从内蒙古草原到西南边疆，从天山南北到海南岛；体裁也是多种多样，从神话、寓言到近似短篇小说的民间故事。这是我国各民族光辉的民间故事宝库的一个缩影。

在兄弟民族民间文学大量发掘的基础上,研究工作也随之展开。现在已经从零星的研究工作发展到系统的全面的研究,并且开始了兄弟民族文学史的研究编写工作。长期以来,社会上迫切需要一部用马克思列宁主义观点阐述的,包括全国各兄弟民族的中国文学发展史。中国科学院文学研究所曾邀请各自治区及兄弟民族聚居省份的民间文学工作者代表,座谈了编写兄弟民族文学史等问题,会议决定在编写兄弟民族文学史的时候,必须运用历史唯物主义观点和阶级分析的方法,强调劳动人民的创作,强调各族之间的团结和友谊。各自治区(有关省)在党委宣传部直接领导下,讨论了有关编写本区(省)民族文学史的各种问题,拟订了计划。有些区(省)还组织了专门机构担负这项工作。由于党的重视,兄弟民族文学工作者的努力,云南省已编写出《白族文学史》、《纳西族文学史》、《傣族文学史》、《云南楚雄彝族文学史》等文学史专著。还有不少县也编写了县的文学史。此外,已写成的还有《蒙古族文学简史》(上册,从古代到鸦片战争,下册也正在编写中)、《广西壮族文学史》、《藏族文学史》等等。

这些已完成的文学史,大都有比较丰富的内容,力图用历史唯物主义观点和阶级分析的方法全面地阐述该民族文学的发展,对优秀民间文学作品作了充分的肯定。编写兄弟民族文学史在我国历史上是破天荒的大事,由于党的领导,一开始就取得了很大的成绩。这项工作的进一步开展,对我国文学事业,特别是对各族文学的发展、繁荣具有重大意义。

解放以来,在党的领导下,各民族亲密团结,形成了和睦友爱的社会主义大家庭。各民族的文化交流活动也大大地加强了。大批优秀的汉族文学,被译成各民族的文字,不少优秀的兄弟民族的文学作品,也被介绍到汉族。汉族作家和兄弟民族作家开始了新的协作关系,互相交流创作经验,互相帮助,有的汉族作家还和兄弟民族作家合作进行创作。这种文化交流和亲密无间的互助关系,促进了文学事业的发展。但是,由于翻译人才不足,交流工作做得还不够,这就需要各民族间彼此支援,互相协作,大力培养翻译人才,以促进各民族间文学的竞赛,从而丰富各民族的文学,使我国社会主义文学更迅速的发展,更全面的繁荣。

(本文有删节)

1962 年版《中国当代文学史稿》
对少数民族文学的整体评价

史料解读

　　该书在绪言第六部分专门谈到少数民族文学。编者从多民族国家的角度,提出了"多民族的文学"这一重要概念,并从兄弟民族文学的发展、兄弟民族文学队伍的成长、兄弟民族文学遗产的发掘和整理几个方面进行了论述和评价。编者指出,十一年来,各兄弟民族的文学创作,无论是小说、诗歌或戏剧都出现了百花齐放、欣欣向荣的局面,各兄弟民族也积极开展了群众性的创作运动。党和国家建立了相应文学体制、机制,组织了大批文艺工作者深入各兄弟民族地区,和各族人民一起搜集、记录各兄弟民族的文学作品,有计划地编辑各兄弟民族的文学史、民歌和故事选集。同时也指出少数民族文学发展仍然不够,不能满足各族人民的需要。

　　该书将当代文学史分为三个时期,分三编进行叙述。在第一编中"创作成就"一章中,专设"第三节　兄弟民族文学的发展",从"绚烂的诗章""兄弟民族文学队伍的成长""兄弟民族文学遗产的发掘和整理"三个方面总结了少数民族文学的发展状况,其中还注意到了少数民族文学各体裁的发展,提到了李乔的报告文学《拉猛回来了》等。在第二编中"创作成就"第三节"兄弟民族文学"中,分"党关于发展兄弟民族文学的方针""创作成就"两个方面,对少数民族文学的发展进行了全面评价。在第三编第五节"兄弟民族文学"中，从"本时期兄弟民族文艺事业中两条道路的斗争"、创作成就两个方面，叙述了这一时期社会政治文化语境的变化对少数民族文学的影响。其中提出的"兄弟民族的文学艺术与全国文学艺术的关系""各族人民的文学艺术以及各民族文艺工作者之间的关系""文艺与政治的关系"三个关系问题极为重要。编者对这些关系的辨析的核心观点是，少数民族文学艺术是新中国文学艺术整体之中的重要组成部分，各民族文学艺术以及文学工作者具有平等地位，应该加强相互交流，共同促进中国文学的发展。基于这一立场特别强调了反对大汉族主义和地方民族主义的原则性问题。

需要指出的是，该书展示了一系列重要的文学史料，如党的八大中"积极发展少数民族地区的文化经济工作"、第二次文代会"重视兄弟民族文学的发展，使兄弟民族文学为过渡时期的总路线服务，以发展各兄弟民族新的社会主义文学"、1956年作协召开的第二次理事会会议（扩大）上茅盾、周扬、老舍关于发展少数民族文学的重要讲话、1958年少数民族文学史编写，等等。编者认为，少数民族文学史编写在我国是一件史无前例的壮举，只有在我们伟大祖国的社会主义大家庭里，才在历史上第一次出现多民族文学共同繁荣的新局面。各兄弟民族文学史的编写工作，不仅将会在我国文学史上增添光辉的篇章，而且具有重大的政治意义，这种评价的当代价值值得重视。这些史料还原了少数民族文学在这一特殊时期受到党和国家呵护的历史现场。

原文

......

多民族的文学

我国是一个多民族的国家。各个兄弟民族都有着自己久远的文学传统，他们的文学作品无论是写下来的,或是流传在群众口头上的,都极其丰富多彩,真实地反映了各兄弟民族人民斗争和发展的历史,成为祖国文学宝库中光辉灿烂的组成部分。然而过去在帝国主义和反动派的统治下,各兄弟民族在政治、经济、文化上没有平等的地位,他们的文学艺术遭到了最野蛮的摧残。在解放前,绝大多数的兄弟民族都没有自己的文学队伍和文学组织,只有极少数的人从事文学工作。

中华人民共和国成立后,各兄弟民族在政治经济上翻了身,永远结束了自己被压迫被奴役的历史。由于党和毛泽东同志对民族问题的高度重视,在一九四九年宣布的《中国人民政治协商会议共同纲领》与一九五四年制定的《中华人民共和国宪法》中都规定:"中华人民共和国是统一的多民族的国家,各民族一律平等。"同时,在经济文化上党也一向坚持照顾各兄弟民族的需要,充分注意各民族的特点,帮助他们繁荣经济和文化事业。在党的第八次全国代表大会决议中,党再一次的指出:"必须积极发展少数民族地区的文化经济工作。"党对各兄弟民族的文学事业,也采取了积极扶持的方针,做了许多工作。在一九五三年召开的第二次文代大会上,党指出文艺界必须重视各兄弟民族文学的发展,使各兄弟民族文学为过渡时期的总路线服务,以发展各兄弟民族新的社会主义的文学。一九五六年,在作协理事会第二次会议(扩大)上,繁荣各兄弟民族社会主义文学,挖掘和整理各兄弟民族丰富的文学遗产,被作为一个中心问题提出来,并通过了发展各兄弟民族文学事业的八项具体措施,列入会议所通过的一九五六——一九六七年的十二年工作纲要中。

为了扫除各兄弟民族文学发展道路上的障碍,使各兄弟民族文学更好地为工农兵服务、为社会主义事业服务,在党的领导下,诸兄弟民族的革命文艺工作者也跟全国文艺工作者一起,进行了一系列反对资产阶级、修正主义文艺思想的斗争,进行了反对地方主义和大汉族主义的斗争。在这些斗争中,各兄弟民族的文艺工作者得到不同程度的阶级斗争的锻炼,受到了深刻的教育,从而使他们以实际行动坚持党的文艺为工农兵的方向,贯彻执行了党的文艺方针政策。这就为进一步发展各兄弟民族的社会主义文学奠定了坚实的思想基础。

在党和毛泽东同志的正确领导下，十一年来，各兄弟民族文学事业得到了飞跃的发展。党在各民族地区建立了很多学校、机关，为兄弟民族培养了大批的文化干部和文艺干部，同时吸收了各民族的优秀的业余文艺工作者或作家到北京以及其他专业学校学习，不断地提高他们的思想水平和艺术水平。现在，一支新的各兄弟民族的文艺队伍已经形成，产生了大批用本民族文字创作的或用汉字写作的新作家和新诗人；很多民间老歌手重新恢复了艺术的青春。至一九五九年，已经有二百多位兄弟民族作家、诗人和评论家被接纳为中国作家协会总会和地方分会的会员，其中有些还被选入了领导机构。蒙族诗人纳·赛音朝克图、作家玛拉沁夫、乌兰巴干，维吾尔族作家祖农·哈迪尔，彝族作家李乔，傣族诗人康朗英、康朗甩，侗族作家苗延秀，蒙族作家超克图纳仁等，都是广大读者所熟知的名字。许多兄弟民族聚居的地区，如新疆、内蒙古、广西、延边等都先后成立了中国作家协会的分会；不是兄弟民族聚居地区的文学组织，也吸收了大批优秀的兄弟民族文艺工作者的代表参加。他们已经成为我国社会主义文艺大军的有力组成部分。

党在各兄弟民族聚居的地区，还建立了出版机构，出版了近二十种经常发表兄弟民族文学作品的文艺刊物；同时，全国性的国家文学出版机构，也经常组织出版兄弟民族作家的创作，这对壮大兄弟民族的文学队伍、促进兄弟民族文学事业的发展起了很大的作用。

十一年来，各兄弟民族的文学创作，无论是小说、诗歌或戏剧都出现了百花齐放、欣欣向荣的局面，初步地建立了自己的社会主义的新文学。各兄弟民族作家的作品，出色地反映了各族人民的生活和斗争，特别是反映了解放以后在党领导下各族人民建设事业的光辉成就以及他们精神面貌的变化，热情地歌颂了党和国家的英明的民族政策。作品反映的生活面是广阔的，内容是丰富多彩的。在形式上，继承和发展了自己的文学传统，富有民族风格和地方特色，深为各族人民所热爱。

值得特别提出的是，各兄弟民族也开展了一个群众性的创作运动，他们运用民族特有的民歌形式及其它文学样式，迅速地反映了各族人民建设社会主义的劳动热忱和革命干劲,表现了各族人民高瞻远瞩的共产主义理想和革命乐观主义精神,创造了具有革命现实主义和革命浪漫主义相结合特色的作品。这些作品具有社会主义和共产主义的思想内容,有着鲜明的民族风格和地方特色,它继承了各兄弟民族历史悠久的口头文学的传统,并使这个传统得到多样化的发展。

在兄弟民族文学遗产的发掘和整理方面,十一年来取得的成绩也是巨大的。党设立了各种有关的机构,组织了大批文艺工作者和语言工作者深入各兄弟民族地区,和各族人民一起搜集、记录各兄弟民族的文学作品,有计划地编辑各兄弟民族的文学史,民歌和故事选集。到现在为止,据不完全统计,已经初步编辑出版文学史或文学史概略的有藏、蒙古、壮、苗、傣、白等十三个民族。其中,《白族文学史》《纳西族文学史》已经出版。已经整理出兄弟民族的长篇诗歌在一百部以上。蒙族长篇史诗《格斯》故事、《嘎达梅林》,彝族长诗《阿诗玛》、彝族的《梅葛》,傈僳族的《逃婚调》,傣族的《召树屯》,阿细族的《阿细人的歌》、《望夫云》等,都是十分优秀的诗篇。这些诗歌的出版,是史上的一件大事。它说明我国各兄弟民族文学遗产是一座丰富的宝山。有些作品无论在思想深度方面,在艺术成就上,完全可以列入世界文学的宝库。此外,近几年来,我们也整理了大量优秀的各兄弟民族的民间故事和民歌。如已出版的《中国民间故事选》里,保存了我国各兄弟民族丰富的神话、传说、童话、寓言,它的出版对于各兄弟民族文学的研究工作是一个出色的工作。

上面就是十一年来兄弟民族文学发展的一个概括的叙述。我们可以看到,十一年来各兄弟民族文学从衰落的状态得到了新生,并进而得到繁荣。这种发展是完全合乎规律的,因为我们有党的正确领导,有优越的社会主义制度,有马克思主义的文艺方针,这些都促进了各兄弟民族文学的发展,促进了它的繁荣。自然,与十一年来祖国的建设比较起来,我们兄弟民族文学的发展还是不够,还不能满足各族人民的需要,这需要我们进一步努力。我们相信在党的领导下,我们各民族的文学今后将要得到更大的发展,取得更辉煌的胜利。

兄弟民族文学的发展（1949—1952）

一、概述

解放以后，由于各兄弟民族人民在政治、经济、文化上翻了身，在文学上也有了很大的发展。

（一）绚烂的诗章

在兄弟民族文学中，诗歌是一个重要的部门。特别是解放以后，兄弟民族的诗歌创作更是百花齐放，美不胜收。

各族人民深深知道，新的生活，应归功于党和毛主席的英明领导，归功于人民解放军的帮助，所以他们把对自己的翻身的喜悦、对祖国和家乡的爱、对生活的热情，都集中地表现在对党和毛主席的歌颂上。他们用太阳、明星、高山、大河，以及父亲、活菩萨、大救星等等尊敬和亲切的称呼来表达对党和毛主席的纯真的感情。蒙族色拉西唱得好：

　　一块铁石装进火炉里能不红吗？
　　一颗珍珠出了土能不放光吗？
　　毛主席照亮了我能不歌唱吗？

他们用自己特有的旋律，和高亢的音调，来赞颂伟大的恩人——共产党和毛主席。

　　毛主席，
　　你是人民的太阳，
　　你的光照到哪里，
　　哪里就得到解放。（西南民歌）

　　雅鲁藏布江，

日夜奔流忙；

永远流不尽，

共产党的恩情长。（藏族民歌）

党和毛主席是他们的救命恩人，是再生父母，所以他们还通过歌声，虔诚地祝福毛主席万寿无疆。如藏族民歌《祝毛主席万寿无疆》就传达了千千万万兄弟民族人民的心意。

在这些洋溢着欢乐和热情的诗的海洋里，还可以看到各兄弟民族人民对人民解放军的赞颂。下面就是黎族人民的一首赞歌：

江水长流日月新，

孔雀换毛鱼换鳞；

解放大军功劳大，

他的恩情海样深。

有了党的正确的民族政策，有了党的关怀和教育，有了新的生活，各族人民之间建立了新的民族平等和亲密无间的兄弟关系。再也不是"石头不可做枕头，汉人不可做朋友"的民族对立的状态了。大家紧密地团结在党的周围，为建设美好的生活，保卫伟大的祖国而共同努力。这些新的精神面貌在诗篇中得到了充分的反映。蒙古族战斗功臣王青山的妈妈送心爱的独生子参军的时候，唱了一首十分动人的歌：

孩子们出征别惦记家，

剩下很多兄弟照顾妈妈；

妈妈心眼里一无牵挂，

眼巴巴望你把美匪打垮。

孩子们别把家业来挂，

有你同辈兄弟照顾着它；

兔崽子蒋介石快点消灭，

盼望你们当英雄戴上红花。

她的爱憎是如此分明。哪个母亲不爱儿子，不希望团聚？但是没有祖国人民的共同安宁，草原上的豺狼不打死，怎能有安乐的母子团圆？这位母亲认识到了这一点，并做了他能做的事——送独生子参军。这一行动充分展示了人民群众精神面貌的变化。

在这个时期里，各兄弟民族的诗人和艺人们，开始用本民族特有的歌谣配合各项运动，宣传党的政策，如宣传民族政策、婚姻法、抗美援朝运动等等，使文艺发挥了更大的作用，正象锡伯族一位诗人说："过去我们是胡碰，今天有了毛主席文艺方针指导，一定要多写对锡伯族人民有教育意义的作品。"

从以上粗略的概述里，我们可以清楚地看到解放了的兄弟民族人民的乐观喜悦的心情，看到他们新的精神面貌的成长，也可以看到兄弟民族文学在党的关怀下，怎样获得了新的生命力，放射出绚烂的光芒。

（二）兄弟民族文学队伍的成长

解放后，党非常重视培养各民族自己的诗人和作家，扶植兄弟民族的民间艺人，吸收他们参加作协，派专人去培养、提高他们的政治和业务水平。几年来，在兄弟民族中，涌现了不少优秀的作家和诗人。他们用热烈的感情和优美的笔调赞颂自己民族的新生，真实地描绘自己民族先进分子的形象，歌颂党的民族政策的光辉胜利。其中有蒙族作家纳·赛音朝克图的作品《欢迎劳动模范》、《迎接国庆节的时候》，玛拉沁夫的作品《科尔沁草原的人们》等，受到读者的欢迎。

彝族作家李乔的作品《拉猛回来了》，是一篇较好的通讯报告文学。还有维吾尔族作家祖农·哈迪尔、蒙族作家超克图纳仁、敖德斯尔、民间艺人毛依罕以及蒙族诗人松拉才郎等等，都写出了许多优秀的作品，丰富了祖国的文学宝库。

（三）兄弟民族文学遗产的发掘和整理

我国各兄弟民族文学遗产是极其丰富的。系统地整理和研究这些丰富的文学遗产,就成为我们文艺事业上最重要的任务之一。解放以后,由于党的重视和领导,我们不仅培养了各民族的文艺队伍,而且还有不少的汉族文艺工作者,遵循党的教导,深入兄弟民族地区,帮助他们发展自己的文艺。这个时期,已经取得了很大的成绩,搜集和整理了许多流传极广的故事、传说、歌谣和叙事诗。如陈清漳等合译的内蒙古民间叙事长诗《嘎达梅林》,维吾尔族的叙事诗《阿那尔汉的歌声》,著名的彝族叙事诗《阿诗玛》和《内蒙古民间故事》、《维吾尔民间故事》等都已整理、翻译出版。另外,还有安波、许直合编的《东蒙民歌选》,韩燕如编的《爬山歌选》,钟琴编的《兄弟民族的赞歌》,楚奇、艺军合编的《湘西兄弟民族的山歌》,以及《藏族民歌》、《兄弟民族大团结》等等。

这些作品,内容十分丰富,其中有歌唱先辈们英勇斗争事迹的,有歌唱爱情和劳动的,有发抒对旧社会的愤怒和不平的。而最珍贵最光辉的是解放后歌颂党和毛主席、歌颂新生活的诗篇。

最后,应该提到的是,在这个时期里,兄弟民族自己的文艺队伍还不够强大,"搜集和翻译工作似乎偏重于口头流传的民歌与传说(这自然是很要紧的),而忽略了当代各民族作家们的作品"①,所以反映兄弟民族新生活的小说、散文、戏剧、电影等方面的作品,还是比较少的。

兄弟民族文学(1953—1956)

一、党关于发展兄弟民族文学的方针

全国二次文代大会曾强调指出:必须大力促进各兄弟民族文学的发展,使兄弟民族文学更好地为工农兵,为过渡时期的总路线服务。

一九五五年,中国作家协会邀集了八个兄弟民族的文学工作者和作家召开了座谈会,了解了在兄弟民族文学工作中存在的困难和问题,为作协第二次理

---

① 　老舍:《关于兄弟民族文学工作的报告》,《中国作家协会第二次理事会会议(扩大)报告、发言集》,人民文学出版社一九五六年版。

事会(扩大)讨论兄弟民族文学问题准备了条件。

一九五六年,作协召开的第二次理事会会议(扩大)进一步促进了兄弟民族文学的发展和繁荣。

茅盾在会议的开幕词中着重指出,培养青年作家和发展兄弟民族文学是当前最迫切的任务。作协要把它们当作主要工作来进行。周扬在《建设社会主义文学的任务》的报告中,肯定了这个时期的文学在反映兄弟民族人民生活方面的成绩。同时着重指出,为满足社会主义建设需要,应当注意发现与培养各兄弟民族的作家。

老舍在会上作了《关于兄弟民族文学工作》的专题报告。报告中总结了兄弟民族文学工作,对兄弟民族文学的搜集、整理、研究作了全面的分析和说明。特别是在翻译和创作问题上,提出了具体的建议。他说整理、翻译兄弟民族文学作品,"是民族团结与文化交流的真诚表现"。在创作问题上,培养新生力量是发展兄弟民族文学根本的一环。在兄弟民族作家队伍还未壮大的时候,汉族作家应同时去描写兄弟民族的生活。老舍还指出,无论兄弟民族作家或汉族作家,在写作上都不应有猎奇心理,要极力避免公式化、概念化,加强团结,互相帮助,特别是加强马克思列宁主义学习,写出富有党性的为工农兵服务的作品来。

会议一致同意报告中提出的,关于发展各兄弟民族文学事业的八项具体措施。措施中谈到,作协必须从各方面了解各兄弟民族文学的工作情况,从而加强领导,使兄弟民族文学在搜集、整理、翻译、研究和创作上都得到全面的发展。并把它列入了这次会议所通过的一九五六——一九六七年的工作纲要。

在党的民族政策的光辉照耀下,在党的文艺方针的正确指导下,随着各兄弟民族政治生活与经济生活的逐步提高,以及各项社会改革运动的深入开展,本时期各兄弟民族文学得到了蓬勃的发展。

二、创作成就

（一）概述

几年来,由于党和毛主席的亲切关怀,各兄弟民族人民的政治、经济、文化生活都有了很大的提高,面对这样伟大的时代,他们要为伟大的时代放声歌唱。

所以这个时期的兄弟民族文学(特别是民歌)显得格外旺盛。《民间文学》、《内蒙古文艺》及全国其它许多刊物曾选载了许多创作,有关出版社和个人也曾辑印了很多专集。

歌颂共产党和毛主席,歌颂解放军和新生活,歌颂民族大团结和人民当家作主,已成为本时期兄弟民族文学突出的主题。藏族民歌《共产党的恩情长》、《东方升起了金黄色的太阳》,以滔滔不绝的江水来形容党对兄弟民族的恩情的深远,以金黄色的太阳和十五的月亮来比喻领袖毛主席。四川兄弟民族创作的短诗集《金色的太阳》也以优美的诗句,真挚深厚的感情,歌颂共产党和毛主席。

歌唱解放军的如东藏民歌《歌唱解放军》,唱出了:

白天见了解放军,
如同见太阳;
黑夜见了解放军,
如同见月亮。

这是发自内心的富有真情实感的诗句。

歌唱民族大团结的有藏族的《团结得象亲生的兄弟一样》、瑶族的《兄弟民族大团结》等。前一首写道:

……
祖国是各民族的大家庭。
住在平川的种庄稼,
住在草地的牧牛羊;
不分藏、汉、苗、彝、哈萨克,
不分蒙、黎、羌、回或东乡。
同在毛泽东的阳光下,
团结得象亲生的兄弟一样。

这首民歌反映了在党和毛泽东同志的民族政策的光辉照耀下，各兄弟民族关系的深刻变化。

歌唱新生活的有湘西苗族的《十谢毛主席》等，他们把歌唱新生活和感谢毛主席紧密地联系起来。表现了饮水思源的深厚感情。歌唱人民当家作主的如广西瑶族的《人民当家万万年》，歌唱在解放后各兄弟民族实行区域自治这一振奋人心的事实，显示了各兄弟民族在解放后当家作主的喜悦，表达了他们"七个民族团结紧，牵手跟着毛泽东"的态度和决心。

其他兄弟民族人民当中，也有许多优美的民歌出现。这些作品的共同特色，是热情洋溢、感情真挚、形式活泼优美，有着浓厚的民族色彩。

不但兄弟民族的群众创作极为活跃，而且在他们当中也涌现了不少优秀作家，如蒙族诗人纳·赛音朝克图，藏族诗人饶阶巴桑以及蒙族民间艺人毛依罕等等。他们在创作方面都取得了很大的成就，写下了不少优秀的诗篇。

纳·赛音朝克图是兄弟民族中一位有才华的诗人，是内蒙古写作历史最久的作家之一。解放前他做过小学教师，现在担任内蒙古自治区文学艺术工作者联合会常委会的常务委员、《内蒙古文艺》（蒙文版）主编以及全国作协理事会理事等职。

解放后，党的光辉的民族政策给内蒙古人民带来了新的生活，激发了诗人的情感，几年来诗人满怀热情，孜孜不倦地进行创作，他的主要作品有《春天的太阳来自北京》（中篇小说）、《幸福和友谊》（诗集）、《蒙古艺术团随行散记》（散文）等，特别是他的诗歌如《幸福和友谊》、《北京颂》等等，深受广大牧民的欢迎。

毛依罕是蒙古族著名的民间艺人。从十六岁起，就开始演唱活动。解放后，党的关怀和教导，使他获得了新的艺术生命。他顽强地学习文化，积极参加了土地改革和抗美援朝等宣传工作。一九五〇年参加内蒙民间艺人代表会议时，曾表示要为党的事业奋斗到底：

拉起我的胡琴，放开我的喉咙，

向着广大的牧民群众，

　　把新社会的幸福生活，

　　编成好来宝来赞颂。

　　头发白了，岁时大了，

　　虽然身体也衰弱了，

　　但为了祖国的永恒幸福，

　　我愿献出我的全部力量。

　　由于他热爱党和领袖，热爱新社会，能自觉地用自己的创作和演唱来为社会主义事业服务，所以他的艺术活动受到了广大群众一致的好评，获得了党和政府的热情鼓励和荣誉。一九五五年，他参加了内蒙古自治区民间音乐舞蹈戏剧观摩演出大会，演唱了他的新作《铁牤牛》，荣获表演一等奖。一九五六年三月光荣地加入了中国共产党。同年四月，出席全国文化先进工作者会议，会见了我国各族人民敬爱的领袖毛泽东同志。并参加了中华全国总工会主办的全国职工业余曲艺观摩演出，荣获创作奖。现在在呼和浩特市蒙语说书厅工作。

　　毛依罕的创作以好来宝为主。解放前创作的好来宝有《可恨的官吏富翁》、《一颗粮》、《虚伪的旧社会》等。解放后，赞颂新社会成了他的创作的基本主题。在短短的几年里，他创作了四五十首好来宝和诗歌，其中比较成功的有《说唱艺人的今昔》、《铁牤牛》、《慈母的爱》等等。这些作品都具有较高的思想性和艺术性，不仅为内蒙人民所喜爱，并译成汉文，受到了广大汉族读者的欢迎。

　　饶阶巴桑是在党培养下成长起来的藏族青年诗人，写了不少优美、有力的诗。由于他是边防军战士，所以他的诗大部分是描写士兵生活的，也有以爱情和一些重大政治事件为题材的。这些诗不仅抒情味浓，而且保持着藏族传统诗歌的特色。《永远在前列》、《牧人的幻想》等是他的优秀作品。前者显示了一个坚持职守的牧人当了边防战士后那种英勇杀敌的雄心；后者反映了一位老年牧人在长期的痛苦生活中对幸福生活的幻想与追求和幻想变成现实后的兴奋心情。作者这样描写这位年老的牧民：

追着西边的太阳，

头发已经斑白；

他牧放着几十只牛羊，

送走了壮年时代。

如今他迎着早晨的太阳，

头发变得分外黑亮；

他牧放着上万只合作社的牛羊，

他的心胸和草原一样年轻宽广。

从这里我们可以看出这位年老牧民在两个不同的时代所表现出来的两种不同的精神面貌。

包玉堂是解放后成长起来的仡佬族青年诗人。他的诗集《歌唱我的民族》，表达了作者对本民族的热爱和对党的无限感激的心情。他写道："我要一万次歌唱，共产党，我的民族的太阳！"这正是三千多万兄弟民族人民的心声。

《虹》是他根据苗族民间传说写成的一部比较优秀的长篇叙事诗。长诗通过一个美丽坚强的苗族姑娘花姐姐的不幸遭遇，反映了苗族人民对封建统治者的仇恨和坚强不屈的性格。作品具有丰富的感情和明朗的民族色彩。

小说方面，彝族青年作家李乔的《欢笑的金沙江》，是本时期兄弟民族文学中一部比较优秀的长篇小说。此外还有蒙族青年作家明斯克的《金色的兴安岭》等。《金色的兴安岭》描写了解放军内蒙古骑兵部队歼灭反革命匪帮的故事。

戏剧电影方面，有布哈拉与王玉湖合著的《哈森与加米拉》（电影剧本）、敖德斯尔的《草原民兵》（多幕话剧）和祖农·哈迪尔的《蕴祷姆》等。

《哈森与加米拉》写的是哈森与加米拉这对哈萨克男女青年曲折动人的恋爱故事。他们为了争取婚姻自由，与万恶的封建牧主和国民党反动统治者进行了顽强不屈的斗争，最后由于新疆的和平解放而获得了美满幸福的生活。作品有力地说明了只有在中国共产党领导下，兄弟民族人民才能搬掉压在头上的石头——本族封建统治者和国民党反动派的压迫,获得真正解放。

《草原民兵》通过内蒙察哈尔草原地区的牧民扑灭敌人放火、捕捉到卜籁等三个特务的故事,反映了党的坚强领导和草原人民解放后的幸福生活,说明了在帝国主义还存在的情况下,阶级敌人是不甘心他们的失败的。作品批判了麻痹思想,有深刻的教育意义。

取材于民间故事的诗歌创作,还有侗族诗人苗延秀的《大苗山交响曲》,壮族诗人韦其麟的《百鸟衣》等。《大苗山交响曲》是一部说唱体的民间故事,它表现了苗族人民在反抗官僚地主统治阶级中的勇敢、智慧和顽强,并生动、朴素地表现了苗族人民的生活、思想和感情。《百鸟衣》写的是一对青年男女为了自己的幸福生活向封建势力进行英勇顽强的斗争的故事。聪明勇敢的青年古卡爱上了美丽能干的姑娘依娌。但是,土司夺去了依娌,破坏了他们的幸福生活。勇敢的古卡爬了九十九座山,射了一百只雄鸡,做了一件"百鸟衣",救出了依娌,杀死了土司。这篇作品生动地刻划出了古卡和依娌反抗封建势力的坚强性格,赞颂了劳动人民的勤劳、勇敢、聪明、能干,暴露了封建统治者的蠢笨和贪婪。这篇作品无论在思想内容和艺术价值上都取得了较高的成就。

多少年代以来,许多优秀的民间传说在兄弟民族之中流传着,但是很少有人注意它。把这些民间文学遗产搜集整理出来,使它重放异彩,无疑是一件很有意义的工作。在党的关怀与重视下,有关部门大力开展了搜集整理工作,并取得了很大的成绩。

诗歌方面,撒尼族的长篇叙事诗《阿诗玛》的整理出版是一个重大的收获。此外,傈僳族的《逃婚调》,纳西族的《猎歌》,苗族的《古歌》、《苗王张老岩》等也都是相当出色的作品。

《逃婚调》通过一对追求婚姻自由的男女青年逃婚的故事,表现了兄弟民族的男女青年对自由、幸福生活的向往和忠于爱情的优秀品质。

在民间故事方面,有藏族的《青蛙骑手》、《猎人妻子》,云南兄弟民族的《猎人与孔雀》、《绿斑鸠的故事》,维吾尔族的《木马》等。其中《青蛙骑手》是一篇出色的作品。青蛙骑手是藏族人民幸福和力量的化身。它(故事中的小青蛙)的一哭一笑都震动了统治者,使一对年老的夫妇过着幸福的晚年生活。

在寓言方面,有藏族的《咕咚》、《葫豆雀与凤凰蛋》、《猫与老鼠》、《猴子和月亮》等。

《葫豆雀与凤凰蛋》通过凤凰因自己的蛋被飞龙在慌乱中碰破而找葫豆雀争吵的故事,辛辣地嘲笑和讽刺了那些只顾自己、不管别人的个人主义者。故事短小精悍,生动有趣,是一篇出色的寓言。

兄弟民族文学是本民族的珍贵的文化财富,也是全国其他各民族的共同的文化财富。兄弟民族文学作品闪耀着各族人民智慧的火花,以其丰富多彩的内容和优美的富有民族特色的艺术风格,博得了广大读者的喜爱。

1957 年以后少数民族文学创作成就

（一）概述

通过反右派斗争,各族人民的社会主义觉悟空前提高,兄弟民族文学也出现了空前繁荣的景象。首先,各兄弟民族文学队伍已经成长起来。据一九五九年九月的统计,已有二百多位兄弟民族作家、诗人和评论家被接纳为中国作家协会总会和地方分会的会员,其中有些同志被选入领导机构。在组织工作方面,许多兄弟民族聚居的地区以及有较多兄弟民族居民的省分,都已先后建立了中国作家协会的分会,分别出版了经常发表兄弟民族文学作品的文学刊物。各地的作协分会及其领导下的刊物,对促进兄弟民族文学事业的发展、团结和扶植兄弟民族的文学工作者,起了一定的作用。兄弟民族文学的空前繁荣,主要表现在这一时期优秀作品的产生犹如雨后春笋。无论是诗歌、小说、戏剧以及其他各种体裁的作品,都通过各民族独特的风格,反映了兄弟民族的面貌和建设中的新人新事,表现了兄弟民族人民对新社会的热爱和对旧社会的仇恨。作品无论在思想水平和艺术水平上,都达到了相当的高度。

在这些作品中,新民歌是最突出的。兄弟民族的人民在社会主义生产时,把他们的思想、感情、愿望和理想通过这种形式巧妙而熟练地表现出来。这些新民歌与过去的民歌比较起来,不仅有着崭新的思想内容,而且艺术风格和表现手法也焕然一新,在整个兄弟民族文学艺术的宝库中占有显著的地位。

在其他文学形式方面,在蒙古族作家中,有玛拉沁夫的短篇小说集《春的喜歌》,乌兰巴干的长篇小说《草原烽火》,超克图纳仁的剧本《金鹰》,纳·赛因朝克图的长诗《狂欢之歌》,布林贝赫的长诗《生命的礼花》等。在新疆各兄弟民族中,有赛福鼎(维吾尔族)的歌剧《战斗的历程》、短篇小说《吐尔迪阿洪的喜悦》,有维吾尔族作家祖农·哈迪尔的剧本《喜事》和短篇小说集《锻炼》,有哈萨克族郝斯力汗的短篇小说《起点》、《牧村纪事》及库尔班阿里的组诗《从小毡房走向全世界》,此外,还有王玉胡等和尤·赫捷耶夫(维吾尔族)合写的电影文学剧本《绿洲凯歌》。

西藏的著名学者和诗人擦珠·阿旺洛桑曾经抒写过许多动人的诗篇,如歌颂康藏、青藏公路的《金桥玉带》就是一首很好的诗。这位热爱祖国、反对分裂的诗人竟被西藏上层反动分子在一九五七年下半年害死,为革命事业而牺牲了。藏族青年诗人饶阶巴桑用汉文写的抒情诗《母亲》,也充满了强烈的爱国主义感情。

回族以及延边朝鲜族的作家们近年来也创作了不少作品。如回族作者米双耀的短篇小说《投资》,已被选入《一九五八年短篇小说选》。朝鲜族李弘奎的电影文学剧本《春到长白》、金哲的长诗《秋千》和李旭的长诗《延边之歌》、《红色摇篮》等,有的已经出版,有的即将出版。

值得注意的,是文化比较后进的西南各兄弟民族在创作上也产生许多好作品。如壮族散文作家陆地完成了长篇小说《美丽的南方》,侬易天的长篇叙事诗《刘三妹》,特别是根据民间传说集体创作的剧本《刘三姐》,优美动人,受到观众的热烈欢迎。彝族作家李乔创作了《欢笑的金沙江》的续篇《咆哮的凉山》、熊正国创作了短篇小说《高炉边的彝家》、普飞创作了小小说《门板》,另一彝族作者苏小星的新作《黄花之歌》、《马帮一日》等短篇中,塑造了一些具有民族特色的正面人物形象。在诗歌方面,则有侗族诗人苗延秀的《元宵夜曲》、傣族著名歌手康朗甩的长诗《傣家人之歌》,另一民间诗人康朗英则创作了歌颂现代生活的优秀的长篇叙事诗《流沙河之歌》。

此外，土家族诗人汪承栋、苗族作家伍略、白族作家杨苏、那家伦、纳西族作家赵净修，也都发表过一些较好的作品。满族作家胡可、老舍与关沫南等，仍在继续为社会主义而创作。

关于兄弟民族文学遗产的搜集和整理工作，在反右派斗争之后，特别是在全国民间文学工作者会议以后，党和广大文艺工作者更为重视。这一时期，兄弟民族的文学遗产被大量地发掘和整理出来，包括长诗、故事、传说、神话、童话、寓言、谚语等各种形式的作品。其中特别值得提出的是发现了蒙族古代伟大史诗《格斯尔的故事》下六卷的手抄本（共十三卷，前七卷一七一六曾在北京以蒙文出版过）。这是蒙族人民对于祖国文学、也是对世界古典文学的一个巨大贡献。这部史诗还是蒙藏两个民族所共有的，在藏族则称为《格萨尔王传》，最近已翻译为汉文发表。此外，蒙古族的大型史诗《江格尔》、《宝玛格尼登尼》等也在翻译和整理中。其他的优秀作品还有藏族的古代民间传说《译玛姬》和《草原红花》等。经过整理或加工的兄弟民族文学作品中，仍然以长诗为最多。其中如彝族的史诗《梅葛》、《我的幺表妹》，白族的《火把节》，苗族的《张秀密之歌》，壮族的《布伯》，傣族的《召树屯和兰吾罗娜》、《娥并与桑洛》、《葫芦信》，回族的《歌颂英雄白彦虎》、《马五哥与尕逗妹》，纳西族的《创世纪》，哈尼族的《多萨阿宝》，撒尼族的唱诗《逃到甜密的地方》，维吾尔族的《热碧亚·赛丁》与《玉李甫长帽子》，哈萨克族的《萨里哈—萨曼》，傈僳族的《逃婚调》，土族的《拉仁布与吉门桑》，撒拉族的《阿姑扎拉与古斯根阿郎》，等等，都是一些闪耀着强烈的民族色彩的美丽动人的诗篇。还应该着重提到的是，《中国民间故事选》（贾芝、孙剑冰合编）的编纂和出版，对于兄弟民族民间文学的研究工作也是一个贡献。这本选集收集了我国三十个民族的一百二十四篇作品，其中有四十七篇是汉族的，其余七十七篇都出自蒙、回、藏、维吾尔、苗、黎、彝、壮……等二十九个兄弟民族。由于所选的都是比较有代表性的作品，题材广泛，在一定程度上反映了人民生活，具有一定的艺术魅力，深为人民群众所喜爱。

在兄弟民族文学的搜集整理工作中，还包括了一部分当代革命斗争故事和兄弟民族的革命者的作品。如一九四五年被国民党反动派杀害的维吾尔族革命烈士，诗人黎·穆特里夫（遇害时年仅二十三岁），在他短短的一生中，留下了不少光辉的诗篇和诗剧。这份宝贵的遗作，已在一九五七年整理出版。在哈萨克族的文学中，也整理出版了革命领袖哈尔曼·阿克提的狱中诗集《游牧之歌》。

在发掘民族文学宝藏、整理民族文学遗产的同时，在各兄弟民族地区还开始了自己民族的文学史的编辑工作。党对这一工作十分重视和关怀。至一九五八年前后，许多少数民族地区的文学艺术工作者联合会或作家协会，和当地的高等学校，更组织了大批青年，进行调查研究工作，并结合当地群众，搜集、整理资料，初步编成了各民族的文学史。据不完全的统计，现在已经初步编成了文学史或文学史概略的，就有藏、蒙、壮、苗、彝、傣、白、纳西、土家、哈尼、土、赫哲、布依等十三个民族。其中，《白族文学史》与《纳西族文学史》已经出版。此外，新疆对维吾尔族和哈萨克族、吉林延边自治州对朝鲜族、黑龙江对鄂伦春族、青海对撒拉族、湖南和贵州等省及广西壮族自治区对瑶族与侗族、福建省对畲族的文学史料，也都进行了一些搜集和整理工作。

编写兄弟民族的文学史，在我国还是一件史无前例的创举。过去，在反动统治下，各兄弟民族在政治、经济、文化上是没有平等地位的，因而在文学上也同样没有平等地位，文学史中，根本就没有兄弟民族文学的篇幅。只有在我们伟大祖国的社会主义大家庭里，才在历史上第一次出现多民族文学共同繁荣的新局面。各兄弟民族文学史的编写工作，不仅将会在我国文学史上增添光辉的篇章，而且具有重大的政治意义。

1963 年版《十年来的新中国文学》
对少数民族文学的整体评价

史料解读

　　中国科学院文学研究所编写的《十年来的新中国文学》启动于 1959 年。与前两部作品不同的是，该书并没有列专章专节或分时期叙述少数民族文学的发展。只是在绪论的第五部分，从小说创作、诗歌创作两个方面概要式地介绍了少数民族文学的发展，史料的丰富性、分析的具体性不及前两部文学史。在具体叙述中，该书对新中国成立十年来的少数民族作家作品给予了肯定，同时指出了不足之处，并对今后文学作品创作作出展望。短短十年间，优秀的少数民族作家如雨后春笋般涌现，他们在一开始就得到党的培养，受过斗争生活的锻炼，这些作家的作品不仅具有民族特色而独放异彩，而且具有全新的内容，即革命的思想，社会主义的精神。这些作品已经超出了民族的界限，在全国范围内流行，得到各族读者的欣赏。汉族作家也执笔书写少数民族地区故事，运用实际描写，帮助人们了解事实的真相。他们的作品都体现着其发自肺腑的对各族人民伟大领袖毛主席的无限热爱。《十年来的新中国文学》从小说、诗歌等各个方面分别进行了论述，选取了内蒙古、新疆、西南等民族地区的作家、作品讨论，肯定了各民族作家在小说、诗歌创作上取得的成就，也指出文学的发展面貌需要改变，在今后作家们仍要有自己的独特的书写风格和特色，尽可能创造出更多优秀的作品。

原文

　　反映少数民族的解放斗争和他们新的生活的作品，是这十年来构成小说全面丰收的又一个重要的部分。我们的许多兄弟民族的作者，在这里作出了主要的贡献。他们有的还是属于本民族第一代的小说家，他们的民族，到这里才开始有了小说的创作。他们也有的是属于具有悠久文化传统的民族，但他们的新文学、特别是新小说，也只是在解放后才有了发展。这在我国小说历史上是开辟了新的一页。在过去，并非没有反映少数民族生活的作品出现，但大都出于汉族作家之手，在资产阶级文学中，甚至还有纯为猎奇之作，充斥着大汉族主义和反动浪漫精神。然而在这短短的十年中，我们就有了成批的优秀的少数民族作家，他们在一开始就得到党的培养，受过斗争生活的锻炼，他们的作品不仅具有民族特色而独放异彩，同时也和我们在上面所谈到的那许多作品一样具有全新的内容，即革命的思想，社会主义的精神。这些作品已经越出了民族的界限，在全国范围内流行，得到各族读者的欣赏。下面，我们将按不同的民族分别地来叙述这些作品。同时，也将谈到汉族作家描写这方面题材的作品，它们也一样贯串着民族团结的主题，有着充实的生活内容。

　　蒙古民族是文化比较悠久也是得到解放较早的一个少数民族，政治、经济、文化都有较快的发展，因而在小说上也有突出的成绩。

　　乌兰巴干的《草原烽火》，是一部值得重视的作品。它是作者计划中的一个大部长篇中的第一部，主要描写抗日战争时期科尔沁草原上人民的斗争。作者用他雄劲的笔力，刻划出了蒙古族人民在日本帝国主义侵略势力和蒙奸达尔罕王爷封建统治压迫下的痛苦的生活、尤其是奴隶阶层的痛苦生活，表现了蒙古族人民英勇斗争的精神和他们的英雄的性格。在他的笔下，涌流着阶级的感情，他用阶级的眼光来看待民族关系，动人地表现出了蒙汉两族劳动人民的血肉的联系。所以作者在全书中是用力地描写了党的强有力的领导，描写党的地下工作者如何深入劳动群众恢复组织，团结起奴隶和牧民，在那辽阔的草原上点燃了猛烈的民族民主革命的大火。作者对于"带'罪'字的奴隶"巴吐吉拉嘎热的精神世界作了深入的、精细的探索，给我们呈现了一个被重重枷锁束缚着的奴隶的内心状态。这是在现代文学人物画廊上新添的一种类型。他是奴隶中最下层的一个奴隶，不仅肉体上完全失掉自由，而且精神上也被王权、神权所奴役，等级身份和人身隶属观念，以及那莫须有的所谓"罪过"二字，竟压制得使他不能喘息。他身处各种矛盾和相互关系的尖端，随着他阶级觉悟的新生所引起的激烈内心斗争，造成了戏剧性的冲突。书中另一人物，党的工作者李大年，在作者是用景仰的心情来写的，他的名字和一个现实人物李大娘仅差一字。作者幼时曾受汉人李大娘的哺育，而李大娘又曾有女儿在达尔罕王府中做家奴，这种阶级的和民族友谊的深情，成了作者塑造这一人物以及其他人物的基础。他写巴吐吉拉嘎热和达尔罕家奴汉族姑娘小兰的姊弟情谊，并不是偶然的。正因为作者能够传达出蒙古族人民这种非常珍贵的情愫，所以这作品就获得了感人的力量，在他正面人物身上体现出一种崇高的美。这是作者八年辛苦的成绩，其中对草原上的风光、王爷的祭灵及王府中的种种情景的描写，都是生动的。他又是《初春的山谷》等三个短篇集子的作者，他的《牧场主任》，就写了一个在解放战争和抗美援朝战争中曾经和汉族兄弟及朝鲜人民并肩作战过、而在和平建设中又是劳动模范的英雄。

　　蒙古族另一青年作家玛拉沁夫，要比乌兰巴干更早地为全国读者所注意，他在一九五二年一月，就发表了他那有名的短篇小说《科尔沁草原的人们》。他那豪迈的风格、抒情的笔调，和作品中散发着的浓烈的草原气息，一开始就富有吸引力。在这篇小说中，作者也写了草原上的一场大火，但那是反革命分子在这解放的土地上放起的火。作者描写了两个勇敢的蒙古族青年，他们热爱新社会，公而忘私、奋不顾身地在大火中和反革命分子搏斗，保护了人民的财产。以后，作者又写了《春的喜歌》、《在暴风雪中》等精美的短篇。《春的喜歌》是写一个过去的旧接生婆、现在的助产士——一个蒙古族老太太对新社会的喜悦和对党的感激的心境，《在暴风雪中》是写一个蒙古族护士，为了前去抢救难产病人不顾在暴风雪中自己生命面临的危险。正如作者所写，从前草原上人烟稀少，现在是充满了婴儿的哭笑，到处成了高唱着春天的赞歌的"音乐的海"了。

　　在蒙古族,还有其他一些青年作家。扎拉嘎胡,也是一位产品较多的。他的长篇小说《红路》,记录下了内蒙东部解放不久时形形色色的蒙古族知识分子的精神状貌,关于狭隘民族主义及其克服的过程仍占据着中心的位置。在这以前,他曾写了一个中篇小说《春到草原》,那里有着较浓的草原生活气息。他的短篇集《小白马的故事》,也是反映牧民的新生活。朋斯克的中篇小说《金色兴安岭》,是一个篇幅不多然而内容颇为结实的作品。作者笔力雄浑,他在那动人的兴安岭风光和一望无际的草原背景上,由骑兵战士的战斗生活、融洽无间的军民关系等构成的生活境界,是引人入胜的,能使读者从中得到鼓舞,引起他们对蒙古族兄弟爱慕之情。敖德斯尔和安柯钦夫,也是我们比较熟悉的名字。敖德斯尔的短篇《小钢苏和》,使我们看到蒙古族幼年一代的可爱的影子。安柯钦夫有短篇集《草原之夜》,他的文笔,在豪放中也间或带着纤巧。

　　老作家纳·赛音朝克图,他的主要成就是在诗作方面,但是,他的中篇小说《春天的太阳照耀着乌珠穆沁草原》,也是篇著名的作品。它反映了牧民互助组战胜严重自然灾害的过程。由于作者是诗人,他的小说也富有诗情。在这作品后半,作者写了毛主席派来飞机救灾,升起了一种高昂的调子。

　　其次,我们应该提到新疆维吾尔自治区各民族的小说。这地区的各民族的现代革命文学,虽然在抗日战争时期就已形成,但主要成绩是在诗和剧作方面。小说创作,也是在解放后才得到发展。

　　赛福鼎是维吾尔族老作家,他的文学才能是多方面的。他除了领导自治区党和政府的工作外,还直接领导文学、艺术工作。他在繁忙的公务之余,也辛勤地从事文学创作,写出不少不同体裁的作品。他的短篇小说《吐尔地阿洪的喜悦》,是一篇高度精炼、扣人心弦的力作。由于作者贯注了深厚的阶级感情,而且抓住了具有典型意义的生活场景,就在简短的篇幅里深切、细致地传达出了一个翻身农民内心的无限欢欣和发自肺腑的对各族人民伟大领袖毛主席的无限热爱。

　　哈萨克族作家郝斯力汗,善于通过人物的连续动作来刻划人物性格,也善于运用性格化的对话和独白显示人物的心理动态。他的语言是经过选择的哈萨克族的人民语言，充满了丰富的比喻，异常形象化而且带有诗意。当他的短篇小说《起点》译成汉文发表后，立刻就受到全国文学界的重视。在这篇作品里，他批判了自发的资本主义思想，揭露了敌人的破坏阴谋，反映了牧业合作化道路上复杂的斗争。它写于一九五七年初，正是资产阶级右派分子和地方民族主义分子向党的合作化政策进攻的时候，及时地起了战斗的作用。

柯尔克孜族是直到一九五四年才创立了文字的一个民族，但是，现在也有本民族的小说创作。乌·努孜别柯夫的短篇《雪山吐红日》，通过一个老牧民在未迁到公社为他准备的新居前、对自祖辈起就居住着的旧帐篷的留恋，表现了人民公社给生活带来的剧变，它有着诗的意境。

再次，我们得提到我国广大西南地区各民族的小说。

壮族作家陆地，是一位参加革命多年的老干部，抗日战争时就已经发表作品，他现在也是在繁忙的行政工作之余，从事写作。他的长篇《美丽的南方》，写的是开国后不久，广西一个壮、汉人民杂居的地区进行土改斗争的过程。这场斗争是极为曲折、复杂的：身兼国特职务的地主，暗中组织了土匪，背后还受着帝国主义间谍的操纵；土改工作队不仅存在着两条工作路线的斗争，而且成分不纯，有许多未经改造的资产阶级知识分子参加工作；启发农民的觉悟也经历了一个艰苦的阶段。但是，作者并没有就此结构出一个离奇的情节、惊险的故事，他把这题材处理得极为平易，象生活一样自然。他写出了几个受苦极深的农民的形象，记录了那个时期不同类型的高级知识分子的风貌，这在今天还是有意义的。他文笔清丽，描述中不事渲染，但也写出了那"秀甲天下"的广西美丽的景色。此外，在这作品里我们也能看到壮族人民的某些习俗，作者写它们并无炫奇之处，似乎随手拈来。然而，正是在平淡中，作者不时流露出诗情画意。

在我国金沙江边的大、小凉山地区聚居着的彝族，不久前还处在奴隶社会阶段。这个地区的解放和开辟工作，曾经经历了异常的困难和严重的斗争。彝族作家李乔的长篇《欢笑的金沙江》，就反映了这样一个过程。它描写解放初期，一股窜进这个地区的国民党残匪，如何利用"打冤家"的遗俗，挑拨彝族内部互相残杀，进而破坏彝汉关系。也写了党和人民政府派出的工作队所进行的艰苦工作，写出党的民族政策的伟大。并且也描写了当时彝族的社会风习和被压迫的奴隶生活。这个作品可以说是写得朴质无华的，它不加修饰的将事件告诉读者，而作者那激动的心情仍跃然纸上。他的短篇集《挣断锁链的奴隶》，多数作品也是写奴隶们的痛苦生活和要求解放的愿望和行动，也写出了彝族奴隶社会的阶级关系和觉醒中的奴隶的精神状态。他们的民族一下就超越了整整两个社会历史阶段。

云南地区白族杨苏的短篇《求婚》、《剽牛》、《没有织完的筒裙》，写的都是景颇族人民的生活。这位作者有鲜明的艺术特点。从题目上看，这三篇作品都各自关系到景颇族的一件古老的风俗，但在这里，每一件风俗却都带着一个关系景颇族生活新的变化的故事。《求婚》通过媒人上门说亲时那特殊的礼节和有趣的谈话，引出了人民公社和合作社之间的协作。《剽牛》则从一个老头打消了剽牛祭天鬼的念头，生动地表现了毛主席在少数民族人民心中至高无上的威信。而《没有织完的筒裙》里的那位姑娘，却没有把心思放在出嫁的筒裙上，她忙于青年团和公社的工作。她说是毛主席给她插上了翅膀，要做高飞的鹰。作者善于写情写景、写人物对话，构思精巧，立意新颖。他的语言也是充满了形象的比喻，准确表现人物性格，具有民族特色的。

而回族的米双耀，却以反映藏族较早解放地区人民生活的短篇受到人们的重视。他的《投资》，是写藏族亚修部落牧民筹办合作牧场中的思想斗争。老人独布敦是部落的说客，但他终于被别人说服，增加了对牧场的投资。作者使用了有如优美的藏族民歌一样的诗的语言，来描写人物的性格。这种语言出自人物口里，真如"石头上刻字"，每句都见其份量，一个倔强而勇于服从真理、朴质爽快的老人的形象，就非常清晰地铭刻在我们印象中。

当我们在考察各兄弟民族的小说创作成绩时，应该看到它们之间存在着一种不平衡的状态。我们在前面说过，这和它们政治、经济、文化发展的水平，和本民族解放时间的先后有关。不仅这样，它们就是在文学领域内不同种类、体裁间也存在着一种不平衡，不能单以现代形式的小说作为衡量一个民族文学发展水平的标准。这里,民族传统和相互间的影响起着重要作用,甚至一个民族的民族文字的创立或传统文字的易于掌握与否也成为一种条件。我们知道,我们有的民族只有极少的人口,或者一如我们所谈到的——有的还是才开始有了自己的知识分子。因为这样,我们对一些兄弟民族小说创作的新芽是抱着欢迎的态度。前面我们在谈到一些水平较高的作品时也谈到这种新芽。但我们不能忽略的是,这种新芽正在不断地普遍地茁壮起来。除了前面我们已提到的以外,在兄弟民族短篇小说合集《新生活的光辉》里,我们还读到许多兄弟民族的新作者的新作品,如纳西族的赵净修、苗族的伍略、白族的那家伦、朝鲜族的李根全、彝族的普飞等的作品,这是可喜的现象。总之,这些作品,和前面已经谈到的作品一样,给我们看到祖国的飞跃发展是遍及每一角落,过去处于不同社会发展阶段的各民族,如今都一致在社会主义大道上前进,决心改变"一穷二白"的状况,也正在改变着文学发展的面貌。

最后,我们要谈到的是汉族作家有关这类题材的作品。

反映康藏高原上藏族人民解放初期的生活的,有徐怀中的长篇《我们播种爱情》。当解放后,党派遣了优秀的工作干部和帮助当地生产发展的技术人员,把"北京的种子"带到高原上去,象新播种即茁壮地生长在那里的小麦一样,这象征民族爱情的种子也在藏族人民心灵里扎下了深根,成为往后永远团结无间的始基。这作品是以一个农业技术推广站的活动为中心,然而围绕着它却展开了周围的广大社会生活,对即将成为史迹的封建农奴制度有形象的描绘。作者描写了阶级和等级身份不同的各种类型的许多人物:贵族、活佛、官吏、农奴、曾经抵抗过英帝国主义侵略的老英雄、聚众复仇的山中"王子"等等。有不少戏剧性的场面:"抢福"、为挽救行将受剜眼剁手酷刑的"罪犯"而实行射击赌赛、家族世仇、摇身变为"相子"①和传教士的间谍的活动、叛乱危机及其平复等。而党在那里的各种措施,都是为了广大藏族人民的利益,因此当地工委,不仅是团结了藏族劳动者,也正确地执行了对上层人物的统一战线。在描写汉族干部时,作

---

① 官吏名称。

者也批判了资产阶级个人主义者,赞扬了全心全意为藏族人民服务的革命干部和先进青年。这是目前较广泛地描写了藏族生活的一部作品,它虽然是写在西藏反动贵族叛乱之前,但其中的实际描写却可以帮助我们了解事实的真相,证明所谓"共产党灭绝种族和宗教"完全是一派胡言。

由于过去反动统治者长期地施行民族压迫政策,使居住在云南边境佧佤山上的佧佤族人民,至解放时还停留在原始共产主义的社会生活里。但这种情况是要改变的,郭国甫在他的长篇《在昂美纳部落里》中说:"一定要改变的!我们将用最先进的方法耕种土地,将要在这里建设农庄,建设工厂,建设城市和花园,……引导佧佤人民在几年的时间内,走完人类花了几百年几千年才走完的道路。"事实正是这样,现在佧佤族人民是已经在短短几年内走完人类千百年的道路,进入社会主义了。这部作品,写的就是他们初解放时的故事。当人民解放军追剿国民党残匪进入这个地区时,他们还把它当作是和蹂躏他们的匪徒一样的"汉兵",但不久后大量的事实证明,这是些毛主席派来帮助他们翻身的人,作者用一个场面和一个场面互相交替更换的方法,平行地描写了解放军一个连队里的生活和部落里佧佤人民的生活。他描写我们的连级军事干部是如何有高度的政治修养,坚定不移地执行了党的民族政策;士兵们是怎样忠诚、勇敢、热爱兄弟民族。对佧佤人民那种还未受到私有制沾染的纯朴的德性,公有观念,强悍、豪迈、坚毅的民族性格,作者是用赞赏的态度来写的。在事件进行中,作者也腾出手来尽情地写那佧佤山上雄伟、瑰丽的大自然景色,以及它们在人们感情上引起的反应。一种尊重、关怀兄弟民族的情感,酣畅地宣泄在作者的笔下。

……

一些受读者欢迎的优秀的诗篇。

少数民族诗人的创作,富有特殊的民族色彩,特别引人注意。

蒙古族诗人纳·赛音朝克图开国以来写了许多热情洋溢的诗篇。《我握着毛主席的手》、《北京组诗》是他的优美的抒情诗。《狂欢之歌》是一篇激情的颂歌。诗人歌颂了党和毛主席给蒙古族人民带来的幸福生活,歌颂了祖国十年来的伟大成就。这篇诗的内容是广阔的，它对蒙古族人民新的精神面貌和草原的繁荣景象，都有生动的描绘。《狂欢之歌》是汲取了蒙古族民间流传的"赞词"的形式创作的，反复吟咏，重迭复沓的手法，构成了这个诗篇的独特的艺术风格。从《幸福与友谊》到《狂欢之歌》，诗人纳·赛音朝克图的时代的感兴更奔放了。因而，诗的生活色彩愈来愈浓厚，诗的风格也愈来愈明朗。这标志着他的诗歌创作的令人喜悦的进展。

壮族青年诗人韦其麟的《百鸟衣》是根据壮族民间传说创作的一篇优美动人的长篇叙事诗。诗篇通过争取婚姻自由的主题，表现了主人公的斗争智慧，赞美了他们坚贞不渝的爱情和勤劳勇敢的品格。诗篇既有浓厚的生活气息，又有浪漫主义色彩，语言朴实优美，富有诗意。诗人把握了这个原传说的内容和精神，又审慎地注意了它的艺术特点，并作了出色的处理，这是他根据民间传说进行再创作获得成功的一个重要原因。

饶阶巴桑是藏族的一位青年诗人。他的抒情诗，常常具有独特的构思和新颖的意境。他的《母亲》一诗，写得简洁凝炼，质朴动人。

近几年来逐渐成长起来的少数民族诗人还有蒙古族的巴·布林贝赫，维吾尔族的克里木·赫捷耶夫、艾里喀木·艾哈台木、铁衣甫江·艾里尤夫；另外，还有一些民族，解放以来，他们第一次有了自己的青年诗人，这是一件划时代的事情。如彝族的吴琪拉达，仫佬族的包玉堂，土家族的汪承栋等，他们都写了一些赞美新生活的热情的诗篇。

十年来，我们的新诗的收获是丰富的，比之解放以前，是有了许多新的特色的。我们应该庆贺我们的丰收。然而这也是事实，在我们今天的诗歌中，思想深刻、艺术完美的优秀的作品还不太多。诗应该具有高度的集中和深刻的概括的力量，才能给人留下鲜明、强烈的印象。诗要经过千锤百炼，反复推敲，然后才能写得精炼完美，才能一下子打进读者的心里，使人们长久不会忘记。我国古诗中的优秀作品，都是写得十分精炼，十分完美的。诗人们应该更好地继承我国的民歌和古典诗歌的优良传统，写出更多的构思巧妙、语言精炼的诗篇。

就作家个人来说，在丰富生活经验、提高艺术修养、掌握创作技巧等方面，是要作长期的艰苦的努力的。我们有些诗人在成名的时候,有比较鲜明的特色,到后来诗写得多了,那种独特的风格,独创的特点也就逐渐地消失了。另外有些诗人,虽然已经发表了不少的作品,却尚未形成自己独立的艺术风格。因此我们今天的诗歌无论在思想性和艺术性上都还需要努力提高。我们今天还没有出现集中地代表这个时代的伟大的诗人,还没有在诗歌方面出现"一览众山小"的高峰,这就不能不使我们殷切地期待于今后了。

1978年版《中国当代文学史稿》
对少数民族文学的整体评价

史料解读

　　林曼叔出生于1941年,1962年旅居香港,主要从事写作和编辑工作。他曾任《展望》《南北极》杂志的编辑,以及《观察家》的主编。后赴巴黎第七大学东亚研究中心进修,其间与人合作撰写了《中国当代文学史稿(1949—1965)》。在该书中,作者专辟"第十七章:少数民族作家"对少数民族文学进行整体评价。这部分内容比较简洁,且与前三部文学史完全不同。少数民族文学的新文学性质、国家文化政策、文学政策、民族政策对少数民族文学的影响都没有进入视野,这说明林曼叔观察少数民族文学的角度与其他学者完全不同。在具体叙述上,林曼叔注意到了少数民族文字文学期刊和边疆文学期刊对少数民族作家的重视和影响,并从较高的角度评价了为数不多的少数民族作家和小说、诗歌作品,关注到了少数民族歌手的创作。最后,林曼叔总结道:"这些作家大都是土生土长,依靠他们的丰富的生活经历,从不同的方面反映了历史的变革,表现了各族人民逐渐摆脱了残暴的压迫,挣脱了奴隶的枷锁的艰苦斗争,表现了他们追求自由幸福的顽强意志。当然这些作品在艺术表现上,还不是十分平衡的,但作品里面对边疆生活风貌的亲切描绘,颇给人以新鲜的感觉。"这种对少数民族文学的整体评价,肯定了少数民族在新中国发生的历史巨变的现代性价值,提出了少数民族作家对边疆生活描写的认识价值,指出了少数民族文学发展不平衡的客观问题。这些评价淡化了政治立场,但尊重了少数民族文学社会功能的体现,强调了少数民族文学的文学性,从另一个角度反映了新中国少数民族文学取得的成就,值得重视。

原文

第十七章　少数民族作家

第一节　概说

随着对边疆少数民族地区的开发,在文学创作方面也得到了相应的发展。这不仅表现在对少数民族古典和民间文学的搜集和整理的成绩上,也表现在各少数民族作家的涌现和文学创作的收获。在这个时期,在新疆维吾尔自治区,内蒙古自治区,广西壮族自治区,延边朝鲜族自治州等地区分别成立了文联的组织。并出版了各种文字的文艺刊物,其中有用蒙文出版的《花的原野》,用维吾尔文出版的《塔里木》,用哈萨克文出版的《曙光》,用朝鲜文出版的《延边文学》,用藏文出版的《青海湖》等。另外,还有用汉文出版而经常发表少数民族作家的创作的刊物,如内蒙古的《草原》,新疆的《天山》,云南的《边疆文艺》,贵州的《山花》,陕西的《延河》,四川的《四川文学》,广西的《广西文学》,青海的《青海湖》,宁夏的《宁夏文学》等十余种。全国性的文学刊物,如《人民文学》、《诗刊》、《民间文学》等也都经常发表或转载少数民族作家的作品,《文艺报》也每每发表有关少数民族文学活动的报道和评论。在那有目的的鼓励和推动下,长长短短的各种样式的作品确实写下了很多很多,虽出色的并不多,但多少为这个时期的文学画廊加上一抹色彩。

在这十七年间,各少数民族曾出现过几个较有创作成就的作家,除了比较年长的,较有经验的作家如维吾尔的祖农·哈迪尔,蒙古族的纳·赛音朝克图等,前者著有小说集《锻炼》,后者著有诗集《金桥》都颇为闻名。年青一代的作家,像小说家乌兰巴干、玛拉沁夫、李乔、陆地,诗人韦其麟、饶阶巴桑,戏剧家超克图纳仁等，都写下一些较好的东西，小说方面如《草原烽火》、《在茫茫的草原上》、《欢笑的金沙江》等，剧本如《金鹰》、《巴音敖拉之歌》等，诗作如《百鸟衣》和饶阶巴桑的抒情短章等。其次，有些少数民族歌手，像傣族的康朗甩、康朗英，蒙族的毛依罕、琶杰也颇为人们所熟悉的，并且写下一些新作品。

这些作家大都是土生土长，依靠他们的丰富的生活经历，从不同的方面反映了历史的变革，表现了各族人民逐渐摆脱了残暴的压迫，挣脱了奴隶的枷锁的艰苦斗争，表现了他们追求自由幸福的顽强意志。当然这些作品在艺术表现上，还不是十分平衡的，但作品里面对边疆生活风貌的亲切描绘，颇给人以新鲜的感觉。

第二节　乌兰巴干、玛拉沁夫和李乔的小说

在小说的创作上，蒙古青年作家乌兰巴干和玛拉沁夫是较为人们所熟知的。乌兰巴干写有短篇集《新春的山谷》、《草原新史》等和长篇小说《草原烽火》及其姐妹篇《燎原烈火》。尤以后者更为闻名。这两部长篇描写抗日战争时期蒙族人民在日寇的蹂躏和蒙奸达尔罕王爷封建统治的压迫下的悲惨生活和残酷的斗争。特别突出地表现了一个长期在奴隶精神的奴役下的牧民如何成为一个坚强的民族战士的曲折过程，作品为我们描写了一个残忍的社会境况，在那里面，有世袭的残暴统治者，更有世袭的被奴役的奴隶。作者以世袭的奴隶巴吐吉拉嘎热作为小说的主人翁，他从小担负着父亲所遗留下来的永不可洗脱的"罪"，忠顺地承受蒙族王爷的奴役，还自惭是个带罪的奴隶。随着抗日战争的爆发和革命的深入，在战乱的岁月里，使他认识到自己的力量，也培养了抗争的意志，渐渐挣脱了神的锁链，成为一个勇猛的战士。这无疑是一个具有重大意义的典型形象。作者能紧紧抓住这一人物加以集中的刻划是很对的，但作者不免有才能的局限，对人物的精神世界挖掘不深，在《燎原烈火》更有将之"拔高"的毛病，未能忠实地遵循人物性格的逻辑发展，这就不能不影响到巴吉吐拉嘎热这个人物的深刻性不过，应该肯定，作者对于他所要表达的主题，随着历史的变革，对于统治者"神圣"的迷信，对于自己命运的迷信，这一切将会因为人民

的觉醒而破除,还是在一定程度上达到的。

比乌兰巴干更早为读者所注意,玛拉沁夫于一九五二年就写出他的第一个短篇《科尔沁草原的人们》,以其作品带有浓厚的草原气息而颇获称赞。以后又写有短篇集《春的喜歌》和《在暴风雪中》,反映内蒙人民日渐改变的生活风貌和精神面貌。一九五七年,作者出版了长篇小说《在茫茫的草原上》,描述一九四五年到一九四八年间,内蒙自治运动这一历史事实。试图表现内蒙人民反奴役追求解放这一重大的主题。作品通过主人翁铁木尔的生活历程体现这一主题思想。铁木尔作为一个牧民,有他纯朴、勇敢、热情和勤劳的性格特点,然而,在那历史的风暴里,当民族的命运和个人的命运相连着的时候,他只有拿起枪,点燃了报仇的火焰,干净的手沾上了血腥。这将是一个多么沉痛的历程,作者确实用了一番功夫塑造了铁木尔这个人物的典型性及其心理变化。

李乔是彝族的青年作家,著有短篇集《挣脱奴隶的锁链》和长篇《欢笑的金沙江》(全书共三部:第一部《醒了的土地》、第二部《早来的春天》、第三部《呼啸的山风》)等。在《欢笑的金沙江》这部小说中,描写金沙江沿岸的彝族人民,克服了历史所遗留下来的民族隔阂,为改变千百年来为贫困和落后统治着的山区而艰苦斗争的故事。作品所表现的主题,比较起来说,未有像乌兰巴干的《草原烽火》和玛拉沁夫的《在茫茫的草原上》那样深厚,加上作者的思想能力和艺术能力都有他的局限,故事虽说是一长篇,但总是平淡如水,没有多少值得咀嚼的地方。作者从小在彝族中长大,但能精通中文,应用于写作,使作者在表现彝族生活方面,具备了较优越的条件。由于作者对自己所写的生活熟悉,对他笔下的人物有较多了解,有着直接而可靠的生活基础,对自己所处理的题材,就不必像有的作家那样,首先要克服和跨越不同民族之间的语言、生活习惯和心理状态的隔膜和距离。所以出现在《欢笑的金沙江》中的人物如沙马木扎、木锡塔骨,还有阿火里白虽不算突出,但还有朴实的感觉。冯牧在分析这个作品时,觉得:"作者描写这些人物的时候,充分表示了他对于彝族人民独特的生活习惯,他们的性格和心理特征的广博而深刻的理解,在一切叙述和描写中,他根本不需要借助于任何所谓'民族特色'的过份渲染和装饰"①。他的作品也正是因为这一点,给人某些新鲜的感觉。

其次,还有壮族作家陆地的长篇《美丽的南方》,写壮族地区的土地改革。蒙古作家扎拉噶胡的长篇《红路》写蒙族知识分子的动摇和狭隘的民族主义思想的克服。以及朋斯克的中篇《金色的兴安岭》,安柯钦夫的短篇集《草原之夜》等等,从不同方面描绘了边疆少数民族的新风貌。

第三节　韦其麟、饶介巴桑和纳·赛音朝克图的诗

在少数民族诗人中间,壮族的青年诗人韦其麟是较为读者所熟悉的。他曾著有诗集《玫瑰花的故事》、《百鸟衣》等。长篇叙事诗《百鸟衣》是韦其麟的成名作,作者根据壮族一个美丽的传说而写成的。长诗颇费苦心地运用了群众的语言和传统的表现技巧,像比喻、起兴、重复、富有浪漫色彩的夸张使诗篇的色彩更为鲜明,气氛更为浓重。同时作者以直接倾吐胸怀的抒情与对事物的描绘交织在一起,使诗情倍增浓烈。但重要的一点,是作者能忠实于传说本身加以艺术加工,使古卡和伊娌这两个壮族人民所赞颂的人物,一对勤劳、善良、机伶、能干的少男少女显得更为突出。他们依靠自己劳动的智慧和坚贞的爱情,克服了重重困难,战胜了伸出魔爪的土司,得到了生命的自由。表现了劳动人民对幸福的幻想,对爱情的渴望和追求的意志,这是任何狡猾的黑暗势力都不可能遏止的。韦其麟的创作高峰似乎也止于此了,以后也就再看不到有甚么较好的诗作了。

饶介巴桑是藏族的青年诗人,臧克家对他颇为欣赏:"他(饶介巴桑)在创作中,已经逐渐形成了自己的独特风格,他善于体会生活,从中发掘出诗意来,读他的诗毫无平庸干巴的感觉,总令人感觉到诗情浓郁,新鲜有味。他写得很细致,很委婉,像春天的泉水,涓涓的流着,带着清脆的声响。把人引到一个幽深的诗的境界。"②这些话也许有点言过其实些,但饶介巴桑也确实写过一些精彩

---

① 冯牧:《谈〈欢笑的金沙江〉》,《文艺报》一九五九年第二期。

② 臧克家:《鲜果色初露——读诗散记》,《诗刊》一九六一年第六期。

的短章。

饶介巴桑原来是云南边防部队某工兵连的列兵,一九五六年以后才开始写诗。后来出版了诗集《草原集》和《康藏人民的声音》,虽还年青,但时有值得吟诵的诗句,像:

> 我从遥远遥远的边疆,
>
> 渡过了黄河和长江,
>
> 虽然我还没有走到长白山,
>
> 但是我在心底轻声地说:
>
> "世间在没有甚么,
>
> 比目前的胸脯更宽广。"

强烈的爱国主义热情洋溢于字里行间。又像:

> 谁能弯下石峰,
>
> 当桥搭在江下?
>
> 谁能推来森林,
>
> 当船压下波浪?

美丽的想象,雄伟的气势使景物挺然而起,诗意也就浓些了。他也写过一些颇有韵味的爱情诗,情景交融,味道隽永而不浮露,也颇可爱。当然,在他的诗里,显得过份造作,精炼不足也是常见的现象。

应该说,作为青年的诗人,韦其麟和饶介巴桑的诗作是有他们可取的地方的,因为在他们的某些诗篇里面至少敢于倾注他们年青人那热烈的情感,尽管艺术的技巧还不尽圆熟。但有的诗人创作经验虽丰富,技巧虽高超,但他们的情感却被政治观念所僵化了,诗意也就消失了。像蒙古的老诗人纳·赛音朝克图就是如此。

纳·赛音朝克图是少数民族诗人中最为闻名的。于一九一四年生于内蒙古察哈尔,先后到过日本和蒙古读书。一九四七年才回到家乡,担任过《内蒙古日报》和内蒙古人民出版社编辑,《内蒙古文艺》的主编等职务。他的诗作全用蒙文写成,被翻译成中文的诗集就有《金桥》、《幸福和友谊》、《红色的瀑布》和长诗《狂欢之夜》等，从他的诗作可以看到，诗人在形式上作出了多方面的尝试，既有一般的行节整齐的抒情小诗，也有马雅可夫斯基体的利用，也写过传单诗之类的东西。在《狂欢之夜》中更吸取了蒙古民族流传的"赞词"的形式那种反复吟咏，重迭复沓的手法。但非常可惜，读他的诗，忍受不了那满口歌功颂德的烂言。他已经没有了做诗人的真诚，也就也不出真正的诗来。

第四节　民间诗人

在这时期，一些少数民族的民间艺人也逐渐挖掘出来，当然，他们是有目的地被鼓励而加入了创作的行列的，所以也就写不出多少有保存价值的作品。只是他们的诗作在技巧上较多采取了他们民族的传统形式。蒙古的毛依罕和琶杰原来是民间说唱诗人，他们运用了蒙古传统的民间说唱形式"好来宝"进行创作。毛依罕写的《铁牤牛》，描绘了内蒙锡林郭勒草原的生活风貌。琶杰写有长篇叙事诗《英雄的格斯尔可汗》，这是根据蒙古著名史诗《格斯尔传》加工整理而成的。这部史诗对中国现代史诗的创作有着一定的参考价值。

云南西双版纳傣族的康朗甩和康朗英，原是傣族的著名"赞哈"（歌手）。他们做过多年的和尚，还俗后曾搞过说唱。康朗甩写有短诗集《从森林眺望北京》和长诗《傣族人之歌》。康朗英主要有长诗《流沙河之歌》等，在当时颇受文艺界的推许。他们的诗作较好地运用了他们本民族的文学传统的技巧，自有其独创的特色。但可惜的是政治口号常常成为他们创作的主调。

我们还必须提到少数民族的剧作家。蒙古的超克图纳仁，维吾尔的赛福鼎和祖农等是较著名的。超克图纳仁的《金鹰》是出色的一部，剧本表现了蒙古人民反抗暴力统治的斗争和复仇的不屈意志。作者通过了蒙古人民所歌颂的英雄布尔固德的勇敢和顽强，也象征蒙古人民在暴风雨中搏斗的坚强性格。剧本的故事情节生动感人，颇富剧力，也写得颇富生活气息。

后 记

从国家社科基金重大项目"新中国少数民族文学研究史（1949—2009）"获准立项至今，正好是岁星绕太阳一周的时间，也是生肖轮回的一个完整周期。这 12 年，少数民族文学史料的阅读和整理，成为我生活的一部分。本书是这些史料重新整理和研究的成果，也是国家社科基金重大项目"新中国少数民族文字文学史料整理与研究"的阶段性成果。

本书的史料搜集整理涉及 1949—1979 年间少数民族文学各学科领域，史料形态多样，分布空间广阔，留存情况复杂，涉及搜集、整理、转换、校勘、导读撰写诸多方面，难度之大，可以想见。因此，在本书即将付梓之际，特向为此付出了大量心血和努力的学界师长、同仁以及团队成员致以谢意。

感谢朝戈金、汤晓青、丁帆、张福贵、王宪昭、罗宗宇、汪立珍、钟进文、阿地力·居玛吐尔地、李瑛、邹赞、刘大先、吴刚、周翔、包和平、贾瑞光等学界师长和同仁的悉心指导和鼎力支持。

感谢宛文红、王学艳、陈新颜、杨春宇以及各边疆省（自治区）图书馆的大力支持。特别要感谢大连民族大学图书馆宛文红 12 年来持续、有力的支持和帮助。

感谢团队各位成员的参与和付出。参加史料解读撰写和修改的有：王莉（33 篇）、丁颖（29 篇）、韩争艳（39 篇）、苏珊（35 篇）、邱志武（43 篇）、李思言（38 篇）、邹赞（42 篇）、王妍（25 篇），王微修改了古代作家（书面）文学卷的史料解读和概述初稿。撰写史料解读和部分概述初稿的有：王潇（71 篇）、包国栋（58 篇）、王丹（89 篇）、张慧（65 篇）、龚金鑫（16 篇）、雷丝雨（85 篇）、卢艳华（58 篇）、王雨琹（39 篇）、冯扬（35 篇）、杨永勤（15 篇）、方思瑶（15 篇）。王剑波、王思莹、并蕊校对了部分史料原文。

李晓峰撰写了全书总论、各卷导论，审阅、修改了全书本辑概述和史料解读，并重写了各卷部分本辑概述和史料解读。

由于种种原因，许多整理出来并已经撰写了解读的史料（图片）未能收入书中，所以，团队成员撰写的篇目数量与本书实际的篇目数量存在出入。史料学是遗憾之学，相信，未收入的史料定会以其他方式面世。

再次对多年来关心、支持我和本课题研究的各位师长、同仁、家人表示衷心感谢。

李晓峰

2024 年 11 月 12 日于大连